KB162443

을유세계문학전집·63

팡세

을유세계문학전집 · 63

팡세

PENSÉES

블레즈 파스칼 지음 · 현미애 옮김

을유문화사

옮긴이 현미애

프랑스 끌레르몽페랑 블레즈 파스칼 대학에서 박사 학위를 받았다. 현재 가톨릭대학교와 한림대학교에서 강의를 하고 있다. 저서는 『'미셸 모뒤의 「무신론자, 이신론자 그리고 신 회의주의자를 반박하기 위한 종교 논설」(1698) 교정판' 논평과 해설』(블레즈파스칼 문과 대학 출판 문고, 1996)이 있고, 논문은 『팡세의 호교의 설득 대상 연구』(프랑스 고전문학 연구, 2009), 『팡세의 어리석음과 이성의 문제』(프랑스 고전문학연구, 2011) 등이 있다.

을유세계문학전집 63
팡세

발행일 · 2013년 5월 30일 초판 1쇄 | 2023년 9월 25일 초판 5쇄
지은이 · 블레즈 파스칼 | 옮긴이 · 현미애
펴낸이 · 정무영, 정상준 | 펴낸곳 · (주)을유문화사
창립일 · 1945년 12월 1일 | 주소 · 서울시 마포구 서교동 469-48
전화 · 02-733-8153 | FAX · 02-732-9154 | 홈페이지 · www.eulyoo.co.kr
ISBN 978-89-324-0395-3 04860 978-89-324-0330-4(세트)

차례

제1부 분류된 원고

1. 차례 • 11
2. 허무 • 15
3. 비참 • 31
4. 권태 • 42
5. 현상의 이유 • 43
6. 위대 • 53
7. 모순 • 58
8. 오락 • 68
9. 철학자들 • 77
10. 최고의 선 • 80
11. A. P. R. • 83
12. 서두 • 90
13. 이성의 복종과 활용 • 95
14. 탁월함 • 101
15. 이행 • 104
15-2. 본성은 타락했다 • 117
16. 타 종교의 허위성 • 118

17. 종교를 사랑스러운 것으로 만들기 • 125
18. 기초 • 127
19. 상징의 율법 • 134
20. 랍비의 교리 • 152
21. 영속성 • 156
22. 모세의 증거 • 161
23. 예수 그리스도의 증거 • 164
24. 예언 • 173
25. 특별한 비유 • 182
26. 기독교 윤리 • 183
27. 결론 • 191

제2부 분류되지 않은 원고
제1장 • 197
제2장 • 207
제3장 • 216
제4장 • 229
제5장 • 232
제6장 • 240
제7장 • 243
제8장 • 244
제9장 • 249
제10장 • 252
제11장 • 254
제12장 • 260
제13장 • 267
제14장 • 269
제15장 • 277
제16장 • 287
제17장 • 290
제18장 • 299

제19장 • 303
제20장 • 309
제21장 • 313
제22장 • 315
제23장 • 318
제24장 • 343
제25장 • 358
제26장 • 382
제27장 • 396
제28장 • 405
제29장 • 411
제30장 • 420
제31장 • 426

제3부 기적
제32장 • 431
제33장 • 437
제34장 • 457

제4부 사본에 기록되지 않은 단편들
1. 본 원고 집록 • 479
2. 제2사본 • 543
3. 포르루아얄 판(1678) • 549
4. 발랑의 서류 • 550
5. 페리에 사본(1710) • 551
6. 게리에 사본 • 557

주 • 561
해설 진리, 오직 진리를 위해서! • 605
판본 소개 • 623
블레즈 파스칼 연보 • 625

제1부 분류된 원고

1. 차례

1-37* 온 세상에 울려 퍼진 「시편」.

누가 마호메트를 증언하는가? 그 자신이다.

예수 그리스도는 자신의 증거가 아무것도 아니기를 바란다.*

증인의 자격은 증인들이 항상 존재하고, 도처에 있으며, 그리고 비참해야 한다는 것이다. 그는 혼자다.

2-38 대화에 의한 순서.

어떻게 해야 하지? 도처에 보이는 건 암흑뿐이야. 내가 무가치한 존재임을 믿어야 하나? 내가 신이라고 믿어야 하나?

3-38 "모든 것은 변하고 연속되지요."

— "잘못 생각하시는 겁니다. ……가 있습니다."

— "아니, 뭐라고요? 하늘과 새가 하느님을 증명한다고 당신들이 말씀하시지 않습니까?"

— "아니요." —"당신들의 종교가 그렇게 말하지 않습니까?" — "아니요. 어떤 의미에서 하느님에게 빛을 받은 사람들에게는 그것이 사실일지라도 그 증거는 대부분의 사람들에겐 거짓된 것이오."*

4-38 하느님을 찾게 하려는 편지.

그리고 철학자들, 허무주의자들과 독단론자들에게서 신을 찾게 할 것. 이들은 신을 찾는 사람을 힘들게 할 것이다.

5-39 차례.

친구가 신을 찾게 하려는 설득의 편지. 그는 대답할 것이다. "그런데 찾는 게 무슨 소용이 있겠는가? 아무것도 드러나지 않는데." 그에게 대답할 것이다. "절망하지 말게."

그는 어떤 빛이라도 발견하면 좋겠다고 답할 것이다. 그런데 이 종교에 따르면, 그가 빛을 찾았다고 믿을 때조차 그것이 아무 소용 없는 것이어서, 그는 차라리 전혀 찾지 않는 게 좋겠다고 답할 것이다. 이에 그에게 대답할 것: 기계.

6-40 제1부: 신이 없는 인간의 비참.

제2부: 신과 함께하는 인간의 지복.

혹은

제1부: 본성은 타락했다. 본성 자체로.

제2부: 구속자가 존재한다. 성서로.

7-41 증거의 유용성을 표명하는 편지. 기계 작용으로.

믿음은 증거와 다르다. 하나는 인간적이고 다른 하나는 하느님의 선물이다. *Justus ex fide vivit.*[1*] 믿음은 하느님이 마음속에 품어 주고, 증거는 흔히 믿음의 도구가 된다. *Fides ex auditu.*[2*] 그런데 믿음은 마음속에 있으며, 이는 나는 안다가 아니라 나는 믿는다고 말하게 한다. (non *scio*, *Credo*).

8-42 차례.

유대인들의 모든 상황에서 분명하고 의심의 여지가 없는 것을 볼 것.

9-43 불의에 대한 편지에 나올 수 있는 것.

모든 것을 가진 장자들에 대한 우스갯소리. "친구여, 자네는 산 이쪽에서 태어났네. 그러니까 자네의 큰형이 모든 것을 갖는 것이 정당하네."

"어째서 나를 죽이려는 겁니까?"

10-44 인간의 비참함이 이 모든 것의 근거가 된다.[3] 사람들은 이 점을 보고 오락을 택했다.

11-45 차례.

하느님을 찾아야 한다는 편지 후에 기계 작용의 담론인 장애물을 제거하는 것과 기계를 준비하는 것 그리고 이성으로 찾는 것에 대한 편지를 쓸 것.

---

1 의인은 신앙에 산다.

2 믿음은 들음에서 난다.

3 '근거가 된다(fonder)'는 셀리에 판에서 '돌을 던지다, 흔들다(fronder)'로 표기됨.

12-46 차례.

사람들은 종교를 경멸한다. 그리고 종교를 싫어하고, 이 종교가 진실일까 봐 두려워한다. 이 점을 고치기 위해서는 종교가 이성에 상반되지 않음을 보여 주는 것으로 시작해야 한다. 경배할 만한 이 종교에 존경심을 부여하는 것.

그러고 나서 사랑스러운 종교로 만들고, 선한 사람들이 이 종교가 진실이기를 바라게 만든 다음 이 종교가 참된 것임을 보여 줄 것.

경배할 만한 점은 이 종교가 인간을 잘 알았다는 것이다.

사랑스러운 점은 이 종교가 참된 행복을 약속한다는 것이다.

2. 허무

13-47 비슷하게 생긴 두 얼굴. 각각은 특별히 우스울 게 없는데 함께 있으면 닮음으로 웃음을 자아낸다.

14-48 참 기독교인은 어리석은 일임에도 불구하고 그에 복종한다. 어리석은 일을 존경해서가 아니라 어리석은 일에 인간을 벌로 예속시킨 하느님의 질서를 공경하기 때문이다. *Omnis creatura subjecta est vanitati, liberabitur.*[4*] 그래서 성 토마스 아퀴나스는 부자들의 선호에 대한 성 야고보의 논거를 다음과 같이 설명한다. 그들이 하느님의 목적 안에서 이런 행동을 하는 것이 아니라면 그들은 기독교의 질서에서 벗어나는 것이라고 말이다.

15-49 마케도니아 왕 페르세우스. 파울루스 에밀리우스.

사람들은 페르세우스에게 스스로 자결하지 않는다고 비난했다.

4 모든 피조물은 허무에 복종한다. 구원될 것이다.

16-50 허무.

세상의 허무와 같이 분명한 사실이 잘 알려져 있지 않다는 것, 그리고 권세의 추구가 어리석은 일이라고 말하는 것이 이상하고 놀라운 일이라는 것. 이는 참으로 경이롭다.

17-51 변덕과 기이함.

일해서 먹고사는 것과 세상의 가장 강력한 나라를 통치하는 것은 매우 상반되는 일이다. 이 두 가지 일이 터키의 군주에게서 결합된다.

18-52(751) 수사들의 두건 끄트머리 때문에 2만 5천 명의 수사가 무장한다.*

19-53 그는 네 명의 하인이 있다.

20-54 그는 물 건너편에 산다.

21-55 너무 어리면 판단을 잘하지 못하고 너무 늙어도 마찬가지다.

충분히 생각하지 않거나, 너무 깊이 생각하면 완고해지거나 너무 몰두하게 된다.

일을 마치자마자 그 일에 대해 고찰하면 너무 많은 선입견에 사로잡히게 되고, 오랜 시간이 흐른 뒤에는 그것을 더 이상 이해할 수 없게 된다.

그림을 너무 가까이에서 바라보거나 너무 멀리서 바라보는 것도 그렇다. 참된 위치인 불가분의 지점은 하나밖에 없다.

다른 지점은 너무 가깝거나 너무 멀거나, 너무 높거나 아니면 너무 낮다. 미술에서는 원근법이 그 지점을 결정하는데, 진리나 도덕에서는 무엇이 그 지점을 결정하는가?

22-56 파리의 힘. 파리는 싸움에서 이기고,* 우리의 정신 활동을 방해하며, 우리의 몸을 먹는다.

23-57 학문의 무상함.

외적인 것에 대한 학문은 고통의 순간에 도덕적인 무지에 대해 나를 위로해 주지 못할 것이다. 그러나 도덕에 대한 학문은 외적인 것에 대한 학문의 무지에 대해 항상 나를 위로해 줄 것이다.

24-58 인간의 조건.

변덕, 권태, 불안.

25-59 친위병과 북, 군인들 그리고 존경과 공포심을 품게 하는 그런 모든 것들을 거느린 왕을 보는 관습으로 인해, 왕이 때로 수행원 없이 혼자 있을 때도 그 모습은 백성의 마음속에 존경과 두려움을 심어 준다. 왜냐하면 사람들은 자신들의 생각 속에서 왕들과 평상시 함께 나타나는 수행원들을 구분하지 않기 때문이다. 이 현상이 이러한 습관에서 나오는 것인 줄 모르는 사람들은 그것이 타고난 힘에서 오는 것이라고 믿는다. 거기에서 이런 말이 나오는 것이다. 성스러움은 그의 얼굴에 새겨져 있다 등등.

26-60 왕의 권력은 백성의 이성과 어리석음에 기반을 둔다. 그런

데 어리석음에 더 큰 기반을 둔다. 세상에서 가장 위대하고 중요한 것의 기반이 나약함이다. 이 기반이야말로 감탄할 정도로 확실한데, 백성이 나약하다는 것보다 더 확실한 근거는 없기 때문이다. 지혜로움에 대한 존중처럼 건전한 이성에 기반을 두는 것은 잘못된 기초이다..

27-61 인간의 본성은 항상 나아가는 것이 아니다. 그 본성은 전진과 후퇴를 반복한다.

열은 오한과 열기를 수반한다. 그리고 한기는 열기만큼이나 열의 높은 온도 정도를 잘 보여 준다.

세기가 거듭되면서 나타나는 인간의 발명도 마찬가지다. 세상의 선과 악도 일반적으로 그렇다.

Plerumque gratae principibus vices.[5]

28-62 나약함.

인간의 모든 활동은 부를 얻기 위한 것이다. 사람들은 자신이 정당하게 재산을 소유하고 있다고 제시할 만한 자격을 갖지 못할 것이다. 왜냐하면 사람들은 인간의 변덕스러운 욕망만을 갖고 있지, 부를 확고히 소유하기 위한 힘을 가지고 있지 않기 때문이다.

학문도 마찬가지다. 왜냐하면 병으로 인해 없어지기 때문이다.

우리는 진리나 선에 대해 무능력하다.

29-63 *Ferox gens nullam esse vitam sine armis rati.*[6]

5 왕족들은 변화를 좋아한다. 호라티우스, 『오드 시집』 제3권, 29; 몽테뉴의 『에세』 제1권, 42의 인용문.

6 무기 없는 삶을 이해하지 못하는 잔인한 나라.(티투스 리비우스, 『로마 건국사』 제1권 제34장, 17); (스페인에 관하여) 몽테뉴, 『에세』 제1권, 14.

그들은 평화보다 죽음을 더 사랑하고, 다른 이들은 전쟁보다 죽음을 더 사랑한다.

삶에 대한 사랑이 매우 강하고 자연스러워 보이지만, 모든 의견이 삶보다 더 좋게 여길 수 있다.

30-64 사람들은 배를 조종하기 위해 여행객 중에서 가장 훌륭한 집안의 사람을 선택하지 않는다.

31-65 사람들은 지나치는 도시에서 존중받는 것에 신경 쓰지 않는다. 그러나 거기에 잠시 머물러야 할 때는 그 점에 대해 염려한다. 얼마의 시간이 필요할까? 헛되고 보잘것없는 우리의 수명에 적합한 시간.

32-66 허무.

존중의 의미: 불편을 감수하십시오.

33-67 나는 사람들이 자신의 나약함에 놀라지 않는 것을 볼 때 가장 놀란다. 사람들은 진지하게 행동하고 저마다 자신의 처지에 맞게 살아간다. 이는 삶의 방식이 그러하기 때문에 그것을 따르는 것이 옳아서가 아니라, 마치 각자가 사리와 정의가 어디 있는지 분명히 아는 것처럼 행동하고 있는 것이다. 매 순간 사람들은 실망하는데, 그들은 괴상한 겸손함으로 그것이 자신의 부족함이라 생각하지, 자신들이 항상 소유하고 있다고 자부하는 방법의 결함이라고는 생각하지 않는다. 그런데 인간이 수많은 기괴한 생각을 할 수 있다는 점을 제시하기 위해서, 그리고 회의주의의 영광을 위해서 회의론자가 아닌 이런 사람들이 세상에 그렇게 많

은 것은 좋은 일이다. 왜냐하면 인간은 이러한 본연의 피할 수 없는 나약함에 있지 않고, 오히려 본연의 현명함 속에 있다고 믿을 수 있기 때문이다.

전혀 회의론자가 아닌 사람이 있다는 것보다 더 회의주의를 강화하는 것은 없다. 모든 사람이 회의론자라면 그들의 생각은 틀린 것이 될 것이다.

34-68 이 학파*는 자신들의 친구들보다 적들로 인해 더 강화되는데, 이는 인간의 나약함이 이 나약함을 아는 사람들보다 모르는 사람들에게서 더 잘 나타나기 때문이다.

35-69 신발 굽.

"어! 그것참 잘 만들었네. 정말 실력 있는 일꾼이구먼!" "이 군인은 얼마나 용감한지!" 바로 이것이 우리들의 성향과 조건의 선택의 원천이 된다. "이 사람은 술을 잘 마시는구먼! 아, 이 사람은 술을 조금 마시네!" 이런 말이 술꾼을 만들고 술에 약한 사람을 만들고, 군인을 만들고, 겁쟁이 등등을 만든다.

36-70 세상의 허무를 모르는 사람은 그 자신이 정말 허무한 사람이다. 그러니까 미래에 대한 생각과, 오락과 소란 속에 있는 젊은이들을 제외하고 그 허무를 보지 못하는 자가 누가 있겠는가.

하지만 그들의 오락을 제거하면 권태로 힘들어 하는 것을 보게 될 것이다. 그때 그들은 그것이 뭔지 알지도 못하면서 자신들의 공허를 느끼게 된다. 왜냐하면 자신을 바라볼 수밖에 없는 처지에 놓여, 거기서 전혀 벗어날 수 없게 되자마자 견딜 수 없는 슬픔에 빠지는 것은 정말 불행한 일이기 때문이다.

37-71 직업.

명예의 달콤함은 매우 강해서 그것과 연결된 것이면 무엇이든, 그것이 죽음이라도 사람들은 명예를 좋아한다.

38-72 너무 많거나 너무 적은 포도주.

그에게 그것을 주지 마라. 그는 진실을 찾지 못한다. 너무 많이 주어도 마찬가지이다.

39-73 사람들은 공이나 토끼를 쫓아다니는 데 전념한다. 이는 왕들의 즐거움이기도 하다.

40-74 사물의 비슷함으로 감탄을 불러일으키는 그림은 얼마나 허무한가. 사람들은 그림의 실물에 대해서는 전혀 감동하지 않는데 말이다.

41-75 너무 빨리 읽거나 너무 천천히 읽을 때 사람들은 아무것도 이해하지 못한다.

42-76 얼마나 많은 왕국들이 우리를 모르는지!

43-77 우리는 사소한 일로 위로받는다. 왜냐하면 사소한 일로 마음 아파하기 때문이다.*

44-78 상상력.

이러한 실수와 거짓의 주인은 인간의 주요 부분인데, 항상 기만적이지 않기 때문에 더 간교하다. 왜냐하면 만약에 상상력이 거짓의 확실한 잣대라고 할 때, 그것은 또한 진리의 확실한 잣대가 될 것이기 때문이다. 계속해서…….

그러나 그것은 자주 거짓되고, 또한 같은 것에 대해 참과 거짓을 나타내서 자신을 전혀 드러내지 않는다. 나는 우매한 사람들이 아니라 가장 지혜로운 사람들에 대해 말하고 있다. 이 사람들에게 상상력은 강력한 설득력을 발휘한다. 이성은 아무리 외쳐도 소용없다. 이성은 사물의 값어치를 매기지 못한다.*

이성의 적인 이 오만한 힘은 이성을 지배하고 조절하는 것을 즐기고, 만사에 있어 자신의 힘이 얼마나 대단한지를 보여 주기 위해 인간의 내부에 제2의 본성을 만들어 놓았다. 상상력으로 사람들은 행복한 자가 되고, 불행한 자가 되고, 건강한 자가 되고, 병자가 되고, 부유한 자가 되고, 가난한 자가 된다. 상상력은 이성으로 하여금 믿게 하고, 의심하게 하고, 부정하게 한다. 상상력은 감각을 마비시키는 동시에 감각으로 하여금 느끼게 한다. 상상력으로 사람들은 우매한 자가 되고, 지혜로운 자가 된다. 가장 분개할 일은 상상력이 이성과 달리 주인들을 충만하고 완전히 만족시키는 것을 보는 것이다. 신중한 사람들은 이성적으로 만족할 줄 모르는데, 상상력으로 능력이 있는 사람은 스스로에 대해 만족할 줄 안다. 이들은 사람들을 대할 때 지배하듯이 바라보고 대담하게 확신을 가지고 논쟁하는데, 다른 이들은 두려움과 불신을 가지고 임한다. 그들의 얼굴에 드러난 즐거움 때문에 듣는 사람들은 그들에게 유리한 의견을 갖게 된다. 그만큼 상상력으로 지혜로운 사람들은 같은 부류의 심판관들에게서 유리한 선처를 얻는다. 상상은 우매한 사람들을 지혜롭게 만들지는 못하나, 이성이 부러워할 정도로 행복하게 만든다. 이성은 사람들을 치욕으로 가득 채워 불행하게 만들고, 상상은 사람들을 영광으로 넘치게 한다.

이 상상의 기능이 아니면 무엇이 명성을 안기고, 무엇이 사람들, 작품들, 법들, 위대한 사람들에게 존경과 숭배를 주겠는가? 상상의 동의 없이는 이 지상의 모든 부유함은 부족하다. 모든 사람들이 존중할 수밖에 없을 정도로 아주 연로한 이 법관은 순수하고 숭고한 이성에 의해서만 처신하며, 단지 나약한 정신을 가진 사람들의 상상력에 영향을 끼칠 수 있는 이런 헛된 상황에는 신경 쓰지 않고 문제의 성질에 따라 판결을 내린다고 여러분은 생각하지 않겠는가? 설교를 듣기 위해 들어오는 그를 보라. 그는 열렬한 신앙심으로 이성의 확고함을 강화하면서 아주 독실한 믿음의 열의를 가지고 들어온다. 자, 그는 모범적인 존경심으로 들을 준비가 되었다. 설교자가 나타난다. 만약 천성적으로 쉰 목소리에 얼굴은 이상하게 생긴 데다 그의 이발사가 면도를 잘못했다면, 게다가 우물우물 말했다면, 그가 어떤 진리를 말하더라도 내가 장담하건대 우리의 의원님은 그 근엄함을 잃게 될 것이다.

세계에서 가장 위대한 철학자가 충분히 넓은 널판자 위에 서 있다. 그런데 만약 그 밑으로 깊은 절벽이 펼쳐진다면 이성적으로 안정이 보장된다 하더라도 상상력이 더 우세할 것이다. 많은 사람이 식은땀을 흘리고 창백해지지 않고서는 그 생각을 할 수 없을 것이다.

나는 상상의 모든 현상을 말하지 않겠다. 고양이나 쥐를 보거나 해서, 아니면 숯이 부서지는 소리에 이성을 잃어버린다는 것을 모르는 사람이 누가 있겠는가? 목소리의 어조는 가장 위대한 현인들에게까지 강한 인상을 주고, 연설이나 시 작품의 가치를 변형시키는 힘을 가진다.

애정이나 미움은 정의의 양상을 바꿔 놓는다. 미리 돈을 받은 변호사는 자신이 변호하는 사건을 얼마나 더 정당한 것으로 생각할 것인가! 과감한 몸짓으로 이 외양에 속고 있는 판사들에게 그는 이 사건을 얼마나 더 좋게 보여 주겠는가!

한 점의 바람에 사방으로 놀아나는 이 별난 이성을 보라! 나는 이성의 동요에 흔들리는 사람들의 모든 행동을 얘기할 수 있을 것이다. 왜냐하면 이성은 양보해야만 했기 때문이다. 그리고 가장 현명한 이성도 사람의 상상력이 아무렇게나 곳곳에 들여놓은 원리들을 자신의 원리로 삼기 때문이다. (*이성만 따르기를 원하는 사람은 어리석은 자로 입증될 것이다. 사람들이 그것을 원해서인데, 가상의 것으로 인정된 물질을 위해 하루 종일 일해야 한다. 그리고 잠으로 우리의 이성의 피곤이 풀렸으면 즉시 일어나 덧없는 것을 좇아 달려 나가야 하고, 이 세상의 주인의 영향을 받아야 한다.*)

(*— 자, 이것이 오류의 원리들 중 하나이다. 그런데 그것만 있는 것이 아니다.*)

(*인간이 이 두 가지 힘을 결합한 것은 아주 옳은 일이었다. 이 평화 안에서조차 상상력이 아주 넉넉하게 우위를 차지하고 있지만 말이다. 왜냐하면 전쟁 속에서 상상력은 완전한 우위를 차지하기 때문이다. 이성이 상상력을 완전히 극복하는 일은 결코 없을 것이다. 보통은 그 반대이다.*)

우리 법조인들은 이 비밀을 잘 알고 있었다. 자신들의 붉은 법복, 푹신한 털 고양이처럼 몸을 감싼 담비 털가죽, 재판하는 법정, 그리고 백합꽃과 같은 이러한 모든 위엄 있는 외관은 매우 필요한 것이었다. 그리고 만약 의사들이 긴 가운과 슬리퍼를 갖추지 않고, 또 박사들이 사각모와 여러 폭의 아주 긴 가운과 굽 높은 신발을 갖추지 않았다면 결코 세상을 속일 수 없었을 것이다. 세상 사람은 이런 공인된 겉모양에 저항할 수 없기 때문이다. 만약 올바른 정의를 가지고 있었다면, 만약 의사들이 참 진료 기술을 가지고 있었다면 사각모로 뭘 해야 할지 모를 텐데 말이다. 이 학문들의 위엄은 그 자체로 충분히 숭상할 만하다. 그러나 상상의 지식만 가지고 있기 때문에 상상력을 건드리는 이런 헛된 도구들을 소유해야만 한다. 즉 그들은 이 상상력과 해결할 일이 있는 것이다. 그리고 사실 이런 방법을 통해 존경심을 불러일으키게 한다.

전쟁에 참여하는 사람들은 그렇게 변장하지 않는다. 왜냐하면 그들이 하는 일은 더 본질적이기 때문이다. 군인은 힘으로 자리를 잡고, 어떤 이들은 태 부리는 것으로 자기 일을 한다.

그래서 왕들은 이런 변장을 모색하지 않았다. 그렇게 보이기 위해서 희한한 옷으로 가면을 쓰지 않았다. 대신 주위에 보초와 미늘창을 든 군인을 두었다. 왕 자신들만을 위한 무기와 힘을 가진 이 무장 부대, 앞서 걸어가는 나팔과 북, 왕을 호위하는 보병 군단은 가장 강한 사람들을 떨게 한다. 왕들은 의상을 갖추고 있지 않고, 단지 힘을 지니고 있다. 휘황찬란한 궁전에서 4만 보병을 거느린 군주를 다른 일반 사람으로 보기 위해서는 매우 순수한 이성을 지녀야 할 것이다.

우리는 모자와 법복을 입은 변호사를 볼 때 그의 능력에 대해 이로운 생각을 갖지 않을 수 없다.

상상력이 모든 것을 결정한다. 상상력은 아름다움과 정의 그리고 이 세상의 전부인 행복까지 만들어 준다.

나는 진심으로 보고 싶은 이탈리아 책이 있다. 제목만 아는데, 그 제목만으로도 많은 책을 대신할 가치가 있다. 그것은 '*Dell' opinione regina del mondo*(세상의 여왕인 여론)'이다. 잘 알지 못하지만 나는 이 책에 동의한다. 해로운 것이 있다면 그것만 제외하고 말이다.

자, 이상이 이 기만적인 기능의 거의 모든 작용이다. 이 기능은 마치 우리를 필연적인 오류로 이끌기 위해 일부러 주어진 듯싶다. 우리는 오류의 다른 원리들을 가지고 있다.

오래된 인상만이 우리를 속일 수 있는 것은 아니다. 새로운 것의 매력도 같은 힘을 가진다. 어린 시절의 잘못된 생각을 따른다고 비난하거나, 새로운 것을 무모하게 좇는다고 비난하는 사람들의 모든 싸움의 원인은 거기에 있다. 중도에 있는 자가 나타나 그것을 증명하기를! 어떤 원리는 그것이 어렸을 때부터 자연스럽게 보이던 것일지라도 교육에 있어서건 감각에 있어서건 거짓된 인상으로 여기지 않는 것은 없다.

어떤 이들은 말한다. "당신은 어린 시절부터 아무것도 보이지 않을 때 상자가 비어 있다고 믿었기 때문에 진공이 가능하다고 생각했습니다. 그것은 관습으로 굳어진 당신 감각의 착각입니다. 이 착각을 학문이 고쳐야 합니다." 다른 이들은 말한다. "학교에서 당신에게 진공은 존재하지 않는다고 가르침으로써 당신의 상식을 무너뜨렸습니다. 당신은 이 잘못된 인상 이전에 매우 분명하게 이해하고 있었습니다. 당신의 처음 본성에 따라 이를 고쳐야 합니다." 그러니까 속인 자가 누구인가? 감각인가, 교육인가?

우리는 또 다른 오류의 원리를 가지고 있다. 그것은 질병이다. 질병 때문에 판단과 감각에 문제가 생긴다. 중병으로 인한 판단과 감각의 손상이 심각하다면, 가벼운 병들도 그 정도에 따라 손상 작용이 일어난다는 것을 나는 의심하지 않는다.

우리의 이해관계도 우리가 기분 좋게 현혹되기에 아주 훌륭한 도구이다. 세상에서 가장 공정한 사람에게도 자신의 공소 사건에 대한 재판관이 되는 것은 허용되지 않는다. 이런 자기애에 빠지지 않기 위해 오히려 세상에서 가장 부정한 자가 된 사람들을 나는 안다. 매우 공정한 사건에서 패소하는 가장 확실한 방법은 근친들에게 사건을 맡기는 것이다. 정의와 진리는 너무나 정묘하여 두 첨단을 정확히 맞추기에는 우리의 도구가 너무 무디다. 적중하는 데 성공하더라도 첨단의 끝은 짓이겨지고, 진실된 것보다는 거짓된 것 주위에 닿게 된다.

(인간은 다행히 진실의 어떤 정확한 원리를 가지고 있지 않으나 거짓의 여러 훌륭한 원리를 소유하도록 만들어졌다. 자, 이제 그 원칙이 얼마나 있는지 보자.

그런데 인간 오류의 가장 우스꽝스러운 원인은 감각과 이성 간의 싸움이다.)

45-78 인간은 은총 없이는 본질적이고 지울 수 없는 오류로 가득한 존재이다. 어떤 것도 인간에게 진실을 보여 주지 않는다. 모든 것이 그를 속인다. 진리의 두 원칙인 이성과 감각은 그 각각이 진지함이 결여되었을 뿐만 아니라 상호적으로 서로를 속인다. 감각은 거짓된 외관으로 이성을 속인다. 감각이 정신에 일으키는 기만을 감각이 차례로 정신으로부터 받는다. 이성이 되갚음을 하는 것이다. 정신의 정념은 감각을 혼란하게 하고 잘못된 인상을 만들어 준다. 이 둘은 거짓말을 하며 다투어 서로를 속인다. 그러나 이러한 이질적인 기능 사이에 무지로 인해서 그리고 우연히 일어나는 이러한 오류 외에…….

(여기서 기만의 능력에 대한 장을 시작해야 한다.)

46-79 허무.

사랑의 원인과 현상. 클레오파트라.

47-80 우리는 현재에 매달리지 않는다. 우리는 미래의 일을 예견하는데, 마치 너무 늦게 오는 것처럼 여기거나 미래의 흐름을 재촉하기 위한 것처럼, 아니면 과거를 회상하는데 마치 너무 빨리 지나가는 것을 멈추기 위한 것처럼 예견한다. 우리는 이렇듯 신중하지 못해서 우리의 시간이 아닌 시간 속에서 헤매고, 우리에게 속한 시간에 대해서는 조금도 생각하지 않는다. 너무나 헛되게, 아무것도 아닌 것에 집착하여, 유일하게 존재하는 것을 아무 생각 없이 놓치고 있다. 보통 현재라는 것은 우리를 아프게 하기 때문이다. 현재가 우리를 힘들게 하므로 우리는 보이지 않게 그것을 감춘다. 그리고 현실이 즐거우면 그것이 사라지는 것을 보며 애석해한다. 우리는 이 현실을 미래로 지탱하려 하고, 이루어질 것이라는 어떤 확신도 없는 시간을 위해 우리의 권한에 속하지 않는 많은 것을 준비하려는 생각을 한다.

각자가 자신의 생각을 검토해 보면 그 생각들이 모두 과거나 미래에 집착해 있다는 것을 발견하게 될 것이다. 우리는 현재에 대해 생각하지 않는다. 만약 생각한다면, 그것은 미래를 준비하기 위해 현재에서 이해의 빛을 얻고자 하는 것일 뿐이다. 현재는 결코 우리의 목적이 되지 못한다. 과거와 현재는 우리의 수단이며, 미래만이 우리의 목적이 된다. 그렇게 우리는 살아 보지도 못하고 살기를 바라기만 한다. 따라서 행복해지는 것을 항상 준비하고 있어서 우리가 결코 그렇게 되지 못하는 것이 불가피하다.

48-81 세상 최고 재판관의 정신은 주위에서 일어나는 소리에 바로 영향을 받지 않을 만큼 초연하지 못하다. 그의 생각을 방해하는 데 대포 소리가 필요한 건 아니다. 바람개비나 도르래 소리만으로도 된다. 그가 지금 논리 정연하게 생각을 잘하지 못하는

것에 놀라지 마라. 파리 한 마리가 그의 귓가에서 윙윙거리고 있으니까. 그가 심사숙고하지 못하는 데는 그것으로 충분하다. 그가 진리 찾기를 바란다면 그의 이성을 궁지에 몰고 있는, 도시와 왕궁을 통치하는 이 강력한 지성을 혼란시키는 곤충을 쫓아내라.

이 얼마나 우스꽝스러운 신인가. O ridicolosissime heroe![7]

49-82 세계를 정복하는 재미를 즐기기에 카이사르는 너무 늙었던 것 같다. 이런 재미는 아우구스티누스나 알렉산드로스에게 적당했다. 젊은 그들을 멈추게 하는 것은 어려운 일이었다. 그러나 카이사르는 더 성숙했던 것 같다.

50-83 스위스 사람들은 귀족이라 불리면 불쾌해한다. 그래서 큰일을 맡을 만하다는 평가를 받으려고 자신이 평민임을 증명하려 든다.

51-84 "왜 저를 죽이려는 겁니까?"

—"아니, 당신은 강 건너에 살지 않습니까? 여보시오, 당신이 이쪽에 산다면 나는 살인자가 될 것입니다. 그러니까 당신을 죽이는 것은 부당한 일이 되는 것입니다. 하지만 당신이 저쪽에 사니까 나는 용감한 자가 되는 것이지요. 그리고 그것은 정당합니다."

52-85 양식.

이들은 다음과 같이 말해야 한다. "당신은 진심으로 행동하지

---

7 오, 가소로운 영웅이여!

않습니다. 우리는 자고 있지 않소" 등등……. 나는 이 오만한 이성이 애걸하고 모욕당하는 것을 얼마나 보고 싶은지! 왜냐하면 그것은 사람들이 그의 권리를 문제 삼고 있어서 그가 자신의 권리를 찾기 위해 손에 무기를 들고 수호하는 그런 사람의 언어가 아니기 때문이다. 그는 진심으로 행동하지 않는다고 말하면서 꾸물대기보다는 이 불성실을 힘으로 벌한다.

3. 비참

53-86 짐승에게 복종하고, 짐승을 숭배하기까지 하는 인간의 비천함.

54-87 변덕.

사물들은 그 특징이 다양하듯, 영혼도 그 경향이 다양하다. 왜냐하면 영혼이 접하는 것은 그 어떤 것도 단순하지 않고, 영혼은 그 어떤 대상에 대해서도 자신의 모습을 단순하게 드러내지 않기 때문이다. 그런 이유로 사람들은 같은 일에 웃기도 하고 울기도 한다.

55-88 변덕.

사람을 대할 때 우리는 일반 오르간을 손으로 만진다고 생각한다. 하지만 그것은 기이하고 변덕스럽고 변화무쌍한 오르간이다. (일반 오르간만을 만질 줄 아는 사람은) 이 오르간으로 화음을 만들 수 없을 것이다. (건반이) 어디 있는지 알아야 한다.

56-89 우리는 너무나 불행해서 어떤 일이 잘못되었을 때는 화내

는 조건에서만 그 일에 대해 기쁨을 느낄 수 있다. 이런 일은 수천 가지이고 시시각각 일어난다. 이 상반되는 악에 화를 내지 않고 행복을 즐기는 비결을 발견한 사람은 요점을 찾은 것이 될 것이다. 그것은 끊임없는 움직임이다.

56-90 너무 자유로운 것은 좋지 않다.

필요한 모든 것을 갖는 것은 좋지 않다.

58-92 폭정은 자신의 질서에서 벗어나 보편적인 지배의 욕망에 근거한다.

강한 사람들, 아름다운 사람들, 지혜로운 사람들, 독실한 사람들과 같은 여러 영역이 있는데, 제각각 다른 곳이 아니라 자신의 영역 안에서 군림한다. 그리고 그들은 가끔 서로 만나기도 한다. 그리고 강한 자와 아름다운 자가 둘 중 누가 주인이 될 것인지를 가지고 어리석게 싸우는데, 왜냐하면 그들이 지배하는 영역이 다르기 때문이다. 그들은 서로를 이해하지 못한다. 그들의 잘못은 도처에서 지배하고 싶어 하는 데 있다. 하지만 그럴 수 있는 이는 아무도 없다. 힘조차 그럴 수 없다. 힘은 학자들의 왕국에서는 아무것도 할 수 없다. 힘은 외적 행동의 지배자일 뿐이다. 그래서 이런 말은 잘못된…….

58-91 폭정.

폭정은 다른 길을 통해서만 얻을 수 있는 것을 어떤 한 길을 통해 얻기를 원하는 것이다. 온갖 다른 가치에 각각 다른 의무를 부여한다. 즉 매력에는 사랑의 의무를, 힘에는 두려움의 의무를, 학문에는 신뢰의 의무를 부여한다.

사람들은 이러한 의무를 부여해야 한다. 이를 거부하는 것은 부당하며, 다른 의무를 요구하는 것도 부당하다. 그러니까 이런 말은 잘못된 것이고 압제적인 것이다. "나는 멋있다. 그러므로 사람들은 나를 두려워해야 한다. 나는 강하다. 그러므로 사람들은 나를 좋아해야 한다. 나는……." 그리고 다음과 같이 말하는 것도 잘못된 것이고, 압제적인 일이다. "그는 강하지 않다. 그러므로 나는 그를 존중하지 않을 것이다. 그는 영리하지 않다. 그러므로 나는 그를 두려워하지 않을 것이다."

59-93　전쟁을 벌이고, 많은 사람을 죽여야 하고, 많은 스페인 사람들에게 사형 선고를 내려야 할지 결정을 내려야 할 때 판단을 내리는 사람은 오직 한 사람이고, 또한 그는 이해관계자이다. 그러나 관계가 없는 제3자여야 할 것이다.

60-94　그는 통치하고자 하는 세계의 체제를 어떤 기반 위에 창설할 것인가? 각 개인의 변덕 위에 세울 것인가? 그렇다면 얼마나 혼란스러울까? 정의 위에 세울 것인가? 그는 정의가 무엇인지 모른다. 그가 만약 정의가 무엇인지 알고 있었다면 분명히 사람들 사이에 유통되는 이러한 격언을 만들지는 않았을 것이다: "자기 나라의 관습을 따르기를!" 참된 공정함의 찬란한 빛이 모든 민족을 제압했을 것이다. 그리고 입법자들은 이 불변의 정의 대신 페르시아인이나 독일인의 공상과 변덕을 표본으로 삼지 않았을 것이다. 그리고 세계 모든 나라에서 굳건히 자리 잡은 정의를 늘 볼 것이다. 그런데 우리는 그 어떤 정의도 그리고 부정도 기후의 변화에 따라 그 가치가 변하지 않는 것은 보지 못한다. 위

도 3도에 모든 법률이 뒤바뀐다. 하나의 자오선이 진리를 결정한다. 몇 년 새 소유권에 관한 기본법이 바뀐다. 권리도 다 때가 있고, 토성이 사자자리로 들어가는 것으로 우리는 어떤 범죄의 원인을 알게 된다. 한 줄기 강으로 경계선이 만들어지는 이런 정의는 얼마나 가소로운가! 피레네 이편의 진리는 건너편에서는 오류가 된다.

그들은 정의가 관습에 있는 것이 아니라 모든 나라에 공통된 자연법 안에 있음을 인정한다. 인간의 법은 우연의 무모함으로 유포된 것인데, 적어도 보편적인 어떤 법 하나라도 발견되었다면 그들은 분명 이 생각을 고집스럽게 주장할 것이다. 그러나 그것이 얼마나 우스운 생각인지 사람의 변덕스러운 성격이 너무나 다양해서 보편적인 법이란 게 하나도 존재하지 않는다.

도둑질이나 근친상간, 유아 살인, 존속 살인, 이 모든 것이 덕스러운 행위로 자리 잡은 적도 있었다. 한 남자가 강 건너편에 산다는 이유로, 그리고 그의 왕이 우리 왕과 다투었다는 이유로 그가 나를 죽일 권리가 있다는 것보다 더 우스운 일이 있을까? 나는 그와 아무런 문제도 없는데 말이다.

자연법이라는 것은 분명히 있다. 그러나 이 타락한 대단한 이성이 모든 것을 타락시켜 버렸다. *Nihil amplius nostrum est, quod nostrum dicimus artis est.*[8*] *Ex senatus consultis et plebiscitis crimina exercentur.*[9*] *Ut olim vitiis sic nunc legibus laboramus.*[10]

이러한 혼란 때문에 정의의 본질은 입법자의 권위라고 말하

8 우리의 것은 아무것도 남지 않았다.
9 원로원 회의와 평민회의를 위한 범죄들이 있다.
10 이전에 우리는 우리의 악한 행위 때문에 고통받았다. 오늘날 우리는 우리의 법률 때문에 고통받는다. - 타키투스, 『연대기』 제3권, 25(몽테뉴, 『에세』 제3권, 13).

는 사람이 있고, 또 어떤 사람은 군주의 편의라고, 또 어떤 사람은 현재의 관습이라고 말한다. 그런데 이 마지막 견해가 가장 확실하다. 이성만을 따를 때 그 어떤 것도 그 자체로 정당한 것은 없다. 시간과 함께 모든 것이 흔들린다. 관습은 단지 그것이 공인되었다는 이유로 공평한데, 이 점이 바로 관습의 권위가 갖는 신비로운 기반이다. 관습의 근원으로 되돌아가면 그것은 무력해질 것이다. 잘못된 법률을 고치려는 법률만큼이나 더 잘못된 법률은 없다. 법이 옳다는 이유로 그 법에 복종하는 사람은 자신이 상상하는 정의에 복종하는 것이지 법의 본질에 복종하는 것은 아니다. 법은 자족적인 것이다. 법은 법일 뿐 그 이상 아무것도 아니다. 이 법의 동기를 조사하려는 사람은 그 동기가 너무 미미하고 보잘것없어서, 인간의 상상력의 경이를 보는 데 익숙지 않다면 한 세기 동안 그렇게 많은 존경과 화려함을 얻은 점에 감탄할 것이다. 돌을 던지는 기술, 즉 관습이 권위와 정당함을 갖고 있지 않음을 알리기 위해 그 관습의 기원까지 탐색하면서 국가를 전복시키는 기술은 현행의 관습을 뒤흔드는 것이다. 사람들은 정당하지 않은 관습이 소멸시킨 국가의 맨 처음 기본법에 의지해야 한다고 말한다. 이는 모든 것을 잃는 확실한 방법이다. 이 저울에서는 그 어떤 것도 정당하지 않을 것이다. 그런데 사람들은 이런 이야기에 쉽게 귀 기울인다. 그들은 어떤 것이 속박인지 알아차리기만 하면 곧 그것을 뒤흔든다. 지배자들은 이 점을 이용하여 민중을 멸하게 하거나, 공인된 관습에 대해 호기심이 많은 사람들을 파멸시킨다. 그래서 입법자 중 가장 현명한 사람은 민중의 행복을 위해서는 자주 그들을 속여야 한다고 말했다. 그리고 또 다른 훌륭한 정치가는 다음과 같이 말했다. *Cum veritatem qua* *liberetur ignoret, expedit quod fallatur.*[11*] 민중은 찬탈의 진실을 알아채면 안 된다. 그것은 옛날에 아무 이유 없이 도입되었는데 정당한 것이 되었다. 그것이 곧 끝나지 않기를 원한다면, 그것이 진정한 본래의 것이고 영원한 것으로 보게 해야 하고 그 기원을 숨겨야 한다.

61-95 정의.

유행이 매력을 만드는 것처럼 정의도 만들어 낸다.

62-96 (*세 명의 손님*)

영국 왕과 폴란드 왕 그리고 스웨덴 여왕*의 총애를 받았을 사람이 이 세상에 피난처와 은신처가 없다고 생각했을까?

63-97 명예.

칭찬은 어릴 때부터 모든 것을 망가뜨린다. 오! 얼마나 말을 잘했는지! 아! 얼마나 잘했는지! 얼마나 착한지! 등등. 이런 명예나 선망의 자극을 전혀 받지 않은 포르루아얄의 아이들은 무기력에 빠진다.

64-98 내 것, 네 것

"이 개는 내 거야" 하고 가엾은 아이들이 말했다. "여기 이 양지는 내 자리야." 이것이 바로 이 세상의 찬탈의 시작이고 그 이미지이다.*

65-99 다양함.

---

11 해방의 진리를 모르면, 그것을 감추는 게 낫다.(성 아우구스티누스, 『신국론』 제4권, 27)

신학은 하나의 학문이다. 그러나 동시에 얼마나 많은 학문인가? 사람은 하나의 개체*인데, 해부해 보면 그것은 무엇인가? 머리? 심장? 위? 혈관? 각각의 혈관? 혈관의 각 부분? 혈액? 혈액의 체액?

하나의 도시, 하나의 마을, 멀리서 보면 그것은 하나의 도시이고 또 하나의 마을이다. 그러나 가까이 가면 그것은 집들이고, 나무들이고, 기와들이고, 잎들이고, 풀들이고, 개미들이고, 개미의 다리들이고, 그렇게 무한하다. 이 모든 것이 마을이라는 이름에 포함된다.

66-100 불의.

사람들에게 법이 옳지 않다고 말하는 것은 위험한 일이다. 왜냐하면 사람들은 법이 옳다고 믿어 법률에 복종하기 때문이다. 그래서 윗사람에게 복종하는 것이 그들이 옳아서가 아니라 그들이 윗사람이기 때문에 복종하는 것처럼 법이기 때문에 따라야 한다고 말해야 한다. 그래서 이 점을, 그리고 그것이 바로 정의의 의미라는 것을 이해시킬 수 있다면 바로 모든 소요가 예방된다.

67-101 불의.

사법권은 재판하는 사람이 아니라 재판받는 사람을 위해 주어진 것이다. 사람들에게 이러한 사실을 말하는 것은 위험한 일이다. 그러나 사람들은 당신들을 매우 신뢰하고 있다. 이는 사람들에게 해롭지 않으며, 당신들에게도 도움이 될 것이다. 따라서 그 사실을 공표해야 한다. *Pasce oves meas non tuas.*[12] 당신들의

12 '내 양들을 잘 돌보아라' 하고 분부하셨다.(「요한의 복음서」 21:17)

양식은 내 덕분이오.

68-102 나는 지나간 그리고 앞으로 계속될 영원 속에 흡수될 내 삶의 짧은 시간을 생각해 볼 때,—*memoria hospitis unius diei praetereuntis*[13*]—내가 채우는 작은 공간, 내가 모르고 나를 알지 못하는 공간의 무한한 광대함 속에 잠긴 내가 보고 있는 이 작은 공간을 생각해 볼 때 두려움에 떤다. 그리고 다른 곳이 아니라 여기에 있는 나를 보는 것이 놀랍다. 왜냐하면 거기가 아니라 여기에, 다른 때가 아니라 현재여야 하는 이유가 전혀 없기 때문이다. 누가 나를 여기에 갖다 놓았는가? 누구의 명령과 인도로 이 장소와 이 시간이 내게 주어졌는가?

69-103 비참.

욥과 솔로몬.

70-104 만약 우리의 처지가 진실로 행복하다면 우리의 처지에 대해 생각하는 것으로부터 생각을 바꿀 필요는 없을 것이다.

71-105 모순.

모든 비참을 견제하는 오만. 자신의 비참을 숨기거나 드러내는데, 이 경우에는 비참을 알게 된 것을 자랑스러워한다.

72-106 자기 자신을 알아야 한다. 그것이 진실을 발견하는 데 도움이 되지 않을 때는 적어도 자기 삶의 문제를 해결하는 데 도움

13 하루만 머물고 다른 곳으로 떠나는 나그네의 추억과도 같은 것이다.

이 될 것이다. 그보다 더 옳은 일은 없다.

73-107 현재의 기쁨이 거짓이라는 느낌과 존재하지 않는 기쁨의 부질없음에 대한 무지가 우리의 변덕을 야기한다.

74-108 불의.

그들은 다른 사람에게 해를 끼치지 않고 자신들의 사욕을 채우는 법을 찾지 못했다.

욥과 솔로몬.

75-110 「전도서」에 따르면, 신이 없는 인간은 모든 일에서 무지하며 피할 수 없는 불행 속에 있다. 왜냐하면 원하지만 할 수 없다는 것은 불행한 일이기 때문이다. 그런데 인간은 행복하길 원하고, 어떤 진리에 확신을 갖고 싶어 한다. 그러나 인간은 알 수가 없고, 알고 싶어 하지 않을 수도 없다. 의심조차 할 수 없다.

76-111 13.* (*아마 이 문제는 이성의 능력을 넘어서는 것일 수도 있다. 그러므로 그 능력에 속하는 일에 대한 이성의 발명품을 조사해 보기로 하자. 만약에 자신의 이익을 위해 매우 진지하게 자신의 능력을 발휘한 어떤 일이 있다면, 그것은 자신의 최고선에 대한 탐구이다. 그러므로 이 강력하고 명석한 정신들이 어디에 자신들의 최고선을 만드는지 그리고 그 점에 있어 서로 생각이 같은지 보도록 하자.*

어떤 사람은 최고선이 덕에 있다 하고, 어떤 사람은 쾌락에, 또 어떤 사람은 자연의 순리를 따르는 것에, 또 어떤 사람은 진리에 있다고 말한다. — felix qui potuit rerum cognoscere causas[14*]— *또 어떤 사람은 완전한 무지에, 어떤 사람은 평정한 무관심에, 어떤 사람은 외양에 저항하는 것에, 또 어떤 사람은 어떤 것에도 경탄하지 않는 데*— *nihil mirari prope res una quaepossit facere et servare beatum*[15] — , *그리고 용감한 회의론자들은 자신들의 평정함과 의심 그리고 지속적인 판단의 중지에 최고선이 있다고 생각한다. 더 지혜로운 사람들은 우리가 그 최고선을 찾을 수 없다고 말한다. 바랄 수조차 없다고. 참으로 만족스러운 결과이다!**

이 사항은 법률 항목 뒤로 옮길 것.

이 훌륭한 철학이 그렇게 지속적이고 힘든 작업으로 어떤 확고한 진리도 얻지 못한 것은 아닌지 검토해야 한다. 어쩌면 적어도 영혼은 자신을 알 것이다. 이 문제는 세상 스승들의 말씀을 듣자. 그들은 영혼의 실체에 대해 어떻게 생각했는가? 395.* 그들은 영혼의 소재를 파악하는 데 훨씬 더 탁월했던가? 395. 그들은 영혼의 기원, 지속 그리고 이탈에 대해 무엇을 발견했는가?

(그러니까 영혼은 그들의 미약한 지력에 비해 너무나 숭고한 주제인가? 그렇다면 영혼을 물질 저쪽에 내려놓자. 영혼이 자신이 움직이는 육체가, 또 그 영혼이 바라보고 마음대로 움직이는 다른 지체들이 무엇으로 만들어졌는지를 아는지 보자.

---

14 사물의 이치를 깨달을 수 있었던 사람은 행복하도다.(『에세』 제3권, 10)

15 호라티우스, 『서간집』 제1권, 제4권, 1: 어떤 것에도 놀라지 않는 것은 행복을 부여할 수 있고 간직할 수 있는 거의 유일한 방법이다.(『에세』 제2권, 12)

모든 것을 다 아는 이 위대한 독단주의자들은 그 점에 대해 무엇을 알았는가?

(393.) Harum sententiarum.[16*]

만약 이성이 합리적이었다면 아마도 그것으로 충분할 것이다. 이성이 확고한 그 어떤 것도 아직까지 찾을 수 없었다고 고백할 만큼 이성은 충분히 합리적이다. 그러나 거기에 이르는 문제에 대해 아직까진 절망하지 않고 있다. 오히려 이 탐구에 있어 그 어느 때보다 열정적이며 이 정복을 위해서 필요한 힘을 가지고 있다고 확신하고 있다.

그러니 이 일을 완수해야 한다. 결과 안에서 이성의 능력을 평가한 후에 그것 자체로 그 능력을 인정하자. 이성이 진리를 파악할 어떤 능력이나 기술을 갖고 있는지 보자.)

---

16 이 의견들 중 어느 것이 참(진리) 인가.

4. 권태

77-112 오만.

호기심은 허영일 뿐이다. 무언가를 알고 싶어 하는 것은 대개 그것에 대해 말하기 위해서일 뿐이다. 그렇지 않다면, 즉 여행에 대해 말도 하지 않고, 단지 본다는 기쁨만 가지고, 전달하는 희망도 전혀 없이는 우리는 바다 여행을 하지 않을 것이다.

78-113 인간에 대한 묘사.

종속, 독립의 희망, 욕구.

79-114 애착을 가졌던 일을 그만둘 때 겪는 어려움. 한 남자가 가정에서 즐겁게 생활한다. 그가 마음에 드는 여자를 만나 즐겁게 대엿새를 보낸다고 하자. 그가 원래의 일로 돌아간다면 그는 비참한 존재가 된다. 이보다 더 흔한 일은 없다.

5. 현상의 이유

80-115 존경: 불편을 감수하시오.

이는 겉으로 보기엔 공허하지만 매우 맞는 말이다. 왜냐하면 이 말은 "당신이 필요하다면 나는 이 불편함을 감수하겠소. 왜냐하면 그것이 당신에게 아무런 소용이 되지 않는다 해도 나는 이 불편함을 잘 감수하니까 말이오"라는 것을 의미하기 때문이다. 게다가 이러한 존경은 높은 사람들을 구별하기 위한 것이다. 그러니까 만약 존경이 안락의자에 앉는 것이라면 모든 사람을 존경해야 할 것이고, 그러면 구별할 수 없게 될 것이다. 그러나 불편을 겪음으로써 쉽게 구별할 수 있다.

81-116 유일한 보편 규칙은 일반적인 일에 대해서는 법이고, 그 외의 일에 대해서는 다수이다. 이는 어떤 연유에서인가? 거기에 내포되어 있는 힘의 결과이다.

그래서 권력을 가진 왕들은 신하들의 다수를 따르지 않는다.

분명히 재산의 평등은 옳다. 그러나 정의를 따르는 것이 힘이 되게 할 수 없으므로 사람들은 힘을 따르는 것이 정의로운 것이 되게 만들었다. 사람들은 정의를 강하게 만들 수가 없어 힘을 정의로 만들었다. 그래서 정의와 힘이 함께하고, 최고의 선인 평화가 안착하도록 하기 위해서이다.

82-116 지혜는 우리를 어린아이의 상태로 되돌려 놓는다. *Nisi efficiamini sicut parvuli.*[17]*

83-117 사람들은 사물에 대해 올바르게 판단한다. 왜냐하면 인간은 자신의 참된 자리인 본연의 무지 안에 있기 때문이다. 인식에도 두 개의 극단이 존재한다. 첫 번째는 모든 사람이 태어날 때 갖는 자연스러운 순수한 무지이다. 또 다른 극단은 위대한 정신의 소유자들이 이르는 무지이다. 이들은 사람들이 알 수 있는 모든 것을 발견한 후에 아무것도 알지 못함을 깨달은 사람들이다. 초기 상태인 이 같은 무지의 상태에서 두 극단이 만나게 되는 것이다. 그러나 이는 스스로를 아는 지적인 무지이다. 이 두 극단 사이에 있는 사람들은 본래의 무지에서는 벗어났지만 또 다른 무지에는 도달하지 못했다. 이들은 이 만족스러운 지식의 몇몇 흔적을 내비치며 아는 체한다. 이 사람들이 세상을 혼란스럽게 하고 모든 것에 대해 그릇된 판단을 내린다. 민중과 현자들은 세상의 흐름을 조성하지만, 이 사람들은 세상을 멸시하고 또한 멸시당한다. 이들은 모든 일에 잘못된 판단을 내리고, 세인들은 옳게 판단한다.

84-118 (*데카르트.*

대체로 다음과 같이 말해야 한다. "그것은 형상과 운동으로 이

---

17 너희가 어린아이와 같이 되지 않는 한

루어진다." 왜냐하면 그것이 사실이기 때문이다. 그러나 어떤 형태와 움직임인지 말하는 것과 기계를 만드는 것은 우스꽝스러운 일이다. 왜냐하면 그것은 무용하고 확실하지 않으며 힘든 일이기 때문이다. 그리고 그것이 참이라 할지라도 우리는 모든 철학이 한 시간의 노고의 가치가 있다고 생각하지 않는다.)

85-119 *Summum jus, summa injuria.*[18]

다수는 최선의 길이다. 그것은 확실할뿐더러 복종하게 만드는 힘을 가지고 있기 때문이다. 그런데 이는 그리 현명하지 못한 사람들의 생각이다.

가능한 일이었다면 정의의 수중에 힘을 안겨 줬을 것이다. 그러나 힘은 확실한 가치에 속하는 것이기 때문에 우리 뜻대로 처리할 수 없는 데 반해 정의는 정신적인 가치여서 우리 뜻대로 할 수 있어 정의를 힘의 수중에 놓은 것이다. 그래서 지킬 수밖에 없는 것을 정의로운 것이라 부른다.

거기서 검의 권리가 나온다. 왜냐하면 검은 실제의 권리를 부여하기 때문이다.

그렇지 않았다면 우리는 한편에선 폭력을, 다른 편에서는 정의를 볼 것이다. 12번째 프로뱅시알의 말미.

거기서 프롱드 난의 불의가 드러난다. 이는 힘에 대항하여 자신들의 정의를 주장하는 난이다.

교회에서는 그렇지 않은데, 거기에는 참된 정의가 있고 어떤 폭력도 없기 때문이다.

---

18 테렌티우스, 『고행자』 제4권, 5, 47; 키케로, 『의무론』 제1권, 10; 샤롱, 『지혜에 대하여』 제1권, XXXVII, 5: 극단의 권리는 극단의 불의이다.

86-120 *Veri juris.*[19]* 우리는 더 이상 그런 것을 가지고 있지 않다. 만약에 갖고 있다면 자기 나라의 관습을 따르는 것을 정의의 기준으로 삼지 않을 것이다.

그래서 사람들은 정의를 찾을 수 없어 힘을 발견한 것이다 등등.

87-121 대법관은 진중하며 장식품들을 걸치고 있다. 왜냐하면 그의 직위가 가짜이기 때문이다. 하지만 왕은 그렇지 않다. 그는 권력을 가지고 있다. 그는 상상력이 필요 없다. 재판관들, 의사들 등은 상상력만 가지고 있다.

88-122 그것은 관습의 현상이 아니라 힘의 현상이다. 왜냐하면 발명할 수 있는 사람이 드물기 때문이다. 수적으로 다수인 사람들은 따라가기만을 원하고 발명으로 영광을 얻으려는 사람들에게 그 영광을 넘기려 하지 않는다. 그리고 만약에 이들이 끝까지 영광을 얻고 싶어 하고, 발명하지 않는 사람들을 무시한다면, 다른 사람들은 이들에게 우스꽝스러운 이름을 주고 매질할 것이다. 그러므로 이 명민함을 자랑하지 말거나 아니면 그냥 스스로 만족하길 바란다.

89-123 현상의 이유.

이는 놀라운 일이다. 비단옷을 입고 예닐곱 명의 시종을 거느린 사람을 내가 존중하는 것을 바라지 않는 이들이 있다. 이는 무슨 말인가? 내가 인사하지 않으면 매질을 할 텐데 말이다. 이 옷은 힘이다. 그것은 마구(馬具)를 훌륭하게 갖춘 말과 다른 말의

19 참된 정의.

관계와 같다. 몽테뉴는 우습게도 거기에 어떤 차이가 있는지 보지 못하고, 사람들이 차이를 발견하는 것에 놀라워하며 그 이유가 무엇인지 묻는다. 그는 말하는데, "사실, 이는 어떻게……".*

90-124 현상의 이유.

단계. 민중은 가문이 훌륭한 사람을 존경한다. 반식자(半識者)는 출신은 우연에 의한 것이고 인품의 우월은 되지 못한다며 이들을 멸시한다. 식자는 이들을 존경한다. 민중처럼 생각해서가 아니라 배후의 생각 때문이다. 학식보다 종교적 열의를 더 가지고 있는 독실한 신자들은 식자가 귀족을 존경하는 이런 이유에도 불구하고 귀족을 멸시한다. 왜냐하면 이들은 신앙이 주는 새로운 빛으로 그들을 평가하기 때문이다. 그러나 완벽한 기독교인들은 더 높은 경지의 다른 빛으로 그들을 존경한다.

그렇게 가지고 있는 빛에 따라 찬반 의견이 계속될 것이다.

91-125 현상의 이유.

배후의 생각을 가져야 한다. 그리고 일반 민중처럼 말하면서 이 배후의 생각으로 모든 것을 판단해야 한다.

92-126 현상의 이유.

따라서 모든 사람은 착각 속에 산다고 말하는 것이 옳다. 왜냐하면 민중의 생각이 타당하다 해도, 민중의 머릿속에서는 그렇지 않기 때문이다. 민중은 진리가 있지 않은 곳에 진리가 있다고 생각하기 때문이다. 진리는 분명 그들의 생각 속에 있다. 그러나 진리는 이 생각이 만들어지는 지점에 있지 않다. 사실 귀족들을 존경해야 한다. 하지만 그것은 출신이 실제로 우월하기 때문이 아니라 등등.

93-127 현상의 이유.

찬성에서 반대로의 끊임없는 반전.

따라서 우리는 인간이 전혀 본질적이지 않은 사물을 존중한다는 사실을 통해 인간의 헛됨을 보여 주었다. 그리고 이 모든 의견은 파괴되었다.

이어 우리는 이런 모든 생각들이 매우 타당하며 또한 이런 모든 헛된 생각이 그 근거가 확실하여, 민중은 사람들이 얘기하듯 그렇게 어리석지 않다는 것을 보여 주었다. 그렇게 우리는 민중의 의견을 파괴한 이 의견을 파괴했다.

그런데 이제 이 마지막 명제를 무너뜨리고 민중의 의견이 타당하지만 민중은 헛되다는 점은 여전히 진실임을 제시해야 한다. 왜냐하면 민중은 진실이 어디 있는지 감지하지 못하고, 진실이 없는 자리에 진실을 둠으로써 그들의 의견은 여전히 거짓되고 타당하지 못하기 때문이다.

94-128 민중의 건전한 견해.

가장 큰 재난은 내란이다.

공적에 대해 보상받기를 원한다면 내란은 확실하다. 왜냐하면 모두가 자신이 보상받을 만하다고 말할 것이기 때문이다. 출생의 권리로 상속받은 한 바보를 두려워해야 할 폐해는 그리 크지도 않고 확실하지도 않다.

95-129 민중의 건전한 견해.

옷에 세심하게 신경 쓰는 것은 헛된 일이 아니다. 그것은 많은 사람이 자신을 위해 일하고 있다는 것을 보여 주기 때문이다. 자신의 머리 모양으로 하인과 향수 담당 등등을 가지고 있음을 보여주는 것이다. 가슴 장식, 장식 끈, 레이스 등등……. 그러니까 여러 일손을 가지고 있다는 것은 단순한 장식이나 허울이 아니다.

일손이 많으면 많을수록 강력하다. 세심하게 옷을 차려입는 것은 자신의 힘을 보여 주는 것이다.

96-130 현상의 이유.

인간의 나약함은 사람들이 만들어 내는 수많은 아름다움의 원인이다. 즉 비파를 능숙하게 연주할 줄 아는 것은 우리의 나약함 때문에 하나의 결점이 되는 것처럼 말이다.*

97-131 현상의 이유.

사욕과 힘은 모든 행동의 원천이다. 사욕은 자발적인 행동을 만들어 내고, 힘은 본의 아닌 행동을 만들어 낸다.

98-132 절름발이는 우리를 화나게 하지 않는데, 절름발이 정신이 우리를 화나게 하는 이유는 무엇인가? 절름발이는 우리가 똑바로 걷는다는 것을 인정하는데, 절름발이 정신은 우리가 절룩거린다고 말하기 때문이다. 그렇지 않다면 화 대신 동정심을 가질 것이다.

에픽테토스는 더 강력하게 질문한다. 사람들이 우리에게 "당신은 머리가 아프다"고 말할 때 우리는 왜 화를 내지 않는 걸까? 그리고 왜 우리는 사람들이 우리가 잘못 추론하고 있다거나 선택을 잘못했다고 말할 때 화를 내는 걸까?

99-132 그것은 우리가 머리가 아프지 않고 절름발이가 아니라는 확신을 가지고 있지만, 우리가 참을 선택하고 있는지는 확신하지 못하기 때문이다. 따라서 우리의 눈으로 그것을 본다는 이유만으로 확신을 가지기 때문에, 다른 사람이 그들의 눈으로 완전히 반대되는 것을 볼 때, 우리는 불안해지고 놀라게 된다. 게다가 사람들이 우리의 선택을 비웃는다면 더더욱 그렇다. 왜냐하면 많은 사람의 혜안보다 우리의 혜안을 선호해야 하기 때문이다. 그리고 그것은 용기가 필요한 어려운 일이다. 절름발이에 관한 의견의 경우, 이런 모순은 절대로 없다.

사람은 그가 바보라고 말하다 보면 그것을 믿게 된다. 그리고 자신에게 그것을 반복해서 말하면 스스로 그렇다고 믿게 된다. 왜냐하면 인간은 혼자 내적 대화를 하기 때문이다. 따라서 이를 잘 조절하는 것이 중요하다. *Corrumpunt bonos mores colloquia prava.*[20] 가능한 한 침묵을 지키고, 우리가 진리로 여기고 있는 하느님에 관해서만 얘기를 나눠야 한다. 그리고 그렇게 해서 우리는 진리인 하느님을 믿게 된다.

100-133 현상의 이유.

에픽테토스. "당신은 머리가 아픕니다"라고 말하는 사람들, 그것은 같은 것이 아니다. 우리는 건강에는 확신을 가지고 있지만, 정의는 그렇지 못하다. 사실 그의 정의는 터무니없다.

그럼에도 불구하고 그는 우리가 할 수 있다는 둥 아니라는 둥 말하면서 정의를 증명한다고 믿었다.

---

20 나쁜 친구를 사귀면 품행이 나빠집니다.(「고린토인들에게 보낸 첫째 편지」 15:33); 메난드로스, 「타이스(Thais)」 211.

하지만 그는 마음을 통제할 수 있는 힘이 우리에게 없다는 것을 깨닫지 못했다. 그리고 기독교인이 존재한다는 사실로부터 그런 결론을 내리는 오류를 범했다.

101-134 민중은 매우 건전한 견해를 가지고 있다. 예를 들면 다음과 같다.

1. 오락을, 포획보다는 사냥을 선택한다는 점. 반식자들은 그 점을 비웃는다. 그리고 그 점에 대해 세상 사람들의 어리석음을 보여 주는 데 의기양양해한다. 그러나 그들이 감지하지 못하는 이유로 사람들의 생각이 옳다.

2. 귀족이라든가 재산과 같은 외양으로 사람을 구별했다는 점. 사람들은 여전히 이런 판단이 얼마나 불합리한지를 제시하면서 의기양양해한다. 그러나 이는 매우 합리적이다. 카니발족이 어린 왕을 보고 비웃는다.

3. 뺨을 맞고 화를 내는 것이나, 아니면 명예를 탐하는 것. 그것은 거기에 수반되는 다른 중요한 이익 때문에 매우 바람직하다. 그러니까 뺨을 맞은 사람이 분개하지 않으면 모욕과 궁핍함에 시달린다.

4. 불확실한 것을 위해 일하는 것, 바다 항해, 널판 위 지나기.

102 (*유대인 아니면 기독교인은 사악해야 한다.*)

103-135 정의와 힘.

정의로운 것을 따르는 것은 옳은 일이다. 가장 강한 것을 따르는 것은 필요한 일이다.

힘이 없는 정의는 무능력하다. 정의가 없는 힘은 폭정이다.

힘이 없는 정의는 부인된다. 왜냐하면 악한 사람은 항상 존재하기 때문이다. 정의가 없는 힘은 비판받는다. 그러므로 정의와 힘을 함께 두어야 한다. 그러기 위해서는 정의로운 것은 강해야 하며, 아니면 강한 것은 정의로워야 한다.

정의는 논쟁의 여지가 있는 것이다. 힘은 매우 쉽게 식별되며 토론할 필요가 없다. 그래서 사람들은 정의에 힘을 부여할 수 없었다. 왜냐하면 힘이 정의를 반박하여, 정의는 옳지 않으며 옳은 것은 바로 힘이라고 말했기 때문이다.

이처럼 사람들은 정의로운 것이 강한 것이 되게 할 수 없어서 강한 것을 정의로운 것으로 만들었다.

104-135 귀족의 신분이 얼마나 훌륭한 특권인지 열여덟 살이 되면 출세의 길이 열려 명성을 얻고 존경받는데, 이는 다른 사람이 나이 오십에 누리는 그런 것이다! 힘들이지 않고 서른 살을 얻는 셈이다.

6. 위대

105-137 만약에 동물이 본능으로 하는 짓을 정신으로 한다면, 예를 들어 사냥을 하는데 동료들에게 먹잇감이 발견되었다고 또는 놓쳤다고 알리기 위해서 본능으로 말하던 것을 정신으로 말한다면, 느낌이 더 가는 것에 대해서도 잘 말할 것이다. 다음과 같이: "나를 아프게 하는 이 밧줄을 물어뜯어 주시오. 손이 닿질 않습니다."

106-138 위대.

현상의 이유는 사욕에서 훌륭한 규칙을 이끌어 내는 것처럼 인간의 위대함을 보여 준다.

107-139 앵무새는 부리가 깨끗한데도 닦는다.

108-140 우리 안에서 기쁨을 느끼는 것은 무엇인가? 손인가? 팔인가? 살인가? 피인가? 우리는 그것이 어떤 비물질적인 것이어야만 한다는 사실을 알게 될 것이다.

109-141 회의주의에 반하여.

(*이런 문제를 모호하게 만들지 않으면서 정의 내릴 수 없다는 것은 참으로 기이한 일이다.*) 우리는 모든 사람이 동일한 방식으로 인식한다고 가정한다. 하지만 이런 가정은 아무런 근거가 없다. 왜냐하면 우리는 그에 대해 어떤 증거도 갖고 있지 않기 때문이다. 나는 사람들이 같은 경우에 이런 말을 한다는 것을 잘 안다. 그리고 두 사람이 한 물체가 움직이는 것을 볼 때마다 그 대상에 대해 같은 표현을 한다는 것을 안다. 즉 둘 다 그 물체가 움직였다고 말한다. 그리고 이런 적용을 통해 관념의 일치라는 강력한 추측을 이끌어 낸다. 그런데 이러한 사고는 긍정의 편에 내기를 거는 것이 좋을지라도 절대적인 확신으로 납득할 만하지는 않다. 왜냐하면 상이한 가정에서 같은 결과가 나오는 일이 자주 있다는 것을 우리는 알기 때문이다.

이로써 그 문제가 충분히 복잡해졌다. 그렇다고 이런 주제에 대해 우리를 확신시켜 주는 자연의 빛이 전적으로 소멸되는 것은 아니다. 아카데미파 사람들은 '그렇다'에 내기를 걸었을 것이다. 그러나 그것은 문제를 퇴색시키고 독단론자들을 혼란케 한다. 이는 회의주의파에 영광을 돌리는 일이다. 이들은 불확실한 모호함에 근거를 두고 의심스러운 어둠 속에 머무는 사람들인데, 우리의 회의로 이 어둠의 모든 확실함을 제거할 수 없고 우리의 자연적인 빛으로는 그것의 모든 암흑을 없애지 못한다.

110-142 우리가 진실을 아는 것은 이성에 의해서만이 아니라 심정으로도 가능하다. 우리가 제일 원리를 아는 것은 후자를 통해서이다. 이 원리와 관계도 없는 이성의 추리가 제일 원리를 반박하려 해도 헛된 일이다. 이처럼 이성과 싸우는 일에만 온 마음을

쏟는 회의주의자들은 쓸데없이 그 일에 몰두한다. 우리는 우리가 꿈을 꾸고 있지 않다는 것을 안다. 논리적으로 이를 증명할 수 없을지라도, 이 무능력함은 단지 우리 이성의 결함을 말하는 것이지 회의주의자들이 주장하듯 우리의 모든 인식의 불확실을 뜻하는 것은 아니다. 공간, 시간, 운동, 수와 같은 제일 원리에 대한 인식은 논리적 추리에 의한 어떤 인식만큼이나 확실하기 때문이다. 그래서 이성은 이런 심정과 본능에 의한 인식에 의지해야 하고, 모든 논증을 거기에 기반을 두고 만들어야 한다. 심정은 공간에 세 개의 차원이 있고, 수는 무한하다는 것을 느낀다. 이성은 한 수가 다른 수의 두 배가 되는 두 개의 제곱수는 없다는 것을 증명해 준다. 원리는 느껴지는 것이고, 명제는 결론지어지는 것이다. 이 모든 것은 다른 길을 통해 확실하게 이루어진다. 그리고 이성이 승인하기 위해 심정에 제일 원리에 대한 증거를 요구하는 것은 심정이 이성에 이성이 증명하는 모든 명제를 받아들이기 위해 그 명제에 대한 직관을 요구하는 것만큼이나 무용하고 우스꽝스러운 일이다.

이 무능함은 모든 것을 판단하려 하는 이성을 겸허하게 만드는 데만 쓰여야 할 것이다. 우리의 확실함을 반박하는 데 이용되어서는 안 된다. 마치 우리를 가르쳐 줄 수 있는 게 이성뿐인 것처럼 생각하면서 말이다. 오히려 이성을 전혀 필요로 하지 않고 모든 것을 본능과 심정으로 알 수 있으면 얼마나 좋겠는가! 그러나 자연은 우리에게 이 같은 행복을 허용하지 않았다. 그러기는커녕 이런 방식의 인식은 아주 적고, 모든 다른 인식은 이성의 추리로 얻을 수 있는 것이다.

그러므로 신에게서 심정의 직관으로 종교를 부여받은 사람은 진정 행복한 사람이며, 그는 정당하게 그 신앙에 대해 확신을 갖는다. 그러나 종교를 갖지 못한 사람에게는 신이 심정의 느낌으로 부여할 때까지 기다리면서 논증으로 종교를 줄 수밖에 없다. 이 심정의 직관 없이는 신앙은 인간적인 것이 되고, 구원을 위해서 무용할 뿐이다.

111-143 나는 손과 발 그리고 머리가 없는 사람을 쉽게 상상할 수 있다. 머리가 발보다 더 필요하다는 사실을 가르치는 것은 경험밖에 없기 때문이다. 하지만 나는 사유하지 않는 인간을 상상할 수 없다. 그것은 돌이나 짐승일 것이다.

112-144 본능과 이성, 두 가지 천성의 표시.

113-145 생각하는 갈대.

나의 존엄성을 찾아야 할 곳은 공간이 아니라 사유의 규제에서이다. 땅을 소유하는 것으로 내가 더 많은 것을 갖게 되는 것은 아니다. 우주는 공간으로 나를 에워싸고, 하나의 점처럼 나를 삼켜 버린다. 나는 사유로 우주를 이해한다.

114-146 인간의 위대함은 자신이 비참하다는 것을 아는 데에서 위대하다. 나무는 자신의 비참함을 알지 못한다.

그러므로 자신이 비참하다는 것을 아는 것은 비참한 일이지만, 인간이 비참하다는 사실을 아는 것은 위대하다.

115-147 영혼의 비물질성.

자신들의 정념을 다스린 철학자들, 어떤 물질이 그 같은 일을 할 수 있었을까?

116-148 이 모든 비참 자체가 그의 위대함을 입증한다. 대영주의 비참이다. 폐위된 왕의 비참.

117-149 인간의 위대함

인간의 위대함은 너무나 명백해서 인간 자신의 비참 속에서조차 그 위대함이 드러난다. 왜냐하면 동물에게 속하는 본성을 우리는 비참이라 부르기 때문이다. 이로써 우리는 인간의 본성이 오늘날 동물의 본성과 유사해져서 이전의 자신의 것이었던 더 나은 본성에서 추락했다는 사실을 알 수 있다.

왜냐하면 왕이 아닌 사실에 불행해하는 자가 폐왕 말고 누가 있겠는가? 폴 에밀이 집정관이 아니어서 사람들은 그가 불행하다고 생각했는가? 오히려 집정관이어서 그는 행복해했다고 모두가 생각했다. 왜냐하면 그는 종신토록 집정관이 될 신분이 아니었기 때문이다. 그러나 페르세우스가 더 이상 왕이 아닌 점에 대해 사람들은 그가 매우 불행했다고 생각했다. 왜냐하면 그의 신분은 영원히 왕이 되어야 할 사람이었기 때문이다. 그래서 그가 목숨을 부지하는 것도 이상하게 생각했다. 입이 하나라고 누가 불행해하겠는가? 그리고 눈이 하나인 것으로 불행하지 않는 자가 누가 있겠는가? 우리는 눈이 세 개가 아니라고 괴로워하지 않을 것이다. 그러나 하나도 갖지 않는 점에 대해서는 깊은 슬픔에 빠질 것이다.

118-150 인간이 자신의 사욕 안에서 갖는 위대함은 그것으로부터 훌륭한 규칙을 이끌어 낼 줄 알았고, 또한 애덕의 그림을 만들었다는 점이다.

7. 모순

119-151　모순. 인간의 비속함과 위대함을 보여 준 후에. 이제 인간은 자신의 가치를 평가하기를! 자기 자신을 사랑하기를! 왜냐하면 자신 안에 선을 행할 수 있는 본성이 있기 때문이다. 하지만 그렇다고 그 안에 있는 비속함을 사랑하지 말기를! 자신을 경멸하기를! 왜냐하면 이 능력은 공허하기 때문이다. 그러나 이런 이유로 이 자연스러운 능력을 무시하지는 말기를! 자신을 증오하고, 자신을 사랑하기를! 인간은 자신 안에 진실을 알고 행복을 누릴 수 있는 능력을 가지고 있다. 그러나 인간은 지속적이거나 만족할 만한 진실은 결코 가지고 있지 않다.

그래서 나는 인간이 진실을 찾는 욕구를 갖게 하고, 진실을 찾을 수 있는 곳에서 진실을 좇도록 준비를 갖추게 하고, 자신의 지식이 정념으로 인해 얼마나 둔해졌는지 깨달아 정념으로부터 벗어나게 하고 싶다. 나는 인간이 자신 안에서 결정을 강요하는 사욕을 증오하기를 바란다. 자신이 선택할 때 사욕으로 인해 눈멀지 않고, 선택했을 때에는 사욕이 그를 막지 못하도록 말이다.

120-152　우리는 너무나 주제넘어서 온 세상에, 더 나아가 우리가

이 세상에 없을 때 나중에 올 사람에게까지 이름을 알리고 싶어 한다. 그리고 우리는 허영심이 많아서 대여섯 명의 이웃이 보내는 존경에 즐거워하고 만족스러워한다.

121-153, 154 인간의 위대함을 보여 주지 않고 인간이 얼마나 짐승 같은지를 지나치게 보여 주는 것은 위험하다. 그리고 비속함 없이 그의 위대함을 지나치게 보여 주는 것도 위험하다. 이 두 사항을 모른 채 내버려 두는 것은 더더욱 위험하다. 그러나 이 두 면을 보여 주는 것은 매우 이롭다.

사람은 자신이 짐승 같다거나 천사 같다고 믿어서도 안 되고, 이 두 점을 몰라도 안 되며, 둘 다 알아야 한다.

122-155 A. P. R.* 위대함과 비참.

비참은 위대함에서 결론지어지고 위대함은 비참에서 결론지어지는 것이라, 어떤 이들은 위대함을 근거 삼아 더더욱 비참의 결론을 내렸고, 다른 이들은 비참 자체에서 위대함의 결론을 내림으로써 더욱더 강하게 위대함의 결론을 내렸다. 때문에 이 위대함의 결론을 내리면서 위대함을 제시하기 위해 말할 수 있었던 모든 것이 다른 이에게는 비참을 결론짓기 위한 논증으로 소용될 뿐이었다. 왜냐하면 추락하는 곳이 높으면 높을수록 그만큼 더 비참하고, 다른 사람들은 반대의 논지를 펼치기 때문이다. 사람은 명석함에 따라 인간의 위대함과 비참을 발견하는 것이 확실하므로, 그들은 끝이 없는 원으로 서로를 지탱하고 있다. 한마디로 사람은 자신이 비참하다는 것을 안다. 그러니까 인간은 비참하다. 그렇기 때문이다. 하지만 그것을 알기 때문에 인간은 참으로 위대하다.

123-156 모순, 우리의 존재에 대한 멸시, 의미 없는 죽음, 우리의 존재에 대한 미움.

124-157 모순.

사람은 천성적으로 잘 믿고, 잘 믿지 않으며, 겁이 많고, 무모하다.

125-158 우리의 자연적 원리가 익숙해진 원리가 아니고 무엇이겠는가! 그리고 동물에게는 사냥이 그런 것처럼, 아이들에게는 그들 조상의 관습으로부터 물려받은 원리가 아니고 무엇이겠는가!

다른 관습은 다른 자연적 원리를 제공할 것이다. 이는 경험으로 알 수 있다. 관습에 의해 지워질 수 없는 자연적 원리가 있다면, 자연에 의해서도 제2의 관습에 의해서도 지워지지 않는 자연에 반대되는 관습의 원리도 있다. 그것은 성향에 따른 문제이다.

126-159 부모는 아이들에게서 본연의 사랑이 없어질까 염려한다. 도대체 사라질 수 있는 이 본성은 무엇인가?

습관은 제2의 본성이다. 이것이 첫 번째 본성을 파괴한다. 그런데 본성이란 무엇인가? 습관이 본연의 것이 아닌 이유는 무엇인가? 나는 습관이 두 번째 본성이듯, 이 본성이 첫 번째 습관이 아닌지 매우 우려된다.

127-160 인간의 본성은 두 가지 방법으로 고찰된다. 하나는 그 목적에 의한 것으로, 이때의 인간은 위대하고 유일무이하다. 다른 방법은 다수에 의한 것이다. 우리가 개나 말의 기질에 대해 경주나 개가 짖는 공격성을 보고 다수로 판단하는 것과 같다. 그런데 이때의 인간은 비천하고 가치가 없다. 이 두 가지 방법으로 인간

에 대한 판단이 달라지고, 철학자들은 논쟁한다.

왜냐하면 한 사람은 다른 이의 가정을 부정하기 때문이다. 한 사람이 말한다. "인간은 이 목적으로 태어난 것이 절대 아니다. 왜냐하면 그의 모든 행동이 그 목적에 어긋나기 때문이다." 다른 사람이 말한다. "이런 비천한 행동을 할 때 인간은 목적에서 멀어진다."

128-161 인간에게 자신의 모든 본성에 대해 가르쳐 주는 것 두 가지, 본능과 경험.

129-162 직업, 사유.

모든 것은 하나이고, 모든 것은 여러 가지이다.

인간의 본성에는 얼마나 많은 본성이 있는지! 얼마나 많은 직업이 있는지. 그러니까 사람들은 우연히 좋게 평가되는 것을 자주 듣고, 보통 이것을 선택한다. 아주 잘 만들어진 구두 굽.

130-163 그가 자기 자랑을 하면 나는 그를 깎아내리고

그가 자신을 낮추면 나는 그를 추어올린다.

그리고 계속해서 그를 반박한다.

자신이 이해할 수 없는 괴물이라는 사실을 알 때까지.

131-164 모순.

회의론자들의 사소한 논증은 제쳐 두고라도 신앙과 계시 밖에서 그들의 강점은 우리가 이 같은 원리의 진리에 대해 그 어떤 확실성도 갖고 있지 않다는 점이다. 우리는 단지 이 원리들을 자연스럽게 느낄 뿐이기 때문이다. 그러므로 이 자연스러운 느낌은 원

리의 진리에 대한 설득력 있는 증거가 되지 못한다. 신앙 밖에서는 인간이 선한 신에 의해 창조되었는지 아니면 악마에 의해서 아니면 우연히 창조되었는지 확신할 수 없으므로 이 원리가 우리의 기원에 따라 진실하거나 거짓되거나 아니면 불분명하거나 하여 의심스러운 것이 되기 때문이다.

뿐만 아니라 잠자는 동안 확고히 깨어 있다고 믿는 것으로 보아, 신앙 밖에서는 깨어 있는지 자고 있는지 아무도 확신하지 못한다는 것이다. 우리가 자주 꿈꾸는 것처럼, 꿈 위에 다른 꿈을 축적하여 꿈꾸는 것처럼, 우리가 깨어 있다고 생각하는 이 삶의 반쪽 자체가 하나의 꿈일 수도 있을 것이다. 이 꿈에서 우리는 죽을 때 깨어나는 것이다. 또 이 반쪽 동안에 우리는 자연스러운 잠 속에서만큼이나 진리에 대한 그리고 선에 대한 원칙을 거의 갖고 있지 않다. 모든 삶의 시간의 흐름과 우리가 느끼는 다양한 물체들, 우리를 뒤흔드는 다양한 생각들은 우리의 꿈의 허무한 환영과 시간의 흐름과 비슷한 공상일 수 있기 때문이다. 우리는 공간과 형상 그리고 운동을 본다고 믿으며, 시간이 흐르는 것을 느끼고, 측정하며 깨어 있을 때처럼 행동한다. 생의 반이 잠으로 지나가고, 그것이 우리에게 어떻게 보이든 간에 우리의 느낌이 그처럼 환영 같은 것들이라서, 고백하건대 우리는 진리에 대한 어떤 개념도 갖지 못한다. 우리가 깨어 있다고 믿는 삶의 다른 반이 첫 번째의 반과 약간 다른 잠이 아닌지 누가 알겠는가? (*우리가 잠잔다고 생각할 때 꿈들이 겹쳐 꿈속에서 깨어난다는 것을 누가 의심하겠는가? 또 사람들이 함께 꿈꿀 때, 이것은 흔한 일인데, 그 꿈이 우연히 일치된다면, 그리고 혼자 깨어 있는 사람이 있다면 그가 사실을 뒤집어 생각하리라는 점을 누가 의심하겠는가?*)

이는 양쪽의 주요 강점이다. 나는 회의주의자들이 반론하면서 각 나라의 관습과 교육, 풍습 그리고 그 비슷한 일들에 대해 말하는 부차적인 사항은 제쳐 두고자 한다. 그런데 이런 사항들에 대부분의 일반 사람들이 끌려간다고 할 수 있는데, 이들은 이 같은 공허한 기반 위에 자신들의 독단적인 주장을 세운다. 이런 사항은 허무주의자들의 작은 입김으로 전복되어 버린다. 그 점에 대해 확신이 서지 않는다면 그들의 책을 보면 된다. 그러면 아주 빨리, 아마도 지나치게 이해할 수 있을 것이다.

나는 독단론자들의 유일한 강점에 대해 잠시 생각해 보고자 하는데, 그것은 성심으로 그리고 진지하게 말을 할 때 우리는 자연 원리에 대해 의심할 수 없다는 것이다.

이 주장에 대해 회의론자들은 한마디로 우리 기원의 불확실함으로 반박한다. 이 불확실은 또한 우리 본성의 불확실을 포함하고 있다. 독단론자들은 세상이 존재한 이래로 아직도 이 반박에 답하고 있다.

자, 이것이 인간 사이에 벌어지는 싸움이다. 이 싸움에서 각자 자기편을 정하고, 필연적으로 독단론이나 회의론에 가담해야 한다. 중립을 지킨다고 생각하는 사람은 전형적인 회의론자가 될 것이기 때문이다. 중립성은 이 당파의 본질이다. 그들에게 반대하지 않는 자는 더할 나위 없이 그들 편이 된다. 그들은 자신들 편도 아니고 중립을 지키며 무관심하고 모든 것에 대해 판단을 내리지 않는 상태에 있으며, 자신들에 대해서도 마찬가지이다.

이런 상태에 있는 사람이 과연 무엇을 할 수 있겠는가? 그는 모든 것을 의심할까? 그는 자신이 깨어 있는지, 사람들이 꼬집는지, 아니면 자신이 불태워지는지 의심할까? 그는 자신이 의심하고 있는지 아닌지도 의심할까? 그런 일은 있을 수 없다. 그리고 단언하건대 실제로 완벽한 회의주의자가 존재한 적은 없다. 자연이 무능한 이성을 지탱하여 이렇게 엉뚱한 생각을 하지 않도록 견제한다.

그러면 반대로 인간은 자신이 확실한 진리를 갖고 있다고 말할 것인가? 조금만 다그쳐도 진리에 대한 그 어떤 권리도 제시하지 못하고 획득한 것마저 포기해 버릴 수밖에 없는 인간이 말이다.

그러므로 인간은 얼마나 기이한 괴물인가! 얼마나 진기하고 흉물스러우며 혼돈과 모순의 존재이며 경이인가! 만물의 심판자, 나약한 지렁이, 진리의 수탁자, 불확실과 오류의 시궁창, 또한 세상의 영광이자 쓰레기이다.

이 얽힌 덩어리를 누가 풀어 줄 수 있겠는가? (*분명히 이는 독단론이나 회의론 그리고 인간의 모든 철학이 해결할 수 있는 문제가 아니다. 인간은 인간 자신을 초월한다. 그러니까 회의론자들이 그렇게 주장했던 사항들을 인정하자. 진리는 우리의 능력과 한계 밖에 있으며, 이 지상에 존재하지 않고 하늘나라에 있으며, 신의 품 안에 머물러 있어서 우리는 신이 진리를 밝히기를 원할 때에만 그 진리를 알 수 있다는 사항들 말이다. 그러니까 원래부터 존재하고 강생한 진리로부터 우리의 참된 본성이 무엇인지 알아보자.*

우리가 진리를 이성으로 추구할 때 다음과 같은 세 개의 종파 중 하나를 선택하는 일이 불가피하다. — 자연을 억누르지 않고서는 회의론자나 아카데미파가 될 수 없다. 이성을 거부하지 않고서는 독단론자가 될 수 없다.)

자연은 회의론자를(*그리고 아카데미파를*) 좌절시키고, 이성은 독단론자를 좌절시킨다. 인간이여, 자연스러운 이성으로 인간의 참 상태가 무엇인지 찾는 그대는 무엇이 될 것인가? 당신은 이 종파들 중 하나를 선택할 수밖에 없고, 또한 그 어느 종파에도 머물러 있을 수가 없다.

오만한 자여, 그러므로 그대는 스스로에게 얼마나 역설적인 존재인지 알도록 하라! 무력한 이성이여, 겸손하라! 어리석은 본성이여, 입을 다물어라. 인간은 무한히 인간을 초월함을 알아라! 당신이 모르는 참된 상태를 당신의 주인에게 배우라.

하느님의 말씀을 들어라.

(*그러므로 인간의 조건이 이중적이라는 사실이 매우 명백하지 않은가?*) 왜냐하면 만약에 인간이 타락하지 않았다면, 무죄의 상태에서 확실하게 진리와 행복을 누릴 것이다. 그리고 만약에 인간이 처음부터 타락한 상태였다면 진리나 완벽한 행복에 대한 그 어떤 개념도 갖고 있지 않을 것이다. 그러나 우리의 상태에 위대함이 갖춰지지 않은 것보다 더한 불행은 우리가 행복에 대한 관념을 갖고 있는데 행복에 도달할 수 없다는 것이다. 또한 진리의 영상을 느끼는데도 허위만을 소유하고 있다는 사실이다. 절대적으로 무지하지도 못하고, 확실히 아는 것도 불가능한 우리는 완벽의 단계에 있었는데 불행하게도 거기서 추락한 것이 분명하다.

(*그러므로 인간의 조건이 이중적임을 이해하자.*)

(그러므로 인간은 무한하게 인간을 초월하며, 신앙의 도움 없이는 스스로를 이해할 수 없는 존재임을 이해하자. 왜냐하면 본성의 이 같은 이중적 조건에 대한 지식 없이는 인간은 인간 본성의 진리에 대해 거역할 수 없는 무지 속에 있기 때문이다.)

그런데 놀라운 일은 우리 지식으로부터 가장 거리가 먼 원죄 유전의 이 신비 없이는 우리가 우리 자신에 대한 어떤 지식도 가질 수 없다는 것이다.

왜냐하면 최초의 인간의 죄가 그 기원에서 너무 멀리 떨어져 있어 그 죄에 관여하는 것이 불가능해 보이는 사람들을 죄인으로 만든다고 말하는 것보다 더 우리 이성에 충격적인 것이 없다는 게 확실하기 때문이다. 이런 계승은 불가능할 뿐만 아니라 매우 부당하게 보이기까지 한다. 왜냐하면 어떤 의지력도 없는 한 아이가 자신이 태어나기 6천 년 전에 범한 죄, 자신과는 아무 관계도 없는 것 같은 죄로 영벌(永罰)을 받는 것보다 더 우리의 보잘것없는 정의의 척도에 어긋나는 일이 있겠는가. 분명히 이 교리보다 더 우리와 심하게 부딪치는 일은 없을 것이다. 그런데 가장 이해할 수 없는 이 신비 없이는 우리는 우리 자신에게 이해될 수 없는 존재이다. 우리가 갖고 있는 조건의 매듭은 이 암흑 속에서 얽히고설키게 된다. 그래서 이 신비 없이는 인간은 이 신비가 인간에게 믿기 어려운 정도보다 더 인간에게 불가해한 존재가 되어 버린다.

(이런 문제에서 신은 우리 자신에 대해 우리에게 알려 줄 권리를 당신 혼자 간직하기 위해 우리 자신의 문제를 우리가 풀 수 없도록 난해하게 만들기를 원했던 것 같다. 그래서 문제의 매듭을 아주 높은 곳에, 아니 더 정확히 말하자면 아주 낮은 곳에 숨겼다. 그래서 우리는 그곳에 도달할 수 없게 된 것이다. 그러니까 우리가 스스로를 알 수 있는 방법은 우리 이성의 오만한 소동이 아니라, 이성의 단순한 순종을 통해서이다.)

(기독교의 거역할 수 없는 권위 위에 세워진 이 기초로 우리는 똑같이 변함없는 신앙의 두 가지 진실이 있다는 것을 알 수 있다.

하나는 인간이 창조의 상태에서는, 아니면 은총의 상태에서는 모든 자연 위 높은 곳에 위치했고, 하느님과 비슷하게 만들어진 신의 협력자였다는 사실이다. 다른 하나는 죄와 타락 상태의 인간은 위의 상태에서 추락하여 짐승과 비슷하게 되어 버렸다는

것이다. 이 두 명제는 똑같이 굳건하고 확실하다.

성서의 몇몇 곳에 그 점이 다음과 같이 명백하게 명시되었다. Deliciae meae esse cum filiis hominum[21*] *— effundam spiritum meum super omnem carnem, etc.*[22] *Dii estis.*[23] *그리고 다른 곳에서는, Omnis caro foenum,*[24] *Homo assimilatus est jumentis insipientibus et similis factus est illis,*[25] *Dixi in corde meo de filiis hominum.*[26] *— Eccle. 3 —*

이런 내용을 보면 인간은 은총을 통해 하느님과 비슷하게 만들어졌고 신의 협력자였으며, 은총 없이는 야수와 비슷하다는 점이 분명한 것 같다.)

21 나의 기쁨은 사람들과 함께하는 것이다.

22 나는 내 영을 만민에게 부어 주리니.(「요엘」 3 : 1)

23 너희가 비록 신들이요 모두 지극히 높으신 이의 아들들이나.(「시편」 82 : 6)

24 모든 인생은 한낱 풀포기.(「이사야」 40 : 6)

25 사람은 제아무리 영화를 누려도 잠깐 살다 죽고 마는 짐승과 같다.(「시편」 49 : 12)

26 사람이란 본디가 짐승과 조금도 다를 것이 없다는 것을 하느님께서 밝히 보여 주신다는 생각이 들었다.(「전도서」 3 : 18)

8. 오락

132-165 오락 — "만약에 사람이 행복하다면 성인이나 하느님처럼 오락에 덜 빠질수록 그만큼 더 행복할 것입니다." — "네, 그런데 오락으로 즐거워할 수 있는 것이 행복한 게 아닐까요?" — "아닙니다. 오락은 외부에서 오는 것이므로 인간은 의존적이 되어 불가피한 불행을 조장하는 많은 일로 영향을 받게 될 것입니다."

133-166 오락.

사람들은 죽음, 비통 그리고 무지를 치유할 수 없기 때문에 행복해지기 위해 이것들에 대해 전혀 생각하지 않기로 했다.

134-166 이러한 불행에도 불구하고 인간은 행복하기를 원하고, 행복하기만을 원하고, 그것을 원하지 않을 수 없다.

그렇다면 어떻게 처신해야 하는가! 스스로 불사의 몸이 되어야 할 것이다. 하지만 그럴 수가 없어서 그것에 대해 생각하지 않기로 한 것이다.

135-167 나는 내가 전혀 존재하지 않았을 수도 있음을 느낀다. 왜

냐하면 자아는 나의 생각 속에 존재하기 때문이다. 그러니까 만약 내가 생명을 얻기 전에 어머니가 사망했다면 생각하는 나는 전혀 존재하지 않았을 것이다. 그러므로 나는 필요한 존재가 아니다. 또한 나는 영원하거나 무한한 존재가 아니다. 하지만 나는 자연 속에 영원하고 무한한 절대자가 있음을 잘 안다.

136-168 오락.

수많은 반목과 정열 그리고 과감하고 대체로 나쁜 모험이 난립하는 궁이나 전쟁에서 사람들이 처하는 고통이나 위험과 같은 여러 소동을 가끔 고찰할 때, 나는 사람들의 모든 불행은 한 가지 점에서 오는데 그것은 방 안에 편안히 머무를 수 없다는 사실이라고 누누이 말했다. 살기에 충분한 재산을 가진 사람이 자신의 집에 즐겁게 머물 줄 안다면 바다로 나가거나 요새를 공략하기 위해 집을 나서지는 않을 것이다. 도시에 꼼짝 않고 머물러 있는 것을 견딜 수 없다고 생각하기 때문에 사람들은 군직(軍職)을 매우 비싼 값으로 사는 것이고, 대화와 놀이 오락을 찾는 것은 집에 즐겁게 머물지 못하기 때문이다 등등.

그러나 좀 더 깊이 생각해 보고 우리의 모든 불행의 원인을 발견한 후에 그것의 이유를 밝히고 싶었을 때, 나는 매우 실제적인 이유가 있음을 발견했다. 그 이유는 나약하고 죽음을 면할 수 없는 우리 처지의 자연적 불행 안에 근거한다. 이 처지는 너무나 비참해서 그 점에 대해 깊이 생각하면 그 어떤 것도 우리를 위로해 주지 못한다.

어떤 신분을 상상한다 해도 우리가 소유할 수 있는 모든 행복을 축적한다면 왕위야말로 이 세상에서 가장 훌륭한 지위이다. 그런데 자신을 감동시킬 수 있는 모든 기쁨을 거느린 그런 왕을 상상해 보자. 만약에 오락 없이 그 자신이 누구인지 고찰하고 생각에 잠기도록 내버려 둔다면 — 이 따분한 행복은 조금도 그를 기운 나게 해 주지 못할 것인데 — 왕은 언제든 일어날 수 있는 정변과, 피할 수 없는 죽음 혹은 병과 같이 자신을 위협하는 것에 대한 생각 속에 필연적으로 직면하게 될 것이다. 그래서 소위 오락이라는 것 없이는 그는 불행한 자가 된다. 그는 놀고 즐기는 그의 최말단 신하보다도 더 불행하다.

(*인간의 유일한 행복은 자신들의 조건에 대해 생각하는 것에서 생각을 전환하는 데 있는데, 그 문제에서 벗어나게 하는 일거리나 그들을 사로잡는 즐겁고 새로운 열정 또는 놀이나 사냥, 흥미로운 공연 그리고 결국 오락이라 불리는 것으로 말이다.*)

이런 이유로 사람들은 놀이와 여자들과의 환담, 전쟁, 중요한 직책을 그토록 추구하는 것이다. 이러한 것에 참된 행복이 있다는 말은 아니다. 참된 행복이 도박에서 딸 수 있는 돈이나 토끼 사냥 같은 것에 있다고 생각하지 않는다. 만약 그런 것이라면 누가 준다고 해도 원하지 않을 것이다. 사람들이 추구하는 것은 우리의 불행한 처지를 생각하게 놔두는 평화롭고 무기력한 이런 일이 아니다. 전쟁의 위험이나 직책의 고통도 아니다. 그것은 우리의 처지에 대한 생각에서 우리를 벗어나게 하고 즐겁게 해 주는 소란이다. 이것이 바로 사람들이 포획보다 사냥을 더 좋아하는 이유이다.

그런 이유로 사람들이 소음과 소란을 좋아하는 것이다. 그런 이유로 감옥은 매우 끔찍한 형벌이다. 그런 이유로 고독의 기쁨은 이해할 수 없는 일이다. 그리고 마지막으로 왕이라는 신분으로 누리는 행복의 가장 중요한 쟁점은 끊임없이 왕을 즐겁게 하고 모든 종류의 기쁨을 제공하는 일이다. — 왕은 자신을 즐겁게 해 주려는 생각만 하고, 자신이 생각하는 것을 방해하는 그런 사람들로 둘러싸여 있다. 왜냐하면 왕임에도 불구하고 자신에 대해 생각하면 그는 불행하기 때문이다.

이 모든 것이 인간이 행복해지기 위해 발명해 낼 수 있었던 것이다. 그런데 이 문제에 대해 철학자인 양하는 사람들과, 사람들이 사고 싶어 하지도 않는 토끼를 쫓아 하루 종일 시간을 보내는 것이 분별없는 짓이라고 생각하는 사람은 우리의 본성을 잘 알지 못하는 것이다. 토끼는 우리가 죽음과 비참함을 보는 것을 막아 주지 못할 것이다. 그러나 사냥은 그것을 보장한다. 그런 의미에서 사람들이 피로스 왕*에게 갖은 애를 써서 그가 찾으려 했던 휴식을 권고했을 때 많은 어려움에 부딪친다.

(어떤 사람에게 쉬라고 말하는 것은 그가 행복하게 살기를 비는 것이다. 그것은 그에게 A를 권유하는 것이다.

A. 아주 행복한 상태에 있는 것, 자신의 처지를 한가로이 바라보아도 어떤 고통거리도 없다. 이는 인간의 본성을 이해하지 못하는 것이다.

그래서 자연적으로 자신들의 조건을 지각하는 사람들은 무엇보다도 휴식을 피한다. 그들이 소란을 찾기 위해서 하지 않는 일은 아무것도 없다.

그러므로 그들을 비난하는 것은 옳지 않다. 소란을 하나의 오락으로만 찾는다면 그것은 그들의 잘못이 아니다. 그러나 그들이 추구하는 것을 얻으면 마치 자신들이 진정으로 행복하게 될 것처럼 이것을 추구하는 점에 잘못이 있다. 이 점에서 우리는 그들의 무상에 대한 추구를 비난하는 것이 옳다. 따라서 이 모든 상황에서 비난하는 사람과 비난받는 사람은 인간의 참된 본성을 모르고 있는 것이다.) 따라서 그들이 열심히 찾는 것이 그들을 만족시켜 주지는 못할 것이라고 사람들이 비난할 때, 그들이 잘 생각해

서 그들이 찾는 것은 스스로에 대해 생각하지 않게 해 주는 강력하고 격렬한 일일 뿐이며, 그래서 자신들을 매혹시키고 강하게 끌어당기는 대상을 정하는 것이라고 바르게 대답한다면, 자신들을 비난하던 사람들은 어떤 대꾸도 하지 못할 것이다……. 다른 사람에게 보이고자 하는 허영 — 춤, 발을 어디에 놓아야 하는지 잘 생각해야 한다. 하지만 그들은 이런 대답을 하지 못한다. 그들은 자신을 모르기 때문이다. 그들은 자신들이 추구하는 것이 포획물이 아니라 사냥뿐이라는 것을 모른다 — 귀족은 진심으로 사냥이 대단한 즐거움, 왕족의 즐거움이라고 믿는데, 사냥개를 돌보는 그의 하인은 그렇게 생각하지 않는다. 그들은 이 일을 얻었다면 그다음에는 기쁜 마음으로 쉴 것이라고 상상하며 탐욕의 채울 수 없는 본질을 지각하지 못한다. 그들은 진지하게 휴식을 추구한다고 생각하는데 사실은 부산함만을 찾고 있다.

그들은 비밀스러운 본능을 가지고 있다. 이 본능은 그들로 하여금 오락과 밖의 소일거리를 찾게 한다. 그것은 그들의 지속적인 비참의 지각에서 오는 것이다. 그리고 그들은 또 다른 비밀스러운 본능을 가지고 있다. 이는 우리의 최초 본성의 위대함의 흔적인데, 이 본능으로 그들은 행복이 사실은 휴식에 있고 소란 속에 있지 않다는 것을 깨닫게 된다. 이 같은 상반된 본능으로 그들에게는 하나의 막연한 계획이 형성된다. 그들의 영혼 저변에 그들의 눈에 띄지 않게 숨어 있는 이 계획은 소란을 통해 휴식을 지향하게 하며, 또 만약에 그들이 당면하는 몇몇 어려움을 이겨 냄으로써 안식으로 가는 문을 열게 되면 소유하지 못하고 있던 만족감이 도래할 것이라고 항상 상상하게 한다.

삶은 그렇게 흘러간다. 사람들은 장애물과 싸우면서 휴식을 찾고, 만약에 이 장애물을 이겨 내면 휴식이 만들어 내는 권태로 인해 그 휴식은 견딜 수 없는 것이 된다. 그 휴식에서 빠져나와 소란을 구걸해야 한다.

왜냐하면 사람들은 자신의 불행이나 아니면 우리를 위협하는 불행을 생각하기 때문이다. 그리고 우리가 모든 면에서 충분히 안전한 상태에 있는 것을 볼 때에도 권태는 자기 고유의 권위로, 자연스럽게 뿌리내린 가슴 저변에서 빠져나와 자신의 독으로 정신을 가득 채울 것이다.

B. 이렇듯 인간은 너무나 불행하여 아무 문제가 없는데도 자신의 복잡한 상태로 인해 괴로워할 것이다. 그리고 인간은 너무나 공허하여 고통의 수많은 본질적 이유로 가득 차 있음에도 불구하고 당구라든가 공치기 같은 하찮은 것으로도 그의 기분을 바꾸는 데 충분하다.

C. 그런데 당신은 이 모든 일에 그 의도가 무엇이냐고 말하는가? 이는 그가 다른 사람보다 더 공을 잘 쳤다고 다음 날 친구들에게 자랑하기 위해서이다. 어떤 이들은 지금까지 발견할 수 없었던 대수학 문제를 풀었다고 학자들에게 보여 주기 위해 연구실에서 땀을 흘리고 있다. 그리고 내가 생각하기에 이 또한 바보스러운 일인데, 많은 사람들이 극도의 위험에 몸을 내맡기는데, 그들이 점령할 요새에 대해 나중에 자랑하기 위해서이다. 그리고 마지막으로 이런 모든 것을 알아내기 위해 죽도록 애쓰는 사람들이 있다. 이들은 그것으로 더 똑똑해지기 위해서가 아니라 단지 그들이 이런 일들을 알고 있음을 보여 주기 위해서이다. 이들이 이 무리 중 가장 어리석은데, 알면서 그런 행동을 하기 때문이다. 다른 사람들은 이런 사실을 알았다면 더 이상 어리석은 행동을 하지 않을 것이라는 생각이 드는데 말이다.

어떤 사람이 근심 없이 매일매일 약간의 도박을 하며 살아간다. 단지 그가 노름하지 않는다는 조건으로 그가 매일 벌 수 있는 돈을 그에게 주어 보라. 당신은 그를 불행하게 만들 것이다. 아마 그가 돈을 따는 것이 아니라 도박의 재미를 찾는 것이라고 말하는 사람도 있을 것이다. 그러면 어떤 것도 걸지 않고 도박하게 해 보라. 그는 노름에 열중하지도 않고 지겨워할 것이다. 따라서 그가 추구하는 것은 단지 재미만이 아니다. 그는 맥없고 열의 없는 놀이에 지겨워할 것이다. 그는 그 일에 열을 내야 하고, 사람들이 도박하지 않는다는 조건으로 그에게 주는 것이라면 원하지 않을 그러한 것을 도박에서 따면 행복할 것이라고 상상하면서 자신을 속여야 한다. 이는 열정의 대상이 형성되고, 자신이 만든 이 대상에 대해 자신의 욕구와 분노 그리고 두려움을 자극하기 위한 것이다. 이는 마치 아이들이 스스로 더럽힌 얼굴에 질겁하는 것과 같다.

외아들이 사망한 지 몇 달도 안 된 이 사람은 소송과 분쟁에 시달려 오늘 아침에도 매우 불안한 상태였는데, 지금은 거기에 대해 전혀 생각하지 않는 것은 어찌 된 일인가? 놀라지 마라. 그는 여섯 시간 전부터 개들이 힘차게 쫓고 있는 산돼지가 어디로 지나갈지 보는 데 완전히 빠져 있다. 필요한 것은 더 이상 없다. 어떤 사람이 슬픔으로 가득 차 있어도 그를 어떤 놀이에 사로잡히게만 한다면 그동안 그는 행복하다. 어떤 사람이 아주 행복하다고 해도 불행해질 것이다. 오락 없이는 어떤 기쁨도 없다. 오락과 함께하면 슬픔은 존재하지 않는다. 그것은 또한 신분 높은 사람들의 행복을 만들어 준다.

D. 지위 높은 사람들은 자신들을 즐겁게 해 주는 많은 사람들을 고용하여 이 상태를 유지할 수 있는 힘을 가지고 있다.

그 점에 주의하라. 재무부 장관이나 대법관, 고등 법원장이 되는 것은 아침에 많은 사람이 사방에서 찾아와 이들에게 자기 자신에 대해 생각할 시간을 하루에 한 시간도 주지 않는 그런 조건에 있는 것 말고 무엇이겠는가? 그리고 이들이 파면당하여 시골로 내려가면 재산도 있고 필요한 경우 그들을 도와줄 하인도 있으나 그들은 비참해지고 소외당하는데, 왜냐하면 아무도 자신들에 대해 생각하는 것을 막아 주지 않기 때문이다.

137-169 오락.

왕위는 그것을 소유한 자에게는 자신이 어떤 사람인지 보기만 해도 행복해질 만큼 그 자체로 충분히 위대한 것이 아닐까? 보통 사람들처럼 이런 생각에서 그의 기분을 전환할 필요가 있을까? 춤을 잘 춘다는 고민으로 그의 생각을 가득 채움으로써 가정의 불행에서 그의 시선을 전환시키는 것이 그 사람을 행복하게 만드는 것임을 나는 잘 안다. 하지만 왕도 그럴까? 자신의 위용을 바라보는 것보다 헛된 놀이에 매달리는 것이 더 행복할까? 더 만족할 만한 무엇을 그에게 줄 수 있을까? 왕이 쉬면서 주위의 장엄한 영광을 감상하며 즐기도록 내버려 두는 것보다 한 음률의 박자에 발을 맞추고, 막대기를 능란하게 던지는 일에 생각을 몰두하게 하는 것이 그의 기쁨에 손해를 끼치는 것은 아닐까? 한번 시험해 보길 바란다. 어떤 감각적 만족도 없이, 정신에 대한 배려도 동반자도 없이, 한가로이 자신에 대해 생각하도록 왕을 혼자 내버려 둬 보라. 오락이 없는 왕은 비참함으로 가득한 인간임을 보게 될 것이다. 그래서 사람들은 신경 써서 이런 일을 피하며, 왕들 옆에는 왕들의 업무 후에 이어서 유흥을 준비하는 데 신경 쓰는 많은 사람들이 항상 있으며, 이들은 그 어떤 빈틈이 없도록 즐거움과 놀이를 제공하기 위해 늘 왕의 여유 시간을 관찰한다. 즉 왕이 혼자 있지 않도록, 그리고 자신에 대해 생각하는 상태에 있지 않도록 배려하는 사람들이 있다. 그들은 그가 왕임에도 불구하고 그런 생각을 할 때 비참해질 것임을 알기 때문이다.

나는 이 모든 것을 기독교도인 왕에 대해 기독교 신자로서가 아니라 단지 왕으로서만 말하고 있다.

138-170 오락.

위험이 없는 죽음에 대한 생각보다 그것에 대한 생각 없는 죽음이 더 이겨 내기 쉽다.

139-171 오락.

사람들은 어린 시절부터 명예와 재산과 친구 그리고 또 친구들의 재산과 명예에 대한 책임을 지운다. 그들은 온갖 일과 언어 교육과 운동으로 시달린다. 그리고 건강과 명예, 재산 그리고 그들의 친구들의 이런 것들이 좋지 않으면 행복해질 수 없다고 얘기하고, 하나만 부족해도 불행할 것이라고 말한다. 그렇게 새벽부터 책임과 일로 들볶인다. 당신은 아마도 이렇게 말할 것이다. ―"행복해지게 만드는 방법이 참으로 이상합니다. 불행하게 만들기 위해서 이보다 더 잘할 수 있을까요?"―"뭐라고요? 사람들이 할 수 있는 일요? 이 모든 걱정거리를 없애기만 하면 됩니다. 그러면 그들은 자신을 보게 될 것이고, 그들이 누구인지, 어디서 왔는지, 어디로 가는지 생각하게 될 것이기 때문입니다. 그러니까 그들에게 일을 시키고 또 생각을 돌리게 해도 지나치지 않습니다. 그렇게 많은 일들을 준비해 준 다음에 쉬는 시간이 있으면 즐기고 놀면서 항상 자신을 완전히 뭔가에 몰두시키는 데 사용하도록 충고합니다."

인간의 마음은 공허하고 오물로 가득하다.

9. 철학자들

140-172 에픽테토스가 완벽하게 길을 알아차렸을 때 그는 사람들에게 말한다. "당신들은 잘못된 길을 가고 있소." 그는 다른 길이라고 가리키지만 거기로 인도하지는 않는다. 그것은 하느님이 바라는 것을 원하는 길이다. 예수 그리스도만이 거기로 인도한다. *Via veritas.*[27]

제논 자신의 악덕.

141-174 철학자들.

자기 자신을 모르는 사람에게 스스로 하느님에게 가라고 외치는 것은 쓸데없는 일이다. 그리고 자기 자신을 아는 사람에게 그 말을 하는 것은 쓸데없는 일이다.

142-175 (*예수 그리스도 없이 신을 가지고 있는 철학자들에 반하여*) 철학자들.

그들은 신만이 찬양받고 사랑받을 가치가 있다고 믿으면서도

---

27 '길, 진리.' - 나는 길이요 진리요 생명이다.(「요한의 복음서」 14:6)

사람들의 사랑과 존경을 받기를 원했다. 그들은 자신들의 타락을 알지 못한다. 만일 그들이 하느님을 사랑하고 경배하는 마음으로 가득 차 있음을 느끼고 거기서 큰 기쁨을 발견한다면, 자신들이 선한 사람들이라고 생각해도 좋다. 잘된 일이다! 그러나 거기서 거부감을 느낀다면, 그리고 사람들의 존경 안에 확립되기를 원하는 데에만 마음이 기운다면, 그리고 완성이란 사람들을 강요하지 않고 자신들을 사랑하는 데에서 그들의 행복을 찾을 수 있게 하는 것이라면, 나는 이 완성이 끔찍한 것이라고 말할 것이다. 뭐라고! 그들이 하느님을 알았음에도 사람들이 오직 하느님을 사랑하는 것만 원한 것이 아니라, 사람들이 그들에게 머물기를 원했단 말인가. 그들은 사람들의 자의적인 행복의 대상이 되기를 원했다.

143-176 철학자들.

우리는 우리를 밖으로 내쫓는 것으로 가득 차 있다.

우리의 본능에 따르면, 우리는 우리의 행복을 밖에서 찾아야 한다고 느낀다. 우리의 정념은 자극하는 사물이 없다 할지라도 우리를 밖으로 내몬다. 외부의 사물들은 우리를 유혹하고 우리가 생각도 하지 않는데 우리를 불러낸다. 그러니까 철학자들이 다음과 같이 말하는 것은 아무 소용이 없다. "여러분 자신 안으로 들어가십시오. 거기서 여러분의 행복을 찾을 것입니다." 사람들은 철학자들의 말을 믿지 않는다. 그리고 이들을 믿는 사람들은 가장 공허하고 어리석다.

144-177 스토아학파 철학자가 제안하는 것은 너무나 어렵고 너무나 헛되다.

스토아학파 철학자들은 다음과 같이 주장한다. 지혜의 가장 높은 단계에 있지 않은 사람들은 접시 물에 빠져 죽는 사람들처럼 똑같이 바보이며 또한 악한 자들이다.*

145-178 세 개의 사욕에서 세 개의 학파가 만들어졌다. 그리고 철학자들은 이 세 개의 사욕 중 하나를 따르는 것 외에 다른 일은 하지 않았다.

146-179 스토아학파 철학자들.

그들은 우리가 때때로 할 수 있는 일을 항상 할 수 있으며, 또 명예욕이라는 것이 그 욕망에 사로잡힌 사람들로 하여금 일을 잘하게 하므로 다른 사람들도 그 일을 잘할 것이라고 결론 내린다.

그것은 건강이 흉내 낼 수 없는 열병의 행동들이다.

에픽테토스는 굴하지 않는 기독교인들의 존재에서 누구나 그렇게 할 수 있다는 결론을 내린다.

10. 최고의 선

147-180　최고 선. 최고 선에 대한 논박.

Ut sis contentus temetipso et ex te nascentibus bonis.[28]

모순이 있다. 왜냐하면 그들은 결국 자살을 권하기 때문이다.

흑사병에서처럼 삶에서 해방되는 사람들, 오, 이 얼마나 행복한 삶인가!

148-181　제2부.

신앙이 없는 사람은 참된 선도 정의도 알 수 없다.

모든 사람이 행복해지기를 원한다. 그러기 위해서 어떤 방법을 강구하든 간에 그 바람에는 예외가 없다. 어떤 사람은 전쟁에 나가고 어떤 사람은 전쟁에 나가지 않는 것은 다른 견해를 가진 이 같은 욕구에 의한 것이다. 의지는 이러한 목적을 위해서가 아니면 조금도 움직이지 않는다. 이는 모든 사람들의 모든 행위의 동기이며 목을 맬 사람들조차 그러하다.

그러나 오래전부터 신앙 없이는 어느 누구도 모두가 계속해서

28 너 자신과 너에게서 나오는 복에 대해 만족하기 위해.(세네카, 『루키리우스에게 보내는 편지』, XX)

겨냥하는 이 지점에 도달하지 못했다. 모든 사람이 불평한다. 왕족도 신하도, 귀족도 평민도, 노인도 젊은 사람도, 강자도 약자도, 학자도 문맹인도, 건강한 자도 병든 자도, 모든 나라, 모든 나이 그리고 모든 신분의 사람들이 불평한다.

그렇게 끊임없이 오래 지속되고 일치된 경험이 우리의 노력으로는 선에 도달할 수 없음을 우리에게 납득시켜야 할 것이다. 그러나 이러한 예로 우리가 배우는 것은 거의 없다. 결코 완벽하게 비슷한 경우는 없고, 약간의 미묘한 차이가 있어서 우리는 우리가 기대하는 일이 이번에는 다른 때처럼 어긋나지는 않을 것이라고 기대한다. 그리고 이렇듯 현재가 우리를 만족시켜 주지 않기 때문에 경험은 우리를 속이고, 불행에서 불행으로, 불행의 영원한 극점인 죽음에까지 우리를 이끌어 간다.

이 무력과 이 갈망이 우리에게 외치는 것이 도대체 무엇이겠는가? 전에는 인간에게 참된 행복이 있었는데 지금은 그것의 공허한 표시와 흔적밖에 남지 않아 인간은 현존하는 사물에서 얻지 못하는 도움을 존재하지 않는 것에서 구하며 자신의 주위에 있는 것으로 이 공허를 채우려고 헛되이 애쓴다는 것과, 이 무한한 심연은 오직 무한하고 불변의 것, 즉 신 자신으로만 채워질 수 있는 것이기 때문에 이 사물들은 모두 그러한 능력이 없음을 외치는 것이 아니고 무엇이겠는가?

신만이 인간의 참된 선이다. 인간이 신을 떠난 이후 자연에서 그분의 자리를 차지할 수 있었던 것이 아무것도 없다는 점은 참으로 기이한 일이다. 별, 하늘, 땅, 원소, 식물, 배추, 파, 동물, 곤충, 송아지, 뱀, 열병, 흑사병, 전쟁, 기근, 악덕, 불륜, 근친상간이 그런 것이다. 인간이 그 참된 선을 잃은 뒤에 모든 것이 똑같이 선으로 보일 수 있는데, 신과 이성 그리고 자연 모두에 역행하는 자기 자신의 파괴조차도 행복으로 나타날 수 있게 되었다.

이 참된 선을 어떤 이는 권위에서 찾는가 하면, 어떤 이는 호기심과 학문에서, 또 어떤 이는 쾌락에서 찾는다.

어떤 사람들은, 사실 이들은 이러한 선에 매우 가까이 다가간 이들인데, 모든 사람이 바라는 보편적인 행복이 한 개인에 의해서만 소유될 수 있는 매우 특별한 것이 아니고, 이 선이 분할될 때 소유자가 갖고 있는 것의 기쁨에 만족하기보다는 갖지 못한 부분 때문에 더 고통받는 그런 사물에 속하는 것이 아니어야 한다고 생각했다. 그들은 참된 선은 줄어들지도 않고 시기도 없이 동시에 모든 사람이 소유할 수 있으며, 어느 누구도 본의 아니게 잃어버릴 수 없는 것이어야 한다고 이해했다. 그리고 그들의 논지는 이 염원이 인간에게는 자연스러운 것이어서, 왜냐하면 모든 사람에게 이 염원이 필연적으로 존재하므로, 그리고 이 염원을 갖지 않을 수 없는 것이라, 그들의 결론은…….

11. A. P. R.

149-182　A. P. R. 서두, 불가해에 대한 설명 후에.

인간의 위대함과 비참은 너무나 명백해서 참된 종교라면 인간에게는 위대함의 중요한 원리가 있고 비참의 중요한 원리가 있음을 반드시 가르쳐야 한다.

그리고 이 종교는 또한 이 놀라운 모순에 대해 우리에게 규명해야 한다.

이 종교는 인간을 행복하게 만들기 위해서 인간에게는 신이 있고, 우리는 이 신을 사랑해야 하며, 우리의 참 행복은 신의 품 안에 있는 것이며, 우리의 유일한 불행은 신에게서 멀어지는 것임을 보여 주어야 한다. 그리고 이 종교는 우리가 신을 알아보고 사랑하는 것을 방해하는 암흑에 싸여 있고, 우리의 의무는 신을 사랑하는 것인데 우리의 사욕이 신에게서 멀어지게 하여 우리가 불의로 가득하다는 것을 인정해야 한다. 또 이 종교는 우리가 신에 대해 그리고 우리 자신의 행복에 대해 갖는 이런 반항을 설명해야 한다. 이 종교는 이런 무능에 대한 치유책을 가르쳐 주고, 이 치유책을 얻을 수 있는 방법을 알려 주어야 한다. 사람들은 이 점에 대해 세상의 모든 종교를 검토해 보고 그 문제를 만족시키는 종교가 기독교 외에 다른 종교가 있는지 보기 바란다.

그것은 우리가 갖고 있는 재산을 행복의 전부로 제시하는 철학자들인가? 철학자들이 우리의 불행에 대한 치유책을 발견했는가? 인간을 신과 동등한 위치에 놓은 것이 인간의 오만을 치료했는가? 우리를 짐승과 비등한 것으로 취급한 사람들과 지상의 쾌락을 일체의 행복으로, 아니 영원의 행복으로 제시한 이슬람교도들이 우리의 사욕에 치유책을 가져왔는가?

어떤 종교가 우리에게 오만과 사욕에 대한 치료법을 가르쳐 줄 것인가? 요컨대 어떤 종교가 우리의 행복과 의무를, 이 의무에서 멀어지게 하는 우리의 취약함을, 취약함의 원인을, 이 취약함을 해결할 치유책을, 그리고 치유책을 얻을 수 있는 방법을 가르쳐 줄 것인가. 모든 타 종교들은 이 일을 하지 못했다. 신의 지혜가 무엇을 행할지 보자.

지혜는 말하길, "오! 사람들이여, 인간에게 진실이나 위로를 전혀 기대하지 마라. 그대들을 만든 것은 바로 나다. 오직 나만이 그대들이 누구인지 가르쳐 줄 수 있다. 하지만 그대들은 이제 더 이상 내가 만들었던 그 상태에 있지 않다. 나는 성스럽고 죄 없고 완벽한 인간을 창조했다. 나는 인간을 빛과 지혜로 가득채웠다. 나는 나의 영광과 나의 경이로움을 인간에게 전했다. 인간의 눈은 그때 신의 위용을 보았다. 그때는 인간이 눈멀게 하는 암흑 속에도, 인간을 고통스럽게 하는 죽음과 비참 속에도 있지 않았다.

그런데 인간은 자만심에 빠지지 않고서는 그 많은 영광을 지탱할 수 없었다. 그래서 자신이 중심이 되려 했고, 나의 도움에서 독립하기를 원했다. 인간은 나의 지배에서 벗어나 자신의 행복을 자기 안에서 찾으려는 욕망으로 나와 대등해지려고 해서

나는 인간을 그 스스로에게 맡기고, 그에게 복종하던 피조물들을 반항하게 하여 인간의 적으로 만들었다. 그래서 오늘날 인간은 짐승과 비슷하게 되었다. 그리고 나에게서 멀어진 인간은 자신의 조물주에 대한 희미한 빛만 조금 남아 있어서 인간의 모든 지식이 소멸되거나 혼탁해졌다. 이성에서 독립한 감성은 자주 이성의 주인이 되어 인간을 쾌락의 탐구에 빠지게 했다. 모든 피조물이 인간을 고통스럽게 하거나 유혹하고, 감각의 힘으로 인간을 굴복시키거나 아니면 감각의 감미로움으로 인간을 매혹시키면서 인간을 지배하는데, 이 지배야말로 매우 참혹하고 모욕적이다.

이것이 오늘날 인간이 처한 상태이다. 인간에게는 그들의 첫 본성의 행복에 대한 무력한 본능 같은 것이 남아 있다. 그리고 자신들의 제2의 본성이 된 맹목과 사욕의 비참 속에 빠져 있다.

내가 여러분에게 드러낸 이 원리에서 여러분은 모든 사람을 놀라게 하고 매우 다른 감정 속에서 사람들을 분열시켰던 그 많은 모순의 원인을 알아볼 수 있을 것이다. 이제 그 많은 비참의 시련이 억누르지 못하는 위대함과 영광의 모든 움직임을 관찰해 보라. 그리고 그것의 이유가 다른 본성에 속해야 하는 것이 아닌지 살펴보라."

A. P. R. 내일을 위해서. 의인법.

"오, 인간들이여, 당신들이 당신들의 비참에 대한 치유책을 당신들 안에서 찾는 것은 헛된 일이다. 당신들의 모든 지혜의 빛이 알아낼 수 있는 것은 당신들 안에서는 결코 진리도 행복도 찾을 수 없으리라는 것이다.

철학자들은 당신들에게 그것을 약속했다. 그리고 그 약속을 지키지 못했다.

그들은 당신들의 참된 행복이 무엇인지, (*당신들의 참된 상태가*) 어떤 것인지 모른다.*

철학자들이 알지도 못한 당신들의 아픔에 어떻게 치료 약을 줄 수 있었겠는가? 당신들의 병은 하느님으로부터 당신들을 벗어나게 하는 오만이고, 지상에 애착을 갖게 하는 사욕이다. 철학자들은 적어도 이 병 중 하나를 보존하는 것밖에 하지 않았다. 만약에 철학자들이 신을 목표로 제시했다면 그것은 단지 당신들의 오만함을 훈련시키기 위한 것뿐이었다. 그들은 당신들의 본성으로 당신들이 하느님과 비슷하고, 하느님과 일치한다고 생각하게 만들었다. 그리고 이 주장의 무의미함을 본 사람들은 당신들을 다른 절벽으로 떨어뜨렸다. 그리고 당신들의 본성은 짐승의 본성과 비슷하다고 말하면서 짐승의 몫인 사욕 안에서 당신들의 행복을 찾게 했다.

이 현자들이 전혀 몰랐던 당신들의 불의를 치료할 방법은 거기에 있지 않다. 나 혼자만이 당신들이 누구인지 이해시킬 수 있다……."

(*나는 당신들에게 맹목적인 믿음을 요구하는 것이 아니다.*)

아담. 예수 그리스도.

만약에 당신이 하느님과 결합한다면 그것은 은총에 의한 것이지 본성에 의한 것은 아니다.

당신이 겸손하게 낮춘다면 그것은 회개에 의한 것이지 본성에 의한 것은 아니다.

이중의 능력도 마찬가지이다.

당신들은 창조의 상태에 있지 않다.

이 두 상태가 명백한 만큼 당신들이 두 상태를 인정하지 않는 것은 불가능하다.

당신 감정의 움직임을 따라가 보라. 그리고 이 두 본성의 생생한 특징들을 발견할 수 없는지 자신을 관찰해 보라.

그렇게 많은 모순이 단 하나의 주체 속에서 발견될 수 있을까?

불가해한.

불가해한 것이라고 모두 존재하지 않는 것은 아니다. 무한 수, 유한한 무한의 공간.

하느님이 우리와 결합한다는 것은 믿을 수 없을 정도로 놀라운 일이다.

이러한 생각은 우리의 비속만을 보는 데서 기인한다. 그러나 진지한 마음으로 이런 생각을 한다면 나만큼이나 깊이 이 생각에 관심을 기울이라. 그리고 사실 우리가 너무나 비천한 존재여서 하느님의 자비가 우리로 하여금 하느님과 상대할 만하게 만들 수 없는 것인지 깨닫는 것은 불가능하다는 사실을 인정하라. 왜냐하면 나는 자신이 매우 나약하다는 것을 아는 이 동물이 어떻게 하느님의 자비를 측정하고, 자신의 상상이 암시하는 대로 그 자비에 한계를 짓는 권리를 갖는지 알고 싶기 때문이다. 그는 하느님을 잘 모르기 때문에 자신이 누구인지 모른다. 그래서 자기 자신의 상태를 보고 매우 혼란스러워, 하느님이 인간에게 자신과의 소통을 가능하게 만들어 줄 수 없다고 감히 말한다. 하지만 나는 묻고 싶다. 하느님의 요구 중에 하느님을 사랑하고 하느님을 아는 것 외에 다른 것이 있는지, 그리고 인간이 본래 사랑과 지성의 능력을 가지고 있는 이상 왜 하느님이 그에게 알아볼 수 있게 그리고 사랑스럽게 나타날 수 없다고 믿는지를 말이다. 인간은 적어도 자신이 존재하고 어떤 것을 좋아한다는 것을 분명히 안다. 따라서 자신이 처해 있는 암흑 속에서 무엇인가를 보고, 지상의 사물 중에서 사랑의 어떤 대상을 발견한다면, 그리고 하느님이 인간에게 자신의 실체에 대한 약간의 빛을 드러낸다면, 하느님이 우리와 소통하고자 하는 그 방식대로 우리가 하느님을 알고 사랑하는 일이 어찌 불가능하겠는가? 이런 식의 추론은 외양적인 겸손에 근거하는 것처럼 보일지라도 분명히 견딜 수 없는 오만함이 들어 있다. 그리고 우리 스스로 자신을 알 수 없으므로 신에게서만 그것을 알 수 있다고 이 겸손으로 우리가 고백하지 않는다면 이 겸손은 진실하지도 정당하지도 않다.

"나는 나에 대한 당신의 믿음을 근거 없이 강요하려는 것이 아니다. 그리고 당신을 포악하게 굴복시킬 생각이 없다. 그리고 모든 점에서 당신을 이해시키려고 하는 것도 전혀 아니다. 그래서 이런 모순점들을 화합시키기 위해 설득력 있는 증거로 내 안에 있는 신성의 증표를 당신에게 명백히 보여 줄 생각이다. 이 증표로 당신은 내가 누구인지 납득할 것이다. 그리고 나는 당신이 거부할 수 없는 경이와 증거로 나의 권위를 세우고, 당신 스스로 나의 가르침이 진실인지 아닌지 알 수 없는 것 외에 그 가르침을 거부할 어떤 이유도 없을 때, 나는 내가 가르치는 것을 당신이 믿기를 바란다.

하느님은 인간의 죄를 사하고 하느님을 찾는 사람들에게 구원의 길을 열기를 원했다. 그러나 인간은 이에 너무나 합당치 않은 존재가 되어 하느님이 몇몇에게 마땅치 않으나 베푼 자비를 완고한 어떤 사람들에게는 허락하지 않는 것은 합당하다.

하느님이 가장 완고한 자들의 고집을 꺾으려 했다면, 죽은 자들이 부활하고 눈먼 자들이 보는 자연의 전복과 벼락이 터지는 모습과 함께 마지막 날 신이 나타날 것처럼, 그들이 그의 실체의 진실에 대한 어떤 의심도 할 수 없을 만큼 분명하게 자신을 내보이면서 그렇게 할 수 있었을 것이다. 하느님이 평화의 강림 안에서 나타나고 싶어 했던 것은 이런 식이 아니다. 왜냐하면 많은 사람이 그의 자비에 합당치 않게 되어 신은 그들이 원하지도 않는 선의 결여에 그들을 내버려 두기를 원했기 때문이다. 그래서 하느님이 명백하게 신성한 방법으로, 그리고 모든 사람을 설득할 수 있는 절대적인 방법으로 나타나는 것은 옳지 않았다. 그러나 너무 은밀한 방법으로 강림하는 것도 옳지 않았다. 하느님을 진심으로 찾는 사람들도 알아보지 못했을 테니까. 하느님은 이 사람들에게는 완벽하게 알아볼 수 있게 하기를 원하셨다. 온 마음으로 하느님을 찾는 사람들에게 드러내 놓고 나타나기를 원하셨고, 온 힘을 다해 그를 피하는 사람들에게는 숨길 원하여서 조절하셨다."

A. P. R. 내일을 위하여 2.

그를 찾는 사람들에게 자신의 분명한 표시를 주고 그를 찾지 않는 사람들에게는 주지 않도록 자신에 대한 인식을 조절하셨다.

단지 보기를 원하는 사람들에게는 충분한 빛이 있고 그 반대의 처지에 놓인 사람들에게는 충분한 암흑이 있다.

12. 서두

150-183 불신자들은 이성을 따른다고 공언하는데 이성에 있어 이상할 정도로 강한 게 틀림없다.

그들은 무슨 말을 하는가?

"우리는 짐승들도 사람처럼 죽고 살며, 터키인도 기독교도처럼 죽고 사는 것을 보지 않습니까? 그들은 우리처럼 그들의 의식, 그들의 예언자, 그들의 학자, 그들의 성자, 그들의 성직자를 갖고 있습니다 등등……"이라고 그들은 말한다.

이것이 성서와 반대되는가? 성서는 그 모든 것을 말하지 않는가?

만약에 당신이 진리를 알려고 하지 않는다면 당신이 쉬기 위해서는 이것으로 충분하다. 하지만 충심으로 진리를 알기 원한다면 그것은 충분하지 않다. 세세히 관찰해야 한다. 철학 문제라면 충분했을 것이다. 그러나 여기서는 모든 것이 걸리는 문제여서…… 그런데 이런 식의 가벼운 고찰 후에 사람들은 즐겁게 즐길 것이다 등등

이 종교가 이런 모호한 문제에 대해 설명하지 않는다 해도 이 종교에 대해 자세히 알아보길 바란다. 아마도 이 종교가 우리에

게 이해시켜 줄지도 모른다.

151-184 우리와 비슷한 사람들의 사회, 우리처럼 비참하고 우리처럼 무력한 사람들의 사회에 의지하는 우리는 참으로 별나다. 그들은 우리를 도와주지 않을 것이다. 사람들은 혼자 죽어 갈 것이다.

따라서 마치 우리가 혼자인 것처럼 해야 한다. 그러면 우리는 아주 훌륭한 집을 지을 것이다 등등. 서슴지 않고 진리를 찾을 것이다. 그리고 만약에 그것을 거부하면 그것은 진리의 탐구보다는 사람들의 존경을 더 높이 평가한다는 것을 증명한다.

152-185 우리와 지옥 또는 천당 사이에는 이 세상에서 가장 연약한 것, 생명이 있을 뿐이다.

153-186 나에게 결국 뭘 약속한다는 겁니까? 자애심의 10년, — 10년은 내기에 건 것이니까, 확실한 고생을 제쳐 두고라도 성공도 하지 못하고 마음에 들기 위해 애쓰는 10년이 아니면 뭐요?

154-187 확률.

다음과 같은 여러 가정에 따라 다르게 살아야 한다.

1. (*영원히 여기에 살 것이라는 게 확실한 경우*) *만약에 영원히 존재할 것이라면.*

(2. *영원히 살 것인지 아닌지 불확실한 경우*)

(3. *영원히 살지 않을 것이라는 게 확실한 경우*) — *그러나 오랫동안 머물 수 있을 것이라는 게 확실한 경우.*

(4. *영원히 살 것이라는 게 불확실하고, 우리가 오랫동안 존재*

할지가 불확실한 경우. 착오)

5. 우리가 오랫동안 살지 않을 것이라는 게 확실한 경우, 그리고 한 시간 동안 존재할 것이라는 게 불확실한 경우.

이 마지막 가정이 우리의 것이다.

155-187 심정.

본능.

원리.

156-188 신을 찾는 무신론자들을 동정할 것. 왜냐하면 그들이야말로 불쌍하지 않은가! 그런 일로 허세 부리는 사람들을 비난할 것.

157-189 무신론은 정신의 강함을 드러내는데, 단지 어느 정도의 단계에서만 그렇다.

158-190 확률에 따라 당신은 진리를 찾기 위해 노력해야 한다. 왜냐하면 참된 원리를 경배하지 않고 세상을 하직한다면 당신은 파멸하는 것이기 때문이다. — "아니, 하느님은 내가 경배하기를 원하셨다면, 하느님의 뜻을 표시했을 것입니다"라고 당신은 말한다. — 그렇게 하셨다. 그런데 당신은 그것을 무시했다. 그러니까 그 표적을 찾으라. 충분히 그럴 만한 가치가 있는 일이다.

159-191 일생의 8일을 바쳐야 한다면 백 년도 바쳐야 한다.

160-192 세 종류의 사람이 있을 뿐이다. 하느님을 발견하고 하느님을 섬기는 사람들, 하느님을 발견하지 못하고 하느님을 찾는 데

전념하는 사람들, 그리고 발견하지도 못하고 찾지도 않으면서 사는 사람들이다. 첫 번째 사람들은 합리적이고 행복한 사람들이다. 마지막 사람들은 불합리하고 불행하며, 중간 사람들은 불행하지만 합리적인 사람들이다.

161-193 무신론자들은 매우 명백한 사실을 말해야 할 것이다. 그런데 영혼이 물질인지는 명백하지 않다.

162-194 불신자들을 동정하는 일로 시작할 것. 그들은 그들의 처지 자체로 불행하다.

유익한 경우에만 그들을 모욕해야 한다. 그런데 이는 그들에게 해롭다.

163-195 감옥에 갇힌 한 사람이 있다. 그는 판결이 났는지 모르고 그것을 알기 위해서는 한 시간밖에 없다. 그 시간은 판결이 났다는 것을 알았을 때 그것을 철회시키기에 충분하다. 이 시간 동안 판결이 났는지 알아보는 대신 카드놀이를 하는 것은 자연을 거스르는 일이다.

그렇듯이 사람이 …… 것은 초자연적인 행위이다. 그것은 신이 내리는 무거운 벌이다.

따라서 신을 찾는 사람들의 열의뿐만 아니라 하느님을 찾지 않는 사람들의 맹목 또한 하느님을 증명한다.

164-196 서두, 감옥.

나는 사람들이 코페르니쿠스의 의견을 깊이 고찰하지 않는 것

이 좋다고 생각한다. 그러나 이 점은:

영혼이 멸하는 것인지 불멸하는 것인지 아는 것은 일생을 두고 매우 중요한 일이다.

165-197 연극은 전체적으로 아무리 아름다워도 마지막 장은 피눈물이 난다. 마지막에 사람들이 머리 위에 흙을 뿌리면 그것으로 영원히 끝이다.*

166-198 우리는 낭떠러지를 보지 않기 위해 무언가로 앞을 가린 다음에 낭떠러지로 근심 없이 달려 나간다.

13. 이성의 복종과 활용

167. 이성의 복종과 활용: 참된 기독교는 여기에 근거한다.

168-199 나는 성찬과 같은 것들을 믿지 않는 이런 어리석음을 참으로 싫어한다.

만약 성서가 진실이라면, 만약 예수 그리스도가 하느님이라면 도대체 어떤 어려움이 있겠는가!

169-200 성 아우구스티누스는 "기적이 없으면 나는 기독교인이 아닐 것이다"라고 말한다.*

170-201 복종.

회의해야 할 때 회의할 줄 알아야 하고, 확신해야 할 때 확신할 줄 알아야 하며, 굴복할 때 굴복할 줄 알아야 한다. 그렇게 하지 않는 사람은 이성의 힘을 이해하지 못한 자이다. 이 세 가지 원리를 지키지 못하는 사람이 있다. 증명에 대한 자신의 힘을 잘 알지도 못하면서 모든 것을 증명할 수 있다고 확신하거나, 아니면 모든 것을 회의하면서 복종해야 할 것에 대해 잘 알지 못하거나, 아니면 모든 것에 복종하여 어디에서 판단해야 할지 모르는 사람들이다.

회의주의자, 기하학자, 기독교도: 회의, 확신, 복종.

171-202 *Susceperunt verbum cum omni aviditate scrutantes scripturas si ita se haberent*.[29*]

172-203 모든 것을 친절하게 다스리는 하느님의 활동은 근거로 머리에 그리고 은총으로 마음에 종교를 심어 주는 것이다. 그런데 힘으로 위협해서 머리와 가슴에 종교를 심으려는 것은 종교가 아니라 공포심을 심어 주는 것이다. *Terrorem potius quam religionem*.[30]

173-204 우리가 모든 것을 이성에 복종시키면 우리의 종교는 어떤 신비와 초자연적인 점도 갖지 않을 것이다.

우리가 이성의 원리를 거스른다면 우리의 종교는 부조리하고 우스꽝스러운 것이 될 것이다.

174-205 성 아우구스티누스. 이성은 스스로 복종해야 하는 경우가 있다고 판단하지 않는 한 결코 굴복하지 않을 것이다.

따라서 이성이 복종해야 한다고 판단할 때 굴복하는 것은 옳

---

29 베레의 유대인들은 사실인지 알기 위해서 매일매일 성서를 살펴보면서 하느님의 말씀을 애정을 가지고 열심히 받아들였다.

30 종교보다는 공포를.

은 일이다.

175-206 영벌 받은 사람들이 겪는 혼란 중 하나는 그들이 기독교를 비난하는 데 주장했던 자신들의 이성으로 인해 그들이 단죄받는 것을 보는 일이다.

176-207 진리를 사랑하지 않는 사람들은 이 진리를 거부하는 사람들의 반박과 그 수를 핑계로 댄다. 그러니까 그들의 잘못은 진리나 애덕을 좋아하지 않는다는 사실에만 기인한다. 그런 이유로 그 점에 대해 용서받지 못한다.

177-208 모순은 진리 부정의 표시이다.

온갖 명백한 일들이 모순된 것이 된다.

여러 거짓 사항들이 반박 없이 통과된다.

모순은 거짓의 표시가 아니며, 모순의 없음도 진리의 표시가 아니다.

178-209 다음 제목에서 두 종류의 인간을 보라: 영속성.

179-210 참 기독교인은 거의 없다. 나는 신앙의 입장에서 말하고 있다. 믿는 사람은 많다. 그러나 미신으로 믿고 있다. 믿지 않는 사람은 많다. 하지만 그것은 방종에 의해서다. 이 둘 사이에 있는 사람은 거의 없다.

나는 여기에 관습의 참된 신앙심 안에 있는 사람들과 심정의 직관으로 믿는 사람들을 포함시키지 않는다.

180-211 예수 그리스도는 기적을 행하셨다. 뒤이어 사도들과 많은 초대 성인들이 기적을 행했다. 왜냐하면 그때까지 예언이 성취되지 않았고 이들에 의해 성취되는 중이어서 기적 외에는 그 무엇도 증명해 주는 것이 없었기 때문이다. 메시아가 여러 나라를 개종시킬 것이라는 사실이 예언되었었다. 여러 나라의 개종 없이 어떻게 이 예언이 완성될 수 있었겠는가! 그리고 어떻게 여러 나라가 메시아를 증명해 주는 예언의 이 마지막 결과를 보지 않고 메시아에게로 개종했겠는가! 그러니까 메시아의 죽음, 부활 그리고 여러 나라의 개종 전에는 모든 것이 완성되지 않았었다. 때문에 그동안 기적이 필요했던 것이다. 지금은 유대인이나 신을 믿지 않는 사람들에 대해서는 더 이상 기적이 필요하지 않다. 완성된 예언은 지속되는 기적이기 때문이다.

181-212 독실한 믿음은 미신과 다르다.

미신이 될 정도로 신앙심을 지지하는 것은 신앙심을 파괴하는 일이다.

이단자들은 이런 미신적인 복종에 대해 우리를 비난한다. 이는 그들이 우리에게 비난하는 짓을 하는 것이다.

볼 수 없다는 이유로 성체를 믿지 않는 불신.

명제들을 믿는 미신 등등.

신앙 등등.

182-213 이성에 대한 부인만큼이나 이성에 합당한 일도 없다.

183-214 두 가지 극단.

이성을 배제하는 것과 이성만 받아들이는 것.

184-215, 216 기적이 없는 예수 그리스도를 믿지 않는 것은 어떤 죄도 짓지 않는 것일 게다.

Videte an mentiar.[31]*

185-217 신앙은 감각이 말하지 못하는 것을 잘 말한다. 그러나 감각이 보는 것과 반대되는 것을 말하는 것은 아니다. 신앙이 말하는 것은 감각을 초월하는 것이지 반대되는 것이 아니다.

186-218 당신들은 사람들이 교회에 갖는 믿음을 남용하고 있으며 거짓을 믿게 하고 있다.*

187-219 너무나 순종적이어서 사람들을 책망해야 하는 일은 드문 일이 아니다.

그것은 무신론과 같이 자연스러운 악이며 그만큼 해롭다. 미신.

188-220 이성의 최후 단계는 이성을 초월하는 수많은 것들이 있음을 인정하는 것이다. 그것을 인정하는 데까지 이르지 못하면 이성은 나약할 뿐이다.

---

31 내 말을 들으시오. 그리고 내가 거짓말하는지 보시오.

만약 자연적인 일들이 이성을 초월한다면 초자연적인 것에 대해서 사람들은 뭐라고 말할 것인가?

14. 탁월함

189-221 예수 그리스도를 통한 하느님.

우리는 예수 그리스도를 통해서만 하느님을 안다. 이 중개자 없이는 하느님과의 소통이 끊어진다. 예수 그리스도를 통해 우리는 하느님을 안다. 하느님을 안다고 하면서 예수 그리스도 없이 하느님을 증명하겠다고 주장한 사람들은 무력한 증거만 가지고 있었다. 그러나 예수 그리스도를 증명하기 위해서 우리는 예언을 가지고 있으며, 이는 굳건하고 명백한 증거이다. 이 예언들은 결과로 실현되면서 진실한 것으로 증명되었으므로 이 진실의 확실성을 표시하는 것으로, 예수 그리스도의 신성성에 대한 증거를 나타내 주는 것이기도 하다. 그러니까 예수 그리스도 안에서, 그리고 예수 그리스도에 의해서 우리는 하느님을 알게 되는 것이다. 이를 제외하고, 성서 없이, 원죄 없이, 약속됐고 강림한 필요조건인 중개자 없이는 절대로 하느님을 증명할 수 없고, 올바른 교리도 올바른 도덕도 가르칠 수 없다. 그러나 예수 그리스도에 의해 예수 그리스도 안에서 우리는 하느님을 증명하며 도덕과 교리를 가르친다. 따라서 예수 그리스도는 인간의 참된 신이다.

그런데 동시에 우리는 우리의 비참을 안다. 하느님은 다름 아닌 우리 비참의 구원자이기 때문이다. 이처럼 우리는 우리의 죄를 알면서만 하느님을 잘 알 수 있다. 그래서 자신의 비참을 알지 못한 채 하느님을 아는 사람들은 하느님의 영광을 찬양하지 않고 자신들을 찬양했다. *Quia non cognovit per sapientiam, placuit Deo per stultitiam praedicationis salvos facere.*[32]

190-222, 223 서문. 하느님에 대한 형이상학적 증거는 인간의 추리와는 너무 거리가 멀고 너무 복잡해서 좀처럼 강한 인상을 심어 주지 못한다. 그래서 이 증거가 어떤 사람들에게 소용이 될 때 그것은 이 증명을 보는 순간뿐이며 한 시간 뒤에는 그들은 혹시 잘못 생각한 것은 아닌지 두려워한다.

Quod curiositate cognoverunt, superbia amiserunt.[33]

이것이 바로 예수 그리스도 없이 이루어진 하느님에 대한 인식이 만들어 내는 것이다. 중개자 없이 알게 된 하느님과 중개자 없이 소통하는 것이다.

반면 중개자에 의해 하느님을 알게 된 사람들은 자신들의 비참을 안다.

191-224 예수 그리스도 없이 하느님을 아는 것은 불가능할 뿐만 아니라 무익하다. 그들은 신에게서 멀리 있지 않고 가까이 있다. 그들은 몸을 낮추지 않았고…… *Quo quisque optimus eo*

32 세상이 자기 지혜로는 하느님을 알 수 없습니다. 이것이 하느님의 지혜로운 경륜입니다. 그래서 하느님께서는 우리가 전하는 소위 어리석다는 복음을 통해서 믿는 사람들을 구원하시기로 작정하셨습니다.(「고린토인들에게 보낸 첫째 편지」 1:21)

33 호기심으로 발견한 것은 자만으로 잃게 된다.(성 아우구스티누스, 『설교집』, 141, 2)

pessimus si hoc ipsum quod optimus ascribat sibi.[34]

192-225 자신의 비참을 모르는 채 하느님을 아는 것은 오만을 낳는다. 하느님을 모르고 자신의 비참을 아는 것은 절망을 낳는다. 예수 그리스도를 아는 것은 그 중간 상태를 만들어 내는데 우리가 거기에서 하느님과 우리의 비참을 발견하기 때문이다.

34 훌륭하면 훌륭할수록 점점 더 나쁘게 된다. 만약에 이 훌륭함의 원인을 자신에게 부여한다면. (성 베르나르, 『설교집』, 84)

15. 이행*

193-226 오류로 이끄는 편견.

모든 사람들이 수단에 대해서만 숙고하고 결과에 대해서는 전혀 그렇지 않은 것을 보는 것은 참으로 통탄할 일이다. 모두가 자기 신분의 임무를 어떻게 수행할지 생각하지만, 신분이나 나라의 선택에 있어서는 운명이 부여해 준다.

많은 터키 사람들, 이단자들, 불신자들이 각자 그것이 가장 좋은 것이라는 선입관을 가지게 된 그 이유 하나만으로 선조들의 방식을 따라 하는 것을 보는 일은 정말 딱하기 그지없다. 그리고 이런 식으로 열쇠공이나 군인 등 각자의 신분이 결정된다.

바로 이런 이유로 야만인들이 프로방스 지방을 어떻게 해야 할지 모르는 것이다.*

194-227 왜 나의 지식은 한정되어 있는가? 나의 키는? 왜 수명이 천 년이 아니라 백 년에 한정되었는가? 어떤 이유로 자연은 나에게 이런 것을 부여했으며, 무한 안에서 다른 곳이 아니라 이곳을 선택했을까? 어떤 것도 마음을 더 끌지 않으니까 어떤 것을 다른

것과 비교해서 선택해야 할 하등의 이유도 없는데 말이다.

195-228 (*모든 것에 대해 조금씩) 사람은 모든 것에 대해 알 수 있는 전체를 알면서 보편적일 수는 없기 때문에 모든 것에 대해 조금씩 알아야 한다. 왜냐하면 모든 것에 대해 좀 아는 것이 어떤 하나의 일에 대해 완전히 아는 것보다 더 낫기 때문이다. 이러한 보편성이 가장 바람직하다. 이 둘을 다 취할 수 있으면 더욱더 훌륭하다. 그러나 양자택일해야 한다면 이쪽을 선택해야 한다. 사람들은 그것을 알고 그렇게 한다. 왜냐하면 사람들은 자주 올바른 판단을 하기 때문이다.*

196-228 (*나의 상상은 식사할 때 숨소리를 낸다든가 말할 때 듣기 싫은 소리를 내는 사람을 매우 싫어하게 한다. 이 기분에 따른 변덕은 매우 중요한 영향력을 지닌다. 우리가 그 점에서 어떤 이점을 이끌어 낼 수 있을까? 이 기분이 자연스러우므로 그것을 따를 것인가? 천만에, 우리는 거기에 저항해야 할 것이다.*)

197-228 (*사랑의 원인이나 현상에 대한 고찰만큼 사람들의 허무를 잘 보여 주는 것은 없다. 왜냐하면 전 세계가 그로 인해 변했기 때문이다.*

클레오파트라의 코.)

198-229 H.* 5. 인간의 맹목과 비참을 보면서, 그리고 침묵의 우주와 우주의 한구석에서 방황하는 것처럼 암흑 속에 홀로 내팽개쳐져, 누가 거기에 놓았는지, 거기에 무엇 하러 왔는지, 죽은 후에 어떻게 되는지도 모른 채 모든 인식에 무력한 인간을 보면서, 나

는 잠들어 있는 동안 사람들이 무시무시한 무인도에 데려다 놓아 깨어나서는 거기서 빠져나갈 방법도 없이 어쩔 바를 모르는 사람처럼 공포에 휩싸인다. 그리고 사람들이 어떻게 그런 비참한 상태에서 절망하지 않는지 참으로 놀랍다. 내 주위에 그런 성향의 사람들이 있는데, 그들이 나보다 더 아는 게 많은지 물어본다. 그들은 아니라고 얘기한다. 이 비참한 방황하는 사람들은 주위를 둘러보고 재미있는 것을 발견하면 거기에 전념하고 애착을 갖는다. 나로서는 거기에 애착을 가질 수 없었다. 내가 보는 것과 다른 것이 있다는 것이 얼마나 확연한지 생각하면서, 나는 신이 자신의 표시를 남겨 두지 않았을까 하고 탐구했다.

나는 온갖 상반되는 종교들을 본다. 그런데 하나를 제외하고 모두가 거짓이다. 각 종교가 자신의 권위로 사람들이 믿기를 바라며 불신자들을 위협한다. 그런 점에서 나는 그 종교들을 믿지 않는다. 누구나 그렇게 말할 수 있다. 누구나 자신을 예언자라고 말할 수 있다. 그러나 기독교를 보면, 나는 예언을 발견한다. 이것은 누구나 할 수 있는 일이 아니다.

199-230 H. 인간의 불균형.

9. — (*바로 여기가 자연적 지식이 우리를 인도하는 곳이다.*

만약에 이 지식이 참이 아니라면 인간에게는 그 어떤 진리도 존재하지 않으며, 참이라면 인간은 거기에서 중대한 겸손의 이유를 발견하게 되고, 어떤 식으로든 스스로를 낮출 수밖에 없게 된다.

그리고 이런 지식을 믿지 않고는 인간은 스스로 존재할 수 없으므로, 자연에 대한 매우 중대한 탐구에 착수하기 전에, 나는 인간이 다시 한 번 진지하고 여유롭게 자연을 고찰해 보고 자신도 들여다보기를 바란다. 그리고 이 자연과 인간을 비교해 보고, 자

신이 자연과 어떤 조화를 이루는지 판단해 보기 바란다.)

인간은 그러니까 그 높고 완전한 위용 가운데 자연 전체를 주의 깊게 관찰하고, 자신을 둘러싸고 있는 비속한 것들에서 시선을 멀리 돌리기를 바란다. 우주를 비추기 위해 영원한 등불처럼 자리 잡은 저 찬란한 빛을 바라보기를! 그리고 이 천체가 그리는 거대한 궤도에 비해 지구가 하나의 점으로 보이길! 그리고 이 거대한 궤도 자체가 천공에서 돌고 있는 이 천체들이 포용하는 궤도에 비하면 매우 섬세한 하나의 첨단일 뿐이라는 사실에 놀라워하길 바란다! 그러나 만약에 우리의 시야가 거기에서 멈춘다면 상상력이 그 이상으로 넘어가길! 상상력은 자연이 제공하는 것보다 더 빨리 그것을 인식하는 데 지쳐 버릴 것이다. 이 가시세계는 자연의 넓은 품 안에서 지각할 수도 없는 하나의 선에 불과하다. 어떤 관념도 거기에 접근할 수 없다. 상상의 공간 너머로 우리의 개념을 아무리 부풀려도 소용없다. 사물의 실체에 비하면 우리가 만들어 내는 것은 원자일 뿐이다. 그것은 도처에 중심이 있고 원주는 어디에도 없는 무한한 구체이다. 즉 우리의 상상력이 이 상념 속에서 길을 잃는 것은 하느님의 전능함의 가장 강력한 특성이다.

인간은 자신에게 돌아와 존재하는 것에 비해 자신이 어떤 가치가 있는지 고찰해 보기를! 자신을 방황하는 자라고 생각하길! 그리고 자신이 머물고 있는 이 작은 감옥에서, 즉 우주를 말하는데, 대지와 왕국들, 도시들과 자기 자신, 자신의 정당한 가치를 평가하는 것을 배우길!

무한 속에서 인간은 무엇인가?

그만큼 놀라운 또 다른 경이로움을 인간에게 보여 주기 위해서인데, 인간은 자신이 알고 있는 가장 미세한 것들을 찾아보기를.

진드기는 자기 몸의 작은 크기에서 비교할 수 없는 매우 작은 부분들을 보여 준다. 관절로 이어진 다리, 다리 속의 혈관, 혈관 속의 혈액, 혈액 속의 체액, 체액 속의 방울, 이 방울의 기체……. 이 기체를 또 세분하며 이 생각 안에서 힘을 소진하고, 그가 도달하는 것이 우리의 담론 대상이기를 바란다. 인간은 아마도 그것이 자연의 최소의 것이라 생각할 것이다.

나는 거기에서 새로운 심연을 보여 주고 싶다. 가시의 우주를 그려 주고 싶을 뿐만 아니라, 우리가 자연에서 느낄 수 있는 광대함을 이 원자의 축소된 범위 안에서 그리고 싶다. 거기서 수없이 많은 우주를 보기를! 그 각각의 우주가 가시 세계와 같은 비율로 자신의 창공과 행성들 그리고 지구를 가지고 있는 것을 보기를 바란다. 그리고 이 지구에 있는 동물들을, 그리고 마침내 진드기들을 보고, 이 진드기들 안에서 인간은 첫 번째 것들이 제공했던 것을 다시 발견하게 될 것이다. 또 다른 우주 속에서 같은 것을 끊임없이 계속 발견하면서, 다른 것들에게서 그 크기로 그랬던 것처럼 이 최소의 것에서도 놀라운 경이로움 속에 길을 잃게 될 것이다. 왜냐하면 전체 안에서는 지각되지도 않는 우주 안에서 거의 눈에 띄지도 않았던 우리의 몸이 우리가 다가갈 수 없는 무에 비하면 지금은 하나의 거인이, 하나의 세계가, 아니면 하나의 전체가 되어 버린 것에 어느 누가 감탄하지 않겠는가! 그렇게 자신을 돌아보는 사람은 자신을 두려워하게 될 것이다. 무한과 무라는 두 심연 사이에 자연이 그 자신에게 거대한 무리 속에 자신이 지탱하고 있는 것을 보며 이 경이로움 앞에서 전율할 것이다. 그리고 호기심이 감탄으로 바뀌면서, 그는 오만하게 그것을 탐구하기보다는 침묵 속에서 기꺼이 그것을 관망하고 싶어 할 것이라고 나는 생각한다.

왜냐하면 결국 인간은 자연 안에서 무엇인가? 무한에 비하면 무이고 무에 비하면 전체이며, 극단의 이해에서 무한히 떨어져 있는 무와 전체 사이의 중간이다. 인간에게 사물의 목적과 그 원리는 헤아릴 수 없는 비밀 안에 확고히 감춰져 있다.

게다가 인간은 그가 빠져나온 무와 그를 삼키고 있는 무한을 볼 수 없다.

그러므로 인간은 사물의 원리도 목적도 알지 못하는 영원한 절망 속에서 단지 사물의 중간 것의 겉모양을 지각하는 것 외에 무슨 일을 할 수 있겠는가? 만물은 무에서 나와 무한까지 이어진다. 이 놀라운 과정을 누가 따라갈 수 있겠는가? 이 경이의 창조자는 이 과정을 이해한다. 그 외에는 아무도 그것을 이해할 수 없다.

이 무한을 바라보지 못한 사람은 자연과 어떤 균형을 이루기나 한 듯이 무모하게 자연의 탐구에 나섰다.

사람들이 그 대상만큼이나 무한한 오만으로 사물의 원리를 이해하고 싶어 하고 거기에서부터 모든 것을 알려고 하기에 이른 것은 참으로 기이한 일이다. 왜냐하면 오만이나 자연과 같은 무한한 능력 없이는 그런 계획을 세울 수 없음이 분명하기 때문이다.

교육받은 사람이면, 자연이 자신의 모습과 조물주의 모습을 모든 것에 새겨서, 만물이 자연의 이중의 무한성을 지니고 있음을 안다. 그래서 우리는 모든 학문이 그 탐구 범위에 있어 무한하다는 것을 안다. 예를 들어 기하학이 설명해야 할 명제가 무수히 많다는 것을 누가 의심하는가. 그 명제들은 그 원리의 수와 섬세함에서도 무한하다. 왜냐하면 최종의 것으로 제시된 원리들이 그 스스로 지탱되는 것이 아니라 다른 원리에 근거하고, 이 다른 원리 또한 자신의 근거 원리를 가져서, 결코 최종의 것이 되지 않는다는 사실을 보지 못하는 사람이 누가 있겠는가?

그런데 우리는 물질의 것에서 하는 것처럼 이성에 나타나는 궁극적인 사항들을 만들어 내는데, 말하자면 그 성질상 무한하게 분리됨에도 불구하고 우리 감각이 더 이상 아무것도 감지할 수 없어서 불가분 점이라고 부르는 것과 같은 것 말이다.

학문의 이 두 무한대에서 대(大)의 무한은 더더욱 감지될 수 있는 것이어서 모든 것을 안다고 주장하는 사람은 극소수이다. "나는 모든 것에 대해 얘기하겠다"고 데모크리토스가 말했었다.

그러나 소(小)의 무한은 훨씬 덜 눈에 띈다. 철학자들은 오히려 그 점에 도달한다고 주장했다. 거기서 모두가 실패했다. 그 결과 매우 흔한 이런 제목들이 나오게 된 것이었다: '사물의 원리', '철학의 원리' 같은 것들이 있는데, 특히 눈에 띄는 *De omni scibili* [35]* 보다 겉으로 보기에는 다소 덜한 것 같지만 똑같이 화려하다.

사람들은 사물의 중심에 이르는 것이 그 둘레를 포용하는 것보다 용이하다고 자연스럽게 믿는다. 그리고 세상의 가시 넓이는 분명히 우리를 초월한다. 그런데 작은 사물들을 초월하는 것은 우리이기 때문에 그것들을 파악하는 게 더 쉽다고 믿는다. 그러나 전체에 도달하기보다는 무에 도달하는 데 힘이 덜 필요한 것은 절대 아니다. 그 두 경우 모두 무한한 힘이 필요하다. 그리고 사물의 궁극적인 원리를 이해한 사람이라면 무한을 아는 데까지 도달할 수 있을 것 같다. 이 둘은 서로 의존적이고, 하나는 다른 하나를 이끈다. 이 극한의 것들은 서로 접해 있고, 서로 멀어짐으로 해서 결국 합쳐지며, 하느님 안에서, 하느님 안에서만 다시 만난다.

---

35 알려질 수 있는 모든 것에 대해서.

그러므로 우리의 능력을 알자. 우리는 어떤 것이지 전체가 아니다. 우리가 존재에 대해 가지고 있는 것으로는 무에서 탄생하는 제일 원리에 대한 지식을 밝혀내지 못한다. 그리고 우리가 존재에 대해 가지고 있는 그 약간의 것으로는 무한을 보지 못한다.

우리의 지성은 지적 사물의 질서 안에서 우리의 몸이 자연의 영역 안에서 갖는 같은 서열에 위치한다.

모든 분야에 한정된 채 두 극한의 중간을 차지하고 있는 이 상태는 우리의 모든 능력 안에 존재한다. 우리의 감각은 극한의 그 어떤 것도 감지하지 못한다. 지나친 소음에 우리는 멍해지고 너무나 밝은 빛에 눈이 부시고 너무나 먼 거리 혹은 너무나 가까운 거리를 볼 수 없다. 연설이 너무 길거나 너무 짧아도 모호해지고, 지나친 진실은 우리를 놀라게 한다. 나는 0에서 4를 빼면 0이 남는다는 사실을 이해하지 못하는 사람들을 안다. 제일 원리들은 우리에게 너무나 분명하다. 지나친 즐거움은 불편하고, 음악에서 화음이 너무 많으면 불쾌감을 주며, 지나친 친절은 화나게 한다. 우리는 빚진 것 이상을 갖고 싶어 한다. *Beneficia eo usque laeta sunt dum videntur exsolvi posse. Ubi multum antevenere pro gratia odium redditur.*[36] 우리는 극도의 뜨거움과 극도의 차가움을 느끼지 못한다. 과한 성질의 것은 우리에게 적이고 우리는 그것을 지각하지도 못한다. 우리는 그것을 느끼지 못하나 그것으로 고통받는다. 너무 과한 젊음이나 늙음은 정신 활동에 방해가 된다. 교육을 너무 많이 받거나 너무 적게 받아도 그렇다.

결국 극도의 것은 우리에게 마치 존재하지 않는 것과 같다. 우리는 그것에 대해 아무것도 아니고, 이 극도의 것은 우리를 초월

---

36 은혜는 보답할 수 있을 때만 기분 좋은 것이다. 만약에 그 한계를 넘어서면 감사하는 마음 대신 증오의 마음이 생긴다.(타키투스, 『연대기』 제4권, 18; 『에세』 제3권, 8)

하며, 아니면 우리가 그것을 초월한다.

이것이 우리의 참 상태이다. 이런 이유로 우리가 확실하게 알거나 절대적으로 모르는 것이 불가능한 것이다. 우리는 끝에서 끝으로 밀리며 항상 불확실하고 우유부단한 채 광막한 중간을 표류한다. 어느 한쪽 끝에 우리 자신을 매달아 고정시키려 생각해도, 그 끝은 흔들리고 우리를 떠나 버린다. 그래서 뒤쫓아 가면 우리 손에 잡히지 않고 빠져나가 영원히 도주한다. 우리에게 멈추는 것은 아무것도 없다. 이 상태는 우리에게 자연스러우나, 우리의 성향과는 가장 반대되는 상태이다. 우리는 무한으로 올라가는 탑을 세우기 위해 견고한 기반과 궁극의 변하지 않는 토대를 찾으려는 욕망으로 불타오른다. 그러나 우리의 모든 기초는 무너지고 대지는 심연에 이르기까지 열려 있다.

따라서 확신이나 견고함 같은 것을 찾지 말자. 우리의 이성은 외관의 변덕스러움으로 항상 기만당한다. 그 어떤 것도 유한을 두 무한 사이에 고정시킬 수 없으며, 두 무한은 유한을 둘러싸고 있으면서 또한 피해 달아난다.

이 점이 제대로 이해되었으면 나는 각자가 자연이 점지해 준 상태에서 편안히 쉴 것이라 믿는다.

극단에서 항상 거리를 두고 있는 우리의 몫인 이 중간에서 어떤 다른 이가 좀 더 지적인 능력이 높다 하면 그게 그리 대순가. 만약 그에게 그런 지적 능력이 있고, 약간 더 높은 곳에서 사물을 파악한다 해도 그는 여전히 끝에서는 무한히 멀리 있는 게 아닌가. 그리고 우리 삶의 수명이 10년 더 연장된다 해도 마찬가지로 영원에 있어서는 여전히 미미한 것이 아니겠는가.

이 무한에서 보면 모든 유한의 것은 동등하다. 그리고 나는 왜 이것이 아닌 저것에 자신의 상상력을 발휘하는지 그 이유를 잘 모르겠다. 우리는 우리 자신을 유한에 비교하는 것만으로도 고통스럽다.

만약 사람이 먼저 자신을 연구해 보면 그 이상으로 나아가는 것이 얼마나 불가능한 일인지 보게 될 것이다. 부분이 어떻게 전체를 알 수 있겠는가? 그런데 아마 적어도 자신과 균형을 이루는 것들인 그 부분들을 알고 싶어 할 수 있을 것이다. 그러나 세상의 부분들은 모두 상호 간에 관계를 갖고 또 연결되어 있기 때문에 나는 어떤 하나 없이 또는 전체 없이 다른 것을 아는 것은 불가능하다고 본다.

예를 들어 인간은 자기가 알고 있는 모든 것과 관련되어 있다. 그는 자신을 두기 위한 장소가, 지속하기 위한 시간이, 그리고 살기 위한 운동이, 자기를 구성하기 위한 원소들이, 자양분을 주기 위한 열과 음식이, 숨을 쉬기 위한 공기가 필요하다. 인간은 빛을 보고 물체를 지각하는데, 결국 모든 것이 인간과 관계를 맺는다. 따라서 인간을 알기 위해서는, 존재하기 위해 인간이 공기를 필요로 하는 이유가 어디에 있는지, 그리고 공기를 알기 위해서는 공기가 어떤 이유로 인간의 생명과 관계가 있는지 등등을 알아야 한다.

불은 공기 없이는 존속하지 못한다. 그러므로 하나를 알기 위해서는 다른 하나를 알아야 한다. 따라서 모든 것이 결과이고 원인이며, 도움을 받고 도움을 주는 것이며, 직접적이든 간접적이든 관계를 맺고, 가장 멀리 떨어져 있거나 매우 상반된 것을 연결하는 자연스럽고 감지할 수 없는 관계로 서로 지탱하고 있어서, 나는 전체를 알지 않고는 부분을 아는 것이 불가능하며, 부분을 하나하나 개별적으로 알지 않고선 전체를 아는 것도 불가능하다고 생각한다.

(사물 자체나 신의 영원성이라는 것에서 우리는 또다시 우리의 짧은 수명에 놀라게 될 것이다.

자연의 확고하고 변함없는 부동성은 우리 안에서 일어나는 지속적인 변화와 비교해 볼 때 같은 결과를 만들어 낼 것이다.)

사물의 인식에 대한 우리의 무능력함을 결정짓는 것은, 사물은 그 자체가 단순한데 우리는 상반된 본성, 서로 다른 종류인 영혼과 육체로 구성되었다는 점이다. 왜냐하면 우리 안에서 추리하는 부분이 정신적인 것이 아닌 다른 것이라 함은 불가능한 일이기 때문에, 우리가 단순히 육체적이라고 주장할 때 그 주장은 더욱더 사물에 대한 인식에서 우리를 배제시킬 것이다. 물질이 자신을 안다고 말하는 것은 상상할 수도 없으므로 물질이 어떻게 자신을 알 것인가에 대해 아는 것은 불가능한 일이다.

그래서 만약 우리가 단순한 물질적인 것이라면 우리는 전혀 아무것도 알 수 없다. 그리고 만약 우리가 정신과 물질로 구성되었다면 정신적이건 육체적이건 단순한 것을 완벽하게 알 수가 없다.

이런 이유로 거의 모든 철학자들이 사물에 대한 생각을 혼동하고, 육체적인 것에 대해 정신적으로, 정신적인 것에 대해 육체적으로 말하는 것이다. 왜냐하면 그들은 대담하게 육체는 아래로 향하고, 중심을 갈망하며, 붕괴되는 것을 피하고, 진공을 두려워하고, 호감과 반감 같은 성향을 가지고 있다고 말하기 때문이다. 이 모든 것은 오직 정신에만 속하는 것이다. 그리고 정신적인 것에 대해 말하면서 그들은 그것이 어떤 한 장소에 있는 것처럼 보고, 한 장소에서 다른 장소로의 이동을 부여하는데, 이것은 물체에만 속한다.

우리는 이 순수한 사물에 대한 개념을 받아들이는 대신 그것을 우리의 특성으로 채색하고 우리가 바라보는 모든 단순한 사물에 우리의 합성된 존재를 새긴다.

우리가 이 모든 것을 정신과 육체로 합성하는 것을 보고, 그누가 이 혼합이 우리에게 매우 이해될 만한 것이라고 믿지 않겠는가? 그러나 이것이야말로 우리가 가장 이해하지 못하는 것이다. 인간은 스스로에게는 자연에서 가장 놀라운 대상이다. 왜냐하면 인간은 몸이 무엇인지 이해할 수 없으면 정신이 무엇인지는 더더욱 모르고, 무엇보다도 어떻게 육체가 정신과 합쳐질 수 있는지를 이해하지 못하기 때문이다. 이것이야말로 바로 최고의 난제이다. 그것은 인간 자신인데 말이다. *Modus quo corporibus adhaerent spiritus comprehendi ab homine non potest, et hoc tamen homo est.*[37]

결국 우리의 나약함에 대한 증거를 완성하기 위해 나는 이 두 가지 고찰로 끝낼 것이다…….

200-231, 232

H.3

인간은 자연에서 가장 연약한 하나의 갈대에 불과하다. 그러나 생각하는 갈대이다. 인간을 무너뜨리기 위해서는 전 우주가 무장할 필요가 없다. 증기나 한 방울의 물이면 죽이기에 충분하다. 그러나 우주가 인간을 무너뜨릴 때 인간은 그를 죽이는 우주보다 더 고귀할 것이다. 인간은 자신이 죽는다는 것과 우주가 그보다 우월하다는 것을 알고 있기 때문이다. 우주는 그에 대해 아무것도 알지 못한다.

따라서 우리의 모든 존엄은 사고에 있다. 거기서 우리를 드높여야 한다. 우리가 채울 수 없는 공간이나 시간의 지속성에서가 아니다.

그러므로 올바르게 생각하기 위해 노력하자. 바로 이것이 도덕

---

37 정신이 육체에 통합된 방식은 인간이 이해할 수 없는데 그럼에도 불구하고 그것은 인간 자신이다.(성 아우구스티누스, 『신국론』 제21권, 10)

의 근본이다.

201-233 이 무한한 우주의 영원한 침묵이 나를 두렵게 한다!

202-234 마음을 달래시오. 그것을 기대해야 하는 것은 당신 가운데서가 아닙니다. 반대로 당신에게서 그 어떤 것도 기대하지 않으면서 당신은 그것을 기대해야 합니다.*

15-2. 본성은 타락했다*

16. 타 종교의 허위성

203-235 타 종교의 허위성.

권위가 없는 마호메트.

따라서 그의 논거는 그 자체의 힘만 가지고 있기 때문에 매우 강력한 것이어야 할 것이다.

그러면 그가 하는 말은 무엇인가? 그를 믿어야 한다고 말한다.

204-236 타 종교의 허위성.

그들은 그 어떤 증인도 없다. 이 사람들은 증인이 있다.

하느님은 타 종교에 그런 증표를 제시해 보라고 도전한다.(「이사야」 43:9, 44:8)

205-237 만약 모든 것에 단 하나의 원리와 하나의 목적, 즉 모든 것이 그것에 의하고 그것을 위하는 그런 목적이 있다면, 참된 종교는 그것만을 찬양하고 그것만을 사랑하도록 가르쳐야 한다. 그런데 우리는 우리가 알지 못하는 것을 찬양하거나 우리 외에 다른 것을 사랑하는 일이 불가능하므로, 이러한 의무를 가르치는 종교는 이 무능력에 대해서도, 그리고 이 무능력에 대한 구제책

도 가르쳐야 한다. 이 종교는 한 사람에 의해 모든 것을 잃게 되었고, 하느님과 우리의 관계가 단절되었으며, 한 사람에 의해 그 관계가 회복되었다고 가르친다.

우리는 하느님의 이 사랑에 너무나 어긋나게 태어나서, 필연적으로 우리는 죄인으로 태어나야 한다. 그렇지 않으면 하느님이 의롭지 않은 것이 될 것이다.

206-238 *Rem viderunt, causam non viderunt.*[38]*

207-239 마호메트에 대한 반박.

코란이 마호메트의 것이 아님은 성서가 성 마태오에 의해 쓰인 것 이상으로 분명하다. 왜냐하면 세기마다 여러 작가들이 인용하고 있기 때문이다. 켈수스나 포르피리오스와 같은 적들도 그 점을 결코 부인하지 않았다.

코란에는 성 마태오가 선량한 사람이었다고 쓰여 있다. 그러니까 마호메트는 가짜 예언자였다. 나쁜 사람들을 좋은 사람들이라 했거나, 아니면 그들이 예수 그리스도에 대해 말한 것에 동의하지 않아서이다.

208-240 이런 신에 대한 지식 없이 인간이 할 수 있는 게 무엇이겠는가! 자신들 과거의 위대함의 흔적이 남아 있는 내적 감정 안에서 스스로를 높이거나, 아니면 현재의 나약함을 보고 절망하는 것밖에. 진리 전체를 보지 못해서 그들은 완전한 덕에 도달할 수 없는데, 어떤 이들은 인간의 본성을 타락하지 않은 것으로 보

---

38 그들은 현상, 그것을 잘 보았다. 하지만 그 원인은 보지 못했다.(성 아우구스티누스, 『펠라기우스에 반하여』 제4권, 60)

고, 어떤 이들은 본성이 회복될 수 없는 것으로 봐서 오만과 나태를 피할 수가 없었다. 이것은 모든 악의 두 원천이다. 이들은 무기력으로 악덕에 빠지거나, 아니면 오만으로 거기에서 빠져나오는 것 외에 다른 일을 할 수 없기 때문이다. 왜냐하면 만약에 이들이 인간의 탁월함을 안다면 인간의 타락을 모르며, 따라서 나태를 피할 수 있었으나 오만에 빠졌던 것이다. 그리고 본성의 결함을 인정하면, 인간의 존엄성을 알지 못하여 허영심을 피할 수는 있지만 그것은 절망으로 뛰어드는 것이었다.

그런 연유로 스토아학파니 에피쿠로스학파니 독단주의니 플라톤학파 같은 다양한 학파가 유래하는 것이다 등등.

기독교만이 하나를 다른 하나로 추방하는 지상의 지혜가 아니라 성서의 간결함으로 둘 모두를 추방하면서 이 두 악덕을 치료할 수 있다. 성서는 신성에의 참여까지 의인들을 고양시키고, 이 숭고한 상태에서도 의인들이 여전히 모든 타락의 원천을 지니고 있으며, 살아 있는 동안 오류, 가난, 죽음, 죄악으로 예속되어 있음을 가르쳐 주고, 가장 불경건한 사람들에게는 구속자의 은총을 받을 수 있다고 외치기 때문이다. 성서는 성서가 의롭게 만드는 사람들을 떨게 만들고 정죄받은 사람들을 위로하며, 모든 사람에게 공통된 은총과 죄의 이중 능력으로 매우 공정하게 두려움을 희망으로 완화시킨다. 성서는 이성만이 할 수 있는 것보다 더욱더 무한하게 낮추지만 절망시키지는 않고, 오류와 악이 없는 유일한 성서만이 사람을 가르치고 고칠 수 있다는 것을 보여 주면서, 본성의 오만보다 무한하게 더 높이 고양시키지만 거만하게 만들지는 않는다.

그러므로 이 하늘의 지혜를 믿고 찬양하는 것을 누가 거부할 수 있겠는가. 왜냐하면 우리가 우리 안에서 탁월함의 지워지지 않는 특징을 느끼고 있는 게 대낮보다 더 분명하지 않은가. 그리고 우리의 참담한 조건의 결과를 매 순간 느끼는 것 또한 사실이 아닌가.

이 무질서와 기괴한 혼란이 저항할 수 없을 만큼 강력한 목소리로 우리에게 외치는 것이 이 두 상태의 진실이 아니고 무엇이겠는가?

209-241, 242 예수 그리스도와 마호메트의 차이.

예언되지 않은 마호메트. 예언된 예수 그리스도.

마호메트는 죽임으로써, 예수 그리스도는 자신의 사람들을 죽게 함으로써.

마호메트는 읽는 것을 금지시키면서, 예수의 제자들은 읽을 것을 명하면서.

결국 이는 너무나 상반된 일이라, 마호메트가 인간적으로 성공의 길을 선택했다면 예수 그리스도는 인간적으로 죽는 길을 선택했고, 마호메트가 성공했으므로 예수 그리스도 역시 성공할 수 있었다고 결론 내리기보다는 마호메트가 성공했으므로 예수 그리스도가 멸망해야 했다고 말해야 할 정도이다.

10-243 모든 사람은 자연적으로 서로 미워한다. 사람들은 할 수 있는 만큼 사욕을 이용하여 공공의 이익에 소용되도록 했으나 그것은 가장하는 것이며, 사랑의 허상일 뿐이다. 본질적으로 그것은 증오에 지나지 않기 때문이다.

211-244 사람들은 사욕에서 통치와 도덕 그리고 정의의 훌륭한 규칙을 이끌어 그 근거를 마련했다.

그러나 근본적으로 인간의 이 나쁜 근본, *figmentum malum*[39]은 감춰졌을 뿐이지 제거된 것이 아니다.

212-245 예수 그리스도는 우리가 오만함 없이 다가갈 수 있는 신이며, 그 밑에서 우리는 절망 없이 자신을 낮출 수 있다.

213-246 *Dignior plagis quam osculis*
non timeo quia amo.[40]

214-247 참 종교는 자신의 신을 사랑하는 의무를 증표로 가져야 한다. 그것은 매우 옳은 일이다. 한데 그 어떤 종교도 그런 요구를 하지 않았다. 우리 종교는 그것을 요구했다.

또한 참 종교는 사욕과 무력을 알았어야 한다. 우리 종교는 알았다.

이 종교는 그 치유책도 제시했어야 한다. 그 치유책 중 하나는 기도이다. 어떤 종교도 신에게 그를 사랑하고 따르게 해 달라고 청하지 않았다.

215-248 인간의 본성 전체를 이해한 후에, 어떤 종교가 참 종교가 되려면 그 종교는 우리의 본성을 알고 있어야 한다. 그 종교는 위대와 비천을, 그리고 그 각각의 이유를 알아야 한다. 기독교 외에 어느 종교가 그 이유를 알았는가?

---

39 사람은 어려서부터 악한 마음을 품게 마련.(「창세기」 8 : 21)

40 입맞춤보다 매를 맞아야 하는 나는 두렵지 않다. 왜냐하면 나는 사랑하기 때문이다.(성 베르나르, 『성가 84에 대한 설교(*In cantica sermones 84*)』)

216-249 참된 종교는 우리의 의무와, 우리의 무력인 오만과 사욕, 그리고 그 치유책인 겸손과 금욕을 가르친다.

217-250 명확하고 분명한 상징이 있는가 하면 억지인 듯한 상징이 있는데, 이는 설득된 사람들에게만 입증되는 상징이다. 이 상징은 묵시록의 상징과 비슷하다.

그런데 여기에는 차이가 있다. 그것은 그들이 어떤 확실한 상징도 가지고 있지 않다는 것이다. 따라서 그들이 자신들의 상징은 우리의 어떤 상징만큼이나 근거가 확실하다고 제시할 때 그것만큼 부당한 일은 없다. 왜냐하면 우리의 몇몇 상징이 갖는 그러한 명백함을 그들의 상징은 갖고 있지 않기 때문이다.

그러므로 승부가 되지 않는다. 다른 면에서도 매우 다른데, 한 미세한 부분에서는 비슷한 것처럼 보이는 것 때문에 이것들을 동일시하거나 혼동하면 안 된다. 그것은 하느님에 관한 것일 때 사람들로 하여금 그 모호함까지 존중하게 만드는 그런 명확함이다.

(그것은 마치 사람들 사이에 이해할 수 없는 어떤 언어가 있는 것과 같다. 이 언어를 알지 못하는 사람은 터무니없는 의미로만 이해할 것이다.)

218-251 나는 사람들이 마호메트를 판단할 때 신비로운 의미로 간주할 수 있는 마호메트의 모호함이 아니라, 확고한 것, 그의 천국 그리고 그 외의 것을 통해 판단하기를 바란다. 그 점에서 그는 우습기 짝이 없다. 그래서 그의 명확한 것은 우스꽝스럽기 때문에, 그의 이해할 수 없는 점을 신비로 취급하는 것은 옳지 않다. 성서는 그렇지 않다. 나는 성서에 마호메트의 그것만큼 기이하고 모호한 점이 있었으면 좋겠다. 그러나 성서에는 감탄할 만한 명확

성과 명백하고 완수된 예언이 있다. 때문에 승부가 되지 않는다. 명백함이 아니라 비슷한 모호함만으로 동일시하거나 혼동해서는 안 된다. 우리가 모호함을 존중하도록 하는 것은 이 명확함이다.

219-252 이교와 같은 타 종교들이 매우 대중적인 이유는 그 종교들이 외적이기 때문이다. 하지만 그 종교들은 유식한 사람들을 위한 종교가 아니다. 순전히 지적인 종교는 유식한 사람들에게 더 적합할 것이나 민중에게는 소용되지 않을 것이다. 기독교만이 모든 이에게 적합하다. 기독교는 외적이기도 하면서 내적이기 때문이다. 기독교는 민중을 안으로 고양시키고 오만한 자들은 외적으로 끌어내린다. 그리고 이 두 방법을 같이하지 않으면 완전하지 않다. 왜냐하면 민중은 문자의 정신을 이해해야 하고, 영리한 사람들은 자신들의 정신을 문자에 굴복시켜야 하기 때문이다.

220-253 다른 어떤 종교도 자신을 미워하라고 제시하지 않았다. 어떤 다른 종교도 자신을 미워하고 진실로 사랑스러운 존재를 찾는 사람들의 마음에 들 수 없다. 이런 사람들은 모욕당한 신의 종교에 대해 들어 본 적이 없다고 해도 곧 그 종교를 선택할 것이다.

17. 종교를 사랑스러운 것으로 만들기

221-254 모든 이를 위한 예수 그리스도. 한 민족을 위한 모세.

그런데 모든 나라들이 그의 자손에게서 축복받으리라.*

Parum est ut 등등.[41] 이사야. / *Lumen ad revelationem gentium*.[42]

Non fecit taliter omni nationi[43*]라고 다윗은 율법에 대해 이같이 말했다. 그러나 예수 그리스도에 대해 말할 때는 *fecit taliter omni nationi, parum est ut*[44]……라고 말해야 한다.

그러니까 보편성은 예수 그리스도에 속하는 것이다. 교회조차 신자들을 위해서만 제사를 드린다. 예수 그리스도는 모든 이를 위해 십자가의 제사를 바쳤다.

222-255 물질적인 유대인들과 이교도는 비참하다. 기독교인도 마

---

41 네가 나의 종으로서 할 일은 야곱의 지파들을 다시 일으키고 살아남은 이스라엘 사람을 돌아오게 하는 것으로 그치지 않는다. 나는 너를 만국의 빛으로 세운다. 너는 땅 끝까지 나의 구원이 이르게 하여라.(「이사야」 49 : 6)

42 그 구원은 이방인들에게는 주의 길을 밝히는 빛이 되고.(「루가의 복음서」 2 : 32)

43 다른 민족은 이런 대우를 받지 못했다.

44 야훼께서 이제 만국을 위해서 말씀하신다.(「이사야」 49 : 5)

찬가지다. 이교도들에게는 어떤 구속자도 없다. 왜냐하면 그들은 구속자를 희망하지 않기 때문이다. 유대인들에게는 어떤 구속자도 없다. 그들은 헛되이 구속자를 기다리기 때문이다. 기독교인들에게만 구속자가 있다.

'영속성'을 보시오.

18. 기초

223-256 상징의 이유에 관한 '상징' 장의 내용을 '기초'의 장에 넣어야 한다. 최초의 강림에서 예수 그리스도가 예언된 것은 무슨 이유인가. 무슨 이유로 그 방법이 모호하게 예언된 것인가.

224-257 가장 순진한 불신자들. 이들은 모세의 기적을 믿지 않으려고 베스파시아누스의 기적을 믿는다.*

225-258 예수 그리스도가 사람들 사이에 잘 알려지지 않은 채 머물렀던 것처럼, 진리도 일반 의견 속에 외면적인 차이 없이 존재한다. 그렇게 성체도 보통의 빵 속에 있는 것이다.

226-258 모든 신앙은 예수 그리스도와 아담으로 성립되며, 모든 도덕은 사욕과 은총으로 성립된다.

227-259 부활과 동정녀의 분만에 대해 그들이 반박할 것이 뭐가 있겠는가. 무엇이 더 어려운 일일까? 사람이나 동물을 만드는 일인가, 아니면 그것을 재생산하는 일인가? 그들이 어떤 종류의 동

물을 한 번도 보지 못했다면, 그 동물들이 서로 간에 교합 없이 생산되는 것인지 아닌지 알 수 있을까?

228-260 예언자들은 예수 그리스도에 대해 무엇이라고 말하는가? 그가 확실히 하느님일 것이라고 말하는가? 아니다. 그는 진실로 숨은 신이며, 그는 알려지지 않을 것이고, 사람들은 바로 그라고 생각하지 않을 것이며, 그는 걸림돌이 될 것이라고 말한다. 많은 사람이 이 걸림돌에 부딪칠 것이라고 등등.

그러므로 명확하지 않다고 해서 우리를 더 이상 비난하지 않길 바란다. 우리는 그 점을 공공연히 주장하니까 말이다. 그런데 사람들은 이해할 수 없는 모호한 점이 있다고 말한다. 하지만 그 점이 없다면 사람들은 예수 그리스도에 부딪치지 않을 것이다. 그리고 그것은 예언자들의 명백한 의도 중 하나이다. *Excaeca.*[45]

229-261 인간이 자신들의 가장 위대한 지식으로 알 수 있었던 것을 이 종교는 자신의 아이들에게 가르쳤다.

230-262 모든 불가해한 것이 존재하지 않는 것은 아니다.

231-263 (*만약에 인간이 하느님과 소통할 자격이 없다고 말하고 싶다면, 그런 평가를 내리기 위해서는 매우 훌륭해야 한다.*)

232-264 만약에 하느님께서 어떤 사람은 눈을 멀게 하고 어떤 사람은 진리를 밝혀 준다는 원칙을 받아들이지 않는다면, 하느님의

---

45 너는 이 백성의 마음을 둔하게 하고.(「이사야」 6:10); 단편 496, 893 참조.

일에 대해 아무것도 이해하지 못한다.

233-265 예수 그리스도는 악인들을 맹목 속에 내버려 두기 위해서 자신이 나사렛 출신이 아니라고, 요셉의 아들이 아니라고 말하지 않는다.

234-266 하느님께서는 정신보다 의지를 준비하기를 더 바라신다. 완벽한 명확성은 정신에는 소용이 될 것이나 의지에는 해로울 것이다.
오만을 꺾는 것.

235-267 예수 그리스도는 잘 보는 사람들을 눈멀게 하고, 보지 못하는 사람들은 보이게 하고, 병자들은 치료하고, 건강한 자들은 죽게 놔두며, 죄인들은 속죄하라고 촉구하여 의인으로 만드시고, 의인들은 자신들의 죄 속에 버려두고, 가난한 사람들은 채워 주고 부자들은 빈털터리가 되게 하러 오셨다.

236-268 눈멀게 하기. 밝혀 주기. 성 아우구스티누스. 몽테뉴. 스봉드.*

선택된 사람들을 이해시키기 위한 충분한 빛이 있고, 그들을 겸손하게 하기 위한 충분한 어둠이 있다. 버림받은 사람들을 눈멀게 하기 위한 충분한 어둠이 있고, 또 그들을 벌주고 용서받을 수 없게 하기 위한 충분한 빛이 있다.

구약에서 예수 그리스도의 족보는 다른 많은 불필요한 것이 섞여서 잘 구별되지 않는다. 만약에 모세가 예수 그리스도의 선친들만 기록했다면 너무나 명확했을 것이다. 만약에 모세가 예수 그리스도의 족보를 적지 않았다면 충분히 명확하지 못했을 것이다. 그러나 결국 자세히 들여다보면 다말과 룻 등에 의해 잘 구별되는 예수 그리스도의 족보를 볼 수 있다.*

이러한 제사를 명한 자들은 제사의 무용함을 알고 있었고, 제사의 무용함을 선언한 사람들은 제사를 바치는 일을 계속했다.

만약에 신이 하나의 유일한 종교만을 허락했다면, 이 종교는 너무나 쉽게 알아볼 수 있었을 것이다. 그러나 자세히 살펴보면 이 혼란 속에서도 참된 것을 잘 구별할 수 있다.

원리: 모세는 영리한 사람이었다. 그러니까 만약에 그가 자신의 이성으로 행동했다면, 이성에 직접적으로 상반되는 것은 어떤 것도 기록해서는 안 되었다.

따라서 겉으로 드러나는 모든 나약함은 힘이다. 예를 들어 성 마태오와 성 루가의 두 가계. 이 가계들이 협력하여 일치되게 만들어지지 않은 것보다 더 명백한 사실이 어디 있는가.

237-269 만약에 예수 그리스도께서 거룩하게 하기 위해서만 강림하셨다면, 모든 성서와 일체의 사물은 이를 추구할 것이고, 신자가 아닌 사람들을 설득하기가 매우 용이할 것이다. 만약에 예수 그리스도의 강림이 눈을 멀게 하기 위한 것이라면 그의 모든 행동은 혼란스럽고, 우리가 불신자들을 설득할 수 있는 방법은 없을 것이다. 하지만 그분은 이사야가 말하는 것처럼 *In sanctificationem et in scandalum*[46]*으로 오셨기 때문에 우리

---

[46] 거룩한 피난처가 되시고 발에 걸리는 올가미도 되시니.

는 불신자들을 설득할 수 없고 그들은 우리를 설득할 수 없다. 그런데 바로 그 점 때문에 우리는 그들을 설득한다. 왜냐하면 우리는 예수의 모든 행동에 그 어느 쪽도 확신을 주는 것이 없다고 말하기 때문이다.

238-270 상징.

하느님은 자기 사람들에게 덧없는 행복을 금하기를 원했는데, 무능력 때문이 아니었음을 보여 주기 위해 유대 민족을 만들었다.

239-271 인간은 하느님에게 합당하지 않지만 합당하게 될 수 없는 것은 아니다.

하느님이 비천한 인간과 함께하는 것은 마땅한 일이 아니나, 인간을 그 비참에서 끄집어내는 것은 하느님에게 합당하지 않은 일이 아니다.

240-272 증거.

실현된 예언.

예수 그리스도 이전에 일어난 일과 이후에 일어난 일.

241-273 모순의 근원. 십자가에서의 죽음을 겪을 정도로 모욕당한 신. 예수 그리스도가 가진 두 가지 본성. 두 번의 강림. 인간 본성의 두 상태. 자신의 죽음으로 죽음을 이겨 낸 메시아.

242-275 하느님은 숨어 있기를 원하셨다.

종교가 하나였다면 하느님은 그 종교 안에서 너무나 확실하게 존재하셨을 것이다.

그리고 만약 우리 종교에만 순교자가 있었다면 마찬가지일 것이다.

그렇게 하느님은 숨어 계시기 때문에, 신이 숨어 있다고 말하지 않는 모든 종교는 참되지 않다. 그리고 숨어 있는 이유를 설명하지 못하는 모든 종교는 가르침이 없다. 우리 종교는 이 모든 것을 한다. *Vere tu es deus absconditus.*[47]

243-276 (*우리 신앙의 기초*).

이교는 기초가 없다. (*옛날에는 말하는 신탁을 기초로 삼았다고 오늘날 사람들은 말한다. 그러나 그 점을 확증해 주는 책들이 어떤 것인가? 그 책들은 작가들의 덕목으로 믿을 만한 것들인가? 그 책들은 전혀 훼손되지 않았다고 확신할 정도로 많은 정성을 들여서 보존되었는가?*)

마호메트의 종교는 코란과 마호메트를 기반으로 한다. 그런데 세상의 마지막 희망이어야 하는 이 예언자는 예언되었던가? 마호메트에게는 자신이 예언자라고 말하고 싶은 사람이 갖고 있지 않은 어떤 징표가 있는가? 그는 어떤 기적을 행했다고 말하는가? 그는 전통에 따라 어떤 신비를 가르쳤는가? 어떤 도덕과 행복을 가르쳤는가?

유대교는 성서들의 전통과 민족의 전통 안에서 각각 달리 취급되어야 한다. 민족의 전통 안에서 그 도덕과 행복은 우스꽝스럽다. 그런데 성서들의 전통 안에서는 훌륭하다. 그 기초 자체가 훌륭하다. 그것은 세계에서 가장 오래된, 그리고 가장 믿을 수 있는 책이다. 마호메트가 자신의 책을 유지하기 위해서 읽는 것을 금지

---

47 당시 프랑스어 번역으로는 "진실로 당신은 숨은 신이요, 이스라엘의 하느님, 구세주이시다."

시키는 반면, 모세는 모두에게 자신의 책을 읽도록 명했다. 그렇듯 모든 종교는 마찬가지이다.

왜냐하면 기독교는 성서와 결의론자들의 책 속에서 너무나 다르기 때문이다.

우리의 종교는 너무나 신성해서 다른 신성한 종교는 우리 종교의 기초밖에 되지 못한다.

244-277 무신론자들의 반론.

"그런데 우리는 그 어떤 빛도 없는데요."

19. 상징의 율법

245 율법은 상징이었다.

246-278 상징.

유대 민족과 이집트 민족은 모세가 만난 두 사람에 의해 분명하게 예언되었다. 즉 이집트 사람이 유대인을 때리고, 모세가 이집트 사람을 죽여 복수하는데, 유대인은 그 은혜를 모른다.*

247-279 상징.

"산에서 너에게 보여 준 그 본을 따라 모든 것을 만들도록 하여라."* 이 점에 대해 성 바울로는 유대인들이 천상의 것을 그렸다고 말했다.

248-280 상징.

예언자들은 상징으로 예언했다. 허리띠, 불에 태운 수염과 머리카락* 등등.

249-281 상징.

암호의 열쇠.

Veri adoratores. Ecce agnus dei qui tollit peccata mundi.[48]*

250-282 상징.

검, 금화, *potentissime*와 같은 말들.*

251-283 성서의 뜻을 설명하고자 하며 그 의미를 전혀 취하지 않는 자는 성서의 적이다. 아우구스티누스, *de doctrina christina.*[49]*

252-284 두 가지 오류: 1. 모든 것을 글자 그대로 받아들이는 것. 2. 모든 것을 영적으로 받아들이는 것.

253-285 상징.

예수 그리스도는 성서를 이해할 수 있게 하려고 그들 영혼의 눈을 뜨게 했다.

중요한 두 계시는 다음과 같다: 1. 그들에게 일어난 모든 일은 상징으로 나타났다. *Vere Israelitae,*[50]* *Vere liberi* ,[51]* 하늘의 진정한 빵.*

2. 십자가에 이르기까지 멸시받은 신. 예수 그리스도는 영광에 이르기 위해 고통받아야 했다. 그는 자신의 죽음으로 죽음을 이겨 낼 것이다. 두 번의 강림.

---

48 보라. 세상 죄를 지고 가는 하나님의 어린 양이로다.

49 기독교 교리.

50 참 이스라엘.

51 참 자유.

254-286 너무나 큰 상징에 대한 반박.*

255-287 하느님은 선한 사람이 메시아를 알아볼 수 있게, 악한 사람은 알아보지 못하게 메시아가 예언되게 하셨다. 만약에 메시아의 강림 방법이 분명하게 예언되었다면 악인에게조차 어떤 모호함도 없었을 것이다.

만약에 그 시간이 모호하게 예언되었더라면 선인에게조차 모호함이 있었을 것이다. (왜냐하면 그들의 마음이 아무리 선하다 해도) 가령 mem(멤)이 6백 년을 의미한다는 것을 이해할 수는 없었을 것이기 때문이다. 그러나 시간은 분명하게, 방식은 비유로 예언되었다.

이 방법으로 악인은 약속된 행복을 물질적인 것으로 생각하여 시간이 분명하게 예언되었음에도 불구하고 방황하지만 선인은 방황하지 않는다.

약속된 행복에 대한 이해는 자신이 사랑하는 것을 선이라 부르는 심정에 달려 있으나, 예약된 시간에 대한 이해는 전혀 심정에 달려 있는 것이 아니기 때문이다. 그렇듯 시간에 대한 분명한 예언과 행복에 대한 모호한 예언에 속는 것은 악인들뿐이다.

256-288 육체적인 유대인들은 자신들의 예언서에 예언된 메시아의 위대함과 천함을 이해하지 못했다. 그들은 메시아의 예언된 위대 안에서 그를 알아보지 못했는데, 가령 메시아가 다윗의 자손인데도 다윗의 주님일 것이라고 말하거나, 메시아가 아브라함 이전에 있었으며, 아브라함을 봤다고 말할 때가 그렇다. 그들은 그가 영원할 만큼 위대하다고 믿지 않았다. 그들은 메시아의 천함과 죽음 안에서조차 마찬가지로 알아보지 못했다. 그들은 "메시

아는 영원히 존재할 것인데 이자는 자기가 죽을 것이라고 말한다"*고 말했다. 때문에 그들은 메시아가 영원하리라는 것도 죽으리라는 것도 믿지 않았다. 그들이 메시아에게서 구하는 것은 물질적인 위대함뿐이었다.

257-289 모순.

하나의 좋은 모습을 만들기 위해서는 우리의 모든 상반되는 점을 화합시키는 수밖에 없다. 그리고 그 상반되는 점들을 화합시키지 않고 잘 조화된 특징만을 따르는 것은 충분하지 않다. 한 작가의 뜻을 이해하기 위해서는 모든 상반되는 구절을 화합시켜야 한다.

이처럼 성서를 이해하기 위해서는 모든 상반되는 구절이 한 의미로 일치되어야 한다. 일치되는 여러 구절에 적용되는 하나의 의미가 있는 것으로 충분하지 않다. 상반되는 구절들을 일치시키는 의미가 있어야 한다.

모든 작가는 모든 상반되는 구절이 일치하는 하나의 의미를 가지고 있거나, 아니면 어떤 의미도 갖지 않는다. 성서나 예언자들에 대해서는 이렇게 말할 수 없다. 성서나 예언자들은 확실히 너무나 좋은 의미를 가지고 있었다. 따라서 모든 상반된 점들을 화합하는 하나의 의미를 찾아야 한다.

그러므로 참 의미는 유대인들의 의미가 아니다. 모든 모순은 예수 그리스도 안에서 화합된다.

유대인들은 호세아가 예언한 왕과 대신의 단절을 야곱의 예언과 일치시킬 수 없을 것이다.

만약에 사람들이 율법과 제사 그리고 왕국을 현실적인 것으로 생각한다면, 모든 구절이 일치되지 않는다. 따라서 필연적으로 그것들은 비유여야 한다. 사람들은 한 작가의, 동일한 책의, 또 때로는 한 장(章)의 구절들을 화합할 수 없는데, 이 점이 작가의 의미가 어떤 것인지를 잘 보여 준다. 에제키엘이 사람들에게 하느님의 계명 안에서 살 것이며, 또 살지 않을 것이라고 말할 때처럼 말이다.*

258-290 주님이 선택하신 예루살렘 밖에서 제사를 바치거나 십일조를 먹는 것은 허락되지 않았었다. 「신명기」 12장 5절 등. 「신명기」 14장 23절 등. 15장 20절; 16장 2, 7, 11, 15절.

호세아는 이스라엘이 왕도 대신도 희생 제물도 우상들도 갖지 않을 것이라고 예언했다.* 예루살렘 밖에서는 합법적인 제물을 바칠 수가 없으므로 오늘날 바로 그 예언이 이루어졌다.

259-290 상징.

만약 율법과 제사가 진리라면 이 진리는 하느님의 마음에 들어야 하고, 하느님의 마음을 상하게 하는 일이 없어야 한다. 만약에 그것들이 상징이라면 마음에 들건 들지 않건 해야 한다.

그런데 성서 전체에서 율법과 제사는 마음에 들게 하기도 하고 상하게 하기도 한다. 율법이 바뀔 것이고, 제사도 바뀔 것이며, 왕과 대신과 제물도 사라질 것이며, 새로운 계약이 맺어지며, 율법은 새롭게 바뀔 것이고, 그들이 받았던 계율은 올바르지 않으며, 그들이 바치는 제물은 가증스러운 것이며, 하느님은 그런 제물을 전혀 요구하지 않으셨다고 한다.

반대로 율법이 영원히 지속될 것이며, 이 계약은 영원할 것이고, 제물은 영원하며, 왕권은 그들에게서 절대 떠나지 않을 터인데, 왜냐하면 영원한 왕이 도착할 때까지 왕권이 그들에게서 떠나지 않기 때문이라고 한다.

이 모든 구절은 그것이 현실임을 나타내는가? 아니다. 그것이 비유라는 것을 나타내는가? 아니다. 그것은 사실이거나 아니면 비유이다. 그러나 첫 번째 것들은 현실을 배제하는 것이어서 비유일 뿐이라는 것을 나타낸다.

이 모든 구절이 현실에 대해 말한 것일 수 없다. 모든 것이 비유로 말한 것일 수 있다. 따라서 그것들은 현실적인 내용이 아니라 비유로 얘기된 내용이다.

Agnus occisus est ab origine mundi, juge sacrificium.[52]

260-291 초상화는 부재와 현존, 기쁨과 비탄을 포함한다. 현실은 부재와 비탄을 배제한다.

상징.

율법과 제물이 실재인지 아니면 상징인지 하는 문제를 알기 위해서는 예언자들이 이 점에 대해 언급하면서 주시하고 고찰했는지, 그래서 거기서 옛날 계약만을 보았는지, 아니면 다른 어떤 것을 봐서 그것을 그린 것인지 살펴야 한다. 왜냐하면 사람들은 초상화에서 비유된 사물을 보기 때문이다. 그런 이유로 그들이 말하는 바가 무엇인지 살펴보아야 한다.

그들이 율법이 영원하리라고 말할 때 변할 것이라는 계약에 대해서 말하는 것인가? 그들은 이 계약이 바뀔 것이라고, 그리고 제물에 대해서도 마찬가지로 말하고 있다 등등.

암호는 두 가지 의미가 있다. 우리가 어떤 중요한 편지를 발견하여 편지의 분명한 의미를 알아낸다고 하자. 그러나 그 의미가

52 '천지 창조 때부터 죽임을 당한 어린 양' 영원한 제물.(「요한의 묵시록」 13:8)

알쏭달쏭하니 모호하고, 그 의미가 감춰져 있어서 사람들이 편지를 보면서도 보지 못하고, 이해하면서도 이해하지 못할 때, 그것이 두 가지 의미가 있는 암호라고밖에 달리 무슨 생각을 할 수 있겠는가. 게다가 글자 그대로의 의미에서 분명한 모순들이 발견된다. 예언자들은 이스라엘이 항상 하느님으로부터 사랑받을 것이고, 율법은 영원할 것이라고 분명하게 말했다. 그리고 그들은 사람들이 그들이 한 말의 의미를 이해하지 못할 것이고, 그 의미가 은폐되어 있다고 말했다.

그러니까 우리에게 암호를 발견하게 하고 숨은 의미를 알게 가르쳐 주는 사람들을 얼마나 존경해야 할까? 특히 그들이 취급하는 원리가 완전히 자연스럽고 분명할 때 더욱 그렇다. 그런 일을 한 사람들이 바로 예수 그리스도와 사도들이다. 그들은 봉인된 것을 풀었다. 그리스도가 베일을 찢고 정신을 보여 주었다. 그래서 그들은 인간의 원수는 자신의 정욕이며, 구속자는 영적인 존재이고 그의 지배도 영적이며, 두 번의 강림이 일어날 것인데, 하나는 오만한 인간을 끌어내리기 위한 비참의 강림이고, 다른 하나는 겸손한 인간을 높이 올리기 위한 영광의 강림이며, 예수 그리스도는 신과 인간일 것이라는 점을 우리에게 가르쳐 주었다.

261-292 첫 번째 강림의 시기는 예언되었으나, 두 번째 강림의 시기는 예언되지 않았다. 첫 번째 강림은 은폐되어야만 했고, 두 번째 강림은 명백해야만 했기 때문이다. 그리고 너무나 분명해서 그의 적들조차 인정해야만 했다. 하지만 그는 은밀하게 와야 했기에, 그리고 성서를 연구하는 사람들에게만 알려져야 했기에…….

262-293 그의 원수인 유대인들은 무엇을 할 수 있었을까?

만약에 그들이 그를 받아들인다면, 그들은 이러한 접대로 그를 증명하는 것이 된다. 메시아를 기다리는 위탁자들이 그를 받아들인 것이기 때문이다. 그리고 만약에 거부하면 그들의 거부로 그를 증명하는 것이 된다.

263-294 모순.

메시아에 이르기까지 왕홀, 왕도 대신도 없다.

영원한 율법, 바뀐 율법.

영원한 계약, 새로운 계약.

좋은 율법, 나쁜 규정. 「에제키엘」 20장.*

264-295 유대인들은 거대하고 찬란한 기적에 익숙해 있었다. 그리고 그들은 메시아의 위대한 업적과 같은 홍해와 가나안 땅의 놀라운 일들을 겪어서, 더더욱 혁혁한 기적을 기다리고 있었다. 모세의 기적은 하나의 예에 불과한 것이었다.

265-296 상징은 부재와 현존, 기쁨과 불쾌를 가지고 있다.

암호는 이중의 의미를 지닌다. 분명한 의미와 숨겨져 있다는 의미이다.

266-297 영원한 왕이 올 때까지 왕홀이 유다에서 떠나지 않을 것임을 예언자들이 예언했을 때, 이는 이스라엘 민족의 비위를 맞추기 위해서였을 것이고, 그들의 예언이 헤롯에게서 거짓으로 판명될 것이라고 사람들은 생각할 수 있을 것이다. 그러나 이는 예언자들의 뜻이 아니다. 그들은 정반대로 이 속세의 왕국이 중단

되어야 한다는 사실을 알고 있었다는 것을 보여 주기 위해, 유대인들이 왕도 없고 대신도 없이 오랫동안 지내게 될 것이라고 말한다. 「호세아」.*

267-298 상징.

사람들이 이 비밀을 한 번이라도 간파한다면 그때부터 그것을 보지 않을 수 없다. 이 같은 관점에서 구약을 읽어 보기 바란다. 그리고 제물이 참된 것이었는지, 아브라함의 가족 관계가 하느님이 보여 준 호의의 참 이유였는지, 약속된 땅이 참된 안식의 장소였는지 보길 바란다. 그렇지 않다. 따라서 그것은 비유였던 것이다.

마찬가지로 모든 명령된 의식과 사랑을 위한 것이 아닌 모든 계명을 보길 바란다. 그것이 상징임을 알게 될 것이다.

따라서 이 모든 제사와 의식은 상징이거나 어리석은 짓이었다. 하지만 그것이 어리석음이라고 판단하기에는 너무나 고귀하고 분명한 사실들이 있다.

예언자들이 구약에 시선을 집중했는지, 아니면 거기에서 어떤 다른 것을 보았는지 알아볼 것.

268-299 상징.

문자는 죽인다.* ― 모든 것은 상징으로 일어났다.* ― 예수 그리스도는 고난을 겪어야 했다.* ― 모욕당한 신. ― 이것이 바울로 성인이 우리에게 주는 암호이다.

마음의 할례, 참된 금식, 참된 제물, 참된 성전. 예언자들은 이 모든 것이 영적이어야 함을 보여 주었다.

없어질 양식이 아니라 없어지지 않는 양식.*

너희들은 참으로 자유로울 것이다.* 그러므로 다른 자유는 단지 자유의 상징일 뿐이다.

나는 하늘에서 온 참된 빵이다.*

269-300 인간에게는 하느님으로부터 등을 돌리게 하는 사욕 이외에 다른 원수가 없고, 하느님 외에 다른 행복이 없으며, 기름진 땅이 행복이 아니라는 것을 충분히 이해하는 사람들이 있다. 인간의 행복이 물질적인 것에 있으며 불행은 물질적 기쁨에서 멀리하는 것이라고 믿는 사람들은 그 행복에 취하고 그 행복 안에서 죽도록 하라. 그런데 온 정성을 다해 하느님을 찾는 사람들은 하느님을 보지 못하는 것만을 비탄하고, 하느님 안에서만 있기를 원하며, 하느님에게서 멀어지게 하는 사람들만 원수로 간주하고, 그러한 원수들에 둘러싸여 지배당하는 자신을 보는 것에 침통해하는 사람들은 위로받기를. 내가 그들에게 기쁜 소식을 전한다. 그들을 위한 구속자가 있다. 내가 그들에게 이를 보여 줄 것이다. 나는 그들을 위한 신이 있다는 것을 보여 줄 것이다. 다른 사람에게는 보여 주지 않을 것이다. 한 메시아가 원수들로부터 해방시키기 위해 약속되었다는 것과, 그 메시아는 원수로부터가 아니라 죄로부터 해방시켜 주러 왔음을 보여 줄 것이다.

다윗이 메시아가 그의 백성을 원수들에게서 해방시켜 줄 것이라고 예언했을 때, 사람들은 그것이 이집트인들에게서의 해방이라고 세속적인 의미로 생각할 수 있다. 그러면 나는 이 예언이 이루어졌다고 말할 수 없다. 그런데 이것이 죄로부터의 해방이라고 생각할 수도 있을 것이다. 왜냐하면 사실 이집트 사람들이 원수가 아니고, 죄가 원수이기 때문이다.

따라서 원수라는 말은 모호하다. 다윗이 이사야나 다른 사람들이 그랬던 것처럼 다른 곳에서 메시아가 자신의 백성을 죄에서 해방시켜 줄 것이라고 했다면 그 모호함은 사라진다. 그리고 원수라는 말의 이중적인 의미는 죄라는 단순한 의미로 귀착된다. 이들이 죄라는 말을 생각하고 있었다면 원수라는 단어로 표시할 수 있었을 것이나, 원수라는 말을 생각하고 있었다면 죄라는 말로 그것을 가리킬 수 없었을 것이기 때문이다.

그러므로 모세와 다윗 그리고 이사야는 같은 말들을 사용했던 것이다. 이들이 같은 의미로 표현한 것이 아니었다고, 다윗이 원수라고 할 때 분명히 다윗이 말한 의미는 죄에 관한 것인데 그것이 모세가 원수에 대해 말할 때와 같은 뜻이 아니었다고 누가 말하겠는가.

다니엘은 9장에서 적의 속박에서 민족의 해방을 위해 기도한다. 하지만 그는 죄를 생각하고 있었다. 그 점을 보여 주기 위해 다니엘이 말했다. 가브리엘이 그에게 와서 말하길, 소원이 성취되었고 70주만 기다리면 되고, 그 후에 이 민족은 죄에서 해방될 것이고, 죄가 드디어 끝이 나고, 성인 중의 성인인 구속자가 영원한 정의를, 법적인 정의가 아니라 영원한 정의를 가져올 것이라고 했다.

270-301 상징.

유대인들은 이러한 세속적인 생각 안에서 늙어 갔다. 즉 하느님께서 그들의 조상 아브라함과 그의 몸과 거기에서 태어난 사람들을 사랑하셨고, 그래서 그 자손을 수많은 사람으로 늘리셨고, 다른 민족들과 구분하셨으며, 그들과 섞이지 않게 하셨다. 하느님은 이집트에서 그들이 고통받을 때 그들을 위해 위대한 증표로 그곳에서 꺼내셨고, 사막에서는 하늘에서 내려온 빵으로 양식을 주셨고, 아주 비옥한 땅으로 그들을 인도하셨으며, 왕과 짐승을 바치기 위한 잘 지어진 성전을 주시고, 그들은 이 짐승의 피로 정화될 것이며, 하느님께서 마침내 모든 세상의 주인이 되도록 그들에게 메시아를 보내셔야 했고, 메시아의 강림 시간을 예언하셨다는 생각들이다.

사람들이 이 세속적인 오류 속에서 늙어 가고 있을 때, 예수 그리스도는 예언된 시간에 왔으나 기대하던 찬란함 속에서가 아니었다. 때문에 그들은 그를 메시아로 생각하지 않았다. 예수의 죽음 후에 성 바울로가 와서 사람들에게 이 모든 일이 상징으로 일어났다고 알려 주었다. 그리고 하느님의 왕국은 세속적인 데 있는 것이 아니라 성령 안에 있으며, 사람의 적은 바빌로니아 사람이 아니라 그들 자신의 사욕이며, 하느님은 손으로 만들어진 교회를 마음에 들어 하지 않았으며, 겸손하고 순수한 마음을 좋아하셨고, 몸의 할례는 소용이 없고 마음의 할례가 필요하며, 모세가 하늘의 빵을 주지 않았다 등등.

그런데 하느님께서는 합당하지 않은 이 민족에게 이 일들을 드러내기를 원하지 않으셨지만 사람들이 이 일들을 믿을 수 있도록 하기 위해 알리고 싶으셔서 그 시간을 명확히 예언하셨다. 그리고 때론 명확하게 표현하기도 했지만, 상징으로 표현된 것을 좋아하는 사람들은 그것에 집중하게 하고, 상징의 의미를 좋아하는 사람들은 그 의미들을 거기에서 보도록 하기 위해 풍부한 상징으로 표현하셨다.

사랑에 이르지 않는 모든 것은 비유이다.

성서의 유일한 목표는 사랑이다.

유일한 선으로 향하지 않는 모든 것은 그것의 상징이다. 왜냐하면 하나의 목표가 있을 뿐이기 때문에 적절한 말로 그 목표에 이르지 않는 모든 것은 상징이기 때문이다.

이처럼 하느님은 우리의 호기심을 만족시키기 위해 사랑의 유일한 계율을 다양하게 만들었다. 우리의 호기심은 다양함을 좇고 이 다양함을 통해 우리는 우리의 유일한 필요에 이르게 된다. 왜냐하면 유일한 하나만이 필요한데 우리는 다양한 것을 좋아하기 때문이다. 그래서 하느님은 이 유일한 필요로 인도하는 온갖 것들로 이 두 가지를 다 만족시킨다.

유대인들은 상징으로 표현된 사물들을 매우 좋아해서, 그것이 실현되기를 너무나 기다린 나머지 예언된 방식으로 그 시간에 도래한 실재를 알아보지 못했다.

랍비들은 부인의 젖가슴*과, 그들의 유일한 목표인 세속적 재산을 표현하지 못하는 모든 것을 상징으로 생각했다.

그리고 기독교인들은 성찬조차 그들이 추구하는 영광의 상징으로 여긴다.

271-302 예수 그리스도는 다음과 같은 것 외에 다른 것은 가르치지 않았다. 그들은 자기 자신을 사랑했고, 노예들이며, 눈이 멀고, 병들어 있고, 불행하며, 그리고 죄인들이었다고 가르쳤다. 또한 자신이 사람들을 해방시키고, 눈을 뜨게 하고, 축복을 주며, 병을 낫게 해야만 했는데, 이 모든 일은 자기 자신을 미워하고, 가난과 십자가의 죽음으로 그리스도를 따르면서 이루어질 것임을 가르쳤다.

272-303 비유.

하느님의 말씀은 진실한데 문자로 거짓이라면, 영적으로는 참이다. *Sede a dextris meis*:[53]* 그것은 문자대로는 거짓이다. 그러므로 영적으로는 진리이다.

이 표현에서는 하느님에 대해 인간의 방식으로 말한 것이다. 그것은 다름 아니라 사람들이 누군가를 자신의 오른편에 앉히면서 갖는 의도를 의미할 뿐이며, 하느님도 그런 의도를 갖는다는 의미이다. 따라서 이는 하느님의 의도라는 표시이지 그것을 행하는 하느님의 방식을 나타내는 것은 아니다.

이처럼 "하느님께서는 당신들의 향수의 향기를 받으셔서 그 보상으로 당신들에게 비옥한 땅을 줄 것이다"라고 말할 때, 그것은 여러분의 향수를 기꺼이 받아들인 사람이 당신들에게 그 보상으로 비옥한 땅을 줄 의도를 뜻하는 것이다. 하느님께서는 여러분에 대해 같은 생각을 가질 것이다. 여러분이 그분을 위해 같은 마

53 내 오른편에 앉아 있어라.

음을 갖기 때문이다. 즉 어떤 사람이 누군가에게 향수를 주면서 갖는 마음을 당신은 신에 대해 갖기 때문이다.

iratus est,[54]* 질투하는 신도 그런다 등등. 하느님의 일은 설명될 수 없는 것이므로 다르게 표현될 수가 없기 때문이다. 그리고 교회는 아직도 그런 표현을 사용하고 있다. *Quia confortavit seras*[55]* 등등.

성서가 우리에게 알려 주지 않는 의미를 성서에 부여하는 것은 허용되지 않는 일이다. 그래서 이사야의 멤(mem)이 6백이라고 말하는 것은 계시로 알려진 게 아니다. 그리고 차데(tsade)와 불완전 헤(he)가 신비로움을 의미할 것이라고 말하진 않았다. 따라서 그렇게 말하는 것은 허용된 일이 아니다. 그리고 현자의 돌이라고 말하면 더더욱 안 된다. 그러나 예언자들 스스로 그렇게 말했기 때문에 우리는 문자의 의미는 참 의미가 아니라고 말하는 것이다.

273-304 쉽게 믿음을 갖지 못하는 사람들은 유대인들의 불신에서 이유를 찾는다. 그들은 말한다. "만약에 그것이 분명했다면 그 사람들은 왜 믿지 않았을까요?" 그리고 이들이 거부한 예 때문에 중도에 믿기를 중단하지 않기 위해서 이들이 믿었기를 원하기까지 한다. 그런데 유대인들의 거부는 우리 믿음의 기초가 된다. 그들이 우리 편이었다면 우리는 쉽게 신앙을 받아들이지 않았을 것이다. 그랬다면 우리는 더 큰 구실을 갖게 될 것이다.

유대인들을 예언을 아주 좋아하는 사람들로 만들고, 예언 완성의 훌륭한 적으로 만든 것은 감탄할 만한 일이다.

---

54 성을 내시다.

55 성문을 견고히 하시고.

274-305 동시에 입증되는 두 성서에 대한 증거들.

구약과 신약을 동시에 증명하기 위해서는 한 성서의 예언이 다른 성서에서 실현되었는지를 보면 된다.

예언을 검토하기 위해서는 그것을 이해해야 한다.

왜냐하면 예언이 하나의 의미만 가지고 있다고 믿으면, 메시아가 오지 않았을 것이라는 점이 확실하기 때문이다. 그러나 예언이 두 가지 의미를 포함하고 있다면 메시아가 예수 그리스도로 오셨으리라는 것이 확실하다.

따라서 모든 문제는 예언에 두 가지 의미가 있는지를 아는 것이다.

성서는 두 가지 의미를 갖고 있으며, 예수 그리스도와 제자들이 남긴 증거는 다음과 같다.

1. 성서 자체가 그 증거다.

2. 랍비들의 증거들. 모세스 마이모니데스*는 성서가 두 가지 면을 가지고 있다고 말했는데 그것은 입증되었다. 그리고 예언자들은 예수 그리스도에 대해서만 예언했다.

3. 카발라*에 의한 증거들.

4. 랍비들이 성서에 부여한 신비로운 해석에 의한 증거들.

5. 두 가지 의미가 있다는 랍비들의 원리에 의한 증거들. 메시아의 두 번의 강림은 영광스러운 강림이든가 비천한 강림인데 이는 이스라엘 민족의 공덕에 따른다. — 예언자들은 메시아에 대해서만 예언하셨다. — 율법은 영원한 것이 아니며 메시아에게서 바뀌어야 한다. — 그래서 그때가 되면 사람들은 더 이상 홍해를 기억하지 않을 것이다. — 유대인과 이방인들이 섞일 것이다.

(6. 예수 그리스도와 사도들이 우리에게 준 열쇠에 의한 증거들.)

275-306 비유.

「이사야」 51장. 홍해, 구원의 이미지.

Ut sciatis quod filius hominis habet potestatem remittendi peccata, tibi dico: surge.[56]

하느님은 보이지 않는 거룩함으로 하나의 거룩한 민족을 만들고, 그 민족을 영원한 영광으로 가득 채울 수 있음을 보여 주기를 원해서 보이는 것을 만드셨다. 자연이 은총의 이미지인 것처럼 신은 자연의 사물 안에서 은총의 축복 안에서 해야 할 일을 하셨다. 이는 신은 보이는 것을 잘할 수 있기 때문에 보이지 않는 것도 잘할 수 있다고 사람들이 판단하도록 하기 위해서이다.

하느님은 그렇게 이 민족을 홍수에서 구해 내셨다. 즉 아브라함에게서 이 민족을 탄생시키시고 그들의 적에게서 구하여 안식으로 이끄셨다.

하느님의 목적은 이 민족을 기름진 땅으로 데려가기 위해 홍수에서 구해 내시고 아브라함에게서 이 유일 민족을 만들어 내신 것이 아니었다.

그리고 은총도 영광의 상징일 뿐이다. 은총은 궁극의 목표가 아니기 때문이다. 은총은 율법에 의해 상징적으로 표현되었고, 그 스스로 영광을 보여 준다. 그런데 은총은 영광의 상징이며 원리이며 이유가 된다.

사람들의 일상은 성인들의 삶과 비슷하다. 그들은 모두가 자신들의 만족을 추구한다. 그들의 차이점은 어떤 대상에 그 만족감

56 이제 땅에서 죄를 용서하는 권한이 사람의 아들에게 있다는 것을 보여 주겠다.(「마르코의 복음서」 2:10)

을 두느냐에 나타난다. 그 만족감을 방해하는 이들을 원수라고 부른다 등등. 하느님은 그래서 눈에 보이는 사물에 대한 그의 능력을 보여 줌으로써 보이지 않는 축복을 부여할 수 있는 자신의 힘을 보여 주었다.

276-307 두 사람이 우스꽝스러운 이야기를 하는데 한 사람은 같은 무리 안에서 이해되는 이중적인 의미를 이해하고 있고, 다른 사람은 한 가지 의미만을 가지고 있다고 하자. 만약 누군가가 그 비밀을 알지 못하고 두 사람이 이런 식으로 대화하는 것을 듣는다면 두 사람에 대해 같은 평가를 내릴 것이다. 그러나 이후의 나머지 대화에서 한 사람이 천상의 것에 대해 말하고 다른 사람은 계속해서 평범하고 보잘것없는 것에 대해 말하고 있으면, 그는 한 사람은 신비롭게 말하고 있고, 다른 사람은 그렇지 않다고 판단할 것이다. 한 사람은 그런 어리석은 말을 하지 못하며 신비로워지는 데 능력이 있고, 다른 사람은 신비로움에는 능력이 없고 어리석음에 능력이 있음을 잘 보여 주기 때문이다.

구약은 암호이다.

20. 랍비의 교리

277-308 랍비 교리의 연대기.

다음 페이지들의 인용문은 『신앙의 단도』*에 나오는 것이다.

27쪽 랍비 하카도슈.

『미슈나』 또는 음성법의 저자, 또는 제2율법의 작가 — 200년.

『미슈나』에 대한 주해	시프라 『바라예토트』 『탈무드 히에로솔』 『토세프타』	340년

랍비 오사이아 라바의 『베레시트 라바』*, 『미슈나』에 대한 주해.

『베레시트 라바』, 『바르 나크호니』는 섬세하고 아름다운, 그리고 역사적이며 신학적인 글이다. 이 작가는 『라보트』라는 책을 썼다.

『탈무드 히에로솔』 백 년 후에 랍비 아세가 『바빌론의 탈무드』를 썼다. 이는 모든 유대인의 동의하에 만들어졌는데, 유대인들은 그 안에 있는 내용을 반드시 지켜야 했다.

랍비 아세의 부록은 『게마라』라고 하는데 『미슈나』의 주해서이다.

그리고 『탈무드』는 『미슈나』와 『게마라』를 다 같이 포함하고 있다.

278-309, 310 원죄에 대한 유대인들의 풍부한 전승.

「창세기」 8장*의 표현에 대해서, "사람은 어려서부터 악한 마음을 품게 마련이다".

랍비 모세 하다르샨. 이 악한 누룩은 사람이 만들어지는 때부터 안에 들어 있다.*

『마사케트 수카』*: 이 악한 누룩은 성서 안에 일곱 개의 이름을 갖고 있다. 악, 음경 포피, 불순, 적, 치욕, 냉혹한 마음, 북풍. 이 모든 말은 인간의 마음속에 숨어 있고, 새겨져 있는 악을 의미한다. 『미드라슈 틸림』*에서도 같은 말을 하고 있다. 그리고 하느님께서 인간의 착한 본성을 악한 본성에서 해방시킬 것이라고 말하고 있다.

이 사악함은 「시편」 37편에 쓰여 있는 것처럼, 인간에 반하여 매일매일 재생된다. "악인은 착한 자를 노리고 죽이기를 꾀하지만 야훼께서 그 손에 버려두지 않으실 것이다."*

이 사악함은 현세에서 인간의 마음을 유혹하고 후세에 가서는 비난할 것이다.

이 모든 내용은 『탈무드』 안에 있다.

『미드라슈 틸림』의 「시편」 4편*에 대하여: "두려워하여라. 다시는 죄짓지 않을 것이다." 두려워하여라. 그리고 당신의 사욕을 아연케 하여라. 그러면 악함으로 죄를 짓지 않을 것이다. 그리고 「시편」 36편*에 대해서: "불신자는 속으로 말했다. 하느님에 대한 두려움이 절대 내 앞에 나타나지 말기를." 즉 이는 인간의 자연스러운 악함이 불신자에게 말한 것이다.

『미드라슈 코헬레트』:* "미래를 예견하지 못하는 늙고 어리석은 왕보다 가난하고 현명한 아이가 더 낫다." 아이는 덕이고, 왕은 인간의 악이다. 악이 왕으로 불렸는데, 모든 사지가 그에게 복종하기 때문이고, 늙었다 함은 어릴 때부터 늙을 때까지 인간의 마음 안에 있기 때문이고, 어리석다 함은 전혀 예견하지 못하는 타락의 길로 인간을 이끌기 때문이다.

같은 내용이 『미드라슈 틸림』에 있다.

『베레시트 라바』의 「시편」 35편*에 관하여: "주님, 모든 나의 육신이 당신을 축복할 것입니다. 주님께서 가난한 자를 폭군에게서 해방시킬 것이기 때문입니다." 악한 누룩보다 더 강력한 폭군이 있겠는가.

그리고 「잠언」 25장*에 대해서: "네 원수가 주리거든 먹을 것을 주어라." 즉 만약에 그 악한 누룩이 배가 고프면 「잠언」 9장에서 말하는 지혜의 빵을 주라는 것이다. 그리고 목말라하거든 「이사야」 55장에서 말하듯이 그에게 물을 주어라.

『미드라슈 틸림』도 같은 얘기를 하는데, 성서는 여기에서 우리의 원수에 대해 말하면서 악한 누룩을 의미하며, 빵과 물을 주면서 그의 머리 위에 숯불을 모아 놓는 게 될 것이라고 한다.

『미드라슈 코헬레트』의 「전도서」 9장에 대하여: "한 위대한 왕이 작은 도시를 점령했다." 이 위대한 왕은 악한 누룩이다. 도시를 둘러싸고 있는 왕의 큰 기구들은 유혹에 빠지게 하는 것들이다. 그리고 그 도시를 해방시킨 현명하고 가난한 한 사람이 있었다. 즉 덕이다.

그리고 「시편」 41편에 대해서: "가난한 사람들을 알아주는 이는 복되어라."

그리고 「시편」 78편: "영은 떠나고 오지 않는다." 이 내용으로 몇몇 사람은 영혼의 불멸에 반대하여 오류를 범하는 구실을 만들었다. 그러나 그 의미는 이 영은 사람과 함께 죽음에 이르는 악한 누룩이고, 부활로 되돌아오지 않을 것이라는 말이다.

그리고 「시편」 103편에 대해 같은 내용.

「시편」 16편.

랍비 율법학자들의 원칙: 두 명의 메시아.

21. 영속성

279-311 하느님께서 그들의 마음을 할례할 것이라는 다윗이나 모세의 말은 그들의 정신을 판단하게 한다. 그들의 모든 다른 말은 모호하여 철학적인지 기독교적인지 의심스러운데, 결국 이런 종류의 말이 모든 다른 말을 결정짓는다. 에픽테토스의 어떤 말이 모든 다른 말을 반대로 결정짓듯이 말이다. 그때까지는 모호함이 지속되고, 그 이후에는 그렇지 않다.

280-312 필요에 따라 법률을 자주 굴복시키지 않으면 국가들은 멸망할 것이다.* 그러나 종교는 결코 이런 일을 허용하지도 행하지도 않았다. 때문에 이런 합의나 기적이 필요하다. 굽히면서 보존하는 것은 이상한 일이 아니다. 그것은 단순히 유지한다는 것이 아니다. 그래도 결국 완전히 멸한다. 천 년을 지속한 나라는 하나도 없다. 그러나 이 종교는 항상 지속되었고 굽히지 않았는데…… 이는 신성하다.

281-313 영속성.

이 종교는 인간이 하느님과의 교감과 영광의 상태에서 슬픔과 고행 그리고 하느님으로부터 멀리 떨어져 있는 상태로 추락했다는 것과, 이 현세의 삶 이후 강림할 메시아에 의해 우리가 다시 회복된다고 믿는 종교이다. 이 종교는 항상 지상에 존재해 왔다.

모든 것은 사라지지만 이 종교는 지속되었고, 이 종교에 의해 모든 것이 존재한다.

태초에 인간은 온갖 무질서 속으로 휩쓸린 상태에 있었다. 그러나 태초에 약속된 그리스도를 인내하여 기다린 에녹, 라멕과 같은 몇몇 성인들이 있었다. 노아는 절정에 이른 인간들의 교활함을 봤다. 그리고 메시아의 희망에 따라 몸소 세상을 구하기에 합당한 이가 되었다. 노아는 메시아의 상징이다. 아브라함은 하느님께서 메시아의 신비를 알려 주었을 때 우상 숭배자들에 둘러싸여 있었다. 그는 멀리서 메시아를 경배했다.

이삭과 야곱의 시대에는 반종교적인 가증스러운 일이 온 세상에 퍼져 있었다. 그러나 이 성인들은 믿음 속에 살고 있었다. 죽음에 임박한 야곱은 자신의 아이들을 축복하면서 격정으로 말을 잇지 못하고 외쳤다: "아, 나의 하느님, 당신께서 약속하신 구원자를 기다립니다." *Salutare tuum expectabo, domine.*[57]

이집트 사람들은 우상 숭배와 마법으로 타락해 있었다. 그리고 하느님의 민족도 그들을 따라 하고 있었다. 그러나 모세와 다른 사람들은 이들이 보지 못하는 분을 보고 있었다. 그리고 그들을 위해 준비된 영원한 선물을 기대하면서 그를 경배했다.

그리스 사람들과 이어서 로마 사람들은 거짓 신들이 군림하게 했고, 시인들은 수백 개의 다양한 신학을 만들었다. 철학자들은 수천 개의 다른 파로 분열되었다. 그런데 유대의 중심에 메시

57 야훼여, 나 당신의 구원을 기다립니다.(「창세기」 49 : 18)

아의 도래를 예언한 선택된 사람들이 있었다. 이들만이 메시아를 알고 있었다. 시간이 다 되어 결국 메시아가 오셨다. 이후 사람들은 많은 분파와 이단이 만들어지는 것을 보았다. 많은 나라가 전복되었고, 모든 일에 숱한 변화가 있었다. 그리고 항상 존재해 왔던 이를 사랑하는 이 교회는 부단히 지속되었다. 그리고 감탄할 만하고, 비교할 수 없으며, 완전히 신성한 점은 항상 지속되어 온 이 종교가 늘 공격받았다는 것이다. 이 종교는 수천 번이나 전반적인 파괴 직전의 상태에 있었고, 이런 상태에서 매번 하느님은 자신의 힘으로 비상한 사건을 만들어 이 종교를 일으켜 세웠다. 놀라운 일은 이 종교가 폭군들의 의지에 굽히거나 굴하지 않고 유지되었다는 것이다. 국가는 필요에 따라 법률을 양보했을 때 그 국가가 유지된다는 것은 이상한 일이 아니기 때문이다. — 몽테뉴의 책에서 동그라미 표시를 볼 것.*

282-314 영속성.

사람들은 항상 메시아를 믿었다. 아담의 전승은 노아 시대에나 모세 시대에나 여전히 새로운 것이었다. 이후 예언자들은 항상 다른 것들을 예언하면서 메시아를 예언했다. 그들이 예언한 다른 일들 가운데 때때로 사람들에게 보인 사건들은 그들이 떠맡은 사명의 진실을 보여 주었다. 따라서 메시아에 관한 그들의 약속의 진실성도 보여 주는 것이었다. 예수 그리스도는 기적을 행하셨고 사도들도 기적을 행하였는데, 이들은 모든 이방인들을 개종시켰고 그 개종으로 예언이 완성되면서 메시아는 영원히 입증되었다.

283-315 여섯 시대, 여섯 시대의 여섯 아버지, 여섯 시대 초기의

여섯 경이, 여섯 시대 초기의 여섯 서광.*

284-316 본성에 반하는, 상식에 반하는, 우리의 기쁨에 반하는 종교가 항상 존재해 온 유일한 종교이다.

285-317 만약 고대 교회가 오류 속에 있었다면 교회는 멸망했다. 오늘날 교회가 오류 속에 있다면 그것은 같은 경우가 아니다. 왜냐하면 교회는 고대 교회가 보여 준 믿음의 전승의 탁월한 준칙을 여전히 보존하고 있기 때문이다. 그렇게 고대 교회에 대한 일치와 복종은 중시되며 모든 것을 바로잡는다. 그러나 고대 교회는 우리가 고대 교회를 전제로 하고 주시하는 것처럼 미래 교회를 가정하거나 주시하지 않았다.

286-318 각 종교의 두 종류 사람들.

이교도 중에는 동물 숭배자들이 있고, 자연 종교에는 유일신 숭배자들이 있다.*

유대인들 사이에는 육적인 사람들과 영적인 사람들이 있는데, 영적인 사람들은 고대 율법의 기독교인들이었다.

기독교인들 사이에 있는 비속한 사람들은 새로운 율법의 유대인들이다.

육적인 유대인들은 육적인 메시아를 기다렸고, 육적인 기독교인들은 메시아가 그들에게 하느님에 대한 사랑을 배제했다고 믿었다. 참 유대인들과 참 기독교인들은 그들에게 하느님을 사랑하게 만들어 준 메시아를 경배한다.

287-319 비속한 사람들을 통해 유대인의 종교를 판단하는 사람

은 그 종교를 잘 알지 못할 것이다. 유대인의 종교는 성인들의 책 속에 그리고 예언자들의 전승 속에 분명히 드러나 있다. 예언자들은 율법을 글자대로 이해하지 않는다고 충분히 표현했다. 이처럼 우리 종교는 성서와 사도들 그리고 전승 안에서 신성하나, 그 종교를 잘못 대하는 사람들 사이에서는 우스운 것이 된다.

육적인 유대인들에 따르면, 메시아는 세속적인 위대한 왕족이어야 한다. 육적인 기독교인들에 따르면, 예수 그리스도는 하느님을 사랑하는 일을 우리에게 면제해 주러 오셨다. 그리고 우리와 관계없이 모든 것을 실행하는 성사(聖事)를 우리에게 주러 오셨다. 이는 둘 다 기독교도 유대교도 아니다.

참 유대인과 참 기독교인은 하느님을 사랑하게 할 메시아, 그리고 이 사랑으로 그들의 적을 이겨 내게 할 메시아를 항상 기다렸다.

288-320 모세는 「신명기」 30장에서 하느님은 그들이 하느님을 사랑하기에 합당한 자가 되게 하기 위해서 그들의 마음의 할례를 행할 것이라고 약속한다.*

289-321 육적인 유대인들은 기독교인과 이교도인들 사이의 중간 자리를 차지한다. 이교도들은 하느님을 전혀 모른다. 그리고 현세만을 좋아한다. 유대인들은 진정한 하느님을 알지만 현세만을 사랑한다. 그리고 기독교인들은 진정한 하느님을 알고, 현세를 전혀 사랑하지 않는다. 유대인들과 이교도들은 같은 재물을 사랑하고, 유대인들과 기독교인들은 같은 하느님을 알고 있다.

유대인들은 두 종류가 있었다. 어떤 이들은 이교도들의 열성만 가지고 있었고, 어떤 이들은 기독교적 열성을 가지고 있었다.

22. 모세의 증거

290-322 또 다른 동그라미.*

구약에 나오는 족장들의 긴 수명은 지나간 사건들의 역사를 사라지게 하기는커녕 이 사건들을 간직하는 데 도움이 되었다. 때로 자기 조상의 역사에 대해 잘 알지 못하게 되는 것은 그들과 거의 살아 보지 않았으며, 이성의 나이에 이르기 전에 그들이 세상을 떴기 때문이다. 그런데 아주 오래 삶을 지속할 때는 그 아이들도 자신들의 부모와 함께 오래 살았던 것이다. 그들은 오랫동안 관계를 유지했다. 그런데 자신들 조상의 역사에 대한 것이 아니면 무엇에 대해 얘기를 했겠는가? 왜냐하면 모든 역사는 이 조상의 역사에 한정되었기 때문이다. 그리고 그들은 삶에 대한 담화의 큰 부분을 차지하는 학문과 기술에 대한 연구를 가지고 있지 않았기 때문이다. 그래서 우리는 그 시기엔 사람들이 자신들의 가계 기록을 보존하는 데 특별한 정성을 들였음을 잘 알 수 있다.

291-323 이 종교는 기적과 성인들, 성스럽고 순수하며 나무랄 데 없으며 지성적이고 위대한 증인들, 순교자들, 국왕들 — 지위가

확고한 다윗, 혈통 왕족 이사야 —, 그리고 학문에 있어서도 매우 위대했다. 그런데 이 종교는 모든 기적과 모든 지혜로움을 펼친 후에 이 모든 것을 부정하고, 지혜도 증표도 없는 종교라고, 십자가와 어리석음을 가진 종교라고 말한다.

왜냐하면 이러한 증표와 지혜로 당신들의 믿음을 얻고 그것들의 특징을 당신들에게 증명해 보였던 사람들이 이 모든 것 중에서 그 어떤 것도 우리를 변화시키거나, 하느님을 알거나 사랑하게 하지는 못한다고 공언하기 때문이다. 단지 지혜나 증표가 아니라 십자가의 어리석음의 힘만 이 모든 것을 가능케 한다. 이 힘 없이는 어떤 증표도 없다.

이렇듯 우리의 종교는 효과적인 면에서 보면 어리석으나 거기서 준비되고 있는 지혜의 면에서 보면 현명하다.

292-324 모세의 증거.

모세는 왜 사람들의 연령을 그처럼 길게 만들고 세대는 얼마 안 되게 줄이려 했는가?

왜냐하면 문제를 복잡하게 만드는 것은 햇수의 길이가 아니라 다수의 세대이기 때문이다.

왜냐하면 진실은 사람들이 바뀌면서 변질되기 때문이다.

그런데 그는 사람들이 상상했던 가장 기억할 만한 두 가지 일을 기록했다. 그것은 천지 창조와 대홍수인데, 너무 가까운 일들이라 손이 닿을 정도이다.

293-324 만약 생의 8일을 바쳐야 한다면 온 생애를 바쳐야 한다.

294-325 율법을 지키기 위해 예언자들이 존재했던 반면에 유대

민족의 관심은 소홀했다. 그러나 예언자들이 더 이상 존재하지 않자 뒤이어 그 열성이 일어났다.

295-326 요세푸스*는 자기 나라의 수치를 숨긴다.

모세는 자신의 수치심을 숨기지 않고……

Quis mihi det ut omnes prophetent.[58*]

그는 그 백성에게 지쳐 있었다.

296-327 라멕은 아담을 보았고, 라멕을 본 셈은 야곱을 봤으며, 야곱은 모세를 본 사람들을 봤다. 그러므로 대홍수와 천지 창조는 사실이다. 이것은 그 사실을 잘 이해한 사람들에게서 내려진 결론이다.

297-328 자신들의 율법에 대한 유대 민족의 열성은 특히 예언자들이 존재하지 않으면서부터 더했다.

---

58 하느님께서 모든 사람들을 예언자가 되게 하셨으면 좋겠다.

23. 예수 그리스도의 증거

298-329 질서. 성서가 이치에 맞지 않는다는 반박에 반하여.

심정은 자신의 질서를 가지고 있고, 정신은 원리와 증명에 근거하는 자신의 질서를 가진다. 심정은 다른 질서를 가진다. 우리는 사랑의 원인을 차례로 제시하면서 사랑받아야 한다는 것을 입증하지 않는다. 그렇게 하는 것은 우스꽝스러운 일이다.

예수 그리스도와 성 바울로는 정신의 질서가 아니라 사랑의 질서를 가지고 있다. 그들은 가르치려 한 것이 아니라 낮추기를 원했기 때문이다.

성 아우구스티누스도 마찬가지다. 이 질서는 주로 목표와 관계있는 것의 각 지점에서의 탈선에 근거하는데, 이는 항상 그 목표를 제시하기 위해서이다.

299-330 성서는 예수 그리스도의 탄생까지만 동정녀의 처녀성에 대해 언급한다. 모든 것이 예수 그리스도와의 관계에 의한다.

300-331 예수 그리스도는 어둠 속에 있어서(사람들이 말하는 어

둠이라는 것), 국가의 중요한 사실만 기술하는 역사가들은 예수 그리스도를 겨우 알아보았을 뿐이다.

301-332 신성함.

Effundam spiritum meum.[59]* 모든 민족이 불신과 사욕 속에 있었고, 온 세상은 사랑으로 뜨겁게 타올랐다. 왕족들은 자신들의 영화를 버리고, 처녀들은 순교를 당한다. 이런 힘은 어디서 오는 것인가? 그것은 메시아가 임하셨기 때문이다. 이것이 바로 메시아가 강림한 결과이며 증표이다.

302-333 기적의 연합.

303-334 수공업 장인은 부에 대해 말하고, 검사장은 전쟁과 왕권에 대해 말하고 등등…… 그러나 부자는 부에 대해 말을 잘하고, 왕은 자신이 조금 전에 베푼 거금의 기부에 대해 냉철하게 말하고, 하느님은 하느님에 대해 잘 말한다.*

304-335 예수 그리스도의 증거들.

「룻기」는 왜 보존되었는가.

다말의 이야기는 왜 보존되었는가.*

305-336 예수 그리스도의 증거.

70년 후에 해방될 것이라는 확신과 함께 갇혀 있는 것은 갇혀 있었던 것이 아니다. 그러나 지금 그들은 아무 희망도 없이 갇혀

---

59 내 영을 부어 주리라.

있다.

하느님이 세상 끝으로 그들을 분산시켰음에도 불구하고 만약에 그들이 자신의 율법에 충실하다면 그들을 집결시킬 것이라고 약속하셨다. 그들은 율법에 매우 충실한데 여전히 억압받고 있다.

306-337 유대인들은 그가 하느님인지를 확인하면서 그가 인간이라는 것을 보여 주었다.

307-338 교회는 예수가 인간이라는 사실을 부정하는 사람들에게 그가 인간임을 제시하는 데 예수가 신이라는 입증과 같은 어려움을 가졌다.

308-339 육체와 정신 사이의 무한한 거리는 정신과 사랑 사이의 더욱 무한한 거리를 상징한다. 사랑은 초자연적인 것이기 때문이다.

권세의 찬란함은 정신의 탐구 속에 있는 사람들에게는 어떤 광채도 나지 않는다.

정신적인 사람들의 위대함은 왕이나 부자, 장군들과 육체적으로 위대한 이 모든 사람들에게는 보이지 않는다.

지혜의 위대함은 하느님의 지혜가 아니면 소용없는데, 육적인 사람들이나 정신적인 사람들의 눈에는 보이지 않는다. 이는 세 가지 다른 종류의 질서이다.

위대한 천재들은 자신들의 제국, 자신들의 찬란함, 자신들의 위대함, 자신들의 승리 그리고 자신들의 명성을 가지고 있다. 이들은 육체적 위대함을 필요로 하지 않는데, 이 위대함은 그들과 어떤 관계도 없다. 눈으로가 아니라 정신으로 보이는 것이다. 그것으로 충분하다.

성인들은 자신들의 왕국과 찬란함, 승리, 명성을 가지고 있으며, 육체적이거나 지성적인 위대함을 필요로 하지 않는다. 이 육체적 위대함과 정신적 위대함은 아무 관련도 없는데, 이 위대함들이 더하거나 빼는 것이 없기 때문이다. 그들은 하느님이나 천사들의 눈에는 보이지만 육적인 사람이나 호기심 많고 지적인 사람들에게는 보이지 않는다. 하느님이 그들을 가득 채운다.

아르키메데스는 혁혁함 없이도 같은 숭배를 받을 것이다. 그는 눈에 보이는 전쟁을 하지는 않았지만, 모든 지성적인 사람들에게 자신이 발명한 것을 제공했다. 오, 정신적인 사람들에게 그는 얼마나 찬란하게 빛났는지!

재물도 없고, 학문에서도 그 어떤 결실을 맺지 않은 예수 그리스도는 자신의 신성함의 질서 안에 있다. 그는 어떤 발명도 하지 않았으며, 통치도 하지 않았다. 그는 겸손하고 인내하며, 하느님께 거룩하고, 거룩하고, 거룩했다. 악마에게는 가혹하고, 어떤 죄도 없으시다. 오! 그는 지혜를 바라보는 마음의 눈에는 찬란하고 성대하게 임하셨다!

아르키메데스가 자신의 기하학 연구서에서 왕자 역을 하는 것은 무용한 일이었을 것이다. 그가 왕자였음에도 불구하고 말이다.*

우리 주 예수 그리스도가 자신의 신성함의 통치 안에서 빛을 내기 위해서는 왕으로 임하는 것은 무용한 일이었을 것이다. 그러나 자신의 질서의 찬란함 속에서는 임하셨다.

예수의 비천함이 마치 그가 보여 준 위대함과 같은 질서인 것처럼 생각하여 이 비참함에 대해 빈정거리는 것은 우스꽝스러운 일이다.

이 위대함을 그의 삶과 수난, 어둠과 죽음, 자기 사람들의 선정, 그들의 버림, 비밀스러운 부활 그리고 그 외의 일들에 대해 고려해 보기를 바란다. 사람들은 그 위대함이 너무나 큰 걸 보고 존재하지도 않는 비천함에 대해서는 분개할 이유를 갖지 못할 것이다.

그러나 마치 정신적인 위대함이 존재하지 않는 것처럼 육적인 위대함만을 찬미하는 사람들이 있다. 그리고 마치 지혜 안에는 더 이상 무한하게 높은 위대함이 없는 것처럼 정신적인 위대함만을 찬미하는 사람들이 있다.

모든 물체는, 즉 하늘과 별 그리고 대지와 그 왕국들은 정신의 최소한의 가치도 없다. 왜냐하면 정신은 이 모든 것을 알고 자신을 아는데, 물체는 아무것도 알지 못하기 때문이다.

모든 물체와 모든 정신 그리고 그것들의 생산물은 사랑의 가장 작은 움직임의 가치도 없다. 그것은 무한히 높은 질서에 속한다.

모든 물체를 다해도 하나의 작은 생각을 만들어 낼 수 없다. 그것은 불가능하며, 다른 질서에 속하는 것이다. 모든 물체와 정신에서 우리는 진정한 사랑의 한 움직임을 이끌어 낼 수 없다. 그것은 불가능하며, 다른 초자연의 질서에 속하는 것이다.

309-340 예수의 증거.

예수 그리스도는 중대한 일들을 너무나 단순하게 말해서 그가 그 일들을 생각하지 않았던 것처럼 보인다. 그런데 너무나 분명하게 얘기해서 그 일들에 대해 어떤 생각을 했다는 것이 잘 보인다.

이 소박함에 합쳐진 이 명확성은 감탄할 만하다.

310-341 예수 그리스도의 증거.

사도들이 음흉하다는 가정은 매우 터무니없다. 이 가정을 자세히 살펴보자. 그리고 예수 그리스도의 죽음 후에 모인 열두 명의 제자가 그가 부활했다고 말하는 음모를 꾸미는 것을 상상해 보자. 그들은 이로 인해 모든 권력과 맞서게 된다. 사람의 마음은 이상하게도 경박함과 변화, 약속과 물질적 재산에 기우는 경향이 있다. 이들 중 한 명이라도 이 모든 매력으로, 게다가 감옥과 고문 그리고 죽음에 의해 반증이라도 했다면 그들은 몰락했을 것이다. 이 점에 주의하길!

311-342 유대 민족이 그렇게 오래전부터 존속해 오는 것과 또 여전히 비참한 모습을 보는 것은 정말 놀라운 일이며 또 특별히 주목할 만하다. 이것은 예수 그리스도의 증거가 되기 위해서 필요한데, 즉 예수 그리스도를 증명하기 위해 이 민족은 존속해야 하며, 또한 이 민족이 그리스도를 십자가에 못 박았으니 비천해야 하는 것이다. 그리고 존속하는 것과 비천하다는 점이 상반된 일이

지만 이 민족은 비천함에도 불구하고 계속해서 존속한다.

312-343 *Prodita lege.* 예언서를 읽어라. *Impleta cerne.* 실현된 것을 보아라. *Implenda collige.* 실현되어야 하는 것을 묵상하라.*

313-344 정전.

초대 교회 이단자들은 정전을 입증하는 데 소용된다.

314-345 느부갓네살 왕이 유대 민족을 끌고 갔을 때 왕권이 유다에서 거둬졌다는 사실을 믿을까 봐 그들은 거기에 잠시 머물 것이며, 다시 회복될 것이라고 그들에게 미리 말한다.

그들은 예언자들로부터 계속해서 위로를 받았으며, 그들의 왕은 계속되었다.

그러나 두 번째 파괴 때에는 회복의 약속도 없고, 예언자들도 왕도 위로도 희망도 없었다. 왕권이 영원히 제거되었기 때문이다.

315-346 모세는 우선 삼위일체와 원죄와 메시아에 대해서 가르친다.

중요한 증인 다윗.

선하고 관대하며, 아름다운 영혼에, 현명하고 강력한 왕은 예언한다. 그리고 그의 기적이 일어난다. 그것은 무한하다.

그가 허영심이 있었다면 자신이 메시아라고만 말하면 되었다. 그의 예언이 예수의 그것보다 더 분명했기 때문이다.

그리고 성 요한도 마찬가지다.

316-347 예수 그리스도의 영혼을 이처럼 완벽하게 그리도록 성서 작가들에게 완벽하게 영웅적인 영혼의 특성을 가르친 자는 누구인가? 어떤 이유로 그들은 예수의 임종에서 그를 나약하게 만들었을까? 의연한 죽음을 그릴 줄 몰랐는가? 알았다. 왜냐하면 바로 성 루가가 성 스데파노의 죽음을 예수 그리스도의 죽음보다 더 강력한 모습으로 그리고 있기 때문이다.*

성서 작가들은 죽음의 불가피함이 도래하기 전에는 예수가 두려워할 줄 아는 사람으로 그리고 이어서 매우 강하게 묘사한다.

그런데 이들이 예수의 매우 혼란스러운 모습을 그릴 때는, 예수가 혼란스러운 때인 것이다. 그리고 사람들이 그를 혼란시킬 때 예수는 매우 강해진다.

317-348 자신들의 율법과 사원에 대한 유대인들의 열성. 요세푸스와 유대인 필론의 *ad Caium*.[60]*

어떤 다른 민족이 그 같은 열성을 가졌는가? 그들은 이런 열성을 가져야 했다.

예수 그리스도는 시간과 세상의 상태에 대해 예언했다. 다리 사이에서 떠난 입법자.* 그리고 네 번째 왕정.*

이 어둠 속에서 이러한 빛을 가진 것은 얼마나 행복한가?

다리우스와 시리우스, 알렉산드로스, 로마 사람들, 폼페이우스

60 카이우스에게.

그리고 헤롯이 사실을 알지도 못하면서 성서의 영광을 위해 행동하는 것을 신앙의 눈으로 보는 것이 얼마나 아름다운지!

318-349 복음서들의 눈에 띄는 불일치.

319-350 시너고그가 교회를 앞섰다. 유대인들이 기독교인들을 앞섰다. 예언자들은 기독교인들이 예언했다. 성 요한, 예수 그리스도.

320-351 마크로비우스. 헤롯에 의해 죽은 죄 없는 사람들.*

321-352 모든 사람은 마호메트가 한 일을 할 수 있다. 왜냐하면 그는 어떤 기적도 행하지 않았고 전혀 예언된 사람도 아니기 때문이다. 어떤 사람도 예수 그리스도가 한 일을 할 수 없다.

322-353 사도들은 속임을 당했거나 아니면 기만자였다. 둘 다 어려운 일이다. 왜냐하면 누군가가 부활했다고 생각하는 것은 가능한 일이 아니기 때문이다.

예수 그리스도는 그들과 함께하는 동안 그들을 지지할 수 있었다. 하지만 그 후에 그가 그들에게 나타나지 않았다면 누가 그들을 행동하게 했겠는가?

24. 예언

323-354 예수 그리스도에 의한 유대인과 이교도들의 몰락.

Omnes gentes venient et adorabunt eum.[61] *Parum est ut,*[62] 등등.* *Postula a me.*[63]

Adorabunt eum omnes reges.[64]

Testes iniqui.[65]

Dabit maxillam percutienti.[66] *Dederunt fel in escam.*[67]

324-355 그때 우상 숭배는 무너지고, 메시아는 모든 우상을 쓰러뜨리고 참 하느님을 경배하도록 사람들을 이끌어 갈 것이다.*

우상들의 사원은 헐리고 모든 나라들에서 그리고 세상의 곳곳에서 그에게 동물이 아닌 순수한 제물을 바칠 것이다.

---

61 만백성 모든 가문이 그 앞에 경배하리니.(「시편」 22:27)
62 그리 대단한 일은 아니다.
63 나에게 청하여라.(「시편」 2:8)
64 만왕이 다 그 앞에 엎드리고 만백성이 그를 섬기게 되리라.(「시편」 72:11)
65 그 악한 증인들이 일어나 알지도 못하는 일을 캐물으며.(「시편」 35:11)
66 누가 때리거든 뺨을 돌려 대어라.(「애가」 3:30)
67 죽을 달라 하면 독을 타서 주고.(「시편」 69:21)

324-357 그는 유대인과 이방인들의 왕이 될 것이다. 그런데 이 유대인과 이방인들의 왕은 이들에게 핍박당한다. 그리고 이들은 그의 죽음을 모함한다. 이 왕은 이들을 지배하면서 모세에 대한 종교 의식의 중심지였던 예루살렘에서 모세에 대한 숭배를 없애고, 예루살렘을 자신의 첫 교회로 만들고, 교회의 중심인 로마에서 우상 숭배를 없애고 로마를 자신의 중심 교회로 만든다.

325-356 그는 완벽한 길을 사람들에게 가르칠 것이다.* 그리고 결코 그는 그 이전에도 이후에도 오지 않았으며, 어떤 사람도 그와 비슷한 신성한 어떤 것도 가르치지 않았다.

326-358 그리고 사람들이 그것이 우연에 의한 것이라고 말하지 않도록 이 모든 것을 완성한 것은 예언이다.

누구든 살날이 8일밖에 없는 사람은 이 모든 일이 우연에 의한 것이 아니라고 믿는 쪽을 택해야 한다고 생각하지 않을 것이다.

그러니까 만약 우리가 정념에 사로잡히지 않는다면 8일과 백 년은 같은 것이다.*

327-359 먼저 많은 사람들이 다녀간 후에 예수 그리스도께서 오셔서 다음과 같이 말했다: "내가 여기 있습니다. 그리고 때가 되었습니다. 예언자들이 후에 일어날 것이라고 말한 일들을 나의 사도들이 이행할 것이라고 내가 여러분께 말합니다. 유대인들은 거부당할 것이고, 예루살렘은 곧 파괴될 것입니다. 이교도들은 하느님을 알게 될 것입니다. 여러분이 포도밭의 후계자를 죽인 뒤에 나의 사도들이 그 일을 행할 것이오."

그리고 사도들이 유대인들에게 말했다: "당신들은 저주받을 것이오." — 켈수스는 비웃었다. — 그리고 이교도들에게 말했다: "당신들은 하느님을 알게 될 것입니다." 그리고 때가 되자 그 일이 일어났다.

328-360 그때는 자신의 이웃에게 "자, 이분이 주님이십니다"라고 말하면서 가르치지는 않을 것이다. 왜냐하면 하느님은 모든 이에게 자신을 느끼게 할 것이기 때문이다.* 당신들의 자식들이 예언할 것이오.* 나는 당신들의 마음속에 나의 영과 나의 두려움을 넣을 것이오.*

이 모든 것은 같은 것이다.

예언한다는 것은 외부의 증거로 하느님에 대해 말하는 것이 아니라 내적이고 직관적으로 말하는 것이다.

329-361 예수 그리스도는 초기에는 작으나 곧이어 성장할 것이다. 「다니엘서」의 작은 돌.*

만약 내가 메시아에 대해 어떤 식으로든 말하는 것을 듣지 않았다 해도, 내가 완성되는 것을 본 세상의 질서에 대한 너무나도 훌륭한 예언 후에는 나는 그것이 신성한 것임을 깨닫는다. 그리고 이 같은 책들이 한 메시아를 예언한다는 사실을 안다면, 나는 그가 확실하다고 믿을 것이다. 그리고 그들이 그의 강림의 시간을 두 번째 사원의 파괴 전에 두고 있음을 보면서 나는 그가 이미 강림했다고 말할 것이다.

330-362 예언.

이집트인들의 개종.

「이사야」(19 : 19) 참 하느님에게 바치는 이집트에서의 제단.*

331-363 메시아 시대에 이 민족은 분열된다.

영적인 사람들은 메시아를 신봉하였고, 저속한 사람들은 메시아의 증인이 되기 위해서 남았다.

332-364 예언.

단, 사람이 때와 방식을 놓고 예수 그리스도에 대한 예언의 책을 만들었다면, 그리고 예수 그리스도가 이 예언에 맞게 임하였다면 그것은 무한한 힘이 될 것이다.

그런데 여기 그보다 더한 것이 있다. 그것은 4천 년 동안 계속해서 변함없이 사람들이 이어서 이 같은 강림을 예언하였다는 것이다. 한 민족 전체가 그 일을 알리고 있고, 그 민족은 그 일에 대해 자신들이 갖고 있는 확신을 모두 증언하기 위해서 4천 년부터 존재해 왔으며, 어떤 협박이나 박해도 그들의 관심을 돌릴 수가 없었다. 이것은 각별히 주목할 만하다.

333-365 예언.

그 시간은 유대 민족의 상태, 이교 민족의 상태 그리고 사원의 상태와 연수(年數)에 의해 예언되었다.

334-366 호세아-3 (4)*

「이사야」 42장, 48장. 사람들이 바로 나임을 알게 하기 위해서 나는 그것을 오래전부터 예언했다. 54장, 60장, 61장 그리고 마지막 장.*

야두스가 알렉산드로스에게.*

335-368 예수 그리스도에 대한 증거 중에서 가장 중요한 것은 예언이다. 그리고 그것은 하느님께서 가장 많이 공급해 준 것이다. 왜냐하면 그 예언들을 실행한 사건은 교회의 탄생부터 종말까지 남아 있는 기적이기 때문이다. 그래서 하느님은 1천6백 년 동안 예언자들을 일으켰고, 이후 4백 년 동안 유대인들과 함께 이 예언들을 분산시켰다. 유대인들은 세상 곳곳에 이 예언들을 가져갔다. 자, 이것이 예수 그리스도 탄생의 준비였다. 그 사실에 대한 성서를 모든 사람들이 믿어야 해서 그것을 믿게 하기 위한 예언이 있어야 했을 뿐만 아니라, 모든 사람들이 선택하도록 하기 위해서는 이 예언들이 세상 도처에 있어야 했다.

336-367 이처럼 수많은 방식으로 같은 일을 예언하기 위해서는 대담해야 할 것이다. 이교도의 네 왕정 또는 우상 숭배, 유대 왕국의 종말 그리고 70주가 동시에 일어나야 했다. 그리고 이 모든 일이 제2의 사원이 파괴되기 전에.

337-369 헤롯 왕은 메시아로 믿어졌다. 그는 유다에서 왕권을 없앴으나 유다 사람이 아니었다. 그것은 아주 중요한 이단을 만들었다.

그리고 유대인들이 받아들인 또 다른 한 사람은 바르코스바* 이다. 그리고 이 시기에 그런 소문이 파다했다. 수에토니우스.* — 타키투스. 요세푸스.

메시아는 어떤 인물이어야 했는가. 그에 의해 왕권이 영원히 유대 안에 있어야만 했고, 그의 강림 때 왕권이 유다에서 제거되어야만 했으니 말이다.

그들이 보면서 아무것도 보지 못하게 하고, 들으면서 아무것도 듣지 못하게 하기 위해서는 이보다 더 잘될 수 있는 것은 없었다.

시간의 주기를 계산하는 사람들에 대한 유대인들*의 저주.

338-370 예언.

두 번째 사원이 파괴되기 전인 네 번째 왕국 때, 다니엘의 70번째 주에 유대인들의 통치권이 제거되기 전에, 두 번째 사원의 존속 동안에 이교도들은 유대인들이 사랑한 하느님에 대해 배우고 알게 될 것이다. 그리고 그 신을 사랑하는 사람들은 그들의 적들로부터 해방되어 신에 대한 두려움과 사랑으로 가득할 것이다.

그리고 네 번째 왕국 때, 두 번째 사원의 파괴 전에 등등, 이교도들이 무리 지어 하느님을 찬양하고 천사 같은 삶을 살아가는 일이 일어났다.

처녀들은 자신들의 순결과 삶을 하느님께 바치고, 남자들은 모든 쾌락을 거부한다. 플라톤이 매우 높은 지식의 선택된 소수의 사람들을 설득할 수 없었던 것을 신비한 힘이 무지한 수많은 사람들을 몇 마디 말의 힘으로 설득한다.

사막의 절제 생활 안에 들어가기 위해 부자들은 자신들의 재산을 버리고, 아이들은 그들 부모의 우아한 집을 떠난다 등등. 유대인 필론을 볼 것.*

이 모든 것이 무엇인가? 그것은 아주 오래전에 예언되었던 것이다. 2천 년 전부터 어떤 이교도도 유대인들의 하느님을 찬양하지 않았으며, 예언된 시간에 이교도의 무리가 이 유일신을 찬양한다. 사원들은 파괴되고 왕들도 십자가에 복종한다. 이 모든 것이 무엇인가? 그것은 지상에 퍼진 하느님의 영이다.

랍비들에 의하면, 모세부터 예수 그리스도에 이르기까지 어떤 이교도도 없다. 즉 예수 그리스도 이후에 대다수 이교도들이 모세의 책을 믿고, 그 책의 정수와 정신을 지키고 그것의 무용한 부분만을 버린다.

339-371 메시아의 강림 때 일어나야 할 모든 다양한 증표들을 예언자들이 주었기 때문에 이 모든 증표들은 동시에 일어나야 했다. 그렇듯 네 번째 왕국이 도래한 것은 다니엘의 70주가 채워지고 왕권이 유다에서 떠났을 때이다.

그리고 이 모든 일이 어떤 어려움도 없이 일어났다는 것이다. 그리고 그때 메시아가 도착했다. 예수 그리스도는 그때 도착했고, 자신을 메시아라고 말한다. 그리고 이 모든 일이 또 문제없이 일어난다. 그리고 이는 예언이 진실임을 잘 보여 주는 것이다.

340-372 *Non habemus regem nisi Caesarem.*[68*] 그러니까 예수 그리스도는 메시아였다. 그들은 한 이방인 외에 다른 왕이 없었고 다른 왕은 전혀 원하지 않았기 때문이다.

341-373 예언

다니엘의 70주는 예언의 표현이기 때문에 시작의 시기가 모호하다. 그리고 연대기 작가들의 다양함 때문에 끝(종말)의 시기도

---

68 우리의 왕은 카이사르밖에는 없습니다.

모호하다. 그런데 이 모든 차이는 2백 년에 한정될 뿐이다.

342-374 예언.

왕권은 바빌론의 속박으로 인해 조금도 중단되지 않았는데, 그들의 귀국이 신속하였고 예언되었기 때문이다.

343-375 예언. 위대한 목신은 죽었다.*

344-376 일어날 일들에 대해 명확히 예언하고, 눈멀게 하거나 명확히 밝히는 자신의 계획을 공표하고, 일어날 명확한 일들 사이에 모호함을 섞는 그런 사람을 어찌 숭배하지 않을 수 있겠는가?

345-377 *Parum est ut** …… 이방인들의 소명.(「이사야」 52 : 15)

346-378 예언.

메시아의 때가 오면 새로운 계약이 맺어지는데, 이 계약으로 이집트에서의 탈출이 잊힐 것이고, ─「예레미야」 23장 5절, 「이사야」 43장 16절─ 외적으로가 아니라 마음속에 율법을 만들어 놓을 것이고, 겉으로만 존재했던 두려움을 마음 한가운데에 둘 것이다. 누가 이 모든 것에서 기독교적 율법을 보지 못하겠는가?

347-379 예언.

유대인들은 예수 그리스도를 배척함으로써 하느님으로부터 버림받을 것이다. 선택된 포도나무는 신 포도주만을 줄 것이다. 선민은 불충하고 불신하며 배은망덕할 것이다. *Populum non* *credentem et contradicentem.*[69]*

하느님께서 그들을 쳐 실명하게 하여 이들은 한낮에 장님처럼 더듬고 다닐 것이다.*

예수 그리스도 이전에 한 선구자가 올 것이다.*

348-380 다윗 종족의 영원한 지배: 「역대기 하」.* 모든 예언을 통해서 그리고 맹세와 함께. 그리고 전혀 현세적으로 완성된 것이 아니다. 「예레미야」 33장 20절.

---

69 이 백성은 믿지 않고 내 말을 거역했다.

25. 특별한 비유

349-381 특별한 비유.

두 율법, 율법의 두 개의 제단, 두 사원, 두 번의 속박.

350-382 (*야벳으로 족보가 시작된다.*)

요셉은 수수방관하며 막내를 편애한다.

26. 기독교 윤리

351-383 기독교는 이상하다. 인간에게 자신이 천하고 추악하기조차 하다고 인정하라고 하면서 하느님을 닮기를 원하라는 명을 내린다. 이러한 평형의 힘 없이는 이 상승은 인간을 지독히 무상하게 만들 것이고, 또는 이 하강은 인간을 지독히 비천하게 만들 것이다.

352-384 비참은 절망을 믿게 한다.

오만은 자만을 믿게 한다.

강생(降生)이 인간에게 보여 주는 것은 필요한 치료 약의 위대함으로, 인간 자신의 비천함의 위대함이다.

353-385 우리로 하여금 선을 행할 수 없게 만드는 것은 낮춤도 아니고, 악이 배제된 성덕도 아니다.

354-386 인간은 절망이나 오만이라는 이중의 위험에 항상 처해 있기 때문에 은총을 받거나 잃을 수 있다고 가르쳐 주는 기독교보다 더 인간에게 맞는 교리는 없다.

355-387 지상에 있는 모든 것 중에서 그는 즐거움이 아니라 괴로움에만 참여한다. 그는 이웃을 사랑하지만 그의 사랑은 이 한계에 갇혀 있지 않고 자신의 적들에게까지 그리고 이어서 하느님의 적들에게까지 확산된다.

356-388 복종에 있어 군인과 샤르트르 수도사의 차이는 무엇인가? 왜냐하면 이들은 똑같이 힘든 훈련과 활동 안에서 똑같이 복종하며 종속되어 있는 상태이기 때문이다. 그러나 군인들은 항상 주인이 되기를 원하지만 결코 그렇게 되지 못하는데 장수들이나 왕들조차 항상 종이며 종속자이기 때문이다. 그러나 군인은 항상 이 일을 바라며 거기에 다다르기 위해 여전히 애를 쓴다. 반면에 샤르트르 수도사는 영원히 종속되어 있기만을 기원한다. 이들은 이렇게 둘 다 항상 가지고 있는 지속적인 종속 상태에서는 다르지 않다. 그러나 한 사람은 항상 갖고 있고, 다른 사람은 결코 갖지 않는 그 바람에서 차이가 난다.

357-389 어떤 사람도 참 기독교인처럼 행복하지 않고, 합리적이지도 덕스럽지도 사랑스럽지도 않다.

358-390 기독교인은 얼마나 작은 오만함으로 하느님과 하나 됨을 믿는지. 얼마나 작은 비열함으로 지렁이와 동일시하는지. 이는 삶과 죽음, 선행과 악행을 받아들이는 훌륭한 태도이다.

359-391 스파르타 사람들이나 그 외 다른 사람들의 용맹한 죽음은 우리를 크게 감동시키지 않는다. 왜냐하면 그것이 우리에게 가져다주는 게 도대체 무엇인가?

그러나 순교자들의 죽음은 우리를 감동시킨다. 왜냐하면 그들은 우리와 같은 일원이기 때문이다. 우리는 그들과 공유 관계를 갖기 때문이다. 그들의 결심이 우리의 결심을 만들 수 있는데 하나의 본보기로서 또한 그 결심이 우리의 결심을 가져다줄 수도 있기 때문이다.

이교도들에게서는 이러한 예가 없다. 우리는 그들과 어떤 관계도 없다. 그것은 어떤 이방인 부자를 봐서 사람들이 부자가 되는 게 아니라 부자인 아버지나 남편을 보면 부자가 되는 것과 같다.

360-392 사고하는 지체의 시작.

윤리.

하느님께서는 하늘과 땅을 만들고 나서, 하늘과 땅이 자신의 존재에 대한 행복을 전혀 느끼지 못하자, 그 행복을 알며 사고하는 지체들의 한 몸을 구성하는 존재들을 만들고 싶으셨다. 왜냐하면 우리의 지체는 그 결합에 대한, 그 감탄할 만한 지성에 대한, 거기에 영을 주입하고 그 영이 성장하고 지속하도록 하는 자연의 배려에 대한 행복감을 전혀 알지 못하기 때문이다. 이 지체들이 행복을 느끼고, 행복을 본다면 얼마나 행복할까! 그런데 지체들은 행복을 알기 위해서는 지성을 갖추어야 하고, 전체 영혼의 의지에 동의하기 위해서는 선의의 의지를 가져야 할 것이다. 만약 지성을 얻고서도 그 지성의 양식을 몸의 다른 구성원에 보내지 않고 자신 안에 간직한다면 그것은 옳지 않은 일일 뿐만 아니라, 그 지체들은 비참하기조차 하며 서로를 사랑하기보다는 증오할 것이다. 지체의 행복은 그들의 임무처럼 지체가 속해 있는 전체인 영혼의 지도에 동의하는 것에 근거하기 때문이다. 이 영혼은 지체가 스스로를 사랑하는 것보다 더 그들을 사랑한다.

361-393 네 주인으로부터 사랑받고 칭찬받으니 너는 종의 신분에서 벗어난 것인가? 종이여, 주인이 너를 칭찬하니 너는 참으로 행복하겠다. 하지만 그는 머지않아 너를 때릴 것이다.

362-394 인간 본연의 의지는 원하는 모든 것이 가능하다 해도 결코 자신을 만족시킬 수 없을 것이다. 그러나 사람은 그것을 단념하는 순간부터 충족된다. 사람은 자신의 이러한 의지가 없으면 불만족할 수 없고 이 의지로는 만족할 수 없다.

363-395 그들은 사욕이 작용하도록 놔두고 양심의 가책은 억제한다. 그 반대로 해야 하는데 말이다.

364-396 형식에 희망을 품는 것은 미신이나, 형식에 복종하지 않는 것은 오만이다.

365-397 독실함과 선의 엄청난 차이는 경험으로 알 수 있다.*

366-398, 399 각 종교의 두 종류 사람들(21. 영속성 참조). 미신, 사욕.

367-400 형식주의자들의 관점.

성 베드로와 사도들이 할례의 폐지를 논했을 때, 이는 신의 율법에 어긋나는 일이었는데, 이들은 예언자들의 생각을 참조하지는 않고 단지 할례 받지 않은 사람들이 성령을 받은 사실만 확인했다.

이들은 율법이 실천되어야 한다는 사실보다 하느님은 자신의 성령으로 충만케 한 사람들을 인정하신다는 사실에 더 확신을 가진다.

이들은 율법의 목적이 성령이었을 뿐이며, 따라서 할례 없이도 성령을 받았으므로 할례가 필요치 않음을 알고 있었다.

368-401 지체. 여기서부터 시작하기.

자신에 대해 가져야 하는 사랑을 조절하기 위해서는 생각하는 지체로 가득한 몸을 상상해야 한다. 왜냐하면 우리는 한 전체의 일원이기 때문이다. 그리고 어떻게 각 지체가 스스로를 사랑해야 하는지 봐야 할 것이다 등등.

369-401 국가.

유대인 필론이 『군주론』에서 지적했던 것처럼 기독교 국가나 유대교 국가는 하느님만을 지도자로 삼았다.

그들이 싸울 때는 단지 하느님을 위한 것이었고, 하느님에게만 희망을 가졌다. 그들은 자신들의 도시를 하느님의 도시로 생각했으며, 하느님을 위해 그 도시들을 보존했다.(「역대기 상」 19:13)

370-402 지체들이 행복하도록 만들기 위해서는 지체들이 의지를 가져야 하며, 지체들은 그 의지를 몸에 맞춰야 한다.

371-403 생각하는 지체로 가득한 몸을 상상하길!

372-404 일원이 된다는 것은 몸의 영에 의해서만 생명과 존재와 움직임을 갖는 것이다. 떨어져 나온 한 지체는 자신이 속해 있는 몸을 더 이상 바라보지 않으면서 단지 멸망하고 죽어 가는 존재만 소유할 뿐이다. 그런데도 그는 스스로 하나의 전체라고 믿으

며, 자신이 속해 있는 몸을 전혀 보지 못하고 자신에게만 속해 있다 생각하고 스스로 중심이 되고자 하고 몸이 되고자 한다. 그러나 자신 안에 생명의 근원을 가지고 있지 않아서 헤매기만 하고, 자신이 몸이 아니라는 사실을 인식하나 자신이 몸의 일원이라는 사실을 전혀 보지 못하면서 자기 존재의 불확실 안에서 두려워한다. 결국 자신을 알아보게 될 때 지체는 마치 자신의 집에 돌아온 것 같으며 몸을 위해서만 자신을 사랑하게 된다. 그리고 과거의 방황을 한탄한다.

각 지체는 무엇보다도 자신을 사랑하기 때문에 천성적으로 자신을 위해서만 그리고 자신에게 복종시키기 위해서가 아니면 다른 것을 사랑할 수 없다.

그러나 지체는 몸을 사랑하면서 자신을 사랑하게 되는데, 왜냐하면 지체는 몸 안에서, 몸에 의해서 그리고 몸을 위해서만 생명을 가지기 때문이다. *Qui adhaeret deo unus spiritus est.*[70]

몸은 손을 사랑한다. 그리고 손이 의지를 가지고 있다면 영혼이 손을 사랑하는 것처럼 스스로를 사랑해야 할 것이다. 그것을 벗어나는 모든 사랑은 부당하다.

Adhaerens deo unus spiritus est.[71] 우리는 자신을 사랑한다. 왜냐하면 우리는 예수 그리스도의 일원이기 때문이다. 우리는 예수 그리스도를 사랑한다. 왜냐하면 우리 사지의 몸이 예수 그리스도이기 때문이다. 모든 것이 하나다. 하나가 다른 하나 속에서

70 그러나 주님과 합하는 사람은 주님과 영적으로 하나가 됩니다.(「고린토인들에게 보낸 첫째 편지」 6:17)

71 위와 같은 의미.

세 위격처럼 존재한다.

373-405 하느님만을 사랑해야 하고 자기 자신만을 미워해야 한다.

만약 발 자신이 몸에 속해 있음을, 자신이 속해 있는 몸이 존재함을 계속해서 몰랐다면, 그리고 자신만을 알고 사랑한다면, 그런데 발이 종속되어 있는 몸에 속함을 알게 된다면 지난 삶에 대해 얼마나 후회하고 혼란스러울까. 자신에게 생명을 준 몸에 무용한 존재였다는 점에 대해서, 그리고 발이 몸에서 떨어져 나왔을 때 몸이 자신에게서 떨어져 나간 발을 버렸다면 발은 없어졌을 테니 말이다. 몸속에 보존되기 위해서는 어떤 기도를 해야 할까! 어떤 복종심으로 몸을 움직이는 의지에 자신을 다스리게 해야 할지. 필요하다면 몸에서 잘리는 것에도 동의해야 할 정도로 복종해야 한다. 그렇지 않으면 일원의 자격을 잃게 될 것이다. 왜냐하면 모든 일원은 모든 것이 그를 위해 존재하는 이 유일한 몸을 위해 자신이 멸하는 것을 원해야 하기 때문이다.

374-406 만약에 발과 손이 개별적인 의지를 가졌다면 몸 전체를 지배하는 제1의 의지에 이 개별적인 의지가 복종하면서만 발과 손은 질서 안에 머무를 것이다. 거기서 벗어나면 발과 손은 무질서와 불행 속에 놓이게 된다. 그러나 몸의 이익만을 원한다면 그것은 발과 손이 자신들 스스로의 이익을 위해서 행하는 것이 된다.

375-407 철학자들은 악덕을 신에게 쏟아 넣어 그 행위들을 신성화했다. 기독교도들은 덕을 신성화했다.

376-408 모든 기독교 국가를 규제하기 위해서는 모든 정치 법률보다 더 나은 두 가지 법으로 충분하다.

27. 결론

377-409　하느님을 아는 것과 사랑하는 것의 거리는 얼마나 먼지.

378-410　"만약에 내가 기적을 봤다면 나는 개종할 것이다"라고 그들은 말한다. 그들은 자신들이 모르는 것을 할 것이라고 어떻게 단언할까? 그들은 이 회심이 어떤 관계나 대화처럼 하느님에게 행하는 경배, 그들이 생각하는 경배에 근거한다고 생각한다. 진정한 회심은 매 순간 정당하게 우리를 저버릴 수 있고, 우리가 그토록 분노케 하는 이 보편적인 존재 앞에서 자신을 소멸시키는 것이며, 이러한 존재 없이는 우리가 아무것도 할 수 없고, 이 존재에게서 버림받을 자격밖에 없다는 것을 인정하는 데 있다. 회심은 우리와 하느님 사이에 극복할 수 없는 대립이 있으며, 중개자 없이는 관계가 이루어질 수 없다는 것을 아는 데 있다.

379-411　기적은 회심하는 데가 아니라 단죄하는 데 소용된다. 1. p. q. 113. a. 10. ad. 2.*

380-412　추론 없이 믿는 단순한 사람들을 보고 놀라지 마라. 하

느님은 그들에게 하느님에 대한 사랑과 그들 자신에 대한 증오심을 준다. 그리고 하느님은 그들의 마음을 기울게 한다. 만약에 하느님이 그들의 마음을 기울게 하지 않는다면, 사람들은 유용한 믿음과 신앙으로 결코 믿지 않을 것이다. 그리고 하느님이 마음을 기울게 하면 사람들은 곧 믿을 것이다.

바로 이 점을 다윗은 잘 알고 있었다. *Inclina cor meum Deus in*[72] 등등.*

381-413 성서를 읽지 않고 믿는 사람들은 내적으로 매우 성스러운 경향을 지니고 있는데, 우리 종교에 대해 들은 내용이 그들의 경향과 일치하기 때문이다. 그들은 어떤 신이 그들을 만들었음을 느낀다. 그들은 신만을 사랑하기를 원하고, 그들 자신을 미워하기만을 원한다. 그들은 스스로 힘을 가지고 있다고 느끼지 않으며, 자신들이 신에게 다가가는 일이 불가능하며 만약에 신이 그들에게 오시지 않으면 신과의 그 어떤 소통도 불가능하다고 느낀다. 그리고 그들은 우리 종교에서 하느님만을 사랑하고 자신을 미워해야 한다는 얘기를 듣는다. 그러나 모두가 타락하여 하느님에 대해 무능력하며, 하느님께서 우리와 함께하기 위해 스스로 인간이 되었다는 얘기를 듣는다. 마음속에 이런 경향이 있고 자신들의 의무와 무능력에 대해 알고 있는 사람들을 설득하기 위해서는 그 밖에 더 필요한 것은 없다.

382-414 하느님에 대한 지식.

우리가 보듯이 예언과 증거를 알지 못하는 기독교인들은 이를

---

72 내 마음을 당신의 언약으로 기울게 하소서.

알고 있는 사람들만큼이나 잘 판단한다. 후자가 정신으로 판단한다면 그들은 마음으로 판단한다. 하느님 자신이 그들을 믿게 하여 이들은 매우 효과적으로 설득된다.

(사람들은 문제에 대한 이런 판단 방법은 확실하지 않으며, 이 방법을 따르기 때문에 이단자와 불신자가 헤매게 될 것이라고 말할 것이다.)

(사람들은 이단자와 불신자가 같은 말을 할 것이라고 답할 것이다. 하지만 나는 이에 다음과 같이 답한다. 우리는 하느님이 자신이 사랑하는 이들이 기독교를 믿도록 진실로 그들의 마음을 기울게 한다는 증거를 가지고 있는데, 불신자들은 그들이 말하는 것에 대해 어떤 증거도 없다. 그러니까 우리의 주장은 용어에 있어서는 비슷하지만 하나는 어떤 증거도 없고, 다른 하나는 매우 확실하게 증명된다는 점에서 차이가 있다.)

(eorum qui amant 사랑하는 자들 — 하느님은 자신이 사랑하는 이들의 마음을 기울게 하신다. — Deus inclina corda eorum — 그를 사랑하는 자 — 그가 사랑하는 자.)

나는 증거 없이 믿는 이 기독교인들 중 한 사람이 똑같이 증거 없이 말하는 한 불신자를 설득할 뭔가를 가지고 있지 않을 것이라는 점을 시인한다. 그러나 종교의 증거를 알고 있는 사람들은 그 점에 대해 증명하지는 못하더라도 이 신자가 진실로 하느님의 계시를 받았음을 어렵지 않게 입증할 것이다.

왜냐하면 하느님은 예언자들의 말을 통해 (그들은 의심할 여지 없이 예언자들인데) 예수 그리스도가 통치하는 동안 그는 자신의 성령을 여러 나라에 퍼뜨릴 것이고, 교회의 아들과 딸들, 아이들이 예언할 것이라고 말했으므로 하느님의 성령은 분명히 이 사람들 위에 있는 것이지 다른 사람들 위에 있는 것이 결코 아니다.*

제2부 분류되지 않은 원고

제1장

383-2 흥미로운 것을 무시할 정도로 무심하고, 우리와 가장 관련 깊은 것에 대해서까지 무심해지는 것.

384-3 마카베오, 그가 더 이상 예언자를 갖게 되지 않은 이래로. 마소라, 예수 그리스도 이후로.

385-4 그러나 예언이 존재하는 것으로 충분하지 않아서 도처에 분포되어야 했고, 언제나 보전되어야 했다.

그리고 강림을 우연의 결과라고 생각하지 않도록 그것은 예언되었어야 했다.

하느님이 그들을 보존한 것뿐만 아니라, 그들이 하느님의 영광의 관객이고 도구인 것은 메시아에게 더욱 영예로운 일이다.

386-5 *Fascinatio nugacitatis.*[73*]

정념에 타격을 받지 않기 위해서 마치 살날이 8일밖에 남지 않

73 하찮은 것들의 현혹.

았다고 하자.

387-6 차례.

나는 종교가 참이라고 믿었는데 그 생각이 틀리는 것보다, 잘못 생각하였는데 종교가 참이라는 것을 알게 되는 것이 더 두렵다.

388-7 두 성서가 바라보고 있는 예수 그리스도, 구약은 그를 기다림으로, 신약은 그를 표본으로, 두 성서 모두 그를 중심으로 바라본다.

389-8 예수 그리스도는 어찌하여 이전의 예언에서 자신에 대한 증거를 끌어내기는커녕 눈에 띄는 방법으로 강림하지 않았는가.

어찌하여 비유로 자신을 예언하게 했을까.

390-9 영속성.

태초부터 메시아에 대한 기다림과 경배가 끊임없이 지속되어 왔으며, 구세주가 탄생할 것이라고, 구세주가 자기 민족을 구원할 것이라고 하느님이 그들에게 계시하셨다고 말한 사람들이 있었다는 것을 생각해 보기 바란다. 이어 아브라함이 와서 자기가 갖게 될 자식을 통해 구세주가 태어날 것이라는 계시를 받았다고 말했으며, 야곱은 그의 열두 아들 가운데 유다에게서 그분이 태어날 것이라고 공언하였으며, 이어 모세와 그의 예언자들이 와서 그분이 강림하는 때와 방법을 선포하였다는 사실을 생각해 보기 바란다. 그들은 그들이 가지고 있는 율법이 단지 메시아의 법을 기다리면서 존재하며, 그때까지 이 율법은 지속될 것이나 메시아의 법은 영원히 지속될 거라는 것을 생각해 보기 바란다. 그래서 메시아의 율법의 약속인 그들의 율법이나 메시아의 율법은 지구상에 항상 존속할 것인데, 사실 율법은 늘 지속되어 왔고, 결국 예언된 모든 상황에서 예수 그리스도가 강림하셨다는 점을 생각해 보기 바란다. 이는 참으로 놀라운 일이다.

391-10 만약 이것이 유대인들에게 분명히 예언되었다면 어찌하여 그들은 전혀 믿지 않았는가. 아니면 그들은 어떻게 그처럼 분명한 사실에 저항하면서 전멸되지 않았는가. 이 물음에 대한 나의 대답은 다음과 같다. 첫째로 그것은 예언되었었다. 즉 그들은 매우 분명한 사실을 전혀 믿지 않을 것이며, 그들은 전혀 소멸되지 않을 것이라는 점이다. 메시아에게 이보다 더 영광스러운 일은 없다. 왜냐하면 예언자들로는 충분하지 않아서 유대인들이 의혹 없이 보존되어야 했기 때문이다 등등

392-11 상징.

하느님은 한 거룩한 민족을 만들어 모든 다른 나라와 구별하고, 그 민족의 적들로부터 해방시키고, 안식처에 정착시키기를 원해서 그렇게 할 것을 약속했으며, 예언자들을 통해서 그가 강림하는 때와 방법에 대해 예언하셨다. 그런데 모든 시대를 통해 그가 선택한 자들의 희망을 확고히 하기 위해서 그 약속에 대한 이미지를 보게 하셨고, 그들의 구원에 대한 자신의 힘과 의지의 확고함 없이는 결코 그들을 내버려 두지 않으셨다. 왜냐하면 인간을 만드셨을 때 아담은 그 창조의 증인이요, 여자에게서 태어나게 될 구원자에 대한 약속의 수탁자였기 때문이다.

사람들이 창조에 매우 가까운 시기에 있어 그들의 창조와 타락을 잊어버릴 수가 없을 때, 그리고 아담을 본 사람들이 더 이상 세

상에 존재하지 않을 때, 하느님은 노아를 보내셨고, 그를 구원하셨으며, 하나의 기적으로 온 세상을 수몰시키셨다. 이 기적은 하느님이 세상을 구원하고자 하는 힘과 그렇게 하려는 의지, 약속하신 분을 여자의 씨에서 태어나게 하려는 의지를 충분히 보여 주었다.

이 기적은 사람들의 희망을 견고히 하기에 충분했다.

노아가 살아 있을 때 사람들의 홍수에 대한 기억은 아직 생생하였고, 하느님은 아브라함에게 약속하셨고, 셈이 살아 있을 때 모세를 보내셨다 등등.

393-12 인간의 참 본성, 참 선, 참된 덕 그리고 참 종교는 이에 대한 인식이 서로 불가분의 관계에 있는 것들이다.

394-13 하느님이 숨어 계시다고 불평하기보다는, 그토록 자신을 드러내시는 점에 감사하라. 그토록 거룩한 하느님을 알기에 합당치 않은 오만한 현자들에게 하느님께서 모습을 보이지 않는 점에 감사드리게 될 것이다.

두 종류의 사람이 있다. 지식의 정도가 높건 낮건 간에 겸허한 마음으로 낮음을 사랑하는 사람과, 어떤 모순이 있더라도 진실을 보기 위해 충분한 지력을 갖춘 사람이다.

395-14 우리가 하느님을 생각하려 할 때 우리의 생각을 돌리고 다른 것을 생각하게 만드는 것이 없는가? 이 모든 것은 악하고, 우리와 함께 태어난 것이다.

396-15 사람들이 나에 대해 애착을 갖는 것은 부당하다. 기꺼이 그리고 자의적으로 그렇게 한다고 해도 말이다. 내가 사람들에게

이런 바람을 품게 만들면 나는 그들을 속이게 될 것이다. 왜냐하면 나는 그 어떤 사람의 목적이 아니며, 그들을 만족시킬 아무것도 갖고 있지 않기 때문이다. 나는 머지않아 죽을 것이고, 그래서 그들의 애착 대상은 사라질 것이다. 그러므로 내가 은근히 거짓을 믿게 하여 사람들이 기꺼이 그것을 믿고, 그것으로 내가 기뻐할지라도, 거짓을 믿게 한 점에 나는 죄를 짓는 것이 될 것이다. 그리고 만약 내가 사람들이 나에게 애착을 갖도록 야기한다면, 그것으로 내가 어떤 이익을 갖게 되더라도, 거짓에 동조하려는 사람들에게 나는 그것을 믿어서는 안 된다고 경고해야 한다. 마찬가지로 그들은 나에 대해 애착을 가져서는 안 된다. 왜냐하면 그들은 자신들의 삶과 정성을 하느님을 기쁘게 하거나 하느님을 찾는 일에 써야 하기 때문이다.

397-16 참 본성을 잃었기 때문에 모든 것이 인간의 본성이 된다. 참 선을 잃어버렸기 때문에 모든 것이 인간의 진정한 선이 된다.

398-17 철학자들은 이 두 상태에 적합한 생각을 규명하지 못했다.

그들은 순수한 위대의 감정을 불러일으켰으나 그것은 인간의 상태가 아니다.

그들은 순수한 비천의 감정을 불러일으켰으나 그것은 인간의 상태가 아니다.

비천의 감정이 필요한데, 그것은 본질에 의한 것이 아니라 참회로 인한 것이며, 거기에 머물기 위해서가 아니라 위대로 가기 위해서이다. 위대의 감정이 필요한데, 그것은 공로에 의한 것이 아니라 은총에 의한 감정이며, 비천을 거친 후에 가지는 감정이다.

399-18 만약 인간이 하느님을 위해 만들어진 존재가 아니라면 어찌하여 인간은 하느님에게서만 행복한가.

만약 인간이 하느님을 위해 만들어진 존재라면 어찌하여 인간은 하느님을 거스르는가.

400-19 인간은 자신이 어디에 있어야 할지 모른다. 인간은 자신의 참 장소에서 추락하여 그곳을 찾지 못한 채 헤매고 있는 것이 분명하다. 인간은 헤쳐 나갈 수 없는 어둠 속에서 불안하게, 그리고 아무 성과 없이 도처에서 자신의 참 위치를 찾고 있다.

401-20 우리는 진리를 원하는데 우리 안에서 불안만 발견할 뿐이다.

우리는 행복을 추구하는데 비참과 죽음만을 발견한다.

우리는 진리와 행복을 바라지 않을 수가 없는데 확신도 행복도 얻을 수가 없다.

이러한 욕구는 우리를 벌하기 위해서일 뿐만 아니라 우리가 어디에서 떨어졌는지 느끼게 하기 위해 우리에게 주어졌다.

402-21 종교의 증거들.

도덕, 교리, 기적, 예언, 표징.

403-22 비참.

솔로몬과 욥은 인간의 비참에 대해 가장 잘 알고, 가장 잘 이야기한 사람들이다. 한 사람은 가장 행복한 자이고, 다른 사람은 가장 불행한 자이다. 한 사람은 경험을 통해 쾌락의 허무를 알았고, 다른 사람은 고통의 현실을 알았다.

404-23 나를 종교에 대한 인식에서 가장 멀어지게 만드는 듯한 이 모든 모순들이 나를 가장 빨리 진정한 종교로 인도했다.

405-24 나는 인간을 찬양하는 사람들과 비난하는 사람들 그리고 즐기는 것을 택한 사람들을 똑같이 비난한다. 그리고 내가 인정할 수 있는 사람들은 괴로워하면서 찾는 사람들밖에 없다.

406-25 본능, 이성.

우리는 어떤 독단주의도 꺾을 수 없는 증명에 대한 무능력함을 가지고 있다.

우리는 어떤 회의론도 타파할 수 없는 진리에 대한 개념을 가지고 있다.

407-26 스토아학파 사람들은 말한다. "당신의 내부로 들어가시오. 당신은 거기에서 휴식을 얻게 될 것이오." 한데 그렇지 않다.

다른 사람들은 말한다. "밖으로 나가시오. 오락에서 행복을 찾으시오." 한데 그렇지 않다. 질병들이 다가온다.

행복은 우리 밖이나 안에 있는 것이 아니다. 행복은 신 안에, 우리 안과 밖에 존재한다.

408-27 인간의 학문과 철학의 어리석음에 대한 편지.

이 편지는 오락 전에.

Felix qui potuit.[74]

---

74 (사물의 원인을 파악)할 수 있는 사람은 행복하다. - 베르길리우스, 『농경 시』, 제2권, 490.(『에세』 제3권, 10)

Felix nihil admirari.[75]

몽테뉴 작품에 나오는 280종류의 최고선.

409-28 영혼의 불멸을 논하지 않았던 철학자들의 오류.

몽테뉴 작품에 나타나는 그들의 딜레마의 오류.*

410-29 정념에 대한 이성의 내적 갈등으로 인해 평화를 누리고 싶어 한 사람들이 두 분파로 나뉘었다. 정념을 거부하고 스스로 신이 되고자 한 사람들과 이성을 포기하고 짐승이 되고자 한 사람들이다. 데 바로(Des Barreaux).* 그런데 그들은 원하는 것을 이룰 수가 없었다. 이성이 늘 존재하여, 정념의 불의와 비천을 비난하고, 정념에 빠져든 사람들의 휴식을 방해한다. 그리고 정념은 정념을 거부하기를 원하는 사람들 안에 늘 살아 있다.

411-30 인간의 위대.

우리는 인간의 정신에 대해 매우 위대한 생각을 가지고 있어서, 그 정신이 멸시당하거나 다른 사람의 존중을 받지 못하는 것을 참지 못한다. 그러니까 인간의 모든 행복은 이 존중에 근거한다.

412-31 사람들은 너무나 필연적으로 어리석기 때문에 어리석지 않다고 하는 것은 어리석음의 또 다른 방식으로 어리석은 게 될 것이다.

413-32 인간의 허무를 완전히 알고 싶어 하는 자는 사랑의 원인

75 어떤 것에도 놀라지 않는 것이 행복을 주고 간직하는 유일한 방법이오, Numacius - 호라티우스, 『서간 시』 제2권, 61(『에세』 제2권, 12)

과 현상을 고찰하면 된다. 사랑의 원인은 무엇인지 잘 모르는 어떤 것이다. 코르네유. 그리고 사랑의 현상은 끔찍하다. 이 무엇인지 잘 모르는 어떤 것은 너무나 하찮은 것이라 잘 인지할 수도 없는데, 온 대지를, 군주들과 군대, 온 세상을 선동한다.

클레오파트라의 코가 조금만 더 낮았더라면 지구의 모습이 바뀌었을 것이다.

414-33 비참.

우리의 비참을 위로할 수 있는 유일한 것은 오락이다. 한데 그것은 우리의 비참 중 가장 큰 비참이다. 왜냐하면 우리 자신에 대해 생각하는 것을 방해하고 우리 자신을 서서히 잃게 만드는 것이 오락이기 때문이다. 오락이 없으면 우리는 권태에 빠질 것이다. 그리고 이 권태는 거기에서 빠져나오기 위한 더 강력한 방법을 찾도록 우리를 부추길 것이다. 그런데 오락은 우리를 즐겁게 하고, 모르는 사이에 우리를 죽음에 이르게 한다.

415-34 소란.

군인이나 농부 등이 고통스럽다고 하소연하면, 그들이 아무것도 하지 않도록 놔두라.

416-35 인간의 본성은 타락했다.

예수 그리스도가 없으면 인간은 악과 비참 속에 있어야 한다. 예수 그리스도와 함께 있으면 인간은 악과 비참에서 벗어난다.

그분 안에 우리의 모든 덕과 행복이 있다.

그분 밖에서는 악, 비참, 오류, 암흑, 죽음과 절망만 있을 뿐이다.

417-36 우리는 예수 그리스도를 통해서만 하느님을 알 수 있을 뿐 아니라, 예수 그리스도를 통해서만 우리 자신을 알 수 있다. 우리는 예수 그리스도를 통해서만 삶과 죽음을 알 수 있다. 예수 그리스도 밖에서는 우리의 삶이나 죽음, 하느님 그리고 우리 자신에 대해서 알지 못한다.

이처럼 예수 그리스도만을 목표로 가지고 있는 성서 없이는 우리는 어떤 것도 알 수 없고, 신의 본질이나 우리 자신의 본질에 대해 암흑과 혼란만 겪는다.

제2장

418-680 무한 무.

우리의 영혼은 육체 안에 던져진 채 거기에서 수, 시간 그리고 공간을 발견한다. 영혼은 이것들에 대해 추론하며, 이를 자연, 필연이라 부르고 다른 것은 믿지 못한다.

무한에 하나가 더해진다고 더 증가하는 것은 아니다. 무한한 길이에 1피트 정도를 더해도 마찬가지이다. 유한은 무한 앞에 소멸하여 완전한 무가 된다. 우리의 정신도 신 앞에서 그러하다. 우리의 정의도 신의 정의 앞에서 그러하다. 우리의 정의와 신의 정의 사이에는 한 단위와 무한 사이에서만큼 커다란 불균형이 있는 것이 아니다.

신의 정의는 신의 자비만큼 거대해야 한다. 그리고 버림받은 자들에 대한 정의는 선택받은 자들에 대한 자비보다 거대하지 않고, 그보다 충격적이지 않아야 한다.

우리는 무한이 있다는 것을 안다. 그런데 그 본질에 대해서는 모른다. 왜냐하면 우리는 수가 유한하다는 것이 잘못된 것임을 알기 때문이다. 그러므로 수에 있어 무한이 존재한다는 것은 참이지만, 우리는 그 수가 어떤 것인지 알지 못한다. 그것이 짝수인 것도 거짓이고 홀수인 것도 거짓이다. 왜냐하면 하나를 더하면서 무한의 본질이 변하는 것이 아니기 때문이다. 그러나 그것은 하나의 수이고 모든 수는 짝수 혹은 홀수이다. 사실 이는 모든 유한수에서 통용된다.

그렇게 우리는 신이 어떤 존재인지 알지 못하면서도 존재한다는 것을 안다.

진리 자체가 아닌 많은 참된 것을 보면, 본질적인 진리가 있는 것이 아닐까?

그러므로 우리는 유한의 존재와 본질을 안다. 왜냐하면 우리는 그처럼 유한하며 넓이를 갖기 때문이다.

우리는 무한의 존재를 알지만 그 본질은 모른다. 왜냐하면 무한은 우리처럼 넓이를 가지고 있지만 우리처럼 한계를 갖고 있지 않기 때문이다.

그러나 우리는 신의 존재도 알지 못하고, 그 본질도 알지 못한다. 왜냐하면 신은 넓이도 한계도 가지고 있지 않기 때문이다.

그러나 신앙으로 우리는 신의 존재를 알고, 영광으로 신의 본질을 알 수 있을 것이다.

나는 한 사물의 본질을 알 수는 없지만 그 존재를 잘 알 수 있다는 사실을 이미 제시했다.

이제 자연의 빛에 따라 얘기해 보자.

만약 신이 존재한다면 그 신은 무한히 불가해하다. 부분도 한계도 갖고 있지 않아 우리와 어떤 유사점도 없기 때문이다. 그러므로 우리는 신이 어떤 존재인지, 신이 존재하는지 알지 못한다. 사정이 이러한데 누가 이 문제를 감히 해결하려고 시도할 것인가? 신과 어떤 유사점도 없는 우리가 할 일은 아니다.

그러므로 자신들의 믿음을 설명하지 못하는 점에 대해 기독교인을 비난할 자는 누구인가? 그들은 자신들이 설명하지 못하는 종교를 신봉한다. 그들은 사람들에게 이 종교를 소개하면서 그것은 어리석음(*stultitiam*)이라고 선언한다. 그러면 당신들은 그들이 그 종교를 증명하지 못한다고 불평한다. 만약 그들이 종교를 증명한다면, 그들은 약속을 지키지 않은 셈이 될 것이다. 증거를 대지 못하기 때문에 그들이 지각없는 사람이 되지 않는 것이다. "그렇다. 하지만 이렇게 해서 종교가 어리석다고 제시하는 사람들의 구실이 만들어지고, 근거 없이 종교를 소개하는 데 그들을 비난하지 못한다 해도, 그 종교를 받아들이는 사람들을 변호하지는 못한다." 그러므로 이 점에 대해 자세히 살펴보자. 그러니까 다음과 같이 말하자: 신은 존재하거나 존재하지 않는다. 우리의 마음은 어느 쪽으로 기울까? 이성은 이 문제에 있어 어떤 결정도 내리지 못한다. 무한한 혼란이 우리를 갈라놓는다. 이 무한한 거리의 끝 점에서 놀이가 벌어지는데, 이 놀이에서는 동전의 앞면이나 뒷면이 나올 것이다. 당신은 무엇에 걸겠는가? 이성으로 당신은 어느 쪽도 선택하지 못한다. 이성으로 당신은 둘 중 그 어느 것도 없앨 수 없다.

— 그러므로 선택한 사람들이 틀렸다고 비난하지 마라. 왜냐하면 당신은 그 문제에 대해 아무것도 모르기 때문이다. "아니요, 나는 이 선택에 대해서가 아니라 그냥 하나의 선택을 한 점에 대해 비난할 것이오. 왜냐하면 동전의 앞면을 선택했다고 해도 다른 면을 선택한 자 역시 모두 같은 잘못을 저지른 것이기 때문에,

그들은 오류를 범하는 것이 됩니다. 올바른 선택은 내기를 하지 않는 것입니다."

그렇다. 그런데 내기를 해야 한다. 그것은 자발적인 의지에 달린 문제가 아니다. 당신은 이 문제의 배에 올라탔다. 그러니까 어느 쪽을 선택하겠는가? 자, 보자. 선택해야 하므로 당신에게 가장 이롭지 못한 쪽이 무엇인지 보자. 당신이 잃을 수도 있는 것이 두 가지 있다. 바로 진실과 선이다. 그리고 내기에 걸어야 할 두 가지는 당신의 이성과 의지 그리고 당신의 지식과 행복이다. 당신의 본성이 피해야 할 두 가지는 오류와 비참이다. 반드시 선택해야 하니까 둘 중 하나를 선택한다고 해서 당신의 이성이 더 손상을 입는 것은 아니다. 자, 한 가지 문제는 해결되었다. 그런데 당신의 행복은? 신이 존재한다는 쪽을 선택했을 때 그 득과 실을 검토해 보자. 다음 두 가지 경우를 생각해 보자. 만약 당신이 딴다면, 당신은 모든 것을 딴다. 또 만약 당신이 잃는다면 당신은 아무것도 잃지 않는다. 그러므로 망설이지 말고 신이 존재한다는 쪽에 거시오. "참 놀랍군요. 네, 내기를 해야 하는군요. 그런데 내가 너무 많은 것을 거는 것은 아닌지요." ― 자, 보자. 득과 실의 운이 같으니까, 만약 당신이 하나의 생명을 걸고 두 개의 생명을 딴다면, 당신은 여전히 내기를 할 수 있을 것이다. 그런데 세 개의 생명을 딸 내기라면?

내기를 해야 한다. (당신은 내기를 해야만 하는 상황에 처해 있으니까.) 그리고 득과 실의 운이 같은 도박에서 당신의 생명을 걸고 세 개의 생명을 따는데, 당신의 생명을 걸지 않는 것은 무분별한 선택이다. 그런데 영원한 행복한 삶이 있다. 이러한 상황에서, 무한한 운이 있고 그중 하나가 당신을 위한 것이라면, 당신은 두 개를 위해 하나를 거는 것이 옳은 선택일 것이다. 그리고 내기를 해야 하는 상황에서 무한한 운이 있는 경우의 하나가 당신을 위한 것일 때, 무한히 행복한 무한한 삶을 따는 것일 때, 세 개의 생명을 위해서 하나의 생명을 거는 것을 거부한다면 당신의 행동은 양식에 어긋난 것이다. 그런데 여기에서는 무한히 행복한 무한한 생명을 따는 내기이고, 실의 유한한 운에 대해 하나의 득의 운이 있고, 당신이 거는 것은 유한하다. 선택의 여지가 없다. 도처에 무한이 존재하고, 득의 운 하나에 비해 실의 운은 무한하지 않다. 그러면 머뭇거릴 필요가 없다. 모든 것을 걸어야 한다. 그렇게 내기를 해야만 할 때, 허무한 것의 실과 함께 일어날 무한의 이득을 위해 자신의 삶을 내기에 걸기보다는 그것을 간직하기 위해서는 이성을 거부해야만 한다.

왜냐하면 딸지 안 딸지도 분명하지 않은데 모험을 하는 것이 확실하다거나, 우리가 내기에 거는 것의 확실함과 우리가 딸 것이라는 것 사이의 무한한 거리는 확실하지 않은 무한을 위해 우리가 분명하게 내기에 거는 유한한 행복과 같다고 말하는 것은 아무 소용이 없기 때문이다. 그런데 사실은 그렇지 않다. 모든 도박하는 사람은 불확실하게 따기 위해서 확실하게 내기를 한다. 그는 불확실하게 유한한 것을 얻기 위해서 확실하게 유한한 것을 내기에 거는데 이는 이치에 어긋나지 않는 일이다. 우리가 내기에 거는 이 유한과 득의 불확실의 간격은 무한하지 않다. 그것은 거짓이다. 진실로 득의 확실과 잃음의 확실 사이에는 무한의 간격이 있다. 그러나 득과 실의 운의 비율에 따르면 득의 불확실은 우리가 내기에 거는 것의 확실에 비례한다. 그래서 양쪽의 운이 같다면, 승부는 동등하게 진행된다. 그러니까 사람들이 내거는 것의 확실은 득의 불확실과 같은데, 그 간격이 무한하다는 것은 아니다. 그러므로 득과 실의 운이 같고, 따야 할 게 무한인 노름에서 유한을 걸어야 할 때 우리의 제안은 무한한 힘을 갖게 한다.

이는 설득력이 있으며, 만약 사람들이 어떤 진리를 알아낼 수 있다면 이것이 바로 그 진리이다.

"인정하오. 시인하는 바요. 그런데 도박의 이면을 볼 수 있는 방법은 없을까요?" 있다. 성서와 그 외의 것들이 등등. "네, 그런데 두 손이 묶여 있고, 입은 봉해져 있습니다. 나는 어쩔 수 없이 내기를 해야 하고, 자유롭지 않습니다. 사람들이 나를 내버려 두지 않습니다. 나는 신앙을 가질 수 없는 사람입니다. 그러니까 내가 어떻게 하기를 바라십니까?" 그건 사실이다. 그런데 적어도 당신이 알아야 하는 것은 신앙에 대한 당신의 무능력이 당신의 정념에서 기인한다는 사실이다. 왜냐하면 이성에 의해 거기에 도달했으나, 당신은 믿지 못하니 말이다. 그러니 신에 대한 증거의 논증이 아니라 당신의 정념을 줄여서 자신을 설득하도록 애쓰라. 당신은 신앙을 향해 나아가려고 한다. 그런데 길을 모른다. 당신은 불신앙에서 벗어나기를 원하고, 그 치료 약을 청하고 있다. 당신처럼 묶여 있었고, 지금은 자신들의 모든 재산을 내기에 거는 사람들에게서 배우도록 하라. 그들은 당신이 가고자 하는 이 길을 알고 있고, 당신이 치유받고 싶어 하는 병에서 나은 사람들이다. 그들이 시작한 그 방식을 따라가라. 그들은 마치 자신들이 믿는 것처럼 행하면서 성수를 받고, 미사를 보고 등등 했던 것이다. 자연스레 그렇게 함으로써 당신은 믿게 될 것이고, 어리석게 될 것이다. "그런데 바로 그것이 제가 두려워하는 바예요." 왜 그런가? 잃을 게 뭐가 있는가? 그렇게 함으로써 당신은 믿게 될 것임을 보여 주기 위해서인데, 그렇게 함으로써 당신의 큰 장애인 정념이 줄어든다 등등.

이 이야기의 결말.

그런데 이쪽을 선택하면서 어떤 나쁜 일이 당신에게 일어난다는 건가? 당신은 충직하고 성실하며, 겸손하고 감사할 줄 알며, 친절하고 진실한 친구이며, 참된 사람이 될 것이다. 진실로 당신은 타락한 쾌락이나 명예 그리고 향락 속에 빠져 있지 않을 것이다. 다른 어떤 즐거움을 갖게 되지 않겠는가?

나는 당신이 이승에서 이득을 얻게 될 것이라고 판단한다. 그리고 이 길에서 당신이 내딛는 발자국마다 당신은 이 이득에 대해 더더욱 확실함을, 그리고 당신이 내건 것이 얼마나 허무한 것인지를 보게 될 것이다. 그리고 결국엔 당신이 확실하고 무한한 것을 위해 내기를 했다는 것과, 이를 위해 당신은 어떤 희생도 치르지 않았음을 알게 될 것이다.

"오, 이 담화에 나는 황홀하여 넋을 빼앗깁니다" 등등. 만약 이 담화가 마음에 들고 설득력 있어 보인다면, 이 담화가 이전이나 이후에 부분이 없는 무한한 존재에게 기도하기 위해 무릎을 꿇은 자가 만든 것임을 알라. 그는 이 무한한 자에게 자신의 모든 것을 위임하고 당신 자신의 행복과 그의 영광을 위해서 당신의 것도 위임하기를 기도하는 자이다. 그렇게 힘이 이 비천과 화합됨을 알라.

419-680 습관은 우리의 본성이다. 신앙에 익숙해진 사람은 믿고, 지옥을 두려워하지 않을 수 없으며, 다른 것을 믿지 않는다.

국왕이 무섭다고 믿는 데 익숙해진 사람은 등등.

그러니까 우리의 영혼이 수와 공간, 운동을 보는 데 익숙해져서 그것을 믿고, 그것만을 믿는다는 것을 누가 의심하는가?

420-680 — 신이 무한하고 부분이 없다는 것이 불가능하다고 생각하십니까? — 네. — 그렇다면 당신에게 무한하고 불가분적인 사물을 보여 드리고 싶습니다. 그것은 무한한 속도로 사방으로

움직이는 하나의 점입니다.

왜냐하면 그것은 모든 장소에서 하나이고, 각 장소에서 전체이기 때문입니다.

이전에 당신의 눈에 불가능하게 보였던 이 자연 현상으로 당신이 아직 알지 못하는 다른 일들이 존재할 수 있다는 것을 알기 바랍니다. 당신의 학습에서 배울 게 아무것도 없다는 결론이 아니라 배워야 할 게 무한하다는 결론을 내리십시오.

421-680 우리가 다른 사람의 사랑을 받아 마땅하다고 하는 것은 잘못이다. 우리가 그것을 바라는 것은 옳지 않다. 만약 우리가 합리적이고 공정하며, 우리와 다른 사람에 대해 알고 있었다면 우리의 의지는 이러한 경향을 띠지 않았을 것이다. 그런데 우리는 그러한 경향과 함께 태어났고, 따라서 우리는 부당한 존재로 태어났다.

왜냐하면 모든 것이 자신을 향하기 때문이다. 이는 모든 질서에 어긋나는 일이다.

보편적인 것을 지향해야 한다. 자신을 향하는 성향은 전쟁에서나, 통치에서나, 재정에서나, 인간의 개별적인 육체에서 모든 무질서의 시작이다.

인간의 의지는 그러므로 타락했다. 만약 자연 공동체나 시민 공동체의 일원들이 단체의 안녕을 지향한다면, 공동체들은 공동체들이 일원이 되는 더 보편적인 다른 단체를 지향해야 한다. 그러므로 사람들은 보편을 지향해야 한다. 그러므로 우리는 부당하고 타락하게 태어났다.

우리 종교 외에 그 어떤 종교도 인간이 죄악 속에 태어난다고 가르치지 않았다. 어떤 철학 학파도 이 같은 얘기를 하지 않았다.

그러므로 그 어떤 것도 진실을 말하지 않았다.

어떤 학파도 어떤 종교도 기독교처럼 항상 존재해 오지 않았다.

422-680 우리는 결점을 알려 주는 사람들에게 감사드려야 한다. 왜냐하면 그들은 우리를 괴롭히기 때문이다. 그들은 우리가 멸시당했다는 사실을 가르쳐 준다. 그들은 우리가 미래에 그렇게 되는 것을 막지 못한다. 왜냐하면 그렇게 되도록 우리는 많은 결점을 가지고 있기 때문이다. 그들은 우리를 위해서 교정하는 훈련과 결점의 제거를 준비해 준다.

423-680 마음은 이성이 전혀 알지 못하는 자신만의 이유를 가진다. 우리는 그러한 사실을 수많은 일을 통해서 안다.

마음은 무엇에 전념하는가에 따라 자연스럽게 보편적인 존재를 사랑하거나, 자연스럽게 자기 자신을 사랑한다고 나는 주장한다. 그리고 선택에 따라 그중 하나에 마음이 굳어진다. 당신은 하나를 거부하고 다른 하나를 간직했다. 당신은 합리적인 이유로 당신 자신을 사랑하는가?

424-680 신을 느끼는 것은 마음이지 이성이 아니다. 이것이 바로 신앙이다. 신은 이성이 아니라 마음으로 느끼는 것이다.

425-680 상식과 인간의 본성을 거스르는 유일한 학문은 사람들 사이에 항상 존속되어 온 유일한 것이다.

426-680 기독교만이 인간을 동시에 사랑스럽고 행복하게 만든다. 교양 안에서는 동시에 사랑스럽고 행복할 수 없다.

제3장

427-681 그들은 공격하기 전에 적어도 자신들이 공격하는 종교가 어떤 종교인지 알아보길 바란다. 만약 이 종교가 신에 대한 분명한 관점을 가지고 있으며, 신에 대해 숨김없이 파악하고 있다고 자랑했다면, 이렇듯 분명하게 신을 보여 주는 것은 이 세상에 아무것도 없다고 말하는 것으로 그 종교를 공격할 수 있을 것이다. 그런데 이 종교는 반대로 인간은 암흑 속에 있고 신에게서 멀리 떨어져 있으며, 신은 그들이 알 수 없게 숨어 있어, 성서에서 불리는 이름이 바로 '숨은 신(*Deus absconditus*)'이라고 말한다. 그리고 마침내 교회가 다음 두 가지 사항, 즉 하느님은 진지하게 신을 찾는 사람들을 위해 교회 안에 자신을 알아볼 수 있는 뚜렷한 증거들을 마련해 주었다는 것과, 그 증거들이 온 마음을 다해 찾는 사람들에게만 보이도록 숨겨 놓았다는 두 가지 사항을 교회가 똑같이 확립하려 하고 있다면, 진실을 찾는 데 소홀한 그들이 어떤 것도 진실을 보여 주지 않는다고 외칠 때, 그들은 어떤 이득을 얻을 수 있겠는가? 왜냐하면 그들이 처해 있는 어둠, 그들이 교회에 대해 반박하는 이 어둠은 교회가 주장하는 두 사항 중 하나를 확립할 뿐이고 ―다른 하나는 말할 것도 없이―, 교회의 교리

를 무너뜨리기는커녕 확립시키는데 말이다.

이 종교를 공격하기 위해 그들은 진실을 찾으려고 사방으로, 또 그들이 깨칠 수 있도록 교회가 제안한 것까지 찾아다니며 모든 노력을 기울였으나 그 어떤 만족도 얻지 못했다고 외쳐야 할 것이다. 만약에 그들이 이렇게 말한다면, 그것은 교회의 주장 중 하나를 공격하는 셈이 될 것이다. 하지만 나는 여기에서 그렇게 말할 정도로 분별력 있는 사람은 아무도 없다는 것을 보여 주고 싶다. 감히 말하건대, 그렇게 한 사람은 아무도 없었다. 이런 생각을 하는 사람들이 어떤 방식으로 행동하는지 우리는 충분히 안다. 그들은 성서를 몇 시간씩 읽거나, 신앙의 진리에 대해 몇몇 성직자들에게 문의하고 나서, 자신들이 진실을 알기 위해 대단한 노력을 했다고 생각한다. 그런 후에 그들은 책과 사람들한테서 찾아봤지만 아무 성과가 없었다고 자랑스럽게 얘기한다. 그런데 사실 내가 자주 하는 말을 그들에게 하자면, 이 소홀함은 견딜 수 없다는 것이다. 여기서 문제 되는 것은 어떤 낯선 사람의 사소한 이해관계가 아니다. 그런 경우에는 이렇게 처리할 수도 있을 것이다. 그런데 이는 우리 자신의 문제, 우리 전체에 관한 문제이다.

영혼의 불멸은 우리에게 너무나 중요한 일이고 우리와 아주 깊은 관계가 있는 것이어서 그 문제에 대해 알고자 하지 않고 무관심한 상태에 있기 위해서는 모든 감정을 상실해야만 한다. 우리의 모든 행동과 사고는 기대할 영원한 행복이 있을 것인가 없을 것인가에 따라 매우 다른 길을 갈 것이다. 그래서 우리의 최종 목표가 되어야 하는 이 관점에 따라 그 길들을 조정하지 않으면 지각 있고 판단력 있게 한 걸음 내딛는 것이 불가능할 것이다.

그래서 우리의 첫 번째 관심과 의무는 우리의 모든 행동이 달려 있는 이 문제를 명확히 밝히는 것이다. 나는 이 문제에 대해 설득되지 못한 사람들 가운데 온 힘을 다해 그 문제를 깨치려고 애쓰는 사람들과 생각도 안 하고 노력도 하지 않고 살아가는 사람들을 극단적으로 차별하고자 한다.

나는 이 의혹 속에서 진정으로 고통받으며 이 의혹을 최악의 불행으로 생각하고, 거기서 벗어나기 위해 어떤 것도 아끼지 않으며 이 탐구를 자신들의 중요하고 진지한 일로 삼는 사람들에게 동정심을 느낄 수밖에 없다.

그러나 자신들 인생의 궁극적인 목적은 생각하지도 않고 살아가는 사람들이 자신들에게서 이 문제에 대해 밝혀 주는 지혜를 찾지 못한다는 이유만으로 다른 곳에서 찾기를 소홀히 하는 사람들, 또 이 견해가 백성의 순진한 단순함으로 받아들이는 게 아닌지, 아니면 모호하긴 해도 매우 굳건하고 흔들림 없는 기반을 갖고 있는 견해에 속하지는 않는지 철저히 조사하는 것을 소홀히 하는 사람들을 나는 매우 다르게 생각한다.

그들 자신과 그들의 영원성, 그들 전체가 관련된 이 문제에 대한 이러한 무관심은 측은한 마음보다는 나를 분노케 한다. 이 무관심은 놀랍고 두렵다. 그것은 나에게 괴물과 같다. 나는 영적 신앙심에서 나온 경건한 열의로 이렇게 말하는 것이 아니다. 내가 말하고자 하는 것은 사람들이 인간적 이해타산의 원칙과 자애심의 이해타산으로 이러한 생각을 가져야 한다는 것이다. 이를 위해서는 식견을 가장 덜 갖춘 사람들의 생각으로 보는 것만으로도 충분하다.

여기에 참되고 확고한 만족은 없고, 우리의 모든 기쁨은 덧없으며, 우리의 불행은 무한하고, 결국 매 순간 우리를 위협하고 있는 죽음이 몇 해 안에 영원히 소멸되거나 불행해지는 끔찍한 필연 속으로 우리를 데려갈 것을 이해하기 위해서는 매우 고결한 영혼을 가질 필요가 없다.

이보다 더 현실적이고 더 참혹한 것은 없다. 우리가 원하는 만큼 용감한 척해 보자. 자, 이것이 세상에서 가장 아름다운 삶이 기다리는 종말이다. 이 점에 대해 고찰해 본 뒤 다른 삶에 대한 희망 속에서만 이승에서의 행복이 있고, 이 다른 삶에 다가가면서만 우리가 행복하고, 영원에 대한 확신을 가진 사람들은 더 이상 불행이 없는 것처럼 이 다른 삶에 대해 아무것도 알지 못하는 사람들에게는 행복이 존재하지 않다는 것이 의심할 여지가 없는 것이 아닌지 말하기를 바란다.

그러므로 분명 이러한 의혹 속에 있는 것은 큰 불행이다. 그런데 적어도 이러한 의혹에 처해 있을 때는 진실을 찾는 것이 필수적인 의무이다. 따라서 의심하면서 진실을 찾지 않는 사람은 매우 불행하고 동시에 매우 부당하다. 이런 사람이 편안하고 만족해한다면, 그리고 그것을 표방하고 이것을 자신의 기쁨과 자랑의 주제로 만든다면 나는 그렇듯 기상천외한 피조물에 대해 표현할 말이 없다.

어디서 이런 생각이 생겨날 수 있는가? 어쩔 도리 없이 불행 외에 어떤 다른 것도 기대하지 않으면서 어떤 기쁨의 주제를 찾는다는 것인가? 이 깜깜한 어둠 속에 있는 자신을 보는 것이 무슨 자랑거리가 된다는 말인가? 어떻게 이러한 논리가 이성적인 사람에게서 만들어질 수 있는가?

"나는 누가 나를 이 세상에 데려다 놓았는지 모르겠습니다. 나는 세상이 무엇인지, 나 자신이 뭔지도 모릅니다. 나는 모든 것에 대해 지독한 무지 속에 있습니다. 나는 내 몸과 감각, 나의 영혼, 내가 말하는 것을 생각하는 나의 이 부분, 모든 것과 자기 자신에 대해 성찰하는데 자신에 대해서처럼 다른 것에 대해서도 알지 못하는 이 부분이 무엇인지 알지 못합니다.

나는 나를 둘러싸고 있는 우주의 이 무시무시한 공간을 봅니다. 나는 광막한 공간의 한구석에 묶여 있는데, 왜 다른 곳이 아닌 이곳에 있는지, 왜 내게 주어진 이 삶의 얼마 안 되는 시간이 나를 앞서고 나를 뒤이을 영원의 다른 시점이 아닌 이 시점에 주어졌는지 알지 못합니다. 나는 사방에서 무한만을 봅니다. 이 무한한 공간은 하나의 원소처럼, 영원히 한순간만 지속되는 하나의 그림자처럼 나를 감싸고 있습니다. 내가 알고 있는 전부는 내가 곧 죽는다는 것입니다. 그런데 내가 가장 알지 못하는 것은 바로 피할 수 없는 이 죽음입니다.

내가 어디서 왔는지 알지 못하는 것처럼 나는 어디로 가는지도 알지 못합니다. 내가 아는 것은 오직 이승에서 나가면서 영원히 허무 속이나 아니면 하느님의 품 안으로 떨어진다는 것입니다. 이 두 조건 중 어느 것이 영원히 나에게 주어질는지 알지 못합니다. 나약함과 불확실로 가득 찬 이것이 나의 상태입니다. 그리고 이 모든 상황에서 내가 내리는 결론은 내 삶의 모든 나날을 나에게 어떤 일이 일어날지 모색하려는 생각도 않고 보내야 한다는 것입니다. 혹시 나의 이 의혹 속에서 어떤 깨침을 얻을 수도 있겠지요. 하지만 나는 그런 수고를 원하지 않고, 그것을 구하기 위해 한 발짝도 내딛고 싶지 않습니다. 나중에 이 일로 근심할 사람들을 멸시하는 태도로 대하면서 ― (그들이 어떤 확신을 끌어낸다고 해도 그것은 자랑보다는 절망의 주제인데) ― 나는 예측도 두려움도 없이 이 매우 중요한 사건을 시험해 보고 싶습니다. 그리고 무기력하게 내 미래 상태의 영원에 대한 불확실 가운데 죽음으로 끌려가게 내버려 둘 것입니다."

이렇게 말하는 사람을 친구로 삼을 사람이 누가 있겠는가? 자신의 일을 털어놓기 위해 그를 선택할 사람이 누가 있겠는가? 비탄 속에서 그에게 도움을 청할 사람이 누가 있겠는가? 우리는 그에게 어떤 일을 맡길 수 있을까?

진실로 그렇게 비합리적인 사람들을 적으로 가지고 있는 것이 기독교로서는 영광스러운 일이다. 그리고 그들의 저항은 기독교에 그리 위험하지 않고, 오히려 기독교 진실의 확립에 도움이 된다. 왜냐하면 기독교 신앙은 인간 본성의 타락과 예수 그리스도의 구원이라는 두 사항을 확립시키는 데 이르는 것일 뿐이기 때문이다. 그런데 그들이 품행의 성덕으로 구원의 진실을 보여 주는 데 소용되지 않는다면, 그들은 적어도 매우 변질된 감정으로 본성의 타락을 아주 훌륭하게 보여 주는 데 기여한다는 사실을 나는 지지한다.

자신의 상태만큼 인간에게 중요한 것은 없고, 영원성만큼이나 인간에게 두려운 것은 없다. 그래서 자기 존재의 소멸과 영원한 비참의 위기에 무관심한 사람들이 있다는 것은 당연한 일이 아니다. 그들은 그 외 모든 일에 대해서는 아주 다르다. 사소한 일에 대해 두려워하고, 미리 고려하고, 예감한다. 지위를 잃었거나 아니면 자신의 명예에 대한 어떤 상상의 모욕 때문에 절망과 분노 속에 여러 날을 보내는 이 사람은 죽음에 의해 모든 것을 잃게 되리라는 사실을 어떤 불안감이나 감동도 없이 알고 있는, 같은 사람이다. 이 같은 마음속에서 사소한 일에 대해 이렇게 민감하고 아주 중요한 일에 대해서는 이상하게 무감각한 것을 동시에 보는 것은 기괴한 일이다. 이는 그러한 일을 야기하는 전능한 힘을 나타내는 불가사의한 마법이고 초자연적인 무기력 상태이다.

이런 상태에 한 사람이라도 있을 수 있다는 것이 믿을 수 없는 일 같은데, 그 상태에 있는 것을 자랑스러워하기 위해서는 인간의 본성에 이상한 전복이 일어나야 한다. 그리고 우리는 경험을 통해 그런 사람들을 많이 보았다. 그래서 이 일에 관련된 대부분의 사람들이 자신을 숨겨서 실제로는 그렇지 않다는 사실을 우리가 모른다면 그것은 놀라운 일일 것이다. 이들은 그렇게 화를 내는 것이 세상에서 가장 훌륭한 태도라고 들어 온 사람들이다.* 이는 그들이 "속박에서 벗어났다"고 부르며 모방하고자 하는 것이다. 그런데 그렇게 해서 존경을 얻으려 하는 것이 얼마나 잘못된 생각인지 그들에게 이해시키기는 그리 어렵지 않을 것이다. 그것은 존경을 얻기 위한 방법이 아니다. 나는 건전하게 사리를 판단하는 사람들에 대해 얘기하고 있다. 그들은 성공하는 유일한 방법이 스스로를 예절 바르고, 충직하며, 분별력 있고, 자신의 친구를 유익하게 도와줄 수 있는 사람으로 보이는 것임을 알고 있다. 왜냐하면 사람들은 본래 자신들에게 유익한 것만 좋아하기 때문이다. 그런데 어떤 사람이 "자신은 속박에서 벗어났다"거나, "자신의 행동을 지켜보고 있는 신이 있다는 것을 믿지 않는다"거나, "스스로를 자기 행동의 유일한 주인으로 생각한다"든가, 그래서 "그에 대한 설명을 스스로에게만 한다는 생각을 한다"고 말하는 것을 듣는 일이 우리에게 무슨 이득이 되겠는가? 그는 그렇게 해서 우리가 그를 신뢰하게 되었다고 생각할까? 그리고 그에게서 위로와 조언을 구하거나, 어려울 때 도움을 청할 것이라 생각할까? 우리의 영혼은 한 줄기 바람, 연기 같은 것이라고 생각한다며 아주 자랑스럽고 만족스러운 어조로 말해서 우리를 매우 즐겁게 해 주었다고 주장할까? 그것이 즐겁게 말할 수 있는 것인가? 오히려 슬프게, 세상에서 가장 슬픈 일처럼 말해야 되는 것 아닌가?

그들이 거기에 대해 진지하게 생각한다면 그것이 너무나 잘못된 생각이고, 양식에 어긋나며 교양에도 매우 상반되고, 그들이 추구하는 고상한 기품에서도 모든 면에서 거리가 너무 먼 것이라서, 그들을 추종하고 싶은 마음이 있는 사람들을 타락시키기보다는 오히려 바로잡을 수 있을 것이라는 점을 보게 될 것이다. 그들이 종교에 대해 갖는 의혹의 이유와 감정을 설명하도록 해 보라. 그들은 너무나 미약하고 저속한 말을 해서 당신은 반대의 생각을 믿게 될 것이다. 어느 날 누군가 그들에게 매우 적절한 말을 했다: "그렇게 계속 말씀하신다면, 종교를 믿게 만들겠는데요." 그런데 그의 말이 옳다. 왜냐하면 그렇게 비열한 사람을 친구로 갖는다는 생각에 누가 싫어하지 않겠는가?

이런 생각을 위장하기만 하는 사람들은 스스로 가장 어리석은 사람이 되기 위해 자신의 본성을 억제하는 불행한 사람들이다. 만약 그들이 마음속 깊이 좀 더 많은 광명을 갖지 못하는 것에 대해 불만이 있다면, 그들은 그 사실을 숨기지 않기를 바란다. 그러한 고백은 부끄러운 일이 아닐 것이다. 그러한 감정을 전혀 가지지 않는 것이 부끄러운 일이다. 신이 없는 인간의 불행이 어떠한지 알지 못하는 것보다 인간 정신의 극심한 결함을 더 잘 드러내 주는 것은 없다. 영원한 약속의 진리를 바라지 않는 것보다 마음의 나쁜 성향을 더 잘 나타내는 것도 없다. 신에 대항하여 용감한 체하는 것보다 더 비겁한 일은 없다. 그러므로 그들은 이런 불경한 행동을 진정으로 그럴 수 있도록 충분히 악하게 태어난 사람들에게 넘겨주길 바란다. 그들이 기독교인이 되지 못하면 적어도 교양인이 되기를 바란다. 그리고 마지막으로 우리가 합리적이라고 부를 만한 사람은 두 종류가 있다는 사실을 그들이 인정하길 바란다. 하나는 신을 알기 때문에 온 마음을 다해 신을 섬기는 사람과, 다른 하나는 신을 알지 못하기 때문에 온 마음을 다해 신을 찾는 사람들이다.

그런데 신을 알지도 못하고 찾지도 않는 사람들은 스스로의 보살핌을 받을 자격도 없다고 판단하고 있으므로 다른 사람들의 보살핌을 받을 자격이 없으며, 그들의 어리석음 속에 그들을 내버려 둘 정도로 그들을 경멸하지 않기 위해서는 그들이 경멸하는 기독교의 전 사랑이 필요하다. 그런데 그들이 살아 있는 한, 이 종교는 은총으로 깨침을 받을 자격이 있는 존재로 그들을 바라보게 하고, 머지않아 그들이 우리보다 더 믿음으로 가득 찬 사람이 될 수 있으며, 오히려 우리가 그들이 처해 있는 맹목 속에 빠질 수 있다고 믿도록 우리에게 강요하기 때문에, 우리가 그들의 처지에 있다면 다른 사람이 우리를 위해서 해 주었으면 하고 바라는 것을 우리가 그들을 위해서 해 주어야 한다. 그리고 그들에게 자신들을 불쌍히 여기라고, 그리고 혹시나 그들이 빛을 찾을 수도 있지 않은지 시도해 보기 위해서 적어도 몇 발짝 내디뎌 보라고 청해야 한다. 그들이 다른 데 쓸데없이 사용하는 시간 중에 몇 시간을 이 글을 읽는 데 할애하길 바란다. 그들이 어떤 반감을 보여 줄지 모르지만, 그래도 뭔가를 만날 수도 있지 않겠는가? 적어도 그들은 많은 것을 잃지는 않을 것이다. 그러나 내가 바라는 바는 더할 나위 없는 진지함과 진실을 만나고자 하는 참된 욕구를 보여 줄 사람들이 만족을 얻고, 내가 여기에 모아 놓은 매우 신성한 종교의 증거를 믿게 되는 것이다. 이 증거들에서 나는 대강 다음과 같은 순서를 따랐다.

428-682 기독교의 증거로 들어가기 전에, 자기 자신에게 매우 중요하고 밀접한 문제에 대해 그 진실을 찾으려 하지 않고 무관심하게 살아가는 사람들의 부당함을 지적하는 것이 필요하다고 생각한다.

그들의 숱한 오류 중에 이것은 분명 그들의 어리석음과 무분별함을 가장 잘 입증해 준다. 그리고 이것은 상식의 일별과 자연스러운 감정으로 가장 쉽게 그들을 침묵시킬 수 있는 오류이다. 왜냐하면 이승의 시간은 순간일 뿐이고, 죽음의 상태는 그 상태가 어떻든 간에 영원하며, 우리의 모든 생각과 행동은 이 영원한 상태에 따라 매우 다른 길을 간다는 것이 확실하기 때문에, 우리의 궁극적인 목적이 되어야 하는 이 점을 보면서 그 경로를 결정하지 않으면 지각 있고 분별력 있게 앞으로 나아가는 것이 불가능하다.

이보다 더 분명한 사실은 없다. 그래서 이성의 원리에 비추어 다른 길을 선택하지 않는다면, 그들의 행동은 완전히 사리에 어긋나는 것이 된다. 그러므로 삶의 이 최종 목적에 대해 생각하지 않고 살아가는 사람들, 마치 생각을 돌림으로써 영원을 소멸시킬 수 있는 것처럼 성찰도 없이 불안해하지도 않고 자신들의 성향과 쾌락에 끌려가면서, 단지 현재의 순간에만 스스로를 행복하게 만드는 생각만 하는 사람들에 대해 판단해 보길 바란다.

그런데 이 영원은 존재한다. 그리고 이 영원의 문을 열 죽음, 언제나 그들을 위협하는 죽음은 머지않아 그들을 영원히 소멸시키거나 불행하게 만들 이 끔찍한 필연 속에 어김없이 그들을 데려갈 것인데, 그들은 어떤 영원이 그들에게 준비되었는지 알지도 못한다.

이는 무서운 결과를 초래하는 회의이다. 그들은 영원한 비참의 위험에 처해 있다. 그리고 이 점에 있어 마치 노력할 가치가 없는 것처럼, 그들은 이것이 백성이 너무 순진하게 믿어 버리는 견해에 속하는지, 아니면 그 자체 모호하긴 하지만 드러나지 않더라도 매우 확고한 기초를 가지고 있는 그러한 의견에 속하는 것인지 조사하는 것을 소홀히 한다. 그렇게 이들은 이 문제에 진실이 있는지 거짓이 있는지 알지 못하고, 그 증거가 견고한지 취약한지도 알지 못한다. 증거가 눈앞에 있지만 그들은 그 증거를 보기를 거부한다. 그리고 이 무지 속에서 경우에 따라서는 이 불행 속에 빠지기 위해 필요한 모든 일을 하는 쪽을 선택한다. 죽을 때 그것을 시험할 것으로 기다리고, 이 상태에서 매우 만족스러워하며, 그것을 공공연히 표방하고, 심지어 자랑까지 한다. 이처럼 기괴한 행동에 대해 혐오감 없이 이 문제의 중요성에 대해 진지하게 생각할 수 있을까?

이 무지 속에서의 휴식은 가공할 일이다. 그 상태에서 인생을 보내는 사람들에게 이 문제를 제시하여 그들의 어리석음을 보게 하고, 그들을 꼼짝 못하게 만들기 위해서 이 상태의 기괴함과 어리석음을 느끼게 해 줘야 한다. 왜냐하면 그들이 처해 있는 이 무지 속에서 어떤 설명에 대한 탐구도 하지 않고 살기로 선택했을 때 그들이 어떻게 생각하는지는 다음과 같기 때문이다. 그들은 이렇게 말한다. "나는 모르겠다."

429-682 "그것이 내가 보는 것이고 또한 나를 혼란스럽게 만드는 것이다. 사방을 둘러봐도 보이는 것은 어둠뿐. 자연이 제공하는 것 중에서 의혹과 불안의 이유가 되지 않는 것은 아무것도 없다. 신성을 나타내는 어떤 것도 보이지 않는다면 나는 부정 쪽으로 결정 내릴 것이다. 도처에서 창조자의 표시가 보이면 나는 신앙 안에서 편안히 쉴 텐데. 그런데 부정하기에는 너무나 많은 것이 보이고, 확신하기에는 보이는 것이 아주 적어서 내 처지가 한탄스럽다. 내가 수백 번 소망했는데, 만약에 어떤 신이 자연을 유지시킨다면 자연은 분명하게 신을 보여 주기를 말이다. 그리고 만

약에 자연이 보여 주는 표시가 거짓이라면 그것들을 완전히 없애 주기를, 그리고 내가 어느 쪽을 따라야 하는지 볼 수 있게 자연이 모든 것을 말하거나 아니면 아무 말도 하지 않기를 얼마나 바랐는지. 그러기는커녕 내가 누군지 무엇을 해야 하는지도 모르는 처지에, 나는 내 상태도 내 의무도 알지 못한다. 나의 마음은 온통 참 선이 어디에 있는지 알고자 하는데, 그것을 따라가기 위해서 말이다. 영원을 위해서는 그 어떤 것도 소중하지 않을 것이다.

나는 신앙 속에서 소홀히 살아가는 이 사람들이 부럽다. 나라면 매우 다르게 이용할 그 선물을 그들은 매우 잘못 사용하고 있다."

430-683 어느 누구도 인간이 가장 뛰어난 피조물임을 알지 못했다. 인간의 탁월함을 잘 알고 있는 사람들은 인간 본연의 천한 감정을 비굴과 배은망덕으로 여겼다. 그리고 이 비천함이 얼마나 실제적인지 잘 알고 있는 다른 사람들은 인간에게 똑같이 자연스러운 위대함의 감정을 터무니없는 오만으로 취급했다.

"신을 향해 눈을 뜨시오"라고 한편의 사람들이 말한다. "여러분이 닮은 이분을 보시오. 그분은 자신을 찬양하도록 여러분을 창조하셨습니다. 여러분은 여러분 자신을 그분과 비슷하게 만들 수 있습니다. 그분을 추종하기를 원한다면 지혜가 여러분을 그분과 동등하게 만들 것입니다. '자유로운 인간이여, 머리를 높이 드시오' 하고 에픽테토스가 말한다. 그리고 다른 사람들은 말한다. '땅으로 눈을 낮추시오, 보잘것없는 벌레인 그대. 당신의 동료인 짐승들을 바라보시오.'"

그러니까 인간은 무엇이 될 것인가? 신과 동등하게 될까 아니면 짐승과 동등하게 될까? 이 얼마나 엄청난 차이인가? 이 모든 것을 통해 인간이 방황하고 있고, 자기 위치에서 추락한 것이며,

불안하게 그 자리를 찾고 있으나 더 이상 찾지 못하고 있음을 보지 못하는 자가 누가 있겠는가? 그러면 누가 인간을 그곳으로 보내 줄 것인가? 가장 위대한 사람들도 그 일을 할 수 없었다.

431-683 우리는 아담의 영광스러운 상태도, 그가 지은 죄의 본질도, 우리에게 행했다는 그 죄의 전승에 대해서도 납득하지 못한다. 그것은 우리 본질과는 아주 다른 본질의 상태에서 일어났으며, 현재 우리 능력의 상태를 초월하는 일들이다.

거기서 벗어나기 위해 이 모든 것에 대한 지식은 무용하다. 우리가 알아야 할 중요한 모든 것은 우리가 비참하고, 타락했으며, 신에게서 분리되었는데, 예수 그리스도에 의해 구원받았다는 것이다. 바로 이 점에 대해서 우리는 지상에 훌륭한 증거를 가지고 있다.

그렇게 타락과 구속에 대한 두 증거는 종교에 대한 무관심 속에 살아가는 불신자들과 종교의 융합할 수 없는 적인 유대인들에게서 추출된다.

제4장

432-684(23) 자애심, 이것은 우리를 감동시키기에 충분할 정도로 우리의 관심을 끄는 일이기 때문에, 그리고 인생의 모든 고통 후에 매 순간 우리를 위협하는 불가피한 죽음이 머잖아 끔찍한 필연 속으로 어김없이 우리를 데려간다는 것에 우리가 확신하고 있기 때문에.

(24) 세 가지 조건.

(25) 이에 대해 그것이 이성의 증표라고 말해서는 안 된다.

(26) 이것이 이 소식이 거짓이라는 점에 자신할 사람이 할 수 있는 전부이다. 물론 그는 기쁨이 아니라 낙담해 있어야 하겠지만 말이다.

(27) 이보다 더 중요한 것은 없는데, 사람들은 이것만 소홀히 한다.

(28) 우리의 상상력은 지속적인 생각을 너무 한 나머지 현재의 시간을 아주 크게 확장하고, 영원에 대한 생각을 하지 않으면서 영원을 너무나 축소시켜, 우리는 영원을 무로 무를 영원으로 만들어 버린다. 그리고 이 모든 것은 우리 안에 매우 생생한 뿌리를 내리고 있어서 우리의 이성은 그로부터 우리를 보호하지 못한다.

그리고…….

(29) 나는 그들이 반박하는 인간 본성의 타락이라는 이 신앙의 기초를 그들 스스로 입증하고 있는 것은 아닌지 그들에게 물을 것이다.

433-685 그래서 예수 그리스도께서 강림하여 말하기를, 그들의 적은 그들 자신이며, 그들을 하느님에게서 멀어지게 만드는 것은 그들의 정념이며, 그래서 예수 그리스도는 이 정념을 없애기 위해 그리고 그들 모두를 신성한 교회로 만들도록 그들에게 은총을 주기 위해서 왔다고, 그리고 이 교회로 이교도들과 유대인들을 데려오기 위해서 왔으며, 이들의 우상과 미신을 타파하기 위해서 왔다고 하셨다. 이에 모든 사람이 저항하는데, 사욕의 자연스러운 적대감뿐만 아니라 무엇보다도 예언됐던 것처럼 지상의 왕들이 이 새롭게 태어나는 종교를 폐지하기 위해서 연합한다. (예언: *Quare fremuerunt gentes…… reges terrae…… adversus Christum.*)[76*]

지상의 모든 위대한 사람들, 학자들과 현자들과 왕들이 모였다. 어떤 사람들은 글을 쓰고, 어떤 사람들은 단죄하고, 어떤 사람들은 살해한다. 이러한 저항에도 불구하고, 힘없는 서민들은 이 모든 권력자들에게 저항하고, 왕들, 학자들과 현자들조차 굴복하고 온 지상에서 우상을 제거한다. 그리고 이 모든 것이 이를 예언한 힘에 의해 이루어진다.

434-686 쇠사슬에 묶인 많은 사람들을 상상해 보자. 모두가 사

76 어찌하여 나라들이 술렁대고 …… 세상의 왕들은 들썩거리고 …… 그리스도를 거스르는가?

형 선고를 받았다. 이들 중 몇몇은 매일 사람들이 보는 가운데 목이 잘리고, 나머지 사람들은 자신들과 비슷한 처지에 놓인 이들에게서 자신들의 처지를 보고, 희망도 없이 고통스럽게 서로를 바라보면서 자기 차례를 기다린다. 이는 인간 조건의 형상이다.

435-687 창조와 홍수는 이미 지나간 일이어서, 그리고 하느님은 세상을 더 이상 파괴하지도 재창조하지도 않으시고, 자신에 대한 이 위대한 증거들을 더 이상 주지도 않으시고 지상에 한 민족을 세우기 시작하셨다. 특별히 형성된 이 민족은 메시아가 자신의 영성으로 만들 백성이 올 때까지 지속되어야 했다.

제5장

436-688 유대인들의 고대사. — 책들은 각각 얼마나 다른지! 나는 그리스 사람들이 『일리아스』를 만들고, 이집트 사람들과 중국 사람들이 자신들의 역사를 만들었다는 데 놀라지 않는다. 단지 그것들이 어떻게 탄생했는지 봐야 한다. 이 전설적인 역사가들은 그들이 쓰고 있는 내용의 동시대인들이 아니다. 호메로스는 비현실적인 이야기를 만들어 그런 이야기라고 제시하고, 그런 이야기로 받아들여졌다. 왜냐하면 트로이와 아가멤논은 황금 사과에 불과할 뿐이었음을 아무도 의심하지 않았기 때문이다. 그는 그것으로 하나의 역사가 아니라 단지 오락물을 만들려 했던 것이다. 그의 시대에 글을 쓴 사람은 그가 유일한데, 작품의 아름다움 때문에 지속적으로 존재하게 된 것이다. 모든 사람이 이 이야기를 배우고 그에 대한 이야기를 나눈다. 그 이야기를 알아야 하고 외워서 알고 있어야 한다. 4백 년이 지난 이후에 그 일들에 대한 증인들은 더 이상 살아 있지 않다. 그것이 이야기인지 역사인지 알고 있는 사람은 아무도 없다. 사람들은 단지 선조에게서 그 이야기를 전해 들었고, 사실로 여길 수도 있다.

동시대의 것이 아닌 모든 역사는 의심스럽다. 즉 시빌의 예언서나 트리스메기스투스의 책들과 다른 많은 서적들도 거짓인데, 시간이 흐르면서 거짓임이 밝혀졌다. 동시대 역사가들의 책은 그렇지 않다.

한 개인이 만들어 사람들에게 던져 준 책과, 한 민족이 스스로 만든 책 사이에는 큰 차이가 있다. 사람들은 그 책이 그 민족만큼이나 오래되었다는 점을 의심할 수 없다.

437-689 감정이 없으면 사람들은 비참하지 않다: 무너진 집은 비참하지 않다. 비참할 수 있는 것은 인간밖에 없다. *Ego vir videns*.[77]*

438-690 신의 자비는 너무나 커서 숨어 계실 때에도 우리를 유익하게 가르치신다면, 모습을 드러내실 때 신에게서 우리가 기대하지 말아야 할 빛이 뭐가 있겠는가?

439-690 그러므로 종교의 모호함 속에서 종교에 대해 우리가 갖고 있는 빛이 거의 없고, 그 진실을 아는 것에 대해 우리가 무관심하다 해도 종교가 진실함을 인정하시오.

440-690 영원한 존재는 한번 존재했으면 항상 존재한다.

441-690 이런저런 사람들의 모든 반론은 종교가 아니라 그들 자신을 거스를 뿐이다. 불신자들이 하는 모든 말은…….

77 나는 (나의 비참을) 아는 사람이다.

442-690 ……그렇게 우주 전체가 인간이 타락했거나 구속되었음을 가르쳐 준다. 모든 것이 인간의 위대와 비참을 가르쳐 준다. 하느님에게서 버림받음은 이교도들 가운데서 나타난다. 하느님의 보호는 유대인 가운데서 나타난다.

443-690 모두가 각각 하나의 진리를 추종하기 때문에 그만큼 더 위험하게 방황하고 있다. 그들의 잘못은 오류를 따르는 데 있지 않고, 다른 진리를 따르지 않는 데 있다.

444-690 모든 것이 인간에게 그 자신의 조건에 대해 가르친다는 것은 사실이지만 그 점을 잘 이해해야 한다. 왜냐하면 모든 것이 신을 보여 주는 것은 아니기 때문이다. 그리고 모든 것이 신을 감춘다는 것도 사실이 아니다. 그러나 신은 자신을 시험하는 사람들에게는 숨고 자신을 찾는 사람들에게는 드러낸다는 것은 모두 사실이다. 왜냐하면 모든 사람이 하느님에 대한 자격이 없는 동시에 자격이 있기 때문이다. 그들의 타락으로 자격이 없으며, 그들 최초의 본성에 의해 자격이 있는 것이다.

445-690 우리가 처한 이 암흑에서 우리가 내릴 수 있는 결론은 무자격 외에 또 무엇이 있겠는가?

446-690 이런 암흑이 없었다면 인간은 자신의 타락을 느끼지 않을 것이다. 빛이 존재하지 않았다면 인간은 구제책을 바라지 않을 것이다. 따라서 신이 부분적으로 감춰져 있고 부분적으로 드러나 있는 것은 합당할 뿐만 아니라 우리에게 유익하다. 왜냐하면 인간이 자신의 비참을 모르고 하느님을 알거나, 하느님을 알

지 못하고 자신의 비참을 아는 것은 똑같이 인간에게 위험하기 때문이다.

447-690 이교도들의 회심은 메시아의 은총에만 예약된 것이다. 유대인들은 오랫동안 그들과 싸웠지만 성공하지 못했다. 솔로몬과 예언자들이 이 점에 대해 말한 모든 것이 소용없었다. 플라톤과 소크라테스 같은 현자들은 그들을 납득시키지 못했다.

448-690 신에 대한 그 무엇도 나타나지 않았다면 이 영원한 결여는 모호한 것이 될 것이다. 그래서 신성에 대한 인간의 무자격과 관련시킬 수도 있고, 신성의 부재와도 관련시킬 수 있을 것이다. 그런데 신이 가끔 나타나고 항상 나타나지 않는 것으로 모든 모호함이 제거된다. 신이 한번 나타난다면, 그것은 신이 항상 존재한다는 것이다. 그래서 우리가 내릴 수 있는 결론은 신이 존재한다거나 아니면 인간은 하느님에 대한 자격이 없다는 것이다.

449-690 ……그들은 자신들이 알지 못하는 것을 모독하고 있다. 기독교는 두 가지 점에서 근거한다. 인간은 이 두 사항을 똑같이 아는 것이 중요하다. 그리고 그 두 사항을 모르는 것은 위험하다. 이 두 사항에 대한 증표를 준 것도 하느님의 자비에서 온 것이다.

한데 그들은 이 두 사항 중 하나는 존재하지 않는다는 결론을 내리는데, 이 결론으로부터 나머지 사항의 결론을 내는 것 같다. 신은 유일하다고 말했던 현자들은 박해받았고 유대인들은 미움을 받았고 기독교인들은 더더욱 미움을 받았다. 지상에 참된 종교가 존재한다면 모든 사물의 전개는 그 종교를 자신의 중심처럼 목표로 삼아야 한다는 것을 그들은 자연의 빛으로 보았다. 만물의 모든 전개는 이 종교의 설립과 위대함을 목표로 삼아야 한다. 사람들은 자신들 안에 종교의 가르침에 맞는 감정을 가져야 한다. 그리고 마지막으로 그 종교는 모든 것이 지향하는 중심과 목표가 되어야 하므로 그 종교의 원칙을 알 수 있는 사람은 개별적으로는 인간 본성 전체에 대해서, 그리고 일반적으로는 세계의 운행 전체에 대해서 설명할 수 있다.

그런데 이 같은 기초에서 그들은 기독교를 모독할 이유를 찾는다. 왜냐하면 그들은 이 종교를 잘 알지 못하기 때문에 이 종교가 단순히 위대하고 권능하고 영원한 존재라고 생각되는 어떤 신에 대한 경배에 근거한다고 상상한다. 이는 완전히 정반대의 무신론만큼이나 기독교와 거리가 먼 것으로, 엄밀히 말하면 이신론이다. 그 점에서 그들은 이 종교가 참된 종교가 아니라고 결론 내리는데, 왜냐하면 신이 가능한 한 매우 명백하게 사람들에게 나타나지 않는다는 이 점을 확립하는 데 모든 것이 협력한다는 사실을 보지 못하기 때문이다.

그런데 그들이 이신론에 반하여 원하는 그 어떤 것을 결론으로 내리든 간에, 기독교에 반하는 그 어떤 결론도 내리지 못할 것이다. 기독교는 순전히 구속자의 신비에 근거하는데, 이 구속자는 자기 안에 신성과 인성이라는 두 가지 본성을 융합하여 자기 신격 안에서 사람들을 하느님과 화해시키기 위해 죄의 타락에서 인간을 구원해 냈다.

기독교는 사람들에게 이 두 가지 진실을 모두 가르친다. 즉 인간이 다가갈 수 있는 신이 존재하고, 인간의 본성 안에는 신에 대한 자격을 잃게 하는 타락이 존재한다는 것이다. 사람들이 이 두 사항을 모두 아는 것은 중요하다. 그리고 자신의 비참을 알지 못하면서 신을 아는 것이나, 그 비참을 치유할 수 있는 구속자를 알지 못하면서 자신의 비참을 아는 것은 똑같이 위험하다. 둘 중 하나만 알게 되면 신은 알았지만 자신들의 비참은 알지 못하는 철학자들의 오만을 만들거나, 구속자 없이 자신들의 비참을 깨달은 불신자들의 절망을 만든다.

그렇게 이 두 가지 사항을 아는 것이 필요하듯, 이 두 사항을 알게 해 준 것 또한 하느님의 자비이다. 기독교는 그렇게 하며 바로 이 점에 근거한다.

이러한 관점에서 세상의 질서를 살펴보기 바란다. 모든 것이 이 종교의 두 요점의 확립을 지향하고 있지 않은지 보길 바란다. 예수 그리스도는 모든 것의 목표이며, 모든 것이 지향하는 중심이다. 예수 그리스도를 아는 사람은 모든 것의 이유를 알 수 있다.

방황하는 사람들은 이 두 상황 중 하나를 보지 못해서 방황하는 것이다. 그러니까 사람들은 자신의 비참은 모르면서 하느님을 알 수 있고, 하느님은 모르고 자신의 비참을 알 수 있다. 그런데 하느님과 비참 두 가지 모두를 알지 않고서는 예수 그리스도를 알 수 없다.

따라서 나는 여기서 신의 존재나 삼위일체나 영혼의 불멸과 같은 성질의 것을 자연적인 논거로 증명하려고 시도하지 않을 것이다. 자연 안에서 완고한 불신자들을 설득할 것을 찾는 데 내가 충분한 능력이 있다고 생각하지 않을 뿐만 아니라, 예수 그리스도가 없는 이러한 지식은 무용하고 헛되기 때문이다. 어떤 사람이 수의 비례는 비물질적이고 영원한 진리이며, 이 진리들의 근거가 되고, 하느님이라 부르는 제일의 진리에 의존하는 진리라고 확신할 때, 나는 그가 자신의 구원을 위해 꽤 전진했다고 생각하지는 않는다.

기독교인의 신은 단순히 기하학의 진리나 원소의 질서를 창조한 자에 있는 것이 아니다. 이러한 신은 이교도들과 에피쿠로스파의 몫이다. 하느님은 단지 그를 찬양하는 사람들에게 행복한 세월을 베풀기 위해 사람들의 생명과 재산에 자신의 섭리를 실행하는 신으로만 존재하는 것이 아니다. 이런 신은 유대인들의 몫이다. 그런데 아브라함의 신, 이삭의 신, 야곱의 신, 기독교인의 신은 사랑과 위로의 신이다. 이 신은 자신이 사로잡은 사람들의 영혼과 마음을 충족시키는 신이다. 이 신은 내적으로 자신들의 비참과 신의 무한한 자비를 느끼게 하며, 그들의 영혼 깊은 곳에서 그들과 결합하고, 그 영혼을 겸손과 기쁨과 신뢰와 사랑으로 충족시켜 그 신 외에 다른 목표를 가질 수 없게 만든다.

예수 그리스도 밖에서 신을 찾고 자연 안에서 멈추는 모든 사람들은 자신들을 만족시키는 그 어떤 빛도 얻지 못하고, 스스로 신을 알 수 있는 방법, 그리고 중개자 없이 신을 섬길 수 있는 방법을 만들기에 이르는데, 그렇게 해서 기독교가 거의 똑같이 혐오하는 무신론이나 이신론에 빠지게 된다.

예수 그리스도 없이는 세상은 존속하지 못할 것이다. 왜냐하면 그 세상은 파괴되거나 지옥과 같이 되어야 할 것이기 때문이다.

만약에 인간에게 하느님에 대해 가르쳐 주기 위해 세상이 존속한다면 그 신성은 분명하게 사방에서 빛날 것이다. 그런데 세상이 예수 그리스도에 의해서, 예수 그리스도를 위해서, 그리고 인간들의 타락과 구속을 가르쳐 주기 위해서만 존재한다면, 세상의 모든 것은 이 두 가지 진실에 대한 증거들을 드러낼 것이다.

이 세상에 나타나는 것은 신성에 대한 전반적인 배제나 분명한 현존을 표시하는 것이 아니라 숨은 신의 존재를 표명하는 것이다. 모든 것이 이러한 성격을 지니고 있다.

인간의 본성을 알고 있는 자만이 본성을 알고 있어서 그 본성을 알게 되는 것일까? 본성을 아는 자만이 유일하게 불행한 사람일까?

그가 아무것도 보지 말아야 한다는 것이 아니다. 또 그가 그것을 소유하고 있다고 믿기 위해서 그것을 봐야 한다는 것도 아니다. 그것을 잃어버렸다는 사실을 알기 위해서 충분히 봐야 한다는 것이다. 왜냐하면 잃었다는 것을 알기 위해서는 보기도 하고, 보지 말기도 해야 하기 때문이다. 바로 이것이 인간의 본성이 처해 있는 상태이다.

그가 어느 쪽을 택하든 나는 그를 편하게 놔두지 않을 것이다.

450-690 참된 종교는 위대함과 비참을 가르쳐야 하고, 자신에 대한 존중과 경멸, 사랑과 미움을 가르쳐야 할 것이다.

제6장

451-691 유대 민족의 장점.

이러한 탐구에서 유대 민족이 먼저 우리의 주의를 끄는 것은 거기에 나타나는 감탄스럽고 특이한 많은 일들이다.

내가 먼저 주목하는 것은 이 민족이 모두 한 형제로 구성되었다는 점이다. 반면에 다른 모든 민족은 수많은 종족이 모여 형성되었다. 이 민족은 아주 이상하게도 그 수가 많은데 모두 한 사람에게서 나왔다. 그렇게 모두 한 몸이고, 서로서로 일원이어서 하나의 가족이라는 강력한 국가를 형성한다. 이러한 경우는 유일무이하다.

이 가족 또는 이 민족은 사람들이 알고 있는 가장 오래된 민족이다. 이는 내가 보기에 그 민족에 대해 특별한 존경심을 불러일으킨다. 그리고 우리가 하고 있는 탐구 안에서 특히 그렇다. 만약 하느님이 사람들과 항상 소통하였다면 그에 대한 전통을 알기 위해서는 이 사람들의 도움을 받아야 한다.

이 민족은 그 오래된 역사로 중요시될 뿐만 아니라 그 지속성으로도 특별하다. 기원부터 현재에 이르기까지 존속되어 왔다. 왜냐하면 그리스, 이탈리아, 스파르타, 아테네, 로마의 민족들, 그리고 오랜 후에 도래한 다른 민족들이 아주 오래전에 소멸된 반면에, 그들의 역사가들이 증명하는 것처럼, 그리고 사물의 자연적 질서로 그것을 판단하기 쉬운 일인데, 그렇게 오랜 기간 동안 많은 강력한 왕들이 이 민족을 수백 번 없애려고 했음에도 불구하고 이 민족은 여전히 존재한다. 그럼에도 불구하고 그들은 항상 존속되어 왔고 이 보존은 예언되었던 것이다. 그들의 역사는 역사의 시초에서 마지막에 이르기까지 펼쳐져서 그 지속 안에 우리의 모든 역사의 지속을 포함한다.

이 민족의 통치 율법은 세상에서 가장 오래되고 가장 완벽하며, 한 국가 안에 끊임없이 보전되어 온 것이다. 이는 요세푸스가 『아피온 반론』에서, 그리고 유대인 필론이 여러 곳에서 잘 보여 주고 있는데, 이 율법이 너무나 오래된 것이라 법이라는 용어 자체도 천 년이나 지난 후에야 고대 사람들에게 알려졌다는 것이다. 그래서 많은 국가에 대한 역사를 썼던 호메로스도 그 말을 전혀 쓰지 않았다. 간단히 읽는 것만으로도 그 율법의 완벽함을 쉽게 판단할 수 있는데, 풍부한 지혜와 공정성과 분별력을 지니고 있어서 이 율법에 대해 약간의 지식을 가지고 있던 그리스와 로마의 가장 오래된 입법자들은 거기에서 자신들의 주요 법률을 차용했다. 이는 그들이 12표법이라고 부르는 법률과 요세푸스가 제시하는 다른 증거들에 의해 나타난다.

그러나 이 율법은 자신들의 종교 예배에 관한 한 모든 법률 중에서 가장 엄격하고 가혹한데, 이 민족을 자신의 의무 안에 가둬 두기 위해 목숨을 각오하는 특별하고 가혹한 준수 사항을 강요한다. 그래서 모든 다른 국가는 전혀 다르게 그리 까다롭지 않은 자신들의 법률을 때때로 변경하는 동안 유대인처럼 반항적이고 참을성 없는 민족이 수 세기 동안 지속적으로 유지해 왔던 것은 매우 놀라운 일이다.

모든 법률 중에서 최초의 법률을 포함하고 있는 이 책은 세상에서 가장 오래된 책이다. 그리고 호메로스의 책이나 헤시오도스의 책과 다른 책들은 6백~7백 년 후에나 존재할 뿐이다.

제7장

452-692 유대인들의 신실함.

그들은 정성 들이고 충성을 다하여 모세의 책을 간직하고 있다. 이 책에서 모세는 그들이 평생 신에게 배은망덕했으며, 자기가 죽은 후에도 그들이 여전히 그럴 것이라는 것을 알고 있으며, 하늘과 땅을 그들에 대한 증인으로 소환하였고, 그들에게 그것을 충분히 가르쳤다고 선언한다.

결국 신은 그들에 대해 분노하시어 지상의 모든 민족들 가운데 흩어지게 하셨고, 그들이 자신들의 신이 아니었던 신들을 경배하여 신을 화나게 한 것처럼, 마찬가지로 신은 자신의 백성이 아닌 민족을 부르셔서 그들을 화나게 할 것이라고 모세는 선언한다. 그리고 자신의 모든 말이 영원히 간직되기를, 그리고 그의 책이 그들에 대한 증거가 되도록 계약의 궤에 보관되기를 바란다고 선언한다. ― 이사야도 같은 말을 한다.(「이사야」 30:8)

제8장*

453-693 참 유대인과 참 기독교인은 같은 종교를 가지고 있음을 보여 주기 위해서.

유대인들의 종교는 본질적으로 아브라함의 계보, 할례, 제사, 의식, 궤, 성전, 예루살렘 그리고 모세의 율법과 계약에 근거한 것처럼 보인다.

그 종교는 전혀 이런 것에 근거하지 않고 단지 하느님의 사랑에 근거하였으며, 하느님은 이외의 다른 모든 것을 배척하셨다고 나는 단언한다.

하느님은 아브라함의 계보를 전혀 인정하지 않으시리라. 유대인들이 하느님을 거스른다면 이방인들처럼 벌을 받을 것이다.

「신명기」 8장 19절*: "너희가 하느님을 잊고 이방인의 신들을 추종한다면, 내가 예언하는데, 하느님이 너희 앞에서 전멸시킨 나라들과 같은 방식으로 너희는 멸망할 것이다."

만약에 이방인들이 하느님을 사랑한다면 유대인들처럼 하느님의 인정을 받을 것이다.

「이사야」 56장 3절: "이방인은 야훼께서 자신을 제명시키리라고 걱정하지 마라. 야훼에게로 개종한 이방인들은 그를 섬기고 사랑할 것이다. 나는 그들을 나의 거룩한 산으로 데리고 가서 그들이 바치는 번제물을 받으리라. 왜냐하면 나의 집은 기도의 집이기 때문이다."

참 유대인은 자신들의 공로가 아브라함이 아니라 하느님에게서 온 것이라고 생각했다.*

「이사야」 63장 16절: "당신은 진정으로 우리의 아버지이십니다. 아브라함은 우리를 모른다 하고, 이스라엘은 우리를 외면하여도, 당신, 야훼께서 우리의 아버지이시며 구속자이십니다."

모세조차 하느님은 사람을 보고 받아들이지는 않을 것이라고 그들에게 말했다.

「신명기」 10장 17절. 하느님이 말씀하시길: "뇌물을 받고 낯을 보아주시는 일이 없는 신이시다."

안식일은 하나의 표징일 뿐이었다. 「출애굽기」 31장 13절. 그리고 이집트에서의 탈출을 기념하여. 「신명기」 15장 19절. 그러므로 이제 이집트를 잊어버려야 하기 때문에 안식일은 더 이상 필요하지 않다.

할례는 하나의 표징일 뿐이었다. 「창세기」 17장 11절.

그래서 그들이 광야에 있을 때에는 전혀 할례 받지 않았다. 왜냐하면 그들이 다른 민족과 혼동될 수 없었기 때문이다. 그리고 예수 그리스도 후에 할례는 더 이상 필요하지 않다.

마음의 할례가 포고되었다.

「신명기」 10장 17절. 「예레미야」 4장 4절: "마음의 할례를 받으시고, 당신 마음의 껍질을 제거하라. 더 이상 고집을 세우지 않도록 하라. 당신의 신은 크고 힘 있으시며 지엄하시며, 낯을 보아주시는 일이 전혀 없는 신이기 때문이다."

하느님은 언젠가 그 일을 행할 것이라 말씀하셨다.

「신명기」 30장 6절: "네가 온 마음을 다해 하느님을 사랑하도록 하기 위해서, 하느님이 너와 너희 후손의 마음의 할례를 베풀어 주실 것이다."

마음의 할례를 받지 않은 사람들은 심판을 받을 것이다.

「예레미야」 9장 25절. 왜냐하면 하느님은 할례 받지 않은 사람들과 모든 이스라엘 민족을 심판할 것이다. 왜냐하면 이 민족은 마음의 할례를 받지 않았기 때문이다.

외적인 것은 내적인 것 없이는 아무 소용이 없다.

「요엘」 2장 13절. *scindite corda vestra*[78] 등등.*

「이사야」 58장 3~4절 등등.

하느님에 대한 사랑은 「신명기」 전체에 걸쳐 권고되고 있다.

「신명기」 30장 19절*: "나는 하늘과 땅을 증인으로 세우고 너희가 생명을 선택하고 하느님을 사랑하고 하느님께 복종하도록 하기 위해서 너희 앞에 생명과 죽음을 내놓았다. 왜냐하면 너희의 생명은 하느님이시기 때문이다."

이 사랑이 부족한 유대인들은 그들의 죄 때문에 배제될 것이며, 그들 대신 이교도들이 선택받을 것이다.

「호세아」 1장 10절.*

「신명기」 32장 20절: "나는 그들의 마지막 죄를 보는 가운데 그들에게 내 모습을 보여 주지 않을 것이다. 왜냐하면 그 나라는 불충하고 악독하기 때문이다. 그들은 하느님에 관계되지 않은 일로 나를 분노케 했듯이 나는 내 민족이 아닌 다른 민족에 의해 그리고 학문도 지식도 없는 나라로 그들을 질투 나게 할 것이다."

「이사야」 65장.

---

78 너의 심장을 찢고.

현세의 행복은 거짓이며 참 행복은 하느님과의 결합에 있다.

「시편」 143편 15절.

하느님은 그들의 축제를 좋아하시지 않는다.

「아모스」 5장 21절.

하느님은 유대인들의 제사를 좋아하시지 않는다.

「이사야」 66장.

1장 11절*

「예레미야」 6장 20절.

다윗, *miserere*.[79]

선한 사람들 편에서도.

Expectavi. 「시편」 49편 8~14절.

하느님은 그들의 완고함 때문에만 그것을 정립하였던 것이다. 훌륭하게. 「미가」 6장.*

「열왕기 상」 15장 22절.

「호세아」 6장 6절.

하느님은 이방인들의 제물을 받을 것이다. 그리고 유대인의 제물에서 자신의 뜻을 철회할 것이다.

「말라기」 1장 11절.

하느님은 메시아와 함께 새 계약을 맺을 것이나, 옛 계약은 부결될 것이다.

「예레미야」 31장 31절.

Mandata non bona.[80] 에제키엘.*

---

79 나를 불쌍히 여기소서.(「시편」 51 : 1)

80 좋지 못한 규정도 정해 주었다.

옛것은 잊히리라.

「이사야」 43장 18~19절, 65장 17~18절.

사람들은 더 이상 계약 궤를 기억하지 않을 것이다.

「예레미야」 3장 15~16절.

신전은 배척당할 것이다.

「예레미야」 7장 12~14절.

제사가 거부될 것이고, 다른 순수한 제사가 확립될 것이다.

「말라기」 1장 11절.

아론의 제사장 직 계보는 배척당할 것이고, 멜기세덱의 제사장 직이 메시아에 의해 도입될 것이다.*

Dixit dominus.[81]

이 제사장 직은 영원할 것이다.

(동일)

예루살렘은 배척당할 것이고 로마는 인정받을 것이다.

Dixit dominus.

유대인이라는 이름은 배척당할 것이며, 새로운 이름이 주어질 것이다.

「이사야」 65장 15절.

이 이름이 유대인이라는 이름보다 좋을 것이며 영원할 것이다.

「이사야」 56장 5절.

유대인은 예언자가 없는 민족이 될 것이다. — 아모스도 같은 말씀 함. 왕도, 왕족도, 제사도, 우상도 없이 될 것이다.*

유대인은 그래도 영원히 민족으로 존속할 것이다. 「예레미야」 31장 36절.

---

81 주의 말씀입니다.

제9장

454-694 나는 기독교가 이전의 다른 종교에 기초해 있음을 본다. 내가 발견한 실질적인 것은 다음과 같다.

나는 여기서 모세나 예수 그리스도 그리고 예언자들의 기적에 대해선 얘기하지 않을 것이다. 왜냐하면 먼저 그 기적들이 설득력 있어 보이지 않고, 나는 의심의 여지가 없고, 어느 누구도 의심할 수 없는 기독교의 모든 기초를 여기서 분명히 해 두고 싶을 뿐이기 때문이다.

세계의 여러 곳에서 모든 다른 민족과 구별되는 유대 민족이라 불리는 특별한 민족을 볼 수 있다는 점은 분명한 사실이다.

그러므로 내가 보는 바로는 모든 시기에 세계 곳곳에서 종교의 창시자들이 있어 왔는데, 이들은 나의 마음에 드는 윤리도 나의 관심을 끌 수 있는 증거도 없다. 그래서 나는 마호메트의 종교나 중국의 종교, 고대 로마인들의 종교, 이집트인들의 종교를 똑같이 거부할 것인데, 그 유일한 이유는 그 어느 종교도 진리의 증표를 가지고 있지 않을뿐더러, 필연적으로 나의 마음을 결정지어 주는 아무것도 없다는 것이다. 이성이 그 어느 종교로도 기울어질 수가 없다.

그런데 여러 시대에 걸쳐 이 변화무쌍하고 이상한 풍습과 믿음을 보며 나는 세계의 한구석에서 지상의 모든 다른 민족과 구별되는 한 특별한 민족을 발견한다. 이 민족은 모든 민족 중에서 가장 오래되었고, 그 역사는 우리의 가장 오래된 역사보다 수 세기 앞서 있다.

그러니까 나는 이 민족이 한 사람에게서 나온, 위대하고 그 수가 많은 민족이며 유일신을 경배하고 그 신의 손에서 받았다는 율법에 따라 행동한다는 것을 발견한다. 그리고 그들은 자신들이 하느님이 자신의 신비를 알려 준 유일한 사람들이라고 주장한다. 그리고 모든 사람은 타락했고 하느님의 은총을 상실했으며, 인간은 자신의 감각과 지성에 내맡겨졌다는 것이다. 그로 인해 사람들의 종교와 풍습에 기이한 방황과 끊임없는 변화가 일어난다는 것이다. 그들은 자신들의 태도에 변함이 없는 반면에, 하느님은 다른 민족들을 이 암흑 속에 영원히 내버려 두지 않을 것이며, 모든 사람을 위한 구세주가 올 것이고, 그들은 사람들에게 그분을 알리기 위해 존재하며, 그들은 이 위대한 사건의 예고자, 선구자가 되기 위해서, 그리고 이 구세주의 기다림 속에 이들과 결속하도록 모든 민족에게 호소하기 위해 특별히 조성되었다는 것이다.

이 민족과의 만남은 나에게는 놀라운 일로서, 주의를 기울일 만하다는 생각이 든다.

나는 그들이 하느님에게서 받았다고 자랑하는 이 율법을 살펴보는데 매우 훌륭하다. 그것은 모든 법 중 가장 오래된 것으로, 법이라는 용어가 그리스 사람들 사이에 사용되기도 전 천 년 전쯤에 받았으며, 그들이 끊임없이 지켜 온 법이다. 나는 세상에서 가장 오래된 율법이 또한 가장 완벽한 법이라는 점에 이상하다는 생각이 들기도 하지만, 가장 위대한 입법자들이 이 법을 차용하여 자신들의 법을 만들었다. 이는 아테네의 12표법에서 드러나는데, 이 법은 이어 로마인들이 채택한다. 요세푸스나 다른 역사가들이 이 문제를 충분히 다루지 않았다고 해도 이를 증명하는 일은 간단할 것이다.

455-695 예언.

다윗은 항상 후계자가 있을 거라는 약속.

예레미야.

제10장

456-696 이는 명확한 사실이다. 모든 철학자들이 여러 학파로 분리되는 동안 세상 한구석에 세상에서 가장 오래된 사람들이 있었는데, 이들은 모든 사람이 오류에 빠져 있고 신이 그들에게 진리를 계시해 주었으며 그 진실은 항상 지상에 존재할 것이라고 선언한다. 실제로 모든 다른 학파들은 중단된다. 그런데 이 진리는 여전히 지속되며, 4천 년 이래로 자신들의 선조에게서 인간은 신을 완전히 망각하여 신과의 소통을 상실하였으나 신은 그들을 구원하기로 약속하였으며, 이 교리는 지상에 항상 존재할 것이고 자신들의 율법은 이중의 의미를 지닌다고 들어 왔던 것을 선언한다.

1천6백 년 동안 때와 방법을 예언한 사람들이 있었는데 그들은 이 사람들을 예언자라고 생각했다.

4백 년 후에 그들은 사방으로 흩어졌는데 예수 그리스도가 곳곳에서 알려야 했기 때문이다.

예수 그리스도는 예언된 방식으로 예언된 시간에 강림했다.

그 후 유대인들은 저주를 받고 사방으로 분산되었으나 여전히 존속하고 있다.

457-696　교활한 사도들의 위선.

시간은 분명하게, 방법은 모호하게.

상징의 다섯 가지 증거.

2000 1600 예언자들

400 흩어짐.

제11장

458-697 모순. 종교의 무한한 지혜와 어리석음.

459-697 「스바니야」 3장 9절: “그런 다음 뭇 민족의 입술을 정하게 하여 모두 야훼의 이름을 부르며 어깨를 나란히 하고 그를 섬기게 하리라.”
「에제키엘」 37장 25절: “나의 종 다윗이 길이 그들의 수령이 될 것이다.”
「출애굽기」 4장 22절: “이스라엘은 나의 맏아들이다.”

460-699 기독교인의 신은 인간의 영혼으로 하여금 그 신만이 그의 유일한 선이고, 그의 모든 안식은 그 신 안에 있으며, 신을 사랑함으로써만 기쁨을 갖게 될 것임을 느끼게 한다. 그리고 동시에 온 힘을 다해 신을 사랑하는 것을 억제하고 방해하는 장애물들을 몹시 미워하게 만든다. 그 영혼을 가로막는 자애심과 사욕은 영혼에게 끔찍한 것이다. 이 신은 영혼이 스스로를 파멸시키는 자애심의 뿌리를 지니고 있으며, 신만이 그것을 치료할 수 있다는 것을 느끼게 해 준다.

461-700 세상은 자비와 심판을 행하기 위해 존속한다. 사람들은 하느님의 손에서 나왔을 때의 상태에 있는 것이 아니라 하느님의 적으로 존재하는데, 하느님은 이들이 하느님을 찾고 따르기를 원하면 원 상태로 복귀할 수 있게 은총을 통해 충분한 빛을 부여하시거나, 만약에 그들이 하느님을 찾고 따르는 것을 거부하면 그들을 벌하신다.

462-701 예언자들은 예언했으나 예언되지는 않았다. 이후에 나타나는 성인들은 예언되었으나 예언하지는 않았고, 예수 그리스도는 예언되었고 예언하셨다.

463-702 성서의 저자들이 하느님을 증명하기 위해 자연을 이용한 적이 없다는 것은 감탄할 만한 일이다. 그들 모두 하느님을 믿게 만드는 것을 목표로 지향한다. 다윗, 솔로몬…… 등등은 결코 다음과 같은 말을 하지 않았다: "진공은 전혀 존재하지 않는다. 그러므로 신은 존재한다." 그들은 이후로 등장하여 자연을 이용한 가장 영리한 사람들보다 더 영리한 사람들이었음에 틀림없다. 이는 매우 주목할 만한 사항이다.

464-703 나는 그가 편안히 쉬지 않도록 하기 위해 이쪽이나 저쪽에서 휴식하는 것을 전혀 허용하지 않을 것이다.

465-703 이 아이들은 그들의 친구들이 존경받는 것을 보고 놀란다.

466-703 자연으로 신을 증명하는 것이 결점의 표시라 하더라도 성서를 비하하지는 마시오. 이 모순을 알았다는 것이 강점의 표

시라면 그것으로 성서를 존중하시오.

467-704 질서.

타락—후에 다음과 같이 말할 것: 이 상태에 있는 모든 사람은 그 상태에 만족하든 만족하지 않든 간에 그것을 아는 것이 정당하다. 그런데 모든 사람이 구원을 경험하는 것은 정당하지 않다.

468-705 이 세상에 인간의 비참이나 하느님의 자비 또는 신이 없는 사람의 무능력이나 신과 함께하는 사람의 능력을 보여 주지 않는 것은 아무것도 없다.

469-706 (*비천함*).

하느님은 이 민족의 맹목이 선택된 사람들의 행복에 도움이 되도록 하셨다.

470-707 인간의 가장 큰 비천함은 명예에 대한 추구이지만, 이는 또한 인간의 탁월함의 가장 훌륭한 표시이기도 하다. 왜냐하면 이 세상에서 무엇을 소유하건, 건강하고 기본적인 편안함을 유지하건 다른 사람들이 자신을 존중하지 않는다면 인간은 만족하지 않는다. 인간은 인간의 이성을 대단히 위대하게 평가하기 때문에 이 세상에서 어떤 특권을 가지고 있어도 인간의 이성에 있어서도 유리하게 자리 잡고 있지 않으면 그는 만족스러워하지 않는다. 그것은 세상에서 가장 훌륭한 자리이다. 그 어떤 것도 이 욕망에서 그를 내려오게 할 수는 없다. 이는 인간의 마음에서 가장 지울 수 없는 특징이다.

인간을 가장 경멸하면서 짐승과 동일시하는 이들도 인간의 찬미와 믿음을 얻고 싶어 한다. 그리고 이성이 인간의 비천함에 대해 설득하는 것보다도 강력한 자신들의 본성에 의해 인간의 위대함에 더 강력하게 설득당하여 이들은 스스로의 감정으로 자가당착에 빠지게 된다.

471-708 고백하건대 나로서는 인간의 본성이 타락했고 하느님을 상실했다는 이 원리를 기독교가 밝혔을 때 곧 눈이 뜨이고 도처에서 이 진리의 특징을 보게 되었다는 것이다. 왜냐하면 자연은 그렇게 도처에 잃어버린 신을 표시하고, 인간 안에서나 인간 밖에서나 타락한 본성을 보여 주기 때문이다.

472-709 *위대함.* — 종교는 너무나 위대한 것이어서 종교가 모호한 경우에 종교를 찾는 수고를 하지 않는 사람들이 그것을 갖지 못하는 것은 정당하다. 그러니까 그 종교는 사람들이 탐구하면 찾을 수 있는 그런 종교인데, 사람들이 무엇을 불평하겠는가?

473-710 선과 악이라는 말의 이해.

474-711 천지 창조가 멀어지기 시작하면서 하느님은 동시대의 유일한 역사가를 마련하였고, 한 민족 전체에게 이 책을 보관하도록 하셨다. 이 역사가 세상에서 가장 진실한 것이고 모든 사람이 이 역사를 통해 꼭 알아야 할 사항을 이 책을 통하지 않고는 알 수 없는 것을 배우도록 하기 위해서이다.

475-711 이 책들 위에 덮인 베일은 유대인을 위한 것인데, 또한 나쁜 기독교인과 자신을 미워하지 않는 모든 사람들을 위해서이다.

그런데 자기 자신을 진정으로 미워한다면 이들은 이 책들을 잘 이해할 수 있고, 예수 그리스도를 알 수 있게 준비되었다는 것이다.

476-711 나는 멤(mem)이 신비하다고 말하지 않는다.*

477-712 오만은 모든 비참을 보상하고 앗아 간다. 그것은 기이한 괴물이고, 명백한 탈선이다. 자, 여기 자기 위치에서 추락한 자가 있다. 그는 자기 자리를 안타까이 찾고 있다. 이는 모든 사람이 하는 행동이다. 그 자리를 찾을 사람이 누구인지 보자.

478-713 개별적인 모든 일을 검토하지 않아도 오락 안에서 그것들을 이해하는 것으로 충분하다.

479-714 철학자들의 최고선 280종류.

480-715 종교에 대해 진지해야 한다. 참 이교도들, 참 유대인들, 참 기독교인들.

481-716 중국 역사에 반대하여. 멕시코의 역사가들, 다섯 개의 태양, 이 중 마지막 태양은 불과 8백 년 전에 일어난 일일 뿐이다.

한 민족의 공인된 책과 한 민족을 형성한 책의 차이.

482-717 증거 — 1°* 기독교는 그 확립으로, 자연과 매우 모순됨에도 불구하고 매우 강력하고 매우 부드럽게 설립된 종교 그 자체에 의해. — 2° 기독교 영혼의 신성함과 고귀함 그리고 겸손함. — 3° 성서의 경이. — 4° 특히 예수 그리스도. — 5° 특히 사도들. — 6°

특히 모세와 사도들. — 7° 유대 민족 — 8° 예언 — 9° 영속성: 어떤 종교도 영속성을 가지고 있지 않다. — 10° 모든 것을 설명하는 교리. — 11° 이 율법의 신성함. — 12° 세상의 움직임에 의해.

이후에 삶이 무엇이고 이 종교가 무엇인지 고찰한 뒤 만약 그 종교가 우리의 마음속에 들어온다면 기꺼이 이 종교를 따르는 것을 거부해선 안 된다는 것이 불가피하다. 그리고 이 종교를 따르는 사람들을 비웃을 어떤 이유도 없다는 것이 분명하다.

제12장

483-718 *예언.* 〔이집트에서, 『신앙의 단도(*Pugio Fidei*)』〕, 659쪽, 『탈무드』: "메시아가 오실 때에 메시아의 말씀이 베풀어지도록 정해진 하느님의 집은 오물과 불순물로 가득 찰 것이다. 그리고 율법학자들의 지혜는 타락하고 부패할 것이다. 죄를 범할까 두려워하는 사람들은 그 민족에게 배척당하여 어리석고 무분별한 사람으로 취급받을 것이다."

「이사야」 49장: "먼 곳에 사는 부족들아, 너희 바닷가 섬의 주민들아, 내 말을 들어라. 야훼께서 내가 어머니의 배 속에 있을 때에 나의 이름을 부르셨고, 당신의 손 그늘에 나를 숨겨 주셨고, 나의 말을 날카로운 칼처럼 세우시고 나에게 말씀하셨다. '너는 나의 종, 너에게서 나의 영광이 빛나리라.' 그러나 내가 말했다. '주님, 내가 헛수고만 했습니까? 공연히 힘만 뺐습니까? 판단해 주십시오, 주님, 나의 일이 당신 앞에 있습니다.' 모든 것이 주님의 것이 되도록 태중에서부터 나를 만드신 주님이 야곱과 이스라엘을 돌아오게 하시려고 말씀하셨다: '너는 내 앞에서 영광스럽게 될 것이다. 그리고 나는 너의 힘이 될 것이다. 네가 야곱의 지파를 개종시키는 것은 그리 대단한 일이 아니다. 네가 이방인의 빛이 되고, 땅 끝까지 나의 구원이 이르도록 하기 위해 나는 너를 일으켰다.' 이는 야훼께서 자신의 영혼을 겸손하게 만든 자, 이방인들의 멸시와 미움을 받은 자, 지상의 권력자들에게 복종한 자에게 하신 말씀이다. 왕족과 왕들이 너를 경배할 것이다. 왜냐하면 너를 뽑아 세우신 야훼께서는 성실하시기 때문이다.

야훼께서 또 말씀하셨다. '나는 구원과 은혜의 날에 너의 소원을 들어주었다. 나는 네가 민족의 약속이 되도록 하였고, 가장 황폐한 나라들을 소유하게 하리라. 속박된 사람들에게 다음과 같이 말하도록 하기 위해서이다: 자유롭게 나오너라.' 그리고 캄캄한 곳에 있는 사람들에게는 '빛으로 나오너라'. 그리고 이 풍부하고 비옥한 땅을 소유하도록 하여라. 그들은 더 이상 배고프거나 목마르지 아니하리라. 태양의 열기에 시달리는 일도 없으리라. 왜냐하면 그들을 가엾게 여긴 자가 그들을 이끌어 주고, 샘이 솟는 곳으로 인도해 주리라. 그들 앞의 산들을 평평하게 닦을 것이다. 자, 동양과 서양, 북방 그리고 남방, 도처에서 다가오는 이 사람들을 보아라. 하늘은 하느님께 영광을 돌리고 땅은 기뻐하여라. 야훼께서 기꺼이 당신의 백성을 위로하셨고 그를 믿는 천대받는 자들을 가엾게 여길 것이기 때문이다."

"그럼에도 불구하고 시온이 감히 말하였지: 야훼께서 나를 버리셨다. 나를 잊으셨다. 어미라는 사람이 자기 아이를 어찌 잊으랴? 품고 있던 아이에 대한 애정을 잃을 수 있을까? 어미는 그럴 수 있다 하더라도, 시온, 나는 결코 너를 잊지 아니하리라. 나는 항상 너를 돌볼 것이고 시온의 성벽은 항상 나의 눈앞에 있다. 너를 다시 일으킬 자들이 서둘러 모이니, 너를 허물고 짓밟던 자들이 달아나리라. 고개를 들어 둘러보아라. 너에게 오려고 모여든 이 많은 사람들을 보아라. 이 모든 민족들은 네가 영원히 지니게 될 패물과 같이 너에게 바쳐질 것이다. 네 불모의 땅과 외진 곳, 이제는 폐허가 된 너의 모든 땅이 비좁을 정도로 사람이 많을 것이다. 여읜 줄 알았던 자식들이 돌아와 너에게 말할 것이다. '살기가 좁으니 국경을 넓혀 살 자리를 만들어 주세요.' 그러면 너는 속으로 이렇게 생각하리라. '이것들을 누가 나에게 낳아 주었을까? 나는 자식을 여의고 다시 낳을 수도 없는 몸이었고, 추방당하여 포로가 된 신세였는데. 누가 이것들을 이렇게 키워 주었을까? 나는 도움도 없이 버려진 신세였는데. 이것들이 다 어디서 왔을까?' 주 야훼께서 너에게 말씀하신다. '자, 보아라, 나는 이방인들에게 나의 힘을 드러내 보였다. 모든 백성들을 향하여 나의 깃발을 들어 올렸다. 그들이 너의 아이들을 품에 안고 너에게 오리라. 왕과 왕비들은 너의 양육자가 되고, 그들은 머리를 땅에 대고 너에게 경배하며 네 발의 먼지를 핥으리라. 그리고 너는 알리라, 내가 야훼이고 나에게 희망을 걸었던 사람들은 결코 좌절하지 않으리라는 것을. 왜냐하면 힘이 세고 강력한 자에게서 전리품을 빼어 올 수 있는 자가 누가 있겠는가? 설령 그렇게 할 수 있다손 치더라도 그 무엇도 내가 너의 아이들을 구하고 너의 적들을 파멸시키는 것을 막지 못할 것이다. 그리고 모든 사람이 나 야훼가 너의 구원자임을, 야곱의 강한 구세주임을 알게 되리라.'

「이사야」 50장: "야훼께서 다음과 같이 말씀하셨다. '내가 이 이혼장으로 시너고그를 쫓아냈단 말인가? 내가 왜 시너고그를 너희 원수들의 손에 넘겨주었겠는가? 그 불경함과 죄 때문에 내가 쫓아내지 않았겠는가?

내가 왔는데 아무도 나를 반기지 않았기 때문이다. 내가 부르는데 아무도 대답하지 않았다. 내 팔이 짧아서 너희를 구원할 힘이 없단 말이냐?

그래서 나는 나의 분노의 증거가 나타나게 할 것이다. 나는 하늘을 먹구름으로 입히고 베일 아래 숨길 것이다.'

주 야훼께서 나에게 말솜씨를 익혀 주시며 고달픈 자를 격려할 줄 알게 하셨다. 그의 말씀에 귀 기울이게 하시고, 나는 야훼의 말씀을 주인의 말씀처럼 들었다.

주 야훼께서 자신의 생각을 나에게 알려 주셨고, 나는 거기에 조금도 거역하지 않았다.

나는 때리는 자들에게 몸을 맡기고 모욕하는 자들에게 뺨을 맡겼다. 나는 욕설과 침 뱉음을 피하려고 얼굴을 가리지도 않았다. 그런데 주 야훼께서 나를 도와주시니 나는 조금도 부끄러울 것 없었다.

하느님께서 나의 죄 없음을 알아주시고 옆에 계시는데 누가 나를 송사하랴? 하느님께서 나의 수호자이신데.

모든 인간은 시간이 지나면서 사라지고 소진될 것이다. 하느님을 두려워하는 자는 그의 종의 말을 들어라. 암흑 속에 괴로워하는 자는 야훼에게 의지할 일이다. 그런데 너희는 너희에 대한 하느님의 분노에 불을 지르기만 하는구나. 너희는 모두 스스로 피운 불 속에서 화염 덩어리 위를 걸어라. 이 고통을 너희에게 가져온 것은 나의 손이다. 그리하여 괴로움 속에서 멸망하리라."

「이사야」 51장: "나의 말을 들어라. 정의를 추구하고 야훼를 찾는 자들아. 너희를 떼어 낸 바위를 보고, 너희를 파낸 동굴을 쳐다보아라. 너희 조상 아브라함을 우러러보고, 너희를 낳아 준 사라를 쳐다보아라. 내가 불렀을 때 그는 자손 없이 혼자였으나, 나는 그에게 자손이 번성하게 하였다. 시온에 내가 얼마나 큰 복을 내렸는지 보아라. 시온이 얼마나 큰 은총과 위로를 받았는지 보아라.

나의 백성들아 이 모든 것을 잘 주시하여라. 내 말에 귀를 기울여라. 법이 나에게서 나갈 것이기 때문이다. 그리고 훈계가 이방인의 빛이 되리라."

「아모스」 8장: "예언자는 이스라엘의 죄를 열거한 후에 하느님께서 이에 대해 복수할 것이라고 말씀하셨다.

예언자는 다음과 말씀하셨다: 야훼께서 말씀하시길, 그날이 와서 대낮에 해가 꺼지고 백주에 땅이 캄캄해지리라. 순례절에도 통곡 소리 터지고 흥겨운 노랫소리 탄식으로 변하리라.

너희는 모두 슬픔과 고통 속에 빠질 것이고, 이 나라는 외아들을 잃은 듯한 비탄 속에서 고통받을 것이다. 마지막 날들은 쓰라린 시간이 될 것이다. 왜냐하면 내가 이 땅에 기근을 내릴 날이 머지않았기 때문이다. 빵과 물이 없어 배고프고 목마른 것이 아니라. 야훼의 말씀을 들을 수 없어 굶주린 것이다. 그들은 이 바다에서 저 바다로 헤매고 북녘에서 동녘으로 돌아다닐 것이다. 그들은 사방을 돌아다니며 야훼의 말씀을 알려 줄 자를 찾아다닐 것이나 찾지 못할 것이다.

그리고 젊은 남녀들은 이 목마름으로 쓰러지리라. 사마리아의 여신들을 추종한 사람들, 단에서 경배하는 신에게 맹세하고, 브엘세바의 신을 추종한 사람들은 모두 쓰러져 다시 일어나지 못하리라."

「아모스」 3장 2절: "세상의 많은 민족들 가운데 나의 백성으로 내가 너희만을 인정하였다."

「다니엘」 12장 7절: "다니엘이 메시아의 통치의 모든 기간을 기록한 후에 말하길 '이 모든 일이 이스라엘 민족이 분산을 끝날 때에 완성될 것이다.'"

「하깨」 2장 4절*: "너희는 예전의 성전이 얼마나 영광스러웠는지 지금의 성전과 비교하면서 이 성전을 멸시하는구나. 즈루빠벨아, 힘을 내어라. 나 야훼의 말이다. 대사제 여호수아야, 이 땅의 모든 백성들아, 멈추지 말고 일을 하여라. 내가 너희 곁에 있어 주리라. 만군의 야훼가 말한다. 너희가 이집트에서 나올 때 너희와 계약을 맺으며 약속한 대로 나의 영이 너희 가운데 머물러 있을 터이다. 희망을 잃지 마라. 왜냐하면 만군의 야훼께서 그렇게 말하기 때문이다. 나는 이제 곧 하늘과 땅, 바다와 육지를 뒤흔들고, (위대하고 경이로운 변화를 나타내기 위한 표현) 뭇 민족도 뒤흔들리라. 그리하면 모든 이방인들이 바라던 자가 올 것이다. 그리고 나는 이 집을 영광으로 가득 차게 하리라."

"은도 나의 것이요 금도 나의 것이다. 야훼가 말한다. (즉 나는 그것으로 영광을 받지 않을 것이다. 다른 곳에서 언급된 것처럼, 들판의 모든 짐승이 나의 것이거늘 제물로 그것을 나에게 바치는 것이 무슨 소용이 되겠는가?) 이 새 성전의 영광이 예전의 성전의 영광보다 더 성대할 것이다. 만군의 야훼가 말한다. 나는 이곳에 나의 집을 세우리라. 야훼가 말한다."

「신명기」 18장 16절: "호렙에서 너희가 모여 있던 날 너희가 말한 바로 그것이다: 나의 하느님 야훼의 소리를 다시는 직접 듣지 않게 해 주십시오. 이 불을 다시는 보지 않게 해 주십시오. 우리가 죽을까 두렵습니다. 야훼가 나에게 말한다: 그들의 기도는 옳다. 나는 그들의 동족 가운데 너와 같은 예언자를 일으키리라. 나의 말을 그의 입에 담아 주리라. 그는 나에게서 지시받은 것을 그대로 다 일러 줄 것이다. 그가 내 이름으로 하는 말을 전할 때 듣지 않는 사람이 있으면 내가 친히 그에게 추궁할 것이다."

「창세기」 49장: "유다, 너는 네 형제들의 찬양을 받으리라. 네 아비의 자식들이 원수의 승리자인 네 앞에 엎드리리라. 유다는 사자 새끼, 너는 먹이를 덮치고, 나의 아들아, 너는 수사자처럼 엎드려 있고 암사자처럼 깨어날 것이다. 왕의 지팡이가 유다를 떠나지 아니하리라. 실로가 올 때까지 입법자도 그 발 사이에서 떠나지 아니하리라. 만백성이 모여들어 그에게 순종하리라."

제13장

484-719 특별한 일들의 예언.

그들은 이집트에서 이방인이었는데, 이 나라에서나 다른 나라에서나 소유하는 재산이 없었다. — (*매우 오랜 후에 존재했던 왕권과 그들이 산헤드린이라 부르던 70명의 재판관 최고 회의의 그 어떤 징후도 없었다. 산헤드린은 모세가 설립하여 예수 그리스도의 시기까지 지속되었다. 이 모든 일은 그들의 현재 상태와 매우 거리가 먼 것이었다.*) 야곱이 죽어 가면서 자신의 열두 아들을 축복하는데, 그들이 거대한 땅을 소유하게 될 것이라 선언하고, 특별히 유다의 가족에게는 언젠가 그들을 통치할 왕들이 그들의 종족에서 나올 것이며, 모든 그의 형제들이 그의 신하가 될 것이라고 예언한다. (*많은 나라들이 기다리게 될 메시아는 그에게서 태어날 것이며, 이 기대하는 메시아가 그의 가족에게 도착할 때까지 왕권은 유다에게서 떠나지 않을 것이다. 그의 자손들의 총독과 입법자도 마찬가지이다.*)

이렇게 야곱이 마치 자신이 미래의 땅의 주인인 것처럼 처분하면서 다른 아이들보다 요셉에게 몫을 하나 더 준다. 그는 "너에게 너의 다른 형제들보다 몫을 하나 더 주노라"라고 말한다. 그리고 요셉이 에브라임과 므나쎄를 보이자, 야곱은 팔을 엇갈리게 내밀어 오른편에 있는 장남 므나쎄를 왼손으로, 왼편의 막내 에브라임을 오른손으로 축복했다. 이에 요셉이 그가 어린 동생을 더 귀여워한다고 항의하자 그는 확고히 대답했다. "나는 잘 알고 있다, 아들아, 잘 알고 있어. 그런데 에브라임은 므나쎄와는 아주 다르게 성장할 것이다." 이 말은 나중에 실제로 그렇게 되었다. 에브라임은 혼자서 두 가계가 하나의 왕국을 형성하는 것과 같이 번창하여 이 가계들은 보통 에브라임이라는 하나의 이름으로만 불렸다. 요셉이 죽으면서 이 땅으로 갈 때 자신의 뼈를 가지고 갈 것을 자식들에게 부탁했다. 그들은 이 땅에 2백 년 후에 가게 된다.

모세는 이러한 일이 일어나기 오래전에 이 모든 것을 기록했다. 그리고 그 자신이 주인인 것처럼 각각의 가족에게 이 땅을 나눠 갖게 했다. (*그리고 그는 하느님이 그들의 나라와 종족에게 예언자를 만들어 줄 것이며 자신은 이 예언자의 상징이라고 선언한다. 이 예언자는 그들에게 하느님의 말씀을 알릴 것이며 이 땅에 일어나야 할 모든 일을 정확히 그들에게 예언할 것임을 선언한다. 그들은 자신의 사후에 이 땅으로 들어갈 것이며, 신이 그들에게 주시는 승리와 신에 대한 그들의 배은망덕으로 인해 그들이 받게 되는 벌 그리고 나머지 모든 사건 사고들을 예언한다.*)

모세는 그들에게 땅을 분배할 심판자들을 준다. 그는 그들에게 그들이 준수하게 될 정부의 형태와 그곳에 그들이 짓게 될 피난의 도시들을 명령한다 등등.

제14장

485-720 「다니엘」 2장.*

임금님의 모든 점성가들과 재사들은 임금님이 요구하시는 그 의혹을 밝힐 수 없습니다.

(이 꿈은 그의 마음속 깊이 간직해야만 했다.)

그런데 하늘에는 그것을 할 수 있는 하느님이 계십니다. 그 하느님은 임금님의 꿈속에서 훗날 일어날 일을 임금님께 알려 주신 것입니다.

나 자신의 지혜가 아니라 임금님 앞에 그것을 밝혀 드리라고 내게 그 의혹을 밝혀 준 하느님의 계시로 내가 그 비밀을 알게 되었습니다.

임금님의 꿈은 그러니까 이런 것이었습니다. 임금님께서는 크고 높으며 무시무시하게 생긴 조상이 임금님 앞에 서 있는 것을 보았습니다. 머리는 금이고, 가슴과 팔은 은이며, 배와 넓적다리는 놋쇠요, 정강이는 쇠요, 발은 쇠와 흙으로 되어 있었습니다.

임금님께서는 그것을 보고 계셨는데 아무도 손을 대지 않은 돌 하나가 조상의 쇠와 흙이 섞인 발을 쳐서 부숴 버렸습니다.

그러자 쇠와 흙과 놋쇠와 은과 금이 먼지로 변하여 공중으로 사라져 버렸습니다. 한데 조상을 쳤던 그 돌은 거대한 산으로 커져서 온 세상을 채웠습니다. 바로 이것이 임금님의 꿈입니다. 이제 해몽해 드리겠습니다.

임금님께서는 왕 중에 가장 위대하신 분입니다. 하느님은 임금님께 너무나 광대한 세력을 주어서 임금님께서는 모든 민족에게 무서운 존재이고, 임금님께서 보신 조상의 금으로 된 머리가 임금님을 나타냅니다.

그런데 다른 왕국이 임금님의 왕국을 잇게 됩니다. 이 나라는 그렇게 강력하지 않을 겁니다. 이어 놋쇠의 다른 나라가 와서 온 천하를 다스리게 됩니다.

그리고 네 번째 나라는 쇠처럼 단단하겠습니다. 또한 쇠는 모든 것을 부수고 뚫습니다. 이 나라는 모든 것을 부수고 박살 낼 겁니다.

임금님께서 발이 일부는 쇠로 일부는 흙으로 되어 있는 걸 보셨습니다. 이는 이 왕국이 갈라진다는 뜻입니다. 그 왕국의 일부는 쇠의 단단함을 유지하고, 일부는 흙의 무른 성질을 유지하게 될 겁니다.

하지만 쇠는 흙과 견고하게 결합될 수 없기 때문에 쇠와 흙으로 나타나는 왕국들은 결혼으로 결합한다 해도 지속적으로 결합할 수는 없을 겁니다.

이 왕들의 시대에 하느님께서는 한 나라를 세우실 텐데, 이 나라는 결코 망하지 아니하고 다른 민족의 손에 넘어가지 않을 것입니다. 이 나라는 다른 모든 나라들을 일소시켜 끝장낼 것이고, 그 나라는 길이 서 있게 될 것입니다. 아무도 손을 대지 않았는데 돌 하나가 산에서 떨어져 나와 쇠와 흙과 은과 금을 부순 것을 임금님께서 보셨습니다.

이것이 하느님께서 임금님께 앞으로 일어날 일을 알려 주신 것입니다. 이 꿈은 사실이며, 이 해몽은 정확합니다.

느부갓네살 왕이 머리를 땅에 대고 절을 하는데 등등.

「다니엘」 8장.*

다니엘이 숫양과 숫염소의 싸움을 봤는데, 숫염소가 숫양을 이겨 세상을 지배하는데, 숫염소의 외뿔이 부러지고 그 자리에 뿔 네 개가 돋아나 사방 하늘로 뻗어 나갔다. 그중 하나에서 작은 뿔 하나가 돋아나 남쪽과 동쪽과 이스라엘 땅 쪽으로 뻗쳐 하늘의 군대에 대항하여 별들을 떨어뜨려 짓밟았다. 그리고 하늘 군대의 사령관을 무너뜨리고 날마다 드리는 제사를 폐지하고 성소를 황폐하게 만들었다.

이것이 다니엘이 본 것이다. 그가 그 뜻을 몰라 애쓰고 있을 때, 목소리가 다음과 같이 울려 퍼졌다. "가브리엘, 너는 저 사람에게 환상을 풀이하여 주어라." 그러자 가브리엘이 그에게 말한다. "네가 본 숫양은 메대와 페르시아의 임금들이다. 숫염소는 그리스의 왕이요, 눈 사이에 있는 커다란 뿔은 이 왕국의 첫 임금이다.

그 뿔이 부러지고, 그 자리에 네 개의 뿔이 돋은 것은 이 나라의 네 왕이 그의 뒤를 이을 것인데 같은 세력을 갖지는 않을 것이다.

그리고 이 나라가 끝장나게 되었을 때 죄악이 가득 차 사나운 임금이 나타날 것이다. 이 임금은 강하나 차용한 권력으로 모든 일이 그의 뜻대로 일어날 것이다. 그는 거룩한 백성을 유린할 것이고, 못된 꾀로 흉계를 꾸며 그 모든 일을 제 손으로 해치우리라. 그는 많은 사람을 멸하고, 가장 높으신 사령관에게까지 맞서다가 사람의 손이 닿지 않아도 불행하게 멸망하고 말리라. 그것은 격렬한 손에 의한 것도 아닐 것이다."

「다니엘」 9장 20절.

내가 온 마음을 다해 나의 죄와 나의 모든 백성의 죄를 고백하면서 하느님 앞에 엎드려 간구하고 있을 때, 환상에서 보았던 가브리엘이 시작부터 나에게 와서 저녁 제사 무렵에 나를 흔들고 나에게 지혜를 주면서 말했다. "다니엘아, 기도 시작부터 나는 너에게 사물에 대한 이치를 깨우쳐 주려고 왔다. 나는 네가 원하는 것을 밝히기 위해서 이렇게 왔다. 너는 갈구하는 인간이기 때문이다. 이 말씀을 잘 듣고 환상의 뜻을 깨닫도록 하여라. 속죄하고, 죄악에서 손을 떼게 하고, 퇴폐를 폐지하고, 영원한 정의를 도입하고, 환상과 예언을 완성하고, 더없이 거룩한 이에게 기름을 붓기 위해 너의 겨레와 거룩한 도읍에 명하고 정한 기간이 70주이다. (이후에 이 겨레는 더 이상 너의 겨레가 아니고, 이 도읍은 거룩한 도읍이 아닐 것이다. — 분노의 시간이 지나가 은총의 시간이 영원히 도래할 것이다.)

너는 잘 알고 이해하여라. 예루살렘을 재건하라는 말이 나온 때부터 메시아 영도자가 오기까지는 7주간이 흐를 것이다. 그리고 62주의 (히브리인은 수를 나눌 때 작은 수를 앞에 놓는 습관이 있다. 이 7과 62는 그러므로 이 70주의 69주가 된다. 그러니까 70번째 주가 남는데, 즉 마지막 7년인데 이에 대해 그는 다음에 말할 것이다) 내분과 비탄의 시간 동안 광장과 성이 재건될 것이다. 이 62주 후에 (첫 7주를 잇는) 그리스도가 암살당할 것이며, (그리스도는 그러니까 69주 후에 암살당한다. 즉 마지막 주에) 한 민족이 그들의 장군과 함께 와서 도읍과 성소를 파괴하고, 모든 것이 침수될 것이다. 그리고 이 전쟁의 끝으로 폐허가 될 것이다.

그런데 한 주 동안 (남은 70번째 주) 많은 동맹이 맺어지고, 주의 반이 지나면 (즉 최후의 3년 반) 희생과 제물이 폐지되고 종교에 대한 놀라운 혐오스러운 일이 발생하고, 이에 놀라는 사람들에게까지 확대되어 세상이 끝날 때까지 지속되리라."

「다니엘」 11장.

천사가 다니엘에게 말한다. (키루스 다음에, 이 글은 키루스 시대에 쓰였다.) 페르시아에는 앞으로 세 임금이 일어날 것이다(캄비세스, 스메르디스, 다리우스). 그리고 네 번째 임금(크세르크세스)이 그다음에 올 것이다. 그는 어느 임금보다도 부유하고 강해질 것이다. 그리고 모든 부족들을 동원하여 그리스를 칠 것이다.

그러나 그리스에는 강력한 왕(알렉산드로스)이 일어나 큰 나라를 이루어 다스리며 만사를 마음대로 할 것이다. 이 왕국이 설립되면 무너져서 지역 사방의 네 나라로 갈라질 것이다. — (7장 6절과 8장 8절에서 말한 것처럼) — 한데 그것은 후손이 아닐 것이다. 그리고 그 후계자들은 임금의 권력에 전혀 다가가지 못할 것이다. 왜냐하면 그의 왕국은 분산되어 이 네 명의 후계자 외에 다른 사람에게로 넘어갈 것이기 때문이다.

이 후계자 가운데 남쪽을 지배할 왕(라고스의 아들 프톨레마이오스)이 득세하리라. 그러나 다른 사람(시리아 왕 셀레우코스)이 그를 뛰어넘고 그의 나라는 대국이 될 것이다. (아피아누스에 의하면, 알렉산드로스의 후계자 중 그가 가장 강력한 왕이다.)

세월이 흐르면서 그들은 서로 동맹을 맺고 남쪽 나라 왕의 딸(베레니케, 다른 프톨레마이오스의 아들 프톨레마이오스 필라델푸스의 딸)이 북쪽 나라의 왕(셀레우코스 라기다스의 조카인 시리아와 아시아의 왕 안티오코스 데우스)에게 가고, 두 왕 사이에 평화가 이루어진다.

그런데 그 왕비와 그 자손의 권력은 오래가지 못한다. 왜냐하면 그녀나 그녀를 보낸 사람들이나 그녀의 아이들이나 친구들은 사형을 당하기 때문이다(베레니케와 그녀의 아들은 셀레우코스 칼리니쿠스에 의해 죽는다).

그러나 그 여자의 뿌리에서 자손이 일어날 것이다(프톨레마이오스 에우에르게테스가 베레니케와 같은 아버지에게서 태어난다). 그는 강력한 군대를 이끌고 북국의 영토로 침략하여 모든 것을 그의 지배하에 둘 것이다. 그리고 그들의 제신과 왕족들, 금과 은, 모든 귀중한 전리품들을 거두어 이집트로 갈 것이다. 몇 년 동안 북국의 왕은 그에 대해 어떤 대항도 못할 것이다. (만약 그가 국내 사정으로 이집트로 소환되지 않았더라면 그는 셀레우코스를 약탈했을 것이라고 유스티누스는 말한다.)

그렇게 그는 자신의 왕국으로 돌아오는데, 다른 왕의 자식들(셀레우코스, 케라우노스, 안티오코스 대왕)이 분노하여 대군을 모을 것이다.

그리고 그들의 군대는 모든 것을 황폐하게 만들 것이다. 그중 남쪽 왕(프톨레마이오스 필로파토르)이 분노하여 대군을 조직하고 (안티오코스 대왕과) 전투를 개시하여 (라피아에서) 승리할 것이다. 그리고 그의 군대는 그로 인해 교만해지고 그의 마음은 거만해졌다. (이 프톨레마이오스는 신전을 더럽힌다. — 요세푸스) 그는 수만 명을 무찌를 것이나 그의 승리는 굳건하지 않을 것이다.

왜냐하면 북쪽의 왕(안티오코스 대왕)이 처음보다 더 많은 대군을 끌고 올 것이기 때문이다. (젊은 프톨레마이오스 에피파네스가 통치) 그때 수많은 적들이 남방의 왕에게 대항하여 일어날 것이다. 너의 겨레 가운데 난폭한 사람들과 배교자들(에우에르게테스가 자신의 군대를 스코파스에 파견했을 때 에우에르게테스의 마음에 들기 위해 자신들의 종교를 버린 사람들)조차 환상이 완성되도록 들고일어나겠지만 실패할 것이다(왜냐하면 안티오코스가 스코파스를 탈환하여 그들을 무찌를 것이기 때문이다).

그리고 북쪽의 왕은 견고한 성과 도시들을 파괴하고 남쪽의 모든 힘이 저항할 수 없을 것이다.

그리고 모든 것이 그의 의지에 굴복할 것이다. 그는 이스라엘의 땅에서 멈출 것이다. 그리고 이스라엘은 그에게 복종할 것이다.

그렇게 그는 이집트 모든 왕국의 주인이 되려는 생각을 할 것이다. (에피파네스가 어리다고 멸시하였다고 유스티누스는 말한다.)

그렇게 하기 위해서 그는 에피파네스와 동맹을 맺고 자신의 딸을 그에게 줄 것이다. (클레오파트라, 그녀가 남편을 배신하도록 하기 위해서. 이에 대해 아피아누스는 말하길, 로마인들의 보호 때문에 힘으로는 이집트의 주인이 될 수 없다고 생각해서 그는 술책으로 이를 기도하려고 했다는 것이다.) 그는 그녀를 매수하려고 하지만 그녀는 그의 뜻을 따르지 않을 것이다.

그래서 그는 다른 계획에 뛰어들 것이다. 그리고 몇몇 섬의 주인이 되려고 생각하는데(즉 해안 지역) 그중 몇몇을 쟁취하게 될 것이다. (아피아누스가 말하는 것처럼.)

그런데 한 장군이 그의 정복에 반발하여 그 치욕을 멈추게 하고 그에게 돌려주리라. (아프리카인 스키피오는 안티오코스 대왕의 전진을 멈추게 할 것인데, 그들의 동맹자 이름으로 로마 사람들을 모욕하는 것이었기 때문이다.)

그래서 그는 자신의 왕국으로 돌아가고 거기에서 망해 사라지고 말 것이다. (그는 측근에게 살해된다.)

그리고 그를 계승한 자(안티오코스 대왕의 아들 셀레우코스 필로파토르 또는 소테르)는 나라의 영광인 백성을 세금으로 괴롭히는 폭군이 될 것이다. 그런데 얼마 안 가서 그는 반란도 전쟁도 아닌 이유로 죽게 된다.

그리고 그 뒤를 이어 비천하고 왕위의 명예를 지킬 자격도 없는 사람이 왕위에 오르는데 교활하게 호감을 보이면서 그 자리에 임할 것이다.

모든 군대가 그 앞에 무릎을 꿇을 것이다. 그는 그들을 무찌르고, 동맹을 맺은 수령조차 무찌를 것이다. 왜냐하면 그는 동맹을 다시 맺어 그를 속일 것이기 때문이다. 그는 얼마 안 되는 군대와 함께 고요하고 평화로운 지방에 들어가 가장 좋은 자리를 차지하고 자신의 선조가 결코 하지 않은 일을 행하고, 곳곳을 약탈하여 그의 통치 기간 동안 대단한 계획을 세울 것이다.

25.*

제15장

486-721 「이사야」 1장 21절. 선에서 악으로의 변이와 하느님의 복수.*

「이사야」 10장 1절. *Vae qui condunt leges iniquas.*

「이사야」 26장 20절. *Vade populus meus intra in cubicula tua, claude ostia tua super te, abscondere modicum ad momentum donec pertranseat indignatio.*

「이사야」 28장 1절. *Vae coronae superbiae.*

너희가 비참하게 되리라, 악법을 제정하는 자들아……:내 백성아, 어서 너의 골방으로 들어가거라. 들어가서 문을 꼭 닫아걸어라. 주의 노여움이 풀릴 때까지 잠깐 숨어 있어라. 네가 비참하게 되리라…….

기적. *Luxit et elanguit terra.*

Confusus est libanus et obsorduit 등등. 「이사야」 23장 9절.

Nunc consurgam, dicit dominus, nunc exaltabor, nunc sublevabor. I.

산천은 메말라 지치고 레바논 숲은 병들어 그 모양이 말이 아니다.

(「이사야」 33 : 9) 야훼께서 말씀하신다. '나 이제 일어난다. 나 이제 몸을 일으킨다.' (「이사야」 33 : 10)

Omnes gentes quasi non sint. 「이사야」 40장 17절.
민족들을 다 모아도 하느님 앞에서는 있으나마나.

Quis annuntiavit ab exordio ut sciamus et a principio ut dicamus: justus es. 「이사야」 41장 26절.
Operabor et quis avertet illud. 「이사야」 43장 13절.
이런 일이 닥칠 때 곧 알아보도록 미리 일러 준 자라도 있었느냐? 그 말이 맞았다고 고개를 끄덕이도록 앞질러 일러 준 자라도 있었느냐? 내가 하는 일을 아무도 뒤집을 수 없다.

Neque dicet forte mendacium est in dextera mea. 「이사야」 44장 20절.
생각이 비뚤어져 터무니없는 짓이나 하는 것들. '내 오른손에 붙잡고 있는 것이 허수아비나 아닐까?

Memento horum Jacob et Israel quoniam servus meus es tu. Formavi te, servus meus es tu Israel, ne obliviscaris mei.
Delevi ut nubem iniquitates tuas et quasi nebulam peccata tua, revertere ad me quoniam redemi te. 44장 21절 등등
야곱아, 이런 일들을 마음에 새겨 두어라. 이스라엘아, 너는 나의 종임을 잊지 마라. 너는 내가 빚어 만든 나의 종이다.(……) 나는 너의 악행을 먹구름처럼 흩어 버렸고 너의 죄를 뜬구름처럼 날려 보냈다. 나에게 돌아오너라. 내가 너를 구해 내었다.

Laudate caeli quoniam misericordiam fecit dominus……
quoniam redemit dominus Jacob et Israel gloriabitur.

Haec dicit dominus redemptor tuus, et formator tuus ex utero, ego sum dominus, faciens omnia, extendens caelos solus, stabiliens terram, et nullus mecum. 44장 23~24절.

야훼께서 하신 일을 기뻐 노래하여라. 땅속 깊은 곳아, 큰 소리로 외쳐라. 모든 산아 기쁨에 넘쳐 환하게 빛나거라. 모든 숲과 그 속의 나무야, 환하게 빛나거라. 야훼께서 야곱을 구해 내시어 당신의 영광을 이스라엘에서 빛내셨다. 너를 모태에 생기게 하신 하느님, 너를 구해 내신 야훼께서 말씀하신다. '나 야훼가 만물을 창조하였다. 나는 혼자서 하늘을 펼치고 땅을 밟아 늘였다.'

In momento indignationis abscondi faciem meam parum per a te et in misericordia sempiterna misertus sum tui, dixit redemptor tuus dominus. 「이사야」 54장 8절.

'내가 분이 복받쳐 내 얼굴을 잠깐 너에게서 숨겼었지만, 이제 영원한 사랑으로 너에게 자비를 베풀리라.' 너를 건지시는 야훼의 말씀이시다.

Qui eduxit ad dexteram Moysen brachio majestatis suae, qui scidit aquas ante eos ut faceret sibi nomen sempiternum. 「이사야」 63장 12절.

당신의 자랑스러운 팔로 모세의 오른팔을 잡아 이끄시며 백성들 앞에서 물을 가르시어 영원한 명성을 떨치신 이.

Sic adduxisti populum tuum ut faceres tibi nomen gloriae. 14.

이렇게 당신께서는 당신의 백성을 이끄시어 당신의 빛난 이름을 들날

리셨습니다."(「이사야」 63:14)

Tu enim pater noster et Abraham nescivit nos, et Israel ignoravit nos. 「이사야」 63장 16절.

당신이야말로 우리의 아버지이십니다. 아브라함은 우리를 모른다 하고, 이스라엘은 우리를 외면하여도, 당신, 야훼께서 우리의 아버지이십니다.

Quare indurasti cor nostrum ne timeremus te. 「이사야」 63장 17절.

어찌하여 우리의 마음을 굳어지게 하시어 당신을 두려워할 줄도 모르게 만드셨습니까?

Qui sanctificabantur et mundos se putabant…… simul consumentur dicit dominus. 「이사야」 66장 17절.

한중간에 선 여사제의 뒤를 따라 동산에 들어가려고 목욕재계하는 자들, 돼지, 길짐승, 들주의 고기를 먹는 자들이 모두 함께 끝장나리라.

Ex dixisti absque peccato et innocens ego sum. Et propterea avertatur furor tuus a me.

Ecce ego judicio contendam tecum eo quod dixeris, non peccavi. 「예레미야」 2장 35절.

'나에게 무슨 죄가 있는가, 내가 무슨 천벌 받을 일을 했단 말인가' 하고 말한다마는, 죄 없다고 한 바로 그 때문에 이제 나는 너희를 벌하리라.

Sapientes sunt ut faciant mala, bene autem facere nescierunt.「예레미야」 4장 22절.

나쁜 일 하는 데는 명석한데 좋은 일은 할 생각조차 없구나.

Aspexi terram et ecce vacua erat, et nihili, et caelos et non erat lux in eis.

Vidi montes et ecce movebantur et omnes colles conturbati sunt; intuitus sum et non erat homo et omne volatile caeli recessit. Aspexi et ecce Carmelus desertus et omnes urbes ejus destructae sunt a facie domini et a facie viae furoris ejus.

Haec enim dicit dominus, deserta erit omnis terra sed tamen consummationem non faciam. —「예레미야」 4장 23절 등등

땅을 내려다보니 끝없이 거칠고 하늘을 쳐다보니 깜깜합니다. 산을 바라보니 사뭇 뒤흔들리고 모든 언덕은 떨고 있습니다. 아무리 돌아봐도 사람 하나 없고, 하늘에 나는 새도 모두 날아갔습니다. 아무리 둘러봐도 옥토는 사막이 되었고, 모든 성읍은 허물어져, 야훼의 노여움에 불타 모조리 사라졌습니다. '온 세상은 잿더미가 될 것이다. 나는 세상을 멸망시키기로 하였다' 하시더니 마침내 야훼 말씀대로 되고 말았습니다."(「예레미야」 4 : 23~27)

Ego autem dixi forsitan pauperes sunt et stulti ignorantes viam domini judicium dei sui.

Ibo ad optimates et loquar eis. Ipsi enim cognoverunt viam domini.

Et ecce magis hi simul confugerunt jugum, ruperunt

vincula.

Idcirco percussit eos leo de silva pardus vigilans super civitates eorum. 「예레미야」 5장 4절.

Numquid super his non visitabo dicit dominus, aut super gentem hujuscemodi non ulciscetur anima mea. 「예레미야」 5장 29절.

이런 짓을 보고도 나더러 벌하지 말라고 하느냐? 이따위 족속에게 어찌 내가 분풀이를 하지 않겠느냐?

Stupor et mirabilia facta sunt in terra.

Prophetae prophetabant mendacium et sacerdotes applaudebant manibus et populus meus dilexit talia, quid igitur fiet in novissimo ejus. —「예레미야」 5장 30절.

이 땅에는 기막힌 일, 놀라 기절할 일뿐이다. 예언자들은 나의 말인 양 거짓말을 전하고, 사제들은 제멋대로 가르치는데, 내 백성은 도리어 그것이 좋다고 하니, 그러다가 끝나는 날이 오면 어떻게 하려느냐?(「예레미야」 5 : 30~31)

Haec dicit dominus, state super vias et videte et interrogate de semitis antiquis, quae sit via bona et ambulate in ea et invenietis refrigerium animabus vestris, et dixerunt non ambulabimus.

Et constitui super vos speculatores audite vocem tubae, et dixerunt non audiemus.

Audite gentes quanta ego faciam eis audi terra ecce ego

adducam mala. 등등. 「예레미야」 6장 16절.

나 야훼가 말한다. 너희는 네거리에 서서 살펴보아라. 옛날부터 있는 길을 물어보아라. 어떤 길이 나은 길인지 물어보고 그 길을 가거라. 그래야 평안을 얻으리라고 하였지만, 너희는 그대로 하기 싫다고 하였다. 그래서 나는 보초들을 세워 주고, 나팔 신호가 나거든 잘 들으라고 일렀지만, 너희는 듣기 싫다고 귀를 막았다. 그러니 뭇 민족은 들어라. 내가 나의 백성에게 어떤 일을 할 것인지 일러 줄 터이니 명심하여라. 온 세상은 들어라. 내가 이제 이 백성에게 재앙을 내리리라.(「예레미야」 6: 16~19)

외적인 성례에 대한 신뢰. 「예레미야」 7장 14절.

Faciam domui huic in qua invocatum est nomen meum et in qua vos habetis fiduciam et loco quem dedi vobis et patribus vestris sicut feci silo.

Tu ergo noli orare pro populo hoc.

나의 이름으로 불리는 성전을 믿고 안심하지만, 나는 실로를 해치웠듯이 이곳을 해치우고 말리라. 자손 대대로 살라고 내가 너희 조상들에게 준 이 땅을 해치울 것이다.(「예레미야」 7: 14) 너는 이런 백성을 너그럽게 보아 달라고 빌지 마라.(「예레미야」 7: 16)

본질은 외적인 제의식이 아니다.

Quia non sum locutus cum patribus vestris et non praecepi eis in die qua eduxi eos de terra Egypti de verbo holocautomatum et victimarum.

Sed hoc verbum prœcepi eis dicens, audite vocem meam et ero vobis deus et vos eritis mihi populus et ambulate in omni via quam mandavi vobis, ut bene sit vobis, et non audierunt. 「예레미야」 7장 22절.

279 audierunt "너희 조상들을 이집트에서 데려 내올 때, 내가 번제와 친교제를 바치라고 한 번이라도 시킨 일이 있더냐? 나는 내 말을 들으라고만 하였다. 그래야 내가 너희 하느님이 되고, 너희는 나의 백성이 된다고 하였다. 잘 되려거든 내가 명하는 길을 따라 걸어야 한다고 하였을 뿐이다. 그런데 너희는 귀 기울여 나의 말을 듣기는커녕 제멋대로 악한 생각에 끌려 나에게 등을 돌리고 나를 외면하였다."(「예레미야」 7 : 22~24)

수많은 교리들.

Secundum numerum enim civitatum tuarum erant dei tui Juda et secundum numerum viarum Jerusalem posuisti aras confusionis, tu ergo noli orare pro populo hoc. 「예레미야」 11장 13절.

Non prophetabis in nomine domini et non morieris in manibus nostris.

Propterea hae dicit dominus. 「예레미야」 11장 21절.

Quod si dixerint ad te, quo egrediemur? dices ad eos, haec dicit dominus, qui ad mortem ad mortem, et qui ad gladium ad gladium, et qui ad famem ad famem, et qui ad captivitatem ad captivitatem. 「예레미야」 15장 2절.

Pravum est cor omnium et incrustabile, quis cognoscet illud?

(즉 누가 그의 악함을 모두 알겠는가? 왜냐하면 그는 나쁜 사람이라는 것이 이미 알려져 있기 때문이다.)

Ego dominus scrutans cor et probans renes. 「예레미야」

17장 9절.

Et dixerunt venite et cogitemus contra Jeremiam cogitationes, non enim peribit lex a sacerdote neque sermo a propheta.

Non sis tu mihi formidini, tu spes mea in die afflictionum. 「예레미야」 17장 17절.

A prophetis enim Jerusalem egressa est pollutio super omnem terram. 「예레미야」 23장 15절.

Dicunt his qui blasphemant me: locutus est dominus, pax erit vobis et omni qui ambulat in pravitate cordis sui dixerunt: non veniet super vos malum. —「예레미야」 23장 17절.

유다 사람들아, 너희가 위하는 신은 성읍의 수만큼 많고, 바알의 산당은 예루살렘의 거리만큼 많구나. 이런 백성을 너그럽게 보아 달라고 비느냐? 용서해 달라고 울며불며 기도하지 마라.(「예레미야」 11:13~14) 아나돗 사람들이 너더러 저희 손에 죽지 않으려거든 야훼의 이름을 들어 예언하지 말라고 하느냐? 그러면서 너의 목숨을 노리고 있느냐? 그렇다면, 나 야훼는 이렇게 선언한다."(「예레미야」 11:21~22) '어디로 가야 하느냐?'고 묻거든 '야훼의 말씀이다' 하고 이렇게 일러 주어라. '어디로 가든지 염병으로 죽을 자는 염병에 걸리고, 칼에 맞아 죽을 자는 칼에 맞고 굶어 죽을 자는 굶고 사로잡혀 갈 자는 사로잡히리라.'(「예레미야」 15 : 2) 사람의 마음은 천 길 물속이라, 아무도 알 수 없지만 이 야훼만은 그 마음을 꿰뚫어 보고 뱃속까지 환히 들여다본다.(「예레미야」 17 : 9~10) 그 말을 듣고 이 백성은 수군거립니다. '예레미야를 없애야겠는데, 무슨 좋은 계책이 없을까? 이 사람이 없어도 법을 가르쳐 줄 사제가 있고 정책을 세울 현자가 있고 하느님의 말씀을 들려줄 예언자가 있다.' (「예레미야」 18 : 18) 그러니 제발 무섭게 행하시지는 마십시오. 제가 재앙을 당할 때 피난할 곳은 주님이 아니십니까? 예루살렘 예언자들이 썩어, 온 나라도 따라서 다 썩었다. 내 말을 듣기 싫어하는 자들에게는 잘되어 간다고만 하고, 제멋대로 사는 자들에게도 재앙이 내릴 리 없다고 한다.

제16장

487-734 메시아가 살아 있는 동안

Aenigmatis.[82]* 「에제키엘」 17장.

그의 선구자. 「말라기」 2장.

한 아이가 태어날 것이다. 「이사야」 9장.

그는 베들레헴에서 태어날 것이다. 「미가」 5장. 그는 주로 예루살렘에 나타날 것이고, 유다와 다윗의 가문에서 태어날 것이다.

그는 현자와 학자들을 눈멀게 할 것이다. 「이사야」 6장. —「이사야」 8장. —「이사야」 29장. —「이사야」 61장. 가난하고 약한 자에게 복음을 전할 것이다. 맹인들의 눈을 뜨게 하고 허약한 사람들에게 건강을 줄 것이다 — 어둠 속에서 신음하는 사람들을 빛으로 인도할 것이다. 「이사야」 61장.

그는 완벽한 길을 가르쳐 주고 이방인들의 지도자가 될 것이다. 「이사야」 55장; 42장 1~7절.

예언은 불신자들이 이해하기 어려운 것이어야 한다. 「다니엘」 12장. — 그러나 가르침을 잘 받은 사람들에게는 이해하기 쉬워야

82 수수께끼.

한다. 「호세아」 마지막 장 10.*

그를 가난한 자로 표현하는 예언들은 그를 만방의 주인으로 제시한다. 「이사야」 52장 13절. 등등 53장. ―「즈가리야」 9장 9절.

시간을 알리는 예언은 이방인들과 고난받는 자들의 주(主)로 예언하지 구름 속에 있는 주나 심판하는 주로 예언하고 있지 않다. 심판하고 영광에 싸인 그를 표현하는 예언은 시간을 나타내지 않는다.

그는 세상의 죄를 위한 희생자가 될 것이다. 「시편」 39편, 「이사야」 53장 등등

그는 고귀한 반석이 될 것이다. 「이사야」 28장 16절.

그는 걸리는 돌, 부딪치는 바위가 될 것이다. 「이사야」 8장.

예루살렘은 이 돌에 부딪칠 것이다.

건설하는 사람들은 이 돌을 거부할 것이다. 「시편」 117편 22절*.

하느님은 이 돌로 주춧돌을 만들 것이다.

그리고 이 돌은 거대한 산으로 커져서 온 세상을 채울 것이다. 「다니엘」 2장.

그렇게 그는 배척당하고 인정받지 못하며 배반당할 것이다. 「시편」 108편 8절.

팔릴 것이다. 「즈가리야」 11장 12절. 사람들은 그에게 침을 뱉고 모욕하고 조롱하며 수많은 방법으로 고통을 줄 것이다. 그는 담즙을 마시고, 「시편」 69편, 몸이 꿰찔리고, 「즈가리야」 12장, 발과 손이 뚫리고 죽임을 당하며 그의 옷은 제비뽑기에 던져진다. 「시편」 22편.

그는 부활하실 것이다. 「시편」 15편, 세 번째 날에 「호세아」 6장 3절.*

그는 하느님의 오른편에 앉기 위해서 하늘로 올라갈 것이다. 「시편」 110편.

왕들이 그에 대적하여 무장할 것이다. 「시편」 2편.

아버지의 오른편에 앉아서 그는 그의 적들의 승리자가 될 것이다.

지상의 왕들과 모든 민족들이 그를 경배할 것이다. 「이사야」 60장.

유대인들은 국가로 존속하게 될 것이다. 「예레미야」.*

그들은 왕도 없이 방황할 것이다 등등. 「호세아」 3장.*

예언자들도 없이. 「아모스」.*

구원을 기다리면서 그런데 결코 발견하지 못하면서. 「이사야」*

예수에 의한 이방인들의 부르심. —「이사야」 52장 15절, 「이사야」 55장, 「이사야」 60장, 「시편」 71편.*

「호세아」 1장 9절. 너희는 더 이상 나의 백성이 아니요 나는 너희의 하느님이 아니다. 너희는 분산되어 번식할 것이다. 내 백성이라고 부르지 않는 곳에서 나는 내 백성이라고 부를 것이다.

488-734 유대인들은 그를 메시아로 받아들이지 않으려고 그를 죽임으로써 그에게 메시아로서의 마지막 증거를 주었다.

그리고 계속해서 그를 인정하지 않음으로써 그들 스스로 완전무결한 증인이 되었다.

그를 죽이고 계속해서 그를 부인함으로써 예언을 완성했다.

제17장

489-735 유대인의 영원한 속박.

「예레미야」 11장 11절. 나는 유다 위에 재난을 내릴 터인데, 그들은 그 재난을 피하지 못할 것이다.

상징.

주께서 포도밭을 가지고 있었는데 그 포도밭에서 포도가 달리기를 기다렸다. 그러나 포도밭은 덜 익은 포도만 생산했다. 그러므로 나는 그 포도밭을 허물어 버릴 것이다. 없앨 것이다. 대지는 가시만 나게 할 것이고, 나는 하늘에 금지시킬 것이다…….

「이사야」 5장 8절. 주님의 포도밭은 이스라엘의 집이다. 유다의 사람들은 그 집의 맛있는 싹이다. 나는 그들이 정의로운 일들을 하기를 기다렸다. 그런데 그들은 죄악만 저질렀다.

「이사야」 8장.

두려움에 떨면서 주님을 신성시하라. 주님만을 두려워하라. 그분은 너희에게 안식처가 될 것이다. 그러나 이스라엘의 두 집에는 걸림돌, 부딪치는 돌이 될 것이다.

주님은 이스라엘 민족에게는 함정과 파탄의 원인이 되리라. 그들 중 많은 사람이 이 돌에 걸려 넘어지고 깨질 것이다. 그리고 이 올가미에 걸려 멸망하리라.

나의 제자들을 위해 내 말을 덮어씌우고 나의 법을 가리도록 하여라.

야곱의 집에 대해 몸을 감추고 숨기는 주님을 나는 인내하여 기다리리라.

「이사야」 29장.* 이스라엘 백성들아, 어리둥절 쩔쩔매어라, 비틀거려 넘어져라. 하지만 술에 취해서 그러는 것은 아니다. 하느님께서 너희를 위해 정신이 얼빠지게 준비하신 것이다. 그는 너희의 눈을 감기시고, 왕들과 환상을 가지는 예언자들의 판단력을 둔하게 할 것이다.

「다니엘」 12장.* 악한 사람들은 그의 말을 이해하지 못할 것이나 슬기로운 자들은 이해할 것이다.

「호세아」 마지막 장 마지막 절. 많은 속세의 축복 후에 말하길: 현자는 어디 있느냐? 그는 이 일을 깨달으리라 등등.

그리고 모든 예언자의 환영은 너희에겐 밀봉된 책과 같을 것이다. 만약에 그것을 읽을 수 있는 박식한 사람에게 주면 그는 답할 것이다: "나는 그것을 읽을 수가 없습니다. 왜냐하면 그 책은 봉해져 있기 때문입니다." 읽을 줄 모르는 사람들에게 그 책을 주면 그들은 말할 것이다: "나는 글을 모릅니다."

그리고 주님이 나에게 말씀하셨다: 이 백성은 입으로 나를 칭송하고 그 마음은 나에게서 매우 멀어져 간다. 그들은 인간적인 길을 통해서만 나를 섬겼기 때문이다. 자, 그것이 이유이고 원인이다. 만약 그들이 마음으로 하느님을 섬겼다면 예언을 이해했을 것이다.

이런 이유로 나는 여기에 덧붙여서 이 백성에게 놀라운 경이와 대단하고 무시무시한 기적을 행할 것이다. 현자들의 지혜는 소멸될 것이고, 그들의 지성은 흐리게 될 것이다.

신성의 증거, 예언.

「이사야」 41장.*

너희가 신이면 가까이 다가와서 미래의 일을 예언하라. 우리는 너희의 말에 우리의 마음을 기울게 할 것이다. 태초에 있었던 일을 가르치라. 일어날 일들을 우리에게 예언하라.

그렇게 하는 것으로 우리는 너희가 신이라는 것을 알 수 있으리라. 할 수 있다면 좋은 일이든 나쁜 일이든 해 보아라. 자, 보자. 그리고 다 함께 판단을 내리자.

그런데 너희는 아무것도 아니다. 너희는 혐오스러울 뿐이다 등등.

너희 중 누가 동시대의 작가들을 통해 태초부터, 기원부터 만들어진 일들에 대해 우리에게 가르칠 것인가? 우리가 너희가 옳다고 말할 수 있도록 말이다. 우리를 가르치고 미래를 예언할 수 있는 사람은 아무도 없다.

「이사야」 42장.* 나 야훼는 나의 영광을 다른 사람에게 돌리지 않는다. 일어난 일을 예언하게 한 자도 나요, 일어날 일을 예언하는 것도 나다. 새 노래로 지구 위 구석구석에서 야훼를 찬양하여라.

눈은 있으나 보지 못하고, 귀는 있으나 듣지 못하는 그 백성을 여기에 데려와라.*

모든 나라가 모이도록 하여라. 이 나라들의 신들이 우리에게 과거와 미래의 일들을 가르쳐 줄 것인가. 그 나라들은 자신들의 변호를 위한 증인들을 만들어 내길 바란다. 아니면 나의 말을 듣고 진리가 여기에 있음을 고백해야 한다.

야훼가 말한다. 너희는 나의 증인이요, 내가 선택한 나의 종이다. 그것은 너희가 나를 알고 내가 주라는 것을 믿게 하기 위함이다.

나는 예언했고 구원했다. 주님이 말씀하신다. 나는 혼자 너희 앞에서 이 경이로운 일들을 행했다. 너희는 나의 신성의 증인이다.

너희에 대한 사랑으로 나는 바빌론 사람들의 세력을 꺾었다. 내가 너희를 거룩하게 했으며, 너희를 창조했다.

내가 너희를 물과 바다와 시내 가운데를 지나가게 했다. 내가 너희에게 저항하는 강력한 적들을 영원히 침수시켜 소멸시켰다.

그런데 이 오래된 은혜는 기억하지 말고, 지나간 일에 대해서는 더 이상 눈길을 주지 마라.

자, 나는 너희에게 곧 나타날 새로운 일을 준비하고 있다. 너희는 그 일들을 알게 될 것이다. 나는 광야를 즐겁게 살 수 있는 곳으로 만들 것이다.

나는 나를 위하여 이 백성을 만들었다. 나를 찬양하게 하기 위해서 이 백성을 세웠다 등등.

그런데 나 자신을 위해서 나는 너희의 죄를 지우고 너희의 죄를 잊을 것이다. 너희의 배은망덕한 행위들을 회상하여 보아라. 너희가 변명할 것이 있으면 해 보아라. 너희의 시조가 죄를 지었고, 너희의 학자들마저 모두 배임했다.

「이사야」 44장.* 야훼께서 말씀하신다. "내가 시작이요 내가 마감이다. 누가 나와 같으냐? 내가 최초의 백성들을 형성한 이래로 일어난 일을 말해 보아라. 앞으로 될 일을 말해 보아라.

두려워 마라. 내가 이 모든 것을 들려주지 않았느냐? 너희는 나의 증인이다.

고레스에 대한 예언.

내가 뽑은 야곱 때문에 나는 너를 지명하여 불렀다.*

「이사야」 45장 21절. 다 모여 오너라. 서로 의논해 보자. 처음에 그것을 들려준 자가 누구인가? 그때부터 그것을 예언한 자가 누구인가? 나 야훼이지 않느냐?

「이사야」 46장.* 처음부터 기억해 보아라. 처음부터 장차 있을 일을 일러 준 자는 나밖에 없다. 나의 명령은 존속할 것이고 모든 것이 내 뜻대로 이루어질 것이다.

「이사야」 42장 9절. 이전의 일들이 예언되었던 것처럼 일어났다. 이제 나는 새로 될 일을 예언한다. 그리고 그 일들이 일어나기 전에 너희에게 미리 알려 준다.

「이사야」 48장 3절. 나는 지나간 일들을 예언하게 했다. 그 일들은 이후에 완성되었다. 그 일들은 내가 말한 방식으로 일어났는데, 왜냐하면 나는 너희가 고집불통이고 너희의 정신이 완고하고 너희의 얼굴이 철면피라는 것을 알기 때문이다. 그래서 너희가 그 일이 너희의 신들이 이루어 놓은 것이고 사물의 질서의 결과라고 말하지 않도록 하기 위해서 나는 사건이 일어나기 전에 그 일들을 알리기를 원했다.

예언된 일들이 이루어지는 것을 너희는 보았다. 너희가 이것을 증언하지 않으려느냐? 이제 내가 새로운 일을 너희에게 들려준다. 이것은 너희가 알지 못했던 것이고, 나의 힘 안에 내가 간직하고 있던 것이다. 지금 비로소 되는 일이며, 일찍이 없었던 일이고 너희가 알지 못하는 일이다. 너희가 이미 예견했다고 자랑할까 봐 나는 이 일들을 너희에게 숨겨 두었다.

왜냐하면 너희는 전혀 알지 못하고, 아무도 너희에게 말하지 않았으며 너희의 귀는 들은 것이 없었기 때문이다. 나는 너희를 잘 안다. 너희는 배신으로 가득 차 있고, 날 때부터 내가 너희를 반역자라고 불렀음을 나는 잘 알고 있다.

「이사야」 65장.*

유대인들의 영벌과 이방인들의 회심.

나에게 빌지도 않았던 자의 청까지도 나는 들어주었고, 나를 찾지도 않던 자 또한 만나 주었다. 나의 이름을 부르지 않던 민족에게 "나 여기 있다", "나 여기 있다" 하고 말해 주었다.

나는 하루 종일 팔을 벌리고 나를 배신하는 민족을 기다렸다. 제멋대로 나쁜 길을 걷고, 내 앞에서 짓는 죄로 끊임없이 나의 화를 돋우고, 우상들에게 제사하는 백성이다 등등.

이들은 내가 분노하는 날에 연기로 사라질 것이다 등등.

나는 너희와 너희 조상의 죄악을 모두 모아 너희가 행한 일에 따라 갚아 줄 것이다.

야훼가 말씀하셨다. 나의 종들을 사랑하므로 나는 이스라엘 전부를 망가뜨리지 않을 것이다. 포도송이에 남은 포도 한 알에 대해 사람들이 "따지 마라, 그것은 축복이다" 하고 말하듯이 나는 몇몇 사람들은 그대로 위하리라.

내가 야곱에게서 후손을 일으키고 유다에게서 자손을 일으켜 나의 산들을 차지하게 하리라. 그리하여 내가 뽑은 자들과 나의 종들이 아주 풍족하고 비옥한 나의 평야를 유산으로 갖게 하리라.

그러나 다른 모든 사람을 죽게 하리라. 왜냐하면 너희는 이방인의 신들을 섬기기 위해 너희 하느님을 잊었기 때문이다. 내가 불렀으나 너희는 대답을 아니하였고 내가 말하였으나 너희는 듣지 아니하였다. 너희는 내가 금지하는 일을 골라 하였다.

그래서 야훼께서 말씀하신다. 나의 종들은 먹겠으나 너희는 굶주리리라. 나의 종들은 기뻐하겠으나 너희는 창피를 당하리라. 나의 종들은 가슴이 벅차 환성을 올리겠으나 너희는 고통으로 아우성치고 울부짖으리라.

너희가 남긴 이름은 내가 뽑은 자들이 혐오하게 될 것이다. 주님은 너희를 몰살하고 그의 종들을 다른 이름으로 부를 것이다. 이 이름 안에서 땅에서 축복받을 사람은 하느님에게 축복받을 것이다 등등.

지난날의 고통은 기억에서 사라질 것이기 때문이다.

보아라, 나 이제 새 하늘과 새 땅을 창조한다. 지난 일은 기억에서 사라져 생각나지도 아니하리라.

너희는 내가 창조한 새로운 것 안에서 영원히 즐거워하리라. 나는 기쁨이 되도록 예루살렘을 창조하였고, 즐거움이 되도록 예루살렘의 시민을 새로 나게 하리라. 거기에서는 더 이상 울음소리도 부르짖는 소리도 나지 않을 것이다.

요구하기 전에 내가 들어주리라. 말을 마치기 전에 들어주리라. 늑대와 어린 양이 함께 풀을 뜯으리라. 사자와 소가 같은 여물을 먹으리라. 뱀은 흙만 먹으리라. 나의 거룩한 산 어디에서나 서로 해치고 죽이는 일이 없으리라.

「이사야」 56장.*

(주께서 이와 같은 말씀을 하셨다: 너희는 바른길을 걷고 옳게 살아라. 내가 너희를 구하러 왔다. 내 정의가 나타날 때가 왔다.)

(복되어라, 옳게 사는 사람, 옳은 길을 끝까지 지키는 사람, 안식일을 속되지 않게 지키는 사람, 온갖 악에서 손을 떼는 사람.)

야훼께로 개종한 외국인은 "야훼께서 나를 당신의 백성에게서 제명시키리라"고 말하지 마라.

야훼께서 말씀하신다. 누구든 나의 안식일을 지키고 나의 뜻에 맞는 일만 하고 나의 계약을 굳게 지키면 나의 집 안에 자리를 내줄 것이며, 내 아들딸의 이름보다 나은 이름을 그들에게 주리라. 그 이름은 영원히 지워지지 않을 것이다.

우리의 죄 때문에 정의는 우리에게서 멀어져 갔다.* 우리는 빛을 기다렸는데 도리어 어둠이 오고, 환하기를 고대했는데 앞길은 깜깜하기만 하다.

우리는 담을 더듬는 소경처럼 되었고, 한낮인데도 한밤중인 듯 발을 헛딛기만 하는 모양이 암흑 속에 있는 죽은 사람들 같구나.

우리는 곰처럼 으르렁거리고, 비둘기처럼 신음하며, 공평을 고대하나 오지 않고, 구원을 기다리나 그것은 멀어져만 간다.

「이사야」 66장 18절.

그런데 내가 모든 나라와 민족들을 모아 오리라. 올 때에 나는 그들의 사업과 생각을 보게 될 것이고, 그들은 나의 영광을 볼 것이다.

그리고 구원될 자들에게 표를 주어, 아프리카, 리디아, 이탈리아, 그리스, 그리고 나에 대해서 전혀 들어 보지 못하고 나의 영광을 보지 못한 민족들에게 그들을 보낼 것이다. 그들은 너의 형제들을 데려올 것이다.

성전의 영벌.

「예레미야」 7장.*

내가 예전에 나의 이름을 세웠던 실로에 가 보아라. 내 백성이 죄를 지어 내가 행한 일이 무엇인지 가 보아라. 나는 실로를 해치우고 나를 위한 성전을 다른 곳에 세웠다. 야훼께서 말씀하신다. 그런데 너희도 이제 꼭 같은 일을 했으니, 내가 너희 조상에게 주었던 이 성전, 너희는 나의 이름으로 불리는 이 성전을 믿고 안심하지만, 내가 실로를 해치웠듯이 나는 이 성전을 해치우고 말리라.

그리고 너희와 한 겨레인 에브라임 족속을 영원히 내쫓았듯이 너희도 내 앞에서 멀리 쫓아 버리리라.

그러므로 너는 이런 백성을 위해 기도하지 마라.

「예레미야」 7장 22절. 번제를 보태어 바치는 것이 무슨 소용이 있느냐? 너희 조상들을 이집트에서 데려 내올 때, 나는 번제와 친교제를 바치라고 한 번이라도 시킨 일이 없다. 나는 그러한 계율을 내린 적이 없고, 그들에게 부여한 것은 이와 같다. 내 말을 들으라 하였고, 그래야 내가 너희 하느님이 되고, 너희는 나의 백성이 된다고 하였다.

나쁜 습관을 좋은 습관으로 바꾸기 위해 내가 제사를 명령했던 것은 그들이 황금 송아지에게 제사를 바친 후의 일이다.

「예레미야」 7장.* 이것은 야훼의 성전, 야훼의 성전이다. 야훼의 성전이다……라고 말하지만 그런 거짓말을 믿지 마라.

제18장

490-736　우리에게는 카이사르 외에 다른 왕이 없다.*

491-736　타락한 본성.

　인간은 인간의 본질을 형성하는 이성에 의해 행동하지 않는다.

492-736　유대인들의 진정성.

　그들에게 더 이상 예언자가 없는 이래로. 마카베오.

　예수 그리스도 이후. 마소라.

　이 책이 너희에게 증거가 될 것이다.

　결함이 있는 마지막 글자.

　자신들의 명예에 반하는 진지한 사람들, 이 진지함 때문에 죽음을 무릅쓰는 사람들. 세상에 그 유례가 없고, 자연 속에 그 근거가 되는 것은 없다.

493-736　완성된 예언.

　「열왕기 상」 13장 2절.

「열왕기 하」 23장 16절.

「여호수아」 6장 26절. — 「열왕기 상」 16장 34절. — 「신명기」 33장.

「말라기」 1장 11절. 배척받은 유대인들의 제사와 도처에서 올리는 이방인들의 제사(예루살렘 밖에서까지도).

모세는 죽기 전에 이방인들의 부름을 예언했다. 32장 21절.* 그리고 유대인들의 배척.

모세는 각 지파에 일어나야 할 일을 예언했다.

494-736 하느님의 증인인 유대인들. 「이사야」 43장 9절, 44장 8절.

495-736 메시아에게 증인의 역할을 하기 위해 특별히 만들어진 민족임이 분명하다. 「이사야」 43장 9절, 44장 8절. 이 민족은 경전을 보유하고 사랑하지만 전혀 이해하지 못한다. 그리고 이 모든 것은 예언되었다. 즉 하느님의 심판이 그들에게 맡겨졌으나 그것은 봉인된 책과 같은 것이었다.

496-736 그들의 마음을 둔하게 하여라. 어떻게? 그들의 사욕에 비위를 맞추고, 그 사욕을 충족시키는 희망을 갖게 함으로써.

497-736 예언.

너희의 이름은 내가 뽑은 자들의 저주를 받고 나는 그들에게 다른 이름을 줄 것이다.*

498-736 예언.

아모스와 즈가리야. 그들은 의인을 팔았고 이 때문에 결코 부름받지 못할 것이다.

배반당한 예수 그리스도.

사람들은 이집트에 대해 더 이상 기억하지 않을 것이다.

「이사야」 43장 16~19절, 「예레미야」 23장 6~7절을 보시오.

예언.

유대인들은 도처에 분산될 것이다. 「이사야」 27장 6절.

새 율법. 「예레미야」 31장 32절.

영광스러운 두 개의 성전. 예수 그리스도가 그곳으로 임할 것이다. 「하깨」 2장 7~10절, 「말라기」. 그로티우스.*

이방인들을 부르심. 「요엘」 2장 28절*, 「호세아」 2장 24절, 「신명기」 32장 21절, 「말라기」 1장 11절.

499-736 어느 누가 이보다 더 찬란하였는가!

유대 민족 전체가 그분이 오기 전에 그분을 예언했다. 이방 민족은 그의 강림 후에 그분을 경배한다.

유대와 이방의 두 민족은 그분을 자신들의 중심으로 바라본다.

그러나 어느 누구도 이 찬란함을 그보다 덜 누린 자는 없다.

33년을 사는 동안 30년은 모습을 드러내지 않는다. 3년 동안 그는 사기꾼 취급을 당한다. 제사장들과 주요 인물들은 그를 배척한다. 친구들과 친·인척들은 그를 경멸한다. 결국 그는 제자들 중 한 명에게 배반당하고, 다른 제자에 의해 부인당하며, 모든 사람에게 버림받고 죽는다.

그는 이 찬란함의 어떤 몫을 가지고 있는가? 어느 누구도 그만큼 찬란하지 못했고, 어느 누구도 그보다 더 치욕을 당하지 않았다. 이 모든 찬란함은 우리가 그분을 알아보게 하기 위해서 우리에게만 소용이 되었다. 그리고 그는 이 찬란함을 전혀 누리지 못했다.

제19장

500-737 헤롯과 카이사르의 이야기를 신앙의 눈으로 보는 것은 아름답다.

501-737 상징.

구약 성서가 상징이고 ― 상징일 뿐이고 ―, 예언자들이 물질적인 부를 통해 다른 부를 말하고자 했음을 제시하기 위해서. 첫째, 그것은 하느님에게 합당하지 않다. 둘째, 그들의 말은 매우 분명하게 물질적 부에 대한 약속을 표현하고 있으나, 그들은 자신들의 말이 모호하여 의미가 이해되지 않을 것이라고 말하고 있다. 그러므로 이 숨은 의미는 그들이 드러내 놓고 표현하는 그 의미가 아닐 것이고, 따라서 그들은 다른 제사와 다른 구속자 등등에 대해 말하고자 했던 것처럼 보인다. 그들은 사람들이 때가 되었을 때에야 이해할 것이라고 말하고 있다. 「예레미야」 33장 마지막 절.*

두 번째* 증거는 그들의 말이 모순되고 서로 어긋난다는 것이다. 그래서 예언자들이 율법과 제사라는 단어로 모세의 것과는 다른 의미를 표명했다고 가정한다면, 거기에는 분명하고 훤히 들여다보이는 모순이 있다. 그러니까 예언자들은 때로 동일한 장에서 스스로 모순된 말을 하며 다른 것을 의미했던 것이다.

그러므로 한 작가의 의미를 이해하기 위해서는…….*

502-738 상징의 이유.

(이유. 그들은 육적인 민족에게 말을 해야 했고, 이 민족을 영적인 계약의 수탁자로 만들어야 했기 때문이다.)

메시아에 대한 믿음을 주기 위해서 이에 앞서 예언이 있어야만 했고, 이 예언들은 의심스러운 점이 없고 특별한 열의와 근면과 충직함을 지니고 세상에 잘 알려진 사람들이 전달해야 했다.

이 모든 것을 성공시키기 위해서 하느님은 육적인 민족을 선택하셨고, 이 민족에게 메시아를 구속자와 이 민족이 좋아하는 물질적인 부의 분배자로 예고하는 예언을 맡기셨다.

그래서 이 민족은 자신들의 예언자들에 대해 특별한 열성을 가졌고, 그들의 메시아를 예언하는 이 경전들을 모든 사람이 보는 앞에서 보전하여 왔다. 그렇게 그들이 가지고 있는 경전들을 모든 사람들 앞에 공개해 놓고 거기에 예언된 대로 메시아가 올 것이라고 모든 나라들을 확신시켰다. 그러나 메시아의 치욕스럽고 초라한 강림에 실망한 이 민족은 메시아의 가장 잔인한 적이 되었다. 그래서 이 민족은 세상에서 가장 덜 의심스러운 민족으로 우리에게 도움을 주고, 자신들의 율법과 예언자들에 대해 가장 정확하고 열정적인 민족으로 경전들을 손상됨 없이 보존하고 있다.

그래서 자신들에게 걸림돌인 예수 그리스도를 배척하고 십자가에 못 박히게 한 사람들이 그를 증명하고, 그가 배척당하고 추문을 불러일으킬 것이라고 말하는 경전을 보존하는 사람들인 것이다. 그들은 그를 배척하면서 바로 그분이라는 사실을 나타냈으며, 그는 자신을 받아들인 의로운 유대인들과 자신을 배척한 불의한 사람들에 의해 똑같이 증명되었는데, 두 가지 모두 예언되었기 때문이다.

이러한 이유로 예언은 이 민족이 좋아하는 육적인 의미 아래 숨은 의미, 즉 영적인 의미를 가지고 있고, 이 민족은 이 영적인 의미의 적이다. 영적인 의미가 드러났을지라도 그들은 이 의미를 사랑할 수 없었을 것이다. 그리고 그 의미를 간직할 수 없어서 그들은 자신들의 경전 보존과 그 의식에 대한 열의가 없었을 것이다. 그리고 만약에 그들이 이 영적인 약속을 좋아하고 메시아가 올 때까지 이 약속을 손상시키지 않고 간직했다면, 그들의 증언은 전혀 효력이 없었을 것이다. 그들이 메시아의 친구였을 것이기 때문이다.

바로 이러한 이유로 영적인 의미가 감추어져 있는 게 좋았는데, 다른 한편으로는 만약에 이 의미가 너무나 감춰져 있어서 전혀 드러나지 않았다면 그 의미는 메시아의 증거로 소용되지 않았을 것이다. 그러면 무슨 일이 있었던 것인가?

그 의미는 많은 구절들 속에 세속적인 의미 아래 감춰져 있었다. 그리고 몇몇 구절에서 너무나도 분명하게 밝혀져 있었는데, 그 시기뿐만 아니라 세상의 상태가 너무나 분명하게 예언되어 있어서 그 의미는 태양보다 더 분명했다. 그리고 이 영적인 의미는 몇몇 곳에서 너무나 분명하게 설명되어 있어서 그것을 인정하지 않기 위해서는 정신이 육체에게 굴복할 때 육체가 정신에 퍼뜨리는 것과 비슷한 무분별함이 있어야 할 것이다.

바로 이것이 하느님의 선도였다. 이 의미는 수많은 곳에서 다른 의미로 감춰져 있고 다른 몇몇 곳에서는 드물게 드러나 있다. 그러나 의미가 감춰져 있는 곳이 모호하고 두 의미에 부합할 수도 있지만, 반면에 그 의미가 드러나 있는 곳에서는 한 의미를 가지며 영적인 의미에만 부합할 수 있다.

그러므로 이는 오류를 유발할 수 없고, 그 점에 있어 잘못 생각할 수 있는 사람은 유대 민족만큼이나 육적인 민족뿐이었다.

왜냐하면 풍요로운 은혜가 약속되었다면, 그들이 참다운 은혜를 이해하는 것을 방해하는 것이 이 의미를 지상의 은혜로 단정짓는 그들의 탐욕이 아니고 무엇이겠는가! 그러나 하느님 안에서만 행복했던 사람은 이 은혜를 오직 하느님에게 연관시켰다.

왜냐하면 사람들의 의지를 구분하는 데는 두 가지 원칙이 있기 때문이다. 그것은 탐욕과 사랑이다. 이는 탐욕이 하느님에 대한 믿음과 함께할 수 없고 사랑이 지상의 행복과 함께할 수 없다는 것은 아니나, 탐욕은 하느님을 이용하고 세상을 즐기지만 사랑은 그 반대이다.

그런데 사물에 이름을 부여하는 것이 최종 목적이다. 거기에 우리가 이르는 것을 방해하는 모든 것은 적으로 불렸다. 따라서 창조물은 그것이 좋은 것이라도 하느님으로부터 사람들을 갈라놓을 때 의인들의 적이 될 것이다. 그리고 하느님이 어떤 사람들의 탐욕을 방해할 때, 하느님은 이 사람들의 적이 된다.

그렇게 적이라는 단어가 최종 목적에 따라 좌우되기 때문에 의인들은 그것을 통해 자신들의 정욕을 이해했고, 육적인 사람들은 바빌론 사람들을 이해했다. 그러므로 이 용어들은 불의한 사람들에게만 모호했던 것이다.

이것이 이사야가 한 말이다: *signa legem in electis meis.*[83]

---

83 제자들이 보는 데서 이 증거 문서를 묶고 이 가르침을 인봉한다.(「이사야」 8:16)

그리고 예수 그리스도는 걸림돌이 될 것이나 그 안에서 넘어지지 않는 사람은 행복하다.

「호세아」 마지막 절은 그것을 완벽하게 말해 준다: 지혜 있는 사람은 내 말을 이해할 것이다. 슬기 있는 사람은 이것을 이해할 것이다. 야훼께서 보여 주신 길은 곧으나, 죄인은 그 길에서 걸려 넘어질 것이기 때문이다.

503-738 그런데 어떤 사람은 눈멀게 하고 어떤 사람은 눈을 밝게 하기 위해 만들어진 이 성서는 눈멀게 한 이 사람들에게조차 다른 사람에게 알려진 진리를 표시해 주었다. 왜냐하면 그들이 받는 눈에 보이는 하느님의 은혜가 너무나 크고 신성하여, 하느님이 그들에게 보이지 않는 은혜를 내리시고 메시아를 보내 줄 만큼 강력하게 보였기 때문이다.

자연은 은총의 이미지이고 보이는 기적은 보이지 않는 기적의 이미지이다. *ut sciatis, tibi dico surge.*[84*]

「이사야」 51장에서 저자는 구속이 홍해를 건너는 일과 같을 것이라고 말한다.

하느님은 이집트와 홍해에서의 탈출과, 왕들의 패배, 만나가 내려왔을 때, 그리고 아브라함의 모든 족보를 통해 구원할 능력이 있고, 하늘에서 빵을 내려오게 할 수 있음을 보여 주었다. 그래서 적이 된 민족은 그들이 모르는 메시아의 상징이고 표상이다 등등

결국 하느님은 이 모든 것이 상징일 뿐이라는 것과 참된 자유, 참된 유대교도, 참된 할례, 하늘의 참된 빵 등등이 무엇인지 우리

84 너희는 알 것이고, 네게 말하노니, 일어나라.

에게 가르쳐 주셨다.

Kirkerus — Usserius.[85*]

이 약속들 가운데 사람마다 마음속 깊은 곳에 간직하고 있는 물질적인 행복이나 영적인 행복, 하느님이나 피조물과 같은 것을 발견하게 된다. 그러나 차이가 있다면 거기서 피조물을 찾는 사람은 피조물을 찾을 것이나 여러 모순을 함께하게 된다. 즉 하느님만 경배하고 사랑하라는 명령과 함께 피조물을 사랑하는 데 대한 금지, 이는 사실 같은 말인데, 이런 모순들이다. 결국 메시아는 이들을 위해 오지 않으셨다. 반면에 거기서 하느님을 찾는 사람들은 하느님을 발견하게 되는데, 하느님만을 사랑해야 한다는 명령과 어떤 모순도 갖지 않는다. 그리고 그들이 요구하는 은혜를 주기 위해 예언된 시간에 메시아가 오셨다.

그렇게 유대인들은 기적과 예언을 가지고 있었고 그것이 실현되는 것을 보았다. 그들의 율법의 가르침은 하느님만을 경배하고 사랑하는 것이었다. 또한 그 가르침은 영속적인 것이었다. 이렇듯 그 가르침은 참된 종교의 모든 특징을 가지고 있었다. 사실 이 가르침은 참된 것이었다. 그런데 유대인들의 가르침과 유대인들의 율법의 가르침을 구별해야 한다. 유대인들의 가르침은 기적과 예언 그리고 영속성을 가지고 있지만 참되지 않다. 왜냐하면 하느님만을 경배하고 사랑한다는 바로 이 다른 점을 가지고 있지 않았기 때문이다.

85 키르케루스-우세리우스.

제20장

504-672 그들은 군중 속에 숨어 다수의 도움을 청한다. 소요.

505-672 *권위.* 어떤 얘기를 들었다고 해서 그것이 당신 믿음의 규칙이 되어서는 안 된다. 마치 전혀 들은 적이 없는 듯한 상태에 당신을 두지 않고서는 어떤 것도 믿어선 안 된다.

당신은 당신과, 당신 자신과의 합의와, 다른 사람이 아닌 당신 이성의 지속적인 소리에 의해 믿어야 한다.

믿는 것은 매우 중요하다.

백 가지 모순이 참일 수가 있다.

고대가 믿음의 기준이 된다면 고대 사람들은 기준이 없게 된다.

일반적인 합의가 믿음의 기준이라면, 사람들이 멸망했다면?

거짓 겸손, 오만.

죄를 짓는 사람들에 대한 벌, 오류.

막을 올리시오.

당신은 헛수고하고 있다. 그래도 믿거나 부정하거나 의심해야 한다.

그러면 우리는 규칙이 없는 걸까?

우리는 동물들에 대해 그들이 하는 일을 잘하고 있다고 판단하는데, 사람을 판단하기 위한 규칙은 없는 걸까?

인간이 부정하고 믿고 의심하는 것은 말이 달리는 것과 같다.

506-673-674 *Quod crebro videt non miratur etiamsi cur fiat nescit; quod ante non viderit id si evenerit ostentum esse censet. Cic.*[86]

583- *Nae iste magno conatu magnas nugas dixerit.*[87] Terent.

Quasi quicquam infelicius sit homine cui sua figmenta dominantur.[88] Plin.

507-675 *Ex senatusconsultis et plebiscitis scelera exercentur.*[89] Senec. 588.

Nihil tam absurde dici potest quod non dicatur ab aliquo philosophorum.[90] Divin.

Quibusdam destinatis sententiis consecrati quae non

---

86 사람은 자주 보는 것에는 그 이유를 알지 못하면서도 놀라지 않는다. 그러나 한 번도 보지 못한 어떤 일이 벌어지면 경이로운 것처럼 그것을 바라본다. 키케로, 『예언에 대해서(*De Divinatione*)』 제2권, 27(몽테뉴, 『에세』 제2권, 30).

87 물론 이 사람은 나에게 어리석은 말을 하기 위해 대단히 수고할 것이다. 테렌티우스, 『자성록』 제3권, v. 8(몽테뉴, 『에세』 제3권, I).

88 자신의 망상의 노예인 인간보다 불행한 것이 무엇이겠는가. 플리니우스, 『박물지』 제2권, 5(몽테뉴, 『에세』 제2권, 12).

89 원로원 회의와 평민 회의의 의결에서 일어나는 범죄가 있다. 세네카, 『서한집』, 95(몽테뉴, 『에세』 제3권, 1).

90 어떤 철학자도 하지 않은 매우 부조리한 말은 할 수 없는 것이다. 키케로, 『예언에 관하여』 제2권, 58(몽테뉴, 『에세』 제2권, 12).

probant coguntur defendere.[91] Cic.

Ut omnium rerum sic litterarum quoque intemperantia laboramus.[92] Senec.

Id maxime quemque decet quod est cujusque suum maxime.[93] 588.

Hos natura modos primum dedit.[94] Georg.

Paucis opus est litteris ad bonam mentem.[95]

Si quando turpe non sit tamen non est non turpe quum id a multitudine laudetur.[96]

Mihi sic usus est, tibi ut opus est facto fac.[97] Ter.

508-676-679 *Rarum est enim ut satis se quisque vereatur.*[98]

Tot circa unum caput tumultuantes deos.[99]

Nihil turpius quam cognitioni assertionem praecurrere.[100]

---

91 어떤 변하지 않는 결정적인 의견에 관하여 자신들이 인정하지 않는 것조차 지지할 정도로 그것에 헌신하는 사람들. 키케로, 『투스쿨라나룸 논쟁』 제2권, 2(몽테뉴, 『에세』 제2권, 12).

92 지나침으로 우리가 고통받는 것은 다른 모든 것에서처럼 문학 연구에서도 마찬가지이다. 세네카, 『서한집』, 106(『에세』 제3권, 12).

93 각자에게 가장 잘 어울리는 것이 가장 자연스러운 것이다. 키케로, 『의무론』 제1권, 31(『에세』 제3권, 1).

94 자, 자연이 준 최초의 법률이 여기 있다. 베르길리우스, 『농경 시』 제2권, 20(『에세』 제1권, 31).

95 건전한 정신을 만드는 데는 문학이 필요 없다. 세네카, 『서한집』, 106(『에세』 제3권, 12).

96 나는 어떤 일이 부끄러운 일이 아닌데도 군중이 지지를 받으면 그것이 부끄러운 일이 된다고 생각한다. 키케로, 『최선과 최악에 관하여』, 제15권(『에세』 제2권, 16).

97 나는 그것을 이렇게 하는데, 당신은 당신이 원하는 대로 하십시오. 테렌티우스, 『자성록』 제1권 제1장, 28(『에세』 제1권, 28).

98 자기 자신을 충분히 존중하는 경우는 드물다. 퀸틸리아누스, 『오라토리오회 규정』 제10권, 7(『에세』 제1권, 39).

99 한 사람 주위에서 법석대는 많은 신들. 세네카, 『설득법』 제1권, 4(『에세』 제2권, 13).

100 지각하거나 알기도 전에 단정이나 결정을 내리는 것보다 더 부끄러운 일은 없다. 키케로, 『아카데

Cic.

Nec me pudet ut istos, fateri nescire quod nesciam.[101]

Melius non incipient.[102]

미』 제1권, 12(『에세』 제3권, 13).

101 나는 내가 모르는 것을 모른다고 고백하는 것을 이 사람들처럼 부끄러워하지 않는다. 키케로, 『투스쿨라나룸 논쟁』 제1권, 25(『에세』 제3권, 11).

102 그들은 멈추는 것보다 시작하지 않는 것으로 고통을 덜 받을 것이다. 세네카, 『서한집』, 72(『에세』 제3권, 10).

제21장

509-669　자연을 숨기고 변장하기. 왕도 교황도 주교도 없이 존엄한 군주일 뿐 등등. 파리는 없고 왕국의 수도만 있을 뿐이다.

파리를 파리라 불러야 하는 곳이 있고, 파리를 왕국의 수도라 불러야 하는 곳이 있다.

510-669　지성을 많이 가질수록 독창적인 사람을 더 많이 발견하게 된다. 보통 사람들은 사람들의 차이를 발견하지 못한다.

511-669　정확한 지각에는 여러 종류가 있는데, 몇몇 지각은 어떤 사물의 질서에서는 정확하나, 다른 질서에서는 방향을 잃게 된다.

어떤 사람들은 몇 안 되는 원리에서 결론을 끌어내는데, 이는 지각의 정확성이다.

다른 사람들은 원리가 많은 사물에서 결론을 잘 끌어낸다.

예를 들면 어떤 사람들은 원리가 별로 없는 물의 현상을 잘 이해한다. 하지만 그 결과는 너무나 섬세해서 극도의 올바른 정신만 거기에 다다를 수 있다. 그리고 이 사람들은 이런 판단력 때문에 위대한 기하학자일 수는 없을 것이다. 왜냐하면 기하학은 수많은 원리를 포함하고 있기 때문이다. 몇 안 되는 원리를 그 근본까지 통찰할 수 있지만 원리가 많은 사물들에 대해서는 전혀 통찰하지 못하는 지성도 있기 때문이다.

그러니까 두 가지 정신이 있는데 하나는 원리의 결론을 생생하고 깊게 통찰하는 정확한 정신이다. 또 다른 정신은 많은 원리를 혼동하지 않고 이해한다. 그것은 기하학 정신이다. 하나는 정신의 힘이요 정확함이고, 다른 하나는 정신의 넓이이다. 그런데 정신은 강하고 그 폭이 좁을 수 있고, 또 넓고 약할 수 있기 때문에 하나 없이도 다른 하나가 존재할 수 있다.

제22장

512-670

기하학 정신과 섬세한 정신의 차이.

기하학 정신에서 원리들은 명백하나 잘 사용하지 않아서, 습관이 되어 있지 않은 사람들은 좀처럼 이쪽으로 머리를 돌리지 않는다. 그러나 그쪽으로 조금만 머리를 돌리면 많은 원리가 보인다. 너무나 명백한 원리들이어서 놓칠 수 없는 것들인데, 이 원리에 대해 추론을 잘못한다면 그것은 정신이 틀린 사람이다.

그러나 섬세한 정신에서의 원리는 일반적으로 사용되며 모든 사람들의 눈에 띄는 것이다. 그래서 머리를 돌릴 필요도 없고 애쓸 필요도 없다. 좋은 시력을 가지는 게 문제인데, 보는 눈이 좋아야 한다. 왜냐하면 원리들은 너무나 정밀하고 그 수가 많아서 놓치지 않는 것이 거의 불가능하기 때문이다. 그런데 원리를 하나라도 빠뜨리면 오류에 빠지게 된다. 그러므로 모든 원리를 보기 위해서는 아주 명확한 눈을 가져야 한다. 그리고 알려진 원리에 대해 틀리게 추론하지 않기 위해서는 올바른 정신을 가져야 한다.

모든 기하학자가 안목이 좋다면 섬세할 것이다. 그들은 자신이 알고 있는 원리에 대해 잘못된 추론을 하지 않기 때문이다. 그리고 섬세한 정신들은 기하학의 익숙하지 않은 원리에 시선을 향하게 할 수 있다면 기하학자가 될 것이다.

이런 이유로 섬세한 정신을 가진 사람들은 기하학자가 아니다.

그것은 그들이 기하학의 원리에 관심을 가질 수가 없기 때문이다. 그런데 기하학자들이 섬세하지 못한 이유는 그들이 자신들 앞에 있는 것을 보지 않고 기하학의 분명하고 개략적인 원리들에 익숙하고, 이 원리들을 잘 보고 다룬 다음에야 추론하는데 익숙해 있기 때문이다. 그들은 원리들이 그렇게 다루어지지 않는 섬세한 것들 안에서는 어찌할 바를 모른다. 섬세한 정신의 원리들을 보기는 힘들다. 그 원리들은 본다기보다 오히려 느낀다고 하겠다. 이 원리들을 느끼지 못하는 사람들한테 그것을 느끼게 하려면 무한히 애써야 한다. 그 원리는 너무나 섬세하고 그 수가 많아서 그것을 느끼고 이 느낌에 따라 바르고 정확하게 판단하기 위해서는 분명하면서도 매우 예민한 감각이 필요하다. 대체로 이것을 기하학에서처럼 순서에 맞게 증명할 수는 없다. 이 원리들은 그런 식으로 파악되는 게 아니다. 기하학에서처럼 파악하려는 시도는 끝이 없는 일이 되기 때문이다. 그것은 적어도 어느 정도까지는 추론의 진전에 따라서가 아니라 불현듯 한눈에 봐야 한다. 그렇게 기하학자가 섬세하다거나 섬세한 사람이 기하학자인 경우는 드물다. 기하학자는 이 섬세한 사물들을 기하학적으로 다루고 싶어 하는데, 정의에 이어서 원리로 시작하고 싶어 함으로써 스스로를 우스꽝스럽게 만든다. 이는 이러한 추론에서 행할 방식이 아니다. 정신이 추론을 하지 않는다는 것이 아니다. 섬세의 정신은 암묵적으로, 자연스럽게 그리고 기교 없이 추론한다. 이 추론에 대한 표현은 모든 사람을 초월하는 것이고, 그 느낌은 극소수의 사람만 가능한 것이기 때문이다. 섬세한 정신들은 그렇게 한눈에 판단하는 데 익숙해져서 사람들이 그들이 알지 못하는 명제를 제시할 때 매우 놀란다. 이 명제들은 그들이 그렇게 상세히 보는 데 익숙지 않은 너무나 무미건조한 정의와 원리들을 통해 알 수 있는 것이어서, 그들은 이 명제들에 반감을 갖거나 싫증을 낸다.

그러나 부정확한 정신들은 결코 섬세하지도 않고 기하학자도 되지 못한다.

단지 기하학자일 뿐인 기하학자들은 그러므로 올바른 정신을 가지고 있으나 정의와 원리로 모든 것을 잘 설명해 주어야 한다. 그렇지 않으면 그들의 판단은 정확하지 않고 끔찍해진다. 왜냐하면 그들은 명확한 원리에 의해서만 올바르기 때문이다.

그리고 섬세하기만 한 사람들은 세상에서 본 적이 없고 전혀 사용해 보지도 않은 개념적이고 사변적인 사물의 제일 원리까지 탐구하는 인내심을 가질 수가 없다.

513-671　기하학. 섬세함.

참된 웅변은 웅변을 조롱하고, 참된 도덕은 도덕을 조롱한다. 즉 규칙이 없는 판단의 도덕은 지성의 도덕을 조롱한다.

왜냐하면 학문이 지성에 속하듯이 감정은 판단에 속하기 때문이다. 섬세함은 판단의 부분이고 기하학은 정신의 부분이다.

철학을 조롱하는 것은 참으로 철학하는 것이다.

514-671　육체의 양식은 조금씩 조금씩.

풍족한 양식에 적은 양분.

제23장

515-452 잡록.

연설에서 반복되는 말이 있어 고치려고 하는데 너무나 적절한 말이어서 오히려 글을 망치게 될 때는 그대로 두어야 한다. 그것은 적절하다는 증거이다. 고치려는 마음은 욕망의 몫인데 맹목적이어서 그 반복이 잘못이 아니라는 것을 알지 못한다. 왜냐하면 보편적인 규칙이란 없기 때문이다.

516-452 (*교황*) 사람들은 안전을 좋아한다. 사람들은 교황이 신앙에 있어 오류가 없기를, 그리고 진지한 신학자들은 품행에 있어 잘못이 없기를 바란다. 이는 안심하기 위해서이다.

517-452 만약에 성 아우구스티누스가 오늘날 나타난다면, 그리고 그의 지지자들처럼 거의 권한이 없다면 그는 아무것도 하지 않을 것이다. 하느님은 권력과 함께 앞서 그를 보내어 자신의 교회를 잘 인도하셨다.

518-452 회의주의.

극단적인 정신은 극단적인 단점처럼 어리석음으로 비난받는다. 중용만큼 좋은 것은 없다. 이는 다수가 만들어 낸 것인데 누구든 어떤 방법으로든 경계선을 넘으면 비난한다. 나는 고집부리지 않을 것이다. 나는 사람들이 나를 그 자리에 두는 데 동의한다. 나는 하위 끝에 있는 것은 거절한다. 그것이 낮아서가 아니라 끝이기 때문이다. 그리고 나를 높은 곳에 놓는 것도 마찬가지로 거절할 것이기 때문이다. 중간에서 벗어나는 것은 인간성에서 벗어나는 것이다.

인간 정신의 위대함은 그 자리를 지킬 줄 아는 데 있다. 위대함이 거기서 나온다는 것은 천만의 말씀. 위대함은 거기서 절대 벗어나지 않는 데 있다.

519-453 (*자연은……*

*자연은 우리를 가운데에 아주 잘 놓았기 때문에 만약 우리가 균형의 한쪽을 변화시키면 다른 쪽이 바뀐다. Je faisons, zoa trekei.**

이는 우리의 머릿속에 용수철이 너무나 잘 자리 잡고 있어서 하나를 만지면 반대쪽도 만진다는 생각이 들게 한다.)

520-453 (*나는 오랫동안 정의가 존재한다고 믿으며 살아왔다. 그 점에 있어 나는 옳았는데, 하느님이 우리에게 알려 주고 싶은 것에 따라 정의가 존재하기 때문이다. 그런데 나는 그렇게 생각하지 않았다. 그 점에서 내가 틀렸다. 왜냐하면 우리의 정의가 본질적으로 옳고, 우리는 그 정의를 알 수 있고 판단할 수 있는 방법을 가졌다고 믿었기 때문이다. 하지만 나는 여러 번 바른 판단을 내리지 못했고, 결국 나 자신과 다른 사람들을 믿을 수 없게 되*

었다. 나는 여러 나라와 다양한 사람들을 봤다. 그리고 참된 정의에 관한 수많은 판단의 변화 후에 나는 우리의 본성이 하나의 지속적인 변화임을 알았다. 그 이후 나는 변하지 않았다. 그리고 만약 내가 변하면 나는 나의 의견을 확정짓는 게 될 것이다. 회의주의자 아르케실라오스는 다시 독단론자가 된다.)

521-453 *(참된 증명이 있을 수도 있으나 분명하지는 않다. 이는 다른 게 아니라 모든 것이 불분명하다는 사실이 확실한 것은 아니라는 것을 보여 준다. 회의주의에 영광을.)*

522-453 *(아내와 외아들의 죽음으로 매우 고통스러워했던 이 사람이, 큰 논쟁에 힘들어 하던 이 사람이 이 순간 조금도 슬퍼하지 않고, 고통스럽고 혼란한 이 모든 생각에서 벗어나 있다. 어찌 된 일인가? 놀랄 필요도 없다. 방금 그에게 공을 던져 줬고, 그는 그 공을 친구에게 다시 던져 줘야 한다. 그는 공놀이에서 이기기 위해 위에서 떨어지는 공을 잡는 데 전념하고 있다. 다루어야 할 다른 일이 있는데 어찌 자신의 일을 생각할 수 있겠는가? 이는 이 위대한 정신을 차지하고 머리에서 모든 다른 생각을 제거할 수 있는 배려이다. 모든 것을 판단하기 위해서, 한 국가를 조정하기 위해서, 세상을 알기 위해서 태어난 이 사람이 산토끼를 잡기 위해 온 정성을 다하여 집중하는 것을 보라. ―그리고 만약 여기에 자신을 낮추고 항상 긴장해 있기를 바란다면 그는 단지 바보일 뿐인데, 왜냐하면 그는 인류의 위로 올라가고 싶어 할 것이기 때문이다. 결국 그는 인간일 뿐이다. 즉 미미한 일을 해내거나, 많은 일을 해내거나, 모든 것을 해내거나, 아무것도 할 수 없는 인간인 것이다. 그는 천사도 짐승도 아니고 인간이다.)*

523-453 *(우리는 하나의 생각에 사로잡혀 있다. 우리는 동시에 두 가지를 생각할 수 없다. 세상의 이치에 따르면 다행이지만 하느님에 의거하면 그렇지 않다.)*

524-453 *(신부님, 하느님의 명령에 대해 간단히 판단할 필요가 있습니다. 성 바울로, 멜리데 섬에서.)**

525-454 몽테뉴의 생각은 틀렸다. 풍습은 정당하거나 옳아서가 아니라 풍습이기 때문에 따라야 하는 것이다. 그러나 민중은 그것이 정의라고 믿는 유일한 이유로 그것을 따른다. 그렇지 않으면 그것이 비록 풍습일지라도 더 이상 따르지 않을 것이다. 왜냐하면 사람들은 정의나 이성에만 복종하고 싶어 하기 때문이다. 그렇지 않으면 풍습은 독재로 여길 것이다. 그런데 이성과 정의의 제국은 쾌락의 제국만큼이나 폭군적이지 않다. 이는 인간에게 자연스러운 원리이다.

그러니까 법이기 때문에 법과 풍습에 복종하는 게 좋을 것이다. (그런고로 사람들은 절대 반란을 일으키지 않을 것이다. 그러나 아마도 거기에 복종하지 않고 항상 참된 법과 풍습을 찾을 것이다.) 그리고 채택할 어떤 진실하고 정당한 법이 없고, 우리는 그에 대해 아는 것이 없으며 따라서 단지 공인된 것을 따라야 한다는 것을 아는 것이 좋다. 이렇게 해서 사람들은 결코 공인된 법률과 풍습을 버리지 않을 것이다. 그런데 민중은 이러한 견해를 이해할 능력이 안 된다. 따라서 그들은 진실이 존재할 수 있으며 진리가 법과 풍습 안에 있다고 믿기 때문에 법과 풍습을 믿고, 이것들의 진리라는 증거로 (진리가 없는, 단지 권위의 증거가 아니라) 그 법과 풍습이 매우 오래되었다는 점을 제시한다. 그렇게 민중은 거기에 복종한다. 하지만 그것들이 아무 가치도 없음을 보여 주면 곧 저항할 사람들이다. 이런 사실은 어느 한 면을 바라보면 다른 모든 면에서도 드러나는 것이다.

526-454 악은 쉬운 일이라 무한히 많다. 선은 거의 유일하다. 그러나 어떤 종류의 악은 사람들이 선이라 부르는 것만큼이나 찾기가 어렵다. 이 특별한 악은 이런 특징 때문에 자주 선으로 통한다. 그리고 거기에 이르기 위해서는 선에 이르는 것처럼 아주 특별한 정신의 위대함이 필요하기까지 하다.

527-454 우리는 어떤 사물들을 증명하기 위해 많은 예들을 취하는데 만약 그 예들을 증명하고자 하면 그 예로 이 사물들을 취할 것이다. 왜냐하면 증명하고자 하는 문제에 어려움이 있다고 항상 생각하기 때문에 사람들은 예들이 더 명확하고, 문제를 제시하는 데 도움이 된다고 생각한다.

그래서 보편적인 것을 증명하고자 하면 그것에 관한 한 경우의 특별한 규칙을 제시해야 한다. 그러나 특별한 경우를 증명하고자 할 때는 일반적인 규칙으로 시작해야 할 것이다. 왜냐하면 사람들은 항상 증명하고자 하는 사물은 모호하다 생각하고 증거에 이용하는 것은 명확하다고 생각하기 때문이다. 왜냐하면 사람들은 증명할 어떤 사물을 제안할 때 우선 그것이 모호하고, 반대로 그것을 증명해야 할 것은 분명하다는 상상으로 가득 차 있기 때문이다. 그렇게 함으로써 그것을 쉽게 이해한다.

528-454 나는 다음과 같은 인사치레가 좀 거북하다: "저 때문에 수고가 많으셨습니다." "폐가 될까 걱정입니다." "너무 길었던 건

아닌지요." 이런 말에 사람들의 마음이 사로잡히거나 아니면 화나게 한다.

529-454 타인의 판단에 무언가를 제안할 때 그에게 그것을 제안하는 방식에 따라 그의 판단이 손상되지 않게 하는 일이 얼마나 어려운지. 만약에 우리가 "그것이 아름답게 보여요", "좀 모호한데요"라든가 아니면 그 비슷한 다른 말을 한다면 우리는 상상력을 이러한 판단으로 이끌어 가거나 아니면 반대로 화나게 만든다. 차라리 아무 말도 하지 않는 게 낫다. 그러면 그는 있는 그대로, 즉 그때의 상태에 따라서 그리고 우리가 원인이 아닌 그런 주위 상황에 따라서 판단할 것이다. 적어도 우리는 거기에 어떤 것도 덧붙이지 않은 것이 될 것이다. 만약 그의 기분에 따르는 해석과 표현에 의해, 아니면 그가 관상가여서 움직임이나 표정 그리고 목소리의 어조로 짐작에 따라 침묵이 어떤 효과를 만들지 않는 한 말이다. 그만큼 자연스러운 평정의 판단을 틀어지지 않게 하기는 너무나 어려운 일이다. 아니면 오히려 확고하고 평정한 판단은 거의 없다고 하겠다.

530-455 우리의 모든 추론은 감정에 굴복하게 되어 있다.

그러나 상상은 감정과 비슷하기도 하고 반대되기도 하다.* 때문에 이 반대되는 것들 사이에서 구별할 수가 없다. 어떤 이는 자신의 감정을 상상이라 하고, 어떤 이는 자신의 상상을 감정이라 한다. 법칙이 있어야 한다. 이성이 나서지만 이성은 모든 감각에 굴복될 수 있다.

그러므로 법칙은 없다.

531-456 자신의 얼마 되지 않는 재산을 숨긴다거나 하는 일처럼 우리가 가장 애착 갖는 것은 대개 아무것도 아니다. 그것은 우리의 상상이 산처럼 커다랗게 부풀린 무(無)이다. 상상이 다른 재주를 부리면 우리는 어렵지 않게 그것을 발견할 수 있다.

532-457 회의주의.

나는 여기에 무질서하게 내 생각을 쓸 것이다. 그런데 아무렇게나 혼란한 상태에서 쓰지는 않을 것이다. 그것은 진정한 질서인데, 이 질서는 무질서로 나의 목적을 드러낼 것이다.

내가 만약 나의 주제를 질서 정연하게 다루었다면 내 주제에 너무 큰 영광을 부여하는 일이 될 것이다. 왜냐하면 나는 그 주제가 그런 질서를 감당해 내지 못하는 점을 보여 주고 싶기 때문이다.

533-457 사람들은 플라톤과 아리스토텔레스를 생각할 때 현학자들의 긴 치마를 입은 모습을 생각한다. 그들은 점잖은 사람들이었는데, 다른 이들처럼 친구들과 웃으며 지내는 사람들이었다. 그리고 그들이 법과 정치를 구상하며 소일할 때도 놀면서 했다. 이는 그들의 삶 중 가장 철학적이지 않고 진지하지 않은 부분이었다. 가장 철학적인 부분은 단순하게 조용히 사는 것이었다. 그들이 정치에 대해 글을 썼다면 그것은 정신 병원 문제를 해결하기 위한 것과 같았다. 그리고 어떤 중요한 일에 대해 말하는 것처럼 짐짓 가장했다면 그것은 그들의 청취자인 미친 사람들이 스스로 왕이며 황제라고 생각한다는 것을 알았다는 것이다. 그들은 이들의 광기를 가능하면 덜 심각하게 완화시키기 위해서 그들의 원칙 안으로 들어간다.

534-457 한 작품에 대해 규칙 없이 평가하는 사람들과 그렇지 않은 사람들의 관계는 시계를 가진 사람과 갖지 않은 사람들의 관계와 같다. 한 사람이 말한다. "두 시간 됐네요." 다른 사람이 말한다. "45분밖에 되지 않았어요." 나는 내 시계를 보고 앞사람에게 말한다. "무료하시군요." 그리고 다른 사람에게는, "선생님께는 시간이 흐르지 않는군요. 왜냐하면 한 시간 반이 됐으니까요". 그리고 나는 시간이 나에게 길게 느껴진다거나, 내가 아무렇게나 판단한다고 하는 사람들의 말에 개의치 않는다.

그들은 내가 나의 시계로 판단하는 것을 모른다.

535-457 다른 악덕을 통해서만 우리에게 달라붙는 악덕들이 있다. 그것의 둥치를 자르면 가지까지 사라진다.

536-458 하느님과 사도들은 오만의 씨앗이 이단을 낳게 할 것이라고 예언했다. 그리고 그것들이 적당한 말로 태어날 기회를 갖지 않게 하고 싶어서 성서와 교회의 기도 안에 상반된 씨앗과 말들을 넣었는데 때맞추어 그들의 열매를 생산해 내기 위해서이다.

마찬가지로 윤리 안에 사랑을 넣으셔서 이 사랑이 사욕에 대항할 열매를 맺도록 했다.

537-458 교활함이 이성을 자기편에 두고 있을 때 아주 오만해져서 이성을 빛나게 자랑하며 보여 준다.

고행이나 준엄한 선택이 참다운 행복에 이르지 못하여 자연을 따르기 위해 제자리로 돌아와야 할 때 이 회귀로 고행은 오만해진다.

538-458 주인의 뜻을 아는 사람은 이 앎으로 갖게 된 능력 때문

에 더 많은 매를 맞을 것이다.*

Qui justus est justificetur adhuc,[103] 의로움으로 그가 갖게 된 힘 때문에.

도움으로 갖게 된 힘 때문에 가장 많이 받은 자에게 가장 많은 것을 요구할 것이다.

539-458 의지의 행위와 모든 다른 행위들 사이에는 보편적이고 본질적인 차이가 있다.

의지는 신뢰의 주요 기관 중 하나이다. 의지가 신뢰를 형성한다는 것이 아니라 사물은 보는 쪽에 따라 참되거나 거짓되기 때문이다. 그 무엇보다 어떤 하나를 좋아하는 의지는 자신이 보기를 원하지 않는 것의 특성을 정신이 고려하는 것을 단념하게 한다. 그렇게 정신은 의지와 함께 걸으면서 의지가 좋아하는 면을 보기 위해 멈춘다. 그리고 거기서 보는 것으로 판단을 내린다.

540-458 세상에는 많은 훌륭한 격언이 있다. 사람들이 그것을 실천하지 못할 뿐이다.

예를 들어 사람들은 공공의 이익을 수호하기 위해서 자신의 목숨을 걸어야 한다는 것을 의심하지 않는다. 그리고 많은 사람이 그렇게 한다. 그러나 종교를 위해서는 그렇게 하지 않는다.

사람들 사이에 불평등은 불가피하다. 그것은 진리이다. 하지만 그것이 받아들여지면서 고귀한 통치뿐만 아니라 가장 강력한 압

103 올바른 사람은 그대로 올바른 일을 하게 하고.(「요한의 묵시록」 22:11)

제에도 문이 활짝 열린다.

정신을 약간 느슨하게 놔주는 것이 필요하다. 그러나 이는 가장 강력한 무절제에 문을 열게 된다.

그것의 한계를 정해야 할 것이다. 사물에는 한계가 없다. 법률이 그것을 만들고 싶어 하지만 정신은 그것을 허용할 수 없다.

541-459 (*자연은 다양하게 변형시키고 모방한다. 인공은 모방하고 다양하게 변형시킨다.*

542-459 *우연은 생각을 만들어 내기도 하고 생각을 없애기도 한다. 보전하거나 획득하기 위한 기술은 없다.*

놓쳐 버린 생각, 나는 그것을 쓰고 싶었다. 내가 쓰고 있는데 생각이 나에게서 벗어났다.

543

주제에서 벗어남.

내가 잘 피한 것이 원망스럽습니까, 신부님들 그리고…….

이후로 나는 그것들을 기록했습니다. 왜냐하면 내가 그것들을 몰랐기 때문에…….)

544-460 *Omnis judaeae regio, et Jerosolymatae ymatae universi et baptisabantur.*[104] 거기에 왔던 모든 신분의 사람들

104 그때 온 유다 지방과 예루살렘에 사는 모든 사람이 그에게 와서 죄를 고백하며 요르단 강에서 세례를 받았다.(「마르코의 복음서」 1:5)

때문에.

아브라함의 자녀가 될 수 있는 돌들.*

545-460 이 세상에 있는 모든 것은 육체의 탐욕 또는 눈의 탐욕 또는 삶의 오만이다.* *Libido sentiendi, libido sciendi, libido dominandi.*[105] 이 세 줄기 불의 강이 물을 대 주기보다는 불태우는 저주의 땅은 불행하도다. 이 강에 있으면서 빠지지 않고 끌려가지도 않고, 강 위에 움직임 없이 굳건히 자리 잡아 서 있는 게 아니라 낮고 안전한 장소에 앉아 있는 사람들은 행복하여라. 그들은 빛이 나타나기 전에는 거기서 일어나지 않는데, 평화롭게 거기서 휴식을 취한 후 성 예루살렘 문 안에 그들을 확고히 서 있게 하기 위해서 그들을 일으켜야 하는 자에게 손을 내미는 사람은 행복하여라. 이곳에서는 오만이 더 이상 그들과 싸워 이길 수 없을 것이다. 그리고 이들은 눈물을 흘리는데 이 물이 끌고 가는 모든 멸망할 것들이 흘러가는 것을 보아서가 아니라 자신들의 사랑하는 나라, 자신들의 기나긴 이주 기간 동안 끊임없이 생각하던 천상의 예루살렘에 대한 기억 때문이다.

546-460 선택받은 사람들은 자신들의 덕을 모르고, 버림받은 사람들은 자신들의 죄가 얼마나 큰지 모른다. 주님, 저희가 언제 당신께서 주리시고 목마르신 것을 보고…… 등등.*

547-460 예수 그리스도는 마귀나 소명을 받지 않은 이들의 증거

105 감각의 욕망, 지식의 욕망, 지배의 욕망.

가 아니라 하느님과 세례 요한의 증거를 원했다.

548-460 만약에 사람들이 회개하면 하느님은 치료하고 용서할 것이다. *Ne convertantur et sanem eos.*[106*] 이사야* *Et dimittantur eis peccata.*[107*] 「마르코의 복음서」 3장

549-460 예수 그리스도는 듣지 않고는 결코 벌을 내리지 않았다.

유다에게 *Amice ad quid venisti?*[108] 결혼 의복이 없었던 이에게도 마찬가지이다.*

550-461 유혹에 빠질까 두려우면 기도하라. 유혹받는 것은 위험한 일이다. 그렇게 된 사람들은 기도하지 않았기 때문이다.

Et tu conversus confirma fratres tuos.[109] 하지만 그전에 *conversus Jesus respexit Petrum.*[110*]

베드로가 말코스를 치는 허락을 청하고는 답을 듣기 전에 내려친다. 그리고 예수 그리스도는 그 후에 대답한다.*

갈릴리라는 말은 유대 군중이 빌라도 앞에서 예수 그리스도를 비난하면서 우연히 내뱉은 말인데, 빌라도로 하여금 예수 그리스도를 헤롯에게 보낼 구실이 된다. 그렇게 함으로써 그가 유대인과 이방인에 의해 재판받아야 하는 신비가 완성된다. 겉으로 드러나는 우연은 신비의 완성의 원인이 된다.

106 마음으로 깨달아 돌아서서 마침내 나한테 온전하게 고침을 받으리라.
107 그들이 (알아 듣기만 하면) 용서받게 될 것이다.
108 자, 이 사람아, 어서 할 일이나 하여라.(「마태오의 복음서」 26 : 50)
109 네가 나에게 다시 돌아오거든 형제들에게 힘이 되어 다오.
110 주께서 몸을 돌려 베드로를 똑바로 바라보셨다.

551-461 상상은 사소한 것들을 확대하여 우리의 영혼을 환상적인 추정으로 가득 채우고, 무례한 오만으로 하느님에 대해 말하는 것과 같은 위대한 것을 자신의 기준으로 축소시킨다.

552-461 *Lustravit lampade terras.*[111] 날씨와 나의 기분은 거의 관계가 없다: 나는 내 안에 안개 낀 흐린 날과 좋은 날을 갖고 있다. 내 일의 성공이나 실패조차도 거기에 크게 작용하지 않는다. 때로 나는 운명에 대항하려고 애쓴다. 운명을 이기는 영광 때문에 나는 즐겁게 운명을 굴복시킨다. 반면에 때로는 행운에 까탈을 부리기도 한다.

553-462 학문을 너무 깊이 파고드는 사람들에 반하여 쓰기. 데카르트.

554-463 세상의 여왕은 힘이다. 여론이 아니다. 그런데 여론은 힘을 이용하는 여왕이다.

여론을 만드는 것은 힘이다. 우리의 생각에 부드러움은 아름답다. 왜? 줄 위에서 춤추고 싶어 하는 자는 혼자일 터이기 때문이다. 그리고 나는 그것이 아름답지 않다고 말할 사람들의 더 강한 무리를 만들 것이다.

555-464 말은 잘하는데 글은 잘 쓰지 못하는 사람이 있다. 장소나 청중이 그들을 흥분시키고, 이 같은 열기 없을 때 발견할 수 없는 그보다 더한 것을 그들의 머리에서 끌어낸다.

---

111 대지를 비추는 햇빛.

556- *(어렸을 때 나는 책을 꼭 껴안곤 했다. 책을 껴안고 있다고 믿으면서 때때로 이런 일이 일어났는데, 나는 의심했다.)*

557-465 언어는 암호이다. 여기에선 철자가 철자로 바뀌지 않고 단어가 단어로 바뀐다. 따라서 모르는 언어의 해독이 가능하다.

558-465 다양함은 그 범위가 매우 넓다. 목소리의 모든 어조들, 온갖 걸음걸이, 기침 소리, 코 푸는 소리, 재채기 소리들. 사람들은 과일 중에 포도를 구별하고 포도 중에 사향포도를 구별하고 그리고 콩드리외 그리고 데자르그 그리고 접붙인 가지를 구별한다. 그것이 전부인가? 이 가지는 똑같은 포도 두 송이를 만든 적이 있는가? 그리고 한 송이가 두 개의 똑같은 포도 알을 맺는가? 등등

나는 한 번도 같은 것에 대해 정확히 똑같이 판단해 본 적이 없다. 나는 작품을 쓰면서 그에 대해 평가할 수가 없다. 나는 화가들처럼 해야 한다. 멀리 떨어져야 하는데, 너무 멀리 떨어져도 안 된다. 그러면 얼마나 떨어져야 하는가? 알아맞혀 보라.

559-466 잡록. 언어.

말을 무리하게 써서 대조법을 만드는 사람들은 대칭을 위해서 가짜 창문을 만드는 사람들과 같다.

그들의 규칙은 정확하게 말하는 것이 아니라 정확한 모양을 만드는 것이다.

560-467 예수 그리스도의 무덤.

예수 그리스도는 죽었는데, 사람들은 십자가 위의 그를 볼 수 있었다. 그는 죽었고 사람들이 그를 무덤에 숨겼다.

예수 그리스도는 성인들이 매장했다.

예수 그리스도는 무덤에서 어떤 기적도 행하지 않았다.

거기에 들어간 것은 성인들뿐이다.

거기에서 예수 그리스도가 새로운 생명을 얻었다. 십자가 위에서가 아니다.

이는 수난과 부활의 마지막 신비이다.

(*예수 그리스도는 살아서, 죽어서, 묻혀서, 부활하여 가르치신다.*)

예수 그리스도는 지상에서 무덤 속 외에는 쉴 곳이 없었다.

그의 적들은 무덤만 빼고 계속해서 그를 괴롭혔다.

561-468 그들은 일식이 불행의 징조라고 말하는데, 왜냐하면 불행은 일상적으로 일어나는 일이기 때문이다. 나쁜 일이 너무 자주 일어나서 그들은 자주 맞히기도 한다. 만약에 일식이 행복의 징조라고 말했다면 자주 거짓말하게 될 것이다. 그들은 천체의 희귀한 만남에만 행복을 부여한다. 때문에 그들의 추측이 틀리는 것은 드물다.

562-469 두 종류의 사람만 있다. 스스로 죄인이라 믿는 의로운 사람과 스스로 의롭다고 믿는 죄인들이다.

563-470 이단자들.

에제키엘. 이교도들은 이스라엘에 대해 나쁘게 얘기했다. 그리고 예언자도 그랬다. 이스라엘 사람들이 그에게 다음과 같이 말할 수 있었다는 것은 어림없다: "당신은 이교도처럼 말하는군요."

그가 이교도들이 자신처럼 말하는 것에 대해서 자신의 가장 큰 힘을 발휘한다.

564-471 참되고 유일한 덕은 자신을 미워하는 것인데, 왜냐하면 자신의 사욕으로 인해 사람은 미움받을 만하기 때문이다. 그리고 사랑하기 위해서 참으로 사랑스러운 사람을 찾는 것이다. 하지만 우리는 우리 외부의 것을 사랑할 수 없기 때문에 우리가 아닌 우리 안의 존재를 사랑해야 한다. 그리고 이는 모든 사람 각자의 진실이다. 그런데 그러한 자는 보편적 존재여야 한다. 하느님의 왕국은 우리 안에 있다. 보편적 선은 우리 안에 있고, 우리 자신이며, 우리가 아니다.

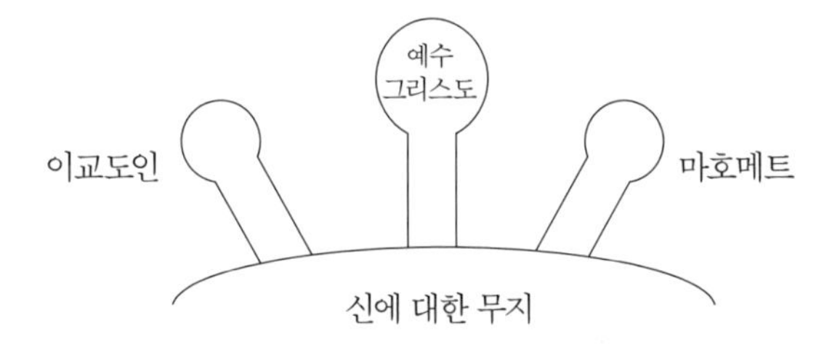

566-472 선택받은 사람들에게는 모든 것이 좋게 돌아간다.

성서의 모호함까지 그렇다. 왜냐하면 그들은 신성한 빛 때문에 이 모호함을 숭배하기 때문이다. 그리고 다른 사람들에게는 모든 것이 나쁘게 돌아간다. 명확한 것까지 그렇다. 왜냐하면 그들은 자신들이 이해하지 못하는 모호함 때문에 이 명확한 점을 모독하기 때문이다.

567-473 교부들의 말로 교황이 무엇인지에 대해 판단하면 안 된다. (그리스 사람들이 한 교의회에서 말했던 것처럼 그것은 중요한 규

칙이기는 하다.) 교회와 교부들의 활동과 경전으로 판단해야 한다.

단일성과 다수: *Duo aut tres*[112*] *in unum.*[113] 다수를 배제하는 교황주의자나, 하나를 배제하는 위그노가 하는 것처럼 둘 중 하나를 배제하는 오류.

568-473 기적을 반대하면서 합리적으로 생각하는 것은 불가능하다.

569-473 교황은 일인자이다. 그 밖에 누가 모든 사람에게 알려졌는가? 전체에 퍼질 수 있는 힘을 가짐으로써 모든 이가 인정하는 자는 누구인가? 왜냐하면 그는 도처에 스며드는 주요 가지를 가지고 있기 때문이다.

이를 압제로 타락시키는 것이 얼마나 쉬운 일이었던가! 그래서 예수 그리스도는 이 훈계를 내렸다. *Vos autem non sic.*[114*]

570-474 요셉에 비유된 예수 그리스도.

아버지의 사랑을 받았고, 형제들을 보러 가도록 아버지가 보냈는데 형제들이 20냥에 팔아 버린 순진무구한 아이. 그렇게 해서 그는 그들의 주인, 그들의 구원자, 이방인의 구원자, 세상의 구원자가 된다. 이 일은 그를 잃고 파는 계획이 없었다면, 그리고 그들의 배척이 없었다면 일어나지 않았을 것이다.

감옥 안에서 두 죄인 사이에 있었던 순진무구한 요셉. 두 도둑

112 단 두세 사람이라도.
113 만일 온 교회가 모여서……. (「고린토인들에게 보낸 첫째 편지」 14:23)
114 너희는 그래서는 안 된다.

사이에 있었던 십자가에 못박힌 예수 그리스도. 그는 겉모습이 비슷한 이 두 사람 중 한 사람에게는 죽음을 그리고 다른 사람에게는 구원을 예언했다. 예수 그리스도는 같은 죄를 지은 자들 중에서 선택된 자는 구원하고 버림받은 자는 영벌을 내린다. 요셉은 예언만 했다. 예수 그리스도는 행하신다. 요셉은 구원될 사람에게 그 영광이 일어날 때 자신을 기억하기를 부탁한다. 예수 그리스도가 구하는 사람은 예수 그리스도가 자신의 왕국 안에 있을 때 자신을 기억해 주기를 바란다.

571-474 *omnes*를 항상 모두라고 해석하는 것도 이단이고 때로는 모두라고 해석하지 않는 것도 이단이다. *Bibite ex hoc omnes.*[115] 위그노들은 이를 모두라고 설명하는 데서 이단자들이다. *In quo omnes peccaverunt.*[116*] 위그노들은 신자들에게서 어린이를 배제해서 이단이다. 그러니까 언제인지 알기 위해서는 교부들과 전통을 따라야 한다. 도처에 두려워해야 할 이단이 있기 때문이다.

572-475 잡록. 말하는 법.

나는 이 일에 열중하고 싶었다.

573-476 유대 회당은 멸망하지 않았다. 왜냐하면 유대 회당은 상징이었기 때문이다.

그러나 상징일 뿐이어서 종속의 상태로 전락했다.

교회를 예고하는 그림 안에서나 현실 안에서 교회가 항상 보일 수 있도록 상징은 진실에 이르기까지 존속했다.

---

115 너희는 모두 이 잔을 받아 마셔라.(「마태오의 복음서」 26:27)

116 모든 사람이 죄를 지어.

574-477 사람들은 "기적이 나의 믿음을 확정 지을 것이다"라고 말한다. 사람들은 기적을 보지 않을 때 그런 말을 한다. 멀리서 보면 그 이유들이 우리의 시야를 한정하는 것처럼 보인다. 그러나 거기 다다르면 더욱더 멀리 바라보기 시작한다. 어떤 것도 우리 정신의 능변을 멈추지 못한다. 예외 없는 법칙이 없고 매우 보편적인 진리도 부분적으로 결함이 있다고 사람들은 말한다. 현재의 주제에 예외를 적용하고 "그것은 사실이 아니야, 그러니까 그렇지 않은 경우가 있는 거야"라고 말할 수 있기 위해서는 그 진실이 절대적으로 보편적이지만 않으면 충분하다. 이것이 그런 종류라고 보여 주기만 하면 된다. 그런데 이 점에서 우리는 매우 서툴다. 그리고 어떤 해결책을 찾지 못하면 매우 불행하다.

575-478 묵시록주의자, 아담 이전 종족주의자들과 지복 천년설 신봉자들 등등의 기상천외함.

성서에 대해 기상천외한 의견을 만들어 내고 싶은 사람은 예를 들어 이 점에 근거하여 만들 수 있을 것이다.

이 세대는 모든 것이 만들어질 때까지 지나가지 않을 것이라고 말했다. 이 점에 대해 나는 이 세대 후에 다른 세대가 올 것이라고 그리고 늘 계속될 것이라고 말할 것이다.

솔로몬과 왕에 대해서 — 마치 이들이 두 명의 다른 사람처럼 「역대기 하」에 다음과 같이 언급되었다: 나는 그들이 둘이었다고 말할 것이다.*

576-479 상반된 두 가지 이유. 거기서 시작해야 한다. 그것이 없으면 아무것도 이해하지 못한다. 그리고 모든 것이 이단이 된다. 그

리고 각 진리의 끝에 반대 진리를 기억한다는 것을 덧붙일 필요가 있다.

577-480 만약 확실한 것만을 위해 행동해야 한다면 종교를 위해서는 어떤 일도 하지 말아야 할 것이다. 왜냐하면 종교는 확실하지 않기 때문이다. 그러나 우리는 불확실한 것을 위해 얼마나 많은 일을 하는가! 항해, 전쟁! 그러니까 내가 말하는 바는 어떤 것도 확실하지 않으므로 아무것도 하지 말아야 한다는 것이다. 그리고 우리가 다음 날 태양을 볼 수 있다는 확신보다 더 많은 확실함이 종교에 있다는 것이다.

왜냐하면 내일을 볼 수 있다는 것은 확실하지 않으며 우리가 그것을 보지 않는다는 것은 분명히 가능한 일이기 때문이다. 종교에 대해서는 그렇게까지 말할 수 없다. 종교가 확실하다는 것은 분명하지 않다. 그러나 누가 감히 종교가 확실하지 않다는 것이 분명히 가능한 일이라고 말하겠는가? 게다가 우리가 내일을 위해서, 불분명한 뭔가를 위해서 일할 때 우리는 정당하게 행동하는 것이다. 왜냐하면 우리는 증명된 확률의 규칙에 따라 불확실한 것을 위해 일해야만 하기 때문이다.

성 아우구스티누스는 사람들이 불확실한 것을 위해 일하는 것을 봤다: 바다에서, 전쟁에서 등등……. 하지만 그는 그래야만 하는 것을 증명하는 확률의 규칙을 보지 못했다. 몽테뉴는 잘못된 생각에 사람들이 분개하고, 관습이 모든 것을 가능하게 한다는 것을 보았다. 하지만 그는 이런 현상의 이유는 알지 못했다.

이들 모두가 그 현상을 봤지만 그 원인은 보지 못했다. 이들과 그 원인을 발견한 사람들의 관계는 마치 정신을 가지고 있는 사람과 눈만 가지고 있는 사람들의 관계와 같다. 왜냐하면 현상은 감각적인 것들이고 그 원인들은 정신에만 보이기 때문이다. 그리고 이 현상들이 정신에 보이더라도 원인을 보는 정신에 비하면 정신에 있어 육체적인 감각과 같은 것이다.

578-481 웅변은 생각에 대한 그림이다. 이처럼 그림을 그린 후에 또 덧칠하는 사람은 초상화 대신 상상화를 그리는 것이다.

579-482 의도에 따라서 전복된 사륜마차이거나 아니면 뒤집힌 사륜마차가 된다.

의도에 따라 쏟거나 흘리거나 한다.

강요로 수도사가 된 이를 위한 르 메트르 씨의 변론.

580-482 대칭.

한 시점에서 본 것으로부터.

다르게 할 이유가 없는 사실에 근거하여.

그리고 인간의 모습에도 근거하여.

그래서 높이나 깊이에서가 아니라 넓이에서만 대칭을 원하게 된 것이다.

581-483 한 가지 일만 생각하는 스카라무슈.*

모든 것을 얘기한 후에도 15분 동안 말하고 있는 박사,* 그토록 말하고 싶은 욕망으로 가득 차 있다.

582-484 모습을 바꾸는 것은 우리의 나약함 때문이다.

583-485 당신의 비탄에서 내가 취하는 몫을 짐작하기. 추기경님은 파악되는 것을 원하지 않으셨다.

"내 정신은 불안으로 가득찼다"보다 "나는 매우 불안하다"가 가 낫다.

584-485 절대적 권위가 아닌 부드러움으로, 왕으로서가 아닌 폭군으로 설득하는 웅변술.

585-486 즐거움이나 아름다움의 어떤 원형이 있는데 그것은 약하든 강하든 우리의 본성과 우리 마음에 드는 것 사이의 관계에서 만들어진다.

이 유형에서 만들어진 모든 것은 우리의 마음에 든다. 그것이 무엇이든 간에. 집, 노래, 연설, 시, 산문, 여자, 새, 강, 나무, 방, 옷…… 등등.

유형에서 만들어지지 않은 모든 것은 좋은 취향을 가진 사람들의 마음에 들지 않는다.

좋은 유형에 따라 만들어진 집과 노래 사이에는 완벽한 관계가 있는데, 왜냐하면 이것들은 각각의 방식으로 이 유일한 유형과 비슷하기 때문이다. 마찬가지로 잘못된 유형에 의해 만들어진 것들 사이에서도 완벽한 관계가 있다. 잘못된 유형은 유일하지는 않다. 그것은 무한정 존재하기 때문이다. 그러나 예를 들어 소네트가 어떤 안 좋은 유형에 따라 만들어진 것이든 간에 이 유형에 따라 옷을 입은 여자와 완벽하게 비슷하다.

잘못 지어진 소네트가 얼마나 우스꽝스러운지는 그것의 성질과 유형을 고찰하고 그다음 이 유형에 따라 만들어진 집이나 여자를 상상하면 가장 잘 이해할 수 있다.

586-486 시적 미학.

시적 미학이라고 말하는 것처럼 기하학적 미학, 의학적 미학이란 말을 써야 할 것이다. 그러나 우리는 그러한 표현을 쓰지 않는다. 왜냐하면 우리는 기하학의 목적이 증명하는 데 있으며, 의학의 목적이 치료에 있다는 사실을 잘 알고 있기 때문이다. 그러나 우리는 즐거움이 무엇에 의해 성립되는지 알지 못한다. 시의 목적이 무엇인지, 모방해야 하는 그 자연스러운 유형이 무엇인지 알지 못한다. 이 무지함으로 이상한 표현들이 만들어졌다. '황금 세기', '우리 시대의 불가사의', '숙명' 등등. 그리고 이 이상한 말을 시적 미학이라 부른다.

그런데 사소한 것들을 장황한 말로 표현하고는 이런 유형에 따라 만들어진 여자를 상상하면 거울과 장식 줄로 가득 치장한 예쁜 아가씨를 보게 될 것이고 웃음이 나올 것이다. 왜냐하면 시의 매력보다 여자의 멋이 무엇에 기인하는지 더 잘 알기 때문이다. 하지만 거기에 대해 문외한인 경우에는 이렇게 치장한 여자를 찬미할 것이다. 그 여자를 여왕으로 취급할 만한 마을이 많다. 그래서 이 유형에 따라 만들어진 정형시를 시골의 여왕이라 부르는 것이다.

587-486 시인이라는 간판 없이는 사교계에서 시를 알고 있는 자로 통하지 않는다. 수학자도…… 마찬가지이다. 그러나 다방면에

박식한 사람들은 이런 간판을 원하지 않는다. 그리고 시인이라는 직업과 수예 직업 사이에 그 어떤 차별도 두지 않는다.

박식한 사람들은 시인이라고도 물리학자라고도…… 불리지 않는다. 하지만 그들은 이 모든 것이다. 그리고 모든 사람들을 평가한다. 그런데 사람들은 그들을 알아보기는 힘들다. 그리고 그들은 어디에 들어가면 사람들이 하고 있는 얘기에 대해 말할 것이다. 사람들은 그들에게서 한 소질을 활용한다는 필요성 외에 어떤 별다른 소질을 발견하지 못한다. 그러나 그때 사람들은 그것을 기억한다. 왜냐하면 언어의 문제가 아닐 때 사람들은 그들에 대해 말을 잘한다고 하지 않고, 그것이 문제가 될 때 그들에 대해 말을 잘한다고 하는 것이 이 같은 성질의 것이기 때문이다.

따라서 그가 들어왔을 때 사람들이 그가 시에 대해 능란하다고 말하는 것은 잘못된 찬사이다. 그리고 어떤 시 구절을 평하는 자리에서 누군가에게 도움을 청하지 않을 때 그것은 나쁜 징표이다.

588-487 신앙은 하느님의 선물이다. 그것이 논리의 선물이라고 우리가 말한다고 믿지 마라. 다른 종교는 그들의 신앙에 대해 그렇게 말하지 않는다. 논증만 제시하고 그 논증으로 신앙에 이르지는 못한다.

589-488 예수 그리스도 이전에 유대인의 종교적 열의를 방해한 것은 사탄이었다. 왜냐하면 사탄이 그들에게 이로웠기 때문이다. 그러나 예수 그리스도 이후에는 그렇지 않았다.

이방인을 비웃은 유대 민족. 박해당한 기독교인들.

590-489 *Adam forma futuri.*[117] 하나를 만들기 위한 6일, 다른 하나를 만들기 위한 여섯 세대. 아담의 형성을 위해 모세가 제시한 6일은 예수 그리스도와 교회를 만들기 위한 여섯 세대에 대한 묘사일 뿐이다. 만약에 아담이 전혀 죄를 범하지 않고 예수 그리스도가 오시지 않았다면 유일한 계약과 인류의 유일한 세대밖에 없었을 것이다. 창조는 한 시기에 만들어진 것처럼 보였을 것이다.

591-490 *Ne si terrerentur et non docerentur improba quasi dominatio videretur*[118](아우구스티누스, 『서간집』 48 또는 49)

Contra mendacium, ad Consentium.[119*]

117 아담은 장차 오실 분의 원형이었습니다.(「로마인들에게 보낸 편지」 5:14)
118 만약에 우리가 이단자들에게 교육이 아니라 공포를 사용한다면 압제로 보일 것이다.
119 성 아우구스티누스의 『거짓에 반대하여』 콘센티우스 주교에게. 아우구스티누스 전집 4권.

제24장

592-492 만약 유대인들이 예수 그리스도에 의해 모두 개종했다면 우리에게는 의심스러운 증인들만 남았을 것이다. 그리고 만약 그들이 멸종되었다면 우리에겐 그 어떤 증인도 없었을 것이다.

593-493 유대인들은 그를 거부한다. 그러나 모두가 그런 것은 아니다. 성인들은 그를 받아들였지만 육적인 사람들은 그렇지 않았다. 그리고 이것이 그의 영광에 어긋나기는커녕 그 영광을 완성시켜 주는 마지막 특징이다. 그들이 내세우는 거절에 대한 이유가 그들의 모든 책들, 『탈무드』와 랍비들의 글 속에 들어 있는데, 예수 그리스도가 무장하여 여러 나라들을 무찌르지 않았기 때문이라는 것이다. *Gladium tuum potentissime.*[120] 이 말밖에 할 말이 없는 것인가? 예수 그리스도가 사형 당해 죽었으며, 자신의 힘으로 이교도들을 정복하지 못했으며, 그들의 전리품도 우리에게 주지 않았으며, 어떤 부귀도 주지 않았다고 그들은 말한다. 이 말밖에 할 말이 없는 것인가? 바로 그런 점에서 나는 그분이 사

120 허리에 칼을 차고 보무도 당당하게 나서시라.(「시편」 45 : 3)

랑스럽다. 나는 그들이 생각하는 그런 자를 원하지 않는다. 그들로 하여금 예수 그리스도를 받아들이지 못하게 막는 것은 악함뿐인 게 명백하다. 그리고 바로 이런 거부로 그들은 훌륭한 증인이며 게다가 그렇게 해서 그들은 예언을 완성한다.

(*이 민족이 예수 그리스도를 받아들이지 않은 덕분에 다음과 같은 경이로운 일이 일어났다: 예언은 사람이 할 수 있는 유일한 영속적인 기적이다. 그러나 예언은 반박받을 수 있는 속성을 지니고 있다.*)

594-491　(질서) 교회에 대한 사람들의 일반적인 태도. 눈을 멀게 하고 또 밝게 비쳐 주기를 원하는 하느님.

한 사건이 예언의 신성함을 증명하면 그 나머지는 믿어야 한다. 그리고 그 일을 통해 이런 식의 세계 질서를 보게 된다.

창조와 대홍수의 기적에 대한 기억이 사라지면서 하느님은 모세의 율법과 기적을 보내셨다. 특별한 사건들을 예언하는 예언자들. 그리고 영속적인 기적을 준비하기 위해 하느님은 예언과 그 완성을 준비하셨다. 그러나 예언이라는 것이 의심받을 수 있는 것이어서 하느님은 의심스럽지 않게 만들기를 원하신다 등등.

595-491　만약 자신이 오만과 야망, 사욕, 나약함, 비참함 그리고 부정함으로 가득함을 알지 못한다면 그는 눈이 아주 먼 것이다. 그리고 만약 그 사실을 알고도 거기서 벗어나기를 바라지 않는다면 그런 사람에 대해 무슨 말을 할 수 있겠는가?

인간의 결함을 그토록 잘 아는 종교에 대해서 존경 이외에 무슨 마음을 가질 수 있겠는가? 그리고 그렇게 바람직한 치료 약을 약속하는 종교의 진리에 대한 바람 외에 무엇을 가질 수 있겠는가?

596-493 (자신이 믿음이 없다는 것을 보는 불쾌함 속에 처한 사람들에 의해 우리는 하느님이 그들에게 빛을 밝혀 주고 있지 않음을 보게 된다. 그러나 하느님이 눈멀게 만드는 그런 사람들도 있음을 우리는 본다.)

597-494 자아는 미움의 대상이다. "미통,* 당신은 그것을 숨기는데 그렇다고 그것을 제거하진 못하오. 그러니까 당신은 여전히 미움의 대상이오."

"전혀 그렇지 않소. 왜냐하면 우리가 하는 것처럼 모든 이에게 친절하게 행동하면 우리를 미워할 이유가 없기 때문이오." — 그것은 사실이오. 만약에 자아 안에서 우리가 느끼는 불쾌감만을 미워한다면 말이오.

그런데 만약 자아가 옳지 않고, 자아가 모든 것의 중심이 되려 하기 때문에 내가 자아를 미워한다면 나는 늘 그것을 미워하게 될 것이다.

한마디로 자아는 두 가지 특징을 갖는다. 스스로 모든 것의 중심이 된다는 점에서 그 자체로 부당하고, 다른 사람들을 예속시키고자 하니까 타인들에게는 불편하다. 왜냐하면 자아는 적이며 모든 다른 자아의 압제자가 되려 하기 때문입니다. 당신은 자아의 불편함은 제거하지만 부당함까지 제거하지는 못합니다.

그러므로 자아의 부당함을 싫어하는 사람들에게 당신은 자아를 즐거운 것으로 만들 수는 없다. 당신이 자아를 사랑스러운 것으로 만들 수 있는 것은 부당한 사람들에게만이다. 이들은 자신

안에서 자신의 적을 발견하지 못하는 사람들이다. 그래서 당신은 부당한 사람으로 머물게 되고, 당신을 마음에 들어 하는 것은 부당한 사람들뿐이다.

598-495 이전에 교회 안에서 일어났던 일과 오늘날 보이는 일을 비교하는 데 우리를 방해하는 것은 일반적으로 사람들이 영광의 관을 쓴 성 아타나시오나 성 테레즈 그리고 다른 성인들을 우리 이전에는 신과 같은 존재로 바라보는 점이다. 시간이 흘러 문제가 명백해진 오늘날 그렇게 보인다. 성 베드로는 다음과 같이 말한다. "박해받던 시기에 이 위대한 성인은 아타나시오라 불리던 남자였고, 성녀 테레즈는 미친 여자였다.* 엘리야는 우리와 같은 사람이었고 우리와 같은 정욕에 빠진 사람이었다." 이는 우리의 상태와 맞지 않는 것인 양 성인들의 예를 배제시키는 이 잘못된 생각에서 기독교인들을 깨우치기 위해 하는 말이었다. 사람들은 그 분들이 성인이었고 우리와 같은 사람이 아니라고 말한다. 그런데 그때 무슨 일이 있었는가? 성 아타나시오는 아타나시오라고 불리던 남자였고, 여러 죄로 고소당하여 이런저런 죄로 공의회에서 단죄 받았다. 모든 주교가 거기에 동의하여 결국에 가서는 교황도 동의한다. 사람들은 그 결과에 굴복하지 않는 이들에게 뭐라고 하는가? 그들이 평화를 깨뜨리고 이단을 만들고 등등.

네 종류의 사람들: 지식은 없으나 열의가 있는 사람들, 열의는 없으나 지식만 있는 사람들, 지식도 열의도 없거나, 열의도 지식도 있는 사람들.

첫 세 부류의 사람들은 그를 비난하고 마지막 부류의 사람들은 그의 죄를 용서하고 교회에서 파문당한다. 그래도 이들이 교회를 구한다.

열의, 빛.

599-496 그런데 개연성이 확신을 준다는 게 있을 수 있는 일인가?
양심의 평안과 확신의 차이. 진실 이외에 어떤 것도 확신을 주지 않는다. 진리에 대한 진지한 탐구 이외에 어떤 것도 평안을 부여하지 않는다.

600-497 이성의 타락은 다르고 기이한 많은 풍습으로 나타난다. 인간이 자신을 위해 살지 않도록 하기 위해서 진리가 도래해야만 했다.

601-498 결의론자들은 타락한 이성에 결정을 맡겼고, 결정의 선택은 타락한 의지에 맡겼는데, 인간의 본성 안에 있는 타락한 모든 것이 인간의 행동에 관여하도록 하기 위함이다.

602-500 여로보암의 통치하에서처럼* 원하는 자는 신부가 될 수 있다.
사람들이 우리에게 오늘날의 교회 규범이 너무 좋다고 내세우며, 그 규범을 바꾸고자 하는 것을 죄로 취급하는 것은 추악한 일이다. 옛날에는 교회의 규범이 확실히 좋았다. 그리고 죄를 범하지 않고도 규범을 바꿀 수 있었다. 그런데 지금은 규범이 그러한데도 우리는 규범을 바꾸는 것을 바랄 수 없게 되었다.
사제를 만드는 방법이 너무나 신중한 까닭에 사제가 될 만한 사람이 거의 없어서 그 관습을 바꾸는 것이 허용되었었다. 그런데 그렇게 많은 부적격자를 만드는 관습에 대해 불평하는 것이 허용되지 않는다니?

603-500 아브라함은 자신을 위해서는 하나도 취하지 않았고, 자신의 종들을 위해서만 취했다. 이렇듯 의인은 이 세상의 어떤 것도, 세상의 환호도 자신을 위해서 취하지 않는다. 단지 자신의 정념을 위해서 취하는데, 주인처럼 이 정념들을 부리며 어떤 정념에게 '가라', '오라' 명하기도 한다. *sub te erit appetitus tuus.*[121] 그렇게 지배된 그의 정념은 덕행이 된다. 탐욕과 질투, 분노 같은 정념들은 하느님 자신도 갖고 있다. 관용, 동정심, 절개 같은 덕성 또한 정념이다. 이를 종처럼 부려야 하고, 그것들에게 양식을 주면서 영혼이 그것에 물드는 것을 막아야 한다. 왜냐하면 정념이 주인이 되면 이 정념은 악덕이 되고 그렇게 되면 악덕이 영혼에 자신들의 양식을 주고 영혼은 그것을 섭취하여 중독된다.

604-501 교회, 교황.

단일성 ― 다수. 교회를 하나로 볼 때 교회 수장인 교황은 전체와 같다. 교회를 다수로 생각할 때 교황은 교회의 일부분일 뿐이다. 사제들은 때로는 이렇게 때로는 저렇게 교회를 다루었다. 그렇게 교황에 대해서도 다양하게 말해왔다.

성 치프리아누스, 신의 사제.

그러나 교부들은 이 두 가지 진실 중 하나를 정하면서 다른 하나를 배제하지는 않았다.

일체로 귀착되지 않는 다수는 혼란이고, 다수에 의지하지 않는 일체는 폭정이다.

공의회가 교황 위에 있다고 말할 수 있는 곳은 프랑스밖에 없다.

121 너는 그 죄에 굴레를 씌워야 한다.(「창세기」 4 : 7)

605-502 사람은 많은 것을 필요로 한다. 또 자신이 필요로 하는 모든 것을 채워 줄 수 있는 사람들만 좋아한다. 사람들은 말할 것이다. "이 사람은 참 훌륭한 수학자다." 그러나 나는 수학자가 필요하지 않다. 그는 나를 하나의 명제로 취급할 것이다. "그는 훌륭한 전사다." 그는 나를 포위된 요새로 취급할 것이다. 그러니까 교양이 풍부한 신사가 필요하다. 그는 나의 모든 욕구에 전반적으로 맞출 수 있을 것이다.

606-502 참된 친구는 아주 유익한데, 이는 지위 높은 귀족에게도 마찬가지이다. 그 친구가 그들에 대해 좋게 얘기하고 자신들이 없을 때조차 자신들을 지지하도록 하기 위해서 최선을 다해야 한다. 그런데 잘 선택해야 한다. 왜냐하면 어리석은 사람에겐 모든 노력을 다해도 그들이 어떤 좋은 얘기를 하든 도움이 되지 않을 것이기 때문이다. 마찬가지로 그들이 매우 나약한 사람들일 경우에도 좋은 얘기를 하지 않을 것이다. 왜냐하면 그들은 권위가 없기 때문이다. 그래서 다른 사람들과 같이 헐뜯을 것이다.

607-504 비유.

구원자, 아버지, 사제, 성체, 양식, 왕, 현인, 입법자, 애통하는 자, 가난한 자, 한 민족을 만들어야 하며 인도하고 양식을 주어 자신의 땅으로 데리고 가야 하는 민족.

608-504 예수 그리스도. 직무.

그는 혼자 힘으로 위대한 민족을 일으켜야 했다. 이 신성하고 선택받은 민족을 인도하고 양식을 주고 신성한 안식처에 들어가게 해야 했다. 그리고 하느님께 성스러운 민족을 바치고 이 민족으로 하느님의 교회를 만들고, 하느님과 화해시키고, 하느님의 분노에서 이 민족을 구하고, 인간 내부에 지배하고 있는 죄의 속박에서 해방시키고, 이 민족에게 율법을 부여하여 그들의 마음속에 새기고, 그들을 위해 자신을 바치고 희생하여 흠 없는 재물이 되고, 스스로 제사장이 되어 자신의 몸과 피를 바쳐 하느님께 빵과 포도주를 바쳐야 했다.

Ingrediens mundum.[122*]

돌 위에 돌.*

이전에 일어난 일과 그 일을 뒤따른 일, 남아서 유랑하는 모든 유대인들.

609-504 예언. *Transfixerunt.*[123*] 「즈가리야」 12장 10절.

사탄의 머리를 짓누르고, 죄에서 자신의 민족을 해방시킬 이가 와야 했다. *ex omnibus iniquitatibus.*[124*] 영원히 남을 신약 성서가 있어야 했고, 멜기세덱의 품급에 따라 다른 사제 서품이 있어야 했고, 이 사제 서품은 영원할 것이며, 그리스도는 영광스럽고 권세가 있고 강하시나 너무나도 비천하여 사람들은 그를 전혀 알아보지 못할 것이며, 그가 누구인지 상대하지 않고 버리고 죽일 것이며, 그를 부인한 그의 백성은 더 이상 그의 백성이 되지 않을 것이며, 숭배자들이 그를 받아들이고 그에게 도움을 청할 것이고, 우상 숭배 한가운데서 다스리기 위해 그는 시온을 떠날 것

122 세상에 오셨을 때.
123 그들이 찔렀다.
124 그 모든 죄에서.

이며, 그래도 유대인은 항상 존속할 것이고, 그리스도는 유대 사람이어야 하며 더 이상 왕은 없을 것이다.

610-503 (*두 번째, 네 번째, 다섯 번째 편지에서 장세니스트의 말을 볼 것. 그것은 고귀하고 진지하다.*)*

(*나는 어릿광대나 허세 부리는 자를 똑같이 싫어한다.*) 사람들은 이 둘을 친구로 삼지 않을 것이다.

사람들은 마음이 없어서 귀로 듣는 것만 참고한다.

(*여덟 번째 편지 후에 나는 충분히 대답했다고 생각했다.*)

611-503 그의 규칙은 교양이다.

시인, 그러나 교양 있는 사람은 아니다.

생략의 미학, 판단의 미학.

612-505 영혼이 필멸이거나 불멸임에 따라 윤리에 큰 차별을 만들어 낸다는 것은 확실하다. 그러나 철학자들은 자신들의 윤리관을 이 점과 무관하게 이끌어 간다.

그들은 한 시간을 보내는 것에 대해 토의한다.

기독교를 준비하기 위한 플라톤.

613-506 위대, 비참.

우리의 혜안이 커질수록, 우리는 인간이 가지고 있는 더 많은 위대와 더 많은 비참을 발견한다.

대다수 사람들.

보다 지위가 높은 사람들.

철학자들.

그들은 대다수 사람들을 놀라게 한다.

기독교인들, 그들은 철학자들을 놀라게 한다.

사람이 빛을 많이 가지면 가질수록 발견하게 되는 것을 기독교는 철저히 가르칠 뿐이라는 것을 보고 누가 놀라겠는가?

614-507 상징적인 것.

하느님은 유대인을 예수 그리스도에게 소용되도록 하기 위해 그들의 사욕을 이용했다. (*예수 그리스도는 사욕에 대한 치료 약을 가져왔다.*)

615-508 상징적인 것.

어떤 것도 탐욕만큼 사랑과 비슷한 것이 없고 또한 그와 반대되는 것도 없다. 그렇듯 유대인은 자신들의 탐욕을 만족시키는 재물로 충만되어 기독교인과 매우 흡사하며 또한 매우 상반된다. 이렇게 해서 그들이 필요로 했던 두 가지 특성을 가지게 되는데, 메시아를 비유로 표현하기 위해 메시아에 매우 적합한 특성과, 의심스러운 증인이 되지 않도록 매우 상반되는 특성이다.

616-509 사욕은 우리에게 자연스러운 것이 되어 우리의 제2의 본성이 되었다. 그렇게 우리 안에는 두 개의 본성이 있다. 하나는 좋

은 것, 다른 하나는 나쁜 것이다. 하느님이 어디 있어요? 당신이 없는 곳에. 그리고 하느님의 왕국은 당신 안에 있다.* 랍비들.

617-510 자신 안에 있는 자애심과 자신을 신으로 만드는 본능을 혐오하지 않는 자는 판단력을 잃은 사람이다. 그 어떤 것도 그렇게 정의와 진리에 상반되지 않는다는 사실을 누가 보지 못하겠는가? 왜냐하면 우리에게 그럴 자격이 있다는 것은 거짓이며, 거기에 이르는 것은 부당하고 불가능한 일이기 때문이다. 왜냐하면 모두가 같은 것을 요구하기 때문이다. 따라서 그것은 명백하게 불의인데, 우리는 거기서 태어났고 그것에서 우리를 떼어 놓을 수 없으며 거기서 벗어나야 한다.

그런데 어떤 종교도 그것이 죄이고, 우리가 죄 속에서 태어났으며, 우리가 그에 대항해야 한다는 점을 지적해 주지 않았으며, 그에 대한 해결책을 준다는 생각도 하지 않았다.

618-511 하느님이 있다면 일시적인 피조물이 아니라 하느님만을 사랑해야 한다. 「지혜서」 안에서의 불신자들의 추론은 하느님이 존재하지 않는다는 사실에만 근거를 둔 것이다. 말하기를, "그러니 세상의 것들을 즐기자".* 이는 부득이한 선택이다. 그러나 만약에 사랑할 하느님이 있었다면 그런 결론을 내리지 않았을 것이다. 그 반대일 것이다. 그리고 현자들의 결론은, "하느님은 존재한다. 그러니 피조물을 즐기지 말자".

그러므로 우리를 피조물에게 애착 갖도록 부추기는 것은 모두 나쁜 것이다. 왜냐하면 만약에 우리가 하느님을 알면 그것은 그를 섬기는 데 우리를 방해할 것이고, 만약에 우리가 하느님을 모르는 경우에는 그를 찾는 데 방해할 것이기 때문이다. 게다가 우리는 사욕으로 가득 차 있다. 악으로 가득 차 있는 것이다. 그러므로 우리는 우리 자신을 미워하고, 하느님 외 다른 것에 애착 갖게 하는 모든 것을 미워해야 한다.

619-512 회의주의자, 스토아학파, 불신자 등등 그들의 모든 원칙은 참이다. 하지만 그들의 결론은 거짓이다. 왜냐하면 정반대의 원칙도 참이기 때문이다.

620-513 인간은 확실히 생각하기 위해 만들어졌다. 그것은 인간의 모든 품격이고 가치이며, 그의 의무는 옳게 생각하는 것이다. 그러므로 사고의 질서는 자신으로부터 시작하고, 자신의 창조자와 자신의 목적으로 시작하는 것이다.

그런데 사람들은 무슨 생각을 하는가? 결코 그런 생각은 하지 않는다. 춤추고, 비파를 연주하고, 노래하고 시를 짓고, 고리 경주 등등을 하고, 싸우고, 스스로 왕이 되려고 생각한다. 왕이 되는 것이 무엇인지, 인간이 되는 것이 무엇인지 생각하지 않는다.

621-514 이성과 정념 사이의 인간의 내적 투쟁.

인간이 정념 없이 이성만 있었다면.

인간이 이성 없이 정념만 있었다면.

그런데 이 둘을 다 가지고 있기 때문에 어느 하나와의 싸움으로만 다른 하나와 평화를 얻을 수 있어서 싸우지 않을 수 없다. 그래서 인간은 항상 분열되어 있으며 자신에게 반항한다.

622-515 권태.

정념도 없고, 일도 없고, 놀이도 없고, 집중하는 것도 없는 완전한 휴식 상태는 그 어떤 것보다 더 견딜 수 없을 것이다. 그때 그는 자신의 무의미, 버림받음, 불충분, 종속, 무능, 허무를 느낀다. 그 즉시 자신의 영혼 저변에서 권태, 우울, 슬픔, 상심, 원통함, 절망 등이 나올 것이다.

623-516 자신이 어떤 존재인지 탐구하지 않고 사는 것이 불가사의한 맹목이라면 하느님을 믿으면서 잘못 사는 것은 무시무시한 맹목이다.

624-517 예언.

하느님이 그의 원수들을 예수에게 예속시키는 동안 예수 그리스도는 그 오른편에 있을 것이다.*

따라서 그 자신이 원수들을 굴복시키지 않을 것이다.

625-518 불의.

오만이 비참에 합쳐지는 것, 그것은 극도의 불의이다.

626-519 참선의 탐구.

대다수 사람들은 행복을 재물이나 외적인 재산, 아니면 적어도 오락에 둔다.

철학자들은 이 모든 것이 허망함을 보여 주었고, 자신들의 능력이 되는 데에 선을 두었다.

627-520 허영심은 인간의 마음속에 매우 깊숙이 박혀 있어서 군인이나 졸병, 요리사, 짐꾼은 으스대며 자신들의 숭배자를 갖고

싶어 한다. 철학자들조차 그런 숭배자를 원한다. 이에 반대하는 글을 쓴 사람들은 글을 잘 썼다는 영광을 갖고 싶어 하고, 그 글을 읽은 사람들은 읽었다는 영광을 갖고 싶어 한다. 이 글을 쓰는 나도 아마 이런 욕구가 있을 것이다. 그리고 그것을 읽을 사람들 역시 아마도…….

628-521 함께 있는 사람들로부터 존경받고 싶은 욕망.

우리의 비참과 과오 가운데서 오만은 매우 자연스러운 구속으로 우리를 장악하고 있다. 사람들의 입에 오르내리기만 한다면 우리는 기쁘게 목숨을 바친다.

허무, 놀이, 사냥, 방문, 연극, 이름의 근거 없는 영원.

629-522 인간의 이런 이중성은 너무나 명백해서 우리가 두 개의 영혼을 가지고 있다고 생각한 사람도 있다.

인간이 하나의 개체라면 과도한 오만에서 지독한 낙담으로의 마음의 변화와 같은 너무나 갑작스러운 일들은 불가능한 것처럼 보이기 때문이다.

630-523 인간의 본성은 모든 본성이다. *Omne animal.*[125*]

사람이 천성으로 만들지 못하는 것은 아무것도 없다. 사람이 소멸시킬 수 없는 천성은 없다.

631-524 구세주에게 팔을 내밀기 위해서는 참 행복에 대한 무용

---

125 모든 동물.

한 탐구로 지치고 피곤해지는 것이 좋다.

632-525 사소한 것에 예민하고 가장 중요한 일에 무감각한 인간의 반응: 이상한 전복의 표시.

633-526 우리의 목을 조르고, 우리와 관계되는 모든 비참을 목격함에도 불구하고, 우리는 자신을 높이려는 억누를 수 없는 본능을 가지고 있다.

634-527 모든 삶에 있어 가장 중요한 것은 직업의 선택이다. 우연이 그것을 정한다. 관습에 따라 목수, 군인, 기와공이 만들어진다. "아주 훌륭한 기와공이야"라고 사람들은 말한다. 군인에 대해 말할 때는 "어리석은 사람들이야"라고 말한다. 다른 사람들은 그 반대로 "전쟁만큼 위대한 것은 없어", 나머지 사람들은 "다 불량배들이야"라고 말한다. 어릴 때 이런 직업에 대해 찬양하고 다른 직업은 비하하는 소리를 듣고 직업을 선택하게 된다. 왜냐하면 사람들은 자연스럽게 덕을 사랑하고 어리석음을 싫어하기 때문이다. 이런 말 자체가 마음을 움직이게 하고, 실천하면서 과오를 범하게 한다. 그처럼 관습의 힘은 크며 자연은 인간을 만들 뿐, 모든 계층의 신분은 인간이 만들어 낸다.

모두가 목수인 지방이 있고, 군인인 지방이 있기 때문이다 등등. 아마도 자연이 그렇게 획일적이지는 않은 것 같다. 그러니까 이 모든 것은 관습에 의해 만들어지는 것이다. 왜냐하면 관습이 자연을 억압하기 때문이다. 그런데 때로는 모든 관습이 좋든 나쁘든 간에 자연이 관습을 이겨 내어 사람을 자신의 본능 안에 둔다.

제25장

635-528 사람들은 클레오빌린의 열정과 과오 보기를 좋아한다.* 왜냐하면 그녀가 자신의 열정을 모르기 때문이다. 만약 그녀가 착각하지 않았다면 그녀의 이야기는 재미없을 것이다.

636-528 왕에게 공이라 하는 것은 즐거운 일인데 그렇게 함으로써 그의 지위가 격하되기 때문이다.

637-529 "항거의 불꽃을 끈다.": 너무나 화려한 표현이다.

"자신의 천성에 대한 불안.": 과감한 두 단어가 과하다.

638-529 건강할 때는 만약 아프면 어떻게 할까 궁금해한다. 그리고 아프면 기분 좋게 약을 먹는다. 모든 것을 해결해 주는 것은 고통이다. 아프면 건강이 부여했던 산책과 놀이에 대한 열정과 욕망이 더 이상 없는데, 이런 것들은 병으로 인한 욕구와 상반되기 때문이다. 자연이 현재의 상태에 맞는 열정과 욕망을 부여한다. 두려움은 자연이 아니라 우리가 스스로 만들어 내는 것이다.

이 두려움으로 우리는 곤란에 빠지게 된다. 왜냐하면 그 두려움은 우리의 상태에 맞지 않는 열정을 갖게 하기 때문이다.

639-529 자연은 어떤 상태에서나 우리를 불행하게 만들기 때문에, 우리는 우리의 욕망으로 행복한 상태를 만든다. 왜냐하면 그 욕망이 우리가 갖고 있지 않은 상태의 즐거움을 우리의 상태와 결부시키기 때문이다. 그래서 이 기쁨에 다다를 때 우리는 그로 인해 행복하지 않을 것이다. 왜냐하면 우리는 이 새로운 상태에 맞는 다른 욕구를 갖게 되기 때문이다.

이 일반 명제를 특수화해야 한다.

640-529 안 좋은 일에 항상 좋은 희망을 가지고 요행수를 즐기는 사람들이 만약 나쁜 일에도 똑같이 참담해하지 않는다면 사업의 실패를 기뻐하는 게 아닌가 하는 의심을 받게 된다. 그들은 이 희망의 구실을 발견하고 기뻐하는데, 이는 자신들이 거기에 관심을 갖고 있음을 보여 주기 위해서이며, 또 그들이 사업이 실패한 걸 볼 때 갖는 느낌을 가장하는 기쁨으로 감추기 위해서이다.

641-529 우리의 본성은 움직임 속에 있으며 완전한 휴식은 죽음이다.

642-529 미통은 인간의 본성이 타락했고 사람은 교양에 상반된다는 것을 잘 알고 있다. 그러나 왜 사람들이 더 높이 날 수 없는지는 알지 못한다.

643-529 몰래 하는 착한 일은 가장 존경할 만한 일이다. 184쪽에

서처럼,* 역사 속에서 가끔 그런 일을 보는데 나는 그런 이야기가 매우 마음에 든다. 그런데 사실 이 일은 확실히 숨겨진 일이 아니다. 알려졌기 때문이다. 그 일을 감추기 위해 할 수 있는 일을 했더라도, 그 일들을 드러나게 한 자그마한 어떤 일로 모든 것이 실패로 끝난다. 왜냐하면 가장 아름다운 점은 그것을 숨기려고 했다는 사실이기 때문이다.

644-529 당신들이 어떤 일들을 가능한 것처럼 보는 것은 세상 사람의 환심 때문이 아니고 뭐가 있겠는가? 당신들은 우리로 하여금 그것이 진실이라고 믿게 할 것인가? 만약 결투 방식이 없었다면, 문제 자체를 고려해 볼 때 당신들은 사람들이 서로 싸울 수 있다는 것이 가능하다고 생각한다고 믿게 할 것인가?

645-530 정의는 확립된 것이다. 그러므로 확립된 모든 우리의 법률은 검토 없이 필연적으로 정의로운 것으로 간주되어야 할 것이다. 왜냐하면 그것은 확립된 것이기 때문이다.

646-531 감정. 기억과 기쁨은 감정이다. 그리고 기하학의 명제도 감정이 되는데, 감정은 이성으로 자연스러운 것이 되고 자연스러운 감정은 이성으로 지워지기 때문이다.

647-532 교양인. 누군가에 대해 말할 때 '수학자이다', '설교자이다', '웅변가이다'가 아니라 '그는 교양인이다'라고 말할 수 있어야 한다. 이 보편적인 가치야말로 내가 마음에 들어 하는 것이다. 어떤 사람을 보면서 그의 책을 기억할 때 그것은 나쁜 징조이다. 내가 원하건대 우연히 아니면 그것을 이용할 경우를 제외하고는,

ne quid nimis,[126] 사람들이 어떤 장점도 알아채지 않았으면 한다. 한 가지 장점이 우세하게 나타나 이름을 얻을까 봐 두려워서 말이다. 말을 잘하는 것이 문제 될 때 이외에는 말을 잘한다는 생각을 전혀 하지 말기를. 그때 그런 생각을 하기를.

648-533 기적.

백성은 스스로 그런 결론을 내린다. 그러나 당신들은 그 이유를 제시해야 한다.

규칙이 예외 속에 있다는 것은 유감스러운 일이다. 예외에 엄중해야 하고 반대해야 한다. 그래도 규칙에 예외가 있다는 것은 분명하므로 엄중하게 그러나 올바르게 판단해야 한다.

649-534 몽테뉴. 몽테뉴의 좋은 점은 쉽게 얻을 수 있는 게 아니다. 그의 나쁜 점은, 품행을 제외하고, 즉시 고칠 수 있는 것이다. 만약 너무 많은 이야기를 한다든가 자기에 대한 얘기를 너무 많이 한다고 그에게 알려 줬다면 말이다.

650-535 당신이 자신들을 중요하게 대하지 않는다는 것을 불평하려고 자신을 존중하는 신분이 높은 사람들의 예를 열거하는 이들을 본 적이 있는가? 나는 그들에게 이렇게 답한다. "당신이 이 사람들을 매혹시킨 그 장점을 보여 주시오. 그러면 나도 당신을 존중하겠소."

---

126 어떤 과함도 없이.

651-536 기억은 이성의 모든 작용을 위해 필요하다.

652-536 한 자연스러운 연설이 열정이나 현상을 묘사할 때 사람들은 자기 안에서 듣는 내용의 진실을 발견한다. 자기 안에 있었는지도 몰랐던 그런 진실을 말이다. 그래서 그 진실을 느끼게 해주는 사람을 좋아하게 된다. 왜냐하면 그는 자신의 이득이 아니라 우리의 이득을 보여 주었기 때문이다. 그런 이유로 우리는 그를 좋게 느끼게 된다. 게다가 그와 함께하는 이 지성의 공유로 우리의 마음은 필연적으로 그를 좋아하도록 이끌린다.

653-537 개연성.

각자가 덧붙일 수 있고,* 어느 누구도 제거할 수 없다.

654-538 당신들은 에스코바르에 대한 이야기가 거짓이라고 나를 비난하지 않는다. 왜냐하면 사람들은 그에 대해 잘 알기 때문이다.

655-539 겸손에 대한 담화는 오만한 사람에게는 오만의 소재가 되고 겸손한 사람에게는 겸손의 소재가 된다. 그렇듯 회의론에 대한 담화는 독단론자에게는 독단의 소재가 된다. 겸손에 대해 겸손하게 말하는 자는 거의 없고, 순결에 대해 순결하게 말하는 사람이 거의 없으며, 의심하면서 회의론을 논하는 자는 거의 없다. 우리는 거짓, 이중성, 모순일 뿐이며, 우리 스스로에게 자신을 숨기고 변장한다.

656-540 내 생각을 쓸 때 나는 가끔 생각을 놓칠 때가 있는데, 그것으로 항상 잊고 있는 나의 약점을 기억하게 된다. 그것은 나의

그 잊힌 생각만큼이나 나를 가르쳐 준다. 나는 오직 나의 허무를 아는 데 집착하기 때문이다.

657-541 불행한 사람들을 불쌍히 여기는 것은 사욕에 반대되는 일이 아니다. 오히려 사람들은 아무것도 주지도 않고 이런 우정의 표시만으로 마음이 따뜻하다는 평판을 갖게 된 것에 매우 기뻐한다.

658-542 대화:

종교에 대한 과장된 말: "나는 종교를 부정한다."

대화:

회의주의는 종교에 도움이 된다.

659-543 악한 사람이 없도록 하기 위해서 죽여야 할까?

그것은 한 사람의 악인 때문에 두 명의 악인을 만드는 것이다. *Vince in Bono malum,*[127] 성 아우구스티누스.

660-544 *Spongia Solis.**

항상 같은 현상이 일어나는 것을 보고 우리는 자연스러운 필연이라고 결론을 내리는데, 내일 해가 뜰 것이라는 것과 같은 것이다. 그러나 가끔 자연에서 그것을 부정하는 일이 일어나고, 자신의 규칙에 복종하지 않는다.

661-544 정신은 자연스럽게 믿고, 의지는 자연스럽게 좋아한다. 그

127 악을 선으로 이겨라. (아우구스티누스, 『강론집』 302) 「로마인들에게 보낸 편지」 12장 참조.

래서 참된 대상이 없기 때문에 거짓 대상에 애착을 가져야 한다.

662-544 은총은 항상 세상에 있을 것이고 자연도 그렇다. 그래서 은총은 어떤 면에서 자연스러운 것이다. 그리고 항상 펠라기우스파 사람들이 있을 것이고 가톨릭 신자들이 있을 것이고 항상 싸움이 있을 것이다.

왜냐하면 첫 탄생으로 어떤 사람들이 만들어지고, 두 번째 탄생의 은총으로 다른 사람들이 만들어지기 때문이다.

663-544 자연은 늘 같은 일을 되풀이한다. 해(年), 날, 시간, 공간도 마찬가지이다. 그리고 숫자는 차례로 이어진다. 그렇게 해서 무한하고 영원한 것이 만들어진다. 이 모든 것에 무한하고 영원한 것이 있다는 말이 아니다. 이런 유한한 존재들이 무한히 증가하는 것이다. 이렇듯 무한한 것은 그것들을 증가시키는 숫자뿐인 것처럼 보인다.

664-545 인간은 본질적으로 모든 동물이다.*

665-546 여론과 상상에 기초한 제국은 얼마간 지배한다. 그리고 이 제국은 부드럽고 자발적이다. 힘의 제국은 항상 지배한다. 그렇게 여론이 세상의 여왕인 것처럼 힘은 세상의 폭군이다.

666-547 에스코바르에게 비난받을 사람은 제대로 벌을 받을 것이다.

667-547 웅변.

유쾌하고 실제적이어야 한다. 그런데 유쾌함 그 자체가 진실에서 취한 것이어야 한다.

668-547 각각의 것이 그 자체로는 전체이다. 왜냐하면 그것이 죽으면 그에게 있어 모든 것이 죽은 것이기 때문이다. 때문에 그런 의미에서 각자가 모든 것에 자신이 전체라고 믿는 일이 일어난다. 우리의 기준으로 자연을 평가해선 안 된다. 자연에 따라 그것을 평가해야 한다.

669-548 모든 대화와 담화에서 분개하는 사람들에게 다음과 같이 말할 수 있어야 한다. "무엇이 불만입니까?"

670-549 좋은 말을 하는 사람, 나쁜 증표.

671-550 사람들이 당신의 선함을 믿기를 원하십니까? 그 점에 대해 말하지 마시오.

672-551 우리는 사물을 다른 방향에서 바라볼 뿐만 아니라 다른 눈으로 바라본다. 사물을 같은 것이라 생각하지 않으려고 조심한다.

673-552 그는 10년 전에 사랑했던 사람을 더 이상 사랑하지 않는다. 내가 믿건대 그녀는 더 이상 옛날 같지 않고 그도 그렇다. 그는 젊었고 그녀도 그랬다. 그녀는 완전히 다른 사람이 되었다. 그녀가 여전히 예전 같았다면 그는 아마도 아직도 그녀를 사랑할 것이다.

674-553 우리가 덕 안에 유지하고 있는 것은 우리 자신의 힘이 아니라 반대되는 두 악덕의 균형에 의해서이다. 이는 마치 대치되는 두 바람 사이에 우리가 서 있는 것과 같다. 이 악덕 중 하나를 없애 보라. 우리는 다른 악덕으로 떨어지고 만다.

675-554 문체. 자연스러운 문체를 만날 때 우리는 매우 놀라고 기뻐한다. 왜냐하면 한 작가를 본다고 기대했는데 한 인간을 발견하기 때문이다. 반면에 좋은 취향을 가진 사람들이 하나의 책을 보면서 인간을 발견한다고 믿다가 작가를 발견하여 매우 놀란다. *Plus poetice quam humane locutus es.*[128]

676-555 사람들이 당신을 믿는다면 아주 분별없음이 분명하다.

677-556 교황은 자신에게 복종의 맹세를 하지 않은 학자들을 미워하고 두려워한다.

678-557 인간은 천사도 짐승도 아니다. 그리고 불행히도 천사가 되고 싶어 하는 자는 짐승이 된다.

679-558 프로.* 교회를 사랑하는 사람들은 타락하는 풍습을 보며 불평한다. 그러나 적어도 법이 존재한다. 그런데 이들이 법을 타락시킨다. 규범이 손상된 것이다.

680-559 몽테뉴.

몽테뉴의 단점은 크다. 선정적인 말: 드 구르네 양의 노력에도

128 당신은 인간으로서보다 시인으로 말했다. 페트로니우스, 『사티리콘』, 90, 엔콜피우스의 말이다.

불구하고 아무 가치가 없다. 순진한 사람, '눈이 없는 사람들', 무지한 사람, '원적 문제', '더 큰 세상'. 죽음과 계획적인 살인에 대한 그의 생각. 그는 두려움도 후회도 없이 구원에 대한 무관심을 고취시킨다. 그의 책이 신앙심으로 이끌기 위해 만들어진 것이 아니기 때문에 그렇게 해야만 하는 것은 아니었다. 그러나 사람들을 신앙심에서 조금도 멀어지게 하지는 말아야 한다. 삶의 우연한 기회에서 가질 수 있는 약간 자유롭고 향락적인 그의 생각을 용서해 줄 수 있다. 하지만 죽음에 대한 그의 매우 이교도적인 생각은 용서할 수 없다. — 730, 331* — 왜냐하면 만약에 적어도 기독교적으로 죽기를 원하지 않는다면 모든 신앙심을 버려야 하기 때문이다. 게다가 그는 그의 책 전체에 걸쳐 비겁하고 무기력하게 죽는 것만 생각한다.

681-560 나는 용기와 같은 미덕의 극단적인 면에 감탄하지 않는다. 극단의 용맹과 극단의 관대함을 지녔던 에파미논다스처럼 내가 그 미덕의 반대되는 극단을 동시에 보지 않는 한 말이다. 그렇지 않을 때 그것은 상향하는 것이 추락하는 것이 되기 때문이다. 자신의 위대함을 보여 주는 것은 극한에 머무르는 것이 아니라 동시에 두 극단에 다다르면서 그 둘 사이를 모두 채움으로써 가능하다.

그런데 이것은 단순히 이 두 극단 사이를 급격히 오가는 영혼의 움직임에 불과한 것일지도 모른다. 그리고 사실 그 영혼은 하나의 불씨처럼 한 점에 머물러 있을 뿐일지도 모른다. 그렇다 치자. 그러나 이는 영혼의 넓이를 보여 주지 않는다 해도 적어도 영혼의 민첩성을 나타낸다.

682-561 무한 운동.

무한 운동, 모든 것을 채우는 점, 휴식의 순간,* 질량이 없는 불가분의 끝없는 무한.

683-562 질서.

왜 나는 나의 덕을 여섯 개가 아니라 네 개로 나눠야 할까? 왜 덕을 네 개, 두 개, 아니면 하나로 정해야 하는 걸까? 왜 "자연을 따르라"*거나, 플라톤처럼 "부정함 없이 개인의 일을 하라"*든가 다른 것들이 아닌 "*abstine et sustine*(참고 인내하라)"를 정하겠는가?

여러분은 말할 것이다. "그런데 보시오. 모든 것이 한 단어에 들어 있습니다." 그렇다. 하지만 그것을 설명하지 못하면 무용하다. 그리고 그것을 설명하기에 이르면 이 모든 것을 포함하고 있는 이 규칙을 개방하자마자 여러분이 피하고 싶어 하던 처음의 혼란 속으로 모든 것이 나오게 된다. 이렇게 그 모든 것이 상자 속에 있는 것처럼 어떤 하나 안에 포함될 때 그것들은 거기에 숨겨져 있고 무용하다. 그리고 그것들은 본연의 혼란 속에서만 나타난다. 자연은 그 모든 것을 서로 다른 것 속에 포함시키지 않고 각각 만들어 냈다.

684-563 질서. 자연은 모든 진리를 각각의 자리에 놓아두었다. 우리는 수완을 써서 어떤 진리들을 다른 진리 안에 포함시키는데, 이는 자연스럽지 않다. 각각의 진리는 자신의 자리를 갖고 있다.

685-564 영광.

짐승들은 서로에 대해 감탄하지 않는다. 말은 자기와 함께 지내는 말에 대해 조금도 감탄하지 않는다. 그들 사이에 경주에서 경쟁심이 없다는 말이 아니다. 하지만 그것은 대단한 것이 아니다. 마구간에 있으면 사람들이 자신들에게 원하는 것처럼 몸이 무겁고 체격이 좋지 않은 말이라도 자신의 귀리를 다른 말에게 양보하지 않기 때문이다. 그들의 미덕은 저절로 충족된다.

686-565 사람들이 열은 몇몇 혈구의 운동이고 빛은 우리가 느끼는 *conatus recedendi* 원심력일 뿐이라고 말할 때 우리는 놀란다. 뭐라고! 기쁨이 정신들의 발레일 뿐 다른 게 아니라는 말인가! 우리는 그 점에 대해 매우 다른 생각을 가졌었다. 그리고 이 느낌들은 그와 비교하는 다른 느낌들과 같은 것이라는데 서로 매우 다르게 보인다. 불에 대한 느낌, 접촉과는 전혀 다른 방식으로 우리에게 작용하는 이 열기, 소리와 빛의 수신, 이 모든 것이 신비한 듯싶다. 그러나 이는 돌팔매질만큼이나 흔한 일이다. 사실 모공까지 들어가는 작은 정기가 다른 신경을 건드리지만 그것은 접촉된 신경 외에 다른 것이 아니다.

687-566 나는 형이상학에 대한 연구에 많은 시간을 보냈다. 한데 그것에 관한 얼마 안 되는 소통에 그 연구를 싫어하게 되었다. 내가 인간에 대한 연구를 시작했을 때, 이 형이상학적 학문이 사람에게 맞지 않으며, 거기에 들어가면서 그 학문을 모르는 사람들보다도 내 상황에 대해 더 갈피를 잡지 못하게 되었음을 알게 되었다. 나는 이 학문을 잘 모르는 사람들을 용서하게 되었다. 그런데 인간에 대한 연구에서 나는 적어도 많은 친구를 발견했다고 생각했다. 그리고 이 학문은 인간에게 맞는 진정한 연구라고 생각했다. 그러나 내가 잘못 생각한 것이었다. 기하학을 공부하는

사람보다 인간학을 공부하는 사람이 더 소수이다. 다른 것을 추구하는 것은 이 인간학을 공부할 줄 모르기 때문일 뿐이다. 그런데 이 또한 사람이 가져야 하는 학문이 아니지 않은가? 그리고 행복을 위해서는 자신을 모르는 게 더 나아서가 아닐까?

688-567 '나'란 무엇인가?

누군가 지나가는 사람들을 보기 위해 창가에 서 있다. 만약 내가 지나가고, 그가 나를 보기 위해 거기에 서 있다고 나는 말할 수 있을까? 아니다. 그는 특별히 나를 생각하고 있지 않기 때문이다. 그런데 누군가를 그 아름다움 때문에 사랑한다면 그를 사랑하는 걸까? 아니다. 그는 죽게 하지는 않지만 아름다움을 없앨 수 있는 천연두 때문에 더 이상 그 사람을 사랑하지 않게 될 것이기 때문이다.

그리고 사람들이 나의 판단력과 기억력 때문에 나를 사랑한다면 사람들이 나를 사랑하는 것일까? 아니다. 나는 나를 잃지 않고도 이 장점들을 잃을 수 있기 때문이다. 그러면 몸에도 정신에도 없다면 '나'는 어디에 있는 것인가? 그 장점들 때문이 아니라면 어떻게 몸과 정신을 사랑할 수 있는가? 이 장점들은 '나'를 만드는 것이 아닌데, 왜냐하면 이 장점들은 소멸될 수 있으므로. 사람들은 어떤 장점이 있든 간에 인간 정신의 본질을 형이상학적으로 사랑하기 때문인가? 그것은 있을 수 없으며 부당한 일일 것이다. 그러니까 사람들은 아무도 사랑하지 않으며, 단지 그 장점만을 사랑하는 것이다.

따라서 직무와 지위로 자신을 공경하게 하는 사람들을 더 이상 비웃지 말기를! 왜냐하면 사람들은 빌린 장점 때문이 아니고는 아무도 사랑하지 않기 때문이다.*

689-568 내가 몽테뉴에게서 보는 모든 것을 발견하는 것은 몽테뉴에게서가 아니라 내 안에서이다.

690-569 "하느님께서 우리의 죄를 우리에게 과하지 마옵소서."* 즉 사람들이 사정없이 죄를 추궁하려 한다면 우리 죄의 모든 결과와 여파는 작은 과오일지라도 무시무시할 것이다.

691-570 회의주의는 참이다. 왜냐하면 결국 예수 그리스도 이전에는 모든 인간이 자신들의 처지를 몰랐고, 자신들이 위대한지 하찮은지도 몰랐기 때문이다. 그리고 둘 중 어떤 것을 말한 사람들은 아무것도 알지 못했으며, 근거도 없이 아무렇게나 추측했고 그중 하나를 배제하면서 방황하기까지 했다.

Quod ergo ignorantes quæritis religio annuntiat vobis.[129]

692-571 몬탈트.*

해이된 사상은 사람들이 좋아하는 것이어서 그들의 의견을 싫어한다는 것은 이상할 정도이다. 그것은 그들이 모든 한계를 넘어섰음을 의미한다. 그리고 진리를 보기는 하지만 다다르지 못하는 사람들이 많다. 그러나 종교의 순수함이 우리의 타락과 반대된다는 것을 알지 못하는 사람은 거의 없다. 영원한 보상이 에스코바르적인 도덕관념에 주어졌다고 말하는 것은 우스꽝스럽다.

693-572 세속적으로 살아가는 가장 쉬운 조건은 하느님의 말씀에 따라 사는 데 가장 힘든 조건이 된다. 그리고 역으로 세속적

129 여러분이 미처 알지 못한 채 예배해 온 그분을 이제 여러분에게 알려 드리겠습니다.(「사도행전」 17 : 23)

으로 살아가는 데 신앙생활만큼 어려운 것은 없다. 그리고 하느님의 말씀에 따라 행하는 신앙생활보다 쉬운 것은 아무것도 없다. 세속적으로 높은 직책과 많은 재산 속에 있는 것은 매우 편한 일이다. 그런데 하느님에 따르면, 이러한 직책과 부를 누리지도 않고 좋아하지도 않으면서 그런 상태에 있는 것만큼 힘든 것은 없다.

694-573 질서. — 나는 모든 조건의 무의미함을 보여 주기 위해 다음과 같은 차례로 이 담론을 했을 것이다. 평범한 삶의 무의미함을 보여 주고, 다음에 회의주의자들이나 스토아학파들과 같은 철학자들의 삶의 무의미함을 보여 줄 것. 그러나 차례는 지켜지지 않을 것이다. 나는 그것이 어떤 것인지, 얼마나 소수의 사람이 그것을 이해하는지 조금 안다. 어떤 인간의 학문도 이 질서를 간직하지 못한다. 성 토마스 아퀴나스도 그것을 지키지 않았다. 수학은 그것을 간직하지만 그 깊이는 무용하다.

695-574 원죄는 사람들에게 어리석은 생각이다. 그런데 사람들은 원죄를 그렇게 제시한다. 그러니까 이 교리의 근거 없음에 대해 나를 비난하면 안 된다. 왜냐하면 나는 그것을 근거 없는 대로 제시하니까 말이다. 그러나 이 어리석은 생각은 인간의 모든 지혜보다도 더 지혜롭다. *sapientius est hominibus.*[130*] 이 원죄 없이는 인간이 무엇이라 말할 수 있겠는가? 인간의 모든 상태는 이 감지할 수 없는 문제에 달려 있다. 그리고 인간의 이성으로 어떻게 그것을 인지할 수 있겠는가? 이는 이성에 어긋날뿐더러, 우리가 원죄를 제시하면 이성은 자신의 방식으로 그것을 찾아내기는커녕

130 사람들이 하는 일보다 더 지혜롭다.

그것으로부터 더 멀어진다.

696-575 나는 사람들이 내가 어떤 새로운 것을 말하지 않았다고 말하지 않기를 바란다. 소재의 구성이 새로운 것이다. 사람들이 공놀이를 할 때 두 사람이 치는 공은 같은 공이지만, 둘 중 한 사람이 공을 더 잘 친다.

나는 또한 사람들이 내가 옛말을 사용했다고 말했으면 좋겠다. 마치 동일한 생각은 다른 구성으로 다른 담론을 만들지 않는데, 동일한 단어들은 다른 구성으로 다른 생각을 형성하는 것처럼 말이다.

697-576 문란한 생활을 하는 사람은 규칙적인 생활을 하는 사람들에게 그들이 자연에서 벗어난 사람들이라고 말한다. 그리고 그들은 자신들이 자연을 따르고 있다고 믿는다. 이는 마치 배에 탄 사람들이 바닷가에 있는 사람들이 멀어지고 있다고 믿는 것과 같다. 양쪽의 말은 비슷하다. 그에 대해 판단할 때 고정점이 있어야 한다. 부두는 배에 탄 사람들을 판단한다. 그러나 도덕에서는 부두를 어디서 구할 수 있을 것인가?

698-577 자연은 서로를 모방한다.

자연은 서로를 모방한다. 비옥한 땅에 뿌려진 한 알의 씨앗은 열매를 맺는다. 훌륭한 정신 안에 던져진 한 원리는 다른 원리를 만들어 낸다.

수는 그 성질이 다름에도 공간을 모방한다.

모든 것이 같은 주인에 의해 만들어지고 이끌어진다. 뿌리, 가지, 열매, 원리, 결과.

699-577 배에서처럼 모든 것이 똑같이 움직일 때 겉으로 보기에는 아무것도 움직이지 않는다. 모든 사람이 방탕으로 향할 때 아무도 그쪽으로 가는 것처럼 보이지 않는다. 멈춰 선 사람이 고정점처럼 다른 사람들의 흥분을 지적할 수 있다.

700-578 수도회 총장들.

그들은 우리 교회에 그런 풍습을 끌어들이는 것으로 만족하지 않는다. *templis inducere mores.* 그들은 교회 안에서 허용받기를 원할 뿐만 아니라 마치 자신들이 가장 강한 자가 된 것처럼 그렇지 않은 자들을 교회에서 쫓아내고 싶어 한다.

Mohatra,[131*] 그것에 놀라는 것으로 신학자가 되는 것은 아니다.

당신들의 총장들에게 "때가 너무나 임박해서 그들이 세계 교회에 이런 풍습을 줄 것이며, 이 혼란의 거부를 전쟁이라 부를 것"이라고 누가 말했을까. *Tot et tanta mala pacem.*[132*]

701-579 누군가를 유효하게 *나무라며 잘못* 생각하고 있다고 보여 주기를 원할 때는 그가 어느 쪽에서 문제를 보는지 관찰해야 한다. 왜냐하면 보통 그쪽에서는 그것이 진실되기 때문이다. 그리고 그와 함께 그가 옳음을 인정하고, 문제가 진실이 아닌 측면을 보게 해야 한다. 그는 이것에 만족한다. 왜냐하면 그는 자신이 잘못 생각하지 않았으며 단지 모든 면을 보지 못했을 뿐이라는 것을 보기 때문이다. 그러니까 사람은 모든 것을 보지 못한 것 때문에 화를 내지는 않는다. 그리고 그것은 아마도 보통 사람은 모든 것을 볼 수 없으며 자신이 보는 측면에서는 스스로 잘못을 행할

131 모하트라 계약.

132 온갖 악을 평화라고 부른다.

수 없다는 점에서 오는 결과이다. 마치 감각의 인지가 항상 진실인 것처럼 말이다.

702-580 은총. 은총의 감화, 마음의 냉담, 외적 상황.

703-581 영광. 「로마인들에게 보낸 편지」 3장 27절. 배제된 영광. 어떤 율법으로? 율법을 잘 지켜서? 아니다. 신앙으로. 그러니까 신앙은 율법서처럼 우리의 능력 안에 있지 않으며 신앙은 다른 방식으로 우리에게 주어졌다.

704-582 베네치아.*

당신들은 군주들이 그것을 요청하고 백성은 혐오감을 갖는데, 거기서 어떤 이익을 이끌어 내겠습니까? 그들이 여러분을 필요로 했다면, 그리고 그것을 얻기 위해 기독교 군주들의 도움을 간청했다면, 여러분은 이 탐구를 가치 있게 만들 수 있을 것입니다. 그러나 50년 동안 모든 군주가 아무런 보람 없이 거기에 전념했는데, 그것을 얻기 위해서는 그렇게 절박한 필요*가 있어야 했는데!

705-583 고위층의 사람이나 서민이나 같은 일을 겪고, 같은 불쾌한 일과 같은 열정을 갖는다. 그러나 하나는 바퀴 위에 있고 하나는 중심 가까이 있어서 같은 움직임에도 덜 흔들린다.

706-584 매고 푸는 것.* 하느님은 교회 없이는 죄를 사하고 싶어하지 않으셨다. 교회가 하느님에 대한 사람들의 죄에 관여하는 것처럼 하느님은 교회가 용서에도 관여하기를 바란다. 왕들이 그들의 의회에 하는 것처럼 하느님은 이 권한에 교회를 참여시킨

다. 그러나 만약에 교회가 하느님 없이 죄를 사한다면 그것은 더 이상 교회가 아니다. 고등법원에서처럼 말이다. 만약에 왕이 어떤 사람에게 사면을 베풀었다 할지라도, 그 사면이 승인을 필요로 한다면 의회가 왕 없이 승인한다거나, 왕의 명령에 승인하기를 거절한다면 그것은 더 이상 왕의 의회가 아니라 반란 집단이기 때문이다.

707-585 그들은 영속성을 가질 수 없다. 때문에 그들은 보편성을 추구한다. 그리고 이를 위해 모든 교회를 타락하게 만드는데 자신들이 성인이 되기 위해서이다.

708-586 교황들. 왕들은 자신들의 왕국을 마음대로 처분할 수 있으나, 교황들은 그들의 왕국을 마음대로 할 수가 없다.*

709-587 우리는 우리 자신을 잘 몰라서 많은 사람이 자신들의 몸 상태가 좋을 때 죽을 것이라 생각하고, 죽음에 가까이 있을 때 곧 나타날 종기나 임박한 열을 느끼지 못하면서 자신들의 건강 상태가 좋다고 생각한다.

710-588 언어.

정신의 피로를 풀게 할 목적이 아니라면 그의 정신을 다른 데로 돌려서는 안 된다. 적당한 때, 그래야 할 때 피로를 풀게 하고 그렇지 않은 경우에는 안 된다. 왜냐하면 적당하지 않을 때 정신의 피로를 풀어 주면 그 사람은 피곤해하고, 적당하지 않을 때 피곤하게 하면 그 사람의 정신은 피로를 풀게 되기 때문이다. 왜냐하면 사람들은 이 모든 것을 놓아 버리기 때문이다. 사욕의 간교함은 사람들이 우리에게 기쁨을 주지 않고 우리에게서 얻고 싶어 하면, 그와 반대되는 것을 행하고 싶어한다. 화폐와 같은 이 기쁨을 위해서 우리는 사람들이 원하는 모든 것을 준다.

711-589 힘. 사람들은 왜 다수를 따르는가? 그들이 옳기 때문인가? 아니다. 힘을 더 많이 가지고 있기 때문이다.

사람들은 왜 옛 법률과 옛 사상을 따르는가? 그 법률과 사상이 더 올바르기 때문인가? 아니다. 그 법률과 사상은 유일하고, 다양성의 근원을 우리에게서 제거하기 때문이다.

712-590 어느 날 어떤 사람이 고해성사를 하고 나오면 큰 기쁨을 느끼고 안심하게 된다고 말했다. 어떤 다른 사람은 두려운 상태가 된다고 말했다. 나는 이 얘기에 두 사람으로 하나의 좋은 사람을 만들 수 있을 거라고, 그리고 각자가 다른 사람의 느낌이 없었다고 생각했다. 이런 일은 다른 일에서도 자주 일어난다.

713-591 고해성사에서 사면만 있으면 죄가 용서받는 것이 아니다. 통회가 있어야 한다. 고해성사 없는 통회는 참된 것이 아니다.

성행위에 있어 죄를 막는 것은 혼인 미사가 아니라 하느님께 아이들을 낳아 드리는 욕구이다. 이는 결혼 안에서만 참된 욕구가 된다.

그리고 성사 없이 회개한 자는 성사를 하고 회개하지 않은 사람보다 더 죄의 사함을 받을 준비가 된 사람이다. 예를 들어 아이들에 대한 갈망만 가지고 있던 롯의 딸들은 아이에 대한 욕구 없이 결혼한 사람보다 더 순수했다.

714-592 교황. 모순이 있다. 왜냐하면 그들은 한편으로는 전통을

따라야 한다고 말하고 감히 그것을 부인하지 못할 것인데, 다른 한편으로는 그들 마음에 드는 말을 할 것이기 때문이다. 사람들은 항상 이 전자를 믿는데 그것을 믿지 않는 것 또한 그들을 거스르는 것이기 때문이다.

715-593 모든 다른 재능을 규제하는 주요 재능.

716-594 위험에 처해 있을 때가 아니라 위험이 없을 때 죽음을 두려워하는 것. 왜냐하면 인간이어야 하기 때문이다.

717-595 강들은 움직이는 길, 사람들이 가고 싶어 하는 곳으로 데리고 가는 길들이다.

718-596 예언은 모호하다. 예언은 더 이상 모호하지 않다.*

719-597 나는 7천 명을 확보했다.* 나는 세상에 알려지지 않은, 예언자들에게조차 알려지지 않은 이 경배자들을 사랑한다.

720-598 보편적.

도덕과 언어는 특별하지만 보편적인 학문이다.

721-598 개연성.

진리를 찾는 성인들의 열정은 만약 개연적인 것이 확실하다면 무용한 것이었다.

항상 가장 확실한 것을 따랐던 성인들의 두려움.

성녀 테레즈는 항상 고해신부의 말을 따랐다.

722-600, 602, 603, 604　개연적인 것.

사람들이 애착 갖는 것들과 비교해서 그들이 하느님을 진정으로 찾고 있는지 보기를.

이 고기가 나를 독살하지는 않을 것 같다.

내가 청원하지 않아도 소송에서 지지 않을 것 같다.

개연적인 것.

진지한 작가와 근거만 있으면 충분하리라는 게 사실이라면, 그들은 진지하지도 않고 합리적이지도 않다고 나는 말한다.

뭐라고요! 몰리나에 따르면, 남편은 자기 아내를 이용하여 돈을 벌 수 있다고요! 그가 제시하는 이유는 합리적입니까? 레시우스의 상반된 이유도 여전히 합리적입니까?

들판에 나가서 한 남자를 기다리는 것이 결투가 아니라고 말하면서 당신들은 그렇게 왕의 칙령을 감히 농락하려는 겁니까?

교회는 결투를 분명히 금지했으나, 산책을 금지하지는 않았다.

그리고 고리대금도 금지했으나 ---은 아니다.

그리고 성직 매매도 금지했으나 ---은 아니다.

복수는 금지했으나 ---은 아니다.

남색가들은 금지했으나 ……은 아니다.

quam primum[133*]을 금지했으나 ……은 아니다.

723-601　두 무한들. 중간.

133 가능한 한 빨리.

너무 빠르거나 너무 천천히 읽으면 사람들은 아무것도 이해하지 못한다.

724-605 어떤 사람의 덕이 할 수 있는 것은 그 사람의 노력이 아니라 평소 행동으로 평가되어야 한다.

725-606 고해하지 않는 죄인들, 사랑이 없는 의인들, 인간의 의지에 대해 어떤 힘도 없는 신, 신비 없는 예정설.

726-607 교황. 하느님은 당신 교회의 통상적인 관리 안에서는 어떤 기적도 만들지 않는다. 어떤 사람이 무류성을 가지고 있었다면 그것은 이상한 기적일 것이다. 그러나 무류성이 다수에 있으면 이는 아주 자연스럽게 보여서 하느님의 행위는 그의 모든 업적들처럼 자연 안에 숨겨져 있다.

727-608 그들은 예외로 규칙을 만든다. 옛날 사람들은 회개하기 전에 죄를 사했었나요? 예외의 정신으로 그렇게 하시오. 그러나 당신들은 예외로 예외 없는 규칙을 만들고 있습니다. 그래서 예외가 있는 규칙을 더 이상 원하지 않습니다.

728-610, 609 우리가 키케로에게서 비난하는 모든 거짓 아름다움을 찬미하는 사람들이 많다. 기적들, 성 토마스 아퀴나스, t. III, 1. VIII, ch. 20.*

729-611 결의론자들.

막대한 헌금, 합리적인 회개.

우리는 정의로움을 정할 수 없다고 할지라도 의롭지 않은 것이 어떤 것인지는 잘 안다. 결의론자들은 자신들이 하는 것처럼 이것을 해석할 수 있다고 믿는데 우스운 일이다.

잘못 말하고 잘못 생각하는 데 익숙한 사람들.

그들 다수가 자신들의 완벽함을 드러내기보다 그 반대를 드러낸다.

한 사람의 겸손은 많은 사람의 오만을 낳는다.

제26장

730-612 *CC. homo existens (te deum facis).**

당신은 한갖 사람이면서 하느님 행세를 하고 있지 않소.

*Scriptum est: dii estis et non (potest solvi scriptura).**

성서에는 너희가 신이라고 되어있지 않느냐, 성서는 파기될 수 없는 것이다.

*CC. haec infirmitas non est ad (mortem) sed ad vitam.**

이 병은 죽을 병이 아니다. 살 것이다.

*Lazarus dormit, et deinde manifeste dixit Lazarus mortuus (est).**

라잘로가 잠이 들었다. 그것은 라자로가 죽었다는 뜻이었다.

731-613 이 사람들은 박정하다.

사람들은 이들을 친구로 삼지 않을 것이다.

732-613 시인이지만 교양인은 아니다.

733-614 교회는 항상 반대되는 오류로 공격받았었다. 그러나 지금과 같이 동시에 공격받은 적은 없었다. 그리고 교회가 많은 오류 때문에 고통을 받는다 해도, 교회는 그 공격하는 자들이 서로 파괴하는 이점을 갖는다.

교회는 이 두 집단*에 대해 한탄하는데 교회 분리 때문에 칼뱅파에 더 불만을 가진다.

이 상반되는 두 진영 사람들의 생각은 확실히 잘못된 것이다. 그들을 깨우쳐 주어야 한다.

신앙은 여러 진리를 포함하고 있는데 이 진리들은 서로 모순되는 것처럼 보인다. 웃을 때가 있고 울 때가 있고 등등. *responde ne respondeas*[134*] 등등.

그 근원은 예수 그리스도 안에서의 두 본성의 결합에 있다.

그리고 두 세상도 마찬가지이다. 새로운 하늘과 새로운 땅의 창조.* 새로운 삶, 새로운 죽음.

모든 것은 중복되고, 같은 이름들이 남아 있다.

그리고 마침내 의로운 사람들 사이에 두 사람이 있다. 왜냐하면 그들은 두 세계이고, 예수 그리스도의 한 일원이고 이미지이기 때문이다. 그러니까 의로운 죄인, 죽어 있는 산 자, 살아 있는 죽은 자 그리고 버림받은 선택된 자 등등과 같은 모든 이름이 그

134 대꾸해 주어라와 대꾸해 주지 마라.

들에게 적합하다.

그러므로 모순된 것처럼 보이는 수많은 진리와 신앙과 도덕이 모두 감탄할 만한 질서 안에 존재하고 있다.

모든 이단들의 원인은 이 진리들의 몇몇을 제거한 데 있다.

그리고 이단자들의 모든 반박의 원인은 우리 진리의 일부에 대한 무지에 있다.

그리고 보통 그들은 반대되는 두 진리의 관계를 이해하지 못하여 한 진리에 동의하면 다른 진리는 배제된다고 믿음으로써 한 진리에 집착하고 다른 진리는 거부한다. 그리고 우리는 반대로 한다고 생각한다. 그런데 배제는 그들의 이단의 원인이다. 그리고 우리가 다른 진리를 택한다는 무지는 그들의 반박을 야기한다.

두 번째 예. 성찬에 관하여 우리는 빵의 본질이 바뀌어 우리 주님의 몸의 본질로 변해서 예수 그리스도가 실제로 거기에 존재한다고 믿는다. 이것은 진리들 중 하나이다. 또 다른 진리는 이 성찬이 십자가와 영광의 상징이며, 이 둘에 대한 기념이기도 하다는 것이다. 바로 이것이 상반된 것처럼 보이는 이 두 진실을 포함하고 있는 가톨릭 신앙이다.

오늘날의 이단은 이 성찬이 예수 그리스도의 현존과 그리스도의 상징 모두를 포함하며, 성찬은 성제(聖祭)이며 성제의 기념이라는 것을 이해하지 못하여, 이 같은 이유로 이 진리들 중 하나를 배제하지 않고는 다른 하나를 인정할 수 없다고 믿는다.

그들은 이 성찬이 상징이라는 점에만 집착하는데, 이 점에 있어서는 이단이 아니다. 그들은 우리가 이 점을 배제한다고 생각한다. 그래서 이 점을 언급하는 교부들의 글에 대해 그들이 그렇게 반박하는 것이다. 결국 그들은 (예수 그리스도의) 현존을 부정하는데, 이 점에서 그들은 이단이다.

첫 번째 예. 예수 그리스도는 신이며 인간이다. 아리우스파들은 이 두 가지가 양립 불능하다고 생각하고, 결합할 수가 없어서 그는 인간이라고 말한다. 이 점에 있어 그들은 가톨릭이다. 하지만 그들은 그가 신이라는 것을 부정한다. 이 점에 있어 그들은 이단이다. 그들은 우리가 예수 그리스도의 인간성을 부정한다고 주장하는데 이 점에 있어 그들은 무지하다.

세 번째 예. 면죄부.

따라서 이단을 막을 수 있는 가장 빠른 방법은 이 모든 진리들을 가르치는 것이다. 그리고 이단을 반박하는 가장 확실한 방법은 이 모든 진리들을 선포하는 것이다.

이단자들이 무슨 말을 하겠는가?

어떤 의견이 어느 신부의 것인지 알아보기 위해서…….

734-615 제목.

사람들이 기적을 봤다고 거짓말하는 많은 사람들은 믿고, 사람을 불멸로 만들기 위한 아니면 젊게 하기 위한 비결을 가지고 있다고 말하는 사람들은 믿지 않는 이유는 무엇인가.

나는 이런 치료법을 가지고 있다고 말하는 사기꾼들을 자신의 생명을 그들의 손에 맡길 정도로 왜 그렇게 신뢰하는지 고찰했다. 내가 보건대 그 참 이유는 진정한 사람들이 있다는 것이다. 왜냐하면 거짓된 사람들이 그렇게 많은 것은 불가능한 일이고, 참된 사람이 없는데도 사람들이 그러한 믿음을 부여하는 것도 불가능한 일이기 때문이다. 만약 어떤 고통에도 치료 약이 없고 모든 병이 불치의 것이라면 그들이 치료 약을 줄 수 있다고 사람들이 생각했다는 것은 불가능한 일이다. 그리고 그토록 많은 사람들이 약을 가지고 있다고 허풍 떠는 자들을 믿었다는 것은 더더욱 불가능한 일이다. 마찬가지로 만약에 누군가 죽음을 막을 수 있다고 자랑한다면 아무도 그를 믿지 않을 것이다. 그런 경우는 없기 때문이다. 그러나 가장 위대한 사람들의 지식을 통해 참으로 판명된 많은 치료 약이 있기 때문에 사람들의 믿음은 그쪽으로 기울어졌던 것이다. 이러한 일이 가능한 것으로 알려졌기 때문에 사람들은 그러하다고 결론짓는 것이다. 왜냐하면 백성들은 보통 그렇게 판단을 내린다. 어떤 것이 가능하다. 그러면 그것은 존재한다. 왜냐하면 그 일이 일반적으로 반박될 수 없기 때문이다. 참인 특이한 현상들이 있기 때문이고, 이런 특별한 현상들 중 어떤 것이 참인지 백성들은 잘 구별할 수 없기 때문에 그들은 이 모든 현상을 믿는다. 마찬가지로 달에 대한 많은 잘못된 현상을 사람들이 믿는 것은 바다의 밀물과 같은 현상이 있기 때문이다. 예언과 기적, 꿈에 의한 점, 마법 등도 이러한 것이다. 왜냐하면 이 모든 것에서 참이 없었다면 사람들은 아무것도 믿지 않았을 것이기 때문이다. 따라서 그렇게 많은 거짓이 있기 때문에 참된 기적은 없다고 결론 내리기보다는 반대로 분명히 참된 기적이 있다고 말해야 한다. 왜냐하면 많은 거짓 기적이 있고, 참된 기적이 있다는 이유로만 거짓 기적이 존재하기 때문이다. 종교에 대해서도 그렇게 고찰해야 한다. 왜냐하면 참 종교가 없었다면 사람들이 그토록 많은 거짓 종교를 생각해 내는 것은 불가능하기 때문이다. 이에 대한 반박이 야만인들도 종교를 가지고 있다는 것이다. 이 반박에 우리는 그들이 홍수나 할례, 성 안드레의 십자가 등과 같은 것에 대한 이야기를 들었기 때문이라고 대답한다.

735-616 이렇게 많은 거짓 기적과 거짓 계시와 마법 등과 같은 것이 생긴 원인이 무엇인지 고찰하여 알게 된 것은 그 참 원인은 참된 기적과 계시와 마법들이 있다는 것이다. 왜냐하면 참인 것이 없다면 그렇게 거짓된 것들이 있을 수 없기 때문이다. 참된 종교가 없으면 그토록 많은 거짓 종교도 존재하지 않을 것이다. 왜냐하면 이런 게 존재하지 않았다면 사람들이 이 모든 것을 생각해 냈다는 것은 불가능한 일이며, 또 많은 다른 사람들이 그것을 믿는 것도 불가능하기 때문이다. 그러나 참된 많은 것이 존재하기 때문에, 그리고 위대한 사람들이 그것을 믿었으므로, 이러한 영향은 거의 모든 사람이 거짓된 것도 믿을 수 있게 된 원인이었다. 그러니까 많은 거짓된 기적 때문에 참된 기적이 전혀 존재하지 않는다고 결론 내리는 대신에 거짓된 기적이 많아서 참된 기적이 있다고 결론 내려야 한다. 그리고 참된 기적이 있기 때문에 거짓된 기적이 있고, 마찬가지로 참된 종교가 있기 때문에 거짓 종교들이 있다고 결론 내려야 한다. 야만인들도 종교가 있다는 반박에 대해서. 그것은 그들이 성 안드레의 십자가나 홍수, 할례 등과 같은 참 종교에 대한 얘기를 들었다는 것이다. 인간의 정신이 진리로 인해 이쪽으로 기울어 있기 때문에 이 모든 거짓된 것에 대해서 예민해진 것이다…….

736-617 사람들이 자연 현상을 증명하기 위해 부정확한 이유를

사용하는 데 익숙해지면 정확한 원인이 발견되어도 더 이상 그것을 받아들이기를 원하지 않는다. 왜 혈관이 동여맨 끈 아래서 부푸는지 설명하려고 혈액 순환에 대해 사람들이 제기한 예.

737-617 사람들은 보통 다른 사람들이 생각한 이유보다는 자신이 발견한 이유로 더 잘 확신한다.

738-617 리앙쿠르의 곤들매기와 개구리 이야기.* 이 동물들은 항상 그렇게 한다. 결코 다르게 하지도 않고, 정신적인 어떤 일도 하지 않는다.

739-617 이 시기에는 진리가 너무나 모호하고 거짓은 너무나 잘 확립되어 있어서 진리를 사랑하면 모를까 사람들은 진리를 알 수 없을 것이다.

740-617 교활한 사람들*은 진리를 알지만 그 진리가 자신들의 이해와 관계될 때만 그것을 지지하고 그렇지 않으면 버린다.

741-617 계산기는 동물들이 하는 모든 것보다 더 생각에 가까운 결과를 낸다. 그러나 동물들처럼 의지를 가지고 있다고 말할 만큼의 일은 하지 못한다.

742-617 사람들이 하는 이야기에 이해관계가 없더라도 그들이 거짓말하지 않는다고 결론지어서는 안 된다. 단순히 거짓말하기 위해 거짓말하는 사람들이 있기 때문이다.

743-617 배가 난파하지 않을 것이라고 안심할 때 폭풍우가 내려치는 배 안에 있는 즐거움이 있다. 교회를 괴롭히는 박해도 이런 것이다.

744-618 어떤 일에 대해 진리를 알지 못할 때는 사람들의 생각을 고정시키는 공통된 오류가 있는 게 좋다. 예를 들어 우리가 계절의 변화나 병의 진화 등등의 원인을 달에 부여하는 것처럼 말이다. 왜냐하면 사람의 주요 병은 알 수 없는 문제들에 대한 불안한 호기심이기 때문이다. 그리고 오류 속에 있는 것은 이 무용한 호기심 안에 있는 것보다 그렇게 나쁘지 않다.

745-618 에픽테토스나 몽테뉴 그리고 살로몽 드 튈티*의 문체는 많이 이용되는데, 즉 잘 주입되고, 기억 속에 쉽게 자리 잡으며, 가장 많이 인용된다. 그것은 이들의 문체가 일상생활의 대화에서 만들어진 생각으로 구성되었기 때문이다. 그러니까 달이 모든 것의 원인이라는 세상에서 군림하는 일반적인 오류에 대해 말할 때 살로몽 드 튈티는 어떤 일의 진실을 알지 못할 때는 공통된 오류가 있는 것이 좋다고 했다는 말을 잊지 말고 해야 할 것이다. (이는 다른 편의 생각이다.)

746-619 요세푸스나 타키투스도 그리고 다른 역사가들도 예수 그리스도에 대해 전혀 말하지 않은 것에 대해서.

이 점은 불리하기보다 오히려 유리하다. 왜냐하면 예수 그리스도가 존재했고, 그의 종교가 큰 반향을 일으켰으며, 이 사람들이 예수 그리스도를 모르지 않으며, 따라서 그들은 의도적으로 그를 숨긴 것이고, 그들이 예수 그리스도에 대해 말했는데도 사람들이 삭제했거나 바꾼 것이 분명하기 때문이다.

747-620 기독교가 유일한 종교가 아닌 점에 대해서.

이것이 기독교가 참 종교가 아니라고 믿게 하는 이유가 되지 않는다. 반대로 이런 사실로 기독교가 참 종교임을 보여 준다.

748-621 반박. 구원을 원하는 사람들은 그것으로 행복하다. 반면에 그들은 지옥에 대한 두려움을 가진다. 답변. 누가 지옥을 두려워할 이유가 더 있는가? 지옥이 있는 것을 모르고 지옥이 있다면 분명히 영벌을 받을 사람인가, 아니면 지옥이 있다는 분명한 확신 속에 있으면서 지옥이 있다면 구원받기를 바라는 희망 속에 있는 자인가.

749-622 다른 사람 위에 군림하려 하고, 자신의 행복과 자기 삶의 지속을 다른 사람의 것보다 더 좋아하는 것은 이 얼마나 무절제한 판단인가.

750-622 크롬웰은 모든 기독교 세계를 짓밟으려 했다. 왕족은 몰락했다. 한 알의 모래가 그의 요도에 들어가지 않았더라면 그의 가문은 영원히 권력을 누렸을 것이다. 로마조차 그의 지배하에 흔들리게 될 참이었는데, 이 돌이 거기에 자리 잡으면서 그는 죽고, 그의 가족은 힘을 잃게 된다. 모든 것이 평화를 찾고 왕은 복권되었다.

751-622 감정으로 판단하는 데 익숙한 사람은 논증 문제에 대해서는 아무것도 이해하지 못한다. 왜냐하면 그들은 언뜻 보고 먼저 이해하려 하고 원리를 탐구하는 데 익숙하지 않기 때문이다.

그런데 반대로 원리로 추리하는 데 익숙한 사람들은 원리를 탐구하고 슬쩍 보는 것으로 관찰할 수가 없어서 감각에 관한 문제는 이해하지 못한다.

752-622 두 종류의 사람들이 있는데 이들은 축일과 평일, 성직자와 신자들, 그들 사이에 있는 모든 죄악들을 동일시한다. 거기에서 어떤 사람은 사제에게 나쁜 것은 신자에게도 나쁘다고 결론짓고, 또 어떤 사람들은 신자들에게 나쁘지 않은 것은 성직자들에게 허용된다고 결론짓는다.

753-623 헤롯이 죽이라고 명한 두 살 이하의 아이들 중에 헤롯 자신의 아들이 있음을 안 아우구스티누스는 헤롯의 아들보다는 헤롯의 돼지가 되는 것이 더 낫다고 말했다. 마크로비우스의 『사투르날리아』 제2권 4장.

754-624 첫 번째 단계: 악한 짓을 해서 비난받는 것과 선을 행하여 칭찬받는 것.

두 번째 단계: 칭찬도 받지 않고 비난도 받지 않는 것.

755-625 *Unusquisque sibi deum fingit.*[135*]

혐오.

756-626 생각.

인간의 모든 존엄성은 생각에 있다. 그런데 이 생각이란 무엇인

135 각자는 자기의 신을 만든다.

가? 생각은 얼마나 어리석은가?

그러니까 생각은 본질적으로 비교가 안 되게 훌륭하다. 생각이 무시될 만하다면 그것은 생각에 예사롭지 않은 결점이 있어야 할 것이었다. 한데 생각은 그런 결점을 갖고 있어서 그 무엇보다도 우스꽝스럽다. 생각은 본질적으로 아주 위대하며 또한 생각이 갖는 결점으로 아주 비천하다.

757-626 유출.

소유하는 모든 것이 빠져나가는 것을 느끼는 것은 끔찍한 일이다.

758-627 명확함과 모호함.

진리가 명백한 증표를 가지고 있지 않으면 굉장히 모호할 것이다. 진리가 하나의 교회 안에 그리고 눈에 띄는 사람들의 모임 안에 항상 존재해 왔다는 것은 놀라운 증표이다. 이 교회 안에 하나의 의견만 있었다면 명백함이 너무 지나치다. 항상 존재해 왔던 의견은 참된 의견이다. 항상 존재한 거짓 의견은 없었다.

759-628 인간의 위대함을 만드는 것은 생각이다.

760-629 반박. 성서에는 분명히 성령으로 구술되지 않은 것이 많다.

답변. 이러한 부분은 신앙에 해가 되지 않는다.

반박. 그런데 교회는 모든 것이 성령에 의한 것이라고 판정을 내렸다.

답변. 나는 두 가지로 답한다. 첫째, 교회는 결코 그렇게 판정 내리지 않았다. 그리고 다른 것은, 교회가 그렇게 판정 내렸을 때는 그렇게 주장할 수도 있었을 것이다.

761-629 위선적인 사람이 많다.

762-629 디오니시우스는 자비심이 있다. 그는 요직에 있었다.

763-629 복음서에 인용된 예언이 여러분을 믿게 하려고 기록되었다 생각하는가? 아니다. 그것은 여러분을 믿음에서 멀어지게 하기 위해서이다.

764-630 모든 주요 오락은 기독교 삶을 위해서는 위험하다. 그러나 세상이 발명한 모든 것 중에 연극보다 더 두려워해야 할 것은 없다. 연극은 열정의 너무나 자연스럽고 섬세한 표현이어서 사람들의 열정을 자극하고, 우리의 심정 속에 열정들을 태어나게 한다. 특히 사랑의 열정을 태어나게 하는데, 주로 사람들이 사랑을 매우 순수하고 정중하게 재현할 때 그렇다. 그 열정이 순진무구한 영혼들에게 순수한 것처럼 보일수록 그것은 사람들의 마음을 더욱 감동시키기 때문이다. 그것의 격렬함은 우리의 자애심이 좋아하는 것이라 그렇게 잘 재현된 것을 보면 곧 같은 효력을 일으키고자 하는 욕구를 품게 된다. 그리고 거기에서 본 훌륭한 감정에 근거하는 자각을 하게 된다. 이 감정들은 순수한 영혼들에게서 두려움을 제거하고, 이 영혼들은 너무나 지혜로워 보이는 그러한 사랑은 순수함에 어긋나지 않는다고 생각한다.

그렇게 사람들은 연극을 보고 나와서 사랑에 대해 온갖 감미로움과 아름다움으로 가득 차서 돌아간다. 그리고 영혼과 정신은 자신의 잘못 없음에 대해 너무나 확신을 가지고서 자신의 첫 느낌을 수용하려고 완전히 준비를 갖추게 된다. 아니면 연극에서 본, 잘 그려진 같은 희생과 기쁨을 얻기 위해 다른 사람의 마음에 이러한 느낌들을 불러일으키기 위한 기회를 찾는 데 완전히 준비를 갖추게 된다.

765-631 만약 벼락이 낮은 장소에 떨어졌다면 등등, 시인들과 이러한 성질의 것에 관해서밖에 추리할 수 없는 사람은 증거를 갖지 못할 것이다.

766-631 저녁 기도를 듣는 것처럼 강론을 듣는 사람들이 많다.

767-632 공작의 지위들과 왕권들 그리고 사법관 직들이 실질적이고 필요하기 때문에(힘이 모든 것을 결정하기 때문인데) 어느 곳에나 그리고 언제나 존재한다. 하지만 어떤 이가 그 직책에 있는 것은 변덕에 의해 만들어지는 것일 뿐이므로 이는 항구적이지 않고 변하기 쉽다 등등.

768-633 이성은 주인보다 더 강압적으로 우리에게 지시를 내린다. 왜냐하면 하나에 복종하지 않으면 불행해지고, 다른 하나에 복종하지 않으면 바보가 되기 때문이다.

769-634 (*State super vias et interrogate de semitis antiquis et ambulate in eis et dixerunt non ambulabimus,* sed post cogitationes nostras ibimus.* 그들은* 백성들에게 말했다: 우리와 함께 갑시다. 새로운 작가들의 의견을 따릅시다. 자연스러운 이성이 우리를 안내할 것이오. 우리는 각자가 자연의 빛을 따르*

는 다른 민족들처럼 될 것이오. 철학자들은……)

세상의 모든 종교와 이단 종파들은 자연적인 이성을 안내자로 삼았다. 기독교인들만 자신들과 상관없이 자신들의 규율을 취해야 했고, 신앙심이 두터운 사람들에게 전달되도록 예수 그리스도가 옛사람들에게 남겨 준 규율에 대해 알아야만 했다. 이 강요 때문에 이 훌륭한 신부님들께서 힘들어 하신다. 그들은 다른 민족들처럼 자신들의 생각을 따르는 자유를 갖기를 원한다. 우리가 그분들에게 예전에 예언자들이 유대인들에게 말했던 것처럼 소리쳐도 아무 소용이 없다: 교회 한가운데로 가시오. 옛사람들이 교회에 남긴 길에 대해 알아보고 이 좁은 길을 따라가시오. 그들은 유대인들처럼 다음과 같이 대답한다. 우리는 그 길로 가지 않을 것이오. 우리는 우리의 마음의 생각을 따를 것이오.[136] 그리고 그들은 말한다. 우리는 다른 민족처럼 될 것이오.*

136 이 부분(교회 한가운데~따를 것이오)은 옆 페이지(p. 394) 단편 769-634 앞부분의 라틴어 부분(state~ibimus)에 해당하는 내용임.

제27장

770-635 알렉산드로스의 금욕 생활은 그의 음주벽에 의한 방탕함이 무절제한 사람들을 만든 것만큼 많은 금욕자를 만들지는 않았다. 알렉산드로스만큼 도덕이 높지 않은 것은 부끄러운 일이 아니고, 그보다 더 부도덕하지 않은 것은 용서받을 만한 듯싶다. 사람들은 이 위대한 사람들의 악덕 속에 자신이 처해 있는 것을 볼 때 일반 사람들의 악덕에 빠져 있는 것은 아니라고 생각한다. 그런데 이러한 점에 있어 그들이 일반 대중에 속한다는 사실을 사람들은 주의하지 않는다. 그들이 백성에게 인접하는 만큼 사람들은 그들과 인접해 있다. 왜냐하면 그들이 얼마나 높은 지위이건 간에 어떤 상황에서는 가장 신분이 낮은 사람들과 융합되기 때문이다. 그들은 우리 사회에서 벗어나 매우 모호하게 공중에 떠 있지 않다. 아니다. 그들이 우리보다 크면 그것은 단지 그들의 머리가 더 높이 있다는 것이나 발은 우리들의 발만큼 낮은 곳에 있다. 발들은 모두 같은 위치에서 같은 땅 위를 누르고 있고, 바로 이 끝을 통해 그들은 우리만큼, 가장 비천한 사람들, 아이들, 짐승들만큼 낮은 곳에 있다.

771-636 지속되는 웅변은 괴롭다.

군주들과 국왕들은 때때로 놀이를 즐긴다. 그들이 항상 권좌에 앉아 있는 것은 아니다. 권좌에서 그들은 지겨워한다. 권세를 느끼기 위해서는 그 자리를 떠나는 것이 필요하다. 모든 상황에서 지속은 싫증 나게 한다. 추위는 따뜻해지기 위해서 기분 좋은 것이다.

자연은 단계적으로 움직인다. *Itus et reditus.* 자연은 가고 오며, 그다음에는 더 멀리 가고, 그다음에는 두 배로 덜 가고 그다음에는 그 어느 때보다 더 가고 등등. AAA.

바다의 조수도 그렇게 움직인다, AAAAAAA. 태양도 그렇게 움직이는 것 같다.

772-636 당신은 부당하다. "죄송합니다." 이 사과가 없었다면 나는 어떤 부당함이 있었음을 몰랐을 것이다.

"실례입니다만" 같은 그들의 변명만큼 나쁜 것은 없다.

773-637 우리가 바라는 것은 승리가 아니라 싸움이다.

사람들은 동물들의 싸움을 보는 것을 좋아한다. 패자 위에 있는 가차 없는 승자를 좋아하는 것이 아니다. 승리로 끝나는 것이 아니면 무엇을 보고자 했는가? 그런데 끝이 나면, 사람들은 곧 그것에 싫증 낸다. 놀이도 마찬가지이고 진실의 탐구도 그렇다. 우리는 논쟁에서 밝혀진 진리를 바라보는 것이 아니라 의견의 싸움을 보는 것을 좋아한다. 기꺼이 그 진실을 주목하게 만들기 위해서는 논쟁에서 진실이 탄생하는 것을 보게 해야 한다. 열정도 마찬가지이다. 상반되는 두 열정이 충돌하는 것을 보는 즐거움이 있으나, 하나가 지배자일 때에는 그것은 단지 폭력일 뿐이다.

우리가 찾는 것은 사물이 아니라 사물에 대한 탐구이다. 연극에서도 두려움이 없는 만족스러운 장면은 아무 가치도 없다. 희망이 없는 극심한 고통도, 난폭한 사랑도, 가혹한 엄격함도 마찬가지이다.

774-638 하느님의 자비를 믿어 선행도 하지 않고 태만하게 지내는 사람들에 대한 반박.

우리 죄의 두 가지 원천이 오만과 태만인 것처럼 하느님은 우리가 하느님에게서 그것을 치유하기 위한 두 가지 특성을 밝혀 주었다. 신의 자비와 정의이다. 정의의 특성은 그 행실이 아무리 거룩하다고 해도 오만을 무너뜨리는 데 있다. et *non intres in judicium,*[137] ……그리고 자비의 특성은 다음과 같은 구절에서처럼 좋은 행실로 이끌어 가면서 태만을 무찌르는 것이다. "하느님의 자비는 회개로의 권유이다."* 그리고 니느베 사람들에 대한 이 다른 구절, "고행하자. 하느님께서 우리를 불쌍히 여기실지 보자".* 자비가 도덕적인 해이를 허용한다는 것은 천만의 말씀이다. 그것은 오히려 그것을 단호하게 공격하는 자비의 특성이다. 그러므로 하느님에게 자비가 전혀 없다면 덕을 위해서 모든 노력을 다해야 할 것이라고 말하는 대신 하느님에게 자비가 있기 때문에 모든 노력을 다해야 한다고 말해야 한다.

775-639 성서의 구절을 악용하고 자신들의 잘못을 두둔하는 누군가를 발견하고 그것을 이용하는 사람들에 대한 반박. 저녁 기

---

137 이 종을 재판에 부치지 말아 주소서.(「시편」 143 : 2)

도의 장, 수난의 일요일, 국왕을 위한 추도사.*

이 말씀에 대한 설명: "나를 위하지 않는 사람은 나를 반대하는 사람이다."* 그리고 이 다른 말씀에 대한 설명: "당신을 반대하지 않는 사람은 당신 편이다."* 다음과 같이 말하는 사람: "나는 찬성도 반대도 하지 않소." 그에게 다음과 같이 대답해야…….

776-641 교회사는 정확히 진리의 역사로 불려야 한다.

777-642 성탄절 저녁 미사의 응답송 중 하나: *Exortum est in tenebris lumen rectis corde.*[138]

778-643 사람들은 교양인이 되는 것을 가르치지 않고 그 밖의 나머지 전부를 가르친다. 그리고 그들은 그 외의 것을 알고 있는 것에 대해 교양인이 되는 것처럼 자랑하지 않는다. 그들은 배우지 않는 이 유일한 것만을 아는 것에 대해 자랑스러워한다.

779-643 자신들이 더럽힌 얼굴에 기겁하는 아이들. 그들은 아이들이다. 그러나 아이여서 그렇게 연약했는데, 나이가 들면 더 강해지는 방법은? 단지 상상을 바꿀 뿐이다. 단계적으로 완벽해지는 모든 것은 단계적으로 소멸한다. 나약했던 모든 것은 절대적으로 강해질 수 없다. '그가 성장했다', '그가 변했다'고 말해도 소용없다. 그는 같은 사람이다.

780-644 제1부의 서문.

---

138 그는 어질고 자비롭고 올바른 사람이라 어둠 속의 빛처럼 정직한 사람을 비춘다.(「시편」 112 : 4)

자기 자신에 대한 앎과, 그리고 우울하고 지겨운 샤롱의 분류법을 논한 사람들에 대해 말할 것. 몽테뉴의 불명료함에 대해서. 몽테뉴는 바른 방법론의 결함을 너무나 잘 감지했다. 그래서 그는 주제와 주제 사이를 건너뛰며 이 방법의 결함을 피하고 품위를 찾으려 했다.

자신을 그리고자 한 그의 계획이 얼마나 어리석은지! 그리고 그것이, 실수는 모든 사람이 할 수 있는 것처럼, 어쩌다가 자신의 원칙에 어긋나게 행하는 것이 아니라, 자신의 원칙과 극히 중요한 계획에 의해서 하다니! 왜냐하면 어쩌다가 나약해서 어리석은 말을 하는 것은 일반적으로 나쁜 점이지만, 의도적으로 그런 말을 하는 것은 견딜 수 없는 일이기 때문이다. 다음과 같은 말을 하는 것은…….

781-644 제2부 서문.

이 문제를 논한 사람들에 대해 말할 것.

나는 이 사람들이 얼마나 대담하게 하느님에 대해 얘기하고자 하는지 놀란다. 그들의 담화는 불신자들을 위한 것인데, 첫 장에서 자연의 산물로 신성을 증명하는 것이다. 나는 그들의 담화가 신자들을 향한 것이라면 그 시도에 놀라지 않을 것이다. 왜냐하면 마음속에 살아 있는 신앙심을 간직한 사람들은 모든 것이 그들이 사랑하는 하느님의 작품이 아닌 게 없음을 바로 이해하는 것이 확실하기 때문이다. 그러나 깨달음의 빛이 꺼져 있어서 그 빛을 재생시켜야 하는 사람들은 신앙과 은총이 결여되어 있다. 그들은 자신들을 이 지식으로 이끌어 갈 수 있는 자연 안에서 그들이 보는 모든 것을 탐구하지만 어둠과 암흑밖에 발견하지 못한다. 이들에게 그냥 주위를 보면 신을 명확히 보게 될 것이라 말하고, 이 거대하고 중요한 문제에 대해 그 증거로 달과 행성의 흐름을 제시하고, 그런 말로 자신의 증거를 완성했다고 하는 주장은 우리의 종교가 가지고 있는 증거가 매우 빈약함을 믿게 하는 구실을 제공하는 것이다. 내 이성과 경험으로 고려해 보건대 이보다 더 그들의 마음속에 우리 종교를 무시하는 생각을 갖게 하는 것은 없다. 신에 대해 누구보다 잘 아는 성서는 이런 식으로 말하지 않는다. 성서는 반대로 하느님은 숨은 신이고, 본성의 타락 이후 하느님은 사람들을 무지 속에 내버려 두었고, 인간은 예수 그리스도를 통해서만 이 무지에서 빠져나올 수 있다고 말한다. 예수 그리스도 밖에서 하느님과의 소통은 없다. *Nemo novit patrem nisi filius et cui filius voluit revelare.*[139*]

성서가 여러 곳에서 하느님을 찾는 사람은 하느님을 발견한다고 말할 때 성서가 우리에게 표명하는 것은 바로 이것이다. 우리가 말하는 빛은 한낮의 빛이 아니다. 우리는 한낮에 빛을 찾고 바다에서 물을 찾는 사람들이 그것을 찾을 것이라고 말하지 않는다. 그러므로 하느님의 자명함이 자연에서의 그것이 아니라는 것이 분명하다. 때문에 성서는 다른 곳에서 말한다. *vere tu es deus absconditus.*[140]

782-645 망원경 덕분에 우리는 이전의 우리 철학자들에게 전혀 존재하지 않았던 존재들을 얼마나 많이 발견했는가? 사람들은 "1022개의 별이 있다. 우리는 그것을 안다"고 말하면서 별의 수에 대해 복음서를 단호하게 비난했다.

---

139 아들밖에는, 아들이 아버지를 계시하려고 택한 자들밖에는 아버지를 아는 이가 없다.
140 진실로 당신은 숨은 신입니다.

"대지 위에 풀이 있다. 우리는 그것을 본다. 달에서는 그것을 볼 수 없을 것이다. 그리고 이 풀에서 솜털을, 솜털에서 미생물을, 그러나 그다음에는 아무것도 보지 못한다." 오, 오만하다!

"혼합물은 여러 원소로 구성된다. 원소들은 그렇지 않은가?" 오, 오만하다. 이것은 까다로운 문제이다.

사람들이 보지 못하는 것이 존재한다고 말하면 안 된다. 다른 사람들처럼 말해야 한다. 그러나 그들처럼 생각해선 안 된다.

783-645　사람들이 양 극한에 이르기까지 덕을 따르고자 할 때 악들이 나타나는데, 이 악은 무한한 극소의 편에서 감지되지 않는 길로 모르는 사이에 스며들고, 극대 무한의 편에서는 무더기로 악들이 나타나는데, 사람들은 악 속에서 길을 잃고 더 이상 덕을 보지 못한다. ─사람들은 완벽까지도 비난한다.

784-645　다양하게 배열된 단어들이 다양한 의미를 만들어 낸다. 그리고 다양하게 배열된 의미는 다른 결과를 낸다.

785-645　*Ne timeas, pusillus grex*[141]; *Timore et tremore.*[142*]

Quid ergo, ne timeas, modo timeas.[143]

너희가 두려워하고 있다면 조금도 두려워하지 마라. 그러나 너희가 두려워하지 않는다면 두려워하라.

Qui me recipit, non me recipit sed eum qui me misit.[144]

---

141 어린 양떼들아 조금도 무서워하지 마라.

142 두렵고 떨리는 마음으로

143 너희가 두려워하고 있다면 조금도 두려워하지 마라.

144 나를 받아들이는 사람은 나만을 받아들이는 것이 아니라 곧 나를 보내신 이를 받아들이는 것이다.(「마르코의 복음서」 9:37)

Nemo scit neque filius.[145*]

786-645 두 가지 상반된 일을 공언해야 할 때가 있다면, 그것은 사람들이 그중 하나를 빠뜨리고 있다고 비난할 때이다. 그러니까 예수회 신부들과 장세니스트들은 그것들을 숨기면서 오류를 범하고 있다. 그러나 장세니스트들은 더하다. 왜냐하면 예수회 신부들은 두 가지 상반된 일을 공언하는 데 더 잘했기 때문이다.*

787-645 콩드랑 신부.* 그가 말하길, 성인들의 전체와 성삼위일체의 합은 비교가 안 된다.

예수 그리스도는 그와 반대되는 말을 했다.*

788-645 인간의 존엄성은 인간이 무구한 상태에서 피조물을 사용하고 지배하는 데 있었다. 그러나 오늘날에는 피조물에서 분리되어 그것에 복종하는 데 있다.

789-645 의미들.

같은 의미가 표현하는 말에 따라 변한다. 의미는 말에서 품격을 받는 것이지, 의미가 말에 품격을 주는 게 아니다. 이러한 예를 찾아야 한다.

790-645 나는 여호수아가 하느님의 백성 가운데 이 이름을 받은 첫 번째 사람이라고 생각한다. 예수 그리스도가 하느님의 백성의 마지막 사람인 것처럼 말이다.

---

145 그 누구도 아들도 알지 못한다.

785-645 *Nubes lucida obumbravit.*[146]*

성 요한은 아비에서 아이들에게까지 그 마음을 개종시켜야 했다.* 예수 그리스도는 분열시켜야 했다.* 모순 없이.

791-645 일반적인 현상과 특별한 현상.

반(半)펠라기우스주의자들은 특별한 현상에만 참인 것을 일반적인 현상으로 말하여 실수하고, 칼뱅파 사람들은 일반적인 현상으로 참인 것을 특별한 현상으로 말하여서 실수한다.

---

146 빛나는 구름이 그들을 덮더니.(「마태오의 복음서」 17 : 5)

제28장

792-646 만약 모든 사람들이 서로에 대해 무슨 말을 하는지 알았다면 이 세상에는 네 명의 친구도 없을 것이라고 나는 확신한다. 이는 때때로 사람들 사이에 벌어지는 험담 때문에 생기는 싸움으로 나타난다.

793-646 그런 이유로 나는 모든 다른 종교들을 거부한다.

그것을 통해 나는 모든 반박에 대한 답변을 발견한다.

아주 순수한 신은 마음이 정화된 사람에게만 발견된다는 것은 당연한 일이다.

그런 점에서 이 종교가 나에게는 사랑스럽고, 나는 이 종교가 이미 매우 신성한 도덕에 의해 충분한 권위를 인정받았다고 생각한다. 나는 이 종교에서 더한 것을 발견한다.

인간의 기억이 지속된 이래 모든 다른 민족보다 더 오래 존재해 온 민족이 여기에 있다는 사실을 나는 설득력 있는 것으로 본다.

사람들이 전반적인 타락에 빠졌으나, 구속자가 올 것이라는 사실을 계속해서 들어 왔다.

이는 한 사람이 아니라 수많은 사람이 말하였고, 그리고 이를 위해 일부러 만들어진 민족, 4천 년 동안 예언한 민족 전체가 이 사실을 말하고 있다. 그들의 책은 4백 년 동안 흩어져서 존재한다.

나는 그 책들을 조사하면 할수록 거기서 진리를 발견한다. 한 민족 전체가 그의 강림 전에 그를 예언했다. 한 민족 전체가 그의 강림 이후 그를 찬양한다. 그러니까 그전에 일어난 일과 그 후에 일어난 일, 그리고 그에 앞서 있었던 유대 교회와 그 후의 유대 교회, 그를 따르는 이 보잘것없고 예언자도 없는 유대인들, 그들 모두가 적이면서도 우리에게 그들은 그들의 비참과 맹목이 예언된 예언의 진실의 훌륭한 증인이 된다. 결국 그들은 우상도 없고 왕도 없다.

유대인의 이 끔찍한 맹목은 예언된 것이었다. *Eris palpans in meridie.*[147] *Dabitur liber scienti litteras et dicet: Non possum legere.*[148]*

왕홀이 아직 첫 번째 이방인 찬탈자의 손*에 있는데.

예수 그리스도의 강림에 대한 소문.

나는 최초의 이 존엄한 종교를 찬미한다. 그 종교는 권위, 지속, 영속성, 덕, 지도, 교리와 결과에서 매우 신성하다.

나는 그렇게 4천 년간 예언되어 온 구속자에게, 예언된 모든 때

147 장님처럼 대낮에도 허둥대게 되리니.(「신명기」 28 : 29)
148 글 아는 사람에게 이 책을 읽어 달라고 하면 '책이 밀봉되어 있는데 어떻게 읽겠느냐?' 할 것이다.

와 상황들 안에서 나를 위해 이 지상에 고통받고 죽기 위해서 오신 나의 구속자에게 팔을 내민다. 그리고 그의 은총으로 나는 그와 영원히 합일한다는 희망 속에 평화롭게 죽음을 기다린다. 하느님께서 나에게 주신 풍요 속에서든, 나의 행복을 위해 보내 주신 고통 속에서든 나는 기쁘게 살고 있다. 그는 그의 본을 받아 이 고통을 견디는 것을 내게 가르쳐 주셨다.

794-647 이 세상에 하느님과 자연의 모든 법을 거부하면서도 자기들 스스로 법을 만들어 마호메트의 군인들처럼 충실히 지키는 것을 생각해 보면 참으로 별난 일이다. 도둑들, 이단자들이 그렇고 등등, 그리고 논리학자들도 그러하다.

그들의 방탕은 어떤 경계도 장벽도 없이 존재하는 것 같다. 그들이 너무나도 바르고 성스러운 장벽을 넘은 것을 보면 말이다.

795-648 재채기는 그 일*과 같이 정신의 모든 기능을 빼앗는다. 그러나 우리는 그것에서 인간의 위대함에 반하는 결론을 내리지는 않는다. 왜냐하면 그것은 자신이 원해서 하는 게 아니기 때문이다. 그러니까 스스로 하는 행위이지만 그것은 의도하지 않은 일이다. 그것은 그 일 자체를 위한 것이 아니며, 다른 목적을 위한 것이다. 따라서 그것은 인간의 나약함의 증거도 아니고, 이 행위의 영향 아래 인간이 예속된 증표도 아니다.

인간이 고통에 굴복하는 것은 부끄러운 일이 아니다. 그러나 쾌락에 굴복하는 것은 부끄러운 일이다. 이는 고통이 외부에서 우리에게 오고, 우리가 쾌락을 추구하기 때문이 아니다. 왜냐하면 사람들은 이런 비굴함 없이도 고통을 추구하고 의도적으로 거기에 굴복할 수 있으니까 말이다. 그렇다면 어떤 이유로 고통의 압박 때문에 굴복하는 것은 영광스러운 일이 되고 쾌락의 압박 아래 굴복하는 것은 부끄러운 일이 되는가? 그것은 우리를 유혹하고 끌어당기는 것은 고통이 아니라는 것이다. 우리 자신이 의도적으로 고통을 선택하고 그 고통이 우리를 지배하기를 원하는 것이다. 그래서 우리는 상황의 지배자인 것이다. 그런 점에서 인간이 스스로에게 굴복하는 셈이 된다. 그러나 쾌락에서는 인간이 쾌락에 굴복한다. 그러므로 지배와 주권만이 영광을 가져오고, 수치심을 만드는 것은 복종이다.

796-649　하느님은 그 자신을 위해 모든 것을 창조하셨다.

하느님은 그 자신을 위해 고통과 행복의 능력을 주셨다.

당신은 그것을 하느님이나 당신 자신에게 적용해 볼 수 있다.

만약 하느님에게 적용한다면 성서가 기준이 된다.

만약 당신에게 적용한다면 당신은 하느님의 자리를 차지하는 것이다.

하느님은 사랑으로 가득한 사람들에 둘러싸여 있다. 이 사람들은 축복의 권한을 가지고 있는 하느님에게 사랑의 축복을 청하기 때문에…….

그러므로 당신 자신을 아시오. 당신은 사욕의 왕일 뿐임을 아시오. 그리고 사욕의 길을 가시오.

797-650 왕 그리고 폭군.

나도 나의 배후의 생각을 가지고 있을 것이다.
나는 여행 때마다 조심할 것이다.
제도의 위대함, 제도에 대한 존경.

위대한 사람들의 기쁨은 사람들을 행복하게 만들 수 있다는 것이다.

부의 속성은 너그럽게 베푸는 것이다.

각 사물의 속성은 탐구되어야만 한다. 힘의 속성은 보호하는 것이다.

무력이 겉모습을 공격할 때, 병졸이 재판장의 사각모를 집어 창문으로 날려 보낼 때.

798-650 마르티알리스의 경구.*

인간은 교활함을 좋아한다. 그러나 이러한 교활함은 애꾸나 불행한 사람들에 대해서가 아니라, 오만한 행복한 사람들에 대한 악의이다. 그렇지 않으면 실수하는 것이다. 왜냐하면 사욕은 우리의 모든 행동의 근원이고, 인간성은……

인간적이고 상냥한 감정을 가진 사람들의 마음에 들어야 한다.

두 애꾸눈에 대한 경구는 아무런 의미가 없다. 왜냐하면 경구가 그 두 사람을 위로해 주지 않기 때문이다. 그리고 작가의 영광에 약간의 보탬이 될 뿐이기 때문이다.

작가만을 위한 것은 아무 가치가 없다.

Ambitiosa recidet ornamenta.[149]

149 그는 과장된 장식을 제거할 것이다.(호라티우스의 금언, 『피손에게 보내는 편지』 447~448절)

제29장

799-651 「창세기」 17장. *Statuam pactum meum inter me et te foedere sempiterno ut sim deus tuus.*[150]

800-652 성서는 모든 신분의 사람들을 위로하고 모든 신분의 사람들이 위압감을 갖게 하는 구절들이 들어 있다.

자연은 자연적인 그리고 정신적인 이 두 무한으로 같은 일을 한 것 같다. 왜냐하면 우리는 우리의 오만을 누르고 우리의 비천함을 고양시키기 위해 늘 상위의 것과 하위의 것, 영리한 사람들과 영리하지 않은 사람들, 높은 사람들과 낮은 사람들을 가질 것이기 때문이다.

801-653 *Fascinatio — Somnum Suum — figura hujus mundi.*[151*]

---

150 나는 너와 네 후손의 하느님이 되어 주기로, 너와 대대로 네 뒤를 이을 후손들과 나 사이에 나의 계약을 세워 이를 영원한 계약으로 삼으리라.(「창세기」 17 : 7)

151 현혹(「지혜서」 4 : 12) - 깊은 잠(「시편」 76 : 5) - 이 세상의 모습(「고린토인들에게 보낸 첫번째 편지」 7 : 31)

성찬.

Comedes panem tuum — Panem nostrum.[152*]

Inimici Dei terram lingent.[153*] 죄인들은 땅을 혀로 핥는데, 즉 지상의 쾌락을 좋아한다.

구약은 미래의 기쁨에 대한 모습들을 지니고 있었는데 신약은 거기에 도달하는 방법을 지니고 있다.

이미지들은 기쁨의 것이었고, 방법은 고행이었다. 그러나 사람들은 과월절에 어린 양고기를 야생 상추와 함께 먹었다. *cum amaritudinibus.*[154*]

Singularis sum ego donec transeam.[155*] 예수 그리스도는 죽기 전에 거의 유일한 순교자였다.

802-653 시간이 고통과 싸움을 해결해 줄 것이다. 왜냐하면 사람들은 변하기 때문이다. 우리는 더 이상 같은 사람이 아니다. 모욕한 사람도 모욕을 받은 사람도 더 이상 같은 이들이 아니다. 그것은 마치 사람들이 분개하게 만든 민족을 두 세대 이후에 다시 보는 것과 같다. 그들은 여전히 프랑스 사람들이다. 그러나 같은 사람들이 아니다.

803-653 만약 우리가 매일 같은 꿈을 꾼다면 그것은 매일 보는 사물들만큼이나 우리에게 영향을 미칠 것이다. 그리고 한 장인이 매일 밤 열두 시간 내내 자신이 왕이라는 꿈을 꾸는 것이 확실하

---

152 너희가 먹는 음식(「신명기」 8 : 91 - 우리의 양식 「루가의 복음서」 11 : 3).

153 신의 원수는 땅을 핥을 것이다.(「시편」 72 : 9)

154 쓴 나물을 곁들여.

155 나는 안전하게 내 길을 가게 하소서.

다면, 내가 생각하건대 그는 매일 밤 열두 시간 내내 자신이 장인이 되는 꿈을 꾸는 왕만큼이나 행복할 것이다.

만약 우리가 매일 밤 적에게 쫓기거나 무서운 귀신들 때문에 꿈자리가 사나우면, 만약 우리가 여행할 때처럼 매일 온갖 일을 치른다면 그것은 마치 사실인 것만큼이나 고통스러울 것이고, 사실 그런 불행 속으로 들어가는 것이 두려울 때 깨어나는 게 두렵듯이 잠들기가 두려울 것이다. 그리고 사실 그것은 현실과 거의 같은 고통을 줄 것이다.

그러나 꿈이라는 것은 모두 다르고 하나의 꿈도 다르게 변하므로 우리가 꿈에서 보는 것은 깨어 있을 때 보는 것보다 그 연속성 때문에 영향이 덜하다. 그런데 이 연속성은 변화가 없다고 할 정도로 지속적이지도 일정하지도 않다. 그리고 여행할 때처럼 드물게 일어나는 변화는 아니더라도 덜 갑작스러운 변화가 일어난다. 그럴 때 사람들은 "꿈꾸는 것 같네" 하고 말한다. 왜냐하면 삶은 약간 덜 불안정한 꿈이기 때문이다.

804-653 정의가 땅에서 떠났다고 말해서 사람들은 원죄를 알았다고 말할 것인가? *Nemo ante obitum beatus.*[156] 그것은 사람들이 죽음에 이르러서야 영원하고 본질적인 행복이 시작된다고 알았다는 것인가?

805-653 사람들 각자의 지배적인 열정을 알면 사람들은 확실하게 그 사람의 마음에 들 수 있다. 그러나 사람들은 행복에 대한 자기 생각 안에 자신의 행복과는 반대되는 환상을 가지고 있다.

---

156 어느 누구도 죽기 전에는 행복하다고 말할 수 없다.(오비디우스의 『변신』 제3권 135장); 『에세』 제1권 18장.

그리고 그것은 음계를 벗어나는 기이함이다.*

806-653 우리는 우리가 가지고 있는 삶, 우리 존재의 삶에 대해 만족하지 않는다. 우리는 타자들의 생각 속에서 상상의 삶을 살고파 한다. 이를 위해 우리는 잘 보이려고 노력한다. 우리는 우리 상상의 존재를 아름답게 보존하기 위해 끊임없이 애쓰지만 참 존재에 대해서는 소홀히 한다. 그리고 우리가 평온, 관용, 충직을 가지고 있다면 우리는 이러한 덕목들을 우리의 다른 존재에 첨부하여 그것을 알리려고 서두른다. 우리는 이러한 덕목들을 이 다른 존재에 합치기 위해 우리에게서 떼어 놓을 것이다. 우리는 용감하다는 평판을 얻기 위해 기꺼이 비겁자가 될 것이다. 자신의 존재에 만족하지 못하고 자주 이 다른 존재를 위해 원래의 존재를 바꿔치기하는 것은 우리 본연의 존재가 무상함을 보여 주는 중요한 증거이다. 왜냐하면 자신의 명예를 간직하기 위해서 죽지 않을 사람은 불명예스러운 자가 될 것이기 때문이다.

807-654 「요한의 복음서」 8장.

Multi crediderunt in eum.

Dicebat ergo Jesus, si manseritis vere mei discipuli eritis et veritas liberabit vos.

*Responderunt semen Abrahae sumus et nemini servimus unquam.**

많은 사람이 그를 믿었다.(8 : 30) 예수가 이렇게 말씀하셨다. (너희가 내 말을 새기고) 산다면 너희는 참으로 내 제자이다.(8 : 31~33) 우리는 아브라함의 후손이고 아무한테도 종살이를 한 적이 없다고 그들은 대답했다.

제자와 참 제자는 분명 다르다. 그들에게 진리가 그들을 자유롭게 할 것이라고 말하여서 그들을 확인할 수 있다. 왜냐하면 만약에 그들이 자신들은 자유롭다고, 악마의 속박에서 벗어나는 것은 그들의 힘에 달린 것이라고 답하면 그들은 분명 제자들이나 참 제자는 아니기 때문이다.

808-655 믿음에는 세 가지 방법이 있다. 이성, 습관, 영감이다. 유일하게 이성을 가진 기독교는 영감 없이 믿는 사람을 자신의 참된 자녀로 받아들이지 않는다. 이는 기독교가 이성과 습관을 배제하는 것이 아니라는 말이다. 오히려 그 반대이다. 증거에 대해 이해하는 정신을 가져야 하고, 습관으로 그 생각을 확고히 해야 한다. 그리고 겸허하게 계시에 자신을 맡겨야 하는데, 계시만이 참된 구원의 효력을 만들어 낼 수 있기 때문이다. *ne evacuetur crux Christi.*[157]

809-656 하느님이 존재한다는 것은 이해할 수 없는 일이고, 존재하지 않는다는 것도 이해할 수 없는 일이다. 영혼이 육체와 결합되어 있다는 것은 이해할 수 없는 일이고, 인간은 영혼이 없다는 것도 이해할 수 없는 일이다. 세상이 창조되었다는 것도 그렇지 않다는 것도 이해할 수 없는 일이다……. 원죄가 있다는 것과 그렇지 않다는 것은 이해할 수 없는 일이다.

810-657 *Quid fiet hominibus qui minima contemnunt majora non credunt?*[158]

---

157 그리스도의 십자가는 그 뜻을 잃고 맙니다.(「고린토인들에게 보낸 첫째 편지」 1:17)
158 사소한 일은 무시하고 큰일들도 믿지 않는 이 사람들은 어떻게 될까?"(아우구스티누스, 『서간

811-658 세상에서 가장 오래된 두 권의 책은 모세 오경과 「욥기」이다. 한 사람은 유대인이고 다른 한 사람은 이교도인데, 둘 다 자신들의 공통된 중심과 목적으로 예수 그리스도를 바라보고 있다. 모세는 하나님이 아브라함, 야곱 등등에게 한 약속과 예언을 알리면서, 그리고 욥은 *Quis mihi det ut*[159] 등등. *Scio enim quod redemptor meus vivit*[160] 등등.*

812-658 복음서의 문체는 여러 면에서 훌륭하다. 그중에서도 예수 그리스도의 원수들과 형리들에 대한 어떤 비난도 없다는 점에서 그렇다. 왜냐하면 그 어떤 역사가도 유다나 빌라도 그리고 그 어떤 유대인에 대해 비난하지 않았기 때문이다.

만약 성서 역사가들의 이 같은 절제가 그렇게 훌륭한 성질의 다른 많은 특징들과 마찬가지로 위장된 것이라면, 그리고 그 점을 드러내기 위해 위장된 것이라면 그들은 — 그들 스스로 감히 그 점을 강조하지 못했다면 — 그들의 이익이 되도록 이 점을 지적해 주는 친구들이 있었을 것이다. 그러나 그들은 꾸밈없고 사심 없는 마음으로 그렇게 한 것이므로, 어느 누구에게도 그 점을 주목하게 하지 않았다. 그리고 내가 생각하건대, 이런 여러 가지 사항이 지금까지 전혀 주목받지 않았다는 것이다. 이는 그 일이 얼마나 냉정하게 이행되었는지 증명하는 바이다.

813-658 사람은 의식적으로 할 때에만 그렇게 완전히, 그리고 즐

집』 137)

159 누가 있어……나에게……해주랴.

160 나의 구속자가 살아있음을 나는 안다.

겁게 악을 행한다.

814-658 정신이 변질되는 것처럼 감정도 변질된다.

사람들의 정신과 감정은 대화로 형성되고, 대화로 변질된다. 좋은 대화와 나쁜 대화가 정신과 감정을 형성하고 변질시킨다. 그러므로 그것들을 잘 형성하고 변질시키지 않으려면 잘 선택할 줄 아는 것이 무엇보다 중요하다. 그런데 정신이 이미 형성되지 않았거나, 변질되지 않았으면 잘 선택할 수도 없다. 그렇게 이 문제에서 하나의 고리가 만들어지는데, 이 고리에서 빠져나오는 사람은 행복한 사람들이다.

815-659 보통 사람들은 원하지 않는 것은 생각하지 않을 수 있는 힘을 가지고 있다. 유대인은 자신의 아들에게 "메시아에 대한 구절을 생각하지 마라" 하고 말했다. 우리들도 자주 그렇게 한다. 그럼으로써 거짓 종교들이 유지되고, 참 종교조차 많은 사람들의 눈에는 그렇게 유지된다.

그런데 생각하는 것을 자제하지 못하는 사람들이 있다. 이들은 사람들이 금지하는 만큼 더더욱 생각한다. 이들은 확고한 담론을 발견하지 못하면 거짓 종교들을 버리고, 참 종교조차 버린다.

816-659 그들은 "만약에 내가 믿음이 있었다면 나는 바로 쾌락을 떠났을 것"이라고 말한다. 그러면 나는 "당신이 쾌락을 떠났다면 당신은 바로 믿음을 가질 것"이라고 말한다. 그러니까 당신이 시작해야 한다. 내가 할 수 있다면 당신에게 신앙을 줄 것이다. 하지만 나는 그럴 능력이 없고 당신이 말하는 것의 진실을 확인할 수도 없다. 그러나 당신은 쾌락을 떨쳐 버리고 내가 말하는 것이 참

인지 확인할 수 있다.

817-659 사람들이 아무리 말해도 소용이 없다. 기독교에 놀라운 점이 있다는 것을 인정해야 한다. "그것은 당신이 그 속에서 태어났기 때문이다"라고 사람들은 말할 것이다. 천만의 말씀이다. 나는 이 편견에 현혹될까 봐 바로 그 같은 이유로 반박할 것이다. 그러나 그 속에서 내가 태어났다고 해도 나는 그 놀라운 점을 발견하지 않을 수 없다.

818-660 죽음에 대한 승리.* 사람이 제 목숨을 잃는다면 온 세상을 얻어도 무슨 소용이 있겠는가? 자신의 영혼을 간직하고 싶어 하는 자는 그것을 잃게 될 것이다.*

나는 율법을 없애러 온 것이 아니라 완성하러 왔다.*

어린 양들은 세상의 죄를 없애지 못했다. 그러나 나는 죄를 없애는 어린 양이다.*

모세는 너희에게 하늘나라의 빵을 주지 않았다.*

모세는 너희들을 속박에서 꺼내 주지도 않았고 진실로 자유롭게 만들어 주지도 않았다.*

819-660 예언은 메시아에 대한 일들과 특별한 일들이 섞여 있는데, 이는 메시아에 대한 예언이 증거가 없지 않도록 하고, 특별한 예언은 결실이 없지 않도록 하기 위함이다.

820-660 우리 종교의 진실을 설득하는 데는 두 가지 방법이 있다. 하나는 이성의 힘으로, 다른 하나는 말하는 자의 권위로 설득하는 방법이다.

사람들은 후자를 사용하지 않고 전자를 사용한다. 사람들은 다음과 같이 말하지 않는다: "이것을 믿어야 합니다. 그 말을 하는 성서가 신성하기 때문이오." 그런데 미미한 논거들인 이런저런 이유로 그것을 믿어야 한다고 말하는데, 이성이 모든 것에 가변적이기 때문이다.

제30장

821-661 우리 자신을 잘 알지 못하면 안 되는데, 왜냐하면 우리는 정신이면서 또한 자동 기계이기 때문이다. 그런 이유로 설득을 이행시키는 수단은 증명만이 아니다. 증명된 것이 얼마나 적은가? 증거는 정신만 설득하고, 습관은 가장 강력하고 가장 신뢰 가는 우리의 증거를 만든다. 습관은 자동 기계를 구부리고 자동 기계는 정신을 이끄는데, 정신은 이를 생각하지도 못한다. 내일 또 다른 하루가 올 것이고, 우리는 죽을 것이라는 사실을 증명한 자는 누구인가? 그보다 더 믿어지는 것이 무엇이 있겠는가? 그에 대해 우리를 설득하는 것은 습관이다. 습관이 그렇게 많은 기독교인들을 만들고, 습관이 터키인, 이교도, 여러 직업, 군인 등등을 만든다. 영세에서 신앙이 더 많이 받아들여지는 것은 이교도보다는 기독교인들에게서이다. 정신이 진리가 어디에 있는지 확인한 후에는 매 순간 우리에게서 벗어나는 이 믿음에 빠지고 물들기 위해 습관에 도움을 청해야 한다. 왜냐하면 언제나 현존하는 증거를 갖고 있는 것은 너무나 어려운 일이기 때문이다. 더 쉬운 믿음을 획득해야 한다. 이 믿음은 습관의 믿음으로 과격하지 않고 기술도 논증도 없이 우리로 하여금 믿게 한다. 그리고 습관은 우리

의 모든 힘을 이 믿음에 기울게 만드는데, 우리의 영혼이 그 믿음에 자연스럽게 빠지도록 하기 위해서이다. 확신의 힘으로만 믿거나, 자동 장치가 그 반대의 것을 믿게 하는 경향이 있을 때는 그것으로 충분하지 않다. 그러므로 정신은 삶에서 한 번 본 것으로 충분한 이유들로, 그리고 자동 기계는 습관으로 우리의 두 부분을 믿게 해야 한다. 자동 기계에는 반대의 것으로 기울지 않도록 해야 한다. *Inclina cor meum deus.*[161]*

이성은 천천히 많은 것을 보고 많은 원리에 의거하여 움직인다. 이 원리들은 항상 현존해야 한다. 그러나 이성은 자신의 현존하는 모든 원리를 갖지 못하고 잠들거나 방황한다. 직관은 그렇게 움직이지 않는다. 한순간에 움직이고, 항상 행동하기 위해 준비되어 있다. 따라서 우리의 믿음을 직관에 두어야 한다. 그렇지 않으면 믿음은 항상 흔들릴 것이다.

432-662* (1.) *우리는 사람들을 동정해야 한다. 그런데 어떤 사람들에 대해서는 따뜻함에서 우러나는 동정, 어떤 사람들에 대해서는 경멸에서 우러나는 동정을 해야 한다.*

(2) *그들을 경멸하지 않으려면 그들이 무시하는 종교 안에 머물러 있어야 한다.*

(3) *그것은 훌륭한 태도가 아니다.*

---

161 하느님, 내 마음을 기울게 하시고.

(4) *그것은 그들에게 아무런 할 말이 없다는 것을 보여 준다. 무시해서가 아니라, 그들은 상식이 없기 때문이다. 하느님이 그들을 감동시켜야 한다.*

(5) *이런 종류의 사람들은 틀에 박힌 교육을 받는 사람들, 모방자들이다. 그리고 내가 아는 가장 고약한 성격의 사람들이다.*

(6) *당신은 나를 회개시킬 것이다.*

(7-22) *나는 그것을 편협하지 않은, 사람의 마음이 만들어지는 방식으로 생각한다. 깊은 신앙심과 초연함이 아니라 순전히 인간적인 원칙과 이익과 이기심에 의해 생각한다.*

(8) *하느님을 알지 못하면 분명히 행복이라는 것은 없다. 하느님에게 다가갈수록 우리는 행복하고, 최고의 행복은 하느님을 분명하게 아는 것이다. 하느님으로부터 멀어질수록 불행하고, 가장 큰 불행은 하느님을 알지 못하는 확신이다.*

(9) *그러므로 의심하는 것은 불행이다. 그러나 의심 속에서 찾는 것은 필수적인 의무이다. 따라서 의심하면서도 찾지 않는 사람은 불행하고 불의한 자이다. 게다가 이런 상태에서 쾌활하고 건방지면 나는 그렇게 기이한 피조물을 수식할 어떤 말도 없다.*

(10) 한 장소에서 기적이 일어나고 신의 섭리가 한 민족 위에 드러나는 것으로 충분하지 않은가?

(11) 그런데도 인간이 너무나 변질되어 그의 마음속에는 이러한 상황 속에서 기쁨의 싹이 심겨 있는 것이 확실하다.

(12) *이것이 기쁘게 말할 수 있는 문제인가? 이것은 슬프게 말해야 하는 문제이다.*

(13) *이렇게 머리를 들고 우쭐대며 기뻐해야 할 훌륭한 주제: "그러므로 기뻐합시다. 불안도 두려움도 없이 살면서 죽음을 기다립시다. 왜냐하면 확실하지 않으니까요. 그러니까 우리는 우리에게 무슨 일이 벌어질지 보게 될 것이오. 나는 그 결과가 어떻게 될지 모르겠소."*

(14) 품위는 환심을 사려는 태도를 갖지 않는 것이고, 훌륭한 동정은 남에 대한 배려심을 갖는 것이다.

(15) *임종의 고통 속에 쇠약해진, 죽음이 임박한 사람이 전능하고 영원한 신에 대항하려 하는 것이 용기인가!*

(16) 사람들이 나의 어리석음에 대해 연민을 갖고, 내가 원하지 않더라도 거기에서 나를 끌어내는 선의를 베푸는 일이 벌어진다면 나는 얼마나 행복할까!

(17) (*그것에 대해 분개하지 않고, 사랑하지도 않는 것은 정신의 많은 결함과 의지의 많은 간교함을 드러내 보이는 일이다.*)

(18) 어쩔 도리 없이 불행 외에 아무것도 기대하지 않는 것이 어떤 기쁨의 주제일 수 있는가! 모든 위로자에 대해 절망 속에 있

는데 어떤 위로가 있을 수 있겠는가!

(그러나 우리가 그들에게 타격을 주지 못한다 해도 그들은 무용하지 않다.)

(19) 하지만 종교의 영광에 가장 적대적인 것처럼 보이는 이 사람들조차 다른 사람들에게는 무용하지 않을 것이다.

(20) 우리는 초자연적인 것이 존재한다는 사실로 첫 번째 논지를 만들 것이다. 왜냐하면 이러한 맹목은 자연스러운 일이 아니기 때문이다. 그리고 그들이 자신들의 어리석음으로 자신의 행복에 너무나 적대적이 된다면, 그 어리석음은 한탄스러운 본보기와, 동정을 살 만한 어리석음에 대한 혐오감으로 다른 사람들의 행복을 보장하는 데 소용될 것이다.

(21) 그들은 자신들을 감동시키는 모든 것에 무감각할 정도로 꿋꿋합니까? 명예와 재산을 잃게 함으로써 그들이 시련을 겪도록 합시다. 뭐라고요? 그것은 기쁨…….

822-663　중국의 역사.

나는 목숨을 내놓는 증인들의 역사만 믿는다.

(어느 것이 더 믿을 만한가? 중국 역사? 아니면 모세 역사?)

문제를 대강 살피는 것으로는 어림없다. 내가 말하는 것은 눈을 멀게 하는 문제요, 눈을 밝게 열어 주는 문제이다.

나는 이 한마디로 여러분의 모든 논증을 무너뜨린다. 그런데 당신은 "중국은 문제를 모호하게 한다"고 말한다. 나는 "중국은 문제를 모호하게 만든다. 그러나 거기에는 발견해야 할 분명함이 있다. 그것을 찾으시오"라고 답한다.

당신이 그렇게 말하는 모든 것은 섭리 중 하나를 위한 것이고, 그 어떤 것도 다른 것과 대립하지 않는다. 때문에 그것은 소용이 되지만 훼손시키지는 않는다.

그러므로 이를 세심하게 살펴야 한다. 테이블 위에 문서를 두어야 한다.

823-664 그는 집안의 문서를 발견한 상속자와 같다. 그는 이렇게 말할 것이다. "아마도 이 문서는 가짜가 아닐까?" 그리고 그 문서를 조사하는 데 소홀할 것이다.

824-665 율법은 율법이 제공하지 않는 것을 강요한다. 은총은 은총이 강요하는 것을 제공한다.

825-666 반박하는 것 같다.

*Humilibus dat gratiam;** *an ideo non dedit humilitatem?*

*Sui eum non receperunt, quotquot autem non receperunt, an non erant sui?**

하느님께서는 겸손한 사람에게 은총을 베푸십니다. 그래서 하느님은 겸손을 주지 않았다. 백성들은 그분을 맞아 주지 않았다. 그런데 그를 거부한 사람들은 그의 사람이 아니었는가?

제31장

826-667 *Fac secundum exemplar quod tibi ostensum est in monte.*[162]

유대인들의 종교는 메시아의 진리와 유사한 점에서 형성되었다. 그리고 메시아의 진리는 진리의 상징인 유대인들의 종교에 의해 인정되었다.

유대인들 안에서는 진리가 단지 비유되었던 것이다. 하늘나라에서 진리가 밝혀진다.

진리는 교회 안에서 가려져 있고, 비유의 관계에서 인정된다.

비유는 진리에 근거하여 만들어진 것이다.

그리고 진리는 상징에 따라 인정되었다.

827-667 성 바울로 자신이 사람들은 결혼을 금지할 것이라고 말하는데, 그 점에 대해 「고린토인들에게 보낸 첫째 편지」에서 함정과 같은 방식으로 말하고 있다. 왜냐하면 만약 예언자가 어떤 얘기를 했으면, 성 바울로는 이어서 다른 말을 했을 것이고 그 예언

162 산 위에서 너에게 보여 준 모양대로 만들어라.(「출애굽기」 25:40)

자는 성 바울로를 비난했을 것이기 때문이다.

828-668 사람들 사이에 존경심을 맺어 주는 끈들은 일반적으로 필요에 의해서이다. 왜냐하면 모든 사람이 지배하길 원하지만 모든 사람이 그럴 수는 없고 몇몇만 지배할 수 있기 때문에 여러 다른 계급의 사람들이 필요하다.

그 계급들이 만들어지기 시작하는 것을 우리가 본다고 상상해 보라. 가장 힘센 쪽이 가장 약한 쪽을 억압할 때까지, 그리고 결국 지배 당이 만들어질 때까지 그들은 분명히 싸울 것이다. 그러나 그것이 결정 나면 주인이 된 이들은 싸움이 지속되기를 원하지 않기 때문에, 그들 손안에 있는 권력이 그들 마음대로 계속되어 갈 것을 명한다. 어떤 이들은 국민의 선거에 맡기고, 또 다른 이들은 출생에 의한 계승에 맡기기도 한다 등등.

바로 이 단계에서 상상력이 자신의 역할을 이행하기 시작한다. 그때까지는 순전히 힘에 의해 이루어졌다. 여기서의 힘은 어떤 당파에서는 상상력에 의해 유지된다. 프랑스에서는 귀족들, 스위스에서는 평민들이 그렇다 등등

그래서 이런저런 특별한 사람에게 존경심을 연결해 주는 끈들은 상상의 끈들이다.

829-668 이러한 정신의 엄청난 노력은 가끔 영혼이 관여하지만 영혼과는 관계없는 일들이다. 영혼은 단지 잠깐 거기 뛰어오르는데, 영원한 왕좌 위로 뛰어오르는 게 아니라 단지 순간적으로 잠시 머무는 것이다.

제3부 기적

제32장

830-419 내가 생 시랑 신부에게 질문할 사항들은 주로 이런 것이다. 그러나 이 사항들에 대한 사본을 가지고 있지 않으므로 그가 대답과 함께 이 종이를 다시 보내 주셨으면 한다.

1. 어떤 현상이 기적이기 위해서는 그것이 사람의 힘, 악마, 천사, 모든 창조물의 힘 위에 있어야 한다는 것.

신학자들은 기적이 본질적으로 초자연적이라고 말하는데, 두 물체 간의 이입이나, 한 몸이 동시에 두 장소에 있는 상황 같은 것이다. 아니면 그 현상이 나타나는 방식에 있어 초자연적인 일들이다. 그런 일이 일어날 수 있는 그 어떤 자연적 힘이 없는 방식으로 결과가 나타날 때(기적이라고 한다) 예수 그리스도가 진흙으로 맹인의 눈을 낫게 하고, 성 베드로의 장모님을 그녀 위로 몸을 숙이는 것으로 낫게 하거나, 혈루증으로 아픈 여자가 예수의 옷자락을 만지는 것으로 낫게 했던 것처럼 말이다. 예수가 성서 안에서 행했던 기적들 대부분이 이 두 번째 예에 속하는 것이다. 열병이나 한순간에 생긴 다른 병의 치료가 그러한 것이다. 아니면 자연이 가져다주는 것보다 더욱더 완벽하게 하느님의 이름을 부

르거나 성유물 접촉으로 하는 치료가 있는데, 그러므로 이 문제를 제시하는 자의 생각은 진실되며, 모든 신학자들, 오늘날의 신학자들의 생각과 일치한다.

2. 사용된 방법이 자연적인 힘을 초월한다는 사실로 충분하지 않다면, 나의 생각은 사용된 방식이 자연적인 힘을 넘는 모든 현상은 기적적이어서 나는 성유물 접촉으로 이루어진 병의 치료와 예수의 이름을 부름으로써 이루어진 악령의 치료와 같은 것을 기적적인 것이라고 부른다. 왜냐하면 이 현상들은 하느님께 간청하는 말들의 자연적인 힘이나 병자나 악령을 쫓아낼 수 없는 성유물의 자연적인 힘을 넘어서는 것이기 때문이다. 그러나 나는 악마의 기술로 악령을 쫓는 것은 기적이라 부르지 않는다. 왜냐하면 악마를 쫓기 위해 악마의 능력을 이용할 때 그 현상은 거기에 사용된 방법의 자연적인 힘을 넘는 것이 아니기 때문이다. 그렇듯 기적의 진정한 정의는 내가 바로 위에서 말한 것이라 생각된다.

악마가 할 수 있는 것은 기적이 아니다. 짐승이 할 수 있는 것 또한 기적이 아니다. 인간이 스스로 그 일을 할 수 없다 하더라도 말이다.

3. 성 토마스가 이 정의에 반대하지 않는지. 그러니까 어떤 현상이 기적이 되기 위해서는 모든 창조물의 힘을 초월해야 한다는 생각과 다른지.

성 토마스는 두 번째 기적을 quoad subjectum *주체에 관계된 기적과* quoad ordinem naturae *자연적 가능성과 관계된 기적 두 가지로 나누긴 해도 다른 사람들과 같은 의견을 가지고 있다.*

첫 번째 기적은 자연이 절대적으로 만들어 낼 수 있는 것이나, 어떤 특정한 주체에게서는 일어날 수 없는 것들이다. 자연이 생명을 생산할 수 있으나, 죽은 물체에게는 그럴 수 없는 것과 같은 것처럼 말이다. 그리고 두 번째 기적은 자연이 어떤 한 주체에게서 일어나게 할 수 있는 것이나 어떤 방법을 써서 신속히 일어나게 할 수 없는 기적들이다. 접촉만으로 열병이나 어떤 불치가 아닌 병을 낫게 하는 것과 같은 일들이다.

4. 공공연히 잘 알려진 이단자들이 어떤 실수를 확고히 하기 위해 참 기적을 만들어 낼 수 있는지.

*가톨릭이건 이단이건 성인이건 악한 사람이건 간에 어떤 오류를 확고히 하기 위해서 참 기적을 일어나게 할 수는 없다. 왜냐하면 하느님은 오류를 거짓 증인, 아니면 거짓 심판자로 자신의 인장으로 확인하고 승인하기 때문이다. 그것은 확실하며 변함이 없다.**

5. 만약에 공공연하게 잘 알려진 이단자들이 불치가 아닌 병을 낫게 하는 것과 같은 기적을 행할 수 있는지; 예를 들어 그들이 랭장드 신부가 그렇다고 강론한 것과 같은 잘못된 주장을 확고히 하기 위해 열병을 고칠 수 있는지.

(*이 질문에는 답하지 않으셨다.*)

6. 만약에 공공연하게 잘 알려진 이단자들이 하느님에게 간청하거나 아니면 성유물을 접촉함으로써 모든 창조물을 초월하는 기적을 만들 수 있는지.

그들은 하나의 진리를 확인하기 위해 그렇게 할 수 있으며, 역

사 속에 그런 예가 있다.

7. 교회와 결별하지 않으면서 거짓 속에 머물고 있는 드러나지 않는 이단자들이 교회에 대해 공공연히 반대하지 않는데, 이는 신자들을 더 쉽게 유혹하고 자신들의 당파의 힘을 강화하기 위해서이다. 이들이 예수의 이름으로 간청함으로써 아니면 성유물로 자연을 초월하는 기적을 만들 수 있는지. 아니면 불치병이 아닌 병을 바로 그 자리에서 낫게 하는 것과 같은 인간을 초월하는 기적을 만들어 낼 수 있는지.

숨어 있는 이단자들이 공공연히 알리고 다니는 이단자들보다 기적에 대한 더 많은 능력이 있는 것은 아니다. 그것이 참된 기적이면 어떤 것이든 기적의 유일한 집행자인 하느님 눈에 숨길 수 없으니까.

8. 만약에 하느님의 이름으로나 성스러운 물건을 매개로 만들어진 기적이 참 교회의 표징이 아닌지, 그리고 모든 가톨릭 신자가 모든 이단자들에 반대하여 그렇다고 주장하지 않는지.

*모든 가톨릭 신자들이 그 점에 동의하는데 특히 예수회 저자들은 그렇다. 벨라민*의 글을 읽어 보기만 하면 된다. 이단자들이 기적을 행했을 때조차 이런 일은 종종 있지만 드문 일이다. 이 기적들은 교회의 증표였다. 왜냐하면 이 기적들은 이단자들의 오류가 아니라 교회가 가르치는 진리를 공고히 하기 위해서만 만들어졌기 때문이다.*

9. 만약에 이단자들이 기적을 행하는 일이 전혀 일어나지 않았는지, 그리고 그 기적들은 어떤 성질의 것이었는지.

확실한 기적은 거의 없다. 그러나 우리가 말하는 일들은 단지 방법론에서 기적적인 일들이다. 즉 자연의 질서를 초월하는 방식으로 기적적으로 일어난 자연 현상들인 것이다.

10. 만약에 예수 그리스도의 이름으로 악령을 쫓아낸 성서의 사람에 대해 예수 그리스도는 "그대들을 반대하지 않는 사람은 그대들을 지지하는 사람이다"라고 말했는데,* 이자가 예수 그리스도의 친구였는지 아니면 적이었는지, 그리고 성서 해설자들이 그 점에 대해 무슨 말을 하는지. 내가 이를 묻는 것은 랭장드 신부가 이자가 예수 그리스도에 반대되는 사람이었다고 강론하기 때문이다.

성서는 이자가 예수 그리스도에 반대되지 않음을 충분히 입증하며 사제들도 그렇게 인정하고 거의 모든 예수회 저자들도 그렇다.

11. 만약에 거짓 그리스도가 예수 그리스도의 이름이나 자신의 이름으로 어떤 증표를 만든다면.

성서에 따르면, 그는 예수 그리스도의 이름이 아니라 자신의 이름으로 나타날 것이기 때문에 예수 그리스도의 이름으로 기적을 일으키지 않을 것이다. 그리고 자신의 이름으로 그리고 예수 그리스도에 반하여 신앙과 예수 그리스도의 교회를 파괴하기 위해 기적을 일으킬 것이다. 이런 이유 때문에 그것은 전혀 참 기적이 아니다.

12. 신탁이 기적이었는지.

이교도와 우상 숭배자들의 기적은 악령이나 마법사들의 다른

활동처럼 기적적인 것은 아니었다.

831-420 두 번째 기적은 첫 번째 기적을 전제로 할 수 있지만, 첫 번째 기적은 두 번째 기적을 전제로 할 수 없다.

제33장

832-421　5. 기적. 시작.

기적은 교리를 판별하고, 교리는 기적을 판별한다.

거짓 기적이 있고 참 기적이 있다. 이를 알아보기 위해서는 증표가 있어야 한다. 그렇지 않으면 그것들은 무용할 것이다.

그런데 이것들은 무용하지 않으며 반대로 근거가 된다.

그런데 우리에게 주어진 규칙은 기적의 주요 목적인 진리에 대해 참 기적이 부여하는 증거를 파괴하지 않는 그러한 것이어야 한다.

모세는 두 가지 규칙을 주었다: 이루어지지 않는 예언, 「신명기」 18장,* 전혀 우상 숭배로 이끌어 가지 않는 것, 「신명기」 13장,* 그리고 예수 그리스도 한 가지.*

만약에 교리가 기적을 결정한다면 기적은 교리를 위해서 무용하다.

만약에 기적이 결정한다면……

규칙에 대한 반박.

시대의 구별: 모세 시대의 다른 규칙, 현대의 또 다른 규칙.

833-421 자신의 신앙 안에서 모든 것의 원칙으로서 하나의 신을 사랑하지 않고, 도덕에 있어 모든 것의 목표인 유일한 신을 사랑하지 않는 모든 종교는 거짓이다.

834-422 왜 우리가 믿지 않는지에 대한 이유.

「요한의 복음서」 12장 37절.

Cum autem tanta signa fecisset non credebant in eum. Ut sermo Isaiae impleretur. Excæcavit, 등등.

Haec dixit Isaias quando vidit gloriam ejus et locutus est de eo.

예수께서 그렇게 많은 기적을 사람들 앞에서 행하셨건만 그들은 예수를 믿으려 하지 않았다. 그리하여 예언자 이사야가 (……) 한 말이 이루어졌다.(「요한의 복음서」 12 : 37~38)

이것은 이사야가 예수의 영광을 보았기 때문에 말한 것이며 또 예수를 가리켜서 한 말이었다.(「요한의 복음서」 12 : 41)

Judaei signa petunt et Graeci sapientiam quaerunt.

Nos autem Jesum crucifixum.

유다인들은 기적을 요구하고 그리스인들은 지혜를 찾지만 우리는 십자가에 달리신 그리스도를 선포할 따름입니다.(「고린토인들에게 보낸 첫째 편지」 1 : 22~23)

Sed plenum signis, sed plenum sapientia.

Vos autem Christum *non crucifixum, et religionem sine miraculis et sine sapientia.*

기적과 지혜가 풍부하다. 그러나 당신들은 십자가에 못 박히지 않은 그리스도와 기적도 없고 지혜도 없는 종교를 전도한다. — 파스칼이 덧붙인 글.

사람들이 참 기적을 믿지 않는 것은 사랑의 부족이다. 요한 *Sed vos non creditis quia non estis ex ovibus.*[163]

거짓 기적을 믿는 것은 사랑의 부족 때문이다. 「데살로니카인들에게 보낸 둘째 편지」 2장.*

종교의 기초.

그것은 기적이다. 아니면 무엇이겠는가. 신은 기적에 반하여 말할 수 있는가? 신이 우리가 신에 대해 가지고 있는 신앙의 기초에 반하여 말할 수 있는가?

만약에 신이 있다면 신의 신앙은 지상에 있어야 했다. 그런데 예수 그리스도의 기적은 거짓 그리스도에 의해 예언되지 않았으나 거짓 그리스도의 기적은 예수 그리스도에 의해 예언되었다. 따라서 예수 그리스도가 메시아가 아니었다면 오류로 이끌었을 것이다. 그러나 거짓 그리스도는 오류로 이끌 수 없다.

예수 그리스도가 거짓 그리스도의 기적을 예언했을 때 자신의 기적에 대한 믿음을 파괴한다고 생각했을까?

---

163 너희는 내 양이 아니기 때문에 나를 믿지 않는다.(「요한의 복음서」 10 : 26)

거짓 그리스도를 믿는 그 어떤 이유도 예수 그리스도를 믿지 않는 이유가 되는 것은 없다. 그러나 거짓 그리스도에게는 없지만 예수 그리스도에겐 있는, 믿을 이유가 있다.

모세는 예수 그리스도를 예언하고 그를 따르라고 명했다. 예수 그리스도는 거짓 그리스도를 예언하고 그를 따르지 말라고 했다.

모세 시대에는 알려지지 않았던 거짓 그리스도에게 믿음을 갖는 것은 불가능한 일이었다. 그러나 거짓 그리스도의 시기에는 이미 알려져 있는 예수 그리스도를 믿는 것은 매우 쉬운 일이었다.

835-423 예언과 기적 그리고 우리 종교의 증거가 절대적으로 설득력 있다고 말할 만한 그런 성질의 것은 아니다. 하지만 그것들을 믿는 일은 근거 없다고 말할 수는 없을 정도로 설득력이 있다. 그러니까 명백함과 불분명함이 있는데, 이는 어떤 이들은 눈을 뜨게 하고 어떤 이들은 잘 안 보이게 하기 위함이다. 그런데 명백함은 적어도 분명하지 못한 것의 명백함을 넘어서거나 아니면 적어도 동등한 것이어서, 그것은 따르지 않을 것으로 결정지을 수 있는 이유가 되지 못한다. 이처럼 그것은 사욕과 마음의 간교함뿐일 수도 있다. 그리고 이런 이유로 설득하기 위해서는 충분하지 않으나, 처벌하기 위해서는 충분한 명백함이 있는데, 이는 그 종교를 따르는 사람들에게 이성이 아닌 은총을 따르게 하기 위함이요, 그 종교를 피하는 사람들에게는 이성이 아닌 사욕에 의해 종교를 피하는 것임을 생각하게 하기 위함이다.

Vere discipuli, Vere Israelita,* Vere liberi,* Vere cibus.**[164]

나는 사람들이 기적을 믿는다고 가정한다.

836-423 당신들은 친구를 위해서, 아니면 적에게 반대해서 종교를 손상시키고 있다. 당신들은 자기들 편한 대로 종교를 처분한다.

837-424 거짓 기적이 없었다면 확실함이 있을 것이다.

기적을 판별하기 위한 규칙이 없었다면 기적은 무용한 것일 테고 믿을 이유가 없을 것이다.

그런데 인간적으로는 인간적인 확실함은 없으나 이성이 있다.

838-424 여러 나라와 왕들을 정복하도록 부름 받은 유대인들은 죄의 종이었다. 그런데 봉사하고 복종하는 소명을 가진 기독교인들은 해방된 아이들이다.

839-424 「판관기」 13장 23절. 만약에 주님이 우리를 죽이길 바라셨다면 우리에게 이 모든 일들을 보여 주지 않았을 것이다.

히즈키야, 산헤립.*

예레미야, 거짓 예언자 하나니야는 7월에 죽는다.*

「마카베오 하」 3장. 약탈당할 상태에 있었던 성전이 기적적으

164 참 제자(「요한의 복음서」 8 : 31), 참 이스라엘 사람(「요한의 복음서」 1 : 47), 참으로 자유로운 사람 (「요한의 복음서」 8 : 36), 진정한 양식(「요한의 복음서」 6 : 32)

로 구제되었다.

「마카베오 하」 15장.

「열왕기 상」 17장. 아이를 부활시킨 엘리야에게 과부가 "이 일로 나는 당신의 말씀이 진실함을 압니다".*

「열왕기 상」 18장. 바알의 예언자들과 함께하는 엘리야.*

참 하느님과 종교의 진리에 대한 반박에 있어 진리 쪽이 아닌 오류 쪽에 기적이 일어나는 일은 없다.

840-425, 428 여기는 진리의 나라가 아니다. 진리는 사람들 사이에서 알려지지 않은 채 헤매고 있다. 하느님은 자기 목소리를 듣지 못하는 사람들에게 이 진리가 알려지지 않도록 베일로 진리를 덮어 버렸다. 이곳은 모독에 무방비 상태이며, 적어도 겉으로는 매우 분명한 진리들마저 그렇다. 만약에 성서의 진리를 공표하면 사람들은 진리와 반대의 것을 공표하고, 문제가 모호해진다. 그 결과 사람들은 잘 판별할 수 없다. 그런데 사람들이 묻는다. "다른 사람이 아니라 당신을 믿게 하기 위해서 당신이 갖고 있는 것은 무엇입니까? 당신은 어떤 징표를 만듭니까? 당신이 갖고 있는 것은 말뿐이오. 우리도 마찬가지지요. 기적이 있다면 좋소." 기적이 교리를 유지한다는 것은 진리이다. 그리고 사람들은 교리를 모독하기 위해 위의 진리를 남용한다. 만약 기적이 일어난다면 기적은 교리 없이는 충분하지 않다고 사람들은 말한다. 그리고 이는 기적을 모독하기 위한 또 다른 진리이다.

예수 그리스도는 선천성 맹인을 낫게 하고 안식일에 많은 기적을 행하셨다. 그런가 하면 교리로 기적을 판단해야 한다고 말한 바리사이파 사람들을 눈멀게 했다.

우리에게는 모세가 있다. 그러나 우리는 그가 어디서 왔는지 모른다.

당신들이 그런 기적을 행한 이가 어디 출신인지 모르는 것은 참으로 감탄할 만하다.*

예수 그리스도는 하느님에 반하거나 모세에 반하는 말을 하지 않았다.

거짓 그리스도와 두 성서가 예언한 거짓 예언자들은 공공연히 하느님과 예수 그리스도에 반하여 말할 것이다.

하느님께는 자신에게 반하지는 않지만 자신을 드러내지 않는 사람이 공공연히 기적을 행하게 허락하지 않을 것이다.

두 파가 자신들이 하느님과 예수 그리스도 그리고 교회의 편이라고 다투는 공공연한 싸움에서, 기적은 결코 거짓 기독교들 편에 있지 않으며 다른 편에는 기적이 없는 경우가 없다.

그는 악마를 품고 있다. 「요한의 복음서」 10장 21절. 그리고 다른 사람들이 말했다. 악마가 맹인의 눈을 뜨게 할 수 있을까?

예수 그리스도와 사도들이 성서에서 끌어낸 증거들은 증명의 힘을 갖지 않는다.* 왜냐하면 그들은 단지 한 예언자가 올 것이라는 모세의 말을 했을 뿐이다. 하지만 그들은 그렇게 말하면서 그 예언자가 이 사람이라고 증명하지는 않는다. 이것이 모든 문제였다. 이 구절은 사람들이 성서에 반하지 않으며 거기에는 어떤 모순도 드러나지 않는다는 사실을 보여 주는 데만 소용될 뿐이지 일치됨을 보여 주는 데 소용되는 것은 아니다. 그런데 그것으로 충분하다. 기적이 함께하면 모순이 배제된다.

하느님과 사람들 사이에는 상호 간의 의무가 있다. *quod debui* 165* 라는 말을 용서해야 한다. "나를 비난하시오"라고 하느님은 「이사야서」에서 말한다.*

1. 하느님은 당신의 약속을 이행해야 한다 등등.

사람들은 하느님이 보낸 종교를 받아들여야 한다.

하느님은 사람들을 오류로 이끌지 말아야 할 의무가 있다.

그런데 기적을 만드는 사람들이 상식적 혜안으로 보기에 거짓이 아닌 이론을 발표한다면, 그리고 한 위대한 기적을 만드는 사람이 그들을 믿지 말라고 미리 알려 주지 않았다면 사람들은 오류로 빠지게 될 것이다.

그렇게 교회 안에 분열이 있었다면, 그리고 예를 들어 자신들은 가톨릭 신자처럼 성서에 근거한다고 말하는 아리우스파 사람들이 기적을 만들어 냈다면 그리고 가톨릭 신자들은 그렇지 않았다면 사람들은 오류에 빠졌을 것이다.

왜냐하면 하느님의 비밀을 우리에게 알려 주는 사람이 자신의 사적 권위에서 신뢰받을 가치가 없고 그런 이유로 불신자들이 그가 알리는 사실을 의심하기 때문에, 어떤 사람이 하느님과 소통의 표시로 죽은 자를 살리고 미래를 예언하며 바다를 옮기고 병자를 치료하기까지 한다면 그것을 받아들이지 않을 불신자는

165 내가 뭘 했어야 하나.

하나도 없다. 그러니까 파라오와 바리사이파 사람들의 불신은 초자연적인 냉담의 결과이다.

그러므로 기적과 의심스럽지 않은 교리를 한쪽에서 함께 볼 때는 어려움이 없다. 하지만 기적과 의심스러운 교리를 한쪽에서 볼 때는 어떤 것이 더 명백한지 봐야 한다. 예수 그리스도는 의심스러웠다.

맹인 바르예수.* 하느님의 힘은 그의 원수들의 힘을 초월한다.

"나는 예수와 바울로를 아는데 너희들은 누구냐?"라고 말하는 마귀들의 매를 맞은 유대의 퇴마사들.*

기적은 교리를 위한 것이다. 교리가 기적을 위한 것은 아니다.

만약에 기적이 참된 것이라면, 우리는 모든 교리를 믿게 할 수 있을까? 아니다. 왜냐하면 그런 일은 일어나지 않을 것이니까.

Si angelus.[166]*

규칙.

기적으로 교리를 판단해야 한다. 교리로 기적을 판단해야 한다. 이 모두가 참된 것이나 상호 모순되지는 않는다.

왜냐하면 그 시기를 구별해야 하기 때문이다.

---

166 천사라 할지라도.

일반 규칙을 앎으로써 당신은 얼마나 기쁘겠는가. 그것으로 혼란을 일으키고 모든 것을 무용하게 만드는 것을 생각하면서 말이오! 그렇게 하지는 못할 겁니다. 신부님, 진리는 하나이고 확고한 것입니다.

자신의 나쁜 교리를 숨기고 그 교리의 좋은 면만 보게 하며, 자신은 하느님과 교회에 적합하다고 말하는 사람이 거짓되고 모호한 교리를 은연중에 전파하기 위해 기적을 행하는 일은 하느님의 의무로는 불가능하다. 그런 일은 있을 수 없다.

그리고 사람의 마음을 아는 하느님이 그런 자를 위해 기적을 행하는 일은 더더욱 있을 수 없다.

841-426　예수 그리스도는 성서가 자신을 증명한다고 말한다. 그런데 어떤 점에서 그런지는 보여 주지 않는다.

예언자들조차 예수 그리스도가 살아 있는 동안엔 증거를 댈 수가 없었다. 그래서 만약에 기적인 교리 없이 굴복하지 않았다면 예수의 죽음 이전에는 그를 믿지 않은 것이 전혀 죄가 될 수 없었다. 따라서 그가 살아 있는 동안 그를 믿지 않은 사람들은 예수 그리스도가 말했듯이 예외 없이 죄인이었다. 따라서 그들은 자신들이 반대하는 어떤 논증이 있어야 했다. 하지만 그들에게는 성서가 없었고, 단지 기적만 있었다. 따라서 교리가 반대되지 않을 때는 기적으로 충분하다. 그리고 그것을 믿어야 한다.

「요한의 복음서」 7장 40절. 오늘날 기독교 신자들 사이에서 일어난 것과 같은 유대인들 사이의 논쟁.

어떤 사람들은 예수 그리스도를 믿고 어떤 사람들은 믿지 않았는데, 예언자들이 그리스도가 베들레헴에서 태어날 것이라고 말했기 때문이다.

그들은 그가 거기 출신인지 아닌지에 대해서 주의해야 했다. 왜냐하면 그의 기적이 설득력 있는 것이었기 때문에 그의 교리가 성서와 소위 모순되는 점에 대해 확신을 가져야 했다. 한데 이 모호함은 구실이 되기는커녕 그들을 눈멀게 만들었다.

그러니까 소위 말도 안 되는 모순 때문에 믿기를 거부하는 사람들은 변명의 여지가 없다.

그의 기적에 그를 믿었던 사람들에게 바리사이파 사람들은 말한다: 율법을 모르는 이 사람들은 저주받을 것이다. 그런데 지도자들이나 바리사이파 사람 중 누가 그를 믿었는가? 왜냐하면 어떤 예언자도 갈릴리에서 나오지 않았음을 우리는 알고 있기 때문이다. 니고데모가 대답했다: 우리의 율법은 얘기를 듣기 전에 사람을 평가하는가?*

842-427 우리의 종교는 지혜롭고 어리석다. 현명한 것은 이 종교가 가장 박식하며 기적이나 예언과 같은 것에 근거를 두고 있기 때문이다. 어리석다 함은 이 모든 것으로 우리의 현재 상태가 만들어진 것은 아니기 때문이다. 이는 그 상태에 있지 못한 사람들을 비난하게는 하지만 그 상태에 있는 사람들을 믿게 하지도 못한다. 그들을 믿게 만드는 것은 십자가이다. *Ne evacuata sit crux.*[167]*

167 십자가의 뜻을 잃지 않기 위해서이다.

843-427　그래서 지혜와 징표 안에서 오신 성 바울로는 자신이 지혜로도 징표로도 온 것이 아니라고 말한다. 왜냐하면 그는 회개시키러 왔기 때문이다. 그러나 설득하기 위해서만 온 사람들은 자신들이 지혜와 징표로 왔다고 말할 수 있다.

844-427　예수 그리스도 편이 아니면서 그편이 아니라고 말하는 것과 예수 그리스도 편이 아닌데도 그편인 것처럼 행동하는 것은 큰 차이가 있다. 어떤 이들은 기적을 행할 수 있으나 어떤 이들은 그렇게 할 수 없다. 왜냐하면 어떤 사람들은 이 진리와 반대되고 어떤 사람들은 그렇지 않다는 것이 분명하기 때문이다. 그렇게 해서 기적은 더욱 분명해진다.

844-427　유일신을 사랑해야 한다는 것은 너무나 명백한 일이어서 그것을 증명하기 위한 기적은 필요하지 않다.

845-427　교회의 훌륭한 상태는 교회가 하느님에 의해서만 지탱될 때이다.

846-429　예수 그리스도는 자신이 메시아임을 입증했는데 성서나 예언에서 자신의 교리를 입증한 것이 아니라 항상 자신의 기적으로 입증했다.

그는 기적으로 죄의 사함을 증명한다.*

너희의 기적을 기뻐하지 말고, 너희 이름이 하늘에 기록된 것을 기뻐하라고 예수 그리스도는 말했다.*

그들이 모세를 믿지 않는다면 부활한 자도 믿지 않을 것이다.

니고데모는 그분의 기적을 보고 그분의 교리가 하느님의 것임을 인정한다. *Scimus quia venisti a Deo magister, nemo enim potest facere quae tu facis nisi Deus fuerit cum illo.*[168]* 그는 교리로 기적을 판단하지 않고 기적으로 교리를 판단한다.

우리가 예수 그리스도의 교리를 갖고 있듯이 유대인들은 하느님의 교리를 갖고 있었다. 교리는 기적으로 확인된 것이나, 기적을 만든다고 해서 그 사람들을 모두 믿는 것에 대한 금지와, 고위 성직자들의 도움을 구하고 그들이 하는 말을 잘 이행하라는 명령이 있었다. 그래서 기적을 만드는 사람이라고 하여 그들을 믿는 것을 거부하기 위한 우리의 온갖 이유를 그들은 자신들의 예언자에 대해 갖고 있었다. 한데 그들이 예언자들의 기적과 예수 그리스도 때문에 예언자들을 거부한 점에 있어서는 잘못이 크다. 그런데 그들이 기적을 전혀 보지 않았다면 잘못이 없을 수도 있다. *Nisi fecissem peccatum non haberent.*[169]*

그러므로 모든 믿음은 기적에 있다.

예언은 기적이라 불리지 않았다. 성 요한이 가나에서의 첫 번째 기적과, 예수 그리스도가 사마리아 여인의 삶을 알아내고 한 말과, 고관의 아들을 치료해 준 일을 말하는 것처럼 말이다.*

성 요한은 이를 제2의 징표라고 부른다.

---

168 우리는 선생님을 하느님께서 보내신 분으로 알고 있습니다. 하느님께서 함께 계시지 않고서야 누가 선생님처럼 그런 기적들을 행할 수가 있겠습니까?

169 내가 하지 않았다면 그들은 죄가 없었을 겁니다.

847-430 사람들은 진실을 보여 주면서 그것을 믿게 한다. 그런데 성직자들의 부정을 보여 주면서 그것을 바로잡지는 못한다. 사람들은 거짓을 보여 주면서 양심을 안심시키지만, 부정을 보여 주면서 돈주머니를 지키지는 못한다.

848-430 기적과 진실은 사람의 몸과 정신 전체를 설득해야 하기 때문에 필요하다.

849-430 사랑은 비유적 계명이 아니다. 진리를 세우기 위해 비유를 없애러 온 예수 그리스도가 이전에 있던 현실을 없애기 위해 사랑의 비유를 세우기 위해서만 왔다고 말하는 것은 혐오스러운 일이다.

만약 빛이 어둠이라면 그 어둠은 어떤 것일까?*

850-431 시험하는 것과 오류로 이끄는 것은 분명 차이가 있다. 하느님은 시험하지만 오류로 이끌지는 않는다. 시험하는 것은 어떤 필요성도 강요하지 않는 기회들을 제공하는 것인데, 만약에 사람들이 하느님을 사랑하지 않는다면 어떤 행동을 할 것이다. 오류로 이끄는 것은 필연적으로 잘못에 도달하고 그 잘못을 따르는 필연성에 처하게 하는 것이다.

851-432

*Si tu es Christus, dic nobis.**

Opera quae ego facio in nomine patris mei,

Haec testimonium perhibent de me.

Sed vos non creditis, quia non estis ex ovibus meis.

*Oves meae vocem meam audiunt.**

당신이 정말 그리스도라면 그렇다고 분명히 말해 주시오.

아버지의 이름으로 내가 행한 일이

나를 증명해 주거늘

그러나 너희는 믿지 않는다. 왜냐하면 너희는 내 양들이 아니기 때문이다.

내 양들은 내 목소리를 알아듣는다.

「요한의 복음서」 6장 30절: *quod ergo tu facis signum, ut videamus et credamus tibi; non dicunt: quam doctrinam predicas?**

*Nemo potest facere signa, quae tu facis nisi deus fuerit cum illo.**

무슨 기적을 보여 우리로 하여금 당신을 믿게 하시겠습니까? 그들은 다음과 같이 질문하지 않는다. '당신은 어떤 교리를 설교합니까?'

우리는 선생님을 하느님께서 보내신 분으로 알고 있습니다. 하느님께서 함께 계시지 않고서야 누가 선생님처럼 그런 기적들을 행할 수 있겠습니까?

「마카베오 하」 14장 15절. *Deus qui signis evidentibus suam portionem protegit.**

분명한 기적을 통해서 당신 백성을 보호하시는 하느님.

*Volumus signum videre de caelo tentantes eum.** 「루가의 복음서」 11장 16절.

예수의 속을 떠보려고 하늘에서 오는 기적을 원하였다.

*Generatio prava signum quaerit, et non dabitur.**

*Et ingemiscens ait, quid generatio ista signum quaerit?**
이 악한 세대가 기적을 요구하지만 줄 것이 없다.

그는 마음속으로 깊이 탄식하시며 어찌하여 이 세대가 기적을 보여 달라고 하는가?
8장 12절. 이 세대는 나쁜 의도로 징표를 요구했다. *Et non poterat facere.*[170*] 하지만 그는 그들에게 요나의 기적과 가장 위대하고 비할 데 없는 그의 부활을 약속했다.*

Nisi videritis signa non creditis.[171*] 그는 기적이 없는 상황에서 그들이 믿지 않는 것을 비난하는 게 아니라 그들 자신이 기적을 본 사람들이 아니어서 믿지 않는 것을 비난하는 것이다.

거짓 그리스도. *In signis mendacibus*(거짓 기적 속에서)라고 성 바울로가 「데살로니카인들에게 보낸 둘째 편지」 2장에서 말한다.

Secundum operationem Satanœ, In seductione iis qui pereunt eo quod charitatem veritatis non receperunt ut salvi fierent. Ideo mittet illis Deus operationes erroris ut credant mendacio.[172*] 모세의 구절에서처럼: *Tentat enim vos Deus utrum diligatis eum.*[173*]

Ecce praedixi vobis vos ergo videte.[174*]

---

170 (다른 기적을) 행할 수가 없었다.

171 너희는 기적을 보지 않고는 믿지 않는다.

172 그 악한 자는 나타나서 사탄의 힘을 빌려 온갖 종류의 거짓된 기적과 표징과 놀라운 일들을 행할 것입니다. 그리고 온갖 악랄한 속임수를 다 써서 사람들을 멸망시킬 것입니다. 그 사람들은 진리를 받아들이지도 않고 사랑하지도 않기 때문에 구원을 얻지 못할 것입니다.(「데살로니카인들에게 보낸 둘째 편지」 2:9~10)

173 너희가 너희 하느님을 사랑하는지 시험해 보시려는 것이다.

174 너희에게 미리 알려 주길 원했다. 그러니 통찰력 있는 자가 되어라.

852-433 구약에서 사람들이 당신을 하느님으로부터 등을 돌리게 할 때, 신약에서 사람들이 당신을 그리스도에게서 등을 돌리게 할 때.

기적에 대한 믿음에서 배제된 명백한 경우들이다. 거기에 다른 배제의 상황들을 가하면 안 된다.

그래서 그들이 자신들에게 왔던 모든 예언자들을 배제시키는 권리를 갖게 되었다는 말인가? 아니다. 그들은 하느님을 부정한 자들을 배제하지 않음으로써 죄를 범했을 것이고, 하느님을 부정하지 않은 자들을 배제시킴으로써 죄를 범했을 것이다.

그러므로 먼저 기적을 보게 되면 복종하거나 아니면 그 반대의 이상한 징표가 있어야 한다. 그들이 하느님이나 예수 그리스도, 아니면 교회를 부정하는지 아닌지를 봐야 한다.

853-433 동요하지 않는 미통을 비난하기. 왜냐하면 하느님이 그를 비난할 것이기 때문이다.

854-434 여러분이 나를 믿지 못하면 적어도 기적을 믿으라.* 그는 기적을 가장 강력한 것으로 가리킨다.

기독교도들과 마찬가지로 유대인들도 항상 예언자들을 믿는 것은 아니라고 당부받았었다. 그러나 바리사이파 사람들과 율법학자들은 그의 기적에 큰 관심을 가지고 이 기적이 거짓임을, 아니면 악마가 행한 것임을 증명하려고 애썼다. 기적이 하느님에게서 온 것임을 그들이 인정한다면 믿어 의심치 않을 수밖에 없기 때문이었다.

오늘날 우리는 이 같은 판별을 해야 할 필요가 없다. 그런데 이는 매우 쉬운 일이다. 하느님이나 예수 그리스도를 부정하지 않는 사람들은 확실하지 않은 기적을 행하지 않는다.

Nemo facit virtutem in nomine meo et cito possit de me male loqui.[175*]

그러나 우리는 이 같은 구별을 할 필요가 전혀 없다. 자, 여기 성물이 있다. 세상의 구세주의 가시관이 있다. 현세의 군주는 이 구세주에 대해 어떤 권력도 가지지 못한다. 이 구세주는 우리를 위해 흘린 피의 힘 자체로 기적을 행하신다. 자, 하느님 스스로 자신의 힘을 널리 퍼뜨리기 위해 이 집을 선택하셨다.

의심스럽고 알 수 없는 그런 힘으로 기적을 행하여 우리로 하여금 어려운 구별을 하게 하는 사람은 없다. 그런 일을 하는 분은 하느님 자신이다. 하느님의 유일한 아들은 수난의 도구이다. 그 아들은 여러 장소에 있으면서 이곳을 선택하여 모든 곳으로부터 사람들을 오게 하고 쇠약한 상태의 그들이 기적적인 위안을 받도록 한다.

855-435 「요한의 복음서」 6장 26절. *Non quia vidistis signum sed quia saturati estis.*[176*] 기적 때문에 예수 그리스도를 따르는 사람들은 그의 힘이 이루어 내는 모든 기적에서 그의 능력을 경배한다. 그러나 그의 기적 때문에 따른다고 공언하면서도 사실

175 내 이름으로 기적을 행한 사람이 그 자리에서 나를 욕하지는 못할 것이다.
176 기적을 봤기 때문이 아니고 배불리 먹었기 때문이오.

예수가 세상의 축복으로 그들을 위로하고 만족시켜 준다는 것 때문에 그를 따르는 사람들은 그 기적이 자신들의 편리함과 반대될 때는 예수의 기적의 명예를 훼손한다.

「요한의 복음서」 9장 16절. *Non est hic homo a Deo quia sabbatum non custodit. Alii: Quomodo potest homo peccator haec signa facere.** 누가 더 명확한가?

이 집은 하느님의 집이다. 왜냐하면 그가 거기서 불가사의한 기적을 행하셨기 때문이다. 다른 사람들은: 이 집은 하느님의 집이 절대 아니오. 다섯 개의 명제가 장세니우스의 글에 있다고 믿지 않기 때문이오. 누가 더 명확한가[177]? *Tu quid dicis, Dico, quia propheta est, Nisi esset hic a Deo non poterat facere quidquam.*[178]*

856-436 논쟁.

아벨, 카인 / 모세, 마술사들. / 엘리야, 거짓 예언자들 / 예레미야, 하나니야. / 미가, 거짓 예언자들 / 예수 그리스도, 바리사이파 사람들 / 성 바울로, 바르예수 / 사도들, 퇴마사들 / 기독교인들, 불신자들 / 가톨릭 신자들, 이단자들 / 엘리야, 에녹, 거짓 그리스도 /*

기적에 있어 진리가 항상 우세하다. 두 개의 십자가.

857-437 「예레미야」 23장 32절:* 거짓 예언자들의 기적. 히브리어

177 '그가 안식일을 지키지 않는 것으로 보아 하느님에게서 온 사람이 아니오' 다른 사람들은, '죄인이 어떻게 이와 같은 기적을 보일 수 있소?'

178 너는 그에 대해서 어떻게 생각하느냐? 예언자입니다. 그가 하느님에게 온 자가 아니면 아무것도 할 수 없었을 것이다.

성서와 바타블 성서에는 경솔로 되어 있다.

기적이 항상 기적을 의미하지는 않는다. 「열왕기 상」 14장 15절. 기적은 두려움을 의미한다. 그리고 히브리어로도 그런 의미이다. 마찬가지로 「욥기」에서도 분명하게 나타난다. 33장 7절. 그리고 「이사야서」 21장 4절, 「예레미야」 44장 22절*에서도 그렇다.

Portentum 징후는 *simulacrum* 허상을 의미한다. 「예레미야」 50장 38절. 그리고 히브리어 성서와 바타블 성서에서도 마찬가지다.

「이사야」 8장 18절. 예수 그리스도는 자신과 자신의 사람들이 기적에 속한다고 말한다.*

858-437　교회에는 세 종류의 적이 있다. 교회 안에 속해 본 적이 없는 유대인들, 교회에서 나간 이단자들 그리고 교회 안에서 교회를 분열시키는 나쁜 기독교인들이다. 이 세 종류의 각기 다른 적대자들은 보통 다르게 교회를 공격한다. 그런데 여기서는 이들이 같은 방식으로 공격한다. 이들은 모두 기적이 없는데, 교회는 이들에 대항해서 항상 기적을 가졌었다. 그래서 이들 모두는 교회의 기적을 없애는 데 같은 이해관계를 갖고 있으며, 교회 교리를 기적으로 평가하는 게 아니라 기적을 교리로 평가해야 한다는 핑계거리를 이용하고 있다. 예수 그리스도의 말을 듣던 사람들 사이에는 두 부류가 있다. 그의 기적 때문에 교리를 따랐던 부류와 다른 한 부류는 말하길…… 칼뱅의 시대에는 두 부류가 있다. 지금은 예수회 신부들이 있다* 등등

제34장

859-438 분명히 하느님의 보호를 받는 사람들을 부당하게 박해하는 자들.

만약 그들이 당신들의 지나침에 대해 비난한다면 그들은 마치 이단자들처럼 말하는 것이다.

만약에 그들이 예수 그리스도의 은총이 우리를 구별한다고 말한다면 그들은 이단자들이다.

기적이 일어난다면 그것은 그들이 이단이라는 표시이다.*

에제키엘.
사람들이 말한다. 자, 여기 그렇게 말하는 하느님의 백성이 있다.
히즈키야.
존경하는 신부님들, 모든 것이 상징으로 일어났습니다. 다른 종교들은 멸망하지만 이 종교는 멸망하지 않습니다.
기적은 신부님들이 생각하는 것보다 더 중요합니다. 기적은 교회가 설립될 때 도움이 되었고, 적그리스도에게까지 그리고 마지막까지 교회가 지속하는 데에 소용될 것입니다. 두 명의 증인.

유대 회당은 상징이었으므로 사라지지 않았다. 그리고 하나의 상징이었을 뿐이어서 쇠퇴했다. 그것은 진리를 내포하고 있던 상징이었다. 그렇게 그 교회는 진리를 더 이상 가지지 않을 때까지 존재했다.

다음과 같이 말한다. "교회를 믿으십시오." 다음과 같이 말하지 않았다: "기적을 믿으십시오." 왜냐하면 후자는 자연스러우나 전자는 아니기 때문이다. 하나는 계율을 필요로 했지만 다른 하나는 그렇지 않았다.

구약이나 신약에서 기적은 상징물과의 관련 속에서 일어났는데, 이는 구원을 위한 것이거나 아니면 피조물에 복종해야 한다는 것을 보여 주기 위해서가 아니면 무용한 것이다. / 성사의 상징.

860-439 사람들은 언제나 참된 신에 대해 말했고 아니면 참된 신이 사람들에게 말했다.

861-439 두 개의 기초: 하나는 내적인 것이고 하나는 외적인 것. 은총과 기적, 둘 다 초자연적인 것이다.

862-439 나*로 하여금 종교의 근본에 대해 말하도록 강요했던 불행한 사람들.

863-439 기적에 반대하는 몽테뉴.

기적에 찬성하는 몽테뉴.

864-439 속죄 없이 죄를 씻은 죄인들, 사랑 없이 성인이 된 의인들, 예수 그리스도의 은총을 받지 못한 모든 기독교인들, 인간의 의지에 권한이 없는 신, 신비 없는 예정, 확실성이 없는 구속.*

865-439 기적은 더 이상 필요하지 않다. 사람들은 이미 기적을 가졌기 때문이다. 그러나 사람들이 더 이상 전통에 주의하지 않고, 교황만을 내세우고 또 교황을 속이고, 그리고 전통이라는 진리의 원천을 배제하고, 진리의 수탁자인 교황이 선입견을 갖게 되면 진리는 더 이상 자유롭게 나타날 수 없다. 사람들은 더 이상 진리에 대해 말하지 않게 되어 진리 스스로 인간에게 말해야 한다. 아리우스 시대에 바로 이런 일이 일어났다.

디오클레티아누스 치하에서의 기적
그리고 아리우스 치하에서.

866-440 영속성
여러분*의 성격은 에스코바르에 근거합니까?

아마도 여러분이 그들을 파문하지 않는 데는 어떤 이유가 있겠죠.
그 문제에 대해 제가 신부님들께 문의할 수 있게 신부님들께서 허가하시면 충분합니다.

867-440 교황이 하느님과 전통으로부터 자신의 지혜를 물려받

는 것이 교황의 명예에 훼손되는 일일까요? 이 성스러운 화합에서 교황을 분리하는 것이 교황의 명예를 훼손하는 일이 아닐까요? 등등.

868-440 테르툴리아누스: *nunquam ecclesia reformabitur.*[179]

869-440 한 사람을 성인으로 만들기 위해서는 은총이 있어야 한다. 이를 의심하는 사람은 성인이 뭔지, 사람이 뭔지 모르는 자이다.

870-440 이단자들은 그들*이 갖고 있지 않은 이 세 가지 징표를 항상 공격해 왔다.

871-440 영속성 — 몰리나 — 새로운 것.

872-440 기적.

기적들을 의심하게 만드는 사람들을 나는 얼마나 미워하는지. 몽테뉴는 두 곳에서 그 점에 대해 바르게 얘기한다. 한 곳에서는 아주 신중하나 다른 곳에서는 믿음을 갖고 불신자들을 비웃는다.

어떻든 간에 그들이 옳다면 교회는 증거가 없다.

873-440 하느님은 거짓 기적을 무력하게 만들었거나 아니면 예언

179 교회는 결코 개혁되지 않을 것이다.

했다. 그리고 이 두 일을 통해 우리에게는 초자연적인 것 위에 올라섰고 우리 자신을 거기에 올려놓으셨다.

874-440 교회는 가르치고 하느님은 영감을 주시는데 모두 확실하게 이행된다. 교회의 활동은 은총이나 파문을 준비하는 데만 소용된다. 교회가 하는 일은 파문하기 위해서는 충분하지만 영감을 주기 위해서는 충분하지 않다.

875-440 *Omne regnum divisum*[180] 왜냐하면 예수 그리스도는 하느님의 왕국을 세우기 위해 악마에 대항했으며 사람들의 마음에 대한 그의 힘을 파괴했기 때문이다. 퇴마식은 그 비유이다. 그래서 그가 덧붙이기를: *Sir in digito dei…… regnum dei ad vos.*[181]*

악마가 그를 파괴하는 교리를 옹호했다면 예수 그리스도가 말하는 것처럼 악마는 분열할 것이다.

하느님이 교회를 파괴하는 교리를 옹호했다면 하느님은 분열할 것이다.

876-440 강한 자가 무장하고 재산을 소유할 때 그가 소유하는 것은 안전하다.*

877-441 그렇다, 그렇지 않다: 행동에 있어 그것이 그렇게 분리될 수 없는 것이라면 도덕에서나 신앙에서 받아들여질까?

---

180 모든 분열된 나라들, 「루가의 복음서」 11장 17절 참조.
181 내가 하느님의 능력으로 (…) 하느님의 나라는 너희에게 와 있다.

성 사비에르가 기적을 행했을 때.*

부정한 재판관들이여, 즉석에서 이런 법률들을 만들지 마시오. 제정된 법률로, 당신들 자신이 제정한 법률로 심판하시오.

Vae qui conditis leges iniquas.[182]*

당신들 적의 힘을 꺾기 위해 당신들은 교회 전체를 무방비 상태로 만들고 있소..

성 힐라리우스, 불쌍한 사람들, 당신들은 우리에게 기적을 말하도록 강요하는군요.

계속되는 거짓 기적들.

만약 그들이 교황에게 복종했다고 말한다면 그것은 위선이다.

만약 그들이 교황의 모든 교서에 동의할 준비가 되어 있다면 그것으로 충분하지 않다.

만약 그들이 우리의 구원이 하느님에게 달려 있다고 말한다면 그들은 이단자들이다.

만약 그들이 사과 하나 때문에 살인해서는 안 된다고 말한다면 그들은 가톨릭 신자들의 윤리를 공격하는 것이다.

만약 그들에게서 기적이 일어나면 그것은 신성함의 징표가 전혀 아니다. 반대로 이단의 혐의이다.

교회가 존속되어 온 방식은 진리가 반박당하지 않았거나, 반박당했다면 교황이 있었거나, 아니면 교회가 있어서였다.

182 너희가 비참하게 되리라. 악법을 제정하는 자들아.

878-442 반박 1. 하늘의 천사.

기적으로 진리를 판단해서는 안 된다. 진리로 기적을 판단해야 한다.

그러므로 기적은 무용하다.

그런데 기적이 쓸모가 있다면 진실에 어긋나지 말아야 한다.

그러니까 랭장드 신부가 하느님은 기적으로 사람들이 오류에 빠지는 일은 절대 허락하지 않을 것이라고 하신 말씀은……

한 교회 안에 논쟁이 있을 때 그 결정은 기적이 내린다.

반박 2.

그러나 거짓 그리스도는 징표들을 만들어 낼 것이다.

파라오의 마법사들은 전혀 오류로 이끌지 않았다.

우리는 거짓 그리스도에 대해 예수 그리스도에게 "당신은 나를 오류에 빠지게 했소" 하고 말할 수 없을 것이다. 왜냐하면 거짓 그리스도가 예수 그리스도에 반대해서 그 징표들을 만들 것이고, 이 징표들은 오류로 이끌 수 없기 때문이다.

하느님은 거짓 기적을 조금도 허용하지 않거나, 혹은 더 위대한 기적을 만들어 낼 것이다.

(*태초 이래로 예수 그리스도는 존재해 왔다. 이는 거짓 그리스도의 모든 기적보다도 더 강한 것이다.*)

같은 교회 안에서 오류에 빠진 사람들 쪽에 기적이 일어났다면 사람들은 오류로 인도될 것이다.

교회 분열이 분명하고 기적이 분명하다. 그러나 기적이 진리의 징표가 아닌 것보다는 교회 분열이 오류의 징표임이 더하다. 그러므로 기적은 오류로 인도할 수 없다.

그러나 교회 분열 밖에서는 오류가 기적만큼이나 분명하지 않다. 따라서 기적은 오류로 인도할 것이다.

Ubi est deus tuus.[183]* 기적이 그분을 보여 준다. 기적은 하나의 빛이다.

879-442 사람들은 방 밖으로 나가 자연스럽게 지붕 잇는 일을 하고, 모든 직종의 일을 한다.

880-596 다섯 명제는 모호했었다. 그런데 더 이상 모호하지 않다.

881-443 파문당한 다섯 명제, 어떤 기적도 없다. 왜냐하면 진리는 전혀 공격당하지 않았기 때문이다. 그러나 소르본이나 교황의 교서는…….

온 마음을 다해 하느님을 사랑하는 사람이 교회를 존중하지 않는다는 것은 불가능한 일이다. 그만큼 교회는 확실하다.

하느님을 사랑하지 않는 사람이 교회에 대해 확신을 갖게 되는 것은 불가능한 일이다.

하느님의 존재가 너무나 명백함에도 불구하고 기적이 얼마나 강한지 하느님은 사람들이 그를 거스르는 생각을 하지 말라고

---

183 네 하느님이 어찌 되었느냐?

알려야 했다.

그것이 아니었다면 기적으로 혼란이 올 수도 있었다.

그러므로 「신명기」 13장의 구절이 기적의 권위에 반대한다는 것은 아니며 그보다 더 기적의 힘을 강조하는 것은 아무것도 없다.

그리고 거짓 그리스도에 대해서도 마찬가지다. 가능하다면 선택된 자들까지 유혹했다.*

882-444 무신론자들.

무슨 이유로 그들은 부활할 수 없다고 말하는가? 어떤 것이 더 어려운 일인가? 태어나는 것인가, 아니면 부활하는 것인가? 이전에 존재하지 않았던 것이 존재하는 것인가, 아니면 존재했던 것이 다시 존재하는 것인가? 존재하게 되는 것이 다시 존재하게 되는 것보다 더 어려운가? 습관에 따라 우리는 어떤 것이 더 쉽다고 생각하고, 습관이 되지 않아서 다른 하나는 불가능하다고 생각한다.

통속적인 판단 방법.

왜 동정녀는 출산할 수 없는가? 암탉은 수탉 없이 알을 낳지 않는가? 겉에서 무엇이 이 알들과 다른 알들을 구별하는가? 그리고 암탉이 수탉처럼 씨알을 만들 수 없다고 누가 우리에게 말했는가?

883-444 그가 자신이 갖고 있다고 믿는 장점과 어리석음 사이의 불균형이 너무 커서 사람들은 그가 그렇게 심하게 잘못된 생각을 하고 있다고는 믿지 못할 것이다.

884-444 신앙심의 수많은 증거 이후에도 그들*은 여전히 박해받고 있다. 이 박해는 신앙심의 가장 훌륭한 증거이다.

885-445 몰리나파 예수회 신부들이 정의롭게 행동한 것처럼 보일까 봐 걱정스러우므로 그들이 부당한 일을 저지르는 것은 좋은 일이다. 따라서 그들을 용서해서는 안 된다. 그들은 그런 일을 저지를 만한 사람들이다.

886-445 완고함에 대해서는 회의주의자.

887-445 무용하고 불확실한 데카르트.

888-445 궁정인이 아닌 사람만 궁정인이라는 말을 쓰고, 현학자가 아닌 사람만 현학자라는 말을 쓰며 시골 사람이 아닌 사람만 시골 사람이라는 말을 쓴다. 그리고 내가 맹세하건대 '시골 사람에게 보내는 편지'라는 제목에 '시골 사람'이란 말을 붙인 사람은 인쇄업자이다.

889-445 팡세.

In omnibus requiem quaesivi.[184*]

만약 우리의 조건이 진실로 행복한 것이었다면 우리가 행복해지기 위해서 그 조건을 생각하지 않을 필요는 없을 것이다.

890-445 사람의 모든 직업은 돈을 벌기 위한 것이다. 그리고 사람

184 모든 곳에서 나는 안식처를 찾았다.

들은 재산을 정당하게 소유하기 위한 자격도 없고 확실하게 소유할 만한 힘도 없다. 학문도 쾌락도 마찬가지이다. 우리에게는 참됨도 참 선도 없다.

891-445 기적.

그것은 우리가 사용하는 수단의 자연스러운 힘을 넘어서는 결과이다. 그리고 기적이 아닌 것은 우리가 사용하는 수단의 자연스러운 힘을 넘지 않는 결과이다. 그러므로 악마에게 간청해서 병을 고치는 사람들은 기적을 만들어 내는 것이 아니다. 왜냐하면 이는 악마의 자연적인 힘을 넘어서는 것이 아니기 때문이다. 그러나…….

892-446 아브라함, 기드온: 계시를 넘어서는 징표.

유대인들은 성서로 기적을 판단하여 눈멀게 되었다.

하느님은 결코 자신의 참된 예배자들을 버리지 않았다.

나는 어느 누구보다 예수 그리스도를 따르는 것이 더 좋다. 왜냐하면 그에게는 기적과 예언, 교리, 영속성 같은 것들이 있기 때문이다.

도나티스트: 악마의 짓이라고 말하도록 강요하는 기적은 없다.

우리가 하느님과 예수 그리스도, 교회 등을 특수화하면 할수록…….

893-447 성서의 맹목.

유대인들은 성서에는 그리스도가 어디서 올지 모른다고 말한다: 「요한의 복음서」 7장 27절. 그리고 12장 34절: 성서에서 말하길 그리스도는 영원히 산다고 하는데 이 사람은 그가 죽을 것이라고 말한다. 그래서 성 요한이 말한다. 그가 수많은 기적을 행했어도 그들은 전혀 믿지 않았다. 이사야의 말씀이 완성되기 위해서다: 그는 그들을 눈멀게 했다* 등등

894-448 종교의 세 가지 징표: 영속성, 행복한 삶, 기적. 그들은 개연성으로 영속성을 파괴하고, 자신들의 윤리로 행복한 삶을 파괴하고, 자신들의 진리나 그 결과로 기적을 파괴한다.

만약에 그들의 말을 믿는다면 교회는 영속성과 신성함 그리고 기적으로 할 일이 없을 것이다. 이단자들은 이 징표들을 부정하거나, 그것들의 영향력을 부정한다. 그들도 마찬가지다. 그런데 이것들을 부정하려면 어떤 진정성도 갖지 않거나, 그 결과를 부정하려면 판단력이 없어야만 할 것이다.

895-448 종교는 모든 부류의 사람에 적합하다. 어떤 사람들은 종교의 창설에만 주의를 기울인다. 이 종교는 창설 과정만으로 그 종교의 진리를 증명하기에 충분하다. 다른 사람들은 사도들까지 추적한다. 학식이 가장 많은 사람들은 세상의 기원까지 추적한다. 천사들은 이 종교를 더 잘 보고, 더 먼 곳으로부터 본다.

896-448 아, 이 얼마나 어리석은 말인가!: "하느님이 영벌에 처하게 하려고 이 세상을 만들었나요? 하느님이 연약한 사람들에게 그토록 많은 것을 요구할까요?" 회의주의는 이런 악의 처방책이며 이런 허영심을 완화시킬 것이다.

897-448 *Comminuentes cor*,[185] 성 바울로*: 바로 이것이 기독교적인 기질이다. "알베가 당신을 지명했소. 그러니 나는 당신을 더 이상 알지 못하오." 코르네유.* 이것은 비인간적 기질이다. 인간적 기질은 그 반대이다.

898-448 이것을 라틴어로 쓴 사람들은 프랑스어로 말한다.

잘못은 그것들을 프랑스어로 쓴 것이므로 그것들을 벌하는 선한 일을 행할 필요가 있었다.

학교와 세상에서 다르게 설명하는 이단은 하나밖에 없다.

899-448 기적을 봤다고 말해서 순교당한 사람은 아무도 없다. 왜냐하면 터키 사람들처럼 전통적으로 믿었던 기적 때문에 사람들의 어리석음으로 순교까지 갈 수는 있으나 자신이 본 기적 때문은 아니다.

900-448 장세니스트들은 풍습을 개혁한다는 점에서 이단자들과 비슷하다. 그러나 당신들은 악한 점에서 그들과 비슷하다.

901-449 의심스러운 일들 가운데서 선별하는 것은 기적이다: 유대인들과 이방인들, 유대인과 기독교인들, 가톨릭 신자와 이단자들, 모함당한 사람들과 모함하는 사람들, 두 개의 십자가 사이에서.

그러나 이단자들에게 기적은 무용하리라. 왜냐하면 교회는 믿음을 장악한 기적의 권한으로 우리에게 그들이 참 신앙을 갖고

---

185 마음을 흔들어 놓느냐(사도행전 21 : 12~13)

있지 않다고 말하기 때문이다. 그들이 참 신앙 안에 있지 않음은 분명하다. 왜냐하면 교회의 초기 기적들이 이단자들의 기적에서 신앙을 배제하기 때문이다. 즉 기적에 반하는 기적이 있는 것이다. 그러므로 초기의 기적이며 더욱더 위대한 기적이 교회 편에 있다.

902-449　이 수녀들*은 자신들이 타락의 길에 있다거나, 고백 신부들이 자신들을 제네바로 데려간다거나, 이 신부들이 예수 그리스도가 성체 안에도 없고 성부의 오른편에도 없다고 그녀들을 선동하고 있다고 사람들이 말하는 데 놀랐지만 이 모든 것이 거짓임을 안다. 그러므로 그녀들은 '죽음의 길로 걷는지 살펴주소서' 하는 마음의 상태로 자신을 하느님께 바친다. *Vide si via iniquitatis in me est.*[186] 거기에 무슨 일이 일어나고 있는가? 사람들이 악마의 사원이라고 말하는 이 장소를 하느님은 자신의 사원으로 만드신다. 사람들이 거기서 아이들을 데려와야 한다고 말하는데, 하느님은 그들을 치료하신다. 사람들은 그곳이 지옥의 병기창이라고 말하는데, 하느님은 그곳을 은총의 성소로 만드신다. 마지막으로 사람들이 하늘의 모든 종류의 복수와 분노로 그들을 위협하고 있으나, 하느님은 그들을 자신의 은혜로 채우고 있다. 이 수녀들이 타락의 길에 있다고 결론짓기 위해서는 이성을 잃어야 할 것이다.

사람들은 성 아타나시우스와 같은 징표를 갖고 있음이 틀림없다.

186 죽음의 길 걷는지 살피시고 영원한 길로 인도하소서.(「시편」 139 : 24)

903-450 소경으로 태어난 사람의 이야기.

성 바울로는 뭐라고 하는가? 그는 언제나 예언에 대해 말하는가? 아니다. 자신의 기적에 대해 말한다.

예수 그리스도는 뭐라고 말하는가? 그는 예언에 대해 말하는가? 아니다. 그의 죽음으로 예언은 완성되지 않았다. 그는 말한다. *Si non fecissem.*[187]* 내가 하는 일은 믿어라.*

매우 초자연적인 우리 종교의 두 가지 초자연적인 기초: 하나는 눈에 보이고, 다른 하나는 보이지 않는다.

은총과 함께하는 기적, 은총 없는 기적.

유대 회당은 교회의 상징으로 사랑받았고 또 단지 교회의 상징이었을 뿐이었기 때문에 미움받았는데, 거의 멸망의 순간에 하느님과 관계가 좋아져서 재건되었다. 그때도 상징이었다.

기적은 하느님이 사람들의 몸에 지배하는 권능으로 마음을 지배하는 하느님의 권능을 증명한다.

교회는 이단자들 사이에서 일어난 그 어떤 것도 기적으로 인정하지 않았다.

종교의 버팀목, 기적. 기적은 유대인을 식별했다. 기적은 기독교

---

187 내가 하지 않았던들.

인과 성인들, 무고한 사람들, 참된 신자들을 구별했다.

교회 분열주의자들 사이의 기적은 크게 두려워할 것이 못 된다. 왜냐하면 교회 분열주의가 기적보다 더 명확하여 그들의 실수를 분명히 보여 주기 때문이다. 그러나 교회 분열주의가 없고 오류가 논쟁이 될 때 기적이 식별한다.

Si non fecissem quae alius non fecit.[188]*

우리에게 기적에 대해 말하도록 강요했던 이 불행한 사람들.

아브라함, 기드온.
기적으로 신앙을 견고히 하기.

유딧, 결국 하느님은 극도의 억압 안에서 말씀하신다.

만약 사랑의 냉담으로 교회에 참 예배자들이 거의 없어진다면 기적이 신자들을 자극할 것이다.

이는 은총의 최종 결과이다.*

만약 예수회 신부들에게 기적이 일어났다면.

기적이 그것을 목격한 사람들의 기대를 저버리고, 그들의 믿음

188 내가 일찍이 아무도 하지 못한 일들을 그들 앞에서 하지 않았던들.

상태와 기적의 수단 사이에 불균형이 있을 때에는 기적이 그들을 변화시켜야 한다. 그러나 등등……. 그렇지 않고 성체가 죽은 사람을 다시 살려 주었다면 가톨릭으로 남기보다는 칼뱅파가 되어야 한다고 말할 이유가 있을 것이다. 그러나 기적이 기대를 완수할 때, 그리고 하느님이 치료 약을 내려 주실 것이라고 바랐던 사람들이 치료 약 없이 낫게 될 때…….

불신자들.

하느님의 더 강한 징표 없이는, 그리고 적어도 일어날 것이라고 예언되지 않는 한, 악마로부터 그 어떤 징표도 일어나지 않았다.

904-450 여러분의 수도회를 중시하는 데서 갖게 되는 어리석은 생각 때문에 여러분은 끔찍한 방법들을 만들었습니다. 바로 이로 인해 여러분이 중상모략의 길로 들어선 것이 분명합니다. 신부님들은 자신들에게 용서해 주는 사소한 중상을 나에게서는 몹시 추악한 것으로 비난하기 때문입니다. 왜냐하면 신부님들은 나를 한 개인으로 보고 신부님 자신들은 천사 같은 상(像)으로 보기 때문입니다.

여러분의 찬사는 영벌 받지 않는 자의 특권 같은 터무니없는 이야기처럼 어리석은 망상 같다.

당신의 아이들이 교회를 위해 일할 때 그들에게 벌을 내리는 일이 용기를 주는 것인가.

이들이 이단자들을 무찌르기 위해 사용하던 무기들을 다른 데로 횡령하는 것은 악마의 책략이다.

당신들은 나쁜 정치인들이다.

905-450 회의주의.

모든 것은 부분적으로 진실이며, 부분적으로 거짓이다. 본질적인 진리는 조금도 그렇지 않다. 그것은 완전히 순수하고 진실하다. 이런 혼합은 진리의 명예를 실추시키며 소멸시켜 버린다. 어떤 것도 순수하게 진실하지 못하다. 따라서 순수한 진실로 이해할 때 그 무엇도 참된 것은 없다. 사람들은 살인이 나쁘다는 것은 사실이라고 말할 것이다. 그렇다. 왜냐하면 우리는 선한 것과 악한 것을 잘 알기 때문이다. 그러나 선한 것에 대해서는 무엇이라고 말할까? 금욕? 나는 아니라고 말한다. 왜냐하면 세상이 끝날 것이기 때문이다. 결혼? 아니다. 순결이 더 나을 것이다. 전혀 죽이지 않기? 아니다. 무질서는 끔찍한 것이며 악한 사람들은 모든 착한 사람들을 죽일 것이기 때문이다. 죽이기? 아니다. 왜냐하면 그것은 자연을 파괴하기 때문이다. 우리는 진리와 선을 부분적으로 가지고 있다. 즉 악과 거짓이 섞여 있는 것이다.

906-451 개연성.

그들은 몇 가지 참 원칙을 가지고 있다. 하지만 그것을 남용하고 있다. 게다가 진리의 남용은 거짓을 채택하는 것만큼이나 벌을 받아야 한다.

마치 두 개의 지옥이 있는 것과 같은데, 하나는 사랑에 반하는 죄, 다른 하나는 정의에 반하는 죄를 위한 것이다.

907-451 열쇠의 여는 힘. 갈고리의 끌어당기는 힘.

908-451 미신과 사욕.

불안과 나쁜 욕망.

나쁜 두려움.

두려움, 하느님에 대한 믿음에서 오는 게 아니라 하느님이 있는지 없는지 의심하는 데서 오는 두려움. 좋은 두려움은 신앙에서 오고, 거짓 두려움은 의심에서 온다. 좋은 두려움은 희망과 연결되어 있는데, 그 두려움은 믿음에서 만들어지며 우리는 우리가 믿는 하느님에게 희망을 갖고 있기 때문이다. 나쁜 두려움은 절망과 연결되어 있다. 왜냐하면 믿지 않는 하느님을 두려워하기 때문이다. 어떤 사람들은 하느님을 잃을까 두려워하고 어떤 사람들은 그를 발견할까 봐 두려워한다.

909-451 약속을 지키지 않고, 믿을 수 없고, 명예도 모르고, 진리도 모르는 사람들, 이중의 마음, 이중 언어의 사람들, 이전에 당신이 비난받았던 것처럼, 우화에서 물고기와 새 사이에 어중된 상태에 있는 양서 동물과 비슷한 사람들.

포르루아얄은 볼티제로 수도원의 가치가 있다.*

이런 관점에서는 당신들의 행동이 옳지만, 기독교의 신앙심으로 보면 부당하다.

왕이나 왕족들은 독실함으로 존경받는 것이 중요하다. 때문에 그들이 여러분에게 고해를 해야 한다.

910-451 구속 전체의 상징들은 태양이 모든 것을 비추는 것처럼 하나의 전체성만 나타내는데, 배제되는 것들의 상징물들은 이방인들을 빼고 선택된 유대인들처럼 제외를 나타낸다.

911-451 *예수 그리스도 만인의 구세주.* 그렇다. 왜냐하면 그는 자신에게 오고 싶어 하는 모든 이를 대속한 자로서 구속을 주었기 때문이다. 도중에 사망한 사람들은 그들의 불행이다. 그런데 예수 그리스도는 그들에게도 구속을 주셨다. 이는 구속하는 자와 죽는 것을 막는 자가 둘일 경우에는 좋다. 그러나 이 두 가지 일을 다 하는 예수 그리스도에게서는 적합하지 않다. 아니다. 왜냐하면 구속자로서 예수 그리스도는 모든 이의 주인이 아닐 수도 있기 때문이다. 그래서 그가 자신으로 있는 한에서 모든 이의 구세주이다.

912-451 예수 그리스도가 모든 사람을 위해 죽지 않았다고 사람들이 말할 때, 당신들은 이 항변을 곧바로 적용하여 사람들의 악을 남용하는데, 이는 희망을 옹호하기 위해 사람들을 절망에서 벗어나게 하는 대신 절망을 옹호하는 것이 된다.

왜냐하면 사람은 이런 외적인 습관으로 내적인 덕에 익숙해지기 때문이다.

제4부 사본에 기록되지 않은 단편들

1. 본 원고 잡록*

913-742 회상록.* 은총의 해 1654년.

11월 23일 월요일, 교황이며 순교자이신 성 클레멘트의 날, 그리고 순교자 명부의 다른 사람들.

순교자 성 크리소고누스 축일 전날 그리고 다른 순교자들.

대략 밤 10시 반부터 12시 반까지.

불.

아브라함의 하느님, 이삭의 하느님, 야곱의 하느님,

철학자들과 학자들의 하느님이 아니다.

확신, 확신, 느낌, 기쁨, 평화.

(*예수 그리스도의 하느님.*)

Deum meum et deum vestrum.[189]

당신의 하느님이 제 하느님입니다.

하느님 외의 세상 모든 것에 대한 망각.

---

189 어머님의 겨레가 제 겨레요 어머님의 하느님이 제 하느님이십니다.(「룻기」 1:16)

하느님은 복음서에 알려진 길을 통해서만 발견된다.

인간 영혼의 위대함.

의로우신 아버지, 세상은 당신을 전혀 알지 못했지만 나는 당신을 알았습니다.

기쁨, 기쁨, 기쁨, 기쁨의 눈물.

나는 당신을 떠나 있었습니다.

Dereliquerunt me fontem aquae vivae.[190]

나의 하느님, 나를 버리시렵니까?

나는 영원히 당신에게서 떨어지지 않기를 바랍니다.

영원한 생명은 오직 한 분이신 참 하느님 당신을 알고 당신이 보내신 자 예수 그리스도를 아는 것입니다.

예수 그리스도.

예수 그리스도.

나는 그분을 떠나 있었습니다. 나는 그분을 피하고, 거부하고, 십자가에 못 박게 했습니다.

내가 결코 그분에게서 떨어지지 않기를 바랍니다.

그분은 복음서에 알려진 길을 통해서만 보존되신다.

완전하고 달콤한 포기.

등등.

예수 그리스도와 나의 지도 신부님에게의 완전한 복종.

지상에서의 실천의 하루로 영원히 기쁨 속에서.

Non obliviscar sermones[191] *tuos. Amen.*

---

190 생수가 솟는 샘인 나를 버리고.(「예레미야」 2:13)

191 당신 뜻을 따름이 나의 낙이오니 당신의 말씀을 잊지 아니하리이다.(「시편」 119:16)

914-744 예수회 신부들이 교황을 속일 때마다 그들은 모든 기독교도를 거짓 서약자로 만들 것이다.

교황은 자신의 일과 예수회 신부들에 대한 신뢰 때문에 쉽게 기만당한다. 그리고 예수회 신부들은 중상모략으로 속이는 능력이 탁월하다.

915-745 "퐈양 수도원의 소문에 나는 그를 보러 갔습니다" 하고 나의 옛 친구가 말했다. 신앙심에 대해 말하면서 그는 내가 신앙에 대한 감성이 있고 내가 퐈양 수도사가 될 수 있다고 생각했다.

그리고 이 같은 시기에 개혁자들에 대해 반박의 글을 쓰면 결실을 맺을 수 있을 것이라고 생각했다.

조금 전에 우리는 교서에 서명한다는 우리 총회의 의결에 반대하는 결정을 내렸다.

그는 하느님이 나를 이끌어 주기를 바란다고 했다.

신부님, 서명해야 할까요?

916-746 3. 그들이 개연성을 포기하지 않는다면 그들의 훌륭한 규칙은 악한 규칙만큼이나 거룩하지 못하다. 왜냐하면 그 규칙들은 인간의 권위에 근거하기 때문이다. 그러므로 만약에 이 규칙들이 좀 더 올바르면 그것은 좀 더 합리적인 것이지 거룩한 것은 아니다. — 이 규칙들은 야생의 묘목에 접붙인 것들이어서 그 묘목을 닮았다.

내가 하는 말이 여러분의 생각을 명확히 밝히는 데 도움이 되지 않는다면 적어도 민중들에겐 도움이 될 것이다.

이 사람들이 침묵한다면 돌들이 말을 할 것이다.

침묵은 가장 견디기 힘든 박해이다. 성인들은 결코 침묵하지 않았다. 소명이 필요한 것은 사실이다. 그러나 우리가 소명을 받았는지 아닌지 아는 것은 국정 자문회의 판결에 의해서가 아니라 말해야 하는 필연성에 의해서이다. 그런데 로마가 발표했고, 사람들은 로마가 진실에 유죄 선고를 내렸다고 생각하여, 그것을 글로 썼으며, 그와 반대되는 내용의 서적들이 금서 판정을 받았으니까, 우리가 매우 부당하게 금서 판정을 받으면 받을수록, 사람들이 매우 강력하게 입을 막으려고 하면 할수록, 공평한 판단을 내리기 위해 양쪽 말을 모두 듣고 고대 역사를 참조하는 교황이 나타날 때까지 우리는 더욱더 높이 외쳐야 한다.

그래서 훌륭한 교황들은 계속해서 아우성 소리에 휩싸인 교회를 보게 될 것이다.

종교 재판과 예수회, 진리의 두 재앙.

왜 그들을 아리안주의로 고발하지 않는 거죠? 그들이 예수 그리스도는 하느님이라고 말했지만, 아마도 그것은 본질로서가 아니라 *dii estis*[192]* 라고 쓰인 의미로 말한 것이기 때문입니다.

192 내가 너희를 신이라 불렀다.

만약에 나의 편지들이 로마에서 유죄 선고를 받는다면, 내가 편지 속에서 정죄하는 것은 하늘에서 정죄받는다.

Ad tuum, Domine Jesu, tribunal appello.[193]

당신들 자신이 타락할 수 있는 사람들입니다.

내가 정죄당한 걸 보니 글을 잘못 쓴 것은 아닌지 두려웠다. 그러나 신심 깊은 많은 글들의 실례로 나는 반대의 생각을 믿게 되었다.

그 정도로 종교 재판은 타락했고 무지했다.

사람보다는 하느님께 순종하는 것이 더 낫다.*

나는 아무것도 두려워하지 않는다. 나는 아무것도 바라지 않는다. 주교들은 그렇지 않다. 포르루아얄은 두려워한다. 그들을 분산시키는 것은 나쁜 정책이다. 왜냐하면 그들은 더 이상 두려워하지 않을 것이고, 스스로를 더 두려운 존재로 만들 것이기 때문이다.

나는 당신들의 금지 처분조차 두려워하지 않습니다. 그 견책이 전통에 근거하지 않는다면 말입니다.

여러분은 모든 것을 견책합니까? 아니, 나의 존경심까지도! 아

---

193 성 베르나르: 주 예수님, 나는 당신의 법정에 상소하는 바입니다.(『성 베르나르의 생애』 제1권, p. 92)

니시죠. 그럼 무엇인지 말씀해 보십시오. 여러분이 악을 지적하고 그것이 왜 악인지 설명하지 않으면 여러분은 아무것도 하실 수 없을 겁니다. 바로 이것이 그들이 하기 힘든 일일 것이다.

개연성.

그들의 확신에 대한 설명은 매우 우스꽝스럽다. 왜냐하면 그들은 모든 길이 안전하다고 작성한 후에, 그 길들을 통해 천국에 이르지 못하는 위험 없이 천국에 이르는 것이 아니라, 이 길을 벗어나는 위험 없이 천국에 이르는 것을 확신이라고 말했기 때문이다.

917-746 기독교인들의 무한한 축복에 대한 희망은 두려움과 실제적인 기쁨이 혼합되어 있다. 왜냐하면 그것은 신하여서 아무것도 소유하지 못할 왕국을 희망하는 사람들과 같은 것이 아니기 때문이다. 그들이 바라는 것은 거룩함과 불의에서 벗어나는 일이고, 그들은 이것을 어느 정도 소유하고 있기 때문이다.

918-748 바빌로니아의 강들은 흘러가고 낙하하고, 휩쓸어간다.

오, 성스러운 시온, 거기서는 모든 것이 안정되고 아무것도 추락하지 않는다.

이 강들 위에 앉아야 한다. 앉아서 겸손해지고 그 위에 안전하게 있으려면 아래나 속이 아니라 위에, 그리고 서 있지 말고 앉아 있어야 한다. 그런데 우리는 예루살렘 성문에서 서 있게 될 것이다.

이 기쁨이 안정된 것인지 아니면 흔들리는 것인지 살펴보길 바란다. 그것이 지나가면, 그것은 바빌로니아의 강이다.

919-749, 751 예수의 신비. 예수는 수난 동안에 사람들이 그에게 주는 고통을 겪는다. 그러나 임종 순간에는 자기 스스로 부여하는 고통을 겪는다. *Turbare semetipsum.*[194] 그것은 사람의 힘이 아니라 전능하신 힘에 의한 형벌이다. 이 형벌을 견디기 위해서는 전능해야 한다.

예수는 자신의 가장 친애하는 친구 세 명에게서 위로를 찾는다. 그런데 그들은 자고 있다. 예수는 그들에게 자기와 함께 조금 버티어 줄 것을 청하지만, 그들은 동정심이 너무나 부족해서 완전한 무관심으로 그를 저버린다. 그들은 이 무관심으로 잠깐이라도 잠을 자제할 수가 없었다. 그렇게 예수는 홀로 하느님의 진노 속에 버림받았다.

예수는 자신의 고통을 느끼고 겪는 것뿐만 아니라 그 고통을 아는 데 있어 이 땅에서 혼자였다. 이를 알고 있는 것은 그와 하늘뿐이었다.

예수는 아담처럼 낙원의 동산이 아니라 고통의 동산에 있었다. 아담은 거기에서 파멸하고 전 인류가 파멸하지만, 예수는 자신을 구원하고 전 인류를 구원했다.

그는 밤의 두려움 속에서 이 같은 고통과 버림받음을 겪는다.

---

194 마음이 북받쳐 올랐다.

내가 생각하기에 예수는 이때 한 번을 제외하고는 전혀 한탄하지 않았다. 그런데 그때 그는 마치 자신이 느끼는 과도한 고통을 더 이상 견딜 수 없는 것처럼 신음한다. "내 마음이 괴로워 죽을 지경이다."*

예수는 사람들이 그와 함께해 주기를, 위로해 주기를 바란다.

그것은 그의 평생 유일한 경우인 듯싶다. 그러나 그는 이러한 것을 전혀 받지 못한다. 왜냐하면 그의 제자들은 자고 있었기 때문이다.

예수는 세상이 끝날 때까지 고통받을 것이다. 이 동안에 우리는 잠을 자면 안 된다.

예수는 이 전반적인 버림받음 속에서 그와 함께 밤을 새우기 위해 선택한 친구들이 자는 것을 보고 자기 자신이 아니라 그들이 당하게 될 위험 때문에 분개한다. 그리고 그들의 배은망덕한 행동 동안에도 예수는 그들에 대한 애정을 가지고 그들 자신의 구원과 축복에 대해 알린다. 그리고 마음은 간절하나 몸이 말을 듣지 않는다고 경고한다.*

예수는 그들이 예수에 대해서나 그들 자신에 대해 어떤 배려도 없이 잠을 억제하지 못하고 계속해서 자는 것을 보고 친절하게도 깨우지 않고 쉬게 내버려 두신다.

예수는 아버지의 뜻에 대한 불확실 속에서 기도하고 죽음을 두려워한다. 그러나 그 뜻을 알고 난 후에는 앞으로 나아가 죽음

에 몸을 내맡긴다. *Emaus.*[195] *Processit.*[196]*

예수는 사람들에게 간청했으나 받아들여지지 않았다.

예수는 제자들이 자고 있는 동안에 그들을 구원하셨다. 그들이 의인들의 탄생 이전의 무 안에서 그리고 탄생 이후의 죄 안에서 잠자고 있는 동안에 각자를 위해서 그 일을 행하셨다.

그는 잔이 지나가는 것에 대해 한 번 복종하며 기도한다. 그리고 이 잔이 필요하면 오게 하기 위해서 두 번 기도한다.*

번민에 빠져 있는 예수.

예수는 그의 친구들이 모두 잠들어 있고 그의 적들은 모두 경계를 게을리하지 않는 것을 보고 전적으로 아버지에게 자신을 맡긴다.

예수는 유다에게서 적의가 아니라 자신이 사랑하는 하느님의 명령을 본다. 그래서 그의 적의를 대수롭게 여기지 않고 그를 친구라고 부른다.*

예수는 임종의 순간으로 들어가기 위해 친구들을 떠난다. 예수를 본받기 위해서는 가장 가깝고 친밀한 사람들을 떠나야 한다.

예수는 임종의 순간에, 가장 큰 고통 속에 있으시니 더 오래 기

---

195 일어나 가자.(「마태오의 복음서」 26:46)

196 앞으로 나아갔다.

도하자.

우리는 하느님의 자비를 간구한다. 우리의 죄악 속에 우리를 편안하게 내버려 두기 위해서가 아니라 하느님께서 우리를 거기에서 벗어나게 하도록 하기 위해서이다.

만약에 하느님께서 손수 우리에게 지도자들을 보내 주신다면 그들에게 기꺼이 복종해야 할 것이다. 그것의 필연성과 사건들이 분명히 있다.

안심하라. 네가 나를 발견하지 않았으면 너는 나를 찾지 않을 것이다.

나는 최후의 순간에 너를 생각했다. 나는 너를 위해서 그렇게 피를 흘렸다.

있지도 않은 이런저런 일을 네가 잘할 것인지 생각하는 것은 너를 시험하는 것이 아니라 나를 시험하는 것이다. 만일 그 일이 일어난다면 내가 네 안에서 그 일을 할 것이다.

나의 규율에 따라 행동하여라. 내가 마리아와 성인들을 얼마나 잘 인도하였는지 보라. 그들은 내가 그들 안에서 행동하도록 내버려 두었다.

아버지께서는 내가 하는 모든 일을 사랑하신다.

너는 눈물도 흘리지 않으면서 내가 인간의 피를 흘리며 계속 고통받기를 바라느냐?

너의 회개는 내 일이다. 두려워하지 마라. 나를 위한 것처럼 확신을 가지고 기도하라.

내가 너에게 현존하는 것은 성서에서는 나의 말로, 교회에서는 나의 영으로, 성직자들에게서는 계시와 힘으로, 신자들에게서는 나의 기도로서이다.

의사는 너를 낫게 하지 못할 것이다. 왜냐하면 너는 결국 죽게 될 터이므로. 몸을 치료하고 죽지 않게 만드는 것은 나다.

육체의 사슬과 속박을 견디어라. 나는 이제 영적인 노예 상태에서 너를 해방시킬 뿐이다.

나는 어느 누구보다도 너의 친구이다. 왜냐하면 나는 너를 위해 그들보다 더한 것을 했고, 내가 너로 인해 겪은 것을 그들은 견뎌 낼 수 없을 것이고, 그들은 너를 위해 죽을 수 없기 때문이다. 나는 네가 불충하고 잔인한 행동을 하는 동안에도 너를 위해 죽었고, 또한 그렇게 할 준비가 돼 있으며, 내가 선택한 사람들과 성찬식 안에서 그렇게 하고 있다.

— 네가 너의 죄를 안다면 너는 낙담할 것이다. — 나는 낙담할 겁니다, 주님. 나는 당신의 말에서 그 죄의 악함을 믿습니다. — 아니다. 왜냐하면 나로 인해 너는 그것을 알게 되는데 내

가 너를 그 죄에서 벗어나게 할 수 있기 때문이다. 그리고 내가 너에게 그 말을 하는 것은 내가 너를 치유하기를 원한다는 증거이다. 네가 그 죗값을 치름에 따라 너는 그 죄들을 알게 될 것이고, 너는 다음과 같은 말을 듣게 될 것이다: "네가 사함을 받은 죄를 보라."

그러므로 너의 은폐된 죄와 네가 아는 사람들의 은밀한 악의에 대해 회개하라.

주님, 저는 모든 것을 당신께 드립니다.

나는 네가 너의 오점을 사랑한 것보다 더 열렬히 너를 사랑한다. *Ut immundus pro luto.*[197]

영광은 벌레이며 흙과 같은 네가 아니라 나에게 있을 것이다.

내 말이 너에게 악과 허영 아니면 호기심의 계기가 되는지 네 지도 신부님께 보여 주어라.

빌라도의 거짓 정의는 예수 그리스도를 고통받게 하는 데만 소용이 된다. 왜냐하면 그는 자신의 그릇된 정의로 그를 채찍으로 때리게 하고 이어 그를 죽이게 하기 때문이다. 먼저 그를 죽였던 것이 더 나았을 것이다. 거짓 의인들도 그렇다. 그들은 훌륭한 일도 하지만 악한 일도 하는데 사람들의 마음에 들기 위해서, 그리고 그들이 예수 그리스도에게 완전히 속해 있지 않다는 점을 보여 주기 위해서이다. 왜냐하면 그들은 그것을 수치스럽게 여기기 때문

197 흙으로 된 자를 위해서 스스로 부정한 자가 된 존재.

이다. 결국 그들은 중대한 유혹과 기회가 오자 그를 죽인다.

나는 나의 깊은 곳에 있는 오만과 호기심과 사욕을 본다. 나와 하느님, 나와 의로운 예수 그리스도는 어떤 관련도 없다. 그러나 그분은 나를 위해 죄지은 분이 되셨다.* 너희의 모든 천벌이 그분 위에 떨어졌다. 그분은 나보다 더 가증스럽게 되었다. 그러나 나를 미워하기는커녕 내가 그에게 가서 그를 돕는 것을 영광스럽게 생각하신다. 그러나 그분은 스스로를 치료하셨고 더구나 나를 낫게 할 것이다.

그분의 상처에 나의 상처를 덧붙이고 나를 그분과 결합시켜야 한다. 그분은 자신을 구하면서 나를 구할 것이다.

그러나 나중에 그것을 덧붙이려 해서는 안 된다.

Eritis sicut dii scientes bonum et malum[198]; 모든 사람이 이것은 옳다 그르다 판단하고, 너무나 많은 사건들로 괴로워하고 기뻐하면서 하느님 노릇을 한다.

예수 그리스도의 위엄으로 작은 일들을 큰 일처럼 하라. 예수 그리스도는 그 일들을 우리 안에서 행하시고, 우리의 삶을 사신다. 그리고 예수 그리스도의 권능으로 큰 일들을 작고 쉬운 일처럼 하라.

920-750 우리*는 일반적인 원칙을 가질 수 없었습니다. 만약 여러분이 우리의 규정을 보시면 곧바로 우리에 대해 알게 될 것입니다. 그 규정은 우리를 거지로 만들고, 궁정에서 제명시킵니다. 그

---

198 너희의 눈이 밝아져서 하느님처럼 선과 악을 알게 될 줄을 하느님이 아시고 그렇게 말하신 것이다.(「창세기」 3:5)

런데 등등. 하지만 그것은 규정을 위반하는 것이 아닙니다. 왜냐하면 하느님의 영광은 도처에 있기 때문입니다.

거기에 도달하는 데 여러 가지 길이 있습니다. 성 이그나티우스는 어떤 길을 택했고, 이제는 다른 길을 택하고 있습니다.* 이어서 나머지 길을 택하는 것이 더 좋았습니다. 왜냐하면 높은 것에서 시작하는 것은 두렵게 했을 수도 있기 때문입니다. 그것은 자연에 반하는 일입니다.

제도에 만족해야 하는 것이 일반적인 규칙이라는 말은 아닙니다. 왜냐하면 사람들이 그것을 남용할 것이기 때문입니다. 우리는 자랑하지 않고도 우리를 드높일 줄 아는데, 우리 같은 사람은 그리 많지 않습니다.

*Unam sanctam.**

장세니스트들은 그 고통을 지게 될 것이다.

생쥐르 신부님 — 에스코바르.*

Tanto viro.[199]*

Aquaviva 1621년 12월 14일. Tanner. q. 2 dub. 5. n. 86.*

교황 클레멘스 8세와 바오로 5세. 하느님은 분명히 우리를 보호하신다.

경솔한 판단과 종교적 조심성에 반하여.

성 테레사 474.

소설, 장미.

Falso crimine[200]*……

존재하기 위한 섬세함.

한 편의 모든 진리를 우리는 양편으로 확장한다.

---

199 그만큼 중요한.

200 거짓 범죄.

두 가지 난관: 복음서, 국가의 법; *a majori ad minus. Junior.*[201]

개인의 악덕에 대해 말하지 않기.*

아쿠아비바의 훌륭한 편지, 1611년 6월 18일.

개연적 의견에 대한 반대.

성 아우구스티누스. 282.

그리고 성 토마스가 그 문제들을 다루었던 논거들에 찬성하여.

*Clemens placet.** 277.

그리고 새로운 것들.

그것을 알지 못했다는 것은 고위 성직자들에게는 변명이 되지 않는다. 왜냐하면 그들은 그것을 알았어야 했기 때문이다. 279 — 194. 192.

도덕을 위해서. 283. 288.

예수회는 교회에 중요하다. 236.

좋은 점과 나쁜 점. 156.

아쿠아비바 신부는 여자들의 고해를 들었다.* 360

921-752 모든 신분의 사람들, 순교자들조차 두려워해야 한다. 성서에 따르면.

연옥의 고통 중 가장 큰 것은 심판의 불확실이다.

Deus absconditus.[202]

922-753 기적에 관하여.

---

201 큰 것에서 작은 것으로', '가장 최근 것'.

202 숨은 신.

하느님이 가정을 이보다 더 행복하게 만들지 않으셨으니, 이보다 더 감사드리는 가족이 없게 하기를!

923-753, 499

후회의 증거가 없는 고백과 사면에 대하여.

하느님은 내적인 것만 관여하는 데 반해 교회는 외적인 것만을 평가한다. 하느님은 마음속의 속죄를 보면 곧 죄를 사하신다. 교회는 실행에서 속죄를 볼 때 그렇게 한다. 하느님은 내적으로 순수한 교회의 일을 할 것이다. 이 순수한 교회는 자신의 내적이고 영적인 신성함으로 오만한 자들과 바리사이파 사람들을 혼란스럽게 할 것이다. 그리고 교회는 사람들의 모임이 될 터인데, 이 사람들의 외적인 풍습은 너무나 순수하여 이교도들의 풍습을 혼란스럽게 할 것이다. 위선자들이 있다면, 그리고 그들이 너무나 잘 변장하여 교회가 그들의 해악을 전혀 알아보지 못한다면 교회는 그들을 허용한다. 왜냐하면 그들은 자신들이 속일 수 없는 하느님에게 받아들여지지 않았다 해도 그들이 속일 수 있는 사람들에게는 받아들여지기 때문이다. 그러므로 교회는 신성하게 보이는 이들의 행동으로 그 명예가 훼손되지는 않는다. 그런데 당신들은…… 신부님들*은 교회가 내적인 것에 대해 평가를 내리지 않기를 원한다. (그것이 하느님에게 속하는 것이기 때문에, 그리고 외적인 것에 대해서도 마찬가지인데, 왜냐하면 하느님은 내적인 것만 숙고하기 때문이라는 것이다. 그래서 교회에서 인간에 대한 모든 선택을 제거하면서, 신부님들은 교회 안에 가장 방탕한 사람들, 교회의 명예를 너무나 실추시켜 유대인의 회당이나 철학자 학파들이 비열한 자로 추방하거나 불신자로 매우 혐오할 사람들만 붙잡고 있다.)

924-753
신앙심을 갖는 데 어려움이 있는 것이 사실이다. 그런데 이 고통은 우리 안에 존재하기 시작하는 신앙심이 아니라 우리 안에 아직도 머물러 있는 불신앙에서 오는 것이다. 만약 우리의 감각이 고행에 저항하지 않고 우리의 타락이 하느님의 순수함에 저항하지 않는다면 고통스러운 일은 아무것도 없을 것이다. 우리에게 자연스러운 악이 초자연적인 은총에 저항하는 정도에 따라서만 우리는 고통을 받는다. 이 반대되는 세력 사이에서 우리는 마음이 찢어지는 고통을 느낀다. 그러나 이러한 폭력을 우리를 잡아 두는 세상에 부여하는 대신 우리를 이끄시는 하느님의 탓으로 돌리는 것은 부당한 일일 것이다. 그것은 마치 어머니가 도둑들의 손에서 빼어 낸 아이가 자신이 겪는 고통 속에서 자신의 자유를 부여하는 어머니의 사랑스럽고 합당한 폭력을 사랑하고, 자기를 부당하게 잡아 두는 사람들의 모욕적이고 포악한 폭력만을 싫어해야 하는 것과 같다. 현세에서 하느님이 인간에게 할 수 있는 가장 잔인한 싸움은 하느님이 일으키러 온 이 싸움 없이 인간을 내버려 두는 것이다. 하느님은 말씀하신다. 나는 분열을 가져왔다. 그리고 이 분열의 도구로 불과 검을 가져왔다.* 그전에 사람들은 이 가짜 평화 속에서 살고 있었다.

925-753 율법은 자연을 파괴하지 않았다. 자연을 가르쳤다. 은총은 율법을 파괴하지 않았다. 율법을 단련시켰다.

세례에서 얻은 신앙은 기독교 신자, 회개한 자들의 삶 전체의 원천이다.

926-755 사람들은 진리에 대해 우상을 만든다. 왜냐하면 사랑이

없는 진리는 하느님이 아니라 하느님의 형상이고, 이것은 전혀 사랑하거나 경배해서는 안 되는 우상이다. 그리고 그것의 반대인 거짓은 더더욱 사랑하거나 경배해서는 안 된다.

나는 완벽한 암흑을 사랑할 수 있다. 그러나 만약에 하느님이 어슴푸레한 상태 속으로 나를 끌어들인다면, 그곳에 배어 있는 약간의 어둠이 마음에 들지 않을 것이다. 왜냐하면 나는 거기서 완전한 어둠의 장점을 보지 못하기 때문에 좋아하지 않는 것이다. 이는 하나의 결점이다. 그리고 하느님의 질서에서 벗어난 어둠에 대해 내가 우상을 만들어 낸 증표이다. 그러니까 하느님의 질서에 따라서만 경배해야 한다.

927-756 나에게 무슨 소용이 될까?

가증스러운 일들.

생글랭.*

모든 것이 우리에게 치명적이다. 예를 들어 우리가 똑바로 가지 않는다면 우리에게 소용되도록 만들어진 벽이나 계단은 우리를 죽일 수 있다.

자연 전체에서 최소한의 움직임도 중요하다. 돌 하나 때문에 바다 전체가 움직인다. 그렇듯 은총 안에서도 최소한의 행위가 모든 것에 대한 그 여파 때문에 중요하다. 그러므로 모든 것이 중요하다.

각자의 행위에 있어 그 행위를 넘어서, 우리와 다른 사람들의 현재와 과거 그리고 미래의 상태를 살펴보아야 한다. 그 행위가 어떤 영향을 끼치는지 살펴보아야 한다. 그리고 이 모든 것들의 관계를 보아야 하는데, 그때 우리는 아주 신중해질 것이다.

928-756 외적 행위.

하느님과 사람들을 기쁘게 하는 일만큼이나 위험한 것은 없다. 왜냐하면 하느님과 사람들이 좋아하는 상태에는 하느님이 좋아하는 것이 있고, 성 테레사의 위대함처럼 사람들이 좋아하는 것이 있기 때문이다. 하느님이 좋아하는 것은 계시 가운데 그녀의 깊은 겸허함이고, 사람들이 좋아하는 것은 그녀의 깨달음이다. 그래서 사람들은 그녀의 상태를 모방하려는 마음에 그녀의 말을 모방하려고 죽을힘을 다한다. 그래서 하느님이 사랑하는 것을 사랑하고 하느님이 사랑하는 상태에 있으려고 죽을힘을 다해 애쓴다.

금식을 통해 만족해하는 것보다 금식하지 않고 겸손해지는 것이 낫다.

바리사이파 사람, 세리.*

만약에 이것이 똑같이 나를 해치고, 또 도움이 된다면 그것을 기억하는 것이 무슨 소용이 되겠는가? 모든 것은 하느님의 축복에 달려 있고, 이 축복은 하느님이 자신의 규칙에 따라 그리고 자신의 수단으로 하느님을 위해 이루어진 것에만 주는 것이기 때문이다.

일만큼이나 방법도 중요하고, 아마도 더 중요한데, 왜냐하면 하느님은 선에서 악을 이끌어 낼 수 있고, 하느님이 없으면 우리는 선에서 악을 끌어내기 때문이다.

929-756 너 자신을 다른 사람과 절대 비교하지 마라. 나와 비교하라.* 네가 비교하는 이 다른 사람들에게서 나를 발견하지 못하면 너는 아주 가증스러운 사람과 비교하는 것이다. 만약에 나를 발견하면 거기에서 너를 비교하라. 네 안에 있는 것은 나일까 아니면 너일까? 만약에 너이면 그것은 가증스러운 존재이고, 나이면 너는 나를 나와 비교하고 있는 것이다. 그러니까 나는 만물에 존재하는 하느님이다.

나는 너에게 자주 얘기하고 조언을 주는데 왜냐하면 너의 지도자는 너에게 말할 수 없기 때문이다. 그리고 나는 너에게 지도자가 없는 것을 바라지 않기 때문이다.

나는 그의 기도에 따라 행한다. 그렇게 그는 네가 보지는 못하지만 너를 인도하신다.

네가 나를 갖고 있지 않다면 너는 나를 찾지 않을 것이다.

그러니까 걱정하지 마라.

930-757 하느님은 왜 기도를 만드셨는가?

1. 자신의 피조물들에게 인과성의 위엄을 전달하기 위해서.

2. 우리가 누구로부터 덕을 받고 있는지 우리에게 가르쳐 주기 위해서.

3. 노동을 통해 우리가 다른 덕들을 받을 가치가 있는 사람으로 만들기 위해서.

그러나 우월권을 간직하기 위해서 하느님은 마음에 드는 사람에게 기도를 내준다.

반론: 그러나 사람들은 기도가 자기 것이라고 생각할 것이다.

그것은 터무니없다. 왜냐하면 신앙을 가졌다 해도 덕을 갖지는 못하기 때문이다. 사람들은 어떻게 신앙을 갖게 되는가? 신앙과 덕보다는 불충과 신앙 사이의 거리가 더하지 않은가?

자격이 있다는 이 말은 매우 모호하다.

Meruit habere redemptorem.[203]

Meruit tam sacra membra tangere.[204]

Digna tam sacra membra tangere.[205*]

Non sum dignus[206*]

Qui manducat indignus.[207*]

Dignus est accipere. [208*]

Dignare me.[209*]

---

203 구세주를 가질 자격을 얻었으니. (성토요일 미사)

204 매우 신성한 지체를 만질 자격을 얻었으니. (성금요일 미사)

205 매우 거룩한 지체를 만질 자격이 있으니.

206 (제 집에 들어오는 것을) 당치도 않사옵니다(「루가의 복음서」 7 : 6)

207 깨닫지 못하고 먹는 자는

208 누리실 만한 분이다.

209 내가 할 수 있도록

하느님은 자신의 약속에 따라서만 주신다.
하느님은 기도에 정의를 부여할 것이라고 약속하셨다.
그는 약속의 자손에게만 기도를 약속하셨다.*

성 아우구스티누스는 의인에게 힘이 제거될 것이라고 분명히 말했다.

그가 그렇게 말한 것은 우연에 의한 것이다. 왜냐하면 그렇게 말할 기회가 일어나지 않을 수도 있었기 때문이다. 그러나 그의 원칙에 따르면 기회가 생겼을 때 그렇게 말하지 않거나 반대되는 어떤 말을 하는 것은 불가능한 일이다. 그러므로 기회가 제공되어 그것을 말했다기보다는 기회가 생겨 그렇게 말할 수밖에 없다는 말이다. 하나는 필요에 의한 것이고, 다른 하나는 우연에 의한 것이다. 그런데 사람들이 요구할 수 있는 것은 이 둘 모두이다.

931-759 (*나는 모든 사람을 내 형제처럼 사랑한다. 왜냐하면 그들은 모두 구원받았기 때문이다.*)

나는 가난을 사랑한다. 왜냐하면 그가 사랑했기 때문이다. 나는 부를 사랑한다. 왜냐하면 재산으로 불쌍한 사람들을 도울 수 있기 때문이다. 나는 모든 사람들과 신의를 지킨다. 나는 나에게 악행을 저지르는 사람들을 해하지 않는다. 나는 그들이 나와 비슷한 상태에 있어 사람들로부터 어떤 악행이나 선행을 받지 않기를 바란다. 나는 모든 이에게 공정하고 참되고 진실하고 충실하려고 노력한다. 그리고 나는 하느님이 나와 더 밀접하게 맺어 준 사람들에 대해 진심으로 애정을 갖는다.

그리고 내가 혼자 있든 아니면 다른 사람과 같이 있든 하느님은 나의 모든 행동을 보고 계시고 하느님은 그 행동을 판단하신다. 나는 하느님께 나의 모든 행동을 바쳤다.

이것이 나의 생각이다.

나는 매일 나의 구세주를 찬양한다. 구세주는 이 생명의 날들을 나에게 주시고 연약함과 비참, 사욕과 오만 그리고 야망으로 가득 찬 사람을 은총의 힘을 통해 이 모든 악이 없는 사람으로 만드셨다. 모든 영광은 은총에서 온 것이고, 나는 단지 비참과 오류만 가지고 있을 뿐이다.

932-758 그런데 이 사람은 상대를 비웃을까?

비웃어야 할 사람은 누구인가? 그런데 이 사람은 상대를 비웃지 않고 동정한다.

933-761 육욕, 눈의 욕, 오만 등등.*

사물에는 세 가지 질서가 있다.* 육체, 정신, 의지.

육체적인 사람은 부자들, 왕족들이다. 그들의 목표는 육체이다.

호기심 있는 사람들과 지식인들의 목표는 정신이다.

현자들의 목표는 정의이다.

하느님은 모든 것 위에 지배해야 하고, 모든 것은 하느님과 관련되어야 한다.

육체의 사물에서는 본질적으로 육체의 욕망이 지배한다.

정신적인 사물에서 본질적으로 지배하는 것은 호기심.

지혜에서는 오만.

우리가 부나 지식에 대해 자랑스러워할 수 없다는 말이 아니다. 그러나 그것은 오만의 장소가 아니다. 왜냐하면 어떤 사람이 박식하다고 인정하면서도 우리는 그가 그 때문에 뽐내는 것은 잘못임을 설득할 것이기 때문이다.

오만의 본래 자리는 지혜이다. 왜냐하면 우리는 스스로 지혜로워진 사람에게 그것으로 자랑하는 것은 잘못이라고 할 수 없기 때문이다. 왜냐하면 그것은 정당하기 때문이다.

하느님만이 지혜를 주신다. 그래서 *qui gloriatur in domino glorietur.*[210]*

934-762 자연은 하느님의 이미지이기 때문에 완벽함을 가지고 있고, 단지 이미지일 뿐이라는 것을 보여 주기 위해 결함을 가지고 있다.

935-762 사람은 공적을 세우는 것이 아니라 만들어진 공적을 발견하면 단지 그것을 포상하는 데 익숙해 있기 때문에 하느님에 대해서도 그들 스스로 판단한다.

936-751 사람들은 실제로 그 일이 일어나는 것을 보았을 때만 예언을 이해한다. 그래서 은거와 영성 지도 그리고 침묵의 증거와 같은 것은 그 증거를 알고 믿는 사람들에게만 증명된다.

성 요셉은 형식적인 율법 안에서 아주 내면적이었다.

굴복이 겸허를 준비시키는 것처럼, 형식적인 금욕은 내적으로 준비시킨다.

937-763 우리가 열정적으로 어떤 일을 할 때 우리는 우리의 의

---

210 자랑하려거든 주님을 자랑하십시오.

무를 잊는다. 예를 들어 우리가 어떤 책을 좋아할 때 우리는 다른 일을 해야 하는데 그 책을 읽는다. 그런데 그 점을 기억하기 위해 우리는 우리가 좋아하지 않는 일을 하도록 스스로 제안할 필요가 있다. 그때 우리는 해야 할 다른 일이 있다고 핑계를 대는데, 이 방법으로 자신의 의무를 기억하게 된다.

938-763 20 V. 병든 영혼의 상태에 대한 성서의 비유는 병든 육체들이다. 그런데 아픈 영혼을 표현하기 위해 한 육체가 충분히 아플 수 없기 때문에 여러 육체가 필요했다. 그래서 귀머거리, 벙어리, 장님, 마비 환자, 사망한 라자로, 마귀 들린 사람, 이 모두가 병든 영혼 안에 존재한다.

939-764 종은 주인이 하는 일을 모른다.* 왜냐하면 주인이 오직 목적이 아닌 행위만을 얘기하기 때문이다. 그래서 그는 맹목적으로 행위에 복종하여 자주 목적에 반하는 죄를 짓는다. 그러나 예수 그리스도는 목적을 얘기했다.

그리고 당신들은 이 목적을 해친다.

940-765 예수 그리스도는 재판 절차 없이 죽는 것을 바라지 않았다. 왜냐하면 부당한 소요에 의해서보다 정의에 의해 죽는 것이 더 치욕스럽기 때문이다.

941-766 사람들은 매일 먹고 자는 일에 전혀 지겨워하지 않는다. 왜냐하면 허기와 졸음은 재생하기 때문이다. 그렇지 않으면 먹고 자는 데 지겨워할 것이다.

그렇게 사람들은 영적인 것에 대한 욕구 없이는 지겨워한다. 의로움에 대한 욕구, 여덟 번째 행복.*

942-766 목적. 우리는 안전한가? 이 원칙은 확실한가? 검토해 보자. 자신에 대한 증거는 전혀 없다. 성 토마스.*

943-767 예수 그리스도는 부활 후에야 자신의 상처를 만지게 한 것 같다. *Noli me tangere.*[211]* 우리는 그분의 수난에만 우리 자신을 결합시켜야 한다.

그는 최후의 만찬에선 죽을 자로서 스스로를 영성체로 바치셨고, 엠마오로 가는 제자들에게는 부활한 자로 등장하고, 모든 교회에는 하늘로 승천한 자로 존재하신다.

944-767 하느님에게서 뭔가를 얻으려면 외적인 것이 내적인 것과 결합되어야 한다. 다시 말해 하느님에게 복종하기를 원하지 않았던 오만한 사람이 이제 피조물에 속하기 위해서는 무릎을 꿇고 기도를 올리고 등등을 해야 한다는 것이다. 이 외적인 것에서 도움을 기다리는 것은 미신이다. 내적으로 그와 결합하기를 원하지 않는 것은 오만이다.

945-767 모든 신비에서 회개만이 선구자인 성 요한*에 의해 유대인들에게 분명히 선포되었고, 다른 신비들은 온 세상 사람과 마찬가지로 각각의 사람은 이 지시를 실행해야 한다는 점을 나타내기 위해 선포되었다.

211 나를 붙잡지 말고

946-768 2. 예수 그리스도를 모든 사람들 안에서 그리고 우리 안에서 고찰하는 것. 예수 그리스도를 그의 아버지 안에서 아버지로, 그의 형제들 안에서 형제로, 가난한 사람들 안에서 가난한 자로, 부유한 사람들 안에서 부유한 자로, 사제들 안에서는 박사이자 사제로, 왕족들 안에서는 군주로 등등. 왜냐하면 그는 신이어서 자신의 영광으로 위대한 모든 것이고, 필멸의 생명으로 보잘것없고 비천한 모든 것이기 때문이다. 그래서 그는 모든 사람 안에 있을 수 있기 위해서 그리고 모든 신분의 모범이 되기 위해서 이 불행한 신분을 취하셨다.

947-768 25 Bb. 다른 동기. 그에게 하느님의 성령이 끊겼다는 이유로 사랑은 이를 하느님의 성령의 배제와 나쁜 행위로 생각하고, 고통스러워하면서 회개한다.

의인은 사소한 일에 있어서도 믿음으로 행동한다.* 그가 자신의 종들을 꾸짖을 때 그는 하느님의 성령에 의한 그들의 회개를 바라고 그들을 고쳐 주십사고 하느님께 기도한다. 그리고 그는 자신의 질책에 대해서만큼이나 하느님에 대해서도 기대한다. 그가 고친 행동들에 대해 하느님께서 축복해 주시길 기도하는데, 다른 행동에 있어서도 마찬가지다.

948-769 사랑과 멀어지면서 우리의 관계도 소원해진다.

하느님 앞에서 우리의 기도와 덕이 예수 그리스도의 기도와 덕이 아니라면 그것은 가증스럽다. 그리고 우리의 죄가 예수 그리스도의 죄가 아니면 자비의 대상이 아니라 하느님의 정의의 대상이 될 것이다.

그분은 우리의 죄를 공유하시며 자신의 계약 안에 우리를 받아들이셨다. 왜냐하면 그분에게 고유한 것은 덕행이고 죄는 이질적이며, 덕행은 우리에게는 이질적이고 죄가 우리에게 고유한 것이기 때문이다.

옳은 것이 무엇인지 판단하기 위해 지금까지 우리가 취했넌 규칙을 바꾸도록 하자. 우리는 우리의 의지를 규칙으로 삼아 왔다. 이제는 하느님의 의지를 그 규칙으로 삼기로 하자. 하느님이 원하는 것은 우리에게 좋고 옳으며, 하느님이 원하지 않는 것은 우리에게 나쁘고 옳지 않다.

하느님이 원하지 않는 것은 모두 금지된 것이다. 죄는 하느님의 전반적인 선언으로 금지되었다. 전반적인 금지 없이 내버려 둔 다른 사항은, 그래서 우리는 허용된 것이라고 부르는데, 그렇다 해도 그것이 항상 허용된 것은 아니다. 왜냐하면 하느님이 우리의 어떤 것을 멀리 몰아낼 때, 그리고 하느님의 분명한 뜻인 하나의 사건으로 우리가 어떤 것을 갖기를 원하지 않는 것처럼 보일 때 이런 일은 죄같이 금지된다. 하느님의 뜻이 우리가 이 두 가지를 하는 것을 원하지 않기 때문이다. 이 두 가지 사이의 유일한 차이점은 하느님은 죄를 원하지 않는다는 것이 확실한데, 반면 다른 일은 하느님이 결코 원하지 않는다는 게 확실하지 않다는 것이다. 그러나 하느님이 이를 원하지 않을 때 우리는 그것을 죄처럼 바라보아야 하고, 유일한 선과 정의의 모든 것인 하느님의 뜻이 부재하는 한 그것은 부당하고 나쁜 것이 된다.

949-787 진리에 대한 사랑과 사랑에 대한 의무 가운데 머무르기 위해 우리는 그들*을 가능한 한 인간적으로 대했기를 바란다.

신앙심이 자신의 형제에게 결코 항의하지 않는 데 있지 않기를 바란다. 그러면 너무 쉬울 것이다 등등.

진리를 손상시키면서 평화를 유지하는 것은 거짓된 종교적 열의이다.

사랑을 위반하면서 진리를 보호하는 것도 거짓된 종교적 열의이다.*

그래서 그들은 그 점에 불평하지 않는다.

그들의 규범은 그들의 시간과 장소를 갖는다.

허영심은 그들의 오류에서 생겨난다.

그들의 잘못으로 교부들과 일치하는 것.

그리고 그들의 형벌로 순교자들과 일치하는 것.*

그들은 여전히 그 어떤 것도 부인하지 않는다.

그들은 단지 한 발췌문을 가지고 그 사실을 부인하기만 하면 되었다.*

Sanctificant praelium.[212]*

부르제* 씨. 그들은 적어도 그가 유죄 선고에 반대했다는 사실을 부인하지는 못한다.

---

212 트집을 잡는다.

950-788 1558년에 발행된 바오로 4세의 교서(*Cum ex apostolatus officio*)에서.*

우리는 이단이나 분리주의에 빠졌거나 그렇게 길을 잃은 모든 사람들, 그들이 평신도, 성직자, 사제, 주교, 대주교, 총대주교, 수석 주교, 추기경이든 백작, 후작, 공작, 왕, 황제이든 간에, 위에 언급된 판결과 형벌 외에도 어떤 법적인 그리고 실질적인 직무를 가져서는 안 되며, 영구적으로 주교 직, 소득, 공직과 같은 성직 위계 그리고 왕국과 제국의 모든 직책에서 박탈낭하고 결코 그 직책에 다시 돌아갈 수 없다는 사실을 명하고 제정하며 공포하고 규정한다. 참된 속죄로 방황에서 돌아온 사람들이 교황청의 관대함과 너그러움으로 수도원에 유폐되어 물과 빵으로 연명하며 영원히 거기서 속죄할 만하다고 평가받지 않는 한 그들에게 그 어떤 호의도 베풀지 않도록 하고, 벌을 받는 것은 세속 권력의 재량권에 맡기자. 수도원에 유폐된 경우에도 계속해서 모든 지위, 성직 위계, 고위 성직자의 지위, 백작령, 공작령, 왕국의 모든 권리에서 박탈당한다. 그리고 이런 사람들을 숨기거나 변호하는 사람들은 이런 행위로 파문당하고 명예를 실추한 자로 판명 날 것이고, 모든 왕국이나 공작령에서 그 재산과 소유 권리를 박탈당하여, 먼저 갖는 사람에게 그 권리와 소유권은 넘어갈 것이다.

Si hominem excommunicatum interfecerunt, non eos homicidas reputamus, quod adversus excommunicatos zelo catholicae matris ardentes aliquem eorum trucidasse contigerit. 23 q. 5. d'Urbain II.[213]

---

213 만약 그들이 파문당한 사람을 살해한다면 우리는 그들을 살인자로 여기지 않을 것이다. 왜냐하면 파문당한 사람들 중 한 명을 살해하기에 이른 것은 그들이 파문당한 사람들에 반하여 가톨릭교회에 대한 종교적 열의로 불타오른 것이기 때문이다.(『교회법 대전』에 삽입된 교황 우르바누스 2세의 서신)

951-788 *(그들에게 고통을 준 후에 당신들에게 보낼 겁니다.)*

(그것은 남용에 대한 항소의 위안만큼이나 미약한 위로이다. 왜냐하면 대부분이 페리고르나 앙주와 같은 먼 곳에서 파리 고등 법원에 소송을 제기하러 올 수 없을 뿐만 아니라, 남용의 중요한 방법은 제거되기 때문이다.

게다가 남용과 같은 문제에 대한 소송을 금지하기 위해서 그들에게 매번 심의회의 판결이 내려질 것이다.)

(그들이 요구한 것은 관철될 수 없음에도 불구하고, 이 요구는 계속해서 그들의 힘을 보여 주는데, 너무나 부당해서 관철될 수 없다는 사실에 그들은 명백한 요구를 요청하기에 이른다.

그러므로 이러한 사실로 우리는 그들의 의도와, 이 새 기관에 그들이 기초로 사용하고자 하는 칙령을 허용하지 말아야 하는 필요성을 충분히 잘 알 수 있다.)

(이것은 단순한 칙령이 아니라 기초가 되는 칙령을 말한다. 궁에서 나갈 때.)

121. 교황은 왕에게 자신의 허락 없이 그의 자식들을 결혼시키는 것을 금했다. 1294.

Scire te volumus.[214] 124. 1302.

유치한 교서.

952-789 *Clemens placetium*(클레멘스 플라센티누스).*

우리 예수회 총장들은 외부 활동으로 인해 명예가 손상될까 봐 두려워한다. 208. 152. 150. 궁정 때문에는 209. 203. 216. 218. 가장 확실하고 가장 권위 있는 의견들을 사람들이 따르지 않기

214 우리는 네가 알기를 바란다.

때문에, 성 토마스 등등. 215. 218.

*Stipendium contra Consti.** 218.

여자들. 225. 228.

군주들과 정치. 227. 168. 177.

개연성. 혁신. 279. 156 – 혁신, 진리.

영혼들을 돕기 위해서라기보다 시간을 보내고 기분 전환하기 위해서. 158.

해이된 사고. 160. ~~용서받을 수 있는 대죄~~. 회개. 102. 정치. 162. 상소인들* 또는 162.

예수회 신부들의 생활 편의품이 증가한다. 166.

그들을 속이는 표면상의 가짜 재산. 192 ad.

(*고위 성직자들이 그런 것을 몰랐다는 것은 변명이 되지 못한다.*)

르 므완 신부, 만 에퀴(écus), 그의 지역 밖에서.

자, 보십시오. 사람들의 예측이 얼마나 취약한지. 우리 예수회 초기 총장들이 예수회의 실추를 두려워하는 모든 일들, 이 점에서 예수회는 고위층 사람들에 의해서, 우리 정관과의 대립으로, 다수의 성직자로, 사고의 다양성과 새로움으로 등등. 182. 157.

정치. 181.

소멸된 예수회의 초기 정신. 170. 171 ad. 174. 183 ad 187. *non e piu quella.*[215] Vittelescus.* 183. (*altri tempi altre cure*[216])

예수회 총장들의 불만. 성 이냐시오의 불만은 없다. 라이네스의 불만은 없다. 보르자와 아쿠아비바의 불만이 몇 개 있고, 무티우스(Mutius)* 같은 사람의 불만은 셀 수 없이 많다.

215 그것은 더 이상 같지 않다.

216 시대가 바뀌면 임무도 바뀐다.

우리 예수회에 필요한 것이 무엇인지에 대해 의견이 있습니까?

교회는 이러한 문제 없이 아주 오랫동안 지속되었다.

다른 교단들도 그렇다. 그러나 같은 것이 아니다.

떨어져 있는 2만 명과 함께 있는 2억 명 사이에 어떤 비교가 가능하다고 생각하십니까? 하나는 다른 하나를 위해 멸망할 것입니다. 불멸의 단체.

우리는 죽을힘을 다하여 서로 지원한다. 라미.*

우리는 우리의 적들을 몰아낸다. 퓌 신부.*

모든 것이 개연성에 달려 있다.

사람은 본래 종교를 원한다. 그런데 온화한 종교를 원한다.

나는 이상한 가정으로 그 점을 증명하고 싶다. 나는 다음과 같이 말할 것이다. "하느님께서 교회를 위해 특별한 섭리로 우리를 지원하지 않을 때에는, 나는 인간적으로 말하는데, 우리가 멸망하지 않을 수도 있다는 것을 여러분에게 보여 드리고 싶습니다."

이 원리를 승인해 주십시오. 그러면 나는 여러분에게 모든 것을 증명하겠습니다. 그것은 예수회와 교회가 같은 운명에 처해 있다는 것입니다.

이 원리 없이는 우리는 아무것도 증명하지 못합니다.

사람은 신을 공공연히 모독하면서 오랫동안 살아가지 못하며, 대단한 고행 속에서도 자연스럽게 살아가지 못한다.
편안한 종교가 지속되기에 적합하다.
사람들은 방탕으로 그것들을 모색한다.

무력으로 지배하기를 원하지 않는 사람들, 나는 이들이 더 잘할 수 있을지 모르겠다.

왕들, 교황.
세 번째 조사. 246.*

6. 권리 그리고 성실성에서 신앙심으로.
(231. *모든 것에 대해 상담 받는 예수회 신부들.*)
(165. 166. 164. 165. *이주자들.*)
6. 452. 양아버지가 된 왕들.*
4. 그들의 공적 때문에 미움받는 사람들.
(*대학.*)
(세 번째 조사)
대학의 변호.* 159. 소르본의 법령.
왕들. 241. 228.
교수형 당한 예수회 신부들.* 112.

종교. 그리고 학문.* (?)

Jesuita omnis homo.[217]*

(*예수회 학교들 — 선발해야 할 아이들*.)

학교들, 부모님들, 친구들, 선발해야 할 아이들.

정관.*
253. 청빈. 야망.
257. 특히 도움이 되거나 해를 끼칠 수 있는 왕족들, 영주들.
12. 무익한 사람들, 배척당한 사람들 / 좋은 용모. / 부, 귀족 신분 등등.
아니, 뭐라고요! 우리가 그들을 더 일찍 접견하지 못할까 봐 염려했습니까?
27.
47. 하느님의 영광을 위해 자기 재산을 예수회에 바치는 것. 선서문.
51. 52. 의견들의 결합. 선서문. 예수회에 복종하는 것과 그렇게 통일성을 간직하는 것. 그런데 오늘날 이 통일성은 다양성*에 있다. 왜냐하면 예수회가 이를 원하기 때문이다.
117. 정관.* 복음과 성 토마스. 선서문. 타협하는 신학.
65. 독실한 학자들은 드물다. 우리의 교부들은 생각을 바꾸었다.
23. 74. 구걸하기.
19. 부모님께 아무것도 주지 않기, 수도원장이 부여한 조언자에게 의지하기.
1. 조사하지 않기, 선서문.

217 예수회 신부는 모든 사람이다.

2. 완전한 청빈, 강론을 위한 미사도 보상의 헌금으로 하는 미사도 없다.

4. 정관과 같은 권위의 선서문.

끝, 매달 정관을 읽을 것.

149. 선서문은 모든 것을 망친다.

154. 영구적으로 헌금을 내도록 종용하지 말고, 법정에서 그것을 요구하지도 말고, 헌금함도 요구하지 말 것. 선서문. *non tanquam Eleemozina.*[218]

200. 4. 모든 것을 우리에게 알릴 것.

190. 정관은 군중을 원하지 않는다. 선서문에는 군중이 설명되어 있다.

보편적인 불멸의 단체.

가책이 없고 거대한 단체에 대한 열의. 위험한 단체.

우리는 종교로 인해 모두 부자가 될 것이다. 즉 우리의 정관이 없었다면 말이다. 그래서 우리는 가난하다.

그리고 그것이 없는 참 종교로 인해 우리는 강하다.

953-790*

Ep.[218*] 16. *Aquavivae.*

De formandis

concionatoribus.

218 헌금으로서는 아니다.

219 편지.

p. 373. *Longe falluntur qui ad — irrigaturae.*

교부들의 사고에 근거해서 그의 생각을 형성하기보다는 그의 상상력에 교부들의 사고를 일치시키기 위해 교부들의 글을 읽을 것.

Ep. 1. *Mutii Vitelesci.*

p. 389. *Quamvis enim probe norim — et absolutum.*

p. 390. *Dolet ac queritur — esse modestiam.*

겸손.

p. 392. *Lex ne dimidiata — reprehendit.*

미사. 그가 무슨 말을 하는지 모르겠다.

p. 408. *Ita feram illam — etiam irrumpat.*

정치

p. 409. *Ad. extremum pervelim — circumferatur.*

불행하게도, 아니 오히려 예수회의 독특한 다행으로 하나의 사건이 모두에게 전가된다는 것.

p. 410. *Quaerimoniae — deprehendetis* p. 412.

주교들에게 철저히 복종하기, 우리가 성 사비에르를 본받아 그들에게 맞서기를 바라는 것

	처럼 보이지는 말 것.
p. 412. *Ad haec si a litibus—aviditatis.*	성서, 소송.
p. 413. *Patris Borgiae—videbitur illam futuram.*	그들은 거짓 이야기를 지어내고 증가시킨다.
p. 415. *Ita res domesticas—nunc dimittis,* etc.	
Ep. 2. *Mutii Vitelesci.*	
p. 432. *Quarto nonllorum—quam ardentissime possum urgere.*	개연성, *tueri pius potest, probabilis est auctore non caret.*
p. 433. *Quoniam vero de loquendi licentia—aut rare plectatur*	중상하는 사람들을 벌하지 못한 것.
Ep. 3. *Mutii Vitelesci.*	
p. 437. *Nec sane dubium - nihil jam detrimenti acceperit.*	예수회가 나빠지지 않기를.
p. 440. *Ardentissime Deum exoremus—operari non est gravatus et tu fili hois,* etc. Ezech. 37.	(그들의 명성을 지향하기 위한 불완전한 복종)

p. 441. *Secundum caput — tanti facimus.*	그들의 명성을 지향하기 위한 불완전한 복종.
p. 442. *Haec profecto una si deficiet — qui haec molitur.*	높은 사람들의 지원을 얻기 위한 불완전한 복종
p. 443. *Ex hoc namque vitio — importunum praebeas.*	그들은 예수회의 신분을 벗어나 부적당한 일을 한다. 그리고 귀족들이 이런 일 때문에 그들을 괴롭힌다고 말한다. 그런데 그들이 귀족들을 괴롭힌다. 따라서 그들을 거절한다면 그들을 적으로 삼아야 하고, 그 일에 동의한다면 예수회를 타락시켜야 한다.
p. 443. *spectabit tertium caput — mutatus est color optimus.*	순결.
p. 445. *De paupertate - non adversentur veritati.*	청빈, 진리와 반대되는 사고의 해이.
p. 446. *Faxit Deus — atque si praetermitterentur.*	포도밭.

954-791 현상을 통해 견책*의 이유를 검토할 것. 모든 현상에 적합한 가정을 만들 것.

옷이 교리를 만든다.*

(여러분은 1년에 단 한 번 고해성사하는 많은 사람들의 고해를 듣는다.)

(나는 하나의 의견에 반대되는 의견이 있다고 생각했다.)

(어떤 가책도 없을 정도로 악할 때 더 이상 죄를 범하지 않는다.)

(그래서 여러분은 어떤 양심의 가책도 없이 아르노 씨를 공격하고 있다.)

나는 이 교리를 불신한다. 왜냐하면 사람들이 나에 대해 말하는 교활함을 볼 때 이 교리는 너무 감미롭다.

(당신이 그 어떤 거대한 이단을 선택하지 않기를 바랍니다.)

그들의 개별적 반론들을 볼 때 그들의 연합을 의심한다. 나는 그들이 방침을 결정하기 전에 서로 의견의 합의를 보기를 기다릴 것이다. 나는 친구일 뿐인데 그로 인해 적들이 너무 많다. 나는 그들에게 답할 만큼 충분히 박식하지 않다.

(나는 올바른 생각을 갖지 않는 것 때문에 영벌을 받는다고 생

각했는데, 그 누구도 올바른 생각을 갖지 않는다고 믿는 일은 나로서는 새로운 일이다.)

(이는 의인을 위로하고 절망에서 구원하는 데 무슨 소용이 되겠는가? 왜냐하면 그 누구도 스스로 의롭다고 믿는 상태에 머물 수 없기 때문이다.)

*(샤미야르 씨가 이단일 것이라는 가정은 명백한 거짓이다. 왜냐하면 그분은 아르노 씨를 위해서 글을 썼기 때문이다.)**

1647년에 은총은 모든 이에게. 1650년에 은총은 더 귀한 것이 되었다 등등

(코르네 씨의 은총, ……)

루터는 진리 외의 모든 것이다.

교회에서 그런 경우가 없었다면, 그런데 나는 그 점에 대해 나의 신부님을 믿는다.

이 은총이 조금이라도 불편해지면 그들은 다른 은총을 만들어 낸다. 왜냐하면 그들은 그들의 책을 다루는 것처럼 은총을 다루기 때문이다.

한 사람만 진실을 말한다.

(각각의 경우에 각각의 은총이 있다. 불량배를 위한 은총이 있는가 하면, 위대한 사람을 위한 은총이 있다.)

결국 샤미야르 씨는 은총에 너무나 가까이 가 있어서, 만약에 허무로 내려가기 위한 단계가 있다면 (이 충분 은총*은) 지금 가장 가까이 있다.

(그런 이유로 이단자가 되는 것은 우스운 일이다.)

그것에 놀라지 않은 사람은 아무도 없다. 왜냐하면 성서나 교부들에게서나 그것을 본 사람은 아무도 없기 때문이다 등등

신부님, 그것이 신앙 개조라고 믿는 사람이 얼마나 될까요? 그것은 기껏해야 "즉각적인 실천 능력"*이라는 말 이후의 일일 뿐입니다. 때문에 제 생각에 그것이 탄생하면서 이단이 발생했고, 단지 이를 위해서만 만들어진 것입니다.

(그렇게 단지 성 바울로에 대해 말하는 것을 금지하는 견책이다. 단지 그것뿐이다. 나는 그들에게 깊은 감사를 드린다.)

(그들은 아주 교활한 사람들이다. 그들은 우리가 프로뱅시알 친구에게 보내는 편지에 쓰는 글이 …… 할까 두려워했다.)

(어떤 한 단어 때문에 그럴 필요는 없었다.)

(유치한 순박함.)

(*알려지지 않은 채 칭송받는 것.*)

(*악독한 채권자들.*)

(*나는 그들이 마술사라고 생각한다.*)

루터 (*진실 외의 모든 것*)

이단의 회원.

*Unam sanctam.**

삽화집*은 우리에게 손해를 안겨 주었다.

하나의 명제가 어떤 작가에게는 좋고 다른 작가에게는 나쁘기도 하다. 그렇다. 그러나 다른 나쁜 명제들도 있다.*

어떤 사람들은 견책에 복종하고, 어떤 사람들은 이성에 복종한다. 그리고 모든 사람은 이성에 복종한다. 나는 여러분이 특별한 길을 선택하기보다는 일반적인 길을 선택한 것에 놀란다. 아니, 적어도 여러분이 특별한 길에 합류하지 않았다는 사실에 놀란다.*

여러 은총들.
장세니스트 번역자들.

성 아우구스티누스는 그의 적들의 분열 때문에 번역자들이 가장 많다. 교황들, 종교 회의, 1천2백 년 동안 중단 없는 전통처럼 우리가 고찰할 수 있는 것 외에도 등등.

그러므로 아르노 씨는 그가 신봉한 사람들을 더럽히기 위해서는 많은 나쁜 생각을 가져야만 한다.*

견책은 견책당하는 사람들에게 다음과 같은 이점을 줄 것이다. 그들은 자신들이 장세니스트들을 모방한다고 말하면서 이 견책에 대해 반박할 것이다.

내가 얼마나 마음이 가뿐한지. 좋은 가톨릭 신자인 프랑스 사람은 아무도 없다.

연도.* 클레멘스 8세, 바오로 5세, 견책. 하느님은 분명 우리를 보호하신다.

거기에 가기 위해서는 신* 대신 은총이 필요하다.

955-792* (*사람들은 이 서약에 대해 거부하는 자를 교회에서 쫓아낼 각오가 되어 있다.*) 모든 사람이 이 명제들이 이단이라고 선언합니다. 아르노 씨는, 그의 친구들도 마찬가지로, 자신은 이 명제들이 어디에 있건 간에 그 자체로 규탄하며, 만약 장세니우스의 작품 안에 있다면 그 작품 속에 있는 이 명제들을 규탄한다고 항변합니다.

명제들이 장세니우스의 작품 안에 있지 않다고 하더라도, 교황이 단죄한 이 명제들의 이단적인 의미가 장세니우스의 작품 속에 있다면 교황이 그를 단죄할 것을 주장합니다.

그런데 신부님은 이 항변에 만족하지 않으시죠. 신부님은 이 명제들의 한마디 한마디가 장세니우스의 책 속에 있다고 그가 단언하기를 바라십니다. 그는 그런지 알 수 없어서 단언할 수 없으며, 그 명제들을 작품 속에서 찾았는데 결코 발견하지 못하였고, 이 명제와 다른 많은 명제들을 찾았다고 답했습니다. 그들은 신부님과 모든 다른 분들에게 명제가 어느 쪽에 있는지 언급해 달라고 부탁했습니다. 한데 어느 누구도 언급해 주지 않았습니다. 그럼에도 신부님은 이 같은 거부 때문에 그분을 교회에서 제적시키기를 원하십니다. 교회가 정죄하는 것을 그도 정죄함에도 불구하고, 그가 결코 발견하지 못한 의미나 말이 책 속에 있다고 확언하지 않았다는 그 이유만으로 말입니다. 아무도 그 책 속 어디에 있는지 그에게 보여 주고자 하지 않았는데요. 신부님, 진정으로 이 구실은 너무나 근거 없는 것이어서 교회에서 그처럼 기이하고 부당하고 포악한 진행 과정이 있었던 적은 결코 없었을 것입니다.

(*교회는 강요할 수 있다.*)

(*클레멘스 8세.*)

(*Si quis dixerit.*)**220***

그들의 이단은 그들이 여러분과 대립함으로써만 근거한다는 사실을 보기 위해 신학자가 될 필요는 없습니다. 저는 제 안에서 그 이단을 느끼며, 사람들은 여러분을 공격한 모든 사람들 안에서 이단의 전반적인 증거를 목격합니다.

루앙의 장세니스트 신부들.

캉의 기도.*

---

219 만약에 누군가가 이렇게 말한다면.

여러분은 여러분의 계획이 매우 타당하다고 여기셔서 그 계획으로 기도의 사건을 만드셨습니다.

2년 전에 그들의 이단은 교서에 의한 것이었습니다. 작년에는 내적인 문제였습니다. 6개월 전에는 문장의 한마디 한마디가 문제였고, 이제는 의미가 문제입니다.*

여러분은 그들을 이단자로 만들기만 원하신다는 사실을 제가 잘 이해하고 있는 게 아닙니까? 성체.*

제가 다른 사람들을 변호하면서 여러분과 언쟁했군요.

신부님들이 명제들 때문에 그렇게 소란을 피운 것은 매우 우스꽝스러운 일입니다. 그것은 아무 일도 아닙니다. 사람들은 그런 사실을 이해해야 합니다.

무기명으로. 그런데 사람들이 여러분의 계획을 알고 있어서 70명이 반대했습니다.* 판결 날짜를 써 넣을 것.

여러분이 그 사람의 말에 대해 이단자로 만들지 못했는데, 그 사람이⋯⋯ 등등.

(이 모든 게 가장 끔찍한 것까지 여러분의 작가들의 것임을 보여 주는 데 누가 나를 원망하겠습니까.)

왜냐하면 모든 것은 알려집니다.

(대답할 것이, 그것을 증명할 방법이 이것밖에 없습니까.)

그는 '예'인지 아니면 '아니요'인지를 알고 있습니다. 또 그는 죄인인지 아니면 이단자인지를 의심합니다.

서문. 빌르루앵.*

장세니우스, 아우렐리우스,* 아르노, 프로뱅시알.

(배척당한 사람들의 집단.)

(나는 성 메리의 헌금함을 모두 열 것이오. 당신들이 그것으로 덜 무고해지는 일이 없게 말이오.)

(펠라기우스 이후.)
(때문에 그것은 이상하지 않다. 거짓 정의. 바로니우스.)

(나는 차라리 사기꾼이 되는 게 더 낫겠습니다.)
그 이유가 무엇입니까? 당신은 제가 장세니스트이고, 포르루아얄은 다섯 개의 명제를 지지하며, 나 또한 그것들을 지지한다고 말씀하시는데요. 세 가지 거짓말.

이교도들만을 고려할 때.

초자연적인 진실들을 발견하는 빛이 틀림없이 그것들을 발견한다 등등.

어떻게 장세니우스의 의미가 그의 것이 아닌 명제들 안에 존재할 수 있는가.

이 모든 일을 움직이게 한 것이 당신이 아니라 (*주교님들이라고*) 나에게 말하러 오지 말아 주십시오. (*나는 당신이 듣기 싫어할 그리고 다른 사람들도 싫어할 얘기를 하게 될 것이오.*) 제가 답하는 것을 면하게 해 주십시오.

그 글이 장세니우스의 글에 들어 있든가 아니면 들어 있지 않겠지요. 장세니우스의 글에 들어 있다면 그것 때문에 그는 유죄 판결을 받습니다. 그렇지 않다면 당신은 왜 그에게 유죄 판결을 원하십니까?

에스코바르 신부에 의한 여러분의 명제들 중 하나만이라도 유죄 판결을 받았으면 합니다. 나는 한 손으로 에스코바르 신부님을 이끌고, 다른 한 손으로는 견책 처분을 들고 갈 것입니다. 그리고 삼단 논법으로 견책을 작성할 것입니다.

교황님은 두 가지 사항을 견책하지 않았습니다. 단지 명제들의 의미를 견책했습니다. 당신은 교황님이 그 의미를 정죄하지 않았다고 말씀하실 겁니까? 그런데 교황님은 장세니우스의 의미가 거기에 들어 있다고 말씀하셨습니다. 제가 보기에 교황님은 여러분의 그 '한마디 한마디' 때문에 그렇게 생각하셨습니다.* 그런데 교황님은 파문이라는 조건에서 말씀하신 것은 아닙니다.

그분은, 또 프랑스 주교님들은 어떻게 그것을 믿었을까요? 여러분은 그 명제들을 '한마디 한마디'로 말했고, 그분들은 여러분이 그렇지 않은 것을 그렇다고 말할 수 있다는 사실을 모르셨던 것입니다.

협잡꾼들. 사람들은 나의 15번째 편지를 읽지 않았다.

956-793* 디아나*

디아나가 유용한 일들.*

11. "고위 성직자들에게는 신자를 지도할 책임이 없는 성직록을 주지 않는 것이 허용된다." 트리엔트 종교 회의는 그 반대되는 말을 하는 듯싶다. 이 종교 회의가 입증하는 바에 따르면, "그렇다면 모든 고위 성직자들은 파문을 당할 것이기 때문이다. 그들 모두가 그렇게 성직록을 유용하고 있다".

11. 국왕과 교황은 가장 훌륭한 사람들을 선택할 의무가 없다. 만약 그렇게 한다면 교황과 국왕들의 책무가 매우 무거울 것이다.

21. 그리고 다른 데서 이 의견이 참이 아니면, 참회자들과 고해자들은 많은 문제를 갖게 될 것이다. 때문에 나는 일상생활에서 이 의견을 따라야 한다고 생각한다.

(*21. 만약 이 의견이 참이면, 오 얼마나 많은 복원을 행해야 할 것인가!*)

하나의 죄가 대죄가 되려면 그에 필요한 조건들을 설정한 한 다른 장소에서 너무나 많은 상황을 설정해서 사람들은 힘들게 치명적인 죄를 짓는데, 이를 설정한 후에 그는 외친다. "오, 주님의 멍에는 달콤하고 가볍구나!"*

11. 또 다른 곳에서, 가난한 사람들의 생활필수품에 대해서 자신의 잉여분을 자선 헌금으로 줄 의무는 없다. 만약에 그 반대가 참이면 대부분의 부자들과 그들의 고해 신부들을 정죄해야 할 것이다.

나는 이런 이유들에 화가 나 참을 수가 없었다. 나는 신부님께 말씀드렸다. "그들이 그렇다고 말하는 것을 막는 사람이 누구입니까?"

"그것은 이곳에서도 그가 예상한 것입니다" 하고 그분은 대답했다. 그러고 나서 — 22 — "만약 그게 참이면 가장 부유한 사람들은 벌을 받을 것입니다." 신부님은 덧붙이셨습니다. "아라고니우스가 그들도 그렇다고 답했습니다. 그리고 예수회 신부 보니도 그들의 고해 신부들도 그렇다고 덧붙였습니다. 그런데 나는 다른 예수회 신부인 발렌티아와 또 다른 신부들과 함께 이 부자들과 그들의 고해 신부들을 용서해야 할 여러 이유가 있다고 답합니다."

저는 그가 다음과 같은 논증으로 답을 끝냈을 때 기뻤습니다. "만약 복원에 있어 이 의견이 참이라면 오! 얼마나 많은 복원을 행해야 할까요!"

제가 답했습니다. "오 신부님, 아주 훌륭한 이유군요." — 신부님께서 답했습니다. "오, 참으로 훌륭한 분입니다." — 제가 답했습니다. "오, 신부님, 신부님들의 결의론자들이 아니라면 영벌을 받을 사람들이 굉장하겠군요." (*오, 그분이 반박하기를 "사람들이 우리가 그 문제에 대해 말하게 놔두지 않으면 잘못을 저지르는 것입니다".*) "오, 신부님, 하늘로 이르는 길을 넓게 만드시는군요! 오, 그 길을 발견하는 사람들이 굉장히 많겠어요!"*

957-794 이는 그의 말에 의하면 예수 그리스도의 몸인데,* 예수 그리스도의 몸 전체라고 말할 수는 없다.

두 가지 사물이 변화 없이 결합할 때 우리는 하나가 다른 것이 된다고 말할 수 없다.

이처럼 영혼은 몸에 결합되고, 불은 나무에 변화 없이 결합된다.
어떤 것의 형태가 다른 것의 형태가 되기 위해서는 변화가 필요하다.
그렇게 해서 말씀이 인성과 결합한다.

나의 몸은 나의 영혼 없이는 인간의 몸일 수 없기 때문이다. 그러므로 나의 영혼은 그것이 어떤 것이든 어떤 물질에 결합되어 나의 몸을 만들 것이다.
그는 필요조건과 충분조건을 구분하지 않고 있는데, 결합은 필요한 것이지 충분한 것은 아니다.

왼팔은 오른팔이 아니다.

불가입성(不可入性)은 물체의 속성이다.

같은 시간에 비추어 보면 수의 동일성은 물질의 동일성을 요구한다.
따라서 하느님이 나의 영혼을 중국에 있는 한 몸에 결합시키셨다면 그 같은 몸은 같은 수로 중국에 있을 것이다.
거기서 흐르는 그 강은 중국에서 동시에 흐르는 강과 같은 수이다.

958-795 제1부. 1. C. I. S.*
(가정, 다시 한 단계 떨어뜨려 그 가설을 우스꽝스럽게 보이게 하는 것은 어렵지 않을 것이다.)

생명 없는 물체가 정념과 두려움 그리고 공포심을 가지고 있다고 말하는 것보다 더 부조리한 것이 무엇이겠는가? 어떻게 생명 없이 무감각한 물체가, 생명에 어떤 능력조차 없는 물체가 정념을 가지고 있다고 말할 수 있는가? 정념을 받아들이기 위해서는 적어도 감각의 능력이 있는 영혼을 전제해야 하는데 말이다. 게다가 공포의 대상이 진공이라니? 그들을 두렵게 만드는 이 진공 안에 무엇이 있다는 것인가? 이보다 더 하찮고 우스꽝스러운 일이 무엇이 있겠는가?

그게 전부가 아니다. 물체들이 진공을 피하기 위해 운동의 원리를 가지고 있다는 것이다. 그 물체들은 팔과 다리, 근육과 신경이 있다는 것인가?

959-795 '만약'은 무관심을 나타내지 않는다.

「말라기」.*

「이사야」. *si volueris*[221] 등등

*In quacumque die.**

960-796* (*당신들은 성스러운 문제들을 비꼬았다고 나를 비난하면서 얻은 것이 무엇입니까? 나를 협잡꾼으로 비난하면서 더 이상 아무것도 얻지 못할 겁니다.*)

(*할 말을 다한 것이 아닙니다. 보시게 될 것입니다.*)

나는 결코 이단자가 아닙니다. 나는 다섯 명제를 결코 지지하

---

221 너희가 기꺼이 순종하면."(「이사야」 1:19)

지 않았습니다. 여러분은 그렇다고 말하면서 이를 입증하지 않습니다. 여러분이 그렇게 말했다고 저는 말합니다. 그리고 저는 그것을 입증합니다.

저는 여러분이 협잡꾼이라고 여러분께 말했습니다. 저는 그것을 입증합니다. 여러분은 무례하게 그것을 숨기지 않습니다. 브리사시에,* 메이니에,* 알비. 당신들은 그것을 허가합니다. *Elidere.*[222]

여러분이 퓌 신부를 예수회의 적이라고 믿었을 때 그는 자신의 교회에 자격이 없는 사제였고, 무지하고 이단자였고, 품행도 불성실한 자였습니다. 그런데 그때 이후로 그는 품행이 성실하고 훌륭한 사제입니다.*

중상하다, *haec est magna caecitas cordis.*[223]

그것의 악을 보지 않는 것, *haec est major caecitas cordis.*[224]

죄로 그것을 고해하는 대신에 그것을 변호하는 것, *tunc hominem concludit profunditas iniquitatis*[225] 등등. ― 230, 프로스퍼.*

대영주들은 내란에서 분열된다.

이처럼 여러분은 내란에서 사람들을 분열시킵니다.

(저는 이 점이 더욱더 힘을 갖도록 여러분에게 그것을 말씀드

---

221 (거짓 모함으로) 짓누르기.

222 그것은 심정의 거대한 맹목이다.

223 그것은 심정의 가장 해로운 맹목이다.

224 죄악의 구렁은 인간을 감금한다.

리고 싶습니다.)

(책들을 검열하는 사람들, 나는 그들의 출판 허가를 신뢰합니다. 그러나 책들의 제목만을 읽는 사람들, 대다수가 이런 사람들인데, 이들은 여러분의 말을 신뢰할 것입니다. 성직자들이 협잡꾼이 되면 안 됩니다. 벌써 인용문들을 통해서 우리 작가들의 책들에 대해 실망하게 만들었습니다. 다른 사람들을 짓눌러서 깨닫게 할 필요가 있습니다.)

*Ex senatus consultis et plebiscitis.**
비슷한 구절을 요구할 것.

저는 여러분이 저와 같은 것을 출판하게 되어 기쁩니다.
ex contentione,[226*] 성 바울로.

Me causam fecit.[227]

(여러분이 얼마나 난처해하시는지 내가 보지 못하는 게 아닙니다. 여러분이 한 말을 취소하고 싶으시면 그렇게 될 겁니다. 그러나…….)

성자들은 자신이 죄인임을 발견하고 그들의 가장 선한 행동들조차 참회하기 위해 세밀하게 살핀다. 그런데 이 사람들은 가장 악한 행위들을 변명하기 위해 세밀하게 살핀다.

---

226 옳지 않은 것을 따르는 자.
226 그는 나에게 그 이유를 설명하였다.

이러한 일이 논쟁 속에서 일어난다고 주장하지 마십시오. 사람들이 여러분의 모든 책을 프랑스어로 출판할 것입니다. 모든 사람이 심판자가 될 것입니다.

겉으로는 똑같이 아름다우나 기초가 부실한 건물은 이교도 현자들이 지었고, 악마는 매우 다른 기초에 근거한 외양의 유사함으로 사람들을 속인다.

아무도 나만큼 좋은 소송 사건을 갖지 못했고, 여러분만큼 좋은 소송 구실을 제공한 사람도 없습니다.

세상 사람들은 바른길을 가고 있다고 생각하지 않습니다.

그들이 나의 약점을 드러낼수록 나의 소송을 정당화해 줍니다.

여러분은 제가 이단자라고 말합니다. 그래도 되는 겁니까? 만약에 여러분이 사람들이 심판을 내리지 않을 것이라고 두려워하지 않으시다면, 하느님이 나를 올바르게 심판할 것은 두렵지 않으신지요.

여러분은 진리의 힘을 깨달아 굴복할 것입니다.

나는 사람들이 그들의 말만 듣고 믿지 말고 나를 정당하게 평가해 주기를 바랍니다.
여러분의 말을 믿게 하기 위해서 대죄의 형벌을 내세워 사람들

을 강요해야 할 것입니다. *Elidere.*[228*]

경솔하게 중상을 믿는 것은 죄이다.

Non credebant temere calumniatori.[229] 성 아우구스티누스.

Fectique cadendo undique me cadere.[230] 중상의 원칙에 따라서.

그러한 맹목에는 어떤 초자연적인 점이 있다. *Digna necessitas.*[231*]

나 혼자 3만과 맞서 싸우고 있는 것일까요? 그렇지 않습니다. 당신에게는 궁정과 기만이 있고, 나에게는 진리가 있습니다. 그것이 내 힘의 전부입니다. 그것을 잃으면 나는 패배할 것입니다. 그리고 나를 고발하고 처벌하고자 하는 사람들이 많을 것입니다. 하지만 나에겐 진리가 있으니, 누가 이기게 될지 두고 봅시다.

나는 종교를 변호할 만한 사람이 아닙니다. 그런데 여러분이 그릇된 신앙을 변호하는 것은 마땅치 않습니다. 그리고…… 하느님은 자비롭게 나의 악을 고려하지 마시고 여러분 안에 있는 선을 고려하시어 내 안의 진리가 굴복하지 않고 거짓이 ……하지 않도록 우리 모두에게 은총을 베풀어 주시길 바랍니다.

---

228 짓누르기(「시편」 14편에 대한 주석).
228 그들은 중상하는 자의 말을 쉽게 믿지 않았다.
229 사방에서 떨어지면서 그는 나를 넘어뜨렸다.
231 받아야 될 운명.

mentiris impudentissime.[232]

230. 극단적인 죄는 그것을 변호하는 것입니다. *Elidere.*

340-23. 악인들의 행운.
doctrina sua noscetur vir.[233]*

66. *labor mendacii.*[234]*

거짓 신앙심, 이중의 죄.

Elidere, 카라무엘.*

여러분은 나를 위협하고 있습니다.

여러분은 이 일에만 관여했으므로, 그것은 모든 나머지 일을 시인하는 것이 됩니다.

961-797 B. 당신이 이 모든 일이 일어나야만 한다는 걸 모른다면 예언에 대해 잘 알지 못하는 겁니다. 즉 군주들, 예언자들, 교황, 사제들까지도. 그렇지만 교회는 존속되어야만 합니다.
하느님의 은총으로 우리는 거기에까지 이르지 않았습니다. 여러분 같은 사제들에게 화 있으라. 그런데 하느님께서 우리를 불

---

232 여러분은 뻔뻔스럽게 거짓말하고 있습니다.(『프로뱅시알』 제15서)
233 사람의 주장에 따라 칭찬 받을 것이다.
234 거짓말 실천.

쌍히 여기시어 우리가 그러한 지경에 이르지 않도록 하기를 우리는 바랍니다.

1. 성 베드로 C. 2 과거의 거짓 예언자들은 미래의 사람들 이미지.*

962-798 피양회 수도사가 다음과 같이 말했다. 이러한 일은 그렇게 확실하지 않음이 틀림없다. 왜냐하면 논쟁은 불확실함을 보여주기 때문이다.

성 아타나시우스, 성 크리소스토무스.

윤리. 불신자들.

예수회 신부들은 진실을 불확실하게 만든 것이 아니라 그들의 불신앙을 확실하게 만들었다.

악인들을 눈멀게 하기 위해 항상 모순이 주어졌던 것이다. 왜냐하면 진리나 애덕에 반하는 모든 것은 악하기 때문이다. 이것이 참 원리이다.

963-799 삼위일체 안에 셋이나 네 분의 인격이 있다고 믿는 것은 인간의 마음과는 무관한 일이지만…… 아니다. 그래서 그들이 흥분하는 일이 벌어지는 것은 한쪽을 지지하고 다른 쪽은 지지하지 않기 때문이다.

그 하나를 하는 것은 옳으나 다른 것을 버려서는 안 된다. 같은 하느님께서 우리에게 말씀하셨는데…… 등등.

그러므로 하나를 믿고 다른 하나를 믿지 않는 사람은 하느님께서 그렇게 말해서가 아니라 자신의 탐욕이 그것을 거부하지 않아서 그것을 믿지 않는데, 거기에 수긍하고 자신의 신앙에 대한 증거를 얻기가 쉽기 때문이다.

하지만 그것은 거짓 증거이다.

964-799 도처에 있는 예수회 신부들의 난폭한 제도에 대한 편지.

초자연적인 맹목.

십자가에 못 박힌 신을 염두에 두고 있는 이 윤리.
복종의 서약을 한 이 사람들을 보라. *tanquam Christo.*[235]

예수회 신부들의 퇴폐 풍조.

매우 성스러운 우리의 종교.

결의론자는 거울.
만약에 당신이 그를 좋게 생각한다면 그것은 좋은 징조이다.

종교에 대한 개념을 그들에게 줄 방법이 없다는 것은 이상한 일이다.

십자가에 못 박히신 하느님.

처벌해야 하는 이 문제를 분리주의와 구별한다면 그들은 벌을 받을 것이다.

---

234 그리스도께 하듯이.

그러나 얼마나 놀라운 반전인가. 아이들은 그를 신봉하면서 풍속 파괴자들을 사랑하는 것이 되고, 적*은 그들을 혐오한다.

우리가 증인이다.

수많은 결의론자에게 그것은 교회에 대한 비난의 문제가 되기는커녕, 오히려 교회의 탄식의 문제가 된다.

우리가 추호도 의심받지 않기 위해서.

경전을 가져와 이방인들에게 조금도 의심을 받지 않은 유대인들처럼 그들은 우리에게 그들의 정관을 가져왔다.

965-800 따라서 한편으로 교계 제도에 속하지 않는 몇몇 해이해진 성직자들과 부패한 결의론자들이 이런 타락에 가담했다는 것이 사실이라면, 다른 한편으로는 하느님 말씀의 진정한 수탁자인 교회의 참된 목자들은 그 말씀을 파괴하려고 시도한 사람들의 노력에 대항하여 불변의 말씀으로 보전했다는 것이 확실하다.

그러므로 신자들은 신부님들이 온정 넘치는 손길로 그들에게 소개한 신성한 교리가 아니라, 이 결의론자들이 이상한 손길로 제공한 방탕한 행동을 따를 그 어떤 구실도 갖지 않는다. 그리고 불신자들과 이단자들은 이런 오류를 교회에 대한 하느님의 섭리가 없다는 증거로 제시할 어떤 이유도 없다. 교회는 본래 위계질서의 교단에 속해 있기 때문에 현 상황에서 하느님이 교회를 타락 속에 방치하셨다고 결론을 내려서는 안 되며, 하느님은 분명 타락으로부터 교회를 수호하며, 오늘날보다 더 잘 나타나신 적이 없다고 결론 내려야 한다.

왜냐하면 평범한 기독교인들보다 더 완벽한 상태에서 살아가기 위해 특별한 소명으로 세속을 떠나 성직자가 된 사람들 중 몇몇은 평범한 기독교인들에게 혐오감을 주는 문란함에 빠졌고, 우리 사이에서 유대인 중의 거짓 예언자들처럼 되었다면, 그것은 참으로 한탄스러운 특별하고 개인적인 불행이기 때문이다. 이에 대해 우리는 하느님이 교회에 대한 보살핌에 반하는 그 어떤 결론도 내릴 수 없다. 왜냐하면 이 모든 일들이 분명히 예언되었고, 이런 유혹이 이런 종류의 사람들에게서 일어날 것이라는 것이 너무나 오래전부터 예고되었기 때문이다. 그리고 교육받은 사람들은 이 점에서 하느님이 우리를 망각하셨다기보다는 하느님께서 우리를 인도하신다는 표시를 본다.

966-801 양쪽 얘기를 다 들어야 한다. 바로 이 점이 내가 주의를 기울이는 부분이다.

한쪽 말만 들으면 항상 그편에 서게 되는데, 반대편 얘기를 들으면 생각이 바뀐다. 반면 여기서 예수회는 자신의 뜻을 확고히 한다.

그들이 하는 일이 아니라 말하는 것이 문제이다.

사람들이 비난하는 것은 나일 뿐이다. 나는 그러기를 바란다. 나는 누구에게 문제를 해명해야 할지 알고 있다.

예수 그리스도는 사람들이 걸려 넘어지는 돌이 될 것이다.*

심판받을 만하고, 심판받았다.

정치.

우리는 사람들을 도와주려는 데 두 가지 장애물이 있다는 것을 발견했다. 하나는 복음서의 내적인 법률이고 다른 하나는 국가와 종교의 외적인 법률이다.

한 법률은 우리가 주인이고, 다른 법률은 우리가 어떻게 했는지 다음과 같다. *Amplianda, restringenda, a majori ad minus. Junior.*[236*]

개연적인 것.

그들은 낮인데도 밤이라고 주장하는 사람들처럼 고찰한다.

이러한 논거들만큼이나 유해한 이유들이 개연적이라면 모든 것이 개연적일 것이다.

1. 근거. *Dominus actuum conjugalium.*[237*] 몰리나.

2. 근거. *Non potest compensari.*[238*] 레시우스.

경건한 규범이 아니라 가증스러운 규범을 반대할 것.

곳간의 방화자, 보니.

마스카레나, 대죄를 지은 성직자들을 위한 트리엔트 공의회. *Quam primum.*[239]

967-599 교회가 파문, 이단 등의 말을 만든 일은 헛되다. 사람들은 교회에 반대하여 이 말들을 사용하고 있다.

968-802 저녁 식사와 밤참의 차이.

235 (법률을) 최다에서 최소로 확대하거나, 축소하는', '가장 최근 것'.
236 남편은 부인을 이용할 수 있다.
238 보상받을 수 없다.
239 가능한 한 빨리.

하느님의 말씀과 그 의도는 다르지 않다. 왜냐하면 하느님은 참이기 때문이다. 그리고 말씀은 그 결과와도 다르지 않다. 왜냐하면 하느님은 강하시기 때문이다. 방법이 그 결과와 다르지 않다. 왜냐하면 하느님은 지혜롭기 때문이다. 베르나르. *Ult. serm. In missus rkrwn.**

아우구스티누스의 『신국』 제5권 제10장. 이 규칙은 일반적이다. 하느님은 모든 것을 할 수 있다. 죽거나 속는 것, 거짓말 같은 전능하지 못한 일을 하는 경우는 제외하고 말이다.

진실을 확고히 하기 위한 여러 복음서 저자들.
유용한 그들의 차이.

최후의 만찬 후의 성찬식. 상징 후의 진리.

예루살렘의 몰락, 세계 몰락의 비유.
예수 그리스도의 죽음 후 40년.

예수 그리스도는 인간처럼 또는 특사처럼 알지 못한다. 「마태오의 복음서」 24장 36절.*

유대인과 이방인들에게 정죄받은 예수 그리스도.

유대인들과 이방인들은 두 아들로 비유된다.* 아우구스티누스 『신국』 제20권 제29장.

969-803 두려움과 함께 너의 구원을 실행하라.

은총을 입은 가난한 사람들.

petenti dabitur.[240]* 그러니까 구하는 것은 우리의 힘 안에 있는 것인가? 반대로 그것은 우리의 힘 안에 있지 않다. 왜냐하면 얻을 수는 있으나 기도하는 것은 없기 때문이다. 왜냐하면 구원은 우리의 힘 안에 없고, 획득은 가능하나 기도가 없기 때문이다.*

그러므로 의인은 하느님에게 더 이상 바라면 안 된다. 희망하는 대신 그가 요구하는 것을 얻으려고 노력해야 한다.

따라서 다음과 같이 결론 내리자. 인간은 이제 이 근접 능력을 쓸 수 없으며, 하느님은 그 능력 때문에 인간이 자신으로부터 멀어지는 것을 바라지 않는다는 것이다. 인간이 하느님에게서 멀어지지 않는 것은 유효 능력에 의해서일 뿐이다.

그러니까 하느님에게서 멀어지는 사람은 이 능력을 가지고 있지 않다. 그렇지 않으면 사람들은 하느님에게서 멀어지지 않는다. 유효 능력을 통해서만 하느님에게서 멀어지지 않는다.

그런 까닭에 이 유효 능력으로 얼마 동안 기도 속에서 보내다가 기도하기를 멈추는 사람은 이 유효 능력을 가지고 있지 않다는 것이다.

따라서 이런 의미에서 하느님이 먼저 떠나시는 것이다.

---

240 구하여라, 받을 것이다.

2. 제2사본*

970-417-418 에즈라에 관하여.

전설: 성전들이 신전과 함께 불에 타 버렸다. 「마카베오서」에 의하면 거짓이다: 예레미야가 그들에게 율법을 주었다.

그가 모든 것을 외워서 낭송하였다는 이야기: 요셉과 에즈라는 그가 성서를 읽었다고 기록하고 있다.

바로니우스 『연대기』 180. *nullus penitus haebraeorum antiquorum reperitur qui tradiderit libros periisse et per Esdram esse restitutos nisi in 4 Esdr.*[241]

그가 문자를 바꾸었다는 이야기.

필론의 『모세의 생애』. *Illa lingua ac caractere quo antiquitus scripta est lex sic permansit usque ad 70.*[242]

요세푸스는 율법이 70인에 의해 번역될 때 히브리어였다고 말한다.

예언자가 없었던 안티오쿠스와 베스파시아누스의 통치하에서

---

241 고대 히브리인들에게는 성전이 사라졌고, 에즈라 제4서 외에는 에즈라가 복원했다고 말한 사람은 아무도 없다.(바로니우스, 10~18)

242 옛날에 율법을 기록한 언어와 글자는 70인에 의한 성서의 그리스어 번역 때까지 지속되었다.” (필론, 『책』 제2권)

사람들은 성전들을 없애고자 했는데 그렇게 할 수 없었다. 어떤 박해도 없었던 바빌론 사람들의 통치하에서는 많은 예언자들이 있었는데, 그들은 그것들을 불태우게 내버려 두었을까?

요세푸스는 ……을 견디지 못하는 그리스 사람들을 비웃었다.

테르툴리아누스: *Perinde potuit abolefactam eam violentia cataclysmi, in spiritu rursus reformare: quemadmodum et hierosolymis babylonia expugnatione deleta, est omne instrumentum judaicae litteraturae per Esdram constat restauratum.* Tert. I. 1. de cultu femin. c. 3.[243]

그는 에즈라가 속박 기간 동안 잃어버린 성전들을 복원할 수 있었던 것처럼 노아가 홍수로 잃어버린 에녹서를 영(靈)으로 복원할 수 있었다고 말한다.

(Θεὸς) ἐν τῆ ἐπὶ Ναβουχοδόνοσορ αἰχμαλωσίᾳ τοῦ λαοῦ,
διαφθαρεισῶν τῶν γραφῶν, ἐνέπνευσε Εσδρᾷ τῶ ἱερεὶ ἐχ τῆς φυλῆς Λευὶ
τοῦς τῶν προγεγονότων προφητῶν πα'ντας ἀνατάξασθαι λόγους,
χαὶ ἀποκαταστῆσαι τῷ λαῳ τὴν διὰ Μωυσέως νομοθεσίαν.*

그는 70명이 행한, 사람들이 놀라워하는 이 만장일치로 성서를 해석했다는 사실이 믿을 수 없는 것이 아니라는 점을 증명하기 위해 이를 인용했다. 유세비우스. 『교회사』 5권 8장. 그는 성 이레네우스의 책에서 인용했다. 제3권 제25장.

243 에즈라가 바빌론의 침략 때 파괴된 모든 유대 성서들을 복원할 수 있었던 것이 분명한 것처럼, 노아가 대홍수로 사라진 에녹서를 영으로 잘 복원하였다.(테르툴리아누스, 『책』 제1권 3장, 「여성의 교양에 관하여」)

성 힐라리우스는 「시편에 대한 서문」에서 에즈라가 「시편」을 정리했다고 말한다.

이 전통의 기원은 「에즈라」 4서 14장에서 기인한다.

Deus glorificatus est, et scripturae verae divinae creditae sunt, omnibus eamdem, et eisdem verbis et eisdem nominibus recitantibus ab initio usque ad finem uti, et praesentes gentes cognoscerent quoniam per aspirationem dei interpretatae sunt scripturae. Et non esset mirabile deum hoc in eis operatum quando in ea captivitate populi quœ facta est a Nabuchodonosor corruptis scripturis *et post* 70 *annos judaeis descendentibus in regionem suam, et post deinde temporibus Artaxerxis persarum regis* inspiravit Esdrae sacerdoti tribus levi praeteritorum prophetarum omnes remorare sermones et restituere populo eam legem quae data est per Moysen.

하느님은 영광을 받으셨고, 참된 성서는 모든 사람이 믿었고, 처음부터 끝까지 모두 동일한 말로 낭송되었다. 이는 오늘날의 사람들이 이 성서가 하느님의 계시에 의해 설명되었다는 점과, 하느님이 그들에게서 이 과업을 완수하셨다는 것이 전혀 놀라운 일이 아니라는 점을 알도록 하기 위해서이다. *왜냐하면 백성이 느부갓네살 왕의 통치하에 포로가 된 기간 동안 성서가 파괴되었고, 70년 후에 유대인들이 자신들의 나라로 돌아왔는데, 하느님은 페르시아 왕 아르타크세르크세스 통치하에 레위족 제사장인 에즈라에게 오래전의 예언을 기억하고, 모세를 통해 주었던 율법을 백성들에게 복원해주는 생각을 계시했다."*(유세비우스의 『교회사』 제5권 제8장. 위의 희랍어 부분은 이탤릭체로 표기하였다.)

971-415 에즈라의 이야기에 반하여.*

「마카베오 하」 2장.

요세푸스 『유대의 고대사』 제11권 제1장. 고레스는 이사야의 예언에서 유대 백성을 풀어 주라는 생각을 하게 된다. — 바빌로니아 고레스의 통치하에서 유대인들은 평화로운 재산권을 소유하고 있었다. 그래서 그들은 율법을 잘 간직할 수 있었다.

요세푸스는 에즈라에 관한 모든 역사 가운데 이 복원에 대해 한마디도 하지 않는다.
「열왕기 하」 17장 27절.

972-416 에즈라의 이야기가 믿을 만하다면, 경전이 성서임을 믿어야 한다. 이 이야기는 경전이 신성하다는 것을 제시한 70명의 권위, 그 권위를 언급한 사람들의 권위에만 근거하기 때문이다.

따라서 만약 이 이야기가 사실이라면 우리는 원하는 바를 얻은 것이다. 그렇지 않다면 우리는 다른 곳에서 그것을 얻을 것이다. 그러니까 모세에 근거하는 우리 종교의 진리를 파괴하고자 하는 사람들은 그들이 종교를 공격하는 데 이용하는 바로 그 같은 권위로 이 종교를 확립한다. 그래서 이 섭리로 종교는 계속해서 존속한다.

973-698 그것은 백성들과 예수회 신부들의 죄의 결과이다. 귀족들은 사람들의 아첨을 원했고, 예수회 신부들은 귀족들의 총애를 원하였다. 그들 모두 거짓의 영에게 빠져들기에 적당한 사

람들이었다. 그중 어떤 사람은 속였고, 어떤 사람은 속임을 당했다. 그들은 인색하고 야심차며 향락적이었다. *Coacervabunt sibi magistros,*[244*] 그러한 스승에 걸맞은 제자들이다. *digni sunt.*[245*] 그들은 아첨꾼들을 물색했고, 그런 사람들을 발견했다.

974-771　국가의 평화가 백성들의 재산을 안전하게 보호하는 것 외에 다른 목적을 갖지 않는 것처럼, 교회 안에서의 평화도 교회의 가장 소중한 것인 진리와 교회의 마음인 보석을 안전하게 보전하는 것 외에 다른 목적은 갖지 않는다. 한 나라에 이방인들이 들어가 약탈하는데 놔두고, 나라의 안정을 깨뜨릴까 봐 대항하지 않는다면, 이는 평화의 목적에 거스르는 일일 것이다. (왜냐하면 평화는 소중한 것의 안전을 위해서만 정당하고 유용한 것이므로 평화가 이 소중한 것을 잃게 내버려 둔다면 그 평화는 부당하고 해로우며, 그 소중한 것을 보호하는 전쟁은 정당하고 필요한 것이 되기 때문이다.) 마찬가지로 교회 안에서도 신앙의 적들이 진리를 모독하고, 신자들의 마음에서 진리를 탈취하고 대신에 오류가 지배하도록 하는데 태평하다면 그것이 교회를 섬기는 일일까, 아니면 교회를 배반하는 일일까? 그것이 교회를 수호하는 일일까, 아니면 교회를 파괴하는 일일까? 진리가 지배하고 있는 평화를 방해하는 일이 범죄인 것처럼, 사람들이 진리를 파괴하고 있는데 태평하게 있는 것 또한 범죄임이 분명하지 않은가? 그러므로 평화가 옳은 때가 있고 옳지 않은 때가 있다. "평화의 때가 있고 전쟁의 때가 있다"고 쓰여 있다. 그리고 이때를 구별하는 것이 바로 진리의 관심사이다. 그러나 진리의 시간이 있고 오류의

244 그들은 교사들을 끌어 들인 것입니다.
245 마땅히 (죽어야) 한다.

시간이 있는 것은 아니다. 반대로 "하느님의 진리는 영원히 존재한다"고 쓰여 있다. 그래서 평화를 주러 왔다고 말한 예수 그리스도는 전쟁을 선포하러 왔다고도 말했다. 그러나 진리와 거짓을 주러 왔다고는 말하지 않았다. 그러므로 진리는 사물의 첫 번째 규칙이며 최종 목적이다.

3. 포르루아얄 판(1678)

975-739 사람들은 자주 상상력을 자신의 본심으로 착각한다. 즉 그들은 회심할 생각을 하자마자 회심했다고 믿는다.

976-740 책을 만들면서 마지막으로 알아야 하는 것은 맨 앞에 무엇을 놓아야 하는지 아는 일이다.

4. 발랑의 서류*

977-786 인간의 문란함으로 인해 세상에서 가장 비합리적인 일들이 가장 합리적인 일이 된다. 국가를 통치하기 위해 여왕의 큰 아들을 선택하는 것보다 더 비합리적인 일이 무엇이겠는가? 사람들은 배를 조종하기 위해 여행객 중 가장 좋은 가문의 사람을 선택하지 않는다. 이러한 법은 우스꽝스럽고 옳지 않을 것이다. 사람들은 비합리적이고 항상 그러할 것이기 때문에 이 법은 합리적이고 정당한 것이 된다. 왜냐하면 달리 누구를 선택할 것인가? 가장 덕이 많은 사람? 가장 유능한 사람? 자, 우리는 바로 싸우게 된다. 각자가 자신이 가장 도덕적이고 가장 영리한 사람이라고 주장할 것이다. 그러니까 이 자질을 어떤 확고부동한 것에 연관시키도록 하자. 그는 왕의 장자이다. 이는 분명하다. 어떤 싸움도 없다. 이성이 더 잘할 수 있는 것이 아니다. 왜냐하면 내란은 악 중에서도 가장 큰 악이기 때문이다.

5. 페리에 사본*(1710)

978-743 자애심과 인간 자아의 본질은 자신만을 사랑하고 자신만을 중시하는 데 있다. 그러나 인간은 무엇을 할 수 있는가? 그는 자신이 사랑하는 이 대상이 결점과 비참으로 가득 차 있는 것을 막지 못한다. 그는 위대하고 싶으나 자신이 하찮다는 것을 본다. 행복해지고 싶으나 자신이 비참한 것을 본다. 완벽해지기를 원하나 자신이 결함으로 가득한 것을 본다. 그는 사람들의 사랑과 존경의 대상이 되기를 바라나, 그의 결점이 사람들의 혐오와 멸시를 받아 마땅함을 본다. 그가 처해 있는 이 난처한 상황은 그에게 상상할 수 있는 가장 부당하고 가장 사악한 감정을 불러일으킨다. 왜냐하면 그는 자신을 비난하는 이 진실에 반하여 치명적인 증오심을 품게 되기 때문이다. 그는 이 진실을 없애고 싶어하나 그 자체를 타파할 수가 없어서, 할 수 있는 만큼 자신의 인식과 타인의 인식 안에서 이 진실을 무산시킨다. 다시 말해 그는 자신과 타인에게 자신의 결점을 숨기는 데 온 정성을 기울인다. 즉 그는 사람들이 자신에게 그 결점들을 보게 하는 것도, 그리고 다른 사람들이 그 결점들을 보는 것도 허용할 수가 없다.

확실히 결점으로 가득 차 있는 것은 악이다. 그러나 결점으로 가득한데 이를 인정하지 않으려 하는 것은 더 큰 악이다. 왜냐하면 거기에다 의도적인 착각의 악을 덧붙이기 때문이다. 우리는 타인이 우리를 속이는 것을 원치 않는다. 그러니까 그들이 당연히 받을 만한 것보다 우리가 그들을 더 높게 평가하기를 바라는 것은 옳지 않다. 따라서 우리가 그들을 속이는 것이 옳지 않은 것처럼, 우리가 당연히 받아야 하는 것보다 더 그들이 우리를 존경하기를 바라는 것은 옳지 않다.

이처럼 그들이 우리가 실제로 가지고 있는 악과 결함만을 발견할 때, 그들이 우리에게 손해를 입히는 것이 아닌 게 분명하다. 왜냐하면 그 원인이 그들이 아니기 때문이다. 그리고 그것은 우리에게 선행을 베푸는 일인데, 이 결함의 무지인 악에서 우리를 해방시키는 도움을 주기 때문이다. 그들이 이 결함을 알고 우리를 멸시한다 해서 화를 내선 안 된다. 우리가 어떤 사람인지 그들이 알고, 만약에 우리가 멸시당할 만하다면, 그들이 멸시하는 것은 정당하기 때문이다.

바로 이런 생각이 공정함과 정의로 가득한 사람의 마음에서 우러나는 것이다. 이와 전혀 다른 자질을 보게 될 때 우리는 우리의 마음에 대해 무슨 얘길 해야 할까? 왜냐하면 우리가 진실을 싫어하고, 우리에게 진실을 말하는 사람들을 싫어하고, 그들이 우리에게 유리한 쪽으로 착각하기를 좋아하고, 우리의 실제 모습과 달리 그들에게서 존경받기를 원한다는 것이 사실이지 않은가?

자, 여기 내가 끔찍하게 생각하는 증거가 있다. 가톨릭 종교는 모든 사람에게 차별 없이 자신의 죄를 털어놓도록 강요하지 않는다. 가톨릭은 모든 다른 사람에게 자신을 숨기는 것을 묵인한다. 그러나 종교가 예외로 두는 한 사람이 있다. 이 사람에게 자신의 깊은 속내를 드러내고 스스로 어떤 사람인지를 보여 주라고 명령한다. 교회가 우리에게 속이지 말라고 명령하는 사람은 그밖에 없다. 교회는 그에게 비밀 보장의 의무를 지워서 그가 알고 있는 사실이 마치 없었던 것처럼 만든다. 이보다 더 자비롭고 더 감미로운 것을 상상할 수 있을까? 그런데도 사람들은 이 법이 가혹하다고 여길 정도로 타락했다. 이것이 유럽 대부분이 교회에 반하여 봉기하게 한 주된 이유들 중 하나이다.

인간의 마음이 얼마나 불의하고 비합리적인지, 어쩌면 모든 사람이 해야 하는 옳은 일을 한 사람에게 하도록 강요하는 것이 나쁘다고 생각할 정도이다. 왜냐하면 우리가 사람들을 속이는 것이 옳은 일이겠는가?

진리에 대한 이런 혐오감에는 여러 단계가 있다. 그리고 그 혐오감은 어느 정도 모든 사람의 마음속에 존재한다고 말할 수 있는데, 혐오감이 자애심과 불가분의 관계이기 때문이다. 책망해야 할 상황에 처해 있는 사람들이 충격을 주는 것을 피하기 위해 매우 완곡하고 완화된 표현을 선택하게 만드는 것은 바로 이 해로운 신중함이다. 그들은 우리의 결함을 축소시키고 변호하는 듯하다가, 거기에 애정과 존경의 표시와 찬사를 덧붙여야 한다. 이 모든 것에도 불구하고 이 요법은 자애심에 여전히 쓴맛으로 남는다. 자애심은 이 약을 가능한 한 조금 먹고, 늘 싫어하는데, 대개 이 약을 주는 사람들에게 은밀한 분노를 느낀다.

그래서 사람들은 우리에게서 사랑받는 것에 어떤 이익이 있다면, 우리가 불쾌하게 여기는 일은 멀리한다. 사람들은 우리가 대접받고 싶어 하는 대로 우리를 대한다. 우리는 진실을 싫어하고, 사람들은 우리에게 진실을 감춘다. 우리는 사람들의 아첨을 원하고, 사람들은 우리에게 아첨한다. 우리는 속아 넘어가는 것을 좋아하고, 사람들은 우리를 속인다.

세상에서 우리를 드높이는 것은 재산의 정도인데, 그것이 진실에서 우리를 멀어지게 한다. 왜냐하면 사람들은 누군가의 마음을 상하게 하는 것을 매우 두려워하는데, 그들의 애정이 매우 유용하고, 그들의 미움이 매우 위험한 경우이다. 한 군주가 전 유럽의 웃음거리가 되는데, 그 혼자만 아무것도 모를 것이다. 나로서는 그 점이 전혀 놀랍지 않다. 진실을 말하는 것은 사람들에게서 그 진실을 듣는 사람에게는 유익하나, 진실을 말하는 사람에게는 불리하다. 왜냐하면 그들은 미움을 받을 것이기 때문이다. 그런데 군주들과 함께 생활하는 사람들은 그들이 섬기는 군주의 이익보다는 자신들의 이익을 더 좋아한다. 그런 까닭에 그들은 자신들을 해롭게 하면서까지 군주에게 이익을 주려고 하지 않는다.

이 불행은 가장 부유한 사람들에게서 분명히 더 크고 더 일반적인 것 같다. 그러나 가난한 사람들이라고 예외는 아니다. 왜냐하면 사람들에게 사랑받는 데는 항상 어떤 이익이 있기 때문이다. 그래서 삶은 지속적인 착각일 뿐이다. 사람들은 서로 속이고 서로 아첨할 뿐이다. 그 누구도 우리가 없을 때 우리에 대해 말하는 것을 우리 앞에서 말하지 않는다. 사람들 사이에 있는 결합은 이 상호적인 기만에 근거할 뿐이다. 그리고 만약 친구가 자신이 없을 때 자신에 대해서 하는 말을 안다면, 그 말이 매우 진지하고 편견 없이 했을지라도 우정은 거의 남지 않을 것이다.

그러니까 인간은 자신에게나 타인에게나 위장이고 거짓이며 위선일 뿐이다. 그래서 사람들이 자신에게 진실을 말하는 것을 원하지 않는다. 인간은 다른 사람에게 진실을 말하는 것을 피한다. 진리와 이성에서 너무나 먼 이 성향은 인간의 마음속 깊이 자연스럽게 뿌리박혀 있다.

979-747* 심판의 날.

신부님, 신부님께서 장세니우스의 의미라고 부르는 것이 바로 이겁니까. 신부님께서 교황님과 주교님들께 이해시키고자 한 것이 이겁니까!

만약에 예수회 신부님들이 타락했다면, 그리고 오직 우리밖에 없다면, 우리는 더욱더 이 상태에 머물러야 할 것이다.

Quod bellum firmavit, pax ficta non auferat.[246]

Neque benedictione, neque maledictione movetur, sicut angelus Domini.[247*]

사람들은 기독교 윤리 중 가장 중요한 진리에 대한 사랑을 공격하고 있다.

만약 서명이 이런 것을 의미한다면 모호한 점이 없도록 제*가 설명하게 허락해 주길 바란다. 서명하는 것은 동의한다는 표시라고 많은 사람이 생각한다는 데 합의해야 할 필요가 있기 때문이다.

만약 보고 책임자가 서명하지 않는다면 판결은 무효가 될 것이다. 만약 칙령이 서명되어 있지 않더라도 효력이 있을 것이다. 그러면…….

"그런데 당신이 잘못 생각한 것일 수도 있잖습니까?" 맹세하건대, 저는 잘못 생각했을 수 있다고 생각합니다. 그러나 저는 오류를 범한 것으로 생각한다고 맹세하지는 않습니다.

믿지 않는 것은 죄가 될 수 없습니다. 믿지 않고 맹세하는 것은 죄가 될 것입니다. 훌륭한 질문들…….

여기서 이런 말씀을 드리게 되어서 유감입니다. 한 가지 이야기

245 거짓 평화가 결코 전쟁을 없애지 못한다는 사실은 전쟁으로 확인된다.
247 이스라엘 왕은 축복과 저주에 미치지 않는 하느님이 보내신 천사와 같으시다.

만 하겠습니다.

그것으로 그들은 에스코바르와 함께 상석에 자리 잡습니다. 하지만 그들은 그것을 그렇게 생각하지 않습니다. 자신들이 하느님과 교황 사이에 위치한 것을 보고 불쾌함을 표시하면서…….

980-760 그들은 교회가 말하지 않는 것을 교회가 말한다고 하고, 교회가 말한 것을 교회가 말하지 않는다고 말하고 있다.

981-770 개연론이 없는 예수회 신부들, 예수회 신부들 없는 개연론은 어떤 것일까?

개연론을 없애 보라. 더 이상 사람들의 환심을 살 수 없을 것이다. 개연론을 두어 보라. 더 이상 사람들의 환심을 사지 않을 수가 없을 것이다.

옛날에는 죄를 피하기도 어려웠고, 속죄받기도 어려웠다. 이제는 수많은 책략으로 죄를 피하고 속죄받기도 쉽다.

982-770 우리는 다양성을 획일성으로 만들었다. 왜냐하면 우리 모두가 획일화되었다는 점에서 우리는 모두 일치하고 있기 때문이다.*

6. 게리에 사본*

983-804 로아네즈 공은 다음과 같이 말했다: "나는 먼저 이유를 모른 채 어떤 것에 기쁨을 느끼거나 충격을 받는데, 그 이유들은 나중에 온다. 그런데 내가 놀라는 것은 이후에 내가 발견하게 되는 이유에 의해서이다." 그런데 내가 생각하건대 나중에 발견하는 이 이유들에 놀라는 것이 아니라 놀랐기 때문에 우리는 이 이유들을 발견하게 된다는 것이다.

984-781 유일하게 두려워해야 할 것은 급사이다. 그래서 고해 신부들이 귀족들 집에 머무르는 것이다.

985-805 개연성은 라미의 원칙이나 중상자의 원칙과 같이 다른 원칙들을 위해서 필요하다.*

A fructibus eorum[248]* …… — 그들의 윤리로 그들의 신앙을 판단하라.

---

248 그들의 열매.

개연성은 부패한 방법 없이는 대단치 않다. 이 방법들은 개연성 없이는 아무것도 아니다.

잘할 수 있고 잘할 줄 안다는 확신을 갖는 데 기쁨이 있다: '*Scire et posse*'.[249] 은총과 개연성이 이것을 제공한다. 왜냐하면 사람들은 그 작가들을 믿고 하느님께 해명할 수 있기 때문이다.

986-806　이단자들이 예수회 신부들의 교리를 이용하는데, 그것이 교회의 교리가 아니라는 사실을 알게 해야 한다. 그리고 우리의 분열로 우리가 단일성*에서 분리되는 것이 아님을 알게 해야 한다.

987-807　우리가 구별하면서 정죄했다면 여러분이 옳다. 다양성 없는 획일성은 다른 사람들에게 무익하며, 일치 없는 다양성은 우리에게 치명적이다 — 하나는 외적으로 해롭고 다른 하나는 내적으로 해롭다.

988-808　하느님이 근원이 아니라면 끝이 된다는 것은 불가능하다. 사람은 시선을 높이 들어 올리지만 모래 위에 몸을 의지하고 있다. 땅이 무너질 것이고, 우리는 하늘을 쳐다보며 넘어질 것이다.

989-809　예수회 신부들. — 예수회 신부들은 하느님이 세상 사람들과 합류하기를 원했다. 그런데 하느님과 세상 사람들의 경멸만 얻었을 뿐이다. 왜냐하면 신앙의 측면에서 그것은 명백하나, 세상 사람들의 입장에서 보면 그들은 훌륭한 책동가가 아니기 때문이

---

248 아는 것과 할 수 있는 것.

다. 내가 자주 얘기했던 것처럼, 그들은 힘을 가지고 있으나 그것은 다른 성직자들에 대한 힘이다. 그들은 작은 교회를 짓게 하고, 희년(禧年)에 사람들이 면죄받을 수 있는 교회의 지명에 대한 영향력은 있으나, 주교나 요직의 총독 자리를 갖게 할 수는 없을 것이다. 그들의 고백으로 알 수 있듯이(브리사시에 신부, 베네딕트회 수도사들), 그들이 차지하고 있는 수도사는 현세에서는 귀한 직위가 아니다. 하지만…… 여러분은 여러분보다 강력한 사람들에게는 복종하면서 그 보잘것없는 세력으로 여러분보다 술책에 약한 사람들은 억압한다.

990-810 그들이 주교들과 소르본 대학을 타락시키면서도 자신들의 판단을 정당하게 만들지 못했다면 이는 그들의 재판관들을 부당한 사람들로 만드는 데 성공한 것이 된다. 이 일로 인해 훗날 그들이 단죄받게 될 때, 인간적인 면에서 보면 (*ad hominem*) 자신들이 불의하다 말할 것이고, 그렇게 해서 자신들의 판단을 반박하게 될 것이다. 그러나 그것은 아무 도움이 못 된다. 왜냐하면 단지 선고받았다는 이유로 장세니스트들이 분명히 단죄받았다고 그들이 결론을 내릴 수 없는 것처럼, 마찬가지로 그들이 부패하기 쉬운 재판관들에 의해 단죄받을 것이기 때문에 그들이 받은 단죄는 잘못된 것이라고 결론 내릴 수는 없는 것이다. 왜냐하면 언제나 의로운 재판관들에 의해 단죄가 내려질 것이기 때문이 아니라, 이 상황에서는 의로운 재판관들에 의한 단죄여서 정당한 것이 될 것이기 때문이다. 이는 바로 다른 증거로 입증될 것이다.

991-811 교회의 두 가지 주요 관심사는 신자들의 신앙심의 보존과 이단자들의 회개이기 때문에, 우리는 오늘날 일어나고 있는

분파들을 보면서 고통에 휩싸여 있다. 이 분파들은 이단자들이 우리의 교단에 들어오는 것을 영원히 막고, 우리에게 아직 남아 있는 가톨릭의 신앙심이 깊은 사람들을 치명적으로 타락시킬 수 있는 오류들을 도입시키기 위한 것이다. 구원을 위해 가장 중요한 종교의 진리에 공공연히 반하는 이러한 시도로 우리는 불쾌감뿐만 아니라 공포와 두려움으로 가득한데, 이는 이 같은 무질서에 대해 모든 기독교인이 가질 수밖에 없는 감정들 외에도, 우리는 하느님께서 우리에게 맡기신 민족들이 ……하도록 하느님이 우리에게 주신 권위를 이용하여 무질서를 개선해야 할 의무를 가지고 있기 때문이다.

992-782 안나. 그는 무지하지 않은 제자인 체하고 오만하지 않은 스승인 체한다.

993-812 그들 결의론자들의 단체 전체가 오류 속에서 양심을 보장할 수가 없다. 그래서 좋은 지도자들을 선택하는 것이 중요하다.

그렇게 그들은 이중으로 죄인이 될 것이다. 따라가면 안 되는 길들을 간 때문이요, 들으면 안 되는 박사들의 말을 들었기 때문이다.

주

11 **1–37** 앞 번호는 라퓌마 판의 단편 번호이고, 뒤 번호는 셀리에 판의 단편 번호이다.

예수 그리스도는 ~ 바란다 "나 자신의 일을 내 입으로 증언한다면 그것은 참된 증언이 못 된다."(「요한의 복음서」 5 : 31)

12 **하느님에게 ~ 거짓된 것이오** 블레즈와 자클린이 질베르트에게 보낸 편지에서 우리는 하느님을 알고 사랑하는 사람만이 자연에서 신의 증거를 발견하게 되며, 발견의 빛은 하느님의 초자연적인 빛이라는 내용을 읽을 수 있다.(1648년 4월 1일) 『파스칼 전집』 DDB 제2권, p. 582 참조.

13 **Justus ex fide vivit** "인간은 오직 믿음을 통해서 하느님과 올바른 관계를 가지게 됩니다. 성서에도 '믿음을 통해서 하느님과 올바른 관계를 가지게 된 사람은 살 것이다' 하지 않았습니까?"(「로마인들에게 보낸 편지」 1 : 17)

Fides ex auditu "그러므로 들어야 믿을 수 있고 그리스도를 전하는 말씀이 있어야 들을 수 있습니다."(「로마인들에게 보낸 편지」 10 : 17)

15 **Omnis ~ liberabitur** "피조물이 제구실을 못하게 된 것은 제 본의가 아니라 하느님께서 그렇게 만드신 것입니다. 그러나 거기에는

희망이 있습니다. 곧 피조물에게도 멸망의 사슬에서 풀려나서 하느님의 자녀들이 누리는 영광스러운 자유에 참여할 날이 올 것입니다."(「로마인들에게 보낸 편지」 8 : 20~21)

16 **수사들의 ~ 무장한다** 13~14세기 동안 프란체스코 수도회를 동요시킨 그들의 두건 형태에 대한 논쟁을 암시한다. 숫자 751은 몽테뉴의 『에세』(1652) 쪽수이다.

17 **파리는 싸움에서 이기고** 몽테뉴, 『에세』 제2권, 12.

20 **이 학파** 회의주의.

21 **우리는 ~ 때문이다** "우리는 사소한 것으로 기분을 전환하는데, 왜냐하면 사소한 것에 우리는 사로잡히기 때문이다."(『에세』 제3권, 4, p. 836)

22 **이성은 ~ 매기지 못한다** 『에세』 제1권, 14 참조.

34 **Nihil ~ est** "진리의 시작은 자연의 성과이다. 그것이 전부이다. 우리의 것은 순전히 관례적인 것뿐이다. 우리가 받은 원리에서 끌어낸 결과이다."(키케로, 『최고 선악론』 제5권 제21장)

exercentur 세네카, 『도덕 서한』 95: "사실 원로원 회의와 평민회의 결의로 사람들이 죄를 범하기도 한다."(몽테뉴, 『에세』 제3권, 1)

36 **Cum fallatur** "나는 마치 환자가 고통에서 벗어나려고 하는 것처럼 훌륭한 종교 안으로 피신했다. 그런데 그가 자신을 해방시키는 이 진리에 대해 탐구할 때, 그를 속이는 것이 좋다고 생각한다."(몽테뉴, 『에세』 제2권, 12)

영국 왕과 폴란드 왕 그리고 스웨덴 여왕 1649년에 참수형을 당한 영국의 찰스 1세, 1656년에 몇 개월간 권력을 박탈당한 요한 카지미에르 2세 폴란드 왕, 1654년에 왕위를 양위한 크리스티나 여왕.

이미지이다 찬탈의 본래 의미는 어느 누구에게도 속하지 않는 것, 즉 모두에게 속하는 것을 자기 것으로 소유하여 이용하는 것이다.

37 **개체** 스콜라 철학의 용어로, 속성들의 주체가 되는 실체를 의미한다.

38 **memoria ~ praetereuntis** "악인의 희망은 바람에 날리는 겨와 같

고 폭풍에 부서지는 가냘픈 거품과 같다. 그것은 바람에 날리는 연기처럼 흩어지고 단 하루 머물렀던 손님에 대한 기억처럼 사라져 버린다."(「지혜서」 5 : 14)

39 **13** 파스칼이 '인간'에 대해 작업한 논설의 분할 표시 숫자로 추정됨. 단편 198, 199, 200 참조.

40 **causas** 베르길리우스, 『농경 시』 제2권, 489.

용감한 회의론자들은 ~ 결과이다 단편 408의 280개의 최고선 중 몇 개를 열거한 것.(『에세』 제2권, 12 참조)

395 395, 40쪽 아래 명시된 393은 『에세』 1652년 판본의 참조 쪽수이다.

41 **Harum sententiarum** 키케로, 『투스쿨라나룸 담론』 제1권, 11: "이 의견들 중 어느 것이 참인지는 어떤 신이 판단할 것이다."(『에세』 제2권, 12)

44 **Nisi ~ parvuli** "예수께서 어린이 하나를 불러 그들 가운데 세우시고 '나는 분명히 말한다. 너희가 생각을 바꾸어 어린이와 같이 되지 않으면 결코 하늘나라에 들어가지 못할 것이다.'"(「마태오의 복음서」 18 : 2~3)

46 **Veri juris** "우리는 참된 권리와 완벽한 정의에 대한 확고하고 정확한 모델을 가지고 있지 않다."(키케로, 『직무론』 제3권 17; 『에세』 제3권, 1)

47 **사실, 이는 어떻게** 『에세』 제1권, 42 참조.

49 **비파를 ~ 말이다** 파스칼은 "비파를 능숙하게 연주할 줄 아는 것"이라 쓰기 전에 "비파를 연주할 줄 모르는 것"이라 썼다가 지운다. 즉 두 가지 다 '결점'인데 하나는 기독교 윤리의 관점에서, 다른 하나는 세상의 관점에서이다.

59 **A. P. R.** 'A Port-Royal(포르루아얄에서)'의 약자로, 이 약자의 표시가 된 단편 122와 149는 파스칼이 1658년 포르루아얄에서 행한 기독교 호교론에 관한 강연을 위한 기록으로 추정됨.

67 **Deliciae ~ hominum** 나는 사람들과 같이 있는 것이 즐거워 그가 만드신 땅 위에서 뛰놀았다.(「잠언」 8 : 31)

71 **피로스 왕** 그리스 에페이로스의 왕(B.C. 319~272).

79 **지혜의 ~ 악한 자들이다** 샤롱, 『지혜에 대해서』 제3권, 37, p. 781.

86 **참된 행복이 ~ 모른다** 셀리에 판에는 이후 삭제된 다음과 같은 내용이 이어진다. "나만이 당신들에게 당신들의 참된 행복이 어떤 것인지 (당신들의 참된 상태를) 가르쳐 줄 수 있다. 나의 말을 듣는 이들에게 나는 그것을 가르쳐 준다. 그리고 내가 사람들 손에 쥐여 준 책들이 매우 분명하게 그 문제를 밝혀 주고 있다. 그런데 나는 이 지식이 너무 공개적이지 않았으면 한다. 나는 사람들에게 그들을 행복하게 만들 수 있는 방법을 가르쳐 준다. 어찌하여 나의 얘기를 거부하는가? 지상에서 어떤 충만감을 찾지 마라. 사람들에게서는 어떤 것도 기대하지 마라. 당신들의 행복은 하느님 안에서만 존재한다. 그리고 최고의 행복은 하느님을 알고 영원히 하느님 안에 합류하는 것이다. 하느님이 당신을 창조하셨다."

94 **마지막에 ~ 끝이다** 『에세』 제1권, 19 참조.

96 **기적이 ~ 말한다** 인간의 이성은 기적의 도움 없이는 그리스도의 승천이나 부활 같은 일들을 인정하기 어렵다고 했다. 『신국론』 제22권 7장 참조.

Susceperunt ~ haberent 그곳 유다인들은 데살로니카 유다인들보다 마음이 트인 사람들이어서 말씀을 열심히 받아들이고 바울로의 말이 사실인지 알아보려고 날마다 성서를 연구하였다.(「사도행전」 17 : 11)

99 **Videte an mentiar** "제발 이리로 얼굴을 돌려 주게. 자네들의 얼굴을 쳐다보며 속이기야 하겠는가!"(「욥기」 6 : 28)

당신들은 하고 있다 여기서 '당신들'은 예수회 신부들을 가리킨다. 『프로뱅시알』 제17서 참조.

104 **이행** 셀리에 판에서는 "인간을 아는 것으로부터 신으로의 이행"

으로 표기됨.

104 **야만인들이 ~ 모르는 것이다** 프로방스에 대한 스코틀랜드 사람들의 태도를 언급하고 있다.(『에세』 제1권, 23)

105 H homme. 인간에 대한 탐구의 분류 표시로 추정됨. 단편 199, 200 참조.

110 De omni scibili 장 픽 드 라 미랑돌의 논문의 한 제목을 요약한 것.

116 **그것을 기대해야 합니다** 페레롤 주석에 따르면, 여기서 '그것'은 최고선으로 유추해 볼 수 있다.

117 **본성은 타락했다** 파스칼이 염두에 두었던 제목의 장이다. 하지만 어떤 단장도 기록되지 않았다.

119 Rem ~ viderunt 이는 키케로의 『공화국』 제3권에 대한 고찰인데, 이 책에서 키케로는 그 원인을 지적하지 않으면서 인간의 비참을 그리고 있다.

125 **모든 나라들이 ~ 축복받으리라** "세상 만만이 네 후손의 덕을 입을 것이다."(「창세기」 22 : 18)

Non ~ nationi "당신 말씀을 야곱에게 알리시고 법령들을 이스라엘에게 주셨으니, 다른 민족은 이런 대우 받지 못하였고 당신 법령 아는 사람 아무도 없었다."(「시편」 147 : 19~20)

127 **페스파시아누스의 기적을 믿는다** 베스파시아누스 황제가 알렉산드리아에서 맹인 여자의 눈을 뜨게 했다는 이야기.(『에세』 제3권, 8 참조)

129 **성 아우구스티누스 ~ 스봉드** 『에세』 제2권, 12; 『신국론』 제11권, 22 참조.

130 **다말과 ~ 볼 수 있다** 다말에 대해서는 「창세기」 38장 참조. 룻은 「룻기」 참조. 다말과 룻은 「마태오의 복음서」 1장 3절과 5절에서 예수 그리스도의 족보 가운데 언급된다.

In ~ scandalum "그는 이스라엘의 두 집안에게 성소가 되시지만 걸리는 돌과 부딪치는 바위도 되시고 예루살렘 주민에게는 덫과

올가미도 되신다.”(「이사야」 8 : 14)

134 **이집트 사람이 ~ 은혜를 모른다** 「출애굽기」 2 : 11~14.

산에서 ~ 만들도록 하여라 「히브리인들에게 보낸 편지」 8 : 5.

허리띠 ~ 머리카락 ‘잠방이(허리띠)’(「예레미야」 13 : 1~11), ‘불에 태운 수염과 머리카락’(「에제키엘」 5 : 1~14).

135 **Veri ~ mundi** “진실하게 예배하는 사람들이 영적으로 참되게 아버지께 예배를 드릴 때가 올 터인데 바로 지금이 그때이다.”(「요한의 복음서」 4 : 23); “다음 날 요한은 예수께서 자기한테 오시는 것을 보고 이렇게 말하였다. ‘이 세상의 죄를 없애시는 하느님의 어린 양이 저기 오신다.’”(「요한의 복음서」 1 : 29)

검 ~ 같은 말들 “허리에 칼을 차고 보무도 당당하게 나서시라. 진실을 지키고 정의를 세우시라. 당신의 오른팔 무섭게 위세를 떨치시라.”(「시편」 45 : 3~4)

de ~ christina 파스칼은 여기서 장 부셰의 호교론적 작품 『기독교의 승리』의 한 여백에 쓰인 아우구스티누스의 『기독교 교리』에 대한 주해를 번역하고 있다.

Vere Israelitae “이 사람이야말로 정말 이스라엘 사람이다.”(「요한의 복음서」 1 : 47)

Vere liberi “그러므로 아들이 너희에게 자유를 준다면 너희는 참으로 자유로운 사람이 될 것이다.”(「요한의 복음서」 8 : 36)

하늘의 진정한 빵 “하늘에서 너희에게 진정한 빵을 내려 주시는 분은 내 아버지이시다.”(「요한의 복음서」 6 : 32)

136 **상징에 대한 반박** 성서의 비유에 대한 상징적인 설명이 억지스러운 작가들에 대한 반박. 단편 217 참조.

137 **메시아는 ~ 말한다** 「요한의 복음서」 12 : 34.

138 **하느님의 ~ 말이다** 「에제키엘」 20 : 11, 24.

이스라엘이 ~ 예언했다 “이스라엘 백성도 그처럼 오랫동안 왕도 대신도 없고 희생 제물도 석상도 없으며 에봇도 수호신도 없이 지낼

것이다.”(「호세아」 3 : 4)

141 **에제키엘 20장** “나는 좋지 못한 규정도 정해 주었다.”(「에제키엘」 20 : 25)

142 **호세아** 「호세아」 3 : 4.

문자는 죽인다 “이 계약은 문자로 된 것이 아니고 성령으로 된 것입니다. 문자는 사람을 죽이고 성령은 사람을 살립니다.”(「고린토인들에게 보낸 둘째 편지」 3 : 6)

모든 것은 ~ 일어났다 단편 253 참조.

예수 그리스도는 ~ 겪어야 했다 「루가의 복음서」 24 : 26.

143 **없어질 ~ 양식** “썩어 없어질 양식을 얻으려고 힘쓰지 말고 영원히 살게 하며 없어지지 않을 양식을 얻도록 힘써라.”(「요한의 복음서」 6 : 27)

너희 ~ 자유로울 것이다 “그러므로 아들이 너희에게 자유를 준다면 너희는 참으로 자유로운 사람이 될 것이다.”(「요한의 복음서」 8 : 36)

나는 ~ 참된 빵이다 “나는 하늘에서 내려온 살아 있는 빵이다.”(「요한의 복음서」 6 : 51)

146 **젖가슴** “그대의 젖가슴은 새끼 사슴 한 쌍, 나리꽃 밭에서 풀을 뜯는 쌍동이 노루 같아라.”(「아가」 4 : 5)

147 **Sede ~ meis** “야훼께서 내 주께 선언하셨다. ‘내 오른편에 앉아 있어라.’”(「시편」 110 : 1)

148 **iratus est** “그리하여 야훼께서는 당신의 백성에게 진노하시어 손을 뻗어 그들을 치셨다.”(「이사야」 5 : 25) “나 야훼 너희의 하느님은 질투하는 신이다.”(「출애굽기」 20 : 5)

Quia ~ seras “예루살렘아, 야훼를 기리어라. 시온아, 너의 하느님을 찬양하여라. 네 성문, 빗장으로 잠그시고 성안의 네 백성에게 복을 내리시니.”(「시편」 147 : 12~13)

149 **모세스 마이모니데스** 12세기 유대계 철학자, 신학자, 의사.

149 **카발라** 구약 성서에 대한 유대인들의 신비주의적인 해석.

152 **신앙의 단도** 원제 '유대교인과 회교도에 대한 신앙의 단도'는 13세기에 스페인 성 도미니크회 수도사인 레몽 마르탱(Raymon Martin)이 쓴 작품으로 조지프 드 브와젱의 주해과 함께 1651년에 출판되었다.

베레시트 라바 「창세기」에 대한 주해서.

153 **창세기 8장** 「창세기」 8 : 21.

이 악한~들어 있다 「고린토인들에게 보낸 첫째 편지」 5 : 8.

마사케트 수카 『탈무드』에 대한 논설.

미드라슈 틸림 「시편」에 대한 주해서.

악인은~않으실 것이다 "악인은 착한 자를 노리고 죽이기를 꾀하지만 야훼께서 그 손에 버려두지 않으시고 유죄 선고 받지 않게 하신다."(「시편」 37 : 32~33)

시편 4편 "무서워하여라, 다시는 죄짓지 마라."(「시편」 4 : 4)

시편 36편 "악한 자의 귀에는 죄의 속삭임뿐 하느님 두려운 생각은 염두에도 없다."(「시편」 36 : 1)

154 **미드라슈 코헬레트** 「전도서」에 대한 주해서.

시편 35편 "'권세 있는 자들의 손아귀에서 약한 사람을, 수탈하는 자들에게서 가난한 이를 구하시는 분, 야훼여, 당신 같은 분 또 어디 있사오리까!' 이는 뼛속에서 나오는 나의 고백입니다."(「시편」 35 : 10)

잠언 25장 "그것은 그의 얼굴에 모닥불을 피워 주는 셈이니, 야훼께서 너에게 갚아 주시리라."(「잠언」 25 : 22)

156 **필요에~멸망할 것이다** 『에세』 제1권, 23.

158 **동그라미~볼 것** 파스칼이 자신의 『에세』에 한 표시를 암시하는 것으로 추정됨. 단편 280 참조.

159 **여섯 시대~여섯 서광** 아우구스티누스의 『마니교도에 반대하는 창세기론』 제1권, 23의 요약. 성 아우구스티누스는 창조의 6일을

모범 삼아 역사를 여섯 시대로 구분했다. 1시대는 아담에서 노아까지, 2시대는 노아에서 아브라함까지, 3시대는 아브라함에서 다윗까지, 4시대는 다윗에서 바빌론 이주까지, 5시대는 정화의 유배에서 구속자의 탄생까지이다. 단편 590 참조.

159 **자연 종교에는 ~ 숭배자들이 있다** 로아네 양에게 보낸 파스칼의 편지(1656. 10)에서 파스칼은 자연을 통해서 보이지 않는 신을 발견한 여러 이교도들에 대해 언급한다. (『파스칼 전집』 DDB 제3권, p. 1036)

160 **마음의 ~ 약속한다** "그리고 너희 하느님 야훼께서 너희 마음과 너희 후손의 마음의 껍질을 벗겨 할례를 베풀어 주실 것이다. 그리하여 너희가 마음을 다 기울이고 정성을 다 쏟아 너희 하느님 야훼를 사랑하며 복된 삶을 누리게 해 주시고 너희를 괴롭히던 너희 원수와 적들에게 그 모든 저주를 내리시리라."(「신명기」 30 : 6~7)

161 **또 다른 동그라미** 『에세』에 대한 파스칼의 표시. 여기서는 제2권 18장의 내용을 가리킨다. 조상 얘기를 듣는 것에 대한 기쁨을 언급하고 있다.

163 **요세푸스** 플라비우스 요세푸스(37~100), 『유대 전쟁사』, 『유대 고대사』를 쓴 유대 역사가이다.

Quis ~ prophetent "차라리 야훼께서 당신의 영을 이 백성에게 주시어 모두 예언자가 되었으면 좋겠다."(「민수기」 11 : 29)

165 **Effundam ~ meum** "그런 다음에 나는 내 영을 만민에게 부어 주리니, 너희의 아들과 딸은 예언을 하리라."(「요엘」 3 : 1)

하느님은 ~ 잘 말한다 단편 309 참조.

룻기는 ~ 보존되었는가 단편 236 참조.

167 **왕자였음에도 ~ 불구하고 말이다** 플루타르코스는 아르키메데스를 시라쿠사의 폭군 히에론의 친척으로 기록했다.(「마르켈루스」, 『영웅전』)

170 **실현되어야 ~ 묵상하라** 『성 아우구스티누스의 편지』 137, 4, n. 16.

171 **성 스테파노의 ~ 있기 때문이다** 「사도행전」 8 : 54~60.

ad Caium 플라비우스 요세푸스는 『유대 고대사』(제18권 11)에서, 그리스 철학자 알렉산드리아의 필론(B.C.15년경~A.D.45년)은 『카이우스의 외교 사절』에서 예루살렘 성전에 황제 칼리굴라의 동상을 세우는 것에 대한 유대인들의 강력한 거부를 언급한다.

다리 ~ 입법자 "왕의 지팡이가 유다를 떠나지 아니하리라. 지휘봉이 다리 사이에서 떠나지 아니하리라."(「창세기」 49 : 10)

네 번째 왕정 「다니엘」 2 : 40~45, 7 : 23~27.

172 **죄 없는 사람들** 단편 753 참조.

173 **Omnes ~ 등등** "나의 종으로 할 일은 야곱의 지파들을 다시 일으키고 살아남은 이스라엘 사람을 돌아오게 하는 것으로 그치지 않는다. 나는 너를 만국의 빛으로 세운다. 너는 땅 끝까지 나의 구원이 이르게 하여라."(「이사야」 49 : 6)

참 하느님은 ~ 이끌어 갈 것이다 "장차 어느 날엔가 야훼의 집이 서 있는 산이 모든 멧부리 위에 우뚝 서고 모든 언덕 위에 드높이 솟아 만국이 그리로 물밀듯이 밀려들리라."(「이사야」 2 : 2)

174 **완벽한 길을 ~ 가르칠 것이다** "그때 수많은 민족이 모여 와서 말하리라. '자, 올라가자, 야훼의 산으로, 야곱의 하느님께서 계신 전으로! 사는 길을 그에게 배우고 그 길을 따라가자'."(「이사야」 2 : 3)

8일과 ~ 같은 것이다 단편 159 참조.

175 **하느님은 ~ 때문이다** "내가 그들의 잘못을 다시는 기억하지 아니하고 그 죄를 용서하여 주리니, 다시는 이웃이나 동기끼리 서로 깨우쳐 주며 야훼의 심정을 알아 드리자고 하지도 않아도 될 것이며, 높은 사람이나 낮은 사람이나 내 마음을 모르는 사람이 없으리라."(「예레미야」 31 : 34)

당신들의 ~ 예언할 것이오 "그런 다음에 나는 내 영을 만민에게 부어 주리니, 너희의 아들과 딸은 예언을 하리라."(「요엘」 3 : 1)

마음속에 ~ 넣을 것이오 "그 마음에 내 법을 새겨 주어, 나는 그들의

하느님이 되고 그들은 내 백성이 될 것이다."(「예레미야」 31 : 33)

작은 돌 「다니엘」 2 : 34~35.

176 **제단** "그날이 오면 이집트 땅 한복판에 야훼를 섬기는 제단이 서겠고 그 국경선 가까이에는 야훼의 주권을 표시하는 돌기둥이 서리라."(「이사야」 19 : 19)

호세아 – 3 (4) 단편 259 참조.

마지막 장 파스칼은 팡세의 여러 단편에 「이사야」의 구절을 인용하고 번역하고 요약했다. 「이사야」 54장(단편 486), 60장(단편 487), 66장(단편 453, 486, 489). 이 인용문들의 두 가지 주제는 '유대인들의 탄압과 이교도들의 회개'이다.(페레롤 주)

177 **야두스가 알렉산드로스에게** 플라비우스 요세푸스의 『유대 고대사』(제11권, 8)에 따르면 대제사장 야두스가 알렉산드로스에게 「다니엘」의 한 구절을 보여 주었다고 한다. 그 구절은 한 그리스 왕이 페르시아 왕국을 칠 것이고 알렉산드로스는 유대인들의 신을 경배할 것이라는 예언을 담고 있다.(페레롤 주)

바르코스바 로마에 대한 유대인의 마지막 항거의 대장이었던 바르코스바도 메시아로 간주되었다.

수에토니우스 수에토니우스, 『로마 황제전』 중 '클라우디우스 황제의 삶'; 타키투스, 『연대기』(제15권); 요세푸스, 『유대 고대사』(제18권).

178 **유대인들** 라퓌마 판에서는 '그리스 사람들'로 표기되었는데 오류로 보여 제2사본에 근거한 셀리에 판에서처럼 '유대인들'로 번역했다.

필론을 볼 것 알렉산드리아의 필론은 『명상의 삶에 관하여』에서 이집트 내륙의 은자들과 유대인 고행자들의 금욕주의적 삶을 묘사하는데, 여러 교부들처럼 파스칼도 이들을 기독교인들과 동일시하고 있다.(페레롤 주)

179 **Non ~ caesarem** "대사제들은 '우리의 왕은 카이사르밖에는 없

습니다' 하고 대답하였다."(『요한의 복음서』 19 : 15)

180 **목신은 죽었다** 플루타르코스, 『신탁의 종말』 제17권 참조. 한 세계의 종말, 즉 이교의 종말을 의미한다.

Parum est ut…… 단편 221 참조.

181 Populum ~ contradicentem (이사야는) "이스라엘에 대해서는 '나는 온종일 내 팔을 벌려 이 백성을 기다렸으나 그들은 순종하지 않고 오히려 나를 거역하고 있다' 하고 말하였습니다."(「로마인들에게 보낸 편지」 10 : 21)

한낮에 ~ 다닐 것이다 "야훼께서는 너희를 쳐서 미치게도 하시고 눈멀게도 하실 것이다."(「신명기」 28 : 28)

예수 ~ 올 것이다 "보아라. 나 이제 특사를 보내어 나의 행차 길을 닦으리라."(「말라기」 3 : 1)

역대기 하 "그리하면 내가 너를 왕으로 세우고 네 왕위를 튼튼하게 하여 주리라. 네 아비 다윗에게 약속한 대로 네 후손 가운데서 이스라엘을 다스릴 자가 끊어지지 않게 하리라."(「역대기 하」 7 : 18)

186 **독실함과 ~ 알 수 있다** "독실한 신앙과 양심의 차이."(『에세』 제3권, 12)

191 1~2 토마스 아퀴나스, 『신학 대전』 제113문제 제10항 제2 이의.

192 Inclina ~ **등등** "내 마음을 잇속에 기울이지 않고 당신의 언약으로 기울게 하소서."(「시편」 119 : 36)

193 **하느님의 ~ 아니다** 단편 301 참조.

195 Fascinatio ~ nugacitatis "악은 사람의 마음을 현혹시켜 아름다움을 더럽히고 방종한 정욕은 깨끗한 마음을 빗나가게 한다."(「지혜서」 4 : 12)

204 **딜레마의 오류** 『에세』 제2권, 12.

데 바로 자유사상가적 성향의 시인(1599~1673). 이성을 포기한 부류에 속한다.

222 **세상에서 ~ 사람들이다** '걸핏하면 분노하고 화를 내는 사람들'에 대해서 보쉬에는 자신의 「최후의 심판에 대한 강론」(1669)에서 다음과 같이 묘사한다. "방탕한 태도로 자신들이 대단한 사람이 된 것처럼 행동하고, 법을 무시함으로써 좀 더 높은 위치로 올라간다고 생각하며, 조심스러운 태도는 두려움 같은 것을 내비치기 때문에 자신들에게는 합당하지 않다고 생각하는 사람들이다."

230 **Quare ~ Christum** "어찌하여 나라들이 술렁대는가? 어찌하여 민족들이 헛일을 꾸미는가? 야훼를 거슬러, 그 기름 부은 자를 거슬러 세상의 왕들은 들썩거리고 왕족들은 음모를 꾸미며."(「시편」 2 : 1~2)

233 **Ego vir videns** "노여워 때리시는 매를 맞아 온갖 고생을 다 겪은 사람, 이 몸을 주께서 끌어내시어 칠흙 같은 어둠 속을 헤매게 하시는구나."(「애가」 3 : 1~2)

244 **8장** 8장~12장에 인용된 성서 문구는 파스칼이 불가타성서(라틴어로 번역된 성서)를 번역한 것이다.

신명기 8장 19절 「신명기」 8 : 19~20.

245 **참 유대인은 ~ 생각했다** 「이사야」 56 : 6~7.

246 **요엘 ~ 등등** "옷만 찢지 말고 심장을 찢고, 너희 하느님 야훼께 돌아오라."

신명기 30장 19절 "나는 오늘 하늘과 땅을 증인으로 세우고 너희 앞에 생명과 죽음, 복과 저주를 내놓는다. 너희나 너희 후손이 잘 살려거든 생명을 택하여라."

호세아 1장 10절 "이스라엘 백성은 바다의 모래같이 불어나 셀 수도 없고 잴 수도 없이 되리라. 너희를 버린 자식이라 하였지만, 이제는 살아 계시는 하느님의 자녀라 하리라."(「호세아」 2 : 1)

247 **1장 11절** 「이사야」 66 : 1~3, 1 : 11.

미가 6장 "높이 계시는 하느님 야훼께 예배를 드리려면, 무엇을 가지고 나가면 됩니까? 번제를 가지고 나가야 합니까? 송아지를 가지고 나가야 합니까? 숫양 몇 천 마리 바치면 야훼께서 기뻐하시겠습니까? 거역하기만 하던 죄를 벗으려면, 맏아들이라도 바쳐야 합니까? 이 죽을 죄를 벗으려면, 이 몸에서 난 자식이라도 바쳐야 합니까?" 이 사람아, 야훼께서 무엇을 좋아하시는지, 무엇을 원하시는지 들어서 알지 않느냐? 정의를 실천하는 일, 기꺼이 은덕에 보답하는 일1) 조심스레 하느님과 함께 살아가는 일, 그 일밖에 무엇이 더 있겠느냐? 그의 이름을 어려워하는 자에게 앞길이 열린다. (미가 6 : 6~8)

247 **Mandata ~ 에제키엘** "나는 좋지 못한 규정도 정해 주었다. 그대로 하다가는 죽을 수밖에 없는 법도 세워 주었다."(「에제키엘」 20 : 25)

248 **아론의 ~ 도입될 것이다** 「시편」 110 : 4.

왕도 ~ 될 것이다 단편 259 참조.

258 **나는 ~ 하지 않는다** 단편 272 참고.

증거 — 1° ~ 12° 기독교의 증거들을 나열한 것.

264 **하깨 2장 4절** "이 성전이 예전에는 얼마나 영광스러웠더냐? 너희 가운데 그것을 본 사람이 더러 남아 있으리라. 그런데 지금 이 성전은 어떠하냐? 너희의 눈에도 이따위는 있으나마나 하지 않으냐? 그러나 즈루빠벨아, 힘을 내어라. 나 야훼의 말이다. 여호사닥의 아들 대사제 여호수아야, 힘을 내어라. 이 땅 모든 백성들아, 힘을 내어라. 그리고 일을 시작하여라. 내가 너희 곁에 있어 주리라. 만군의 야훼가 말한다. 너희가 이집트에서 나올 때 너희와 계약을 맺으며 약속한 대로 나의 영이 너희 가운데 머물러 있을 터이니, 겁내지 마라. 나 만군의 야훼가 말한다. 나는 이제 곧 하늘과 땅, 바다와 육지를 뒤흔들고 뭇 민족도 뒤흔들리라. 그리하면 뭇 민족이 보화를 가지고 오리니, 내가 내리는 영광이 이 성전에 차고 넘치리라. 야훼의 말이다. 은도 나의 것이요, 금도 나의 것이다. 만군의 야훼가 말한다. 지금 짓는 이 성전이 예전의 성전보다 더 영화로울

것이다. 만군의 야훼가 말한다. 나는 이곳에 평화를 주리라. 만군의 야훼가 말한다."(「하깨」 2 : 3~9)

269 **다니엘 2장** 「다니엘」 2 : 24~46.

271 **다니엘 8장** 「다니엘」 8 : 2~25.

276 **25** 파스칼이 「다니엘」 11장 14절까지 정리한 뒤 이어서 25장을 해야 한다고 표시한 것.

277 **이사야~하느님의 복수** "어쩌다가 성실하던 마을이 창녀가 되었는가! 법이 살아 있고 정의가 깃들이던 곳이 살인자들의 천지가 되었는가!"(「이사야」 1 : 21)

287 **Aenigmatis** "너 사람아, 이스라엘 족속에게 수수께끼를 내놓아라."(「에제키엘」 17 : 2)

288 **호세아 마지막 장 10** "지혜가 있거든, 이 일을 깨달아라. 슬기가 있거든, 이 뜻을 알아라. 야훼께서 보여 주신 길은 곧은 길, 죄인은 그 길에서 걸려 넘어지지만 죄 없는 사람은 그 길을 따라 가리라."(「호세아」14 : 10)

시편 117편 22절 118편 2절.

289 **호세아 6장 3절** 「시편」 16 : 10. 「호세아」 6 : 2.

예레미야 31 : 36.

호세아 3장 「호세아」 3 : 4.

아모스 8 : 11~12.

이사야 「이사야」 59 : 9~11.

시편 71편 「이사야」 55 : 5, 60 : 4, 「시편」 72 : 11.

291 **이사야 29장** 「이사야」 29 : 9~14.

다니엘 12장 「다니엘」 12 : 10.

292 **이사야 41장** 「이사야」 41 : 21~24, 26.

이사야 42장 「이사야」 42 : 8~10.

눈을~데려와라 「이사야」 43 : 8~27.

293 **이사야 44장** 「이사야」 44 : 6~8.

294 **나는 ~ 불렀다** 「이사야」 45 : 4.

이사야 46장 「이사야」 46 : 9~10.

295 **이사야 65장** 「이사야」 65 : 1~3, 24~25.(4절과 6절은 제외.)

296 **이사야 56장** 「이사야」 56 : 1~5.

297 **우리의 ~ 멀어져 갔다** 「이사야」 59 : 9~11.

예레미야 7장 「예레미야」 7 : 12~16.

298 **예레미야 7장** 「예레미야」 7 : 4.

299 **우리에게는 ~ 왕이 없다** "대사제들은 '우리의 왕은 카이사르밖에는 없습니다' 하고 대답하였다."(「요한의 복음서」 19 : 15)

300 **31장 21절** 「신명기」 32 : 21.

301 **나는 ~ 줄 것이다** 「이사야」 65 : 15.

그로티우스 그로티우스, 『기독교의 진리에 관하여』 제5권, 14장.

303 **예레미야 33장 마지막 절** 예레미아 30장 마지막 절.

두 번째 세 번째 증거이다.

304 **한 작가의 ~ 위해서는** 단편 257 참조.

307 **ut ~ surge** "'땅에서 죄를 용서하는 권한이 사람의 아들에게 있다는 것을 보여 주겠다.' 그리고 나서 중풍 병자에게 '내가 말하는 대로 하여라. 일어나 요를 걷어 가지고 집으로 가거라.'"(「마르코의 복음서」 2 : 10~11)

308 **Kirkerus — Usserius** Conrard Kircher, 『구약 성서의 그리스-히브리어 용어 색인』(1607) 저자. Jacques Usher, 『신구약 성서 연대기』(1650~1654) 저자.

319 **Je ~ trekei** 파스칼은 여기서 그리스 사람들과 프랑스 사람들이 범하는 오류의 예를 제시하고 있다. 'Je faisons'은 주어가 1인칭 단수인데 동사는 1인칭 복수로 활용된 것이고, 'Zoa trekei'는 주어가 '말들'이라는 3인칭 복수인데 동사는 3인칭 단수 형태로 활용된 것이다.

321 **멜리데 섬에서** 「사도행전」 28 : 1~5.

323 **상상은 ~ 반대되기도 한다** 분명하기도 하고 환상이기도 하기 때문이다.

326 **주인의 ~ 맞을 것이다** "자기 주인의 뜻을 알고도 아무런 준비를 하지 않았거나 주인의 뜻대로 하지 않은 종은 매를 많이 맞을 것이다."(「루가의 복음서」 12 : 47)

328 **아브라함의 ~ 돌들** "그리고 '아브라함이 우리의 조상이다' 하는 말은 아예 할 생각도 마라. 사실 하느님은 이 돌들로도 아브라함의 자녀를 만드실 수 있다."(「마태오의 복음서」 3 : 9)

이 세상에 ~ 오만이다 "세상에 있는 모든 것, 곧 육체의 쾌락과 눈의 쾌락을 좇는 것이나 재산을 가지고 자랑하는 것은 아버지께로부터 나온 것이 아니고 세상에서 나온 것입니다."(「요한의 첫째 편지」 2 : 16)

주님, 저희가 ~ 등등 "주님, 저희가 언제 주님께서 주리신 것을 보고 잡수실 것을 드렸으며 목마르신 것을 보고 마실 것을 드렸습니까?"(「마태오의 복음서」 25 : 37)

329 **Ne ~ eos** "'그들이 눈으로 보고 귀로 듣고 마음으로 깨달아 돌아서서 마침내 나한테 온전하게 고침을 받으리라' 하고 말하지 않았더냐."(「마태오의 복음서」 13 : 15)

이사야 이사야의 내용을 마태오 복음에서 예수가 인용함.

Et ~ peccata "그들이 '보고 또 보아도 알아보지 못하고 듣고 또 들어도 알아듣지 못하게 하려는 것이다.'"(「마르코의 복음서」 4 : 12)

결혼 의복이 ~ 마찬가지이다 "예복도 입지 않고 어떻게 여기 들어왔소?"(「마태오의 복음서」 22 : 12)

Et ~ Petrum "나는 네가 믿음을 잃지 않도록 기도하였다. 그러니 네가 나에게 다시 돌아오거든 형제들에게 힘이 되어 다오."(「루가의 복음서」 22 : 32) "그때에 주께서 몸을 돌려 베드로를 똑바로 바라보셨다."(「루가의 복음서」 22 : 61) "'나는 아브라함의 하느님이요, 이사악의 하느님이요, 야곱의 하느님이다.' 하시지 않았느냐?

이 말씀은 하느님께서 죽은 이들의 하느님이 아니라 살아 있는 이들의 하느님이라는 뜻이다.”(「마태오의 복음서」 22 : 32)

329 **예수 ~ 대답한다** 「루가의 복음서」 22 : 48~51.

334 **Duo aut tres** “단 두세 사람이라도 내 이름으로 모인 곳에는 나도 함께 있기 때문이다.”(「마태오의 복음서」 18 : 20)

Vos autem non sic “예수께서 이렇게 말씀하셨다. ‘이 세상의 왕들은 강제로 백성을 다스린다. 그리고 백성들에게 권력을 휘두르는 사람들은 백성의 은인으로 행세한다. 그러나 너희는 그래서는 안 된다. 오히려 너희 중에서 제일 높은 사람은 제일 낮은 사람처럼 처신해야 하고 지배하는 사람은 섬기는 사람처럼 처신해야 한다.’”(「루가의 복음서」 22 : 25~26)

335 **In ~ peccaverunt** “한 사람이 죄를 지어 이 세상에 죄가 들어왔고 죄는 또한 죽음을 불러들인 것같이 모든 사람이 죄를 지어 죽음이 온 인류에게 미치게 되었습니다.”(「로마인들에게 보낸 편지」 5 : 12)

336 **그들이 ~ 말할 것이다** 「역대기 하」 1 : 13~14.

338 **스카라무슈** 1650년대에 파리에서 흥행한 코메디아 델라르테의 익살꾼 역.

모든 것 ~ 박사 코메디아 델라르터의 인물.

345 **미통** 다미앵 미통(1618~1690), 파스칼의 사교계 친구, 교양 인성(honnêteté) 이론가이며 자유로운 사상가이다. 단편 642와 853 참조.

346 **미친 ~ 여자였다** 라퓌마 판에는 ‘fille(처녀)’라고 표기됨. 셀리에 판의 ‘folle(미친 여자)’로 번역함.

347 **여로보암의 ~ 통치하에서처럼** 「열왕기 상」 12 : 31.

350 **Ingrediens mundum** “그래서 그리스도께서 세상에 오셨을 때에 하느님께 이렇게 말씀하셨습니다. ‘당신은 율법의 희생 제물과 봉헌물을 원하시지 않았습니다. 그래서 저를 참 제물로 받으시려고

인간이 되게 하셨습니다.'"(「히브리인들에게 보낸 편지」 10 : 5)

돌 위에 돌 (예루살렘 성전 앞에서) "지금은 저 웅장한 건물들이 보이겠지만 그러나 저 돌들이 어느 하나도 제자리에 그대로 얹혀 있지 못하고 다 무너지고 말 것이다."(「마르코의 복음서」 13 : 2)

Transfixerunt "그들은 내 가슴을 찔러 아프게 한 일을 외아들이나 맏아들이라도 잃은 듯이 슬퍼하며 곡하리라."(「즈가리야」 12 : 10)

ex ~ iniquitatibus "그가 이스라엘을 속량하시리라. 그 모든 죄에서 구하시리라."(「시편」 130 : 8)

351 **그것은 ~ 진지하다** 프로뱅시알 편지.

353 **하느님의 ~ 안에 있다** 「루가의 복음서」 17 : 21.

세상의 ~ 즐기자 「지혜서」 2 : 6.

355 **하느님이 ~ 있을 것이다** "야훼께서 내 주께 선언하셨다. '내 오른편에 앉아 있어라. 내가 네 원수들을 네 발판으로 삼을 때.'"(「시편」 110 : 1)

356 **Omne ~ animal** "모든 동물은 그 동류를 사랑하고 인간은 누구나 자기 이웃을 사랑한다. 모든 짐승은 동류와 어울리고 모든 인간은 비슷한 사람들끼리 어울린다."(「집회서」 13 : 15~16)

358 **클레오 뷜린의 ~ 좋아한다** 스퀴데리의 소설(『아르타멘 또는 키루스 대왕』)에 나오는 코린트 여왕. 여왕은 자신이 사랑에 빠진 것을 깨닫지 못하다 나중에 알게 된다.

360 **184쪽에서처럼** 『에세』 1652년 판본.

362 **각자가 덧붙일 수 있고** "자신의 개연적인 의견을."

363 **Spongia Solis** '태양의 스펀지.' 1604년에 발견된 인광석(燐光石)에 붙인 이름.

364 **인간은 ~ 동물이다** 단편 630 참조.

366 **프로** 『프로뱅시알』을 위해서.

367 **730, 331** 『에세』 1652년 판 해당 쪽.

368 **휴식의 순간** 셀리에 판에서는 '휴식 중인 운동'으로 표기됨.

자연을 따르라 고대 철학자들의 주요 교훈. 『에세』 제3권 12, 13장 참조.

부정함 ~ 일을 하라 샤롱, 『지혜에 대하여』 제3권 13장 참조.

370 **사람들은 ~ 않기 때문이다** 『에세』 제1권 42장 참조.

371 **하느님께서 ~ 과하지 마옵소서** 「시편」 32 : 2.

몬탈트 『프로뱅시알』 출판 때 사용한 파스칼의 가명.

372 **sapientius ~hominibus** 「고린토인들에게 보낸 첫째 편지」 1 : 25.

374 **Mohatra** 『프로뱅시알』 제8서 참조.

Tot pacem "그들은 하느님을 잘못 인식하는 데 그치지 않고 더 나아가서 무지에서 오는 격렬한 싸움 속에 살면서 이와 같은 온갖 악을 평화라고 부른다."(「지혜서」 14 : 22)

375 **베네치아** 폴 에른스트가 이 단편의 원본을 발견했다. 단편의 내용은 1657년 2월 17일 자 「가제트」의 기사에 관한 것이다. 베네치아가 1606년에 추방한 예수회를 교황과 프랑스 왕의 간청으로 복원한다는 내용이었다.

절박한 필요 터키의 위협.

매고 푸는 것 "네가 무엇이든지 땅에서 매면 하늘에도 매여 있을 것이며 땅에서 풀면 하늘에도 풀려 있을 것이다."(「마태오의 복음서」 16 : 19)

376 **교황들은 ~ 할 수가 없다** 단편 67 참조.

378 **예언은 ~ 모호하지 않다** 셀리에 판에는 '예언'이 '5개의 명제'로 표기됨.

나는 ~ 확보했다 「열왕기 상」 19 : 18.

379 **quma primum** 마스카레나의 『성찬식에 대하여』: "한 사제가 전혀 쓸데없이, 순전히 악의로 큰 죄의 상태에서 사전에 고백 성사도 하지 않고 미사를 올렸는데, 트리엔트 공의회가 명하는 것, 즉 '가능한 한 빨리' 고백 성사를 한다는 것은 반드시 이행해야 하는 것

은 아니다. 왜냐하면 공의회는 부득이하게 고백 성사를 하지 않은 사람들에 대해 말하는 것이지 악의로 하지 않은 사람들에 대해 말하는 것이 아니기 때문이다."

380 **Ⅲ ~ 20** 『프로뱅시알』 제8서에 인용된 장세니우스의 『아우구스티누스』 참고 사항.

382 **CC. ~ facis** "유다인들은 '당신이 좋은 일을 했는데 우리가 왜 돌을 들겠소? 당신이 하느님을 모독했으니까 그러는 것이오. 당신은 한갓 사람이면서 하느님 행세를 하고 있지 않소?' 하고 대들었다."(「요한의 복음서」 10 : 33)

Scriptum ~ Scriptura "너희의 율법서를 보면 하느님께서 '내가 너희를 신이라 불렀다' 하신 기록이 있지 않느냐? 이렇게 성서에서는 하느님의 말씀을 받은 사람들을 모두 신이라고 불렀다. 성경 말씀은 영원히 참되시다. 아버지께서는 나에게 거룩한 일을 맡겨 세상에 보내 주셨다. 너희는 내가 하느님의 아들이라고 한 말 때문에 하느님을 모독한다고 하느냐?"(「요한의 복음서」 10 : 34~36)

CC. ~ vitam "그 병은 죽을병이 아니다."(「요한의 복음서」 11 : 4)

Lazarus ~ est "우리 친구 나자로가 잠들어 있으니 이제 내가 가서 깨워야겠다. (……) 나자로는 죽었다."(「요한의 복음서」 11 : 11~14)

383 **두 집단** 몰리니스트들과 칼뱅파를 말한다.

responde ne respondeas "미련한 자의 어리석은 소리에 대꾸하지 마라. 너도 같은 사람이 되리라. 미련한 자의 어리석은 소리엔 같은 말로 대꾸해 주어라. 그래야 지혜로운 체하지 못한다."(「잠언」 26 : 4~5)

새로운 하늘과 ~ 창조 "보아라, 나 이제 새 하늘과 새 땅을 창조한다."(「이사야」 65 : 17)

388 **개구리 이야기** 데카르트의 동물 기계 이론에 대한 토론에서 리앙쿠르 공작이 한 얘기. 공작은 데카르트의 이론을 반박하기 위해서

당시에 잘 알려진 아이작 월턴의 『조어대전(釣魚大全)』 이야기를 인용했다.

388 **교활한 사람들** 셀리에 판에는 'malingres(나약한 사람들)'로 표기됨.

389 **살로몽 드 튈티** 'Salomon de Tultie'는 『프로뱅시알』에서 사용한 파스칼의 가명 루이 드 몽탈트(Louis de Montalte)의 철자를 바꾼 이름이다.

391 **Unusquisque ~ fingit** "그는 부질없는 수고를 하여 같은 진흙으로 헛된 신을 빚어낸다."(「지혜서」 15 : 8)

394 **state ~ ambulabimus** "너희는 네거리에 서서 살펴보아라. 옛부터 있는 길을 물어보아라. 어떤 길이 나은 길인지 물어보고 그 길을 가거라."(「예레미야」 6 : 16)

sed ~ ibimus "다 글렀다. 우리는 우리 멋대로 살겠다. 마음 내키는 대로 마구 살겠다."(「예레미야」 18 : 12)

그들은 예수회 신부들. 아래 문단에서 "이 훌륭한 신부님들".

395 **우리는 ~ 될 것이오** "그렇지 않습니다. 우리는 왕을 모셔야겠습니다. 그래야 우리도 다른 나라처럼 되지 않겠습니까?"(「사무엘상」 8 : 19~20)

398 **하느님의 ~ 권유이다** "더구나 사람을 회개시키려고 베푸시는 하느님의 자비를 깨닫기는커녕 오히려 그 크신 자비와 관용과 인내를 업신여기는 자가 있다니 될 말입니까?"(「로마인들에게 보낸 편지」 2 : 4)

여기실지 보자 「요나」 3 : 8~9.

399 **국왕을 위한 추도사** 대(大)아르노의 아버지 앙투안 아르노의 팸플릿 제목.

나를 ~ 반대하는 사람이다 「마태오의 복음서」 12 : 30.

399 **당신을 ~ 당신 편이다** 「마르코의 복음서」 9 : 40.

401 **Nemo ~ revelare** 아버지께서는 모든 것을 저에게 맡겨 주셨습

니다. 아버지밖에는 아들을 아는 이가 없고 아들과 또 그가 아버지를 계시하려고 택한 사람들밖에는 아버지를 아는 이가 없습니다."(「마태오의 복음서」 11 : 27)

402 **Ne ~ tremore** "내 어린 양 떼들아 조금도 무서워하지 마라."(「루가의 복음서」 12 : 32) "두렵고 떨리는 마음으로 여러분 자신의 구원을 위해서 힘쓰십시오."(「필립비인들에게 보낸 편지」 2 : 12)

403 **Nemo ~ filius** "하늘에 있는 천사들도 모르고 아들도 모르고 오직 아버지만이 아신다."(「마르코의 복음서」 13 : 32)

예수회 ~ 잘했기 때문이다 은총과 자유 의지에 대한 단편이다.

콩드랑 신부 샤를 드 콩드랑(1588~1641). 오라토리오 수도회 신부. 파스칼이 비판하고 있는 구절은 그의 『서한과 강론』 서한 18에 들어 있다.

예수 그리스도는 ~ 말을 했다 "아버지, 이 사람들이 모두 하나가 되게 하여 주십시오. 아버지께서 내 안에 계시고 내가 아버지 안에 있는 것과 같이 이 사람들도 우리들 안에 있게 하여 주십시오."(「요한의 복음서」 17 : 21)

404 **아비에서 ~ 개종시켜야 했다** "그는 아비와 자식을 화해시키고 거역하는 자들에게 올바른 생각을 하게 하여 주님을 맞아들일 만한 백성이 되도록 준비할 것이다."(「루가의 복음서」 1 : 17)

분열시켜야 했다 "나는 아들은 아버지와 맞서고 딸은 어머니와, 며느리는 시어머니와 서로 맞서게 하려고 왔다."(「마태오의 복음서」 10 : 35)

406 **Davitur ~ legere** "그것은 밀봉된 책에 쓰여진 말씀과 같다. 글 아는 사람에게 이 책을 읽어 달라고 하면 '책이 밀봉되어 있는데 어떻게 읽겠느냐?' 할 것이다."(「이사야」 29 : 11)

찬탈자의 손 헤롯 왕.

407 **그 일** 성행위. 『에세』 제3권 5장의 알렉산드로스 이야기 참조.

409 **경구** 1659년에 포르루아얄에서 출판된 『경구 선집』.

411 **Fascinatio ~ mundi** ‘현혹’. “악은 사람의 마음을 현혹시켜 아름다움을 더럽히고 방종한 정욕은 깨끗한 마음을 빗나가게 한다.”(「지혜서」 4 : 12) “힘 있는 자들 가진 것 빼앗기고 잠들어 버려.”(「시편」 76 : 5) “우리가 보는 이 세상은 사라져 가고 있기 때문입니다.”(고린토인들에게 보낸 첫째 편지」 7 : 31)

412 **Comedes ~ nostrum** “올리브 나무 기름과 꿀이 나는 땅이다. 굶주리지 않고 먹을 수 있는 땅.”(「신명기」 8 : 8~9), “날마다 우리에게 필요한 양식을 주시고.”(「루가의 복음서」 11 : 3)

Inimici ~ ingent “큰 괴수가 그 앞에 무릎을 꿇고 원수들은 와서 땅바닥을 핥을 것이며.”(「시편」 72 : 9)

Cum amaritudinibus “그날 밤에 고기를 불에 구워 누룩 없는 빵과 쓴 나물을 곁들여 먹도록 하는데.”(「출애굽기」 12 : 8)

Singularis ~ transeam “악인들은 모두 저희가 친 그물에 걸려들게 하시고, 나는 안전하게 내 길을 가게 하소서.”(「시편」 141 : 10)

414 **그것은 기이함이다** 단편 55 참조.

Responderunt unquam “예수께서는 당신을 믿는 유다인들에게 이렇게 말씀하셨다. ‘너희가 내 말을 마음에 새기고 산다면 너희는 참으로 나의 제자이다. 그러면 너희는 진리를 알게 될 것이며 진리가 너희를 자유롭게 할 것이다.’ 그들은 이 말씀을 듣고 ‘우리는 아브라함의 후손이고, 아무한테도 종살이를 한 적이 없는데 선생님은 우리더러 자유를 얻을 것이라고 하시니 어떻게 된 일입니까?’ 하고 따졌다.”(「요한의 복음서」 8 : 31~33)

416 **Quis ~ 등등** “아, 누가 있어 나의 말을 기록해 두랴? 누가 있어 구리판에 새겨 두랴? 쇠나 놋정으로 바위에 새겨 길이길이 보존해 주랴? 나는 믿는다. 나의 변호인이 살아 있음을! 나의 후견인이 마침내 땅 위에 나타나리라.”(「욥기」 19 : 23~25)

418 **죽음에 대한 승리** “죽음아, 네 승리는 어디 갔느냐?”(「고린토인들에게 보낸 첫째 편지」 15 : 55); 단편 253 참조.

418 **자신의 ~ 잃게 될 것이다** 「루가의 복음서」 9 : 24~25.
나는 ~ 완성하러 왔다 「마태오의 복음서」 5 : 17.
나는 ~ 없애는 어린 양이다 「요한의 복음서」 1 : 29.
모세는 ~ 빵을 주지 않았다 「요한의 복음서」 6장 32절.
진실로 ~ 주지도 않았다 「요한의 복음서」 8 : 36.

421 **Inclina ~ deus** "내 마음을 잇속에 기울이지 않고 당신의 언약으로 기울게 하소서."(「시편」 119 : 36)
432-662 이 단편은 단편 427을 위한 기록이다.

425 **Humilibus ~ gratiam** "하느님께서는 교만한 자를 물리치시고 겸손한 사람에게 은총을 베푸십니다."(「베드로의 첫째 편지」 5 : 5) 파스칼이 덧붙인 말: "하느님은 겸손을 부여하지 않았다는 말인가?"
Sui ~ sui "그분이 자기 나라에 오셨지만 백성들은 그분을 맞아주지 않았다."(「요한의 복음서」 1 : 11) 파스칼이 덧붙인 말: "그런데 그를 거부한 모든 사람들이 그의 사람이 아니었는가?"

433 **그것은 ~ 변함이 없다** 셀리에 판에서 이 대답은 질문 5의 것이다.

434 **벨라민** 예수회 신학자(1542~1621).

435 **예수 그리스도의 ~ 말했는데** 「마르코의 복음서」 9 : 40.

437 **신명기 18장** "그 예언자가 야훼의 이름으로 말한 것이 그대로 이루어지지 않으면 그 말은 야훼께서 하신 말씀이 아니다. 제멋대로 말한 것이니 그런 예언자는 두려워할 것 없다."(「신명기」 18 : 22)
신명기 13장 "예언자라는 사람이나 꿈으로 점친다는 사람이 너희 가운데 나타나 표적과 기적을 해 보인다고 장담하고 그 장담한 표적과 기적이 그대로 이루어진다고 하더라도, 너희가 일찍이 알지도 못하고 섬겨 본 일도 없는 다른 신들을 따르자고 하거든, 그 예언자나 꿈으로 점치는 사람의 말을 듣지 마라."(「신명기」 13 : 2~4)
예수 그리스도의 ~ 한 가지 "우리를 반대하지 않는 사람은 우리를

지지하는 사람이다."(「마르코의 복음서」 9 : 40)

439 **데살로니카인들에게 ~ 편지 2장** "그 악한 자는 나타나서 사탄의 힘을 빌려 온갖 종류의 거짓된 기적과 표징과 놀라운 일들을 행할 것입니다. 그리고 온갖 악랄한 속임수를 다 써서 사람들을 멸망시킬 것입니다. 그 사람들은 진리를 받아들이지도 않고 사랑하지도 않기 때문에 구원을 얻지 못할 것입니다."(「데살로니카인들에게 보낸 둘째 편지」 2 : 9~10)

441 **Vere ~ discipuli** "예수께서는 당신을 믿는 유다인들에게 이렇게 말씀하셨다. '너희가 내 말을 마음에 새기고 산다면 너희는 참으로 나의 제자이다.'"(「요한의 복음서」 8 : 31)

Vere ~ Israelita "예수께서는 나타나엘이 가까이 오는 것을 보시고 '이 사람이야말로 정말 이스라엘 사람이다.'"(「요한의 복음서」 1 : 47)

Vere ~ cibus "하늘에서 빵을 내려다가 너희를 먹인 사람은 모세가 아니다. 하늘에서 너희에게 진정한 빵을 내려 주시는 분은 내 아버지이시다."(「요한의 복음서」 6 : 32)

Vere ~ liberi "그러므로 아들이 너희에게 자유를 준다면 너희는 참으로 자유로운 사람이 될 것이다."(「요한의 복음서」 8 : 36)

산헤립 「열왕기 하」 19장.

거짓 예언자 ~ 죽는다 "그대는 이 백성에게 거짓말을 하여서 곧이듣고 안심하게 하였소. 그래서 야훼께서는 이렇게 말씀하셨소. '나는 너를 땅 위에서 치워 버리겠다. 나를 거역하는 말을 한 벌로 너는 이해가 가기 전에 죽으리라.' 그 말대로 예언자 하나니야는 그해 칠월에 죽었다.'(「예레미야」 28 : 15~17)

442 **이 일로 ~ 압니다** 「열왕기 상」 17 : 24.

바알의 ~ 엘리야 「열왕기 상」 18 : 20~40.

443 **당신이 ~ 감탄할 만하다** 「요한의 복음서」 9 : 29~30.

증명의 힘을 ~ 갖지 않는다 셀리에 단편 428.

444 **quod ~ debui** "내가 포도밭을 위하여 무슨 일을 더 해야 한단 말인가? 내가 해 주지 않은 것이 무엇이 있는가?"(「이사야」 5 : 4)

나를 ~ 말한다 "오라, 와서 나와 시비를 가리자."(「이사야」 1 : 18)

445 **바르예수** 「사도행전」 13 : 10~11.

마귀의 ~ 퇴마사들 「사도행전」 19 : 15.

Si angelus "하늘에서 온 천사라 할지라도 우리가 이미 전한 복음과 다른 것을 여러분에게 전한다면 그는 저주를 받아 마땅합니다."(「갈라디아인들에게 보낸 편지」 1 : 8)

447 **우리의 ~ 평가하는가** 「요한의 복음서」 7 : 48~52.

Ne crux "인간의 말재주로 복음을 전하면 그리스도의 십자가는 그 뜻을 잃고 맙니다."(「고린토인들에게 보낸 첫째 편지」 1 : 17)

448 **그는 ~ 증명한다** 「마르코의 복음서」 2 : 6~11.

너희의 ~ 말했다 "그러나 악령들이 복종한다고 기뻐하기보다는 너희의 이름이 하늘에 기록된 것을 기뻐하여라."(「루가의 복음서」 10 : 20)

449 **illo** (니고데모가) "'선생님, 우리는 선생님을 하느님께서 보내신 분으로 알고 있습니다. 하느님께서 함께 계시지 않고서야 누가 선생님처럼 그런 기적들을 행할 수 있겠습니까?' 하고 말하였다."(「요한의 복음서」 3 : 2)

Nisi ~ haberent "내가 일찍이 아무도 하지 못한 일들을 그들 앞에서 하지 않았던들 그들에게는 죄가 없었을 것이다."(「요한의 복음서」 15 : 24)

예언은 ~ 것처럼 말이다 「요한의 복음서」 2 : 6~11, 4 : 16~18, 5 : 43~54. 성 요한은 예수 그리스도가 사마리아 여자에게 한 말은 기적이라 부르지 않는다.

450 **빛이 ~ 어떤 것일까** "네 마음의 빛이 빛이 아니라 어둠이라면 그 어둠이 얼마나 심하겠느냐?"(「마태오의 복음서」 6 : 23)

450 Si ~ nobis "유다인들이 예수를 둘러싸고 '당신은 얼마나 더 오래 우리의 마음을 조이게 할 작정입니까? 당신이 정말 그리스도라면 그렇다고 분명히 말해주시오' 하고 말하였다."(「요한의 복음서」 10 : 24)

451 Opere ~ audiunt "예수께서는 '내가 이미 말했는데도 너희는 내 말을 믿지 않는구나. (……) 내 양들은 내 목소리를 알아듣는다. 나는 내 양들을 알고 그들은 나를 따라온다.'"(「요한의 복음서」 10 : 25~27)

quod ~ predicas "그들은 다시 "무슨 기적을 보여 우리로 하여금 믿게 하시겠습니까? 선생님은 무슨 일을 하시렵니까?"(「요한의 복음서」 6 : 30) 그들은 다음과 같이 묻지 않는다: "당신은 어떤 교리를 설교합니까?"(파스칼의 문장)

Nemo illo 단편 846 주 4 참조.

Deus ~ protegit "유다인들은 (……) 당신 백성을 영원히 붙들어 주시며 스스로 나타나셔서 당신 백성들을 언제나 도와주시는 분에게 그들은 간구하였던 것이다."(「마카베오 하」 14 : 15)

Volumus ~ eum "또 예수의 속을 떠보려고 하늘에서 오는 기적을 보여 달라고 하는 사람도 있었다."(「루가의 복음서」 11 : 16)

Generatio ~ dabitur "예수께서 이렇게 말씀하셨다. '악하고 절개 없는 이 세대가 기적을 요구하지만 예언자 요나의 기적밖에는 따로 보여 줄 것이 없다.'"(「마태오의 복음서」 12 : 39)

452 Et ~ quaerit "예수께서는 마음속으로 깊이 탄식하시며 '어찌하여 이 세대가 기적을 보여 달라고 하는가! 나는 분명히 말한다. 이 세대에 보여 줄 징조는 하나도 없다' 하시고는 그들을 떠나 다시 배를 타고 바다 건너편으로 가셨다."(「마르코의 복음서」 8 : 12~13)

Et ~ facere "예수께서는 거기서 병자 몇 사람에게만 손을 얹어 고쳐 주셨을 뿐, 다른 기적은 행하실 수 없었다."(「마르코의 복음

서」 6 : 5)

요나의 ~ 약속했다 "요나가 큰 바다 괴물의 뱃속에서 삼 주야를 지냈던 것같이 사람의 아들도 땅속에서 삼 주야를 보낼 것이다."(「마태오의 복음서」 12 : 40)

Nisi ~ creditis "예수께서는 그에게 '너희는 기적이나 신기한 일을 보지 않고서는 믿지 않는다' 하고 말씀하셨다."(「요한의 복음서」 4 : 48)

Secundum ~ mendacio "그 악한 자는 나타나서 사탄의 힘을 빌려 온갖 종류의 거짓된 기적과 표징과 놀라운 일들을 행할 것입니다. 그리고 온갖 악랄한 속임수를 다 써서 사람들을 멸망시킬 것입니다. 그 사람들은 진리를 받아들이지도 않고 사랑하지도 않기 때문에 구원을 얻지 못할 것입니다."(「데살로니카인들에게 보낸 둘째 편지」 2 : 9~10)

Tentat eum "그것은 너희 하느님 야훼께서 과연 너희가 마음을 다 기울이고 정성을 다 쏟아 너희 하느님 야훼를 사랑하는지 시험해 보시려는 것이다."(「신명기」 13 : 4)

Ecce ~ videte "이것은 내가 미리 말해 두는 것이다."(「마태오의 복음서」 24 : 25), "이와 같이 너희도 이런 일들이 일어나는 것을 보거든 사람의 아들이 문 앞에 다가온 줄을 알아라."(「마태오의 복음서」 24 : 33)

453 **나를 ~ 기적을 믿으라** "내가 아버지의 일을 하지 않고 있다면 나를 믿지 않아도 좋다. 그러나 내가 그 일을 하고 있으니 나를 믿지 않더라도 내가 하는 일만은 믿어야 할 것이 아니냐?"(「요한의 복음서」 10 : 37~38)

454 Nemo ~ loqui "예수께서는 '말리지 마라. 내 이름으로 기적을 행한 사람이 그 자리에서 나를 욕하지는 못할 것이다.'"(「마르코의 복음서」 9 : 39)

454 Non estis "정말 잘 들어 두어라. 너희가 지금 나를 찾아온 것은

내 기적의 뜻을 깨달았기 때문이 아니라 빵을 배불리 먹었기 때문이다."

455 **Non facere** "바리사이파 사람들 중에는 '그가 안식일을 지키지 않는 것으로 보면 하느님에게서 온 사람이 아니오' 하는 사람도 있었고 '죄인이 어떻게 이와 같은 기적을 보일 수 있겠소?' 하고 맞서는 사람도 있어서 서로 의견이 엇갈렸다."

Tu ~ quidquam "그들이 눈멀었던 사람에게 '그가 당신의 눈을 뜨게 해 주었다니 당신은 그를 어떻게 생각하오?' 하고 다시 묻자 그는 '그분은 예언자이십니다' 하고 내답하였다.'(「요한의 복음서」 9 : 17), "그분이 만일 하느님께서 보내신 분이 아니라면 이런 일은 도저히 하실 수가 없을 것입니다."(「요한의 복음서」 9 : 33)

거짓 그리스도 「창세기」 4 : 4~5(카인 아벨), 「출애굽기」 8 : 16~19(모세와……), 「열왕기 상」 18 : 20~39(엘리야……), 「예레미야」 28장(예레미야……), 「열왕기 상」 22 : 6~38(미가……), 「요한의 복음서」 9장, 「루가의 복음서」 5 : 17~26(예수 그리스도……), 「사도행전」 13 : 6~12(성 바울로……), 「사도행전」 19 : 13~16(사도들……), 「요한의 묵시록」 11 : 3~12(엘리야……).

예레미야 23장 32절 "이런 예언자들이 개꿈을 꾸고 거짓말로 허풍을 떨어 가며 해몽을 하여 나의 백성들을 속이는데……."

456 **예레미야 44장 22절** '그렇게 못되고 역겨운 짓.'

자신과 ~ 속한다고 말한다 "야훼께서 주신 이 아이들과 나야말로 시온 산에 계시는 만군의 야훼께서 이스라엘에 세워 주신 징조와 표이다."

예수회 신부들이 있다 칼뱅주의자들은 성 샤를 보로메와 성 사비에르의 기적을 부정한다. 파스칼은 예수회 신부들이 파스칼의 조카 마그리트 페리에에게 일어난 성가시 기적을 부인하고 있음을 암시하고 있다.

457 **이단이라는 표시이다** '부당한 박해자들'은 예수회 신부들을 말하

며, '이단자들이라고', '이단이라고' 말하는 사람들도 예수회 신부들이다. 그리고 여기서 '그들'은 포르루아얄 지지자들이다.

458 **나** 셀리에 판에는 '우리'로 표기되었다.

459 **구속** 셀리에 판에는 '구속자'로 표기되었다.

여러분 예수회 신부들에게 하는 말이다.

460 **그들** 예수회 신부들.

461 **Sir ~ vos** "그러나 나는 하느님의 능력으로 마귀를 쫓아내고 있다. 그렇다면 하느님의 나라는 이미 너희에게 와 있는 것이다." (「루가의 복음서」 11 : 20)

상 사비에르가 ~ 안전하다 "힘센 사람이 빈틈없이 무장하고 자기 집을 지키는 한 그의 재산은 안전하다."(「루가의 복음서」 11 : 21)

462 **행했을 때** 단편 858 참조.

Vae ~ iniquas "아, 너희가 비참하게 되리라. 악법을 제정하는 자들아, 양민을 괴롭히는 법령을 만드는 자들아!"(「이사야」 10 : 1)

464 **Ubi ~ tuus** "'네 하느님이 어찌 되었느냐?' 비웃는 소리를 날마다 들으며 밤낮으로 흘리는 눈물, 이것이 나의 양식입니다."(「시편」 42 : 3)

465 **선택된 ~ 유혹했다** "거짓 그리스도와 거짓 예언자들이 나타나서 어떻게 해서라도 뽑힌 사람들마저 속이려고 큰 기적과 이상한 일들을 보여 줄 것이다."(「마태오의 복음서」 24 : 24)

466 **그들** 포르루아얄 사람들.

In ~ quaesivi "주님은 사랑하시는 이 도읍에 나의 안식처를 마련하셨고, 예루살렘을 다스리는 권한을 주셨다." (「집회서」 24 : 11)

468 **눈멀게 했다** 「요한의 복음서」 12 : 37~40.

469 **성 바울로** "이 말을 듣고 우리는 그곳 사람들과 함께 바울로에게 예루살렘으로 올라가지 말라고 간곡히 권하였다. 그러자 바울로는 '왜들 이렇게 울면서 남의 마음을 흔들어 놓는 겁니까? (……)' 하

고 대답하였다."(「사도행전」 21 : 12~13)

469 **코르네유** 『오라스』 제2막 제3장.

470 **수녀들** 포르루아얄의 수녀들.

471 **Si ~ fecissem** "내가 일찍이 아무도 하지 못한 일들을 그들 앞에서 하지 않았던들." (「요한의 복음서」 15 : 24)

믿어라 "내가 아버지의 일을 하지 않고 있다면 나를 믿지 않아도 좋다. 그러나 내가 그 일을 하고 있으니 나를 믿지 않더라도 내가 하는 일만은 믿어야 할 것이 아니냐?"(「요한의 복음서」 10 : 37~38)

472 **Si ~ fecit** "내가 일찍이 아무도 하지 못한 일들을 그들 앞에서 하지 않았던들 그들에게는 죄가 없었을 것이다."(「요한의 복음서」 15 : 24)

결과이다 셀리에 판에서는 '결과' 대신 '노력'으로 표기됨.

475 **가치가 있다** 1631년에 예수회 신부들이 차지하려고 했던 시토 수도원이다.

479 **잡록** 페리에 원고라고도 불리는 이 원고는 파스칼의 조카인 페리에 신부가 구성한 파스칼의 미간행 단편들이다. 이 원고에서 단편 제목이 쓰인 작은 쪽지들이 발견된다.

회상록 이 글은 파스칼 사후에 발견된 것이다. 1654년 11월 23일에서 24일로 넘어가는 밤에 경험한 영적 체험을 기록한 글이다. 파스칼은 이 글이 적힌 종이를 옷 속에 꿰매어 간직했다.

482 **dii estis** "예수께서는 이렇게 말씀하셨다. '너희의 율법서를 보면 하느님께서 〈내가 너희를 신이라 불렀다〉 하신 기록이 있지 않느냐?'"(「요한의 복음서」 10 : 34)

483 **사람보다는 ~ 더 낫다** 「사도행전」 5 : 29.

Turbare semetipsum "예수께서 마리아뿐만 아니라 같이 따라온 유다인들까지 우는 것을 보시고 비통한 마음이 북받쳐 올랐다."(「요한의 복음서」 11 : 33)

486 **내 ~ 죽을 지경이다** 「마태오의 복음서」 26 : 38.

마음은 ~ 경고한다 「마태오의 복음서」 26 : 41

487 **processit** "예수께서는 신상에 닥쳐올 일을 모두 아시고 앞으로 나서시며 '너희는 누구를 찾느냐?' 하고 물으셨다. 그들이 '나자렛 사람 예수를 찾소' 하자 '내가 그 사람이다' 하고 말씀하셨다."(「요한의 복음서」 18 : 4~5)

두 번 기도한다 "아버지, 아버지께서는 하시고자만 하시면 무엇이든 다 하실 수 있으시니 이 잔을 저에게서 거두어 주소서. (……) 아버지, 이것이 제가 마시지 않고는 치워질 수 없는 잔이라면 아버지 뜻대로 하소서."(「마태오의 복음서」 16 : 39~42)

그를 친구라 부른다 「마태오의 복음서」 26 : 50.

491 **분이 되셨다** "우리를 위해서 하느님께서는 죄를 모르시는 그리스도를 죄 있는 분으로 여기셨습니다."(「고린토인들에게 보낸 둘째 편지」 5 : 21)

우리 '예수회 신부들'. 가상의 예수회 신부가 화자이다.

492 **다른 길을 택하고 있습니다** 제2사본에는 이 문장 다음에 문장이 하나 더 있다: "처음에 청빈과 은거를 제안하는 것이 더 나은 일이었습니다."

Unam sanctam 교황 보니파키우스 8세의 교서(1302). 이 교서는 교황이 교권뿐만 아니라 속권의 장이라고 선언한다.

에스코바르 파스칼은 두 명의 다른 유형의 예수회 신부를 비교하고 있다. 에스코바르는 『프로뱅시알』에서 공격 대상인 주요 인물로 방임적인 결의론자이다. 반면에 생쥐르의 장바티스트 신부(1588~1657)는 뛰어난 영적 지도자이다.

Tanto ~ viro (「파리 신부들의 여섯 번째 글」 참조)

Aquarira ~ 86 아담 타네(1578-1632)의 '보편 신학'에서 우리는 예수회 회장인 아쿠아비바의 개연적 의견 이론에 반하는 결의서(1621년이 아니고 1613년 12월 14일)를 볼 수 있다.

492 **Falso ~ crimine** 결의론자들의 명제에 대한 언급: '거짓 범죄.' 『프로뱅시알』 제15서는 루뱅의 예수회 신부들이 지지한 의견을 비난한다. 자신들의 입장에 반대되는 사람들을 모함하고 중상하는 것은 가벼운 죄일 뿐이라는 주장.

493 **개인의 ~ 말하지 않기** 제2사본에서는 부정의 의미를 나타내는 'point'이 'pour'라는 단어로 적혀 있다. 즉 "개인의 악행을 말하기 위해서"라고 번역할 수 있다.

clemens placet Clemens Placentinus라는 이름으로 예수회에 대한 비난서를 쓴 Giulio Scotti: De postestate in Societatem Jesu.

고해를 들었다 제1사본에는 Acquoquiez로 표기됨.

494 **신부님들** 예수회 신부들에게 말하고 있다.

495 **불과 ~ 가져왔다** 「마태오의 복음서」 10 : 34, 「루가의 복음서」 12 : 49.

496 **생글랭** 앙투안 생글랭(1607~1664). 포르루아얄 원장 신부. 파스칼의 영적 지도 신부였다.

497 **세리** 루가 "누구든지 자기를 높이면 낮아지고 자기를 낮추면 높아질 것이다."(「루가의 복음서」 18 : 14)

498 **나와 비교하라** 예수 그리스도가 화자이다.

499 **Digna ~ tangere** (성 베난티우스 포르투나투스의 「왕의 깃발이 앞장서니」의 한 구절)

Non sum digus "백인대장은 친구들을 시켜 예수께 전갈을 보냈다. '주님, 수고롭게 오실 것까지 없습니다. 저는 주님을 제 집에 모실 만한 사람이 못 되며."(「루가의 복음서」 7 : 6),

Qui ~ indignus "주님의 몸이 의미하는 바를 깨닫지 못하고 먹고 마시는 사람은 그렇게 먹고 마심으로써 자기 자신을 단죄하는 것입니다."(「고린토인들에게 보낸 첫째 편지」 11 : 29)

Dignus est accipere "주님이신 우리 하느님 하느님은 영광과 영예와 권능을 누리실 만한 분이십니다. 주님께서는 모든 것을 창조

하셨고 만물이 주님의 뜻에 의해서 생겨났고 또 존재합니다."(「요한의 묵시록」4 : 11)

Dignare me "성모여, 당신을 찬미할 수 있도록 나에게 허락하소서."(성모 찬송)

500 **약속의 ~ 약속하셨다** 「창세기」17장 참조.

501 **육욕 ~ 오만 등등** 단편 545 참조.

사물에는 ~ 질서가 있다 단편 308 참조.

502 **qui ~ glorietur** "성서에도 기록되어 있듯이 '누구든지 자랑하려거든 주님을 자랑하십시오.'"(「고린토인들에게 보낸 첫째 편지」1 : 31, 「고린토인들에게 보낸 둘째 편지」10 : 17)

503 **종은 ~ 모른다** 「요한의 복음서」15 : 15.

504 **여덟 번째 행복** 여덟 가지의 참된 행복. 「마태오의 복음서」5 : 1~10. "옳은 일을 하다가 박해를 받은 사람은 행복하다."(「마태오의 복음서」5 : 10)

성 토마스 『프로뱅시알』 제12서 참조.

Noli me tangere '예수께서는 마리아에게 "내가 아직 아버지께 올라가지 않았으니 나를 붙잡지 말고 어서 내 형제들을 찾아가거라. 그리고 '나는 내 아버지이며 너희의 아버지 곧 내 하느님이며 너희의 하느님이신 분께 올라간다.'고 전하여라." 하고 일러 주셨다.'(「요한의 복음서」20 : 17)

성 요한 「마태오의 복음서」3 : 1~12; 「마르코의 복음서」1 : 2~5; 「루가의 복음서」3 : 1~18.

505 **믿음으로 행동한다** "인간은 오직 믿음을 통해서 하느님과 올바른 관계를 가지게 됩니다."(「로마인들에게 보낸 편지」1 : 17)

507 **그들** 예수회 신부들.

거짓된 종교적 열의이다 '진리'와 '사랑'에 대한 단편 926과 『프로뱅시알』 제11서 참조.

일치하는 것 형벌은 '프로뱅시알 편지' 사건 동안 예수회 신부들의 박해와 비교된다.

507 **발췌문 ~ 하면 되었다** ‘여러 새로운 결의론자들의 도덕에 대한 가장 위험한 제안 중 몇 가지 제안의 발췌문(Extrait de quelques unes des plus dangereuses propositions de la morale de plusieurs nouveaux casuistes)’(1656. 9. 13)

Sanctificant praelium “예언자들을 두고 야훼께서는 이렇게 말씀하셨다. ‘예언자라는 것들, 입에 먹을 것만 물려 주면 만사 잘되어 간다고 떠들다가도 입에 아무것도 넣어 주지 않으면 트집을 잡는구나.’”(「미가」 3 : 5)

부르제 부르제 신부는 아우구스티누스 신학 추종자로 포르루아얄과 가까웠는데, 1653년 교황의 교서 이후에는 은총에 대한 논쟁에 가담하지 않고, 1661년에는 장세니우스의 5개 조항을 비판하는 설문지에 서명했다.

508 **Cum ~ officio에서** 단편 920 참조.

509 **clemens ~ placetium** 『예수회의 주교 권력(*De postestate pontificia in Societatem Jesu.*)』(1646)의 저자 줄리오 스코티의 가명.

510 **Stipendium contra Consti** Stipendium contra Constitutiones. 정관에 어긋나는 보수.

상소인들 셸리에 판에서는 ‘Aulicismus (164) ou 162’로 표기됨. ‘아첨.’

Vittelescus 예수회 총장 무치오 비텔레치가 예수회에 보낸 편지.

무티우스 제6대 예수회 총장 무치오 비텔레치(1615~1645).

511 **라미** 예수회 신부들은 주장하는 바가 어떻든 간에 서로 지지하는 원칙이 있다는 것을 의미한다. 라미 신부는 삭제받을 만한 글을 쓴 한 예이다.

퓌 신부 단편 958 참조.

512 **246** 호스피니아누스의 「예수회 역사」(1619) 참조 쪽수: 246, 241, 228, 112.

양아버지가 된 왕들 "왕들은 너의 양아버지가 되고 공주들은 너의 유모가 되리라."(「이사야」 49 : 23)

대학의 변호 고드프루아 에르망(1617~1690)의 『대학 변호론』(1643)은 예수회에 반대하여 파리 대학의 전통적인 특권을 지지한다.

예수회 신부들 앙리 4세를 살해하려고 했던 장 샤텔의 옛 스승인 기냐르 신부와, 영국 제임스 1세에 대한 화약 음모 사건에 연루되었다는 올드콘 신부와 가넷 신부를 가리킨다.

학문 셀리에 판에는 '예수회(la Société)'로 표기됨.

513 **Jesuita omnis homo** 『예수회 역사』의 저자 알렉산더 아이우스가 한 말. 즉 예수회 신부는 상황에 따라 변할 줄 안다는 의미.

정관 253, 257은 「예수회 역사」 참조 쪽수. 파스칼은 「예수회 정관과 선서문」(1570)을 참조한다.

다양성 단편 982 참조.

정관 정관에 따르면 신학 교과목은 구약, 신약 그리고 성 토마스의 스콜라주의이다. 그런데 선서문에는 피에르 롱바르(1096~1164)의 『명제들의 네 권의 책들』을 첨가했다.

514 **953-790** 이 단편의 오른편 글은 예수회 총장들이 수도회의 초기 정신을 상기시키기 위해 쓴 편지들을 발췌한 것.

Ep 이 글은 『예수회 총장들이 예수회 부모와 형제에게 보낸 편지』(1635)의 내용이다.

518 **견책** 파리 신학 대학이 내린 아르노에 대한 견책이다.(1656. 1. 14) 교황 인노켄티우스 11세가 장세니우스의 저서 『아우구스티누스』의 다섯 명제에 선고를 내렸는데, 아르노가 이 다섯 명제가 『아우구스티누스』에 들어 있는지에 대한 의심을 표명한 것에 대한 견책이다.

교리를 만든다 『프로뱅시알』 제1서 참조.

519 **아르노 ~ 썼기 때문이다** 소르본 대학의 아르노의 적수인 교수. 그

는 아르노의 변호가 교리에 충실하며 가톨릭적이라고 인정했다.

520 **충분 은총** '충분 은총'은 신이 모두에게 주는 은총이다. 그리고 사람들은 자기 의지로 이 은총을 받아들이거나 거부할 수 있다. 그런데 포르루아얄 신학자들은 '효력 은총'의 개념을 지지한다. 이 은총은 모두에게 주어지지 않으며, 이 은총을 받은 사람은 반드시 그 뜻에 따르게 된다. 그리고 인간의 자유가 침해당하는 것은 아니다.

실천 능력 계명을 완수하는 능력을 말한다. 『프로뱅시알』 제1서의 주제이다.

521 **Unam sanctam** 단편 920의 주 참조.

삽화집 사시의 풍자 시집.(1654) 예수회 신부들이 쓴 것으로 보이는 『장세니스트들의 패배와 혼란의 역서』에 대한 답시.

나쁜 ~ 명제들도 있다 『프로뱅시알』 제3서 참조.

522 **특별한 ~ 사실에 놀란다** 『프로뱅시알』 제3서 참조.

아르노씨는 ~ 가져야만 한다 『프로뱅시알』 제3서 참조.

연도 예수회 아당 신부는 1654년에 기도서를 출판하는데, 성인에 대한 신도송에서 성 아우구스티누스를 올리는 것을 잊는다. 그래서 출판 편찬자가 교정해야 했다.

신 셀리에 판에는 '신들'로 표기됨.

955–792 『프로뱅시알』 제17서와 관련된 단편이다.

523 **Si quis dixerit** (파문 서식의 시작)

캉의 기도 캉의 예수회 학교 학생들이 장세니스트들이 영벌을 받도록 해 달라고 성모 마리아께 올린 기도.(1653. 6)

524 **의미가 문제입니다** 『프로뱅시알』 제17서 참조.

성체 메이니에 신부는 『성체에 반하여 공모하는 포르루아얄과 제네바』(1646)를 출판한다. 『프로뱅시알』 제15서 참조.

70명이 반대했습니다. 소르본의 박사들이 70명이 아르노가 장세니우스의 책에 다섯 명제가 들어 있는지 의심한 사실에 대해 그를 견책하기를 거부했다.

525 **빌르루앵** 빌르루앵의 신부 미셸 드 마롤은 신약 성서(1653)를 번역했는데, 서문에 「장세니스트 사건에 대한 담론」을 썼다.

아우렐리우스 포르루아얄의 영적 지도자 생 시랑(1581~1643)의 가명.

526 **교황님은 생각하셨습니다** 프랑수아 안나 신부는 「장세니스트들의 궤변」(1654)에서 '다섯 명제'가 그대로 들어 있다고 확언한다.

527 **793** 이 단편은 『프로뱅시알』을 위한 기록이지만 사용되지 않았다.

디아나 테아토 수도회의 수도사. 결의론자로 『프로뱅시알』 제5서와 제6서에서 비난받는다.

디아나가 유용한 일들 디아나 신부는 예수회 신부들에게 유용한 존재였는데, 왜냐하면 그가 예수회 신부가 아니었다는 점 때문이었다.

주님의 멍에는 ~ 가볍구나 "내 멍에는 편하고 내 짐은 가볍다." (「마태오의 복음서」 11 : 30)

528 **많겠어요** "생명에 이르는 문은 좁고 또 그 길이 험해서 그리로 찾아드는 사람이 적다."(「마태오의 복음서」 7 : 14)

그리스도의 몸인데 성체에 대한 데카르트의 생각.

529 **C. I. S.** 파스칼의 「진공에 관한 논문」에 관한 참고 사항.

530 **말라기** "내 말을 듣지 아니하고, 내 이름을 기릴 생각이 없으면," (「말라기」 2 : 2)

die "어떤 날이든지." 「창세기」 2 : 17.

960-796 이 단편은 『프로뱅시알』 제11서를 위한 글이다.

531 **브리사시에** 「당황한 장세니우스」(1651)라는 중상모략의 팸플릿의 저자.

메이니에 단편 955 주 참조.

Elidere 단편 920의 'Falso crimine'에 관한 주 참조.

531 **품행이 ~ 사제입니다** 퓌는 리옹의 사제였다. 예수회 신부들은 그가 자신들에게 호의적이지 않다고 생각해서 알비 신부의 글로 그

를 모함한다. 그런데 사실이 아닌 것을 알고는 알비 신부의 이단과 방종의 모함 글을 모두 철회한다.

531 **프로스퍼** (성 프로스퍼, 4~5세기, 성 아우구스티누스의 제자)

532 Ex ~ plebiscitis 단편 60의 주 참조.

ex ~ contentione "자기 이익만을 생각하면서 진리를 물리치고 옳지 않은 것을 따르는 사람들에게는 진노와 벌을 내리실 겁니다." (「로마인들에게 보낸 편지」 2 : 8)

534 Elidere 단편 920의 falso crimine의 주 참조. 즉 거짓 범죄로 짓누른다는 의미.

Digma necessitas "그들이 받아야 할 운명이 그들을 이와 같은 극단으로 몰고 갔으며."(「지혜서」 19 : 4)

535 doctrina ~ vir "셈을 잘하면 칭찬을 받지만 생각이 비뚤어지면 멸시를 당한다."(「잠언」 12 : 8)

labor ~ mendacii "서로 속고 서로 속이니, 거짓말만이 입에 익어 돌이킬 길 없이 입이 비뚤어진 세상이 되었다. 백서을 억누르는 일이 계속되고 사기치는 일만이 R꼬리를 무는 세상이 되었다." (「예레미야」 9 : 4~5)

카라무엘 후안 카라무엘(1606~1682). '방임주의자의 왕자'로 불리는 스페인 시토 수도회의 수도사.

536 **과거의 ~ 사람들 이미지** "전에 이스라엘 백성 가운데 거짓 예언자들이 있었던 것처럼 여러분 가운데도 거짓 교사들이 나타날 것입니다."(「베드로의 둘째 편지」 2 : 1)

538 **적** 결의론자들을 혐오하는 칼뱅주의자들.

539 **예수 ~ 돌이 될 것이다** 단편 237 참조.

540 Amplianada ~ junior 개연성으로 법률을 다룬 결의론자들의 행태 비판.

Dominus ~ conjugalium 단편 722 참조.

Non ~ compensari "부인이 간음으로 얻은 돈을 남편에게 돌려 주어야 하는가"라는 에스코바르의 질문에 몰리나는 그렇다고 대답한다. 왜냐하면 "남편은 부부 생활의 주인이기 때문이다". 레시우스는 반대로 "간음이나 간통은 돈으로 보상받을 수 없다"고 판단한다.

Quam primum 단편 722 참조.

541 Ult ~ rkrwn 「루가의 복음서」 1장 26절에 대한 성 베르나르의 마지막 설교. '보내시어'. "하느님께서는 천사 가브리엘을 갈릴래아 지방 나자렛이라는 동네로 보내시어."(「루가의 복음서」 1 : 26)

마태오의 복음서 24장 36절 "그러나 그날과 그 시간은 아무도 모른다. 하늘의 천사들도 모르고 아들도 모르고 오직 아버지만 아신다."

두 아들로 비유된다 두 아들의 비유와 세리와 창녀 이야기.(「마태오의 복음서」 21 : 28~32)

542 Petenti dabitur "구하여라, 받을 것이다. 찾아라, 얻을 것이다. 문을 두드려라, 열릴 것이다."(「마태오의 복음서」 7 : 7)

기도가 없기 때문이다 은총에 대한 글을 위한 메모.

543 **제2사본** 사본 9203의 복제본이다. 질베르트 페리에가 자신이 사용하기 위해 만들게 한 했다. 이 복제본으로 그녀는 파리에서 진행 중이던 팡세 판본의 준비를 감독할 수 있었다. 1667년부터 여러 장들이 포함된 공책들을 허가받기 위해 그녀에게 보냈다.(프랑스 국립 도서관, 사본 fr. 12449)

544 νομοθεσίαν 각주 185 참조.

546 **이야기에 반하여** 고레스 왕의 칙령으로 바빌로니아의 유대인들이 해방되어 이스라엘로 돌아가게 되는데, 정경에 속하지 않는 에즈라의 제4서에서 587년 신전의 화재로 성서가 소실되었으며, 이후 에즈라가 성령에 의해 성서를 재구성했다는 내용을 전한다. 파스칼은 이 이야기가 터무니없는 것임을 주장하려는 것이다.

547 Coacervabunt sibi magistros 사람들이 건전한 가르침을 듣기 싫어할 때가 올 것입니다. 그 때에 그들은 자기네 귀를 만족시키기

위해서 마음에 맞는 교사들을 끌어들일 것입니다. (「디모테오에게 보낸 둘째 편지」 4 : 3)

547 **digni sunt** 그래서 인간은 온갖 부정과 부패와 탐욕과 악독으로 가득 차 있으며 시기와 살의와 분쟁과 사기와 악의에 싸여서 없는 말을 지어내고 서로 헐뜯고 하느님의 미움을 사고 난폭하고 거만하며 제 자랑만 하고 악한 일을 꾀하고 부모를 거역할 뿐더러 분별력도, 신의도, 온정도, 자비도 없습니다. 그런 모양으로 사는 자는 마땅히 죽어야 한다는 하느님의 법을 잘 알면서도 그들은 자기들만 그런 짓들을 행하는 게 아니라 그런 짓들을 행하는 남들을 두둔하기까지 합니다. (「로마인들에게 보낸 편지」 1 : 29~32)

550 **발랑의 서류** 프랑스 국립 도서관 fr. 17040~17058 사본의 단편이다. 발랑 의사는 사블레 후작 부인과 페리에 가족의 주치의였다. 그의 수사본은 1684년에 작성되었는데, 1678년 후작 부인이 사망한 후에 남긴 자료와 개인 자료를 모은 것이다. 우리가 여기에 수록하는 글은 1844년에 포제르가 파스칼의 미발표된 글로 출판했다. 사실 이 글은 니콜이 팡세 출판을 위해 작성한 글인 것 같다.

551 **페리에 사본** 파스칼의 막내 조카인 참사원 루이 페리에(1651~1713)의 사본이다. 데몰레 신부(1728)와 클레망세 수사(1750년경)가 이 사본의 일부를 재수록했다. 이 사본은 사라지고, 18세기 동안 복사본이 만들어졌는데, 유일한 복사본인 듯싶다. 이 복사본 덕분에 콩도르세, 보슈, 포제르, 생트뵈브가 간행되지 않은 단편들을 출판할 수 있었다.

555 **979~747** 셀리에 판에는 다음과 같은 내용으로 실려 있다.

신부님,

신부님들께서 매우 중요하게 생각하시며 비방한 사람들에 대해 제가 결백하다고 쓴 편지 때문에 좀 불쾌하셨다면, 이 편지를 보시고 신부님들 덕에 그들이 얼마나 고통스러워하는지 기뻐하십시오. 안심하십시오, 신부님. 신부님께서 미워하는 사람들이 아주 힘들어 하고 있습니다. '진실로 믿지도 않고 믿을 필요도 없는 것을 사실이라고 믿는다'라고 맹세하고 서명하라고 신부님들께서 교구에 보내신 지침을 주교님들이 실행하신다면, 신부님들은 이 반대자들에게 교회가 이 지경에 이른 것을 보게 함으로써 그들을 극도의 슬픔에 빠지게 할 것입니다. 신부님, 제가 그들을 만났습니다. 그런데 큰 만족감을 느꼈습니다. 그들은 철학적인 관대함이나, 의무라고 생각하는 것을 강압적으로 이행하게 하는 오만불손한 단호함 속에 있지 않았습니다. 그들은 또한 진리를 보거나 따르는 것을 방해하는 이 나른하고 우유부단한 무기력함 속에도 있지 않았습니다. 그들은 자신에 대한 확신과 교회의 힘에 대한 존경과 평화에 대한 사랑과, 진리에 대한 애정과 열정, 진리를 알고 수호하고자 하는 욕망, 자신들의 결함에 대한 두려움, 이러한 시련에 처한 것에 대한 유감, 하느님이 자신의 빛과 권세로 이 상황에서 그들을 지지해 주실 거라는 희망과, 그들이 지지하는 예수 그리스도의 은총, 그들의 고통의 원인인 이 은총이 그들의 빛과 힘이 될 것이라는 희망에 가득 차 있었습니다. 그리고 저는 힘을 드러나게 하는 기독교 신앙심의 기개를 그들에게서 봤습니다.

그들은 지인들에 둘러싸여 있었습니다. 이 지인들은 현 상황에서 가장 옳은 방향으로 그들을 이끌어 가기 위해서 이 문제에 대해 논의하러 온 사람들이었습니다. 저는 그들의 조언도 들었고, 지인들의 조언에 대한 그들의 태도와 조언에 대한 답변을 주시했습니다. 정말로 신부님, 신부님께서 거기에 계셨다면, 그들의 태도에 그 어떤 반란이나 이단의 모습도 없다는 것을 신부님 스스로 인정했을 겁니다. 신부님도 여기서 보시겠지만, 그들이 무한히 귀하게 여기는 두 가지 것, 평화와 진리를 보존하기 위해서 그들이 보여 준 기질로 모두가 알 수 있을 것이기 때문입니다.

그들의 거부로 야기될 수 있는 고통을 그들에게 일반적으로 보여 준 후에, 서명해야 하는 이 새로운 교서와 그로 인해 교회 안에 일어날 수 있는 수치스러운 일을 그들에게 보여 준다면, 그들은 ······을 지적할 것이기 때문입니다.

만약 예수회 신부님들이 타락했다면, 그리고 우리와 같은 사람들이 우리뿐인 게 사실이라면, 더더욱 우리는 이 상태에 있어야 한다.

심판의 날.

Quod bellum firmavit, pax ficta non auferat. 전쟁으로 확고히 된 것은 거짓 평화는 전쟁을 없애지 못한다는 사실이다.

Neque benedictione, neque maledictione movetur, sicut angelus Domini. 이스라엘의 왕은 하느님의 천사와 같아서 축복도 저주도 받지 않았다.

사람들은 기독교의 덕 중 가장 위대한 덕인 진리에 대한 사랑을 공격하고 있다.

555 **Neque ~ Domini** "임금님이야말로 하늘이 내신 분이시므로." (「사무엘 하」 14 : 17)

제 셀리에 판에는 '우리'로 표기됨.

556 **우리 모두가 ~ 때문이다** 예수회 신부들의 개연성에 의한 다양성과, 이 다양한 의견에 합의한다는 의미에서 단일성을 말하는 것이다.

557 **게리에 사본** 파스칼의 조카이며 대녀인 마그리트 페리에가 클레르몽 오라토리오회에 유증한 문서에서 1733~1734년 사이에 채택된 복사본으로 만들어진 피에르 게리에 신부의 『제2잡록』의 단편들이다.

다른 원칙들을 위해서 필요하다 『프로뱅시알』 제18서 참조.

A fructibus ~ eeorum "너희는 행위를 보고 그들을 알게 될 것이다."(「마태오의 복음서」 7 : 16)

558 **단일성** 셀리에 판에는 '제단'으로 표기됨.

진리, 오직 진리를 위해서!

현미애(가톨릭대학교, 한림대학교 강사)

1. 클레르몽과 파리

블레즈 파스칼은 1623년 프랑스 오베르뉴 지방의 클레르몽페랑에서 태어났다. 아버지 에티엔 파스칼은 이 도시와 인접한 몽페랑의 세무 재판 소장이었다. 파스칼에게는 세 살 터울의 누나 질베르트와 두 살 터울의 여동생 자클린이 있다. 이 어린 세 남매를 두고 에티엔 파스칼의 부인 앙투안 베공이 1626년에 세상을 떠난다. 1631년에 모든 가족은 파리로 거주지를 옮긴다. 에티엔 파스칼은 파리에 정착한 후 메르센 신부가 이끄는 아카데미의 일원이 되어 활동할 정도로 인문학적 교양이 높은 지식인이었다. 그리고 몸소 아이들의 교육을 책임졌는데, 특히 아들 블레즈 파스칼의 교육에 힘썼다. 누나 질베르트에 따르면, 아버지는 블레즈가 충분히 학습할 능력이 갖추어지기를 기다리면서 주의 깊게 관찰하도록 하는데 신경 썼다고 한다. 언어도 활용하기 전에 문법을 먼저 가르쳤는데, 라틴어와 그리스어를 가르치기 위해서 블레즈가 열두 살이 되기를 기다렸고, 수학은 열여섯 살이 되면 가르치려고 했다. 그리고 블레즈가 기하학에 대한 관심을 내비치자 에티엔 파스칼은 자신의 교육 방침을 지키기 위해 기하학에 대한 일반적인 개념만 설명해 주었다. 그런데 어느 날 아버지 파스칼이 감동의 눈물을 흘리는 일이 벌어진다. 블레즈가 혼자서 기하학적 증명 과정을 통해 유클리드의 정의 32를 푼 것을 보게 된 것이다. 이 사건 이후에 아버지는 자신이 참여하는 아카데미에 블레즈를 데리고 다닌다. 이 아카데미는 모든 현상을 자연적 인과관계와 역학적 방법으로 탐구하고, 이 방법에 의한 논리적 사고를 실행하는 인문주의자들의 모임이었다. 이 아카데미를 통해 블레즈는 구체적인 현실에 근거한 방법론을 경험하게 된다. 1640년에 파스칼은 『원뿔 곡선 시론(試論)』을 출판하여 많은 사람을 놀라게 한다.

그리고 자클린 덕분에 파스칼 가족이 위기에서 벗어나는 일이 생긴다. 스페인과의 전쟁으로 인해 경제 사정이 어려워지자 에티엔이 받던 연금이 정지되었다. 이 연금에 온 가족의 생활이 달려 있던 터라 큰 위기에 닥친 것이다. 블레즈의 아버지와 같은 처지에 놓인 사람들이 모여 세귀에 대법관을 찾아가 항의했다. 그러나 이들은 바로 바스티유 감옥에 갇히는데, 에티엔 파스칼은 오베르뉴 지방으로 피신하는 데 성공한다. 이 문제를 해결하기 위해 지인들이 리슐리외를 위한 공연에 자클린을 참여시킨다. 자클린은 재능이 많았는데, 특히 글재주가 뛰어났다고 한다. 자클린은 극이 끝난 후에 리슐리외 앞으로 다가가 아버지가 파리로 돌아올 수 있게 해 달라고 청하는 시를 읊는다. 리슐리외는 어린 소녀를 무릎에 앉히고 청을 받아들였을 뿐만 아니라 아버지 에티엔 파스칼에게 새로운 직무를 맡겼는데, 노르망디 지방의 징세관이었다.

2. 루앙에서의 생활

1640년에 파스칼 가족은 루앙으로 거주를 옮긴다. 정치와 경제적으로 평화스러운 시기가 아니어서 에티엔 파스칼의 직무는 수월하지 않았다. 그래도 사람들에게 큰 피해가 가지 않도록 가능한 한 공정하게 직무를 수행하려고 노력했다고 한다. 이 직무를 위해 에티엔 파스칼은 클레르몽에서 사촌 플로랭 페리에를 불러들여 자신을 돕게 한다. 플로랭 페리에는 얼마 안 가 질베르트와 결혼한다. 이들의 결혼식은 1641년에 치러지고, 이듬해 클레르몽으로 떠난다. 자클린은 계속해서 시작 활동을 하며 활발하게 문화 활동을 펼치고, 파스칼 가족은 프랑스의 대문호 피에르 코르네유와 친분을 맺는다.

3. 계산기 발명

블레즈 파스칼은 여전히 과학에 관심을 가지고 활동하는데, 그는 아버지의 일을 돕기 위해 계산기를 만들 생각을 한다. 덧셈과 뺄셈, 곱하기·나누기가 가능한 세계 최초의 계산기였다. 자신의 수학적·물리학적 지식을 다하여 생각해 낸 이 기계를 만들어 내기 위해 시계공 장인들의 도움을 받아 완성한다. 우리는 여기서 과학자인 파스칼, 발명가인 파스칼, 판매를 위한 경영가인 파스칼의 모습을 볼 수 있다. 파스칼은 이 계산기 제작 과정에서 제작 기밀이 누출되지 않도록 매우 신경을 썼다. 그런데 한 장인이 파스칼의 기계와 비슷한 짝퉁 계산기를 만들어 크게 분개하지만, 곧 그는 기계를 세귀에 대법관에게 보이고 말하자면 특허장을 받아 내어 두 번 다시 이런 일이 일어나지 않도록 한다. 그리고 기계에는 '오베르뉴 출신의 발명가 블레즈 파스칼'이라는 꼬리표가 붙게 된다. 1645년에 완성품이 준비되자, 파스칼은 이 발명품을 상품화하는 데 착수한다. 본인이 나서서 기계를 소개하는 한편, 또 대법관에게 계산기를 선사하면서 계산기에 대한 소위 설명서를 준비하는데, 나중에 이 계산기를 선전하기 위한 설명서로 사용된다. 게다가 콜레주 드 프랑스의 수학 교수 로베르발의 집에서 매일 실연 행사가 있어서 사람들이 직접 기계 작동을 보고 이해하고 사용할 수 있도록 했다. 매우 완벽하게 보이는 이 모든 판매 과정에도 불구하고 큰 성공을 거두지 못하는데 가격에 문제가 있었다고 한다.

4. 포르루아얄과의 만남

루앙에서 파스칼 가족은 자신들의 신심에 큰 변화를 일으키게 될 사람들을 만난다. (1646년 1월) 생 시랑(본명 장 뒤베르지에 드 오란, 1581~1643)은 훗날 장세니즘이라는 종교적 사상을 발현시킨 장세니우스(1585~1638)의 학문적·신앙적 교우였으며, 프랑스에 장세니즘을 전파한 신학자이다. 그는 1623년부터 포르루아얄 수도원과 교류하며, 1635년에는 수도원의 영적 지도 신부가 된다. 이렇게 해서 포르루아얄 수도원이 프랑스 장세니즘의 중심지가 된다. 1646년에 생 시랑의 가르침을 받은 길르베르 신부가 파스칼 가족의 교구로 온다. 곧 그 신부의 가르침으로 많은 사람이 회심하는데, 파스칼 가족은 그리 감화되지 않았다고 한다. 에티엔 파스칼은 아이들에게 종교와 과학은 그 영역이 다르며, 그 어떤 권위도 서로를 침범할 수 없고 침범해서는 안 된다고 가르쳤다. 즉 이성의 영역과 신앙의 영역을 엄격히 구분하였고, 이 가르침은 『팡세』에서도 분명하게 드러난다. 파스칼 가족은 독실하다기보다는 기독교 신앙의 가르침을 받은 보통 기독교인들이었다고 할 수 있다. 그런데 어느 추운 겨울날 이른 아침에 에티엔 파스칼이 결투를 막기 위해 집을 나섰는데 얼음판에서 넘어져 심하게 다치는 일이 일어난다. 에티엔 파스칼을 치료하기 위해 두 명의 의사 형제가 파스칼 집에 오는데 데샹 형제였다. 이 의사들은 길르베르 신부의 가르침에 깊이 회심한 사람들이었다. 이들은 치료를 위해 3개월가량 파스칼 집에 머물렀다. 시간이 흐르면서 이 의사들과 파스칼 가족은 자연스럽게 가까워졌고, 의사 형제가 소중하게 생각하는 종교관의 여러 가지가 책과 대화를 통해 파스칼 가족에게 전파되었다. 그들은 파스칼에게 종교 서적을 읽게 했다. 파스칼은 감화되어 회심하고, 그의 믿음은 조금씩 심화된다. 다른 식구들도 그들을 따라 회심하는데, 특히 자클린은 이때부터 수도자가 되려는 생각을 품는다. 길르베르 신부가 이들을 포르루아얄에 소개한다. 블레즈 파스칼은 계속해서 생 시랑의 책을 읽고 관심을 보이지만 소명에 대한 생각까지 하지는 않는다. 자클린의 소명에 대한 표명에 아버지는 반대했다. 1651년 9월에 아버지가 세상을 뜨자 자클린은 그 이듬해 1월 4일에 집을 떠나 수도원으로 간다.

5. 토리첼리 진공 실험과 노엘 신부와의 논쟁

계산기로 매우 분주한 나날을 보내던 파스칼에게 매우 흥미로운 소식이 전달된다. 그것은 이탈리아 과학자 토리첼리의 진공 실험에 대한 소식이었다. 프랑스에 이 소식을 알린 사람은 파스칼 부자가 잘 아는 메르센 신부였다. 에티엔 파스칼이 지적 동료인 피에르 프티를 만나 이 실험을 재현하는 논의를 하고, 1646년 10월경부터 실험이 재현되었다. 그들은 실험을 통해 토리첼리의 결론을 확인하고, 직접 이 실험에 참가한 파스칼은 다음 해에 『진공에 관한 새로운 실험』을 써서 실험 과정과 결과를 세상에 알린다. 이는 매우 획기적인 보고서라 할 수 있는데, 당시 교육은 아리스토텔레스의 물리학에 근거하고 있던 터라 이런 실험이나 글은 기존의 과학 원리를 무너뜨리는 행위였기 때문이다. 전통 과학 원리에 대한 믿음이 강한 많은 사람들은 이런 실험을 신뢰하지도 않았고, 여전히 진공 혐오설을 지지했다.

파스칼이 『진공에 관한 새로운 실험』에서 수은이 내려가 빈 유리관 공간은 비어 있고, 진공에 대한 자연의 혐오설을 그리 확실하지 않다고 조심스럽게 주장한다. 이 주장에 바로 반박하고 나선 사람이 현재 루이 르 그랑인 파리 콜레주 드 클레르몽의 교장인 에티엔 노엘 신부였다. 노엘 신부는 파스칼에게 보내는 편지에서 '원소들의 혼합물', '유리관의 미세공'이라는 표현으로 파스칼의 주장을 반박하였는데, 파스칼은 이에 물리학의 증명 방식, 가정의 본질과 그 가정을 증명하는 방식을 설파한다. 데카르트의 스승이며 스콜라 철학의 신봉자였던 노엘 신부는 자신의 생각을 고수하면서 논쟁은 그만두자고 제안하여 두 사람의 싸움은 끝나는 듯싶었다. 그런데 노엘 신부가 '빈 공간의 가득 참'이라는 제목의 소논문을 출간한다. 파스칼은 친구 르 파이외르에게 보내는 공개편지에서 신랄한 풍자로 반박하고, 에티엔 파스칼도 나서서 노엘 신부가 쓴 글의 맹점을 지적하는 편지를 보내 아들을 지원한다. 결국 파스칼의 주장이 옳다는 것이 퓌드돔의 실험으로 증명되었다. 파스칼은 매형 페리에에게 편지를 써서 대기 압력에 대한 실험을 시행하도록 부탁한다. 이 실험은 토리첼리의 실험을 다양한 높이에서 행하는 실험이었다. 퓌드돔의 실험은 1648년 10월에 성공적으로 이행되고, 파스칼은 파리의 생 자크 탑에서 같은 실험을 한다. 이 실험을 통해 파스칼은 '진공 혐오론'이 근거 없는 얘기임을 분명히 증명한다. 그리고 그런 일이 있었음에도 불구하고 노엘 신부는 파스칼에 대해 불쾌한 심정을 간직하지 않고 파스칼의 진공에 대한 실험에 진심 어린 관심을 보였다고 한다.

6. 데카르트와의 만남(1647년 9월)

건강 문제로 자클린과 파리에 와서 휴식하고 있던 파스칼에게 어느 날 데카르트가 찾아왔다. 파스칼의 병이 악화된 상황이었다. 로베르발 교수가 동행했는데, 그들은 파스칼의 계산기에 대해 말하고 로베르발 교수가 직접 실연을 해 보였다. 그리고 대화는 진공에 대한 실험으로 넘어갔다. 루앙에서 한 실험으로, 수은을 가득 채운 유리관을 수은이 채워진 통 안에 뒤집어 넣으면 유리관의 수은이 어느 정도 내려가는데, 그 빈 공간에 무엇이 있을 거라 생각하느냐고 데카르트에게 질문했다. 데카르트는 어떤 '섬세한 물질'에 대해 답했고, 파스칼은 자신의 생각, 즉 진공이라는 생각을 표명했다. 분위기가 나빠지자 그 만남은 곧 마무리되었다. 그런데 다음 날 데카르트가 혼자 찾아와서는 파스칼의 건강을 위한 여러 조언을 하고 갔다.

7. 파스칼과 르부르 신부의 만남(1648년)

파스칼이 데샹 형제에 의해 회심한 지 2년이 지났다. 길르베르 신부의 도움으로 파스칼과 자클린은 포르루아얄을 방문하게 되는데, 파스칼이 이 시기에 정신적 영적 지도 신부가 필요했다. 파스칼은 질베르트에게 보낸 편지에서 소개받은 르부르 신부와의 만남을 자세히 그리고 있다. "파스칼은 솔직하게 자신은 포르루아얄 편이라고, 자기는 상식의 관점하에 포르루아얄의 신학을 공격하는 적들에게 그들의 생각이 상식에 어긋남을 올바른 논증으로 보여 줄 수 있다고, 물론 신앙은 논증의 도움이 필요한 것은 아니라고 말했다고 한다. 파스칼은 이 말을 매우 진지하게 한 것이고 자신의 말이 어떤 겸손에 위배되는 말이라고는 전혀 생각하지 않았다. 르부르 신부의 태도에서 파스칼은 신부님이 자신을 매우 오만한 사람으로 보는 것을 느꼈다. 파스칼은 더욱 겸손한 태도로 진심을 전달하려 했으나 이런 행동으로 신부님은 자신의 생각을 굳히게 만들 뿐이었다. 그의 사과에 신부님의 의심은 더 커졌고, 파스칼이 고집스럽게 자신의 주장을 내세우는 사람으로 믿었다. 파스칼은 신부님의 설득이 아주 훌륭해서 자신이 신부님이 생각하는 사람이었다면 바로 고쳤을 거라고 말했다. 하지만 그는 신부님께서 생각하는 그런 사람이 아니었기 때문에 신부님의 제안을 거부하였고, 신부님은 더욱 강력하게 자신의 제안을 받아들일 것을 청했다."이 난처한 만남의 오해는 이후에도 풀어지지 않았다. 하지만 파스칼은 생 시랑의 가르침과 관계되는 독서를 계속해 나갔고, 자클린은 이 수도원의 수녀들을 접하면서 자신의 결심을 굳히게 된다.

8. 프롱드 난, 아버지의 죽음, 자클린의 서원식

1648년 프롱드 난이 일어난다. 이 경험을 통해 파스칼은 시민전쟁의 폐해를 경험한다. 그는 귀족들의 야심과 명분에 고통받는 민중의 불행을 목격한다. 이 정치적 사건으로 파리에서의 생활이 어려워지자 파스칼 가족은 1649년 5월에 클레르몽으로 떠나 1650년 11월까지 거기서 지낸다. 파리에 상경하여 1년가량 지난 1651년 9월에 아버지 에티엔 파스칼이 사망한다. 부모이며, 스승이며, 지적 동반자였던 아버지를 잃는 일은 파스칼에게 너무나 큰 상실이었다. 그런데 자클린이 몇 년 전부터 품고 있던 소명을 실천하기로 결심한다. 파스칼은 동생의 결정에 반대했다. 큰 의지가 되어 왔던 아버지를 잃은 후에 가장 가까운 동생을 떠나보내는 것은 쉽지 않은 일이지 않겠는가. 그러나 자클린은 오빠의 반대에도 불구하고 1652년 자클린은 수도원으로 들어간다. 질베르트가 전하는 여동생이 집을 떠나는 상황의 묘사는 당시 파스칼이 어떤 심정이었는지 짐작하게 해 준다. 1651년 1월 3일 자클린이 나에게 떠날 것이라고 알렸다. 그리고 블레즈한테는 내가 알려 달라고 부탁했다. 나는 파스칼에게 이 사실을 알렸는데, 파스칼은 깊은 슬픔에 빠져 자기 방으로 들어갔다. 자클린은 자신이 평소 기도 방으로 사용하던 곳에 머물러 있었다. 블레즈가 들어간 후에야 나온 자클린에게 나는 오빠의 다정한 인사말을 전했다. 나는 밤새 한잠도 자지 못했다. 7시경에 동생이 일어나지 않아, 동생도 나처럼 잠을 자지 못했다고 생각하고, 혹시 아픈 것은 아닌지 걱정되어 방문을 열어 봤다. 동생은 아주 곤히 잠들어 있었다. 나의 기척에 잠이 깬 자클린은 몇 시냐고 물었다. 나는 시간을 얘기해 주었다. 자클린은 여느 때처럼 일어나 옷을 입고 그리고 떠났다. 우리는 작별 인사를 하지 않았다. 동생이 집을 나설 때 나는 동생의 모습을 볼 수가 없어서 등을 돌렸다." 이것이 질베르트가 그린, 자클린이 집을 떠나 수도원으로 간 1월 4일 이른 아침 풍경이다. 파스칼은 결국 동생의 설득에 그녀의 선택을 받아들였다. 1652년 5월 26일 자클린은 포르루아얄 수도원에 입회하고, 1653년에 서원식을 치른다.

9. 사교 생활과 포르루아얄의 은거 생활

10월경에 프롱드 난이 끝나자 파스칼은 다시 세상으로 나가 소위 사교계에 드나들기 시작한다. 누나 질베르트에 의하면, "파스칼의 삶 중 가장 잘못 산 시간"이지만, 『팡세』의 독자인 우리로선 매우 중요한 시간이기도 하다. 왜냐하면 이때 파스칼이 종교보다는 다른 것에 더 심취해 있는 귀족들을 만나기 때문이다. 그들 중 '교양인'적 인간상을 추구하는 메레도 만난다. 이때 파스칼은 궁정에 드나들기도 했는데, 마치 평생 그렇게 살아온 사람처럼 그 모습이 자연스러웠다고 한다. 이 자유로운 사유의 귀족들, 지식인들이 후에 집필되는 『팡세』의 대상이 되는데, 그들을 주의 깊게 관찰할 수 있었던 시간이었다. 누나의 엄격한 평가는 기독교인의 관점에서 바라본 것이고, 말하자면 파스칼이 방탕한 생활을 한 것은 아니었다. 이 시기에 계산기 판매에 애쓰기도 하고, 스웨덴의 크리스티나 여왕에게 계산기를 선사하며 보낸 편지에서 '권력보다 정신의 우월함'을 논한다. 그리고 로아네 공과 함께 푸아투 지방의 간척 사업에 참여한다. 파스칼은 이 다양한 만남과 활동에서 그리 만족스러워하지 않고, 오히려 이 세계에 대해 부정적인 감정을 갖게 된다. 이런 내용의 편지를 받은 자클린은 오빠에게 영적 지도자가 필요하다는 생각을 했다. 자클린은 생글랭 신부를 염두에 두고 오빠에게 제안하지만 파스칼은 르부르 신부와의 만남의 나쁜 기억 때문에 내키지 않아 했다. 그러나 포르루아얄 데 샹으로 은거하는 것에는 찬성했다. 이 은거 생활 동안 르 메트르 사시를 만나 얘기를 나눴는데 아주 편안함을 느끼고 얼마 안 가서 생글랭 신부의 지도하에 완전히 자신을 맡기게 된다.

이 시기에 파스칼의 두 번째 회심 사건이 일어난다. 1654년 11월 23일 밤 10시에서 12시 반 사이에 일어난 이 일은 신을 만난 것과 같은 신비로운 경험이었다. 파스칼은 이 느낌을 적은 종이를 웃옷에 꿰매어 죽을 때까지 간직했다.

자클린은 오빠가 포르루아얄의 은거자의 일원이 되기를 바랐다. 하지만 파스칼은 자신이 바깥세상에 속한 사람이라 생각하였고, 사교계 친구들과의 왕래를 계속 유지했다. 하지만 변화가 있다면 더 이상 그들의 영향을 받지는 않았다. 오히려 파스칼의 삶과 생각이 그들을 변화시켰다. 그리고 종교적 갈등 안에서 파스칼의 조언을 구하는 사람이 점점 많아졌다. 파스칼의 영향 때문에 로아네 공은 약혼을 파기하고, 결국 포르루아얄과의 관련 때문에 자신의 공적 권리를 여동생 샤를로트에게 양도해야 했다. 성직자는 아니었지만 거의 성직자 같은 생활을 하였다고 한다. 샤를로트도 결혼 전에 포르루아얄을 방문하고 나서 수녀가 될 생각을 했으나 가족의 반대로 이루지 못했다. 샤를로트와 파스칼이 나눈 편지를 보면 파스칼이 어떻게 사람들의 마음을 어루만졌는지 어떻게 종교에 대한 조언을 했는지 충분히 알 수 있다. 「예수 그리스도의 삶의 개요」와 「은총에 관하여」의 두 글이 이 시기에 집필된 것으로 추정된다. 이런 글과 사람들에게 보낸 편지를 보면 파스칼이 종교에 대해 오래전부터 숙고해 왔음을 알 수 있다.

10. 장세니우스의 5개 명제

트리엔트 공의회(1545~1563) 이후 예정설과 은총에 대한 문제는 여전히 해결이 안 된 상황이었다. 공의회의 결정은 다음과 같다: "인간은 선을 행할 수 있는 능력이 있고 또한 자유 의지도 있다. 신의 계명을 완수하기 위해서는 하느님의 도움, 즉 은총이 필요하다." 문제는 이 자유 의지와 은총이 어떻게 양립되는지에 대한 설명이 없었던 것이다. 예수회를 중심으로 기독교 인본주의자들은 '인간은 스스로 선을 행할 수 있다'고 주장했다. 이는 펠라기우스의 주장과 같다. 장세니우스와 생 시랑은 심정적 회심의 중요성을 강조하며 아우구스티누스의 가르침에 근거한 종교관을 내세웠다. 즉 인간의 자유 의지는 원죄로 인해 그 힘을 제대로 쓸 수 없으므로 신의 도움이 꼭 필요하다는 주장이었다. 생 시랑은 예수회 신부들을 비난한 것 때문에 뱅센 감옥에 갇힌다.(1863) 이런 결정을 내린 건 리슐리외 재상인데, 이전에 이 두 사람은 서로 잘 알고 가깝게 지내던 사이였다고 한다. 감옥에 갇힌 생 시랑이 젊은 신학자 앙투안 아르노한테 몰리니스트에게 대항하여 장세니우스의 『아우구스티누스』의 가르침을 수호하라고 부탁한다. 그리고 1649년에 파리 신학 대학 코르네 총장이 『아우구스티누스』의 7개 명제에 대한 견책을 교황청에 청하고, 1653년에 5개 조항에 대한 탄핵이 결정된다. 몰리니스트들은 이 탄핵을 기회 삼아 장세니우스 글의 이단성을 확고히 하고자 '장세니즘'이라는 말을 만들어 낸다. 생 시랑의 본거지인 포르루아얄에서는 이 견책이 성 아우구스티누스에 대한 견책이라고 반박하며 받아들이지 않았다.

그런데 이런 갈등에 기름을 붓고 불을 붙이는 사건이 일어난다. 1655년 파리 생 쉴피스 성당의 신부가 리앙쿠르 공에게 종교 의식을 거부하였는데, 그가 포르루아얄과 가깝다는 이유에서였다. 이에 아르노가 항의 편지를 쓰고, 반대편에서는 이 기회를 놓치지 않고 아르노를 처벌하기 위한 위원회를 결성한다. 아르노가 편지에서 교황청에서 내린 탄핵 판정을 문제시하고 있다는 이유에서였다. 아르노는 포르루아얄에 숨고, 심의 결의가 내려진다. 세귀에 재상의 주도하에 열린 심의는 정치적 감시 아래, 변칙적 투표방법에 의해 아르노의 적대자들의 뜻대로 처리되었다. 아르노 쪽에서는 손을 쓸 수가 없었다. 1655년 이 문제를 해결하기 위해 몇몇 사람이 아르노 주위에 모였는데, 그때 파스칼도 이 그룹에 끼게 된다. 그들은 이 판결이 부당하며, 아르노의 주장이 뭔지를 사람들에게 알려야 한다는 결정을 내렸다. 하지만 이 일에 나서는 사람은 아무도 없었다. 이때 파스칼이 나서서 반박문에 대한 생각이 있으니 초안을 만들어 보겠다는 제안을 한다. 파스칼이 초안을 써 오면 다른 사람이 손을 보는 것으로 시작되었는데, 파스칼이 반박문을 쓰고 이들 앞에 발표하자 그대로 인쇄하는 걸로 결정되었다. 이것이 『프로뱅시알』 '시골 친구에게 보내는 편지'이다. 이 제목은 파스칼이 정한 것이 아니라 인쇄할 때 결정된 것이라고 한다. 그의 글이 채택된 것은 모든 사람이 쉽게 이해할 수 있는 그의 문체 때문이었다. 1656년 1월의 첫 편지는 큰 성공을 거두고 아르노의 적들은 큰 타격을 받는다. 모두 이 편지의 저자가 누구인지 궁금해하기 시작했다. 파스칼은 이후 숨어서 작업하는데, 재미있는 것은 세 번째 편지에 서명한 'EAABPAFDEP'라는 단어는 '옛 친구, 오베르뉴 사람 블레즈 파스칼, 에티엔 파스칼의 아들'이라는 표현의 머리글자 조합이었다. 질베르트 누나는 편지에 대해 다음과 같은 말을 한다. 이 글을 읽으면 파스칼이 쓴 글이라는 것을 바로 알 수 있는데, 즉 그 문체가 "솔직하고 정확하고 즐겁고 강력하며 자연스럽다"는 것이다. 편지는 18

번째까지 계속되고, 작업은 파스칼이 쓰고, 주위에서 자료를 제공하고, 또 어떤 편지는 함께 만들기도 했다.

시간이 지날수록 포르루아얄에 대한 탄압이 심해지고, 수도원 내부에서도 탄핵에 대한 저항 방법에 이의를 제기하는 사람들이 등장했다. "눈물과, 고행, 침묵이 회심보다는 즐거움만 주는 언어보다 낫지 않은가!" 파스칼은 이런 반응에 매우 단호하게 거절한다. "나는 이 편지들을 쓴 것을 절대 후회하지 않으며, 만일 다시 이런 기회가 오면 또 쓸 것이고, 예수회 신부들의 이름을 명시한 것에 대해서는, 마을에 있는 12개의 샘 중 하나가 오염되었다면 나는 그 샘이 어느 샘인지 모든 사람에게 알려야 한다"고 대답한다. 이 와중에 특별한 일이 생긴다. 파스칼의 조카 마그리트 페리에의 병이 성가시관에 의해 깨끗이 나은 것이다. 이 기적적인 사건에 파스칼의 기독교에 대한 생각이 한 차원 더 깊어진다. 즉 그는 이것이 하느님이 자신들이 옳다는 것을 증명하셨다고 생각한다.

11. 『팡세』와 '교서'서명 문제

우리는 위에서 파스칼이 르부르 신부를 만나 솔직하게 자신의 생각을 펼치는 것을 보았다. 이 생각 안에는 이미 종교에 대해 사람들을 설득하는 내용이 들어 있다. 즉 교회를 떠나 교회를 적대시하는 사람들의 생각이 얼마나 비상식적인지, 바로 상식으로 그들을 설득할 수 있다는 생각 말이다. 파스칼이 『팡세』를 염두에 두고 글을 쓰기 시작하는 것이 1657년으로 추정되는데, 그가 르부르 신부를 만난 것은 1648년이다. 거의 10년이란 세월 동안 아버지가 돌아가셨고, 동생이 수녀원으로 들어갔고, 왕궁을 드나들며 사람들을 만나고, 과학에 대한 탐구도 계속하면서, 파스칼은 종교에 대한 독서와 고찰을 멈추지 않았다. 그사이 영적 지도자를 필요로 하던 파스칼은 이제 다른 사람들에게 영적 조언을 해 주는 사람이 되었다. 1658년에는 포르루아얄에서 후에 『팡세』로 완성될 글에 대한 발표를 한다. 그리고 1660년경에 자신이 기록한 자료를 정리하기 시작한다.

그러나 포르루아얄에 대한 공격은 끝난 게 아니었다. 포르루아얄에 적대적인 주교들이 탄핵받은 장세니우스의 글을 비판하는 교서를 준비한다. 1660년에 이 계획이 실행되는데, 이 교서에 서명하지 않으면 파문을 당하는 거였다. 포르루아얄 내부에서도 이 교서에 대한 의견이 분분했다. 자클린은 서명에 반대하는 입장이었다. "정의를 수호하기 위해 고통을 감내하는 것을 행복하게 여깁시다. (……) 진리를 수호하는 일은 여자들의 일은 아니지만, 우리가 처한 상황에서 우리가 할 수 있는 일은 주교님들이 여자들의 용기를 가졌으니 우리가 주교들의 용기를 가져야 한다는 것입니다. 진리를 수호하는 일이 우리의 일이 아니라면 진리를 위해 죽어야 하는 일이 우리의 일일 것입니다. 우리가 진리를 부정하는 것처럼 믿게 하기보다는 오히려 모든 것을 감내하는 것이 우리가 해야 할 일입니다."우리는 이 비슷한 어조를 위에서 봤는데, 그것은 파스칼이 『프로뱅시알』에 대한 사람들의 비판에 한 답변이다. 아르노는 파문 내용에 대해서는 동의하나 그 내용이 장세니우스의 책 속에 들어 있는지에 대해서는 동의할 수 없다는 조건으로 이 교서에 서명하는 데 동의한다. 파스칼도 이에 동의한다. 이런 조건에 따라 서명이 이루어지는데, 결국 7월 14일에 국정 자문 위원회에서 이 교서를 취소한다. 그리고 31일에 다시 사실과 당위성의 구별이 취소된 교서가 다시 나온다. 파스칼은 이 교서에 서명하는 것을 강력하게 반대한다. 이 서명은 결국 아우구스티누스의 교리를 부정하는 것이라고 생각했기 때문이다. 아무도 자신의 말에 귀를 기울이는 것 같지 않자 파스칼은 이 논쟁에서 빠지고, 큰 충격을 받은 자클린은 그 여파로 1661년 10월 4일에 사망한다.

12. 파스칼의 최후

1662년, 모든 것이 파스칼의 기력을 소진시켰을 것 같은 이 시기에 파스칼은 로아네 공과 함께 아주 독창적인 사업에 뛰어든다. 소위 공용 승합차 회사를 차린 것이다. 파스칼은 계산기 발명 때와 마찬가지로 모든 일을 완벽하게 소화해 낸다. 회사 조직, 경영, 노선 결정, 광고 등. 이 사업에서 나온 이득은 가난한 사람들과 병원에 기부하였다고 한다. 파스칼은 이 회사를 확장하여 지방과 다른 나라에도 공용 교통수단을 만들 생각을 했다. 하지만 곧 그의 병세는 위급해지고 7월 초에는 혼수상태에 빠져 누나에게 계속해서 병자 성사를 청했다. 다행히 그가 그토록 원하던 성사를 받고 8월 19일 1시에 사망한다.

***

파스칼은 어떻게 해서 기독교를 변호하는 글을 썼을까? 우리는 위에서 파스칼이 르부르 신부를 만날 때 이미 종교를 적대시하는 사람들을 깨우치는 일에 대해 언급한 것을 보았다. 이후 파스칼은 더욱 많은 경험을 통해 책에서 언급되는 불신자들을 직접 체험한다. 기독교를 변호하는 글은 오래전부터 있었다. 파스칼은 그 책들이 어떤 논지로 불신자들을 설득하는지 알고 있다. 하지만 그의 눈에는 그런 논지로는 전혀 불신자들을 설득할 수 없다고 생각했다.

불신자들의 기준은 이성이다. 믿을 수가 없는 것이다. 믿어지지 않는 것이다. 그는 이 불신자들을 설득하기 위해 이들의 생각의 기준이 되는 이성과 상식의 차원에서 불신자들을 만나기로 한다. 그리고 그들이 기준으로 삼는 그 이성이 얼마나 불완전한 것인지를 분명하게 보여 준다. 또 이 이성에 의한 확신이 얼마나 불확실한지를 보여 준다. 그들의 기반이 흔들린다. 이성의 확신 반대편에는 모든 게 불확실하여 어떤 것도 할 의지가 없는 회의론자들이 있다. 이들에게는 인간의 고귀함, 인간에게 내재되어 있는 힘, 가능성을 보여 준다. 그들을 일으켜 세워 진리를 찾도록 부추기는데, 그의 언어는 감미롭고, 단순하며, 날카롭고, 무자비하고, 폭풍우가 몰아치는 것 같다. 이들에게 내기 이론으로 가장 이로운 게 뭔지 선택하게 한다. 파스칼은 불신자들이 교회 앞으로 걸어가게 하기 위해서 인간 육체의 가장 미세한 원소까지, 인간 심정의 그 모든 갈래를 섬세하게 해부해 나간다. 그리고 수학과 기하학을 통해 무한의 세계로 초대한다. 우리 이성의 현기증을 일으켜 십자가 앞에 무릎을 꿇도록 하기 위해서이다.

우리는 계산기 제작 과정에서 자신의 과학적 지식을 실생활에 접목시키는 파스칼의 모습과 더불어, 제작 기밀이 누출되지 않도록 매우 신경 썼음에도 한 장인이 파스칼 계산기와 비슷한 짝퉁 계산기를 만든 것에 매우 분개하는 파스칼의 모습, 계산기를 만들고 나서 세귀에 대법관에게 선사하고 특허장을 만들고, 판매하기 위해 구매자들에게 보내는 편지를 작성하는 파스칼, 자연스러움을 추구하고, 진리를 위해선 과격한 운동가가 되고, 계산기를 발명하여 판매할 때에나, 공용 마차를 기획하여 운영할 때나 그는 전문 경영인이었고, 궁정에 드나들 때는 평생 그 안에서 생활해 온 사람처럼 행동하고, 그 시대에 최고의 과학자이며, 회심의 심정을 기록한 쪽지를 옷에 꿰매 죽을 때까지 간직한 기독교 신자, 이 모든 것이 파스칼이다. 이런 다양한 모습이 『팡세』에 그대로 드러난다. 그의 언어는 명료하며, 모호하지 않고, 단순하여 깊고 축약되어 신비롭다. 우리는 팡세를 읽으면서 작가를 발견하는가, 아니면 인간을 발견하는가? 작가와 인간을 포함한 커다란 우주가 우리 앞에 펼쳐지지 않는가! 이성의 명증 앞에선 눈이 부시고, 종교의 설득 앞에서 어쩔 줄 몰라 하고, 철학자들과 타락한 종교인들이 녹다운될 때는 통쾌함을 금할 수가 없고, 어떤 단편에서는 랩의 리듬이 들리고, 어떤 단편에서는 레퀴엠이 들리고, 왈츠와 가요가 스쳐 지나가고, 그 너머 깊은 곳에서는 고요히 구원의 기도가 리베라 메(「나를 구원하소서(Libera Me)」)로 울려 퍼진다.

자, 여기 방이 하나 있다. 레이스 커튼이 드리워진 창가에 붉은 테이블이 놓여 있고, 양귀비꽃이 든 화병과 에스프레소 커피 잔, 그 옆에 파스칼이란 이름이 크게 인쇄된 표지의 『팡세』가 놓여 있다. 이 엷은 노란색의 팡세를 품고 있는 그림은 마티스의 「파스칼의 팡세」이다.

재미있는 것은 매우 명료한 색채의 그림과 대조적으로 보이는 것이 책이 손이 많이 가서 부풀어 오른 모양새이다. 당신의 『팡세』는 어떤 모습인가?

판본 소개

『팡세』는 파스칼 사망 후 발견된 약 8백 개의 단편 자료를 가지고 누나 페리에 가족을 중심으로 지인들이 모여 완성한 작품이다. 이 출판을 위해 위원회가 구성되는데 그 위원회의 장은 로아네 공이었다. 이들은 파스칼의 자료에 대한 논의 끝에 고인의 글을 손대지 않고 그대로 출판하기로 결정한다. 맨 처음 한 작업이 파스칼이 남긴 자료를 그대로 베껴 사본을 만드는 것이었다. 이 제1사본을 가지고 출판을 위한 '분명하고, 완성된 단편들, 논리적 질서가 있는 단편'들을 추리는 선택 과정이 이루어진다. 이렇게 해서 완성된 작품이 1670년에 출판된 소위 포르루아얄 판 『팡세』이다. 이후 주관적인 관점에 따라 단편들을 편집한 『팡세』(보슈, 1779; 브륀슈비크, 1897), 작가의 생각을 추측하여 손을 댄 『팡세』(포제르, 1844; 슈발리에, 1925)가 출간된다. 그런데 이 작품의 편집에 획기적인 사건이 벌어지는데 그 주인공이 자카리 투르뇌르이다. 포르루아얄 판 『팡세』 서문에는 파스칼의 자료를 그대로 베끼는 작업에 대한 언급과, 그 자료가 분리되어 묶여 있다는 사실이 언급되어 있다. 이 말에 처음으로 주의를 기울인 투르뇌르는 파스칼의 글이 이때까지 생각했던 것처럼 무질서하게 수집된 것만은 아니고, 파스칼이 편집한 『팡세』가 가능할 수도 있다는 생각을 한 것이다. 투르뇌르의 『팡세』가 1938년에 출판되는데 그 의도가 잘 실행되지는 못했다. 이 작업이 그리 단순한 것은 아니었다. 왜냐하면 위의 제1사본 외에 다른 제2사본이 있기 때문이다. 이 사본들은 똑같이 제목이 달린 27장의 제1부와 34단위의 제2부로 구성된다. 제2사본이 끊임없이 전사되어 변경이 불가능한 데 비해 제1사본은 제2부의 각 단위가 독립되게 전사되어 재구성이 가능하다는 것이다. 제1사본에 의한 『팡세』가 1951년에 출판된 라퓌마 판이고, 제2사본에 의한 『팡세』가 1976년에 출판된 셀리에 판이다. 본 『팡세』는 1963년에 출판된 파스칼 전집의 제1사본에 의한 라퓌마 판을 번역한 것이다. 그래서 각 단편의 첫 숫자는 라퓌마 판 단편 번호이고 뒤의 숫자는 셀리에 판 단편 번호이다. 이탤릭체의 글은 파스칼이 지운 흔적의 표시이다. 파스칼이 사용한 성서는 라틴어 성서인 불가타였고, 루뱅의 신학자들이 번역한 프랑스어판 성서도 가지고 있었다고 한다. 그리고 파스칼이 읽은 『에세』는 1652년 판이다. 성서 구절 번역은 공동 번역 개정판을 참조하였고, 때론 파스칼이 불가타성서를 번역한 글을 그대로 번역하기도 했다.

블레즈 파스칼 연보

1620 1월 1일 누나 질베르트 태어남.

1623 6월 19일 블레즈 파스칼 태어남.

1625 10월 5일 여동생 자클린 태어남.

1626 어머니가 죽음.

1631 파스칼 가족, 파리로 이주.

1638 에티엔 파스칼이 연금자 시위에 가담했다가 오베르뉴에 피신.

1639 자클린, 리슐리외 앞에서 시를 암송하여 아버지의 사면을 구함.

1640 에티엔 파스칼, 루앙에서 세금 징수 관리로 일하여 가족이 루앙에 거주 『원뿔 곡선 시론(試論)』 발표.

1641 질베르트 플로랭 페리에와 결혼.

1642 계산기 발명 작업을 시작함.

1645 계산기 완성, 판매를 시작함.

1646 파스칼 가족과 데샹 형제의 만남. 파스칼의 첫 회심. 여동생 자클린은 이들을 만난 후에 수녀가 되기를 소망함. 진공에 대한 연구를 시작함.

1647 『진공에 관한 새로운 실험』 발표. 노엘 신부와 논쟁.

1648 퓌드돔의 실험. 포르루아얄 수도원의 르부르 신부와 만남.

1649 프롱드 난. 클레르몽으로 피신(1650년 11월까지). 파리 신학 대학 코르네 총장이 『아우구스티누스』의 7개 명제 견책 요구

1651 9월 24일 아버지 죽음.(「아버지의 죽음에 관한 편지」 작성)

1652 1월 4일 자클린, 포르루아얄 수도원에 들어감.
5월 26일 파스칼의 동의하에 자클린의 수녀원 입회식.
파스칼의 사교 생활 시기.
스웨덴 크리스티나 여왕에게 계산기를 바치고, '정신의 우월성'에 대한 편지를 보냄.

1653 장세니우스의 5개 명제에 대한 교황 인노켄티우스 11세의 탄핵 교서.
6월 5일 자클린 서원식.

1654 11월 23일 파스칼의 회심 - 하느님을 체험한 것과 같은 신비한 경험.
이 경험에 대한 글을 쓴 종이를 웃옷 안에 꿰매서 죽을 때까지 간직함.

1655 생 쉴피스 성당의 신부, 리앙쿠르 공에게 성사 거부.

1656 1월 프로뱅시알 편지 캠페인을 시작함.

1657 마그리트 파스칼의 기적적인 쾌유.
팡세』에 대한 작업 시작.
피로 신부의 『장세니스트의 모략에 반하여 결의론자들을 위한 변론』.

1658 포르루아얄에서 미래의 『팡세』가 되는 기독교 논증 계획에 대한 발표.

1659 『프로뱅시알』 저자가 파스칼임이 공식적으로 밝혀짐(1658~1659년 사이에).

1660 건강 악화로 클레르몽에 가서 쉼.

1661 교서 사건. 서명 문제 때문에 포르루아얄 내부에 갈등 심화.
10월 4일 자클린, 죽음.

1662 5솔 승합차 창설.
6월 말경 파스칼의 병이 심각하게 악화됨.
8월 19일 파스칼, 죽음.
8월 21일 장례식.

1663 『액체 평형과 대기 압력론』 발표.

1665 『산술 삼각형』 발표.

1670 『팡세』 출판(포르루아얄 판).

1687 질베르트 페리에 사망.

1728 『사시 씨와의 대담』과 『기하학 정신』 출판.

1779 아베 보슈의 최초 파스칼 전집 출판.

1897 『팡세』(브륀슈비그 판) 출판.

1904~1914 브륀슈비그, 부트루, 가지에의 파스칼 전집 출판

1938 『팡세』(투르뇌르 판) 출판.

1963 제1사본에 의한 『팡세』(라퓌마 판) 출판.

1964 장 메나르의 파스칼 전집 출판.

1976 제2사본에 의한 『팡세』(셀리에 판) 출판.

2000 제라르 페레롤의 훌륭한 주석이 달린 『팡세』(셀리에 판) 출판.

새롭게 을유세계문학전집을 펴내며

을유문화사는 이미 지난 1959년부터 국내 최초로 세계문학전집을 출간한 바 있습니다. 이번에 을유세계문학전집을 완전히 새롭게 마련하게 된 것은 우리가 직면한 문화적 상황에 적극적으로 대응하기 위해서입니다. 새로운 을유세계문학전집은 세계문학의 역할이 그 어느 때보다 중요해졌다는 인식에서 출발했습니다. 오늘날 세계에서 타자에 대한 이해는 우리의 안전과 행복에 직결되고 있습니다. 세계문학은 지구상의 다양한 문화들이 평등하게 소통하고, 이질적인 구성원들이 평화롭게 공존할 수 있는 문화적인 힘을 길러 줍니다.

을유세계문학전집은 세계문학을 통해 우리가 이런 힘을 길러 나가야 한다는 믿음으로 만들어졌습니다. 지난 5년간 이를 준비하기 위해 많은 노력을 기울였습니다. 세계 각국의 다양한 삶의 방식과 문화적 성취가 살아 있는 작품들, 새로운 번역이 필요한 고전들과 새롭게 소개해야 할 우리 시대의 작품들을 선정했습니다. 우리나라 최고의 역자들이 이들 작품 속 한 문장 한 문장의 숨결을 생생히 전하기 위해 심혈을 기울였습니다. 또한 역자들은 단순히 번역만 한 것이 아니라 다른 작품의 번역을 꼼꼼히 검토해 주었습니다. 을유세계문학전집은 번역된 작품 하나하나가 정본(定本)으로 인정받고 대우받을 수 있도록 최선을 다했습니다. 세계문학이 여러 경계를 넘어 우리 사회 안에서 주어진 소임을 하게 되기를 바라며 을유세계문학전집을 내놓습니다.

을유세계문학전집 편집위원단(가나다 순)

김월회(서울대 중문과 교수)
김헌(서울대 인문학연구원 교수)
박종소(서울대 노문과 교수)
손영주(서울대 영문과 교수)
신정환(한국외대 스페인어통번역학과 교수)
정지용(성균관대 프랑스어문학과 교수)
최윤영(서울대 독문과 교수)

을유세계문학전집

1. 마의 산(상) 토마스 만 | 홍성광 옮김
2. 마의 산(하) 토마스 만 | 홍성광 옮김
3. 리어 왕 · 맥베스 윌리엄 셰익스피어 | 이미영 옮김
4. 골짜기의 백합 오노레 드 발자크 | 정예영 옮김
5. 로빈슨 크루소 대니얼 디포 | 윤혜준 옮김
6. 시인의 죽음 다이허우잉 | 임우경 옮김
7. 커플들, 행인들 보토 슈트라우스 | 정항균 옮김
8. 천사의 음부 마누엘 푸익 | 송병선 옮김
9. 어둠의 심연 조지프 콘래드 | 이석구 옮김
10. 도화선 공상임 | 이정재 옮김
11. 휘페리온 프리드리히 횔덜린 | 장영태 옮김
12. 루쉰 소설 전집 루쉰 | 김시준 옮김
13. 꿈 에밀 졸라 | 최애영 옮김
14. 라이겐 아르투어 슈니츨러 | 홍진호 옮김
15. 로르카 시 선집 페데리코 가르시아 로르카 | 민용태 옮김
16. 소송 프란츠 카프카 | 이재황 옮김
17. 아메리카의 나치 문학 로베르토 볼라뇨 | 김현균 옮김
18. 빌헬름 텔 프리드리히 폰 쉴러 | 이재영 옮김
19. 아우스터리츠 W. G. 제발트 | 안미현 옮김
20. 요양객 헤르만 헤세 | 김현진 옮김
21. 워싱턴 스퀘어 헨리 제임스 | 유명숙 옮김
22. 개인적인 체험 오에 겐자부로 | 서은혜 옮김
23. 사형장으로의 초대 블라디미르 나보코프 | 박혜경 옮김
24. 좁은 문 · 전원 교향곡 앙드레 지드 | 이동렬 옮김
25. 예브게니 오네긴 알렉산드르 푸슈킨 | 김진영 옮김
26. 그라알 이야기 크레티앵 드 트루아 | 최애리 옮김
27. 유림외사(상) 오경재 | 홍상훈 외 옮김
28. 유림외사(하) 오경재 | 홍상훈 외 옮김
29. 폴란드 기병(상) 안토니오 무뇨스 몰리나 | 권미선 옮김
30. 폴란드 기병(하) 안토니오 무뇨스 몰리나 | 권미선 옮김
31. 라 셀레스티나 페르난도 데 로하스 | 안영옥 옮김

32. 고리오 영감 오노레 드 발자크 | 이동렬 옮김
33. 키 재기 외 히구치 이치요 | 임경화 옮김
34. 돈 후안 외 티르소 데 몰리나 | 전기순 옮김
35. 젊은 베르터의 고통 요한 볼프강 폰 괴테 | 정현규 옮김
36. 모스크바발 페투슈키행 열차 베네딕트 예로페예프 | 박종소 옮김
37. 죽은 혼 니콜라이 고골 | 이경완 옮김
38. 워더링 하이츠 에밀리 브론테 | 유명숙 옮김
39. 이즈의 무희 · 천 마리 학 · 호수 가와바타 야스나리 | 신인섭 옮김
40. 주홍 글자 너새니얼 호손 | 양석원 옮김
41. 젊은 의사의 수기 · 모르핀 미하일 불가코프 | 이병훈 옮김
42. 오이디푸스 왕 외 소포클레스 | 김기영 옮김
43. 야쿠비얀 빌딩 알라 알아스와니 | 김능우 옮김
44. 식(蝕) 3부작 마오둔 | 심혜영 옮김
45. 엿보는 자 알랭 로브그리예 | 최애영 옮김
46. 무사시노 외 구니키다 돗포 | 김영식 옮김
47. 위대한 개츠비 프랜시스 스콧 피츠제럴드 | 김태우 옮김
48. 1984년 조지 오웰 | 권진아 옮김
49. 저주받은 안뜰 외 이보 안드리치 | 김지향 옮김
50. 대통령 각하 미겔 앙헬 아스투리아스 | 송상기 옮김
51. 신사 트리스트럼 섄디의 인생과 생각 이야기 로렌스 스턴 | 김정희 옮김
52. 베를린 알렉산더 광장 알프레트 되블린 | 권혁준 옮김
53. 체호프 희곡선 안톤 파블로비치 체호프 | 박현섭 옮김
54. 서푼짜리 오페라 · 남자는 남자다 베르톨트 브레히트 | 김길웅 옮김
55. 죄와 벌(상) 표도르 도스토예프스키 | 김희숙 옮김
56. 죄와 벌(하) 표도르 도스토예프스키 | 김희숙 옮김
57. 체벤구르 안드레이 플라토노프 | 윤영순 옮김
58. 이력서들 알렉산더 클루게 | 이호성 옮김
59. 플라테로와 나 후안 라몬 히메네스 | 박채연 옮김
60. 오만과 편견 제인 오스틴 | 조선정 옮김
61. 브루노 슐츠 작품집 브루노 슐츠 | 정보라 옮김
62. 송사삼백수 주조모 엮음 | 김지현 옮김
63. 팡세 블레즈 파스칼 | 현미애 옮김
64. 제인 에어 샬럿 브론테 | 조애리 옮김
65. 데미안 헤르만 헤세 | 이영임 옮김

66. 에다 이야기 스노리 스툴루손 | 이민용 옮김
67. 프랑켄슈타인 메리 셸리 | 한애경 옮김
68. 문명소사 이보가 | 백승도 옮김
69. 우리 짜르의 사람들 류드밀라 울리츠카야 | 박종소 옮김
70. 사랑에 빠진 여인들 데이비드 허버트 로렌스 | 손영주 옮김
71. 시카고 알라 알아스와니 | 김능우 옮김
72. 변신 · 선고 외 프란츠 카프카 | 김태환 옮김
73. 노생거 사원 제인 오스틴 | 조선정 옮김
74. 파우스트 요한 볼프강 폰 괴테 | 장희창 옮김
75. 러시아의 밤 블라지미르 오도예프스키 | 김희숙 옮김
76. 콜리마 이야기 바를람 샬라모프 | 이종진 옮김
77. 오레스테이아 3부작 아이스퀼로스 | 김기영 옮김
78. 원잡극선 관한경 외 | 김우석 · 홍영림 옮김
79. 안전 통행증 · 사람들과 상황 보리스 파스테르나크 | 임혜영 옮김
80. 쾌락 가브리엘레 단눈치오 | 이현경 옮김
81. 지킬 박사와 하이드 씨 · 존 니컬슨 로버트 루이스 스티븐슨 | 윤혜준 옮김
82. 로미오와 줄리엣 윌리엄 셰익스피어 | 서경희 옮김
83. 마쿠나이마 마리우 지 안드라지 | 임호준 옮김
84. 재능 블라디미르 나보코프 | 박소연 옮김
85. 인형(상) 볼레스와프 프루스 | 정병권 옮김
86. 인형(하) 볼레스와프 프루스 | 정병권 옮김
87. 첫 번째 주머니 속 이야기 카렐 차페크 | 김규진 옮김
88. 페테르부르크에서 모스크바로의 여행 알렉산드르 라디셰프 | 서광진 옮김
89. 노인 유리 트리포노프 | 서선정 옮김
90. 돈키호테 성찰 호세 오르테가 이 가세트 | 신정환 옮김
91. 조플로야 샬럿 대커 | 박재영 옮김
92. 이상한 물질 테레지아 모라 | 최윤영 옮김
93. 사촌 퐁스 오노레 드 발자크 | 정예영 옮김
94. 걸리버 여행기 조너선 스위프트 | 이혜수 옮김
95. 프랑스어의 실종 아시아 제바르 | 장진영 옮김
96. 현란한 세상 레이날도 아레나스 | 변선희 옮김
97. 작품 에밀 졸라 | 권유현 옮김
98. 전쟁과 평화(상) 레프 톨스토이 | 박종소 · 최종술 옮김
99. 전쟁과 평화(중) 레프 톨스토이 | 박종소 · 최종술 옮김

100. 전쟁과 평화(하) 레프 톨스토이 | 박종소 · 최종술 옮김
101. 망자들 크리스티안 크라흐트 | 김태환 옮김
102. 맥티그 프랭크 노리스 | 김욱동 · 홍정아 옮김
103. 천로 역정 존 번연 | 정덕애 옮김
104. 황야의 이리 헤르만 헤세 | 권혁준 옮김
105. 이방인 알베르 카뮈 | 김진하 옮김
106. 아메리카의 비극(상) 시어도어 드라이저 | 김욱동 옮김
107. 아메리카의 비극(하) 시어도어 드라이저 | 김욱동 옮김
108. 갈라테아 2.2 리처드 파워스 | 이동신 옮김
109. 마담 보바리 귀스타브 플로베르 | 진인혜 옮김
110. 한눈팔기 나쓰메 소세키 | 서은혜 옮김
111. 아주 편안한 죽음 시몬 드 보부아르 | 강초롱 옮김
112. 물망초 요시야 노부코 | 정수윤 옮김
113. 호모 파버 막스 프리쉬 | 정미경 옮김
114. 버너 자매 이디스 워튼 | 홍정아 · 김욱동 옮김
115. 감찰관 니콜라이 고골 | 이경완 옮김
116. 디칸카 근교 마을의 야회 니콜라이 고골 | 이경완 옮김
117. 청춘은 아름다워 헤르만 헤세 | 홍성광 옮김
118. 메데이아 에우리피데스 | 김기영 옮김
119. 캔터베리 이야기(상) 제프리 초서 | 최예정 옮김
120. 캔터베리 이야기(하) 제프리 초서 | 최예정 옮김
121. 엘뤼아르 시 선집 폴 엘뤼아르 | 조윤경 옮김
122. 그림의 이면 씨부라파 | 신근혜 옮김
123. 어머니 막심 고리키 | 정보라 옮김
124. 파도 에두아르트 폰 카이절링 | 홍진호 옮김
125. 점원 버나드 맬러머드 | 이동신 옮김
126. 에밀리 디킨슨 시 선집 에밀리 디킨슨 | 조애리 옮김
127. 선택적 친화력 요한 볼프강 폰 괴테 | 장희창 옮김
128. 격정과 신비 르네 샤르 | 심재중 옮김

을유세계문학전집은 계속 출간됩니다.

을유세계문학전집 연표

BC 458 **오레스테이아 3부작**
아이스퀼로스 | 김기영 옮김 | 77 |
수록 작품 : 아가멤논, 제주를 바치는 여인들, 자비로운 여신들
그리스어 원전 번역
서울대 선정 동서고전 200선
시카고 대학 선정 그레이트 북스

BC 434/432 **오이디푸스 왕 외**
소포클레스 | 김기영 옮김 | 42 |
수록 작품 : 안티고네, 오이디푸스 왕, 콜로노스의 오이디푸스
그리스어 원전 번역
「동아일보」 선정 '세계를 움직인 100권의 책'
서울대 권장 도서 200선
고려대 선정 교양 명저 60선
시카고 대학 선정 그레이트 북스

BC 431 **메데이아**
에우리피데스 | 김기영 옮김 | 118 |

1191 **그라알 이야기**
크레티앵 드 트루아 | 최애리 옮김 | 26 |
국내 초역

1225 **에다 이야기**
스노리 스툴루손 | 이민용 옮김 | 66 |

1241 **원잡극선**
관한경 외 | 김우석·홍영림 옮김 | 78 |

1400 **캔터베리 이야기**
제프리 초서 | 최예정 옮김 | 119, 120 |

1496 **라 셀레스티나**
페르난도 데 로하스 | 안영옥 옮김 | 31 |

1595 **로미오와 줄리엣**
윌리엄 셰익스피어 | 서경희 옮김 | 82 |
미국대학위원회 선정 SAT 추천 도서

1608 **리어 왕·맥베스**
윌리엄 셰익스피어 | 이미영 옮김 | 3 |

1630 **돈 후안 외**
티르소 데 몰리나 | 전기순 옮김 | 34 |
국내 초역 「불신자로 징계받은 자」 수록

1670 **팡세**
블레즈 파스칼 | 현미애 옮김 | 63 |

1678 **천로 역정**
존 번연 | 정덕애 옮김 | 103 |

1699 **도화선**
공상임 | 이정재 옮김 | 10 |
국내 초역

1719 **로빈슨 크루소**
대니얼 디포 | 윤혜준 옮김 | 5 |

1726 **걸리버 여행기**
조너선 스위프트 | 이혜수 옮김 | 94 |
미국대학위원회가 선정한 고교 추천 도서 101권
서울대학교 선정 동서양 고전 200선

1749 **유림외사**
오경재 | 홍상훈 외 옮김 | 27, 28 |

1759 **신사 트리스트럼 섄디의 인생과 생각 이야기**
로렌스 스턴 | 김정희 옮김 | 51 |
노벨연구소 선정 100대 세계 문학

1774 **젊은 베르터의 고통**
요한 볼프강 폰 괴테 | 정현규 옮김 | 35 |

1790 **페테르부르크에서 모스크바로의 여행**
A. N. 라디셰프 | 서광진 옮김 | 88 |

1799 **휘페리온**
프리드리히 횔덜린 | 장영태 옮김 | 11 |

1804 **빌헬름 텔**
프리드리히 폰 쉴러 | 이재영 옮김 | 18 |

1806 **조플로야**
샬럿 대커 | 박재영 옮김 | 91 |
국내 초역

1809 **선택적 친화력**
요한 볼프강 폰 괴테 | 장희창 옮김 | 127 |

1813 **오만과 편견**
제인 오스틴 | 조선정 옮김 | 60 |

1817 **노생거 사원**
제인 오스틴 | 조선정 옮김 | 73 |

1818 **프랑켄슈타인**
메리 셸리 | 한애경 옮김 | 67 |
뉴스위크 선정 세계 명저 10
옵서버 선정 최고의 소설 100
미국대학위원회 선정 SAT 추천 도서

1831 **예브게니 오네긴**
알렉산드르 푸슈킨 | 김진영 옮김 | 25 |

1831 **파우스트**
요한 볼프강 폰 괴테 | 장희창 옮김 | 74 |
서울대 권장 도서 100선
미국대학위원회 SAT 권장 도서

디칸카 근교 마을의 야화
니콜라이 고골 | 이경완 옮김 | 116 |

1835 **고리오 영감**
오노레 드 발자크 | 이동렬 옮김 | 32 |
서머싯 몸 선정 세계 10대 소설
연세 필독 도서 200선

1836 **골짜기의 백합**
오노레 드 발자크 | 정예영 옮김 | 4 |

감찰관
니콜라이 고골 | 이경완 옮김 | 115 |

1844 **러시아의 밤**
블라지미르 오도예프스키 | 김희숙 옮김 | 75 |

1847 **워더링 하이츠**
에밀리 브론테 | 유명숙 옮김 | 38 |
서머싯 몸 선정 세계 10대 소설
서울대 선정 동서 고전 200선
미국대학위원회 SAT 권장 도서

제인 에어
샬럿 브론테 | 조애리 옮김 | 64 |
연세 필독 도서 200선
미국대학위원회 SAT 권장 도서
BBC 선정 영국인들이 가장 사랑하는 소설 100선
「가디언」 선정 가장 위대한 소설 100선

사촌 퐁스
오노레 드 발자크 | 정예영 옮김 | 93
국내 초역

1850 **주홍 글자**
너새니얼 호손 | 양석원 옮김 | 40 |

1855 **죽은 혼**
니콜라이 고골 | 이경완 옮김 | 37 |
국내 최초 원전 완역

1856 **마담 보바리**
귀스타브 플로베르 | 진인혜 옮김 | 109 |

1866 **죄와 벌**
표도르 도스토예프스키 | 김희숙 옮김 | 55, 56 |
미국대학위원회 SAT 권장 도서
하버드 대학교 권장 도서

1869 **전쟁과 평화**
레프 톨스토이 | 박종소·최종술 옮김 | 98, 99, 100 |
뉴스위크, 가디언, 노벨연구소 선정
세계 100대 도서

1880 **워싱턴 스퀘어**
헨리 제임스 | 유명숙 옮김 | 21 |

1886 **지킬 박사와 하이드 씨 · 존 니컬슨**
로버트 루이스 스티븐슨 | 윤혜준 옮김 | 81 |

작품
에밀 졸라 | 권유현 옮김 | 97 |

1888 **꿈**
에밀 졸라 | 최애영 옮김 | 13 |
국내 초역

1889 **쾌락**
가브리엘레 단눈치오 | 이현경 옮김 | 80 |
국내 초역

1890 **인형**
볼레스와프 프루스 | 정병권 옮김 | 85, 86 |
국내 초역

에밀리 디킨슨 시 선집
에밀리 디킨슨 | 조애리 옮김 | 126 |

1896 **키 재기 외**
히구치 이치요 | 임경화 옮김 | 33 |
수록 작품 : 섣달그믐, 키 재기, 탁류, 십삼야, 갈림길, 나 때문에

체호프 희곡선
안톤 파블로비치 체호프 | 박현섭 옮김 | 53 |
수록 작품 : 갈매기, 바냐 삼촌, 세 자매, 벚나무 동산

1899 **어둠의 심연**

조지프 콘래드 | 이석구 옮김 | 9 |
수록 작품 : 어둠의 심연, 진보의 전초기지, 『청춘과 다른 두 이야기』 작가 노트, 『나르시서스호의 검둥이』 서문
미국대학위원회 SAT 권장 도서
연세 필독 도서 200선

맥티그

프랭크 노리스 | 김욱동·홍정아 옮김 | 102 |

1900 **라이겐**

아르투어 슈니츨러 | 홍진호 옮김 | 14 |
수록 작품 : 라이겐, 아나톨, 구스틀 소위

1903 **문명소사**

이보가 | 백승도 옮김 | 68 |

1907 **어머니**

막심 고리키 | 정보라 옮김 | 123 |

1908 **무사시노 외**

구니키다 돗포 | 김영식 옮김 | 46 |
수록 작품 : 겐 노인, 무사시노, 잊을 수 없는 사람들, 쇠고기와 감자, 소년의 비애, 그림의 슬픔, 가마쿠라 부인, 비범한 범인, 운명론자, 정직자, 여난, 봄 새, 궁사, 대나무 쪽문, 거짓 없는 기록
국내 초역 다수

1909 **좁은 문 · 전원 교향곡**

앙드레 지드 | 이동렬 옮김 | 24 |
1947년 노벨 문학상 수상 작가

1911 **파도**

에두아르트 폰 카이절링 | 홍진호 옮김 | 124 |

1914 **플라테로와 나**

후안 라몬 히메네스 | 박채연 옮김 | 59 |
1956년 노벨 문학상 수상 작가

돈키호테 성찰

호세 오르테가 이 가세트 | 신정환 옮김 | 90 |

1915 **변신 · 선고 외**

프란츠 카프카 | 김태환 옮김 | 72 |
수록 작품 : 선고, 변신, 유형지에서, 신임 변호사, 시골 의사, 관람석에서, 낡은 책장, 법 앞에서, 자칼과 아랍인, 광산의 방문, 이웃 마을, 황제의 전갈, 가장의 근심, 열한 명의 아들, 형제 살해, 어떤 꿈, 학술원 보고, 최초의 고뇌, 단식술사
서울대 권장 도서 100선
연세 필독 도서 200선
미국대학위원회 SAT 권장 도서

한눈팔기

나쓰메 소세키 | 서은혜 옮김 | 110 |

1916 **청춘은 아름다워**

헤르만 헤세 | 홍성광 옮김 | 117 |
1946년 노벨 문학상 및 괴테 문학상 수상 작가

1919 **데미안**

헤르만 헤세 | 이영임 옮김 | 65 |
1946년 노벨 문학상 및 괴테 문학상 수상 작가

1920 **사랑에 빠진 여인들**

데이비드 허버트 로렌스 | 손영주 옮김 | 70 |

1924 **마의 산**

토마스 만 | 홍성광 옮김 | 1, 2 |
1929년 노벨 문학상 수상 작가
서울대 권장 도서 100선
연세 필독 도서 200선
「뉴욕타임스」 선정 '20세기 최고의 책 100선'
미국대학위원회 SAT 권장 도서

송사삼백수

주조모 엮음 | 김지현 옮김 | 62 |

1925 **소송**

프란츠 카프카 | 이재황 옮김 | 16 |

요양객

헤르만 헤세 | 김현진 옮김 | 20 |
수록 작품: 방랑, 요양객, 뉘른베르크 여행
1946년 노벨 문학상 수상 작가
국내 초역 「뉘른베르크 여행」 수록

위대한 개츠비

프랜시스 스콧 피츠제럴드 | 김태우 옮김 | 47 |
미 대학생 선정 '20세기 100대 영문 소설' 1위
모던 라이브러리 선정 '20세기 100대 영문학' 중 2위
미국대학위원회 추천 '서양 고전 100
「르몽드」 선정 '20세기의 책 100선'
「타임」 선정 '20세기 100대 영문 소설'

아메리카의 비극

시어도어 드라이저 | 김욱동 옮김 | 106, 107 |

서푼짜리 오페라 · 남자는 남자다

베르톨트 브레히트 | 김길웅 옮김 | 54 |

1927 **젊은 의사의 수기·모르핀**
미하일 불가코프 | 이병훈 옮김 | 41 |
국내 초역

황야의 이리
헤르만 헤세 | 권혁준 옮김 | 104 |
1946년 노벨 문학상 수상 작가
1946년 괴테상 수상 작가

1928 **체벤구르**
안드레이 플라토노프 | 윤영순 옮김 | 57 |
국내 초역

마쿠나이마
마리우 지 안드라지 | 임호준 옮김 | 83 |
국내 초역

1929 **첫 번째 주머니 속 이야기**
카렐 차페크 | 김규진 옮김 | 87 |

베를린 알렉산더 광장
알프레트 되블린 | 권혁준 옮김 | 52 |

1930 **식(蝕) 3부작**
마오둔 | 심혜영 옮김 | 44 |
국내 초역

안전 통행증·사람들과 상황
보리스 파스테르나크 | 임혜영 옮김 | 79 |
원전 국내 초역

1934 **브루노 슐츠 작품집**
브루노 슐츠 | 정보라 옮김 | 61 |

1935 **루쉰 소설 전집**
루쉰 | 김시준 옮김 | 12 |
서울대 권장 도서 100선
연세 필독 도서 200선

물망초
요시야 노부코 | 정수윤 옮김 | 112

1936 **로르카 시 선집**
페데리코 가르시아 로르카 | 민용태 옮김 | 15 |
국내 초역 시 다수 수록

1937 **재능**
블라디미르 나보코프 | 박소연 옮김 | 84 |
국내 초역

그림의 이면
씨부라파 | 신근혜 옮김 | 122 |
국내 초역

1938 **사형장으로의 초대**
블라디미르 나보코프 | 박혜경 옮김 | 23 |
국내 초역

1942 **이방인**
알베르 카뮈 지음 | 김진하 옮김 | 105 |
1957년 노벨 문학상 수상 작가

1946 **대통령 각하**
미겔 앙헬 아스투리아스 | 송상기 옮김 | 50 |
1967년 노벨 문학상 수상 작가

1948 **격정과 신비**
르네 샤르 | 심재중 옮김 | 128 |
국내 초역

1949 **1984년**
조지 오웰 | 권진아 옮김 | 48 |
1999년 모던 라이브러리 선정 '20세기 100대 영문학'
2005년 「타임」 선정 '20세기 100대 영문 소설'
2009년 「뉴스위크」 선정 '역대 세계 최고의 명저' 2위

1953 **엘뤼아르 시 선집**
폴 엘뤼아르 | 조윤경 옮김 | 121 |
국내 초역 시 다수 수록

1954 **이즈의 무희·천 마리 학·호수**
가와바타 야스나리 | 신인섭 옮김 | 39 |
1952년 일본 예술원상 수상
1968년 노벨 문학상 수상 작가

1955 **엿보는 자**
알랭 로브그리예 | 최애영 옮김 | 45 |1955년 비평가상 수상

저주받은 안뜰 외
이보 안드리치 | 김지향 옮김 | 49 |
수록 작품 : 저주받은 안뜰, 몸통, 술잔, 물방앗간에서, 올루야크 마을, 삼사라 여인숙에서 일어난 우스운 이야기
세르비아어 원전 번역
1961년 노벨 문학상 수상 작가

1957 **호모 파버**
막스 프리쉬 | 정미경 옮김 | 113 |

점원
버나드 맬러머드 | 이동신 옮김 | 125 |

1962 **이력서들**
알렉산더 클루게 | 이호성 옮김 | 58 |

1964 **개인적인 체험**
오에 겐자부로 | 서은혜 옮김 | 22 |
1994년 노벨 문학상 수상 작가

아주 편안한 죽음
시몬 드 보부아르 | 강초롱 옮김 | 111 |

1967 **콜리마 이야기**
바를람 샬라모프 | 이종진 옮김 | 76 |
국내 초역

1968 **현란한 세상**
레이날도 아레나스 | 변선희 옮김 | 96 |
국내 초역

1970 **모스크바발 페투슈키행 열차**
베네딕트 예로페예프 | 박종소 옮김 | 36 |
국내 초역

1978 **노인**
유리 트리포노프 | 서선정 옮김 | 89 |
국내 초역

1979 **천사의 음부**
마누엘 푸익 | 송병선 옮김 | 8 |

1981 **커플들, 행인들**
보토 슈트라우스 | 정항균 옮김 | 7 |
국내 초역

1982 **시인의 죽음**
다이허우잉 | 임우경 옮김 | 6 |

1991 **폴란드 기병**
안토니오 무뇨스 몰리나 | 권미선 옮김
| 29, 30 |
국내 초역
1991년 플라네타상 수상
1992년 스페인 국민상 소설 부문 수상

1995 **갈라테아 2.2**
리처드 파워스 | 이동신 옮김 | 108 |
국내 초역

1996 **아메리카의 나치 문학**
로베르토 볼라뇨 | 김현균 옮김 | 17 |
국내 초역

1999 **이상한 물질**
테라지아 모라 | 최윤영 옮김 | 92 |
국내 초역

2001 **아우스터리츠**
W. G. 제발트 | 안미현 옮김 | 19 |
국내 초역
전미 비평가 협회상 브레멘상
「인디펜던트」 외국 소설상 수상
「LA타임스」, 「뉴욕」, 「엔터테인먼트 위클리」 선정
2001년 최고의 책

2002 **야쿠비얀 빌딩**
알라 알아스와니 | 김능우 옮김 | 43 |
국내 초역
바쉬라힐 아랍 소설상
프랑스 툴롱 축전 소설 대상
이탈리아 토리노 그린차네 카부르 번역 문학상
그리스 카바피스상

2003 **프랑스어의 실종**
아시아 제바르 | 장진영 옮김 | 95 |
국내 초역

2005 **우리 짜르의 사람들**
류드밀라 울리츠카야 | 박종소 옮김 | 69 |
국내 초역

2016 **망자들**
크리스티안 크라흐트 | 김태환 옮김 | 101 |
국내 초역